ROLF BAUERDICK

PAKETE AN FRAU BLECH

ROLF BAUERDICK

PAKETE AN FRAU BLECH

ROMAN

Deutsche Verlags-Anstalt

Für Anke, Dimi und Maria

PROLOG

Marienborn; Freitag, 5. Januar 1979

Die Nacht war kalt und wollte nicht enden. »Minus neunzehn«, sagte der Busfahrer. Doch niemand regte sich. Die Reisenden dämmerten weiter vor sich hin, im Halbschlaf versunken. Nur vorn rechts, der Junge mit den verschränkten Armen und den zusammengepressten Lippen blickte kurz auf. Anfangs hatten ihn Fahrgäste freundlich angesprochen, ihm über das Haar gestrichen und ihn an der Schulter gestupst, aufmunternd und fürsorglich. Um ihm Kekse zu reichen, eine Schokolade, eine Apfelsine, eine wärmende Decke. Stets hatte der Junge den Kopf geschüttelt und wieder aus dem Fenster geschaut. Irgendwann ließen die Erwachsenen ihn in Ruhe, weniger aus Gleichgültigkeit oder weil sie eigenen Gedanken nachhingen, eher weil er einem aus der Wirklichkeit gefallenen Traumwandler glich. Mehr noch einem Tier im Winterschlaf, das seine Körpertemperatur der Umgebung anpasste. Wie ein Igel, von dem man nicht wusste, ob er stirbt, wenn man ihn weckt.

Eine Woche schon wütete der Katastrophenwinter, vor dessen Wucht die Rettungskommandos kapitulierten. Schneefräsen irrten durch weiße Wüsten, Kettenraupen verreckten im eisigen Sturm, während die meisten Brigaden gar nicht erst ausrückten, weil der Diesel in den Tanks der Räumfahrzeuge gefroren war. Verzweifelte Suchtrupps stocherten nach Vermissten, die in ihren Autos unter Schneewehen erfroren und erstickten. Einige würden mit dem Tauwetter erst im Frühling wieder auftauchen. Auf den Autobahnen kam der Transitverkehr zum Erliegen. Ein Wochenende stand bevor, doch an den Grenzübergängen wurden weder Staus noch Wartezeiten vermeldet. Wer im Westen lebte, vertraute den Wetterberichten und blieb im Westen. Wer im Osten lebte, ärgerte sich, dass sich der Vorsitzende des Staatsrats in diesen Tagen des nationalen Notstands der internationalen Solidarität verpflichtet fühlte. Während er in Mosambik mit Bruderküssen die Bündnistreue des revolutionären Widerstands bekräftigte, trat daheim der Verteidigungsminister mit Pelzkappe und Wollschal vor die Fernsehkameras. Um Haltung bemüht und von Spirituosen gezeichnet erklärte er mit schwerer Zunge, das Land habe die Lage im Griff. Seine Leute langten indessen zur Schneeschaufel und hofften, dass Licht und Heizung, wenn nicht heute, so doch morgen oder übermorgen wieder eingeschaltet würden.

Auf dem weitläufigen Areal der Grenzstation Marienborn, wo gleißendes Flutlicht gemeinhin die Nacht erhellte, tuckerten die Aggregate für den Notstrom. Hin und wieder bewegten sich Volkspolizisten und Zöllner im trüben Schein funzeliger Glühbirnen, verhuscht, gesichtslos und eins geworden mit ihrem Schatten. Der Busfahrer ließ den Motor laufen, doch den Reisenden wurde kaum warm. Seit Stunden parkte der Magirus mit dem Kennzeichen TVX-31-36 hinter den Baracken der Zollabfertigung, abgestellt auf einer verschneiten Freifläche, einsam vor sich hin qualmend in der Wolke seiner Abgase. Zweimal schon hatten die Grenzer die Ausweise kontrolliert, hatten mit ihren Taschenlampen die Gesichter der Fahrgäste angeleuchtet und mit den Passbildern verglichen. In den Hohlräumen unter den Sitzen und in den Gepäcknetzen hatten sie nach Verborgenem gesucht, eher nachlässig und gelangweilt als von dem Verdacht getrieben, tatsächlich Verbotenes zu entdecken. Obschon sie die Ausreisepapiere längst überprüft und abgestempelt hatten, ließ nichts darauf schließen, dass sich der Omnibus in absehbarer Zeit wieder in Bewegung setzen würde. Die Zollformalitäten, deren Zweck nicht einleuchtete, zogen sich hin. Doch niemand beschwerte sich, niemand klagte über bürokratische Schikanen, vielleicht weil die Müdigkeit stärker war als der Unmut, vielleicht aus der Furcht, das Tor zur Freiheit könne sich in letzter Minute wieder schließen; ein Tor, das deshalb offen stand, weil die Regierung im Westen für die Öffnung zahlte. Dass der Freikauf der Politischen harte Devisen in die klamme Staatskasse im Osten spülte, wusste jeder. Dass es nicht klug war, darüber zu reden, auch.

Der Junge kauerte rechts am Fenster, vorn auf dem erhöhten Sitz über dem Radkasten. Seit dem frühen Morgen hatte er nicht gegessen und getrunken, dennoch verspürte er weder Hunger noch Durst. Ihm war nicht kalt, obwohl die Luft die Scheiben des Busses gefrieren ließ. Er hatte ein Loch in das Eis gehaucht, durch das er hinaus in die Nacht schaute. Der Junge starrte auf eine defekte Leuchtstoffröhre, die an einem Mast neben einem Wachturm flackerte. Der Lampe war nicht zu trauen. Ihr kaltes Licht war trügerisch. Es zitterte und zuckte. Oft flammte es auf, drei, vier Wimpernschläge lang. Noch öfter blieb es dunkel, eine kleine Ewigkeit, drohte gar, für immer zu erlöschen. Dann plötzlich flirrte es, schwoll an, mal langsam lichter werdend, mal explosiv, blitzend im Stakkato wie das Mündungsfeuer eines Maschinengewehrs, um mit verschossener Munition erschöpft wieder zu verglühen. Seit Stunden klebte der Blick des Buben an dieser kranken Lampe, von der er nicht wusste, ob sie gerade starb oder wiederauferstand. Ihr Licht verlieh der Welt einen blässlichen Grünstich, in dem die Schwärze der Nacht nicht schwarz und das Weiß des Schnees nicht weiß war. Jahre später, als der Junge erkannte, dass er in der Schule nichts Brauchbares mehr lernen würde, sollte das Bild dieser flackernden Lampe wieder aufleuchten. In einem Zirkus. Genau genommen in dem

Wohnwagen eines Zirkusdirektors, der ihm eine merkwürdige Frage zum Wesen des Schattens stellte. Als der Alte ihm riet, niemals das Licht mit dem zu verwechseln, was es beleuchtet, erinnerte sich der Junge an den 5. Januar 1979, an jene frostige Nacht von Freitag auf Samstag, als der Grenzübergang von Marienborn schimmerte wie grünes galliges Gift.

Der Reisebus war komfortabel und bis auf wenige Plätze besetzt. Er hatte sogar eine eigene Bordtoilette. Dass sie verschlossen war, fiel nicht auf. Niemand mochte sie benutzen, seit der Fahrer gesagt hatte: »Wer ein Geschäft zu verrichten hat, erledigt das draußen.« Doch keiner der Fahrgäste verließ seinen Sitz. Kaum jemand sprach. Manchmal vernahm man ein verhaltenes Hüsteln, ein Flüstern, bei dem die Befürchtung mitschwang, womöglich könne sich irgendwer gestört fühlen. Unterbrochen wurde die Stille nur vom Schnappen der Feuerzeuge und vom Fauchen der Zündhölzer, wenn jemand eine Zigarette anbrannte. Selbst als die Grenzbeamten in ihren Mänteln und Fellmützen heißen Tee in Plastikbechern reichten, quittierten die Ausreisenden die Geste guten Willens nicht mit einem freundlichen Wort. Nur mit stummem Nicken.

Gegen 1.15 Uhr betraten zwei Kontrolleure den Bus. Einer rief die Nachnamen der Passagiere auf, der andere verteilte die Dokumente über die ausgeführten Waren. Als sein Name fiel, hob der Junge die Hand. Wortlos reichte man ihm die Zoll- und Personalpapiere. Die Identitätsbescheinigung Nr. 678673 wies ihn aus als Maik Kleine, geboren am 4. Februar 1965 in Leipzig, Augenfarbe blau, Größe 165 Zentimeter, keine besonderen Kennzeichen. Die Gebühren in Höhe von zehn Mark für den Identitätsnachweis und fünf Mark für das Ausreisevisum waren bereits entrichtet worden und gingen, wie man dem Jungen zuvor erklärt hatte, zulasten der Staatskasse. Ein weiteres Dokument lag in seinem Koffer. Mit einer Ausnahmeregelung für ausreisende Minderjährige hatten ihm die Behörden eine Urkunde übergeben, unterschrieben vom Innenminister. Maik Kleine hatte das Dokument weder angeschaut noch den Text gelesen:

»Die Entlassung aus der Staatsbürgerschaft der Deutschen Demokratischen Republik wird gemäß § 15 Abs. 3. des Staatsbürgerschaftsgesetzes mit der Aushändigung dieser Urkunde wirksam.«

Um 1.25 Uhr wechselte der Fahrer das Nummernschild. Statt des Kennzeichens TVX-31-36, das auf eine Zulassung des Busses in Karl-Marx-Stadt schließen ließ, montierte er ein Kennzeichen aus Frankfurt am Main an. Dann setzte er sich hinter das Lenkrad, nahm einen Schluck lauen Kaffee aus seiner Thermoskanne und legte den ersten Gang ein. Im Schritttempo durchpflügten die Reifen den Schnee. Bis zu den Sicherheitsschleusen und der Blechtafel »Weiterfahrt nach Aufforderung«. Eine Schranke öffnete sich. Ein Volkspolizist winkte den Omnibus durch. Der Fahrer gab Gas. Als die Scheinwerfer das Schild »Bundesrepublik Deutschland« anstrahlten und die Passagiere wie bei der gelungenen Landung eines Urlaubsflugzeugs applaudierten, war der Junge bereits eingeschlafen. Und als auf den hinteren Sitzbänken die Sektkorken knallten, zuckte er nur mit den Augenlidern. Dann träumte er weiter von der flackernden Leuchte auf der anderen Seite der Welt.

In einem Monat, am 4. Februar, würde er vierzehn Jahre alt werden. Er ließ sein altes Leben hinter sich, in dem es nichts mehr gab, was für ihn noch von Wert war. Als er am Morgen des 6. Januar 1979 aufwachte, war es bereits hell. Er wischte die beschlagene Scheibe frei. Es lag nur wenig Schnee. Ein blaues Hinweisschild gab an, dass bis Frankfurt am Main noch etwa zweihundert Kilometer zu fahren waren. Noch immer hielt der Junge das Papier vom Zoll in den Händen. Die Liste über »Zum Verbleib außerhalb der DDR bestimmte Gegenstände« zählte auf, was er bei der Übersiedlung in sein neues Leben mitgenommen hatte.

Inhalt: Koffer braun, Kunstleder

1 x Vierfarbkugelschreiber Welt-Pen "Favorit" in Futteral

3 x Schulheft, blanko liniert

11 x Briefpapier, Dekor Kleeblatt mit Glückskäfer

1 x Handstableuchte Artas, (Batterie leer)

1 x Kulturtasche Herren schwarz

1 x Zahnbürste rot

1 x Tube Zahnpaste "Chlorodent"

1 x Odorex Desodorant, 50 Ml im Rollkugelglas

1 x Flavamed Halslutschtabletten (angebrochen)

1 x Nagelpflege (Nezzssessär in Etui) Feile fehlt

2 x Nietenhose, Typ Boxer-Jeans (ungetragen)

3 x Knaben Oberhemd (in Folie, neu)

1 x Wollpullover blau (Handstrickware)

5 x Unterwäsche Knaben, Schlüpfer-Trikot-Garnitur, gestreift

1 x Sportanzug braun (Gr. 164)

1 x Turnhose, kurz, Sprinter blau

1 x Knabenkaputtzenanorak, Rautenmuster wattiert

1 x Loma Smena 8M Kleinbildkamera

2 x Kleinbildfilm ORWO NO DIN20 S/W 36 Aufnahmen

1 x Schaukasten, Holz mit Glasscheibe, mit Schmetterlings-präperat "Olepa Micra"

1 x Mundhamonika Verona "Weltmeister"

1 x Taschenrechner MR 311s schwarz

1 x Schallplatte AMIGA, Bob Dylan Graetest Hits

1 x Buch: Der Sozialismus - Deine Welt, Auflage 1977, neu

1 x Handgepäck: (Tragetüte Intershop)

1 x Schallplattenabspielgerät Telefunken "Mister Hit" Orginalverpackung (Westware, ungeöffnet)

1

BELLMONTIS ASCHE

Berlin; Mittwoch, 15. August 2007

Als ich die polierte Urne sah, wie zum Triumph in das strahlende Blau des Berliner Himmels gereckt, wusste ich: Alberto Bellmonti war sich treu geblieben, im Tod noch und selbst darüber hinaus. Wie er gelebt hatte, so ließ er sich zu Grabe tragen, mit der letzten pompösen Geste eines früh gealterten und zu früh gestorbenen Grandseigneurs, der das Gespür für das rechte Maß verloren hatte. Lange vor seinem Ableben hatte er in Amerika eine Combo mit schwarzen Blechbläsern verpflichtet. Keine zweitklassigen Freizeittrompeter, eine professionelle Marching Band aus New Orleans vielmehr, Virtuosen auf der Klaviatur der Sentimentalität, die für eine großzügige Gage, bar bezahlt per Vorkasse, auf Abruf parat standen. Als der Ernstfall eintrat, waren die Musikanten mit Posaunen, Trommeln und Tuba in ein Flugzeug gestiegen und in Tegel gelandet, um ihren Part des Kontraktes zu erfüllen. Leichtfüßig swingend, doch getragenen Schrittes führten sie unseren Trauerzug an, in der flirrenden Hitze eines heißen Augusttages, geschlagene acht Stunden, quer durch das Herz der ehemaligen Hauptstadt der Deutschen Demokratischen Republik. Den Wunsch des Verblichenen einlösend bliesen die Musiker unerbittlich und ohne Anzeichen von Ermüdung nichts anderes als den molltriefenden Trauerblues *St. James Infirmary.*

Hinter der Blaskapelle trottete ein Elefantenbulle. Auf seinem Rücken, in einer Thronsänfte mit Baldachin, saß ein junger Tierbändiger. In seiner Kostümierung mit Turban, Krummdolch und einem Diadem aus falschen Rubinen schaute er unpässlich drein wie ein aus dem Figurenkabinett entwichener Maharadscha. Seine Hände umklammerten eine Urne aus blankem Messing. Sie barg Bellmontis Asche. Eskortiert wurden Elefant und Urnenträger von sechs Kaskadeuren auf schwarzen Motorrädern. Sie gehörten zu den Devils of the Doom, einer ukrainischen Artistentruppe, Gladiatoren der Neuzeit, die bei ihren Höllenfahrten in einem runden Stahlkäfig Kopf und Kragen riskierten. Während der Beerdigung ließen sie ihre Maschinen nur auf untertouriger Drehzahl tuckern, weil bei röhrendem Vollgas der Elefant wütend wurde und mit seiner Trompeterei die Musiker aus dem Takt brachte.

Wir folgten dem Elefanten in gebührendem Abstand. Die Zahl der Trauergäste war respektabel, aber noch überschaubar. Auffällig in jedem Fall: Schrille Gestalten missbrauchten die Beisetzung als Bühne ihrer Selbstdarstellung. Jongleure und Einradfahrer, Flick-Flack-Schläger und Feuerspucker, die Bellmonti sicher nie persönlich begegnet waren, ließen jede Pietät vermissen. Eine exzentrische Tänzerin mit Handrasseln, wallendem Haar und wallendem Gewand wollte Passanten sogar hartnäckig zum Mitmachen animieren, um gemeinsam in einer Reigenkette der Banalität des Todes zu spotten.

Die geladenen Gäste indes hatten sich nach Berlin aufgemacht, um Alberto Bellmonti die letzte Ehre zu erweisen. Artisten und Akrobaten, Illusions- und Varietékünstler, Gönner und Freunde des Verstorbenen kondolierten einander. Die Patrone der achtbaren, teils erloschenen Zirkusdynastien Krone, Knie, Althoff, Renz, Castelli und Sarrasani, alle in Frack mit Fliege nebst Gattin, beklagten den schmerzenden Verlust. Einige Gesichter wusste ich noch mit Namen zu verbinden, wenige mit einem Gefühl der Vertrautheit. Istvan natürlich, von den Brüdern Lakatos, Schleuderbrettakrobaten aus Budapest. Den wahnwitzigen französischen Clown Jaco Trudeau. Die Flying Varadis, einst erstklassig am Trapez, nun sichtlich gealtert.

Unter den Trauernden beeindruckte die gelähmte Dagmar Heise, deren Unglück die Zirkuswelt noch immer bewegte. In Wien zum Auftakt unserer Vorstellung am Neujahrnachmittag 1992 musste sie bei einer riskanten Parforcerittnummer auf einen galoppierenden Hengst springen. In den Stand. Während sie anlief, warf ein unerfahrener Garçon de piste einen Blick in die Manege. Er hatte den Vorhang zum Ausgang beiseitegeschoben. Für das Pferd das Zeichen die Laufrichtung zu ändern. Als Dagmar sprang, war der Hengst weg. Nun nahm sie im Rollstuhl an Bellmontis Beisetzung teil, wie immer mit Noblesse. Nie hörte man von ihr ein verbittertes Wort. Begleitet wurde sie von ihrem Mann Vladi. Vladimir Tarchenkov war Russe, ein Kraftprotz und Schlitzohr, der mit imponierendem Muskelspiel und ausgeklügelter Tricktechnik einst als Samson Ramones auftrat.

Gekommen waren auch die ehemaligen Musiker der Zirkuskapelle. Jakub, der Trompeter aus Prag. Nathan, der amerikanische Bassist. Krysztof, der polnische Schlagzeugtrommler. Und sein Landsmann Pjotr Stanislav Szymborski, genannt Szymbo, Pianist, Saxofonist und begnadeter Dirigent, der einzige Mensch, den ich einen Freund nennen mochte. Als Kapellmeister – die Bezeichnung Bandleader lehnte er ab – hatte er unser kleines Ensemble früher furios durch das Programm geführt, gepeitscht, muss ich wohl sagen, und in seine Kompositionen geniale Dissonanzen eingebaut, so kreischend schräg, dass dem Publikum in dramatischen Momenten das Herz stillstand und das Blut gefror.

Die Nachricht vom Tod Bellmontis hatte mich in Hamburg erreicht, als ich dabei war, meine Wohnung aufzulösen, Versicherungen und Verträge zu kündigen und behördliche Formalitäten abzuwickeln. Bald schon würde ich in die USA reisen. Für zwei Jahre, wahrscheinlich für länger, womöglich für immer. Der Verlust des väterlichen Freundes hatte mich bestürzt, aber auch ernüchtert, denn seit meinem Entschluss, Deutschland zu verlassen, hatte ich die kümmerlichen Pflänzchen meiner sozialen Kontakte kaum mehr gewässert. Mit dem Tod des Alten war eine meiner letzten dürren Wurzeln herausgerissen und vertrocknet.

Trotz des traurigen Anlasses hatte ich mich auf ein Wiedersehen mit den ehemaligen Gefährten des Zirkus Bellmonti gefreut. Immerhin hatte ich ihnen meine besten Jahre zu verdanken. Zugleich löste der Gedanke, in Berlin womöglich meiner Vergangenheit zu begegnen, in mir eine diffuse Unruhe aus, eine nervöse Anspannung, die nicht mit der Aussicht verschwand, in zwei Wochen in einem Flieger nach Los Angeles zu sitzen. Szymbo wusste nichts von meinen Plänen. Er lebte in Kattowitz, und wir trafen uns nur selten. Dafür telefonierten wir. Ein Ritual, bei dem ich regelmäßig versprach, eines Tages auszuwandern und meine Geschichte hinter mir zu lassen. »It's all over now«, pflegte ich in Anlehnung an einen Bob-Dylan-Song zu sagen. Szymbo hatte meine Ankündigungen stets als Kopfgeburten eines Zauderers verspottet. Er war immer sehr direkt, wohingegen ich vermieden hatte, ihn auf meinen tatsächlichen Abschied vorzubereiten. Ein Fehler, der mir im Nacken saß und den ich allmählich bereute.

Pjotr Szymborski stammte aus einer schlesischen Kohlenhauerfamilie, bekannte sich zu Gott, Kirche und Papsttum und verfocht als orthodoxer polnischer Katholik grundsätzlich unzeitgemäße Ansichten. Trotz unserer weltanschaulichen Differenzen verbanden mich mit ihm in diesen Tagen zwei Gemeinsamkeiten: unsere Zuneigung zu Bellmonti und unsere Abneigung gegen Berlin. Meine beschränkte sich auf den ehedem sozialistischen Ostteil. Szymbo machte bei Berlin zwischen Osten und Westen keinen Unterschied. Als Alberto Bellmonti nach dem Fall der Mauer ein Gastspiel in der künftig gesamtdeutschen Hauptstadt erwogen hatte, war Szymbo aufgesprungen, hatte seinen Taktstock zerbrochen und mit sofortiger Kündigung gedroht. »In einer Stadt, die glaubt, sie habe ein lebenslanges Recht auf eine Luftbrücke; in einer Stadt, die ihr Arschloch für den Nabel der Welt hält und das grausamste Bier südlich des Nordpols braut, niemals werde ich in einer solchen Lokalität das Saxofon blasen und den Stab des Kapellmeisters schwingen. Eher quittiere ich und verzichte auf Lohn, Brot und Applaus.« Der Alte hatte damals nur genickt, und die Angelegenheit war vom Tisch.

Szymbo hatte uns ein Quartier in einer Hinterhofpension in Pankow besorgt, wo wir uns für zwei Nächte ein Zimmer teilten. Schon am Vorabend der Beerdigung waren wir angereist, und seine Laune war miserabel gewesen. Er hatte sich zurückgezogen, um sich Notizen zu der Trauerrede zu machen, die er zur Beisetzung Alberto Bellmontis halten wollte, kam aber bei seinen Überlegungen nicht voran und jammerte, in Berlin wolle der Funke der Inspiration einfach nicht zünden. Um die Stimmung zu heben, zog ich los, besorgte kühles Dosenbier und schlug einen Spaziergang in den nahen Ernst-Thälmann-Park vor, wo sich Szymbos Gemütslage weiter verschlechterte. Der Park wirkte wenig einladend. Auf einem tonnenschweren Granitsockel mit dem Schriftzug »Rotfront« thronte eine monumentale Bronzebüste des von den Nationalsozialisten ermordeten Arbeiterführers. Mit entrücktem Blick und geballter Faust vor der Fahne der Weltrevolution stierte Thälmann auf einen imaginären Punkt, der sich im Nirgendwo einer fernen Utopie verlor. Während ich plädierte, das klobige Denkmal als missratenes Dokument sozialistischer Kulturklotzerei der Nachwelt zu erhalten, wollte Szymbo es zertrümmern und die Bronze einschmelzen lassen. In Kirchenglocken, die künden sollten vom Sieg des Kreuzes über Hammer und Sichel.

Pjotr Szymborski neigte dazu, sich zu ereifern. Bei Konflikten tendierte er zu rabiaten Lösungen, da er ständig glaubte, sich gegen die Beschneidung seiner künstlerischen Freiheit wehren zu müssen. Mir kam die Aufgabe zu, Szymbos Empörungspotenzial und seine Zivilisationswut wenngleich nicht zu zähmen so doch abzumildern, wobei er prinzipiell keine Diskussion zuließ, erstens über die musikalische Genialität von Miles Davis und zweitens über die Qualität von Bieren. Mein Missgriff beim Getränkekauf wurde mir bewusst, als ich zwei Sixpacks Heineken anschleppte und Szymbos entsetztes Gesicht sah.

»Bist du wahnsinnig, Maik! Wie kannst du nur diese Plempe kaufen. Dieses schale Gesöff, diese Grachtenplörre. Lieber verdurste ich!«

Weil Szymbo sich in der Regel ebenso schnell wieder beruhigte wie er sich aufregte, knackte er eine Dose und trank sie in einem Zug leer. Angewidert wischte er sich den Schaum von den Lippen und forderte, allen gebürtigen Holländern bis in die dritte Generation die Lizenz zum Bierbrauen zu entziehen.

»Was ist los mit dir, Pjotr? Du bist unausstehlich.«

Szymbo zerdrückte seine leere Bierdose und warf sie in die Richtung eines Abfallkorbes. Das Blech schepperte über das Pflaster des Thälmann-Platzes.

»Nichts ist los. Und ich sage dir, genau das ist der Grund allen Übels. Es passiert nichts.«

»Was soll denn passieren?«

»Ich komme nicht weiter. Ich trete auf der Stelle. Ich meine, künstlerisch, musikalisch. Nur ab und zu noch ein Blues-

Festival für die schwarze Kattowitzer Seele. Ansonsten immer dasselbe, immer das Übliche. Sauberer Blues, sauberer Jazz, an sauberen Stätten, mit sauberem Sanitär, alles keimfrei und blitzblank für saubere Menschen. Immer nur dieses seichte Zeug. Gefällig und nett, zwischen Kaffeehaus, Hotelbar und Airportlounge für diese ignoranten Businessclasstypen. Alles gedämpft, alles gediegen, alles langweilig. Du spielst einen Fünf-Viertel-Takt und ein paar atonale Akkorde zu viel, und schon erklären dir schnöselige Geschäftsführer, dass du ein herausragender Musiker bist. Aber deinen Vertrag verlängern sie nicht. Musik darf alles sein, nur keine Zumutung mehr. Ich sag dir, Maik, ich sterbe den Tod der Mittelmäßigkeit. Du siehst ja, wie weit es mit mir gekommen ist, wenn ich jetzt schon dieses grässliche Gebräu trinken muss.«

Szymbo öffnete zwei neue Heineken, reichte mir eine Dose und stieß mit mir an. »Was soll's. Prost, Maik. Na zdrowie! Und selber? Wie läuft's so?«

»Ich weiß nicht. Manchmal denke ich, meine Zeit hier ist abgelaufen.«

»Ja, es macht keinen Spaß mehr.« Freudlos trank Szymbo sein Bier.

Eigentlich hatte ich die feste Absicht gehabt, dem Freund von meinen Plänen zu erzählen. Doch mich verließ der Mut. Szymbo war betrübt. Geschichten, die gut ausgingen, deprimierten ihn. Hätte ich ihm erzählen sollen, dass ich eine Greencard besaß, eine Einwanderungserlaubnis für die USA, die mir ein unbegrenztes Aufenthalts- und Arbeitsrecht garantierte?

In den vergangenen zehn, zwölf Jahren hatte ich ausgiebige Erfahrungen gesammelt, in einem Metier, das dem Zirkus eng verwandt war: der Musicalbranche. Das Geschäft boomte. Nicht nur für die Produzenten, für die Veranstalter und die Künstler, die im Rampenlicht standen. Auch für die Techniker im Hintergrund, die dafür sorgten, dass die Akteure auf der

Bühne im rechten Licht standen. Mitte der neunziger Jahre, im Anschluss an meine Zeit bei Bellmonti, hatte mich ein neues Theater im Hamburger Hafen für sein erstes Musical angestellt. Über den Rock 'n' Roller Buddy Holly. Ich bediente den Super Trouper. Der legendäre Scheinwerfer, berühmt geworden durch einen Song der Pop-Gruppe Abba, erlaubte, die Tänzer bei ihren wendigen Rock-'n'-Roll-Einlagen jederzeit mit einem gebündelten Lichtstrahl zu verfolgen und effektvoll in Szene zu setzen.

Mit meiner Zuverlässigkeit und meiner Begabung, komplizierte lichttechnische Probleme zu lösen, hatte ich mir als Beleuchter einen soliden Namen erarbeitet. Über deutsche Grenzen hinaus. Im Rotterdamer Nieuwe Luxor Theater übertrug man mir Verantwortung für das Lichtdesign in *Elvis – The King*. Im Londoner Palladium wurde ich für *Saturday Night Fever* engagiert, im Dominion für das Queen-Musical *We will rock you*. Aus Berlin war ich Anfang des Jahres angefragt worden, die Lichtdramaturgie für die Beatles-Show *All you need is love* zu gestalten. Aber da lockten bereits lukrative Engagements in den Vereinigten Staaten. Außerdem hatte es mich ermüdet, immer nur Künstler auszuleuchten, die berühmte Originale imitierten. Unbestritten, die Doppelgänger von Buddy, Elvis und Freddy Mercury machten ihre Sache erstaunlich gut. Oft waren die Doubles perfekter als ihr Vorbild. Dennoch fehlte mir das letzte Quäntchen Verständnis dafür, dass jemand zur Kopie eines anderen werden wollte. Mir blieb fremd, was Menschen motivierte, sich so zu kleiden, so zu bewegen und so zu singen wie die Pilzköpfe Paul, John, Ringo und George. Allerdings hatte ich mich bei Urteilen über die Originalität meiner Zeitgenossen zurückzuhalten, wusste ich doch selbst nicht zu unterscheiden, welche fremden Identitätsfragmente ich mir im Lauf meines Lebens angeeignet hatte und was meinem ureigensten Wesen entsprach.

Ich musste mit Szymbo reden. Ich musste ihm mitteilen, dass ich nach Amerika gehen und dort als Lighting operator arbeiten würde. Sollte ich den Herausforderungen gewachsen sein, würde ich nicht mehr zurückkehren. Nach Europa nicht und nach Deutschland schon gar nicht. Ich würde Pjotr enttäuschen. Enttäuschen müssen. Verletzt würde er sich fühlen, gekränkt, vom Freund im Stich gelassen. Seine Verachtung würde mich treffen, die Wucht seines Grolls, seine ganze Verbitterung. Aber nicht jetzt. Lieber später, in einem günstigeren Moment.

Wir tranken noch ein paar Heineken, plauderten über dieses und jenes, und als es dunkelte, gingen wir vom Thälmann-Platz zurück zu unserem Quartier. Ich fühlte mich fremd neben Szymbo, verspürte eine beklemmende Distanz, erwachsen aus meinem Schweigen, das unsere Freundschaft beschwerte. Umso erleichterter war ich, als die Rede auf den Alten kam.

»Die Vorstellung, morgen einem Elefanten mit Bellmontis Asche durch Berlin zu folgen«, bemerkte ich, »ist schon etwas befremdend.«

»Das ist es!« Szymbo fiel mir fast um den Hals und bedankte sich überschwänglich, obwohl ich keine Ahnung hatte, weshalb. »Das Befremden!«, tönte er, glücklich darüber, endlich ein Stichwort für seinen Nekrolog gefunden zu haben. »Das Befremden ist der erste Schritt auf dem mühsamen Weg zur Erkenntnis!« Szymbo erklärte mir, Alberto Bellmontis Beisetzung sei keine ordinäre Beerdigung, vielmehr eine grandiose Geste von aristokratischer Grandezza, ein subversiver Akt gegen Banalität und Geistlosigkeit. Gerade als ich fürchtete, mir eine Kanonade auf die Verblödung des Abendlandes anhören zu müssen, erklärte Szymbo, er wolle seiner morgigen Grabrede nicht vorgreifen. Dann sagte er unvermittelt: »Albina kommt auch.«

Ich blieb stehen.

»Woher weißt du das?«

»Ich habe sie in Moskau angerufen. Noch an demselben Abend, als ich vom Tod Bellmontis erfahren habe.«

»Und? Was meinte sie?«

»Ich bin unterwegs. Ich eile, ich fliege!«

»Schön«, erwiderte ich, weniger um meine Zustimmung zu bekunden als meine Verunsicherung zu verbergen.

»Ich dachte, es würde dich interessieren, dass Albina den Alten bei seinem letzten Gang begleiten will.«

»Mäßig.«

»Sie ist übrigens noch wie immer.«

»Inwiefern?«

»Sie fragte, wann und wo wir uns treffen. Ich sagte ihr, die Trauergemeinde sammle sich um zehn. Vormittags am Pariser Platz. Sie bat mich um die Reservierung eines Zimmers, besser noch einer bescheidenen Suite. Im Kempinski. Rate mal, warum sie dort wohnen will?«

»Um ihre zarten Füße zu schonen.«

Szymbo lachte. »So ungefähr. Albina meinte, wenn wir ihr eine anständige Bleibe direkt am Platz buchen, würden wir ihre Taxikosten sparen.«

So war sie. Ich kannte niemanden, der seinen Egoismus so charmant als Selbstlosigkeit verkaufte, wie Albina Kurkova. Nun kam sie nach Berlin. Mir war, als zerre jemand an einem Teppich unter meinen Füßen, um mich aus dem Gleichgewicht zu bringen. Meine Trauer über den Tod Alberto Bellmontis verflüchtigte sich. Stattdessen kroch eine Melange aus Freude und Bangen in mir hoch, der ich mich kaum erwehren konnte. Albina und ich hatten nie etwas miteinander gehabt, und sogar der Begriff Freundschaft wäre für unser Verhältnis während der gemeinsamen Zeit im Bellmonti anmaßend gewesen. Nur manchmal hatte ich mir ein stilles Begehren gestattet, verschämt und unschuldig, nie mit dem Blick eines Mannes mit der Leidenschaft für eine Frau. Und doch war mir Albina damals auf eine intime Weise vertraut, mehr als jeder andere Mensch, dem ich vor und nach ihr begegnet war.

Albina Kurkova war zwei Jahre jünger als ich und musste jetzt um die vierzig sein. Ich hatte sie seit einer Ewigkeit nicht mehr gesehen, zwölf Jahre und drei Monate, um genau zu sein. Ich zwang mich, nicht zu spekulieren, was geschehen könnte und wie ich mich verhalten würde, sollten wir einander gegenüberstehen. Ohne ein Geheimnis zu verraten, darf ich sagen: Es geschah nichts. Oder nicht viel. Albina reichte mir die Hand, wünschte einen Guten Tag und sprach ansonsten während des Beerdigungsmarsches kein Wort mit mir. Ich hatte überlegt, aus eigenem Antrieb einen Schritt auf sie zuzugehen, doch entmutigt von ihrer spröden Unnahbarkeit irgendwann einsehen müssen, das Gespür für den richtigen Zeitpunkt verpasst zu haben.

Der Trauerzug hatte sich an der Ostseite des Brandenburger Tores formiert, führte vom Pariser Platz auf den Boulevard Unter den Linden, vorbei an Humboldt-Universität, Fernsehturm und Alexanderplatz, weiter Richtung Osten. Alle naselang hielt der Zug an, flankiert von Schaulustigen, manche sprachlos, manche verwundert, manche rätselnd, ob es sich bei dem illustren Aufmarsch um ein avantgardistisches Theaterprojekt, eine Prozession zu Ehren eines hinduistischen Elefantengottes oder möglicherweise um eine Marketingkampagne des indischen Touristenverbandes handelte. Während ein paar Tierschützer in einer spontanen Gegendemonstration mit Trillerpfeifen die Freiheit für Zirkus- und Zootiere forderten, tauchte das Gros der Passanten ein in die schwermütigen Melodien der schwarzen Posaunisten, bewegt von einer unergründlichen Traurigkeit und ergriffen von der eigenen Rührung. Indessen hob der Bursche auf dem Elefanten, einem heidnischen Tempelpriester gleich, die Urne hoch. Wie eine Monstranz. Nur dass die

Monstranz keine Hostie barg, in der die Katholiken den Leib ihres Herrn Jesus Christus verehrten, sondern den letzten Staub des einstigen Magiers der Manege Alberto Bellmonti. Ab und an löste sich das Befremden der Leute über das merkwürdige Ritual auf in heiteres Gelächter: wenn der Bulle in weihevollen Momenten seine Blase entleerte und mit pladderndem Schwall auf den Asphalt pisste.

Es war nicht der Moment, daran zu erinnern, dass mit dem Untergang des Zirkus Bellmonti auch der Abstieg seines Gründervaters begonnen hatte. Bei meinem letzten Besuch vor zwei Jahren war der Alte gerade siebzig geworden, doch zu einem Greis ergraut, ein verbrauchter Mensch, der sich nicht mehr dagegen wehrte, dass ihm die Zeit enteilte. In Grunewald bewohnte er die untere Etage einer Villa aus der Kaiserzeit, die ein anonymer Privatier ihm überlassen hatte, über den es hieß, er sei mit beträchtlichem Vermögen nach Argentinien ausgewandert. Auf der Terrasse mit Blick auf einen verwilderten Park, in dem schon lange kein Strauch mehr beschnitten und kein Laub mehr gefegt wurde, hatte Bellmonti meine Hand ergriffen, die Augen geschlossen und gefragt: »Maik, wenn ich gehe, was bleibt zurück?«

Einen Nachfolger hatte er sich ersehnt. Einen Erben, der ohne eigene Blutsverwandte nur einer Wahlverwandtschaft entstammen konnte. Lange hatte er gehofft, ich würde diese Aufgabe annehmen und in sie hineinwachsen. Doch ich war nicht der Richtige. Der Zirkus war mir Lebensschule, ganz sicher, aber er war mir nicht Lebenssinn und Lebensziel. Der Alte wusste das. Aber mir schien, als müsse er den Kummer, den diese Gewissheit ihm bereitete, von sich selbst fernhalten und vor mir verbergen.

An Alberto Bellmonti nagte die Furcht, keine Spur zu hinterlassen. Um nicht in den Strudel des Vergessens zu geraten, hatte er vor der Jahrtausendwende für ein symbolisches Entgelt in Pankewitz, einem Ort im Norden Berlins, ein ehemaliges Dienstgebäude der Staatssicherheit der DDR übernommen und darin ein Museum eingerichtet, dessen Name schamlos überdimensioniert war. Doch sein Internationales Museum für zirzensische Artistik und Illusionskunst bröckelte, bereits am Tag seiner Eröffnung. Zwar hatte der Berliner Oberbürgermeister eine Stellvertreterin geschickt, die ein paar warmherzige und anerkennende Worte sprach, doch der in Presse, Funk und Fernsehen angekündigte Ehrengast Prinzessin Stéphanie von Monaco hatte ebenso wenig den Weg nach Pankewitz gefunden wie die Eiskunstläuferin Katarina Witt. Zudem trugen die gestelzten Grußbotschaften, in denen David Copperfield, der Meister der Illusionen, seine Glückwünsche übermittelte und die Magier Siegfried und Roy ihre Unabkömmlichkeit in Las Vegas bedauerten, in Wortwahl und Sprachstil unverkennbar die Handschrift Alberto Bellmontis.

Wo auch immer ich mich in der Welt herumtrieb, stets war es dem Alten gelungen, mir zum Geburtstag am 4. Februar per Kurier ein »Honoratiorenbillett« zukommen zu lassen. Es war exklusiv auf den Namen Maik Kleine ausgestellt und garantierte mir auf Lebenszeit freien Eintritt in sein Museum. Ich war der Einladung nie gefolgt. Nicht aus Geringschätzung und schon gar nicht aus fehlender Zuneigung, eher aus Vorsicht. Gewiss auch aus mangelndem Mut, fürchtete ich doch, in dem Museum mit meiner eigenen Lebensgeschichte konfrontiert zu werden und den Mächten der Vergangenheit nicht gewachsen zu sein. Das sollte sich ändern, und zwar an jenem Tag, als die Urne mit Bellmontis Asche in einem Grabloch auf dem Friedrichsfelder Zentralfriedhof verschwand.

Nicht nur mich hatte verblüfft, dass Bellmonti an diesem historischen Ort beigesetzt wurde. Der Alte musste über einflussreiche Beziehungen verfügt haben, denn der Friedhof stand unter Denkmalschutz. Seit der Wende 1989 waren keine neuen Gräber mehr genehmigt worden, nur in Ausnahmefällen, bei engen Verwandten bereits beerdigter Personen. Wie bei dem obersten Geheimagenten der Deutschen Demokratischen Republik: Der Familie von Generaloberst Markus Wolf wurde 2006 gestattet, den Verstorbenen im Grab seines Bruders Konrad beizusetzen. Und nun Alberto Bellmonti. Wer ihn zu kennen glaubte, staunte aus einem weiteren Grund. Bellmonti lebte in Grunewald, einem Villenviertel im Westen Berlins, die Begräbnisstätte jedoch lag im Osten und war weit über die Stadt hinaus als Kommunistenfriedhof berühmt. Dass der Alte sich in der Gegenwart der sterblichen Überreste von Karl Liebknecht und Ernst Thälmann, von Rosa Luxemburg, Käthe Kollwitz und all den Widerständlern gegen die nationalsozialistischen Barbaren in ehrenhafter Gesellschaft wähnte, mochte angehen. Aber neben dem Mauerbauer Ulbricht, dem Genossen Spitzbart? Neben dieser Parteisoldatin Benjamin, der strammen Richterin, wegen ihrer Gnadenlosigkeit gefürchtet als die Rote Guillotine? Bellmonti neben Mielke, dem Schnüffler, dem Wächter über die staatliche Sicherheit und Herrn über die Furcht?

Dass ein Zirkusdirektor und Illusionskünstler, der seine Asche von einem Elefanten durch Berlin tragen ließ, zwischen den höchsten Funktionären der Deutschen Demokratischen Republik seine letzte Ruhe finden wollte, war schon merkwürdig. Befremdend fürwahr. Allein Szymbo gab sich nicht irritiert. Als Katholik wisse er um die Unergründlichkeit der Wege des Herrn und fühle sich getragen von der Hoffnung, dass sich am Ende der Zeiten beim Jüngsten Gericht die Wahrheit der Dinge offenbaren werde. Für alle, die bis dahin genug Geduld aufbrächten.

Am Alexanderplatz legte unsere Gesellschaft eine Rast ein. Der Elefant brauchte eine Pause und soff sich am Brunnen der Völkerfreundschaft den Wanst voll. Weil die Karl-Marx-Allee wegen Kanalarbeiten gesperrt war, wichen wir von der geplanten Route ab und wurden umgeleitet. Am Platz der Vereinten Nationen war die Zahl der Weggenossen bereits auf die Hälfte geschrumpft. Wir erreichten die Landsberger Allee, die sich öde und endlos hinzog, sodass weitere Teilnehmer den Trauerzug an der S-Bahn-Station nach der Danziger Straße verließen. Jakub der Trompeter und Krysztof der Trommler versprachen, nur eine kleine Erfrischung zu sich zu nehmen, plöppten jedoch an einer Trinkhalle zu viele Flaschen Bier, um hernach noch den Willen aufzubringen, den Anschluss an unseren Zug zu suchen, der sich wie eine verlorene Wüstenkarawane voranquälte. Als wir am späten Nachmittag mit den Bluesbläsern und Bellmontis Asche in die Rhinstraße einbogen und über die Allee der Kosmonauten endlich den Friedhof der Sozialisten erreichten, war der Kreis der Ausdauernden auf zwei Dutzend Leute geschrumpft. Während des ganzen Marsches war Albina in der letzten Reihe zwischen Szymbo und mir gegangen, hatte mit dem polnischen Freund das ein oder andere Wort gewechselt, sich bisweilen sogar bei ihm eingehakt und ihn angelächelt. Mich hatte sie ignoriert. Bis auf einen Moment. Als ich einmal mit meinen müden Füßen über eine Bordsteinkante stolperte, hatte sie unwillkürlich ihre Arme ausgestreckt, um mich aufzufangen, sie aber sofort zurückgezogen, als sie gewahrte, dass ich mich aus eigener Kraft auf den Beinen hielt.

Am Haupteingang des Friedhofs stellten die Musiker aus New Orleans ihr *St. James Infirmary* ein. Der Elefantenführer rutschte, entkräftet vom Präsentieren der Messingurne, von dem Bullen herunter und schaute sich um, unsicher, was er mit Bellmontis Asche machen sollte. Albina nahm ihm das Behältnis ab, wobei sie die Hilflosigkeit des Burschen mit übernahm und ihrerseits signalisierte, keine Idee zu haben, wie zeremoniell nun weiter zu verfahren sei. Zwei Friedhofswärter, die seit Stunden in der Hitze auf uns gewartet hatten, motzten sich den Ärger vom Leib und schimpften auf den kostümierten Dompteur. Sie würden bezahlt, beschissen genug, um die Gräber ehrenwerter Sozialisten zu pflegen, aber nicht um die Eskapaden dieser Künstlerclique, dieser dekadenten Mischpoke zu ertragen. Dennoch erlösten sie uns aus der undurchsichtigen Lage. Mürrisch, doch zügig lotsten sie uns zu der Grabstelle. Ein Loch war bereits ausgehoben. Ob Bellmonti es versäumt hatte oder bewusst keinen Geistlichen an seinem Grab wissen wollte, jedenfalls hatte niemand dafür gesorgt, dass ein Priester anwesend war, der die Asche hätte segnen und ein tröstendes Wort oder Gebet hätte sprechen können. In dieser Situation der Erschöpfung und kollektiven Ratlosigkeit trat Albina mit der Urne an das Grab. In ihrer schneeweißen Bluse über dem züchtigen blauen Rock stand sie da und blickte uns fragend an. Als niemand ihr eine deutbare Reaktion zurückschickte, zuckte sie mit den Schultern, schaute zum Himmel auf, bekreuzigte sich und beförderte die Urne, ein wenig unsanft, hinein in das Loch. Dann trat sie zur Seite. Einige warfen angewelkte Rosen und Chrysanthemen, manche eine Schüppe Erde hinterher.

Auch ich hatte vor, mich von dem Menschen, der mir ein gewogener Lehrer und väterlicher Freund gewesen war, mit einem stillen Gruß zu verabschieden. Doch ich stand da, wie angekettet, unfähig einen Schritt zu tun. Verstockt. Zuerst glaubte ich, mein Zustand sei ein Tribut an den strapaziösen Fußmarsch. Dann schoss mir das Wasser in die Augen, ein physiologischer Reflex, kaum beherrschbar, obschon ich mich gegen Rührseligkeiten immer zu wehren gewusst hatte.

Albinas Gesten hatten etwas in mir ausgelöst, das ich nicht steuern konnte. Es war nicht das Kreuzzeichen oder ihr Blick nach oben gewesen, vielmehr die lapidare Handbewegung, mit der sie Bellmontis Asche der Erde zurückgab. Man mochte in dieser Geste einen Akt der Achtlosigkeit sehen. Aber dem war nicht so. Ich sah in Albinas Gesicht etwas, das mir einen Stich versetzte, eine Art bodenlose Verzweiflung, ein lautloser Schrei, ein Verstummen vor der Einsicht, dass am Ende tatsächlich nichts blieb. Albina schien mir allein, so unendlich allein, dass sie mich, wie soll ich sagen, mit dem Virus ihres Alleinseins infizierte und ich nicht wusste, wie mir geschah. Ich schämte mich und drehte mich zur Seite. Ich wollte nicht, dass jemand bemerkte, wie ich gegen die Tränen kämpfte.

Ich sah meinen kleinen Bruder und meine Schwester, Ronny und Kessryn, an deren Grab ich nie gestanden hatte. Ich sah meine Mutter, Freya Kleine, die Kindstöterin, die Brandstifterin, von der ich nicht einmal wusste, ob sie noch immer in einer geschlossenen Anstalt dahindämmerte, wieder frei oder schon längst gestorben war. Ich war hin und wieder in den Westen Berlins gefahren, aber nie mehr in den Osten, seit diesem schrecklichen Winter. Ich sah das Bild meines Vaters vor mir, oder vielmehr das Bild eines Bildes. Eine Fotografie, aufgenommen in einem klinischen Labor, Jahre vor seinem Unfall. Er war umringt von adretten jungen Frauen, die fasziniert seinen Ausführungen lauschten. Mein Vater trug einen weißen Kittel und gab zweifellos eine gute Figur ab. Mit prüfendem Blick reckte er ein Reagenzglas gegen das Licht. Den Text neben dem Foto kannte ich Jahrzehnte später noch auswendig: »*Wissenschaft dient Menschen, nicht Kapital, Gier und Profit: Der Biochemiker und Mediziner Professor Dr. Gerhard Kleine erklärt seinen Pharmaziestudentinnen den Entwicklungsstand eines neuen Impfstoffs.*«

Das Foto war auf Seite 297 in dem Buch *Der Sozialismus – Deine Welt* abgebildet, das in der Deutschen Demokratischen Republik Mädchen und Jungen zum Anlass der Jugendweihe geschenkt wurde. Nun, auf dem Friedrichsfelder Zentralfriedhof, bereute ich, dass ich das Buch entsorgt hatte, damals im Westen, im Internat, als der Sozialismus aufgehört hatte, meine Welt zu sein.

An meinen Vater erinnerten mich nur der Laborkittel und das Reagenzglas. Er blieb mir ein Fremder, ein Doktor, ein Wissenschaftler im Kreis attraktiver Wissenschaftlerinnen. Für eine von ihnen sollte er später Frau und Familie verlassen. Ohne sein neues Glück lange genießen zu können. Ich war fünf, als Mutter die Nachricht von dem tödlichen Laborunfall erfuhr. Und was tat sie? Sie stellte sich vor den Spiegel. Sie trug roten Lippenstift auf, lackierte ihre Fingernägel und versprühte das teure Parfum, das ihre Schwester, unsere Tante Vera, aus dem Westen geschickt hatte. Mutter sagte, ich solle auf Kessy und Ronny aufpassen. Dann ging sie tanzen. Als sie am nächsten Morgen nach Hause kam, fühlte ich mich zu alt, um meine Mutter noch Mutti zu nennen. Ich nannte sie fortan bei ihrem Vornamen Freya, was sie nicht zu stören schien.

Die Bluesmusiker aus Louisiana packten ihre Instrumente ein. Während die verbliebenen Beerdigungsteilnehmer die Taxizentrale anriefen oder Mitteilungen in ihre Mobiltelefone tippten, klatschte Szymbo mit den Händen. Dreimal. Alle schauten zu ihm herüber. Pjotr Szymborski trat an das Grab und schloss die Knöpfe seines schwarzen Jacketts. Dann hielt der Kapellmeister jene feierliche Totenrede, die er dem Alten, mit Ehrenwort und Hand auf Herz, dereinst versprochen hatte.

2

SIEBEN BRÜCKEN

Zakopane, Polen; Winter 1978/79

Menschen neigen dazu, je nach persönlichem Nutzwert, unliebsame Ereignisse kleiner und belangloser, gegebenenfalls aber auch größer und bedeutender darzustellen, als diese sind. Katastrophen etwa. Überschreitet das Maß des Erschreckens über ein Unglück eine bestimmte, letztlich undefinierbare Grenze, dann ist von einer Jahrhundertkatastrophe die Rede. Von einem Jahrhunderterdbeben, einem Jahrhunderthochwasser, einer Jahrhundertdürre oder von einer ebensolchen Hungersnot, Grippe, Seuche, Feuersbrunst oder Flut; unheilvolle Dramen, deren historischer Stellenwert nur Jahre später im Schatten der nächsten Jahrhunderttragödie verblasst. Und doch, für mich gab es ein Ereignis, das diese Bezeichnung wirklich verdiente: der Jahrhundertwinter zur Jahreswende 1978/79.

An dem Tag, an dem ich mit einem Omnibus und einer Gruppe freigekaufter politischer Häftlinge quer durch die Bundesrepublik fuhr, hatte der Fahrer den Verkehrsfunk im Radio eingeschaltet. Erstmals hörte ich Westnachrichten. Ungefiltert, im Original. Ich wunderte mich über die angenehme, warme Stimme des Sprechers, die ich nicht mit der hässlichen Fratze des Imperialismus zusammenbringen mochte, vor der in *Der Sozialismus – Deine Welt* auf jeder Seite gewarnt wurde. Auch in der Staatsbürgerkunde in Klasse acht auf der Polytechnischen und bei den Pionieren hatten wir gelernt, der kapitalistische Klassenfeind verberge seine aggressiven Absichten grundsätzlich hinter wohlklingenden Worten und geschminkten Gesichtern. In der veredelten Gesellschaftsform des Sozialismus hingegen war der Mensch dem Menschen kein Wolf mehr, sondern Bruder und Schwester, weshalb niemand zur Täuschung seiner Mitmenschen Kreide fressen musste, um seine Stimme zu verstellen.

Doch die Meldungen aus dem Radio waren keine Propagandalügen, die einen Sachverhalt verschleierten oder beschönigten. Ich hatte den Katastrophenwinter mit eigenen Augen gesehen. Es stimmte: In Deutschland war das Chaos ausgebrochen, wobei die Natur sich nicht an Mauern und Grenzen hielt. Die Schneestürme tobten im Osten ebenso wie im Westen. Mit einem Unterschied. Im Westen wurden die Toten gezählt, im Osten nicht. Vielleicht hätte ein anderer Junge damals losgeheult. Vor Schmerz, vor Verzweiflung und Wut. Aber ich spürte nichts. Und wenn mich jemand gefragt hätte, was mich so traurig stimmt, hätte ich geantwortet: »Gar nichts!« Weil gar nichts und alles dasselbe ist.

Der Sprecher meldete, in der Bundesrepublik habe der Winter bereits ein Dutzend Menschenleben gefordert, während in der Deutschen Demokratischen Republik, wie offiziell verlautet, keine Opfer zu beklagen seien. Bis auf einen Helfer, der auf Rügen im Blitzeis unglücklicherweise von einem sowjetischen Räumpanzer überrollt wurde.

»Nein, nein, nein«, hätte ein guter Bruder, ein besserer als ich, geschrien. Da waren noch mehr. Kessryn, meine zehnjährige Schwester! Und Ronny. Mein Bruder. Gerade erst sieben! Und ich? Ich war in Polen, als alles passierte. In den Winterferien. Wäre ich in der Neujahrsnacht zu Hause gewesen, bei Freya und meinen Geschwistern, bestimmt würden Ronny und Kessy noch leben. Dann würde ich nicht in diesem Bus sitzen, wäre nicht auf dem Weg zu meiner Tante Vera. Oder es hätte daheim auch mich erwischt. Glück hätte ich gehabt, meinte der Herr von der Jugendhilfe, verdammt großes Glück, in dieser grässlichen Nacht weit weg gewesen zu sein, hoch oben in den Bergen. Doch ich hatte kein Glück. Zu überleben und übrig zu bleiben, was soll das für ein Glück sein?

Vor zehn Tagen noch wusste ich, was Glück ist. Absolut sicher. Hundertprozentig. Und alle anderen wussten es auch. Gejubelt hatten wir, hatten uns in den Armen gelegen, vierzig Jungen. Da tobte die Hütte, als Artur Kretschmer in den Speisesaal trat und meinte, er habe eine gute und eine schlechte Nachricht. Klar wollten wir alle zuerst die schlechte hören. Artur Kretschmer räusperte sich und erklärte, soeben habe die Betriebsparteileitung des VEB Chemopharm Leipzig im einvernehmlichen Zusammenschluss mit dem Rat des Bezirkes ein Telegramm an die befreundeten Genossen der Verwaltung in Zakopane geschickt, zur dringlichen Weiterleitung an ihn persönlich: »Als verantwortlicher Leiter des Betriebsferienlagers der volkseigenen Chemopharm habe ich mitzuteilen, dass in Teilen unserer deutschen demokratischen Heimat momentan aufgrund eines unvorhersehbaren Temperatursturzes äußerst widrige Witterungsbedingungen herrschen. Die Räumdienstbrigaden kämpfen derzeit unermüdlich gegen die Eis- und Schneemassen an. Auch die Freiwilligenkader der Partei sind in pausenlosen und selbstlosen Arbeitseinsätzen dabei, die Energie-, Verkehrs- und Versorgungslage zur vollsten Zufriedenheit der werktätigen Bevölkerung wieder zu gewährleisten. Selbstverständlich werden auch die Planrückstände bei der VEB Chemopharm Leipzig schon in den nächsten Wochen wieder aufgeholt.«

»Und die gute Nachricht?«, tönte es vielstimmig.

»Da ein sicherer Rücktransport zurzeit nicht zu einhundert Prozent gewährleistet werden kann, wurde mir angetragen, euch in Kenntnis zu setzen, dass sich unsere Heimreise um vorerst eine Woche verschieben wird.«

Das hieß, wir würden Silvester und den Beginn des neuen Jahres in der Volksrepublik Polen verbringen. In der Hohen Tatra im Ferienheim Gomulka in dem Wintersportort Zakopane.

Ich hatte mit der Chemopharm insofern zu tun, als mein Vater dort einst in der Forschung tätig war. Als Kind eines ehemaligen Mitarbeiters stand ich immer auf der Liste, wenn die Betriebsferienlager durchgeführt wurden. Außerdem hatte Vater mich schon als Knirps im werkseigenen Sportverein Dynamo angemeldet, wo ich als Stürmer in der Saison 1976/77 Vize bei den Torschützen war. Im letzten Jahr hatte meine Lust am Fußball jedoch merklich abgenommen. In unserer Jugendmannschaft kickten fast nur Kinder von Chemikern, Biologen und promovierten Ingenieuren. Wir waren trotzdem in Ordnung, keine Arschkriecher, aber weil einige von uns echte US-Levi's trugen und nicht diese marmorierten Boxer-Jeans galten wir als unproletarisch. Die anderen Klubs sahen in uns Bonzensöhne, weshalb sie für sich das Recht reklamierten, uns die Knochen zu polieren, sodass ich montags regelmäßig humpelte, wenn ich zur Schule ging. Kessryn übrigens, die bei Dynamo Ballettstunden nahm, hatte mit ihren Kameradinnen nie Schwierigkeiten.

Ich hatte schon an einigen Sommerferienlagern teilgenommen, zuerst als Jung-, dann als Thälmannpionier. Die Ferienlager waren das Beste, an das ich mich erinnere. Nun ja, das Spalierstehen, das Fahnehissen, blaues Hemd, rotes Halstuch, die Vollzähligkeitsappelle, die Kopflauskontrollen, die Tischsprüche zu den Mahlzeiten, das ewige Hoch auf Partei, Vaterland, Werktätige und Internationale Solidarität, das war halt der Preis, den wir zu bezahlten hatten. Aber wir sahen ihn als akzeptabel an, für den unendlichen Spaß miteinander. Für die

Gemeinschaft nahmen wir in Kauf, dass Parteisoldaten, Kommissköpfe und sonstige Betonbirnen stocksteife Reden hielten und wir anschließend Makkaroni mit Tomatensoße und gebratener Fleischwurst essen und Club-Cola trinken mussten. Obwohl, wirklich zum Grausen war eigentlich nur der Lagerleiter, der Meister des hölzernen Wortes und der gedrechselten Rede: Artur Kretschmer, kurz Kretsche genannt. Wenn irgendwo ein Orden zu verleihen, ein Lob zu hudeln oder eine Plansollübererfüllung zu beklatschen war, wenn alles von allen zigmal gesagt worden war und die Zuhörer dösend zur Seite wegsackten, dann griff Kretsche zum Mikrofon. Auch er war im VEB Chemopharm beschäftigt, aber nicht in den Entwicklungs- und Produktionsabteilungen. Die Betriebsführung hatte ihn als Leiter im Jugendbereich von Dynamo eingesetzt. In dieser Position organisierte er auch die sommerlichen Pionierlager an der Ostsee. Im Winter ging es für die älteren Jugendlichen ins sozialistische Bruderland nach Polen. Im November fragte er mich: »Maik, wann wirst du eigentlich vierzehn?« Nächstes Jahr, im Februar, hatte ich geantwortet und befürchtet, Kretsche würde mich wieder mit Rotlicht bestrahlen und mich zuquatschen wegen des Beitritts zur FDJ. Aber Kretsche meinte nur: »Im Februar schon? Da dürfen wir ruhig mal ein Auge zudrücken. Junge, du bist dabei. Über Weihnachten, in Zakopane.«

Am Heiligen Abend hatte mich Freya frühmorgens mit meinem Koffer zum Platz der Volkssolidarität am Hauptbahnhof gebracht, wo zwei Betriebsbusse auf uns warteten. Schon am Abend würden wir in den Bergen sein! Das war wahres Glück. Im Gegensatz zur Weihnacht im Jahr zuvor. Das Fest war der blanke Horror gewesen. Ronny hatte schon Tage vorher gequengelt, er wolle auch einen grünen Tannenbaum mit Kerzen und Lametta, wie in richtigen Familien. Weil er sich nicht beruhigte, war Freya am Vierundzwanzigsten noch mit ihrem Lada in die

Stadt gefahren, um für Ronny eine Tanne zu besorgen. Und wir? Wir warteten und warteten. Ich vermutete, dass Freya noch bei einem ihrer Witwentröster gelandet war. Jedenfalls stolperte sie erst abends wieder herein, mächtig angeschickert, tatsächlich mit einem mickrigen Bäumchen unterm Arm und einer bunten Lichterkette. Aber die Stimmung war komplett im Eimer, und Freya nickte gleich auf dem Sofa ein. Ich hatte ihr noch das lila Halstuch, das ich für sie zum Fest gekauft hatte, umgewickelt, weil ich nicht wollte, dass Kessy die ganze Zeit auf die violetten Knutschflecken starrt.

Halbwegs gerettet hatte uns damals das Weihnachtspaket meiner Tante, obwohl wir es schon eine Woche zuvor geöffnet hatten. Tante Vera lebte im Westen. In Heidelberg. Zweimal im Jahr schickte sie ein Päckchen, adressiert an Frau Freya Blech. Die Adresse fiel auf, weil sonst nie der Mädchenname unserer Mutter auf der Post stand. Sie trug wie wir Kinder den Namen Kleine, den Familiennamen unseres Vaters. Tante Veras erstes Paket brachte der Postbote im Frühling zu Ostern. Ein Fest, das wir nie feierten. Ich war zwar, anders als Kessryn und Ronny, noch getauft worden, aber wie Freya katholisch nur auf dem Papier. Freya hatte uns erklärt, Ostern sei erfunden worden, damit die heulenden Frauen am Grab vom Jesus sich nicht vor einen Zug werfen. Das war ihr Standardspruch in Sachen Christentum und Religion. Sie wartete immer darauf, dass Gläubige ihr entgegneten, zu Zeiten Jesu habe es noch keine Eisenbahn gegeben, um dann kühl zu kontern: »Ach nein? Aber die Auferstehung von den Toten schon!« Die Hoffnung auf ein späteres Leben im Jenseits, meinte Freya, tauge nur für Gemüter wie das ihrer Zwillingsschwester. Vera war wenige Minuten nach Freya zur Welt gekommen. Die äußere Ähnlichkeit der eineiigen Zwillinge war unübersehbar, soweit das nach den Fotografien zu beurteilen war, die wir von Vera besaßen. Ansonsten gab es zwischen den Schwestern keine

Gemeinsamkeiten. Vera war meine Patentante. Mit zwölf hatte ich meine Mutter gefragt, weshalb ihre Schwester nicht in Leipzig lebe, sondern im Westen. Freya hatte mir erklärt, die Sache sei einigermaßen kompliziert, zu vertrackt für einen Jungen in meinem Alter, doch sie hatte mir versprochen, mir die ganze Geschichte eines Tages zu erzählen. So wusste ich nur: Meine Tante Vera Blech war unverheiratet, glaubte offensichtlich an einen Gott und arbeitete in Heidelberg in einem berühmten historischen Museum, irgendwas mit Medizin und altem Apothekenkram. Freya hatte uns drei Kinder zu versorgen, nahm es mit den Männern nicht unbedingt überkorrekt und war bekennende Atheistin. Wer allen Ernstes glaube, ein König mit Dornenkrone, an ein Kreuz genagelt und mit einer Lanze zwischen den Rippen, steige nach drei Tagen zum Himmel auf, um rechts neben dem Thron seines Vater zu sitzen, der gehörte für Mutter zu den Irren in die Anstalt von Dösen oder in die Waldenburger Klapse.

Brauchbarer als das Osterpaket war das Paket im Dezember. Freya bekam von ihrer Schwester feinen Jacobs-Krönung-Kaffee, Für-Sie-Seidenstümpfe und Kosmetik, bei der allein die Verpackung ein Vermögen gekostet haben dürfte. Für uns Kinder gab es Süßzeug mit drei Toblerone, die ich alle gleich für mich reservierte, während Ronny alle Smarties einheimste. Klasse Klamotten gab es auch. Mir schenkte meine Patentante zu Weihnachten immer eine Original 501, mit der ich allerdings in der Schule keinen Staat machen konnte. Tante Vera kriegte anscheinend nicht mit, dass ich hin und wieder ein Stück wuchs, obwohl ich ihr zum Neuen Jahr immer einen Brief und ein Foto von mir und den Geschwistern schickte. Mir waren die Jeans immer zwei Nummern zu klein. Für Ronny waren sie zu groß. Und Kessy trug nur Kleider. In dem Paket zur Weihnacht siebenundsiebzig steckte neben einem Rauschgoldengel, den Kessy über ihr Bett hängte, auch ein Bastelset, das Freya gleich entsorgt hatte und das ich zum Glück heil wieder aus der Mülltonne fischte: eine Krippe aus Pappmaschee zum Aufbauen mit Figuren aus Glanzpapier zum Ausschneiden, mit Stall, Ochs und Esel, Schafen und Hirten und mit Jesus und seinen Eltern. Ein paar Kamele waren auch dabei, außerdem Könige, die niederknieten und Geschenke brachten. Kessy und Ronny haben den halben Heiligen Abend geklebt und gebastelt. Dann wurde mein Bruder wieder quengelig und hat die Krippe kaputt getrampelt. Seine Schwester langte ihm deftig eine, danach war das Geheul groß und zu essen gab es auch nichts Anständiges. Ich hatte noch Zwiebäcke in Milch eingestippt und mit Rührei und Zucker eine Pfanne voll Blinde Fische gebacken, aber als ich sie servieren wollte, waren meine Geschwister schon eingeschlafen.

In Zakopane war ich der Jüngste, aber trotzdem voll dabei. Bei unserer Ankunft am Weihnachtsabend wollte sich eine gemütliche Winterlaune zuerst nicht einstellen. Das Thermometer zeigte zwölf Grad an, und wir waren enttäuscht, weil es regnete. Doch in den nächsten Nächten sank die Temperatur, und es fiel so viel Schnee, dass wir tagsüber nicht von den Skibrettern herunterkamen. Dass die Schlepplifte ruckelten und manchmal komplett stillstanden, störte uns nicht die Bohne. Auch nicht, dass die Duschen nach fünf Minuten nur noch tröpfelten. Aber dass bei fast allen Toiletten die Spülung hakte und man sein Geschäft morgens mit Wasser aus dem Eimer entsorgen musste, war bei vierzig Jungen und einem halben Dutzend Betreuern schon nervig. Als der FDJler Maximilian tönte, der Pole kriege es zivilisatorisch nicht gebacken, musste er sich von Artur Kretschmer belehren lassen. Dass der sozialistische Nachbar dem Weltniveau der Deutschen Demokratischen Republik noch hinterherhinke, sei im Prozess der Entfaltung der Produktivkräfte nicht verwunderlich, weil der Pole in der revolutionären Geschichte der Arbeiterklasse nun mal keine Visionäre wie Karl Marx und Friedrich Engels hervorgebracht habe.

Um uns von der Überlegenheit des sozialistischen Menschen nicht nur auf intellektuellem Terrain, sondern auch auf dem Feld der Körperbeherrschung zu überzeugen, wanderten wir mit unserem Lagerleiter vor Silvester zur großen Skisprungschanze von Zakopane, ein furchteinflößendes Monstrum, zu dem alle ehrfürchtig aufschauten und das uns mächtigen Respekt abnötigte.

»Hier siegte ein Vorbild. Hier strahlte eine Lichtgestalt der Sportgeschichte der Deutschen Demokratischen Republik«, sagte Kretsche. »Sein Name, er lautet …?« Artur Kretschmer blickte fragend in die Runde, ohne eine Antwort zu erhalten.

»Ich sage nur, neunzehnzweiundsechzig, Goldmedaille bei den Nordischen Skiweltmeisterschaften.«

»Neunzehnzweiundsechzig«, erwiderte Uwe Hauswald, »an diesem prähistorischen Termin war selbst der Gedanke an meine Zeugung noch nicht gezeugt. Was erklärt, weshalb ich in diesem Kreis der Kleinste bin.«

Alle lachten, außer Kretsche, der Uwes Einwand offenbar nicht verstanden hatte: »Ich sage nur, Gold bei Olympia, in Squaw Valley, neunzehnsechzig! Sieger der Vierschanzentournee. Dreimal! Achtundfünfzig, neunundfünfzig, einundsechzig! Wer war's?«

»Ein Held. Womöglich ein Skispringer?«, meinte Uwe, der seine fehlende Körpergröße stets mit einem Überschuss an Frechheit ausglich.

»Ich sage nur: Recknagel Helmut, ausgezeichnet mit dem vaterländischen Verdienstorden der DDR! In Gold!« Als der Name des Sportlers nicht die erhoffte Reaktion hervorrief, fragte Artur Kretschmer flehend: »Was sind das für Zeiten? Habt ihr Jungs denn gar keine sportlichen Vorbilder mehr? Athleten, Turner, Fußballer?«

Wir schauten uns schulterzuckend an. Rudi Schottmann hob die Hand, brav wie ein Schuljunge. Rudi war schon achtzehn. Ich kannte ihn vom Sehen, weil er bei Dynamo in der A-Jugend spielte und Tricks mit dem Ball draufhatte, bei denen einem die Augen aus dem Kopf kullerten.

»Klar bringt unsere DDR Vorbilder hervor. Damals wie heute. Jürgen May, Leichtathlet; Kurt Kubicki, Radfahrer; Jürgen Pahl, Fußballer; Norbert Nachtweih, Fußballer! Noch mehr Namen gefällig? Andy Thomaschewski, ebenfalls …«

»Halt's Maul«, bellte einer der älteren FDJler. »Bist du verrückt!«

Artur Kretschmers Halsadern schwollen an. Er glühte wie ein Hochofen und schnappte nach Luft. »Rudi, du? Das hätte ich nie von dir gedacht. Du, du paktierst mit dem Feind. Deine Ferien sind zu Ende. Du fährst morgen früh nach Hause.«

Rudis vorzeitige Rückreise wäre wegen der Wetterlage daheim sowieso kein ernsthaftes Thema gewesen, aber Kretsche hatte sich am Abend wieder beruhigt. Statt den Autoritären rauszuhängen, kehrte er seine fürsorgliche Seite hervor, die gewiss seinem Naturell entsprach, aber auch einer Portion Kalkül. Dass ein Kind oder ein Jugendlicher aus einem Ferienlager aus disziplinarischen Gründen vorzeitig zu seinen Eltern zurückgeschickt wurde, kam kaum vor. Ließ sich aus solch einer Maßregelung doch ableiten, die Lagerleitung sei im eigenen Haus nicht Herr der Lage. Nach dem Vesperbrot schlug Kretsche mit dem Löffel gegen sein Glas, und uns war klar, dass er nun wieder Wegweisendes zur historischen Mission der Arbeiterklasse zum Besten geben würde.

»Rudi« sagte er, »Rudi Schottmann, wir alle schätzen deinen Mut, deine Ehrlichkeit und deine aufrechte, wenn auch nicht immer weltanschaulich gefestigte Gesinnung. Aber diese Namen, die du heute erwähnt hast, an einem Ort, an dem unser aller Idol, der Skiflieger Helmut Recknagel, einst unserem

Vaterland zur Ehre gereichte, diese Namen sind eine Provokation für jeden treuen Genossen. Ein Schlag ins Gesicht für jeden aufrechten Sozialisten. Diese Männer, nein, diese Drückeberger, diese Deserteure der gerechten Sache, haben für Ruhm und für Geld, jawohl für sehr viel Geld, ihr Vaterland im Stich gelassen. Dein Vaterland, Rudi. Und ich sage das zu euch allen hier: Euer und unser Land hat in die Zukunft dieser vaterlandslosen Gesellen investiert, in Schule, Ausbildung, Beruf, ja sie hat diese Männer freigestellt und unterstützt, um getragen von der Solidarität aller Werktätigen sportliche Höchstleistungen zu erzielen. Und ich sage euch im Vertrauen, weit mehr als jeder verdiente Politiker und jeder verdiente Funktionär ist der leistungswillige und leistungsfähige Sportler ein Botschafter unseres Landes: die Helden der Lüfte, die vor jedem Sprung von der Schanze ihre Angst überwinden; die Athletinnen und Athleten, die sich in den Turnhallen an Ringen und Reck, an Barren und Schwebebalken quälen, die auf der Tartanbahn Runde um Runde drehen und in den Schwimmhallen Bahn um Bahn ziehen, sie alle sind die wahren Repräsentanten sozialistischer Ideale. Nicht zu vergessen die Akrobaten und Artisten, die mit unserem Staatszirkus ihr sensationelles Programm in aller Welt präsentieren. Auch sie haben sich jederzeit als würdige Vertreter unserer Nation und der sozialistischen Idee erwiesen. Sie reisen durch die Welt! Und sie kehren zurück! Anders als diese sogenannten Sportsfreunde Nachtweih, Pahl und Kubicki und wie sie alle heißen. Was tun diese Verräter? Was machen sie! Ihr, die freie deutsche Jugend: Nennt das schändliche Tun dieser Leute niemals Republikflucht. Niemals! Aus unserer sozialistischen Heimat muss niemand flüchten. Es sei denn, um sich als Überläufer dem bürgerlichen Klassenfeind anzudienen. Rudi, denke über meine Worte nach. Komm zur Vernunft, und ich gebe dir meine Hand darauf, du bist in unserem Kreis hier jederzeit wieder willkommen.«

Kretsche ging auf Rudi Schottmann zu und streckte ihm die Rechte entgegen. »Alles klar, Artur«, sagte Rudi und schlug ein. Wir applaudierten und klopften mit den Knöcheln auf die Tische. Die Stimmung war gerettet. Dann wurde gesungen. Wie immer nach dem Abendessen.

Der Betreuer Karsten Turek, wegen seiner unmodischen Augengläser Don Brillo gerufen, zog seine »Weltmeister«-Mundharmonika hervor, und Artur Kretschmer legte los, wobei er, zuerst noch mit der flachen Hand, dann mit seiner Bierflasche, auf die Tischplatte klopfte und den Takt vorgab:

»Links, links, links, links!
Die Trommeln werden gerührt.
Links, links, links, links!
Die Arbeiterklasse marschiert.«

Es folgte nach gleichem Ritual Bertold Brechts *Aufbaulied*, die Hymne der Freien Deutschen Jugend: »»Besser als gerührt sein ist sich rühren«. Dann das *Lied der Partei*, der wir für alles dankten, für was man sich bedanken kann. Anschließend weiterer Dank an die Sowjetsoldaten, die uns überhaupt erst ermöglicht hatten, der Partei danken zu können.

»Die Welt von Licht überflutet,
wir wussten es immer schon:
Für aller Glück hat geblutet
das Herz der Sowjetunion.«

Wenn Don Brillo die Mundharmonika zur Seite legte und sich sein mächtiges Akkordeon umschnallte, war *Der kleine Trompeter* angesagt. Bei dem Grabgesang auf »das lustige Rotgardistenblut«, das bei seinem fröhlichen Spiel, getroffen von feindlicher Kugel, im Freiheitskampf sein Leben ließ, wurden nicht nur

Artur Kretschmers Augen feucht. Freilich nicht, um im Tal der Tränen zu ertrinken, sondern um wiederaufzuerstehen. Wehrhaft und aufrecht. Zum Kampfe fest entschlossen folgten wir der roten Fahne, und der musikalische Teil des Abends steigerte sich zu einem vorläufigen Höhepunkt. Wenn wir am Ende mit geballter Faust und breiter Brust «Avanti popolo, alla riscossa, bandiera rossa trionferà« schmetterten, gab es für mich mit meinen fast vierzehn Jahren keinen Grund daran zu zweifeln, dass die rote Fahne triumphieren würde. Wenn sie nicht längst schon gesiegt hatte.

Trotzdem gingen den meisten Kretsches ewige Hochrufe auf Revolution, Arbeiterklasse und internationale Solidarität irgendwann auf den Wecker. Uwe Hauswald, um einen flotten Spruch nie verlegen, meinte, um den Lagerleiter abends vorzeitig aus dem Verkehr zu ziehen, sei die Erinnerung an die Frage aller Fragen des großen Lenin hilfreich: »Was tun?«

Den älteren, die schon Alkohol trinken durften, war aufgefallen, dass Artur Kretschmer sich mit der Begründung »Wahre Wärme wärmt von Innen« schon tagsüber beim Skifahren einen Schluck aus seinem Flachmann genehmigte. Vor dem Abendbrot verzog er sich in sein Zimmer, vorgeblich, um sich Notizen zu den Geschehnissen des Tages zu machen. Wenn er in den Klubraum zurückkehrte, hatte er glasige Augen und schien uns, wie wir frotzelten, bereits mittelschwer angedüst. Also wurde Kretsches Trinkerei genutzt, um ihn früh in die Federn zu manövrieren. Wenn Kretsche sein Bier aus der Flasche trank, sorgten die Jungen vom Küchendienst gleichzeitig dafür, dass sein Schnapsglas immer gefüllt war. Mit polnischem Wodka. »Gut«, sagte er nach jedem Schluck. »Na zdrowie. Auf den Polen! Glaubt mir, auf den Polacken, da lasse ich nichts kommen.« Wenn Lagerleiter Kretsche schließlich rülpste und tönte, bei aller Kaderdisziplin müsse man auch mal fünfe gerade sein lassen, gaben wir ihm noch eine halbe Stunde. Maximal.

Spätestens um neun, halb zehn verzog sich Artur Kretschmer. Bemüht, nicht zu torkeln, presste er sich ein »Freundschaft, Leute, Freundschaft für alle« ab und fiel ins Bett.

Dann griff Uwe Hauswald zur Gitarre, und die Post ging ab. Uwe war zwei Jahre älter als ich und tatsächlich so kurz wie sein Vorname. Aber er kriegte die Stones hin, *Satisfaction* und *Jumping Jack Flash*. Das ruhige *Angie* zupfte er auf der Klampfe begnadet lässig herunter, außerdem sang er ganz passabel. »Eyn-dschä, ey-hin-dschä, wenn will siss Klauds ohl dissäh-pie-hi-hir, yäah.« Oder so ähnlich. Man musste bei dem Lied angestrengt das Gesicht verzerren und die Töne wie unter Folter herausquetschen, dann klang es gut. Wenn Uwe Stücke von Rockbands brachte, die keiner kannte, wurde Led Zeppelin gefordert. Oder Deep Purple. Der brachiale Hammer! *Smoke on the water*. Niemand bekam den Text auf die Reihe, und Uwe schrammelte das Intro in G-Dur bis zum Abwinken: G-B-C, g-b-d-c, g-b-c, B-G, »Dam dam da, dam dam dada«. In Zakopane war *Smoke* absolut angesagt, nur hatten die Musikexperten unter meinen neuen Mitschülern nachher, im Kollegium Sankt Ignatius im Westen, nicht unrecht, wenn sie abwinkten, die Nummer sei der abgenudeltste Rocksong seit der Erfindung des elektrischen Stroms.

Ein Lied indes war im Klubraum des Gomulka der Oberhammer. Es wurde im Jahr achtundsiebzig ständig im Radio gespielt und stellte selbst die Stones in den Schatten. Wenigsten in der DDR. Bei uns war das Lied *Sieben Brücken* von der Band Karat der ultimative Hit. Wir hätten es rückwärts singen können, wie Katja Nick, eine Berühmtheit im Showgeschäft. Ihre Sangeskunst verschaffte ihr Fernsehauftritte in den großen Familiensendungen Samstagabends in der Bundesrepublik. Sogar in Amerika. Man nannte ihr einen Titel, und sie nudelte ihn herunter, rückwärts auf ein Tonband, das anschließend ebenfalls verkehrt herum abgespielt wurde. Dann erklang das

Original. Fehlerfrei und wenn gewünscht auch auf Japanisch, Englisch oder in einer Sprache, die kein Mensch verstand. Wir sangen in Zakopane zwar auch englisch, aber ich gebe zu, dass ich nur einen vagen Schimmer hatte, von was die Rede war. Vielleicht war *Sieben Brücken* auch deshalb *unsere* Hymne und *mein* Lied, weil jeder den Sinn kapierte.

Nach Silvester brachte ich keinen Ton mehr hervor. Meine Stimmbänder waren vor Heiserkeit entzündet. Ein altgedienter FDJler, dessen Namen ich vergessen habe, schenkte mir eine Packung Flavamed zum Lutschen gegen meine krächzende Kehle. Die Tabletten halfen tatsächlich. Aber woher sollte ich in der polnischen Tatra ahnen, dass für mich »Über sieben Brücken musst du gehn, sieben dunkle Jahre überstehn« schon zwei Tage später zum Albtraum würde. Sieben Brücken! Wer denkt sich so was aus? Es gibt nur eine einzige Brücke. Und die ist endlos. Und jeder, der behauptet, er wisse, zu welchem Ufer sie führt, der lügt.

Uwe hatte mir gesteckt, dass er *Sieben Brücken* nur wegen der anderen spiele, den Song im Grunde aber grottig finde, weil im Rock 'n' Roll das Gefühl von Freiheit und der Klang der deutschen Sprache wie Feuer und Wasser seien. Als er das bräsige »Sieh-bähn Brükk-kähn« mit dem samtweichen »sä-vähn bridschis« verglich, verstand ich so ungefähr, was er sagen wollte.

Uwes Gitarrenspiel haute mich um. Ich war begeistert. Das war es! Ernsthaft, ich war ohne Zweifel für Artur Kretschmers Vision empfänglich, als Fußballer mit Avanti Popolo auf den Lippen weltweit ein vorbildlicher Botschafter meines Vaterlandes zu sein. Oder zu werden. Aber ich hatte keine Lust mehr, dass mir die Blutgrätscher der proletarischen Volksfront an den Fußballwochenenden auf dem Spielfeld die Knochen polierten und mir, wenn der Schiedsrichter wegschaute, so heftig in die Eier kniffen, dass mir schwarz vor Augen wurde und ich den Ball nicht mehr traf. Und Kretsche als Jugendwart beim Training musste auch nicht sein. Gitarre war besser. Ich fragte Uwe, ob er mir daheim in Leipzig Unterrichtsstunden geben würde.

»Hast du Knete und Klampfe?«

»Woher sollte ich?«

»Vergiss es.«

Doch ich hatte eine Idee, genau genommen zwei, kombinierbar in einer Doppelstrategie. Was die Gitarre betraf, so würde ich meiner Tante Vera einen Brief schreiben und ihr nebenbei auch meine Hosenlänge mitteilen, vorsichtshalber eine Nummer größer. Blieb die Frage der Beschaffung des Geldes. Nun hatte ich in der Schule zumindest die elementaren Gesetze des Tauschprinzips bei Karl Marx begriffen. Für einfache Kungeleien brauchte es kein allgemeines Tauschäquivalent, sprich Kapital, sprich Geld. Dass der frühe Homo sapiens einst mit Naturalien hökerte, ließ sich zunutze machen, ebenso wie der Umstand, dass Uwe Hauswald zwar älter war als ich, aber auch kleiner.

»Du kriegst eine brandneue 501, Levi's Original. Mir ist sie zu klein, aber dir wird sie passen.«

»Wow!« Uwe fiel mir fast um den Hals. »Geht klar, Mann. Ein Jahr lang, einmal pro Woche, eine Stunde.«

Uwe begeisterte die Aussicht auf eine US-Jeans so, dass er mir auf der Stelle die ersten Gitarrengriffe zeigte, zu einem Song von einer amerikanischen Legende, einem Musiker und Liederdichter, der quasi schon in einer Faif-oh-wann aus dem Mutterleib gekrochen kam. Behauptete Uwe. Der Typ sei ein begnadeter Folksänger, der die Logik des Kapitalismus auf den Kopf stelle und seinen falschen Schein entlarve, weil er den harmonischen Wohlklang seiner Stimme hinter sägendem Genäsel verberge. Er heiße Robert Zimmermann, tarne sich aber als Bob Dylan. Beide Namen sagten mir nichts, aber die Melodie des Liedes, das Uwe mir beibrachte, war ein bekannter Ohrwurm. »Gegen Dylan und *Blowing in the wind* sind Karat mit ihren sieben Brücken nur Schlagerfuzzis. Schnulzenpopper«, höhnte mein neuer Gitarrenlehrer. »Bei Dylan sind die Texte besser. Aber dafür können die Karäter nichts. Das liegt an dem Unterschied zwischen Amerika und unserer DDR. Nur hier können sie dir erzählen, dass du nach siebenmal Asche irgendwann einmal als heller Schein leuchten wirst.«

»Besser spät leuchten als gar nicht«, entgegnete ich Uwe. »Warum soll das nicht gut sein?«

»Weil das Kitsch ist!«

Uwe sah mein enttäuschtes Gesicht und lenkte ein. »Schon klar, Maik, so schlecht ist der helle Schein am Ende auch wieder nicht. Karat ist okay. Aber Bob Dylan ist ehrlicher. Der lügt dir nichts in die Tasche. Du kannst über tausend Brücken und Straßen gehen, aber wo du am Ende landest, die Antwort ist immer in den Wind gepfiffen.«

Das Lied war nicht schwer zu spielen. Nach drei Tagen griff ich die drei Akkorde A-Dur, D-Dur und E-Dur leidlich sicher, sodass ich mir sogar einen kleinen Auftritt zutraute. Während die anderen an Silvester Ski fuhren, probte ich mit Uwe *Blowing in the wind*. Für den Abend.

Kurzfristig hatten ein paar ältere FDJler, die schon öfter für die Parteijugend Diskos organisiert hatten, eine Fete auf die Beine gestellt, mit Cola, Bier und fetziger Musik. Essen hatten sie auch besorgen müssen, weil wir eigentlich auf die Heimreise eingestellt gewesen waren. Krakauer, Kartoffelsalat und Rote Beete mit Zwiebeln in Essig und Öl, für die ich alles würde stehen lassen. Im Laufe der Woche hatten einige von uns auf den Skipisten mit polnischen Mädchen aus einem katholischen Jugendverband angebandelt. Sie stammten aus Nowa Huta, einer düsteren Industrie- und Stahlkocherstadt bei Kattowitz, von der sie erzählten, dort beginne die Nacht bereits am Mittag. Sie wohnten in einem Ferienheim namens Heilige Maria Matka Boska oder so ähnlich, nicht weit von uns, und waren fröhlich, unbeschwert und bis auf ein paar graue Mäuse alles andere als hässlich. Je nachdem wie der Wind stand, hörten wir sie abends singen. Nicht Rote Fahne und Stones, eher fromme Sachen, die sich aber aus der Ferne wunderschön anhörten. Nie hatten wir damit gerechnet, mit den Mädeln in das neue Jahr zu feiern. Bis wir fragten. Wobei wir nicht blind vorpreschten, sondern strategisch operierten. Rudi Schottmann suchte Kretsche auf, entschuldigte sich noch einmal in aller Form für sein Verhalten an der Schanze und gelobte Treue zum sozialistischen Vaterland. Dann rückte er mit seinem Vorschlag heraus. Er unterbreitete Kretsche die Idee, im Sinne kooperativer Effizienz die geplante Silvesterfete der Polinnen mit unserer Silvesterparty zu vereinen, als sichtbares Zeichen der Völkerfreundschaft und als Beweis des Vertrauens in die korrekte Gesinnung der Jugend von der VEB Chemopharm. Artur Kretschmer stimmte zu. Sofort. Als er sich erbot, persönlich bei der verantwortlichen Lagerleitung der Mädchen vorzusprechen, hüpften im Haus die Hormone im Viereck.

Niemals mehr habe ich mich so leicht und selig gefühlt wie in jener Neujahrsnacht. Sogar Artur Kretschmer blieb locker. Und halbwegs nüchtern. Er rockte mit einer katholischen Nonne, die eine schwarze Ordenstracht trug, aber flotter wirbelte als die ganze Riege der FDJ. Nun, mein Auftritt mit *Blowing in the wind* geriet ziemlich daneben, was nicht an meinem Geklampfe und auch nicht an Uwe lag, der den Gesangsteil übernommen hatte. Karsten Turek alias Don Brillo hatte seine Wald- und Wiesen-Mundharmonika hervorgekramt und meinte, uns begleiten zu müssen. Aber er vergeigte es.

»Dir fehlt der Blues«, hatte Uwe ihn nachher angepfiffen, »du brauchst für Dylan eine amerikanische Harmonika. Für die schrägen Töne. Nicht so ein Wandervogelteil.« Don Brillo indes beharrte auf einer sauberen Intonation. Bei allen FDJ-Liedern würde sein Instrument aus den volkseigenen Klingenthaler

Harmonikawerken melodisch tönen, es sei halt für das Liedgut der revolutionären Arbeiterklasse gestimmt, nicht für dieses pseudorebellische Hippiegedudel.

Dass ich den verkorksten Auftritt mit Gitarre schneller vergaß, als er gedauert hatte, hatte einen schlichten Grund. Er hieß Agnieszka. Sie nuckelte an dem Strohhalm ihrer Brause und lächelte mich den ganzen Abend an, wenn sie nicht gerade mit ihren Freundinnen kicherte. Ich sprach kein Wort Polnisch, sie kein Wort Deutsch, doch als sie mich lachend auf die Tanzfläche zog und bei *A whiter shade of pale* ihren Kopf auf meine Schulter legte und ich ihr Haar roch, das nach Lebkuchen und Zimtsternen duftete, da war ich mir sicher, dass man für das Glück nicht erst über sieben Brücken gehen muss.

Aber da hatte Artur Kretschmer auch noch keine Nachricht aus Leipzig erhalten, mich in sein Zimmer gebeten und gesagt, ich müsse nun sehr, sehr stark sein.

3
PJOTR SZYMBORSKIS GRABREDE
Berlin, Zentralfriedhof Friedrichsfelde;
Mittwoch, 15. August 2007, später Nachmittag

»Der Tod macht die Menschen gleich. So sagt man. Der Tod unterscheidet nicht. So reden die Leute. Ja, er schnappt sich jeden, dieser Lump. Arme und Reiche, Schöne und Hässliche, Dicke und Dünne. Er fickt sie alle. Alte und Junge. Auch Babys. Er greift ins Gewimmel. Fischt sich eins raus. Fickt's. Das Nächste! Mal ein Männchen, mal ein Weibchen. Jawohl, der Tod nimmt sich, was er kriegen kann, keinen lässt er aus. Den Diener und den Herrn, den Mörder, das Opfer, den Richter, den Henker und den Gehenkten, der Tod holt sie alle. Nichts erlaubt er mitzunehmen beim letzten Gang. Nicht mal die eigene Asche. Nur wenn man Katholik ist, wie ich, dann muss man auf das Paradies im Neuen Jerusalem hoffen. Dann glaubt man, ein Gott werde am Ende der Zeiten die Schieflage der Welt wieder ins Lot bringen. Und beim Jüngsten Gericht würden all die Mächtigen stürzen, würden die Herren herabgeschleudert ins ewige Höllenfeuer, während wir, die Zukurzgekommenen, am Thron des himmlischen Vaters sitzen, zur Rechten des Allmächtigen, zu dessen Füßen die unschuldigen Kinder krabbeln. Ja, wir Gläubigen, wir sind Zauberer.

Aber der Tod hält nicht, was wir uns von ihm versprechen. Er macht uns nicht gleich. Wir wissen nicht einmal, ob er existiert.

Der Tod? Wer soll das sein? Der Tod ist keine Tatsache. Tatsache ist, dass wir sterben müssen. Tatsache ist, dass wir irgendwann den Taktstock abgeben werden, von dem wir glauben, es sei die eigene Hand, die ihn führt. Tatsache ist, dass wir hier auf dem Friedhof der Sozialisten stehen, an einem Grabloch. Dass die Füße schmerzen. Dass wir müde sind. Und hungrig. Und durstig. Dass wir nach Hause wollen. Wo auch immer das sein mag.

Unsere Heimat ist der Zirkus. Und er bleibt es, auch wenn der letzte Applaus längst verklungen sein mag. Wie der Gott der Israeliten einen Bund mit seinem auserwählten Volk schloss, so schlossen wir einen Bund mit der Manege. Einen Bund bis ans Ende unserer Tage. Wir liebten den Zirkus, weil er uns staunen ließ. Und weil wir andere staunen lassen konnten. Nicht im Tod, im Staunen sind die Menschen gleich. Kleine und Große, Schwarze und Weiße, Gute, Böse, Schlaue, selbst die Dümmsten unter den Dummen. Nur Tote staunen nicht. Und Gott natürlich. Den Allwissenden, was sollte ihn erstaunen lassen? Was auf der Welt ihn befremden? Gott und die Toten, sie sind sich letztlich gleich. Wer nicht staunen kann, ist tot. Exitus! Der Vorhang zu. Das Chapiteau geschlossen, das Tor zum Paradies versperrt. So wie für die armen Kommunisten hier an dieser Schädelstätte des Erinnerns, für all diese unerlösten Atheistenseelen, die sich zu Lebzeiten der Doktrin verpflichteten, nichts würde von ihnen bleiben als eine Handvoll Staub, ein paar nutzlos schwirrende Atome, ein bisschen kosmisches Gesumms vielleicht. Bestenfalls noch ein Gedenkstein für die Nachwelt. Mehr bleibt dem Sozialisten nicht. Das kommt dabei heraus, wenn kein Schöpfer mehr einem Adam göttlichen Odem einhaucht, sondern nackte Materie unbeseelten Geist gebiert.«

Es strengte mich an, Szymbo zu folgen, zumal mir nicht klar war, worauf er hinauswollte. Doch wie ich ihn kannte, würde nun eine seiner tonalen Dissonanzen erklingen, eine dieser harmonischen Verirrungen, bei denen Albina früher die Augen verdreht und sich die Haare gerauft hatte. Und tatsächlich. Pjotr Szymborski hielt inne, griff in sein Jackett und zog seinen Dirigentenstab hervor. Dann tat er etwas, was er selbst als Kapellmeister nur selten getan hatte. Er hob an und sang. Beim ersten Takt schon erkannte ich die Melodie eines vertrauten Liedes, das ich in fernen Jugendtagen zuletzt gehört und inbrünstig mitgesungen hatte. Das Lied zu Ehren Ernst Thälmanns.

»Heimatland, reck deine Glieder,
kühn und beflaggt ist das Jahr!
Breit in den Schultern steht wieder
Thälmann vor uns wie er war.
Thälmann und Thälmann vor allen,
Deutschlands unsterblicher Sohn.
Thälmann ist niemals gefallen –
Stimme und Faust der Nation.«

»Unsterblichkeit! Unendlichkeit! Ewigkeit!« Szymbo deutete mit seinem Taktstock auf die umliegenden Gräber. »Thälmann ist niemals gefallen! Oh, oh! Nicht nur der Katholik, auch die Kommunisten können zaubern. Auch sie wollen die Zeiten überdauern. Wenn schon nicht sie selbst, so doch ihre Ideen. Auch die Sozialisten erstrebten Freiheit und Gleichheit. Aber sie haben es vermurkst. Und warum? Weil sie nicht mehr staunten. Sie erklärten die Welt, sie erklärten die Natur, sie erklärten die Geschichte, die Vergangenheit, die Gegenwart und die Zukunft. Sie erklärten den Menschen. Sie erklärten alles, und sie verstanden nichts. Weil ihnen der Mensch eine Maschine war, aber kein Geheimnis. Sie glaubten, die Geschichte funktioniere wie eine mathematische Gleichung. Sozialismus gleich Fortschritt gleich Freiheit! Vorwärts und nicht vergessen! Ihr Proletarier aller Länder, ihr Unterdrückten, ihr Revolutionäre, vereinigt euch und ihr seid frei! So sangen sie, so marschierten sie auf ihren Parteitagen. Und in den Nächten bliesen sie das Feuer an und schmiedeten immer stärkere Ketten der Knechtschaft, während ihre Denunzianten ausschwärmten und umherschlichen wie räudige Hunde, witternd, riechend, schnüffelnd bei der Jagd nach schäbigen Wahrheiten für ihre Spitzelbriefe.

Aber ich sage euch, es waren nicht die schlechtesten Zeiten! Denn wir sahen die Ketten. Wir fühlten sie. Sie zwängten ein, schnitten ins Fleisch, doch beraubten sie uns wirklich der Freiheit? Hielten sie nicht vielmehr unsere Sehnsucht wach, und machte diese Wachheit uns nicht stark? Wir wussten, dass dieses Geleier vom Aufbruch verlogen war. Brüder zur Sonne, dem Morgenrot entgegen. Bis zum nächsten Parteitag, der dieselben Lügen verbreiten würde wie der vorangegangene und der nachfolgende. Aber die Lüge tarnte sich nicht. Sie lag offen vor uns, in obszöner Nacktheit. Weil wir ihre Dreistigkeit sehen, ihre Fäulnis riechen und ihre Dummheit belächeln konnten, vermochten wir unsere Ketten abzuwerfen. So wie der große Houdini, der Meister der Entfesselung, für den alle Ketten nichts waren als eine Illusion, die er selbst geschaffen hatte, um sich ihrer mit grandioser Geste zu entledigen.

Auch unser Alberto beherrschte das Spiel mit der Illusion. Er ließ Jungfrauen schweben und mit einem Trommelwirbel im Nichts verschwinden. Er steckte schöne Frauen in Käfige und zerstückelte sie mit Sägen, durchbohrte sie mit Schwertern und enthauptete sie mit Fallbeilen. Und wenn er sie unter der Zirkuskuppel mit einem Paukenschlag im gleißenden Licht wieder zurück ins Leben holte, dann glaubten wir für einen Augenblick, Zeugen zu sein beim Wunder der Auferstehung. Wir staunten. Wir waren Kinder.

Unsere Heimat war das Chapiteau. Doch wir haben es geräumt. Wir haben das Zelt der Träume verlassen. Wir ersehnen nichts mehr. Wir gieren nur noch. Wir gieren nach Spielen, nach Attraktionen, nach Sensationen. Und die Titanen des Spektakels geben sie uns. Sie lassen die Freiheitsstatue verschwinden und durchschreiten die Chinesische Mauer. Längst holen sie Düsenflieger vom Himmel und eines nicht allzu fernen Tages werden sie Planeten zu Staub verfallen, Sterne bersten und Galaxien erlöschen lassen. Ozeandampfer werden im Meer versinken und auf der anderen Seite der Erdkugel wieder auftauchen, auf einer Bergspitze, wie einst die Arche Noah. Und doch, was auch immer die Meister der Illusionen sich einfallen lassen, nie lassen sie uns vergessen, dass ihre Kunst die Täuschung ist, das Trugbild und der Trick.

Die Magnetiseure der Zukunft werden andere sein. Wie einst der Gott der Bibel das Rote Meer teilte, um sein Volk aus der Knechtschaft zu führen, so werden auch sie den Ozean teilen. Weil es ihnen Spaß macht. Weil es ein Spiel ist. Doch niemand will ihre Gasse durch das Meer noch durchschreiten. Wozu auch? Dahinter wartet kein gelobtes Land mehr. Unser Freund Alberto nährte die Sehnsucht. Die Zauberer von morgen lösen sie auf. Sie lassen die Ewigkeit verschwinden im endlosen Hier und Jetzt, das uns zu Tode langweilt, das kein Ziel mehr kennt, für das ein weiter Weg sich lohnt. Und wir lächeln und gähnen und mutieren zu glücklichen Schläfern, hypnotisiert, in Schönheit erstarrt und betört von uns selbst, wie eine schwebende Jungfrau, die nie mehr erwacht.

Die neuen Täuscher und Trickser sind ausgezogen aus dem Zirkuszelt. Sie haben Bühne und Manege verlassen. Ihr Theater ist die Welt. Ihr Zirkus ist überall. Sie glauben, ihre Seifenblasen würden ewig schweben, während wir uns in einem Kabinett zahlloser Spiegel verlieren. Original und Fälschung sind uns gleich. Die Grenze zwischen Sein und Schein, sie ist uns verwischt. Doch ohne diese Grenze staunen wir nicht mehr.

Die Griechen der Antike sagten, das Staunen stehe am Beginn des Philosophierens. Nein, nein! Das Staunen steht am

Ende. Am Anfang steht der Schrei der Geburt. Doch wir wollen ohne Schmerzen zur Welt kommen. Nichts darf uns wehtun. Nichts uns verletzen. Nie mehr wollen wir uns verbrennen. Deshalb springen wir nicht mehr durch den Feuerreifen. Wir fürchten Hochseil und Trapez, den Käfig des Löwen, den Ritt auf dem Todesrad. Wir fürchten den Absturz. Wir fürchten die Furcht. Nur Gott, den fürchten wir nicht. Wir sprengen keine Ketten mehr. Wir leben ein Leben, das den Tod nicht lohnt.«

Als Pjotr Szymborski seine Rede am Grab Alberto Bellmontis beendet hatte, warf er seinen Kapellmeisterstab in das Urnenloch. Die Trauergemeinde versteinerte und verharrte im Schweigen. Szymbo, verwundert, womöglich auch erschrocken über die Reaktion auf seine Worte, stand der Schweiß im Gesicht. Albina Kurkova nahm ihr Taschentuch und tupfte ihm die Stirn. Dann kniete sie vor Bellmontis Grabloch nieder, griff hinein und zog den Taktstock wieder hervor.

»Spiel!« Sie reichte Pjotr den Stab. »Bitte, spiel für mich.«

Szymbo trat an die Blechbläser aus New Orleans heran und wechselte zwei, drei Sätze mit dem Bandleader. Der Mann grinste. Ich sah, wie er Szymbo die Hand auf die Schulter schlug und seine Lippen ein Okay formten. Dann wies er seine Musiker an, Trommeln und Trompeten wieder auszupacken. Szymbo erbat sich ein Saxofon, schnippte mit den Fingern den Takt vor. »A one, a two, a one, two, three, four. « Dann blies er an. Die Schwarzen, die kein Wort seiner Rede kapiert und ihren Kontrakt längst übererfüllt hatten, schnappten sich ihre Instrumente. Angetrieben von Kapellmeister Szymborski spielten sie *When the saints go marching in*, rauf und runter und wieder rauf, wobei sie sich in jene lichten Sphären aufschwangen, von denen Alberto Bellmonti nun auf die Welt herabschaute. Freilich nur, sofern es einen Gott gab, der gnädig genug war, bei dem Alten den Daumen nicht nach unten zu senken.

Wir sangen mit. Selbst jene, die bei der Vorstellung eines Jüngsten Gerichtes gemeinhin die Stirn runzeln würden, bekundeten stimmgewaltig, am Ende der Zeiten beim Einzug der Auserwählten in das Himmelreich mit von der Partie sein zu wollen. Die Amerikaner hatten einen Heidenspaß. Sie lachten sich weg, trompeteten wie entfesselt und animierten uns steppend zum Tanz. Mit geschwollenen Beinen, wunden Füßen und beschwertem Gemüt, zuerst noch mit zaghaftem Schritt, hüpften wir schließlich ausgelassen umher. Nicht pietätlos auf, wohl aber zwischen den Gräbern, inmitten einer Stätte freudlosen Gedenkens an die ermordeten Revolutionäre Luxemburg, Liebknecht und Thälmann, zwischen Ulbricht, Grotewohl und Pieck. Flüchtig hatte ich die Namen auf den Grabsteinen an der Ringmauer und am Pergolenweg gestreift, die Ruhestätten der Richterin Benjamin, des Agenten Wolf und des Verteidigungsministers Hoffmann. Als ich den Bläsern aus Louisiana folgte, die mit lockerem Hüftschwung an Heinz Hoffmanns Gedenktafel vorbeitänzelten, realisierte ich, dass der General bereits 1985 gestorben war und den Untergang seines Arbeiter-und-Bauern-Staates nicht mehr erlebt hatte.

Hoffmann hatte am Neujahrstag 1979, gewärmt von Wollmantel und Hochprozentigem, lallend in der Aktuellen Stunde erklärt, die Front der Werktätigen biete in unverbrüchlicher Solidarität mit der Nationalen Volksarmee jedem Jahrhundertwinter die Stirn – eine Propagandameldung, die kaum Empfänger fand, weil in den Haushalten der DDR die Elektrizität ausgefallen war. Als nach einigen Tagen Strom und Licht wieder funktionierten, war über mich die Nacht hereingebrochen, bedrohlich und namenlos. Pjotr hätte für dieses Dunkel fraglos ein treffendes Wort gefunden, bestimmt auch einen lichten Satz. Aber ich hatte ihm nie von der Finsternis erzählt, die mein Leben überschattete. Ein Leben, das den Tod nicht lohnte, mochte nicht lebenswert sein. Aber Szymbos Spruchweisheit berührte mich nicht. Ich lebte zwar, doch der Tod hatte mich längst ereilt. Während ich mit der Freien Deutschen Jugend die Winterferien in Zakopane genoss, hatte er in Leipzig die Bleibtreustraße aufgesucht. Seit er Kessryn und Ronny geholt hatte, lag der Tod nicht mehr vor, sondern hinter mir.

An dem späten Nachmittag des 15. August 2007 jedoch war etwas anders geworden. Als sei inmitten der Nacht ein Licht aufgeblitzt. Als wir zwischen den Gräbern *When the saints* sangen, verloren die Mächte der Vergangenheit zwar nicht ihren Schrecken, doch fühlte ich mich kräftig genug, sie nicht um jeden Preis meiden zu müssen. Stets hatte ich versucht, meinem Schatten zu entfliehen. Es war an der Zeit, ihn zu erhellen. Mir blieben zwei Wochen.

Die Beerdigungsgesellschaft hatte sich aufgelöst, die Luft kühlte ein wenig ab, und auf dem Sozialistenfriedhof in Friedrichsfelde wurde es still. Szymbo musste seinen neuen amerikanischen Musikerkollegen unbedingt noch das deutsche Bier schmackhaft machen, während Albina zurück in ihr Hotel wollte. Die Strapazen des Tages standen ihr ins Gesicht geschrieben, als sie mich bat, ihr mit meinem Mobiltelefon ein Taxi zum Kempinski zu bestellen.

»Wann wirst du zurück nach Moskau fliegen?«

»Morgen«, sagte sie. »Aber ich bin erschöpft. Vielleicht bleibe ich einen Tag länger.«

»Und wie ist es in Moskau?«

»Danke, gut. Und du? Pjotr erwähnte, dass du öfters mit dem Gedanken spielst, nach Amerika zu gehen.«

»Ich gehe nach Amerika!«

»Tatsächlich! Hast du schon ein Ticket?«

»Ja. Am Einunddreißigsten fliege ich von Frankfurt am Main nach Los Angeles.«

»Dann hat sich Pjotr also geirrt.«

»Wieso?«

»Willst du das wirklich wissen?

»Ja!«

»Er behauptet, du seist eine miserable Kopie der biblischen Propheten.«

»Und weswegen?

»Weil du ständig etwas ankündigst, was nicht eintrifft. Deinen Worten folgen keine Taten.«

»Das hat Szymbo gesagt?«

»Sinngemäß. Ich habe es nur netter formuliert. Was wirst du in Amerika machen? Immer noch Beleuchter?«

»Exakt.«

«Musicals? Mit Doppelgängern von Elvis, Madonna oder den ABBAs? Mamma Mia?«

Ich zögerte mit der Antwort, um Albina nicht merken zu lassen, dass ihr Pfeil mich getroffen hatte.

»Nein. Ich werde keine Kopien ausleuchten. Ich werde mit einem Original unterwegs sein. Mit einer Legende der amerikanischen Musikkultur.«

»Darf ich ihren Namen erfahren?«

»Natürlich. Bob Dylan!«

»Ehrlich? Du warst ja immer schon ein glühender Bewunderer.«

»Das stimmt. Er war das Idol meiner Jugend. Und nun werde ich ihn begleiten.«

»Als was? Als Verehrer?«

»Nein. Als Crew-Member. Ich werde Bob Dylan und seine Band bei seiner Never Ending Tour ins rechte Licht setzen. Als verantwortlicher Executive Lighting Operator.«

Das Taxi hupte. Albina deutete dem Fahrer, einen Augenblick zu warten. »Am Einunddreißigsten geht dein Flugzeug. Das ist recht bald.«

«Ja. Heute in genau einem Monat, am fünfzehnten September, startet Dylans Amerika-Tournee im Amphitheater von

Austin in Texas. Danach reisen wir durch die Staaten. Konzerte nonstop. Aber die Proben für die Tontechniker und Lichtgestalter beginnen bereits in vierzehn Tagen in Los Angeles. Dann bin ich weg.«

»Ich wünsche dir, dass du dein Glück findest.« Albina gab mir die Hand. »Ich bin traurig«, sagte sie noch. »Ich vermisse Alberto.« Dann stieg sie in ihr Taxi.

Als der Wagen davonfuhr, wehte sie wieder heran, jene unbehütete Einsamkeit, mit der Albina die Asche Bellmontis in dem Grabloch versenkt hatte. Auch mir fehlte der Alte. Er würde niemals mehr für mich da sein. Erst in der Endgültigkeit seiner Abwesenheit erkannte ich, wie sehr ich ihn brauchte und wie sehr er mich gebraucht hatte. Ich bedauerte zutiefst, ihn in seiner Grunewalder Villa nicht häufiger besucht zu haben. Ich hatte das Angebot abgelehnt, in seine Fußstapfen zu treten, hatte sein Erbe ausgeschlagen. Was mir noch blieb, war jene Einladung anzunehmen, die er mir alljährlich an meinem Geburtstag hatte zukommen lassen. Seit dem Tod meiner Geschwister hatte ich das Terrain der ehemaligen DDR gemieden. Morgen Vormittag aber würde ich nach Pankewitz fahren, in Alberto Bellmontis Internationales Museum für zirzensische Artistik und Illusionskunst. Das war ich dem Alten schuldig. Ich würde Szymbo bitten, mich zu begleiten. Als sein Freund musste ich mein Schweigen beenden und ihm von meinen Amerikaplänen erzählen.

4
FROSTIGES FEUER
Zakopane; Leipzig; Jahresbeginn 1979

Am Montag, den 1. Januar 1979, krochen wir erst am späten Vormittag aus den Betten. Der Klubraum des Gomulka sah sehr passabel aus, penibel reinlich für meine Begriffe, denn die Polinnen des katholischen Marienvereins hatten nach unserer Silvesterfeier nachts noch aufgeräumt. Während wir die leeren Getränkeflaschen einsammelten, hatten die Mädchen Geschirr und Gläser gespült, die Küche gewienert und den Fußboden geschrubbt, damit wir zum Start ins neue Jahr nicht im Drunter und Drüber unserer Männerwirtschaft verlotterten. Ein entspannter Artur Kretschmer verzichtete auf Wegweisendes zum Jahresbeginn, wünschte allen per Handschlag »Freundschaft und ein Gutes« und schaltete den Schwarz-Weiß-Fernseher an. Wir scharten uns um das Gerät, um in den Nachrichten von *Telewizja Polska* eventuell Neuigkeiten über die Wetterlage in der Heimat zu erhalten. Die ließen nicht auf sich warten. Derweil wir die schneereichen Tage in Zakopane in vollen Zügen genossen, war über den Norden der beiden deutschen Staaten und über Teilen Polens jene Katastrophe hereingebrochen, die kein Wetterdienst auf dem Schirm gehabt hatte. Sorgen brauchten wir uns in der Tatra nicht zu machen. Im Keller tuckerte ein Dieselaggregat, das uns mit elektrischem Strom versorgte. Mit unseren Vorräten an Kaminholz hätten wir das Ferienheim noch bis zur Jahrtausendwende heizen können.

Daheim hatten sich die milden Temperaturen und das Tauwetter vor der Jahreswende als trügerisch erwiesen. Just als man annahm, der Winter habe sich nach einer vorweihnachtlichen Stippvisite wieder verabschiedet, hatte sich über der Ostsee ein meteorologisches Inferno zusammengebraut. Ein warmfeuchtes Tiefdruckgebiet im Südwesten der Bundesrepublik und ein Hochdruckgebiet über Schweden mit einer außerordentlichen Kälte weit unter minus vierzig Grad prallten aufeinander. Landstriche vereisten wie schockgefrostet. Tagelange Schneestürme lähmten das öffentliche Leben. Die Ostsee fror zu, Schiffe wurden vom Eis zermalmt, und die Menschen auf der Insel Rügen versanken in einer Schneewüste von sibirischer Wucht. Wasserrohre barsten. Öltanks platzten. Glasscheiben zersprangen in der klirrenden Kälte. Dann drängte die Frostfront Richtung Süden. Wie die polnischen Nachrichten meldeten, war in weiten Regionen der DDR die Strom- und Energieversorgung zusammengebrochen. Als Ursache ausgemacht wurde die heimische Braunkohle. Ihr hoher Wassergehalt und die tagelangen Regenfälle ließen sie zu betonharten Eisbergen gefrieren. Der Tagebau kam zum Erliegen. Die Schaufelradbagger drehten sich nicht mehr, Eisenbahnschienen und Weichen eisten zu, Förderbänder und Lokomotiven standen still. Die Kohlewaggons blieben leer, und die monströsen Kraftwerke, die jeden Tag Tausende Waggonladungen Braunkohle fraßen, wurden nicht mehr befeuert. Die Folgen waren verheerend. Städte versanken in Dunkelheit, Heizungen blieben kalt, Läden geschlossen. Alte irrten umher, hungernd und frierend. Eltern suchten ihre vermissten Kinder, und in Polen starben die ersten Säuglinge an Unterkühlung, da die feuchten Windeln nicht trockneten. Weil auch die Heizlüfter und Futteranlagen in den landwirtschaftlichen Produktionsgenossenschaften und Kolchosen ohne Elektrizität nicht funktionierten, krepierten Hunderttausende Stück Vieh. In den Ställen bissen sich die Schweine vor Hunger die Ohren und Schwänze ab. Schafe, Ferkel und Hühner erfroren. In den automatisierten Mästereien und Milchbetrieben brüllten sich die Kühe in den Tod, weil ihre prallen Euter nicht gemolken wurden.

Währenddessen dinierte der Staatsratsvorsitzende zu Silvester im heißen Mosambik, von wo aus er die Genossen in Berlin per Telex anwies, die Produktion in den Betrieben einschränkungslos zu gewährleisten und die Bevölkerung nicht mit unnötigen Informationen zur Lage der Nation zu beunruhigen. Dieweil fielen die Befehlsstrukturen des heimischen Katastrophenstabes in sich zusammen. Von der Hauptstadt über die Bezirke bis in die Kreise – die Hierarchie der Verantwortlichkeiten knickte ein wie die Strommasten im Sturm.

Durfte man den polnischen Nachrichten glauben, dann näherten sich die beiden im Kalten Krieg verfeindeten Teile Deutschlands einander an. Ausgerechnet im Krieg gegen die Kälte. Trotz der systemübergreifenden Hilflosigkeit vor der Urgewalt der Natur verzichtete *Telewizja Polska* dennoch nicht auf einen propagandistischen Seitenhieb und zeigte, wie die Bulldozer der westdeutschen Bundeswehr in Eisstürmen und Schneewehen den Dienst quittierten. Die robusten sowjetischen Panzerzugmaschinen vom Typ T-55T hingegen trotzten der Witterung. Weil nichts sie aufzuhalten vermochte, brachten Rotarmisten Kommissbrote und Büchsenfleisch nach Rügen und Swinemünde. Zudem verteilten sie wärmenden Wodka. Was Artur Kretschmer zum Anlass nahm, sich aus Solidarität mit den frierenden Volksgenossen ebenfalls einen Schluck zu genehmigen.

»Der Russe und der Pole«, meinte er, »sind das Desaster gewohnt. Sie hinken der Kultur des entwickelten Sozialismus hinterher, sind dafür aber näher dran am Naturmenschen. Sie haben noch diesen Instinkt, diesen ungezähmten Willen zu überleben. Und ich verrate euch, nur als ein Gedankenspiel, sollte entgegen der unwiderlegten Logik von Marx, Engels und Lenin in der Geschichte des Klassenkampfes die totale Kapitalisierung am Ende obsiegen, was nie der Fall sein wird, dann marschieren Polen und Russen mit der weißen Fahne der Kapitulation in der ersten Reihe.«

So schrecklich die Nachrichten und die Bilder des Jahrhundertwinters waren, sie hatten auch etwas Beglückendes, verdankten wir den bedrohlichen Szenarien doch, dass sich unsere Ferien in Zakopane um eine Woche verlängerten. Zudem passte die Katastrophenstimmung nicht zu der Freude, die mich seit der Neujahrsnacht durchströmte. Ich trug noch immer den blauen Wollpullover, den Tante Vera mir mit dem Weihnachtspaket des Vorjahres geschickt hatte, mit dem Hinweis, er dürfe nur kalt per Hand gewaschen werden. Freya hätte den Pullover am liebsten verbrannt, weil er für ihren Geschmack nicht manierlich ausschaute. Ich aber liebte ihn. Weil er ein Original war, einzigartig und unverwechselbar. Und weil er so gammelig und schlabberig war. Freya meckerte, ich sähe darin aus wie eine nasse Vogelscheuche; aber ich fand den Pullover lässig. Und nun durfte er nie mehr gewaschen werden, auch nicht kalt und von Hand. Wegen Agnieszka, meiner Tanzfreundin von Silvester. Wo ihr Kopf mit ihrem duftenden Haar an meinen Schultern gelehnt hatte, roch die Wolle noch immer nach Zimt und Marzipan, irgendwie warm und blumig, jedenfalls so, wie die Zeit um Weihnachten riechen sollte.

Für den Neujahrstag hatten die Polinnen aus Nowa Huta einen Ausflug geplant. In ein Kloster, um das herum fromme Mönche die Stadt Jerusalem mit dem Kalvarienberg nachgebaut hatten, wo sie sich am Karfreitag als römische Soldaten verkleideten und nachspielten, wie Jesus mit Dornenkrone ans Kreuz genagelt wird. Da der Name des Ortes meine Zunge überforderte, hatte ihn Agnieszka nachts für mich auf eine Serviette geschrieben: Kalwaria Zebrzydowska. Anschließend wollten die Mädchen noch nach Krakau fahren, um die Messe zu feiern und in der Wawel-Kathedrale am Mausoleum des heiligen Stanislaus für ein gutes neues Jahr zu beten. Als ich Agnieszka mit Händen und Füßen zu verstehen gab, dass ich nie in Kirchen ging und niemals betete, hatte sie gelacht und ihrer Freundin Helena, die ein wenig Deutsch sprach, etwas zugeflüstert. Helena nahm mich zur Seite. »Ich soll dir sagen, du brauchst nicht beten. Agnieszka betet für dich.«

Ich war ganz erschrocken, weil ich nicht wusste, dass Sätze, die einen glücklich machen auch wehtun können. Und geschämt hatte ich mich auch, weil ich selbst nie so etwas zu jemandem gesagt hatte.

Weil die Mädchen am Neujahrstag erst spät wieder nach Zakopane zurückkehren würden, hatten wir uns für den Folgetag zum Skifahren verabredet. Um zehn wollte ich Agnieszka treffen, auf der Piste unterhalb der Sprungschanze, auf der Helmut Recknagel einst seine Goldmedaille errang.

Am Dienstag, den 2. Januar, wunderten wir uns, dass Kretsche am Frühstückstisch fehlte. Wir hatten abgeräumt und uns zum Skilaufen angekleidet. Als ich nach Uwe Hauswalds Gitarre langte, um schnell noch die Akkorde von *Blowing in the wind* zu klimpern, richtete mir Don Brillo aus, Artur Kretschmer bitte mich umgehend in sein Zimmer.

Er saß auf seinem Bett und schaute mich an, mit einem peinvollen Blick, wie ich ihn noch nie zuvor gesehen hatte. Ich überlegte, etwas zu sagen, etwas Aufmunterndes, einen harmlosen Scherz vielleicht oder einen Polenwitz, aber mir fiel nichts ein. Als ich fragen wollte, was er von mir wünsche, stand Kretsche auf, um mich mit rührender Hilflosigkeit in seine Arme zu schließen. Väterlich irgendwie, aber auch verkrampft. Ich entwand mich, als er verlegen hüstelte und nach einem Papier auf seiner Nachtkonsole griff. »Eben angekommen, Maik. Ein Telegramm. Aus Leipzig. Die Behörden aus Zakopane haben es zugestellt.«

»Ja und? Etwa wegen mir?«

»Maik, ich weiß, du bist stark und tapfer. Und du musst jetzt sehr tapfer sein. Gleich kommt jemand von der Fürsorge aus Leipzig eigens hier hoch in die Berge. Ein gewisser Herr Frank, Referatsleiter der Jugendhilfe, wenn ich das richtig lese. Er bringt keine guten Nachrichten. Er wird dich abholen. Du musst zurück nach Leipzig.«

»Aber warum denn? Sind die Straßen wieder frei? Wir haben doch Verlängerung. Ich will noch hierbleiben.«

»Ich weiß, ich weiß. Aber zu Hause ist etwas passiert.«

»Was? Etwas Schlimmes?«

»Ja, Maik. Dein Bruder und deine Schwester, sie …«

»Was ist mit ihnen?«

»Sie, sie …« Artur Kretschmer quälte sich um die Nachricht herum. »Sie sind … Es gab ein Feuer … Dein Bruder und deine Schwester, Ronny und Kessryn, sie leben nicht mehr.«

»Was? Was soll das heißen, leben nicht mehr? Sie sind doch daheim. Kessy und Ronny sind bei Freya, bei meiner Mutter, bei unserer Mutter. Was ist denn los?«

»Ich weiß es nicht. Ich kann dir nur sagen, was in diesem Telegramm steht. Es hat sich ein Unglück ereignet, ein Unfall, ein Feuer in der Silvesternacht.«

»Ein Feuer?«

»So steht es hier. In Leipzig, Connewitz. Bleibtreustraße 44. Wohnt ihr da?«

»Ja.«

»Maik, auch wenn es dich im Moment nicht trösten wird. Bei all dem Unglück, es hätte schlimmer kommen können, weitaus schlimmer. Freya, deine Mutter, hat überlebt. Mehr weiß ich nicht. Am besten, du verabschiedest dich von den anderen und packst deine Sachen. Ich denke, der Herr von der Jugendfürsorge wird gleich hier sein und sich nicht allzu lange aufhalten wollen. Er wird dich nach Hause, äh, ich meine, er wird dich nach Leipzig fahren.«

Herr Frank kam um Viertel vor zehn. Mit forschem Schritt trat er auf mich zu und streckte mir die Hand entgegen. Ich erstarrte, als er sich mit »Maik, mein Junge« anschleimte. Er stellte sich vor als Verantwortlicher der Jugendhilfe Leipzig und ehemaliger Leiter des Kinderheimes Sonnenland in Bad Bockenau und sicherte mir seine Anteilnahme und alle erdenkliche Unterstützung der staatlichen Organe zu. Das Wort Kinderheim ließ mich zusammenzucken. Er hatte mein erschrockenes Gesicht bemerkt, weil er sofort betonte, es gebe keinen Grund, eine Einweisung in ein Waisenhaus zu fürchten. Er sei für mich da, und gemeinsam würden wir für meine jetzige und künftige Situation eine Lösung finden. Ich dürfe, ja ich solle mich ihm mit meinen Sorgen anvertrauen. Ohne Scheu. Jederzeit. Er bot mir sogar an, ihn mit seinem Vornamen anzureden, ihn Johannes oder kurz Hannes zu nennen. Aber das wollte ich nicht, obwohl ich genickt hatte.

Während Herr Frank noch ein Frühstück mit Malzkaffee nahm und uns als Proviant Äpfel und Wurstbrote einpacken ließ, holte Kretsche meinen Koffer. Die anderen Jungen hatten nicht mitbekommen, was los war. Sie musterten den fremden Besucher aus respektablem Abstand und zogen schließlich mit ihren Skibrettern los. Als Uwe und Rudi mir zuriefen, ich solle später nachkommen, hatte ich als Zeichen der Zustimmung kurz die Hand gehoben. Kretsche wünschte mir noch alles Gute, aber angesichts seines kummervollen Blicks brachte ich keine Silbe hervor. Auch fehlte mir der Wille, mich dagegen zu wehren, als mir Don Brillo zum Abschied seine Klingentaler Mundharmonika in die Hand drückte, als »treue Begleiterin in Zeiten der Nacht«.

Eine Stunde nach Herrn Franks Ankunft saßen wir in seinem Wartburg. Eine weitere Stunde später, vor Krakau, passierten wir ein Hinweisschild zu einem Kloster, dessen Name auf einer zerknüllten Papierserviette nun in einem Abfallkorb im Gomulka lag. Kalwaria Zebrzydowska. Hier hatte ein Mädchen am Neujahrstag für mich beten wollen. Agnieszka. Wir hatten uns wiedersehen wollen, am heutigen Vormittag beim Skifahren. Ich versuchte, mir vorzustellen, wie sie an der Sprungschanze von Zakopane im Schnee auf mich wartete und Uwe Hauswald sie beschwichtigte, ich würde bestimmt jeden Moment aufkreuzen. Ich bemühte mich, mir Agnieszkas helles Gesicht vorzustellen, ihre leuchtenden Augen und ihre sanften Hände. Aber ihr fröhliches Lachen verhallte ebenso im Vakuum meiner Verlorenheit wie sich der Duft ihrer Haare auf meinem Pullover verflüchtigte.

Kessy und Ronny! Ich flehte, alles sei nur ein Missverständnis, das sich aufklären sollte, wäre ich erst wieder daheim. Ich versprach, Kessryn jeden Tag bei den Hausaufgaben zu helfen und mit Ronny Karten zu spielen, Mau-Mau und Autoquartett, ohne zu murren, rund um die Uhr. Aber mein Flehen ging ins Leere. Es fand kein Gegenüber, an das ich es hätte richten können, wo es hätte erhört werden können. Ich schaute aus dem Fenster. Ich weinte.

»Du brauchst dich nicht zu schämen«, sagte Herr Frank. »Heul dich aus, mein Junge. Wenn dir danach ist.«

Ich wischte die Tränen fort und erklärte ihm, der beißende Qualm seiner Zigaretten treibe mir das Wasser in die Augen, woraufhin er sein Seitenfenster herunterkurbelte, es wegen der Kälte aber gleich wieder schloss.

Herr Frank rauchte pausenlos. Außerdem redete und redete er. Die ganze Fahrt über. Er erzählte von Jungen und Mädchen aus verkorksten Familien, denen verdammt viel Mist in die Wiege gelegt worden war, doch deren Geschichten dank der Jugendhilfe ausnahmslos ein glückliches Ende nahmen. Man müsse sich, so sagte er, bei allem Verständnis für menschliche Schicksale, immunisieren gegen den Schmerz.

Ich hörte Herrn Frank zu, aber seine Worte erreichten mich nicht. Doch merkte ich auf, als er die rechte Hand vom Lenkrad nahm, den Ärmel seines Jacketts hochkrempelte und mir seinen linken Unterarm zeigte, auf dem ein halbes Dutzend pfenniggroße, dunkle Hautflecken zu sehen waren.

»Brandnarben«, sagte er.

»Wer hat die gemacht?«

»Ich selber.« Herr Frank lachte. »Ich war damals jünger als du jetzt. Dreizehn. Da hat man schon mal verrückte Ideen. Vor allem, wenn man einer Bande von Halbstarken beweisen will, dass Indianer keinen Schmerz kennen. Die glühende Zigarette auf der Haut, ohne mit der Wimper zu zucken, damit habe ich mir Respekt verschafft. Vor mir selbst. Sei ehrlich, Maik, du hältst das für pervers. Nicht wahr?«

»Ich weiß nicht.«

»Natürlich weißt du das! Aber du hast recht. Die Aktion war krank. Doch ich habe daraus meine Lehre gezogen.«

Als ich schwieg, schwadronierte Herr Frank, in der Disziplinierung des Körpers, der Kontrolle der Empfindungen und der Beherrschung des Willens liege der Schlüssel zum persönlichen Wachstum. Sich an defizitäre Erfahrungen zu binden, zeuge von einem Mangel an menschlicher Reife. Verlusten und Versäumnissen nachzutrauern, an ihnen zu kleben gar, führe hinein in lähmende Apathie. Hingegen richte sich der leiderprobte Mensch am festen Blick in eine bessere Zukunft auf. Eine Zukunft, an die nicht bloß hoffend zu glauben sei, wie in der Religion, sondern die es wollend zu erzwingen gelte. Herrn Franks Ratschläge schwirrten umher, ohne dass er mitbekam, dass sie keinen Ort fanden, wo sie hätten landen können. Er war ein Schwätzer. Und wenn ich den Eindruck hatte, er habe sich endlich leergeredet, stellte er mir dumme Fragen.

»Hast du in Zakopane auch von dem Jahrhundertwinter gehört?«

»Ja.«

»Im Norden und im Osten sieht die Chose verheerend aus. Leipzig ist besser dran. Der Strom fließt, die Lampen leuchten, selbst in der Silvesternacht wurde die Stadt mit Elektrizität versorgt. Das Problem war die Kälte. Glaub mir, der Frost war schuld. Ohne diese verfluchte Kälte würden wir jetzt nicht quer durch Polen fahren. Wäre es nicht so bitterkalt gewesen, Maik, dann würden deine Schwester und dein Bruder noch leben.«

»Wie? Sind Kessryn und Ronny erfroren? Herr Kretschmer erzählte von einem Feuer. Von einem Brand.«

»Ja, das stimmt. Und stimmt zugleich auch nicht. Das ist ja das Übel, dass die großen Tragödien die vielen kleinen Dramen nach sich ziehen. Wobei zwei voneinander unabhängige Unglücke ein drittes überhaupt erst hervorbringen, wie fatale sich kreuzende Ereignisketten, wie umstürzende Dominosteine. Wobei die letzten in der Reihe nicht ahnen, dass sie fallen werden, wenn die ersten bereits am Boden liegen. Wenn du verstehst, was ich meine.«

»Nein.«

»Ein Feuer brach aus, in der Bleibtreustraße 44, in der Neujahrsnacht gegen null Uhr zwanzig, plus minus einige Minuten. Um diese Zeit gingen bei der zentralen Feuerwache die ersten Notrufe ein. Um null Uhr fünfunddreißig war der Brandschutz vor Ort, mit drei Löschzügen, alles TLF 16, jeder davon bestückt mit zweitausend Litern Wasser, zweihundert Litern Schaumlöscher und drei Atemschutzgeräten. Ich war in meiner Jugend selber bei der freiwilligen Wehr in Bad Bockenau, ich kenne mich da aus. Die TLF waren in Schuss, vorbildlich gewartet. Nur die Heizung in der Fuhrparkhalle ging bei den Temperaturen in die Knie. Die Braunkohle war zu Klumpen gefroren und taugte nicht als Brennstoff. Eine unsägliche Schlamperei, die personelle Konsequenzen haben wird. Die Brigade jagte zwar mit Blaulicht in die Bleibtreu, aber das Löschwasser in den Tanks war gefroren. Auch die Hydranten waren dicht, die Wasserleitungen vereist. Da kam kein Tropfen raus, da war nichts zu retten. Dein Elternhaus brannte nieder, und die Kollegen von der Wehr waren zur Ohnmacht verurteilt. Und mit Atemschutz rein in den Glutofen, dazu war es zu spät. Die Häuser der Nachbarn zu sichern, mehr war in dieser Schreckensnacht nicht drin. So wurde mir berichtet. Doch glaub mir, Maik, die Kameraden hätten ihr Leben riskiert, hätte für deine Geschwister ein Funke Hoffnung auf Rettung bestanden.«

»Aber warum das Feuer? Weshalb hat es gebrannt?«

»Da kann ich selber nur Informationen aus zweiter Hand weitergeben. Bislang ist die Brandursache nicht geklärt. Natürlich kursieren Vermutungen und Gerüchte. Spekulationen von Fachfremden. Das übliche Gestochere im Nebel. Kann sein, dass ein Kurzschluss den Brand ausgelöst hat, ein defekter Heizstrahler, ein kokelndes Kabel, ein kaputter Toaster. Oder ein Weihnachtsbaum. Diese Nadelbäume sind der Albtraum für jede Feuerwehr. Nach den Feiertagen brennen die trockenen Dinger wie Zunder. Vielleicht haben Ronny und Kessryn gezündelt, mit einem Feuerzeug hantiert oder Kerzen angesteckt, weil ihnen kalt war. Oder sie haben mit Knallfröschen gespielt. Was glaubst du, was alles passiert. Vor zwei Jahren verbrannte eine fünfköpfige Familie, weil der betrunkene Vater im Streit im Wohnzimmer einen Kanonenböller nach seiner Frau warf, wobei ein Fonduetopf mit Spiritus und siedendem Öl umkippte. Nicht ausgeschlossen ist auch, dass sich in der Bleibtreustraße eine Silvesterrakete durch ein offenes Fenster ins Haus verirrt hat. Die Spurensicherung ermittelt. Ganz sicher, sie werden die Brandursache finden, hundertprozentig. Nur erschwert die derzeitige Wetterlage die Untersuchungen. Der Schnee behindert die Spurensicherung. Aber selbst wenn wir die Ursache kennen, wissen wir dann wirklich mehr? Versteh mich richtig, Maik. Was auch immer das Feuer ausgelöst hat, Schuld trägt diese verdammte Kälte. Ohne diesen Jahrhundertwinter hätten die Kameraden von der Wehr deine Kessryn und deinen Ronny da rausgeholt. Aber vergiss nicht, deine Geschwister mussten nicht leiden. Ich bin sicher, die Ermittler werden herausfinden, dass die beiden schliefen, als das Feuer ausbrach. Ich denke, sie haben keine Angst gehabt. Sie schliefen fest und sind bloß nicht mehr aufgewacht. Als der Tod kam, haben sie ihn gar nicht bemerkt.«

»Was ist mit meiner Mutter? Mit Freya?«

»Eine schwierige Frage. Sie nagt schon die ganze Zeit an mir. Die Rolle deiner Mutter in der Silvesternacht ist undurchsichtig. Die Fahnder halten sich bedeckt. Bis zur Klärung des Sachverhalts. Als ich mich gestern auf den Weg machte, von Leipzig nach Zakopane, stand nicht einmal fest, ob deine Mutter in der Tatnacht, ich meine, ob sie beim Ausbruch des Feuers überhaupt anwesend war. Womöglich war sie aushäusig, wo und bei wem auch immer. Die Ermittlungsbehörden haben das zwischenzeitlich sicher herausgefunden. Soweit ich weiß, steht sie unter einem schweren Schock. Sie wird jedoch bestens medizinisch versorgt und auch psychologisch betreut.«

»Kann ich sie besuchen?«

»Das kann ich dir nicht versprechen. Das müssen die Ärzte entscheiden. Aber ich werde sehen, was sich machen lässt. Meine Hand drauf.«

Als wir Zgorcelec an der polnisch-deutschen Grenze erreichten, war es bereits dunkel. Nach der Passkontrolle steuerte Johannes Frank einen Parkplatz an. »Eine kurze Pause«, sagte er und fragte, ob ich Kaffee, Tee oder eine Limo wolle. Ich verneinte. Er reichte mir einen Apfel, den ich in die Jackentasche steckte. Dann stieg er aus, dehnte und streckte seine Gelenke und rieb sich gegen die Müdigkeit Schnee ins Gesicht. Ich wartete, während er in einem Rasthaus Kaffee trank und rauchte. »Wir fahren bis Bad Bockenau. In drei Stunden sind wir da. Ein nettes Städtchen, nebenbei erwähnt. Zwischen Dresden und Leipzig. Warst du schon einmal dort?«

Ich schüttelte den Kopf.

»Muss ja auch nicht. Im Sonnenland gibt es jedenfalls gleich noch was Warmes. Du musst doch allmählich Hunger haben.«

Weil erneuter Schneefall einsetzte, erreichten wir das Kinderheim erst kurz vor Mitternacht. Der Wartburg rollte über die verschneite Zufahrt auf einen Hof hinter der Anstalt. Eine Tür öffnete sich, und eine Taschenlampe leuchtete auf. Eine Frau in einem braunen Kittel hatte anscheinend auf uns gewartet. Herr Frank gab ihr ein paar Anweisungen und erklärte mir, er habe in meiner Angelegenheit am Vormittag noch Behördengänge und Papierkram zu erledigen. Er fahre daher gleich weiter nach Leipzig, werde mich aber morgen nach dem Mittagessen aufsuchen, um mich über den neuesten Stand zu informieren. Er hatte seinen Wagen schon wieder angelassen, als er noch einmal die Scheibe herunterkurbelte: »Und was das Treffen mit deiner Mutter angeht, Maik, da lassen wir diese Bürokraten außen vor. Darum kümmere ich mich persönlich.«

Die Frau nahm mir meinen Koffer ab und bat mich, leise zu sein, um die Heimbewohner nicht zu wecken. Um sechs sei für die Jungen und Mädchen die Nacht zu Ende. Die Schule nehme morgen den Unterricht wieder auf, da die Zentralheizung wieder in Betrieb sei. Im Schein ihrer Taschenlampe folgte ich der Frau in den Speisesaal. Sie knipste das Licht an. Der Raum bot etwa vierzig Kindern Platz. Es roch nach Bohnerwachs, Küche und kaltem Kohl. Alle Stühle waren hochgestellt. Bis auf einen, wo mich die Frau platzierte und mir eine Terrine mit lauwarmer

Soljanka und einen Korb mit Weißbrot auftischte. Als ich den Löffel beiseiteschob, meinte sie nur, ich sei sicher müde. Über verschiedene Korridore und Treppen lotste sie mich hoch zu einer Mansarde. Sie erwähnte den Namen eines Erziehers, der hier gemeinhin logierte, nun aber Urlaub hatte. Das Zimmer war geheizt, das Federbett mit frischen Laken bezogen. Ich solle mich ausschlafen, sagte sie. Ruhig bis in die Puppen. Der Schlaf vertreibe den Kummer. Sie wünschte mir eine Gute Nacht und schloss die Tür. Einen Moment lang noch hörte ich ihre Schritte, dann wurde es still.

Wie angekündigt tauchte Herr Frank am Mittwoch auf, gegen dreizehn Uhr. Er wurde von einer Dame begleitet, die ihr blondes Haar hochgesteckt hatte und mich über den Rand ihrer Brille hinweg musterte, wobei sie signalisierte, ihrer geschärften Wahrnehmung entgehe nichts und sie wisse jede Regung ihres Gegenübers mit geschulter Kompetenz zu deuten. Sie trug ein strenges blaues Kostüm, das sie mit einem kühlen Hauch von Eleganz, aber auch mit einem Panzer der Unnahbarkeit umhüllte. Unter ihrem Arm klemmte eine Dokumentenmappe. Herr Frank stellte sie vor als eine examinierte Frau Doktor, deren Namen ich nicht vergessen konnte, weil ich schon im Moment seiner Erwähnung auf stur geschaltet hatte. Wir gingen in ein Besprechungszimmer im Sonnenland, wo außer einem nackten Resopaltisch, einer leeren Blumenvase und einem Aschenbecher drei Stühle standen.

»Maik, bitte setz dich. Wir bringen Neuigkeiten mit«, sagte Johannes Frank. »Ich will gar nicht erst um den heißen Brei herum reden. Die Jugendhilfe des Rates der Stadt Leipzig hat Erkundigungen eingezogen. Eine Routinesache, wie immer wenn Kinder ihre Eltern verlieren. Oder wenn der Vater oder, wie in deinem Fall, die Mutter nicht mehr in der Lage sind, für ihre Kinder die Verantwortung zu tragen. Aus welchen Gründen auch immer. Ist es richtig, dass du außer deiner Mutter in der Deutschen Demokratischen Republik keine Verwandten väterlicher- und mütterlicherseits mehr hast?«

»Ja.«

»Aber du hast eine Tante. Im Westen, in der BRD. In Heidelberg. Veronika Blech, die Zwillingsschwester deiner Mutter. Stimmt das?«

»Sie heißt Vera.«

»Kennst du deine Tante, Frau Vera Blech?«

»Sie schickt immer Pakete. Kaffee, Süßigkeiten und Klamotten. Ostern und Weihnachten.«

»Kannst du dich an sie erinnern. Von früher her?«

»Als sie nach Drüben ging, war ich noch klein. Ich kenne sie nur von Fotografien.«

»Der Rat der Stadt hat sie über das Unglück mit deinen Geschwistern Ronny und Kessryn vorgestern in Kenntnis gesetzt. Sie weiß auch, dass ihre Schwester Freya schwer erkrankt ist, nicht nur mental, auch physisch. Noch am selben Tag hat deine Tante per Telex das Sorgerecht für dich beantragt. Und damit auch deine Ausreise in die BRD.«

»Aber ich will hierbleiben, bei meiner Mutter, bei Freya. Ich will nicht in den Westen. Was soll ich da? Da ist es nicht gut. Das weiß doch jeder.«

»Natürlich. Du hast recht.« Eben deswegen, erklärte Herr Frank, ziehe man eine Spezialistin zu Rate, eine Doktorin, befugt und befähigt, meine Situation aus fachlicher Sicht zu beleuchten.

Die Frau in dem Kostüm nahm das Stichwort auf, schaute mich an und klappte ihre Aktenmappe auf. »Maik Kleine, ich werde Ihnen nun …«

»Sie können du zu mir sagen.«

»Bitte unterbrechen Sie …« Die Blonde korrigierte sich. »Maik, unterbrich mich bitte nicht.«

Was die Expertin sagte, verstand ich nicht. Ich kapierte nur, dass ich gefährdet war. Sie sprach von der Wahrscheinlichkeit eines akuten Traumatisierungsschocks, von potenziell persönlichkeitsbedrohenden Störungen der Adoleszenz aufgrund von Primärmängeln und Sekundärverlusten, womit sie vermutlich auf den frühen Verlust meines Vaters und den jüngsten Tod meiner Geschwister anspielte. Sie beschwor die Gefahr eines defektologischen Entwicklungsbruchs, warnte vor Angstneurosen, Albträumen, Schlafstörungen, Essstörungen, Bindungsstörungen und Störungen, bei denen man später bei Frauen keinen mehr hochkriegt. Ich schnappte lauter fremde Begriffe auf, wobei Adjektive wie regressiv, aggressiv und depressiv zu den Favoriten der Doktorin zählten, zumeist in Kombination mit dem Hauptwort Potenzial. Aggressives Gewaltpotenzial, autoaggressives Suchtpotenzial, depressives Suizidalpotenzial. Ohne therapeutische Intervention drohe tendenzielle Asozialität, emotionale Haltlosigkeit und der Verlust einer gefestigten weltanschaulichen Orientierung. Als die Dame abschließend die Aufnahme in einer Einrichtung der Jugendhilfe, zumindest aber eine vorbeugende, zeitlich befristete Unterbringung in einer kinderpsychiatrischen Klinik anriet, hatte ich den Eindruck, als habe Herr Frank nur auf diesen Moment gewartet, als würden die beiden vor mir ein Theaterstück aufführen, in dem Johannes Frank die Rolle meines Beschützers spielte.

»Nun mal halblang Kollegin.« Er brannte eine Zigarette an und nahm einen tiefen Zug. »So schnell wird in unserem Land niemand irgendwo untergebracht. Maik, du bist zwar noch minderjährig, vierzehn wirst du in vier Wochen, doch ich garantiere dir: Wir werden keine Entscheidung fällen, die deinem Willen zuwiderläuft. Das solltest du wissen. Aber entscheiden wirst du dich müssen. Da führt kein Weg dran vorbei.«

»Entscheiden? Wofür?«

»Entweder ein gutes Heim für junge Menschen deines Alters, übergangsweise das Sonnenland hier in Bad Bockenau. Wobei ich dir in Aussicht stelle, bei einem frei werdenden Platz in absehbarer Zeit in eine Leipziger Einrichtung wechseln zu können, selbstverständlich mit unterstützender psychologischer Begleitung. Oder alternativ, du denkst über das Angebot deiner Tante nach.«

»Ich will jetzt zu meiner Mutter!«

«Selbstverständlich, Maik. Ich habe für dich einen Termin arrangiert. Außerhalb der regulären Besuchszeiten. In der Klinik in Waldenburg. Noch heute, um sechzehn Uhr.«

Ich war noch nie in einer Klinik gewesen. Doch ich wusste, Krankenhäuser, in denen Ärzte vereiterte Blinddärme operierten und gebrochene Knochen eingipsten, sahen anders aus. Sie wurden nicht mit meterhohen Wehrmauern umschlossen, nicht von Wachtürmen begrenzt und nicht mit Rollen scharfschneidigen Stacheldrahts gesichert. Die Nervenklinik Waldenburg war kein gewöhnliches Hospital. Als ich auf einem Blechschild neben dem Eingang las »Bereich der vorbildlichen Ordnung, Disziplin, Sicherheit und Sauberkeit«, wurde mir klar, meine Mutter Freya war nicht in einem Krankenhaus gelandet, sondern in einem Gefängnis, in einer Festung, abweisend und furchteinflößend, errichtet nicht um Feinde von außen abzuwehren, sondern um Bedrohliches einzusperren und für immer unter Verschluss zu halten. Lieber hätte ich auf der Skischanze in Zakopane meinen Hals riskiert, als diese Klinik, dieses Reich des Unheimlichen zu betreten. Aber ich hatte nicht die Wahl.

Herr Frank ließ uns in einem Vorzimmer bei Dr. med. Helmut Wippel anmelden. Der Klinikdirektor begrüßte meinen Betreuer mit knappem Handschlag, beiläufig wie einen Vertrauten, wohingegen er mir überschwänglich die Hände drückte. Einnehmend gewiss, aber auch reserviert. Gekünstelt irgendwie. Anders als Artur Kretsche, der zwar aufgeblasen, aber in Ordnung war. Doktor Wippel war herzlich, aber eine Spur übertrieben, von oben herab, wie ein kultivierter Herrenmensch, der seine Befehle als Bitten verkleidete und seine Macht zeigte, indem er sie verbarg. Er ließ von seiner Sekretärin Schokokekse und Club-Cola servieren und schenkte mir persönlich ein. Ich war durstig, und fast hätte ich mein Glas in einem Zug heruntergestürzt, hätte Dr. Wippel selbst auch ein Glas genommen. Aber er hatte der Sekretärin mit verächtlicher Handbewegung bedeutet, sie brauche ihm von diesem ekligen Zeug nicht einzuschenken.

»Maik«, sagte er, »es freut mich, dass du deine Mutter besuchen möchtest. Du bist jung. Du bist ein pfiffiger Bursche. Offen, ein Idealist, das sehe ich. Ich sage das nicht, um mich einzuschleimen. Nein, diese Arschkriecher überall, sie sind, lass mich das so direkt sagen, schlicht und ergreifend zum Kotzen. Ich rede so frei mit dir, damit du nicht erschrickst, wenn wir gleich durch die Kontrollschleusen den Sicherheitstrakt betreten. Hier sind Menschen untergebracht, die wir schützen müssen. Vor sich selbst und vor anderen. Gefährliche Menschen. Sittenstrolche, Kinderschänder und Exhibitionisten. Schwere Trinker, Brandstifter, Vergewaltiger, notorische Verbrecher, auch Mörder und Triebtäter. Deine Mutter ist nicht hier, weil sie zu diesen Verirrten gehört. Deine Mutter ist hier, weil sie Hilfe braucht. Du darfst ihr die Hand geben. Du darfst sie auch in den Arm nehmen. Auch darfst du dich in den Arm nehmen lassen. Unter Aufsicht selbstverständlich. Vergiss nicht, deine Mutter ist eine sehr kranke Frau. Sie nimmt Medikamente. Starke Arzneien, die sie schläfrig wirken lassen, müde, verwirrt auch. Aber sie muss erst langsam begreifen, was sie getan hat. Noch sucht sie die Verantwortung für ihre Tat außerhalb von sich selbst. Und sie findet sie bei fremden, bei feindlichen Mächten, die sich alle gegen sie verschworen haben. Sei darüber nicht entsetzt. Das ist bei dieser Krankheit normal. Wenn sie dir Geschichten erzählt, die unglaubwürdig klingen, widersprich ihr nicht. Versuche nicht, sie vom Gegenteil zu überzeugen. Sollte sie in einen Wahn gestürzt sein und sich versponnen haben, was wir nicht hoffen, aber mit medizinischen Untersuchungen herausfinden wollen, dann liefert ihr jeder Widerspruch von deiner Seite neue Nahrung. Füttere nicht den Dämon ihrer Krankheit. Nähre nicht ihren Wahn. Sonst wird sie auch dich in den Kreis derer ziehen, die ihr vermeintlich Böses wollen. Verstehst du? Das willst du doch nicht? Du willst doch nicht der Feind deiner Mutter werden?«

Ich nickte und schüttelte zugleich den Kopf, ohne Sinn für den Unterschied zwischen Ja und Nein.

»Ich sehe, du verstehst. Du bist weit für dein Alter. Du bist stark. Du wirst das durchstehen. Dein Vater übrigens war ebenfalls eine starke Persönlichkeit. Dieser Laborunfall damals, eine bittere Geschichte. Tragisch. Ich kannte ihn. Leider nur flüchtig. Er entwickelte Impfstoffe beim VEB Chemopharm, nicht wahr? Das Foto mit den Studentinnen und dem Reagenzglas. Doktor Gerhard Kleine in *Der Sozialismus – Deine Welt*. Kennst du das Buch? Hattest du schon deine Jugendweihe?«

»Nein. Aber das Buch habe ich. Zu Hause im Regal in meinem Zimmer.«

Herr Frank räusperte sich. »Du brauchst noch Zeit, das alles zu verarbeiten. Aber das Feuer der Brandnacht vernichtete auch dein Zimmer. Vollständig.«

»Wir werden dir helfen«, sagte Doktor Wippel. »Materielle Dinge sind ersetzbar. Wir lassen dich nicht im Stich. Auch du, unterstütze deine Mutter! Wenn du ihr gleich begegnen wirst, bestätige sie. Sage ihr, dass du sie gern hast. Dass sie nicht verrückt ist. Zeige ihr, dass du an sie glaubst. Sage ihr, alles wird gut werden. Dass sie eines Tages entlassen wird. Ist erst ihre Unschuld erwiesen, kommt sie hier raus. Sofort. Das verspreche ich dir.«

»Und wenn sie krank ist?«

»Dann machen wir sie wieder gesund. Am besten, wir lassen deine Mutter jetzt in das Besuchszimmer bringen. Darin seid ihr ungestört. Da könnt ihr besprechen, was immer ihr möchtet. Eine Aufsicht, denke ich, wird nicht nötig sein. Fünfzehn Minuten dürften reichen. Wenn du dich schlecht fühlst, bedrängt oder bedroht, was nicht zu befürchten ist, drück die Klingel auf dem Tisch. Dann werden dir die Pfleger beistehen.«

Ich war fünf, als ich meinen Vater verlor. 1970 war das. Kessy konnte schon laufen und unsere Mutter ging mit Ronny schwanger. Eine Beerdigung meines Vaters erinnerte ich nicht. Ich wusste nicht einmal, wo sein Grab lag. Freya trug damals weder Schwarz noch trauerte sie. Sie lebte auch nie wie eine Witwe. Als Ronny krabbeln konnte, zeigte sie mir, wie man Apfelpfannkuchen, Käseomeletts und Blinde Fische backt. Freitags und samstags ging sie aus. Manchmal auch unter der Woche. Aber nie über Nacht. Sie achtete sehr auf sich, auf das Frauliche, pflegte sich stundenlang im Bad, lackierte sich die Nägel und sah zu, dass sie immer ansprechend gekleidet war, niemals nachlässig, auch nicht, wenn sie getrunken hatte. Alles Grobe, alles Proletarische, alles Konforme und Konfektionierte, Küche und Kirche waren ihr ein Graus. Sie kaufte ihre Kleider auch nicht im Warenhaus von der Stange und trug niemals Wäsche aus dem Trikotagenwerk. Sie las die Zeitschrift *Sybille*, ließ sich Blusen und Röcke von Hand schneidern und bestellte ihre Garderobe beim »Dior des Ostens«, dem exklusiven Modehaus Bormann in Magdeburg. Freya fühlte sich nicht wie etwas Besseres, sie war es, wenigstens in den Jahren, als Vater noch lebte. Wir hatten sogar eine Hilfe im Haushalt, weil oft Gäste aufkreuzten, gewichtige Leute aus Partei und Politik, auch Kollegen von der VEB Chemopharm. Unser Haus mit Garten behielten wir nach Vaters Tod. Geld hatten wir auch. Der Staat sorgte für uns.

Im ersten Moment zweifelte ich, ob die Frau, die mir im Besuchszimmer der Nervenklinik Waldenburg gegenübersaß, tatsächlich meine Mutter Freya war. Das Haar ungekämmt, das Gesicht rötlich aufgedunsen steckte sie in einem engen Anstaltskittel mit Blumenmuster. Sie blickte mich an. Ich dachte, sie weint. Aber ihr flossen keine Tränen.

»Schön, Maik, ich freue mich, dass du mich besuchst. Ist es dir gut gegangen in den Ferien in den Bergen. Hattest du genug warme Sachen mit. Hattet ihr in Polen auch genug zu essen? Du siehst schmal aus. Bist du etwa nicht satt geworden?«

»Mutter, was ist los? Warum bist du hier?«

Freya stierte auf die Tischplatte. »Etwas Schlimmes habe ich getan, Maik. Etwas furchtbar Schlimmes.«

»Was?«

Sie kaute auf ihren Lippen und starrte ihre Hände an. Nach einer gefühlten Ewigkeit steckte sie einen Daumen in ihren Mund und biss sich ein Stück vom Nagel ab.

»Ich weiß es nicht. Maik, ich weiß nicht, was ich getan habe.«

Dann stemmte sie sich von der Tischplatte hoch. »Mein Junge, nimm deine Freya in den Arm. Ich bin so müde.«

Ich erhob mich und drückte sie an mich, so fest ich vermochte.

»Maik«, flüsterte sie. »Ich darf nicht reden. Die überwachen mich. Die hören jedes Wort mit. Ich war euch keine gute Mutter. Und ich werde es für dich auch nicht mehr sein können. Verlass dieses Land. Bitte! Geh zu meiner Schwester. Geh nach Heidelberg.«

Ich spürte, wie ihre Hand unter meinen Pullover griff und ein schmales Papier zwischen die Knöpfe meines Hemdes schob. Sie küsste mich auf die Wange. Ihre Arme fielen schlaff an mir herunter, und sie drückte die Klingel. Sofort traten zwei Pfleger ein und führten sie zurück ins Innere der Festung.

»Deine Mutter braucht Zeit«, sagte Doktor Wippel, als er mich verabschiedete.

»Ich habe mich entschieden«, sagte ich. »Ich möchte zu meiner Tante.«

»In Ordnung«, sagte Herr Frank. »Und wann?«

»Sofort.«

»Wenn die Papiere unverzüglich ausgestellt werden, sitzt du übermorgen im Bus. Keine zwölf Stunden später wirst du bei deiner Tante Veronika in Heidelberg sein.«

»Sie heißt Vera«, hätte ich gesagt, wäre mir der Name nicht egal gewesen.

»Maik, bitte warte«, rief mir der Klinikdirektor nach. »Ich habe noch etwas für dich.« Er reichte mir eine Ausgabe von *Der Sozialismus – Deine Welt*. »Schade, wirklich bedauerlich, dass du den großen Tag deiner Jugendweihe im Frühjahr nun nicht mehr erleben wirst. Schade, auch für unser Land. Jungen wie du werden gebraucht.«

Den Rest des Tages nutzte ich, um Reisevorbereitungen zu treffen. Allmählich dämmerte mir, dass ich nichts mehr besaß, außer den wenigen Klamotten, die in einer Dachstube im Sonnenland in meinem Koffer lagen. Die Schmutzwäsche der Winterferien hatte ich in Zakopane vergessen. Ansonsten war nicht nur meine Kleidung in der Bleibtreustraße verbrannt. Alles, was mir lieb und teuer war, hatte ich verloren. Für einen Augenblick vergaß ich Kessy und Ronny und dachte an mein Kofferradio, meine Bücher, die Fotoalben mit den Bildern aus den Ferienlagern, die Fußballschuhe und die Kluft von Dynamo, den Pokal als Vizetorschützenkönig, meine Sportabzeichen, Zeugnisse und Urkunden. Meinen Taschenrechner, den ich als Wecker nutzte, die Stablampe und den Loma Smena Fotoapparat hatte ich mit in die Tatra genommen, obwohl ich kein einziges Bild geknipst hatte. Verbrannt war mit Sicherheit auch die Levi's 501, die ich Uwe Hauswald im Tausch gegen seinen Gitarrenunterricht versprochen hatte.

»Ich muss noch einige Termine absagen, mich von Dynamo abmelden und mich von einigen Freunden verabschieden. Außerdem möchte ich unser Haus noch ein letztes Mal anschauen und Ronny und Kessryn auch. Bevor sie nicht beerdigt sind, kann ich nicht fahren.«

»Klar«, sagte Herr Frank. »Wir versuchen, das alles hinzukriegen. Nur deine Geschwister zu sehen, das dürfen wir nicht erlauben. Ronny und Kessryn sind noch in der Obduktion und nicht zur Beerdigung freigegeben. Die Untersuchung der Todesursache kann sich noch Wochen hinziehen. Und mal ehrlich, Maik, willst du dich tatsächlich mit dem Bild einer Brandruine belasten. Willst du dieses Bild der Verwüstung und des Todes wirklich mitnehmen, wenn du in dein neues Leben fährst?«

Als ich erwiderte: »Ich fahre nicht in ein neues Leben. Ich fahre zu meiner Tante«, willigte Johannes Frank ein, mich mit nach Leipzig zu nehmen. Zuvor holten wir meinen Koffer in Bad Bockenau ab. Da ich kaum noch Kleidung besaß, wies Herr Frank eine Erzieherin an, mich in der heimeigenen Kleiderkammer mit dem Nötigsten einzudecken: zwei Boxer-Jeans, ein Packen mit fabrikneuen Garnituren Unterwäsche und drei Oberhemden, eingetütet in Plastikfolie. Noch immer fühlte ich auf der Haut das Papier, das Freya mir beim Abschied zugesteckt hatte, ein gefalteter Brief, für den ich ein Versteck brauchte. In einem unbeobachteten Moment öffnete ich vorsichtig eine der Verpackungsfolien und schob das Blatt zwischen die Falten des Hemdes.

Während sich Herr Frank am Donnerstag um meine Ausreisepapiere kümmerte, blieben mir in Leipzig einige Stunden zur freien Verfügung. Ich scheute mich, direkt nach Connewitz in die Bleibtreustraße zu fahren, und nahm zunächst die Tram zum Vereinsheim von Dynamo, wo ich jedoch niemanden antraf. Der Weg zu meinem verlorenen Zuhause führte an der Wohnung von Uwe Hauswald vorbei. Obwohl ich wusste, dass

Uwe noch in den Ferien in Zakopane war, stieg ich aus und klingelte. Uwes Eltern baten mich herein. Sie hatten von dem Feuer in der Neujahrsnacht gehört, waren noch immer erschrocken und wünschten mir alles erdenklich Gute drüben im Westen. Ich bat sie, Uwe auszurichten, dass es mit den Unterrichtsstunden nichts würde und dass es mir leidtäte wegen der 501. Uwes Vater war ganz gerührt, als er erfuhr, sein Sohn habe mir *Blowing in the wind* beigebracht. Erst dachte ich, er ziehe sich zurück, damit ich nicht sehe, wie aufgewühlt er ist, doch er ging in Uwes Zimmer und kam mit einer Schallplatte zurück. »Die hat sich Uwe an Land gezogen, aber sie gehört mir. Ich kaufe uns eine neue.« Dann schenkte mir Uwe Hauswalds Vater Bob Dylans *Greatest Hits*.

Unser Haus schaute aus, wie ich es mir vorgestellt hatte. Schwarz mit düsteren Fensterlöchern, innen hohl und gekrönt von dem Gerippe des verkohlten Dachstuhls. Es stank noch immer nach kalter Asche und brandigem Holz. Vom Bürgersteig an war die Ruine mit rot-weißem Absperrband umschlossen und Schilder warnten strengstens vor unbefugtem Betreten. Es dämmerte bereits, und im Wohnzimmer gegenüber bei den Dessaus wurde das Licht angeschaltet. Ich bückte mich unter dem Absperrband hindurch, ließ die Brandtrümmer links liegen und begab mich zu unserem Gartenhäuschen. Es hatte keinen Schaden davongetragen, und der Schlüssel lag wie immer unter dem Blumentopf auf dem Fensterbrett. Ich schloss auf und drehte den Lichtschalter, doch die Glühbirne blieb dunkel, und meine Taschenlampe leuchtete nur noch schwach.

Das Gartenhaus war nichts anderes als eine nach draußen verlagerte Rumpelkammer. Freya entsorgte hier, was sie als Plunder bezeichnete. Das war grundsätzlich alles, was sie an ihren Mann und unseren Vater erinnerte. Aber auch Kisten voller Kinderschuhe, von denen sie sich aus unerfindlichen Gründen nicht trennen mochte, abgewetzte Sessel, Stühle mit drei Beinen, ein ausrangierter Küchenschrank und eine kaputte Musiktruhe. In eine Schlafzimmerkommode mit dreiflügeligem Spiegel hatte Freya meine »Viecher« gepackt, meine Sammlung an Insekten, Faltern und Schmetterlingen, die ich nach den sommerlichen Ferienlagern der Thälmann-Pioniere nach Hause geschleppt und in leeren Zigarrenschachteln archiviert hatte. Weil Freya alles Krabbelgetier widerlich fand, egal ob tot oder lebendig, mir meine Sammelei aber auch nicht verbieten wollte, landeten meine aufgespießten Schätze in der Gartenlaube. Ich hatte Tante Vera in einem Brief von meiner biologischen Leidenschaft geschrieben, woraufhin sie mir ein Etui mit Präparationsbesteck schickte, das jedoch den Brand nicht überstanden haben dürfte. Meine kostbarste Rarität stammte von meinem Vater. Als junger Wissenschaftler hatte man ihm eine Forschungsreise nach Israel und Palästina bewilligt, von wo er einen kleinen Schaukasten mitgebracht hatte. Hinter einer Glasscheibe steckte ein eher unauffälliger, doch seltener Nachtfalter mit dem komischen Namen *Olepa Micra*. Als die Batterie meiner Taschenlampe den Geist aufgab, sprang mir das Kästchen ins Auge, und ich beschloss, es mit in den Westen zu nehmen.

Ich hatte den Abstellschuppen nicht mit einer festen Absicht betreten. Auch nicht mit der, etwas Brauchbares zu finden. Vielleicht wollte ich nur den Lieblingsplatz meiner Kindheit ein letztes Mal sehen. Doch als ich in der Ecke Ronnys altes Dreirad und Kessys roten Hula-Hoop-Reifen sah, hätte mir die unerträgliche Gewissheit, dass die Kindertage vorbei waren, beinahe das Herz zerrissen. Man müsse sich gegen den Schmerz immunisieren, hatte Herr Frank mir geraten. Nur wie?

»Hier darf niemand rein! Das ist verboten!«

Ich fuhr zusammen. Dann erkannte ich die vertraute Stimme.

»Mensch, Tanja, hast du mich erschreckt!«

»Das wollte ich nicht.« Die Jüngste der Nachbarsfamilie Dessau war die Schulkameradin meiner Schwester. »Ich habe auf dich gewartet, Maik. Seit Tagen stehe ich am Fenster, weil ich wusste, dass du irgendwann kommst. Wo warst du?«

»In den Ferien. Skifahren. Aber weswegen hast du gewartet?«

»Wegen Kessy. Ich meine, weil sie doch meine beste Freundin war, und weil sie noch Geld von mir bekommt, und ich nicht weiß, was ich damit machen soll. Drei Mark habe ich ihr versprochen. Und das Briefpapier mit den Glückskäfern. Im Tausch gegen die schönen Ballerinas von eurer Tante. Die Schuhe hat mir Kessy schon vor Weihnachten überlassen, weil sie ihr zu klein waren. Nimm du das Geld. Du bist ihr Bruder.«

»Das ist lieb von dir, Tanja. Aber behalt dein Geld. Ich will es nicht. Und du? Hast du an Silvester schon geschlafen oder hast du das Feuer gesehen?«

»Wir alle haben es gesehen. Die ganze Bleibtreustraße. Aber zuerst haben wir die lauten Schreie gehört.«

»Von Ronny und Kessy?«

»Nein. Von eurer Mutter. Weißt du das denn nicht?«

»Klar weiß ich das«, log ich. »Die Schreie hat anscheinend jeder mitbekommen. Die waren wohl nicht zu überhören.«

»Das kannst du aber laut sagen. Meine Mutti herrschte mich sogar an, ich solle da weg vom Fenster. Wir alle waren total erschrocken, weil Freya bei der Kälte splitternackicht durch den Schnee rannte und ganz schlimme Sachen kreischte. Und dann hat sie das Benzin ausgekippt. Vor die Haustür. Und ein Zündholz geworfen. Sie wollte auch sich Benzin über den Kopf kippen, aber mein Vater ist sofort nach draußen gestürmt. Er hat Freya festgehalten und versucht, sie zu beruhigen. Sie hat ihn gekratzt und gebissen, wie wild, und war nicht zu bändigen, bis die anderen Nachbarn Vater geholfen haben. Meine Mutter und ich haben gebetet, dass Kessy und Ronny nicht im Haus sind, aber es hat nichts genützt. Willst du nicht zu uns reinkommen? Ich bin allein und meine Eltern kommen gleich von der Arbeit heim.«

»Nein, Tanja. Ich muss weiter.«

»Schade. Aber wenn du schon das Geld für Kessy nicht willst, dann nimm bitte das Briefpapier mit den Marienkäfern. Das gefiel ihr so gut. Leider habe ich schon einen Brief verbraucht. Aber das macht doch nichts, oder.«

»Nein, Tanja, das macht nichts.«

Meine Ausreise aus der DDR war für Freitag, den 5. Januar 1979, vorgesehen. Gemeinsam mit etwa fünfzig Erwachsenen, überwiegend Männer, von denen Herr Frank sagte, ihnen würde die Republik keine Träne nachweinen. Für mich hingegen, das versicherte er mir zum Abschied, würden die Tore jederzeit offen stehen, sollte ich mich als Volljähriger gegen die Kälte des Kapitalismus und für eine Rückkehr in mein Geburts- und Heimatland entscheiden. Er übergab mir noch einen Zettel mit der Kontaktadresse der Ständigen Vertretung der DDR in Bonn sowie mit einigen Telefonnummern, über die ich ihn jederzeit erreichen könne, sollte ich mich bei meiner Tante nicht wohlfühlen oder irgendwie in Schwierigkeiten geraten. Auch er werde sich gelegentlich nach meinem Befinden erkundigen, und er versprach, mich nicht im Stich zu lassen.

Der Transferbus in den Westen sollte in Bautzen abfahren, über Dresden, an Leipzig vorbei, über Magdeburg schließlich am Grenzübergang Marienborn in die BRD einreisen. Gegen zehn Uhr morgens werde der Bus an dem Rastplatz am Schkeuditzer Kreuz erwartet. Der Fahrer wolle dort eine kurze Pause einlegen und mich mit meinem Gepäck zusteigen lassen. Herr Frank, der mich zu dem Parkplatz brachte, hatte gemutmaßt, der Omnibus werde sich wegen des Wetters bestimmt verspäten. Doch als um kurz nach zehn ein großräumiger Magirus-Deutz auf den Parkplatz rollte, wusste ich, meine Stunden in der Demokratischen Republik waren gezählt.

Der Fahrer verstaute meinen Koffer im Gepäckraum, während Johannes Frank mich in den Bus führte. Der Fensterplatz vorn rechts über dem Radkasten war noch frei. Dahinter rückte ein älterer Herr zur Seite und bot Herrn Frank den Sitz neben sich an.

»Wird ein bisschen eng, aber das werden wir nach den Jahren in Bautzen schon noch verkraften. Gottlob ist es mit der Enge bald vorbei.«

Herr Frank ignorierte den Alten, reichte mir die Hand und wünschte mir alles Gute. Als der Herr begriff, dass mein Begleiter kein Ausreisender war, schimpfte er los.

»Was ist das nur für ein Land! Fast einhunderttausend Westmark kassiert ihr von Drüben. Für jeden von uns. Was ist das für ein Staat, der seine Menschen nicht freilässt, sondern verkauft? Eine Schande ist das. Eine Schande!«

Aber da war Herr Frank schon wieder ausgestiegen. Ich schaute ihm nach. Er zündete sich eine Zigarette an und verschwand.

Die Stimmung in dem Bus war angespannt. Die Passagiere waren wütend, manche regelrecht erbost. Schnell begriff ich, dass es um Geld ging. Genauer gesagt, um Löhne. Der Herr hinter mir erklärte, in dem Bus säßen freigekaufte politische Gefangene, die während ihrer jahrelangen Haftzeit in den Gefängniswerkstätten geschuftet und Geld verdient hätten. Nur waren ihnen ausstehende Gehälter nach der Entlassung nicht ausgezahlt worden. Die Leute hatten ihre Ostmark in der DDR nicht für nützliche Anschaffungen ausgeben, sie aber auch nicht mit in den Westen nehmen können. Weil die Ausfuhr von DDR-Devisen in die Bundesrepublik verboten war. Ich hatte nur mit den Schultern gezuckt, weil mir egal war, wie sich das Problem lösen ließ. Dann teilte der Busfahrer mit, wir würden die A 14 verlassen, um einen Abstecher nach Magdeburg zu machen. Alle rätselten weshalb, bis es hieß, wir steuerten einen

Intershop an. Weil sich der Staat der Arbeiter und Bauern nicht nachsagen lassen wollte, werktätige Gefangene um ihren Lohn zu betrügen, würden Wertcoupons ausgegeben, um sich in dem Laden mit exklusiven Westwaren einzudecken.

Die Passagiere zogen los, um ihre Gutscheine in echte US-Jeans, Chanel-Parfum, Braun-Rasierer, Sony-Taschenrechner und Philips-Kassettenrekorder umzutauschen. Während sie Tüten voll mit Chivas Regal, Remy Martin und Söhnlein Brillant, Netze mit spanischen Navel-Orangen und israelischen Pampelmusen anschleppten sowie Großpackungen Prinzenrolle-Kekse, Toblerone, Merci-Schokolade und Smarties, waren der Alte und ich in dem Omnibus sitzen geblieben.

»Nimm du sie!« Er steckte mir seine Coupons zu. »Ich werde aus diesem Land nichts in die Freiheit mitnehmen. Aber schenken sollte man denen hier auch nichts. Guck dir den Laden an, irgendwas Nützliches findest du bestimmt.«

Weil ich den Alten nicht kränken mochte, betrat ich den Intershop, schaute mich kurz um, absichtslos, und entdeckte, was ich mitnehmen würde. In einem Regal unweit des Eingangs stand ein Schallplattenspieler. Das Gerät nannte sich »Mister Hit 72«. Es war mit einem Tragegriff und einem Lautsprecher in dem Plexideckel ausgestattet. »Greif zu, Junge«, sagte jemand neben mir. »Eine gute Wahl. Telefunken. Das Beste vom Besten.«

5

DIE GALERIE DER GIGANTEN

Pankewitz; Donnerstag, 16. August 2007

Am Morgen nach Alberto Bellmontis Beisetzung schlief sich Albina im Kempinski aus. So durfte ich vermuten. Erschöpft und mit schmerzenden Füßen hatte sie sich nach Pjotr Szymborskis Grabrede und dem Tanz auf dem Friedhof entschlossen, vor ihrer Rückreise nach Moskau noch einen Tag in Berlin zu entspannen. Szymbo bedauerte, mich nicht nach Pankewitz begleiten zu können. Die Bluesmusiker aus Louisiana hatten sich vor ihrem Rückflug noch mit ihm verabredet. Sein fulminanter Auftritt zwischen den Gräbern der Kommunisten hatte sie derart begeistert, dass sie Szymbo mit seinem Saxofon für ein Gastspiel nach New Orleans einladen wollten. Also machte ich mich allein auf den Weg. In Alberto Bellmontis Museum für zirzensische Artistik und Illusionskunst.

Der gesichtslose zweigeschossige Bau am Ende einer Sackgasse fiel nur deshalb auf, weil vor ihm an drei Masten zerschlissene Fahnen hingen. Links die der Deutschen Demokratischen Republik mit herausgeschnittenem Hammer-und-Sichel-Emblem, rechts die rot-weiße Nationalflagge Monacos, in der Mitte die Europafahne, blassblau verwaschen mit zwölf verblichenen Sternen. Neben dem Eingang parkte ein Schulbus. Ich wartete, bis eine lärmende Klasse Halbwüchsiger aus dem Museum stürmte und sich in den Bus drängelte. Der Fahrer manövrierte den Wagen rückwärts aus der Gasse. Ich ging auf die Tür neben dem Schild »Entrée pour tous« zu, atmete durch und trat ein.

Eine Stille hauchte mich an, die verriet, dass ich der einzige Besucher war. Ansonsten saß hinter einem Tresen, eingezwängt in einen Lehnsessel, eine korpulente Kassiererin, deren Nervenkostüm von der Schülerhorde offenbar reichlich strapaziert worden war. Sie tupfte sich die Schweißperlen von der Stirn und schüttete sich Kaskaden von billigem kölnisch Wasser in ihr Dekolleté. Dabei zog sie einen derart sauren Flunsch, dass ich unerwähnt ließ, der Inhaber eines ganzen Bündels von Honoratiorenbilletts zu sein.

»Rentner-Invalide? Gruppe-Schüler-Student?«, spulte sie ab und blickte kurz auf, wobei sie registrierte, dass ich keines der Kriterien erfüllte.

»Vollzahler dreifünfzig. Ohne Führung!«

Ich zählte das Eintrittsgeld auf einen Teller, schob einen Vorhang zur Seite und betrat die »Ruhmeshalle«, begleitet von den harschen Befehlen der Dicken: »Rechts gehen und nichts anfassen! Und die Klospülung links nicht betätigen!«

Ich war kein Freund von Museen. Gebildete Zeitgenossen mochten darin Orte sehen, an denen der Nachwelt Bewahrenswertes bewahrt und Erhaltenswertes erhalten wird. Für viele waren Museen Stätten des Besinnens, des Wissens, des Lernens, der Inspiration. Mich ermüdeten sie. Museen saugten mich leer und stimmten mich melancholisch. Mitunter machten sie mich sogar wütend. Gebote und Verbote überall! Fotografieren verboten, Essen verboten, Trinken verboten, Berühren verboten. Und überall diese Absperrungen aus Flechtseilen, Drehkreuze am Eingang, Drehkreuze am Ausgang, dazwischen Barrieren, Schranken, Sperrzonen, Bewegungsmelder, Rauchmelder und Alarmanlagen; in den Ecken die Wächter in Uniform, an den

Decken die Kameraaugen mit rotem Blinkpunkt, die signalisierten: Wir sehen dich.

Für mich waren Museen geschlossene Anstalten, Orte der Kontrolle, der gesteuerten Wahrnehmung, Gefängnisse für materialisierte Erinnerungen. In Museen wurde den Dingen Gewalt angetan. Sie mutierten zu Objekten, zu Exponaten, restauriert, inszeniert und präsentiert, an Wände gehängt, auf Sockel gestellt, in Vitrinen beleuchtet – und dabei herausgerissen aus jenem Raum und jener Zeit, in der sie einmal eine Funktion besaßen. Der Faden, der die Gegenstände einst mit den Menschen verband, um derentwillen sie überhaupt erst geschaffen wurden, war im Museum gekappt. Nichts blieb. Nur pure Stofflichkeit, nackte Materie, erstarrt, kalt und stumm. Nur manchmal, wenn ich in den bewegten Gesichtern anderer Menschen so etwas wie Faszination und Ergriffenheit sah, spürte ich, dass sie womöglich über etwas verfügten, was mir fehlte; eine Art Sinneswerkzeug, eine Antenne, ein inneres Organ, das ihnen ermöglichte, zu sehen, was die Dinge verbargen. Zu hören, was sie flüsterten.

Ein Außenstehender hätte Bellmontis Museum nicht Unrecht getan, in ihm ein Sammelsurium aus Krempel und Kitsch, aus nostalgischem Trödel und peinlicher Selbstbeweihräucherung seines Stifters zu erkennen. Zwar ließen sich zwischen den Exponaten echte Kleinode der Zirkusgeschichte finden, nur verlor sich ihr Wert im Irrgarten inflationärer Superlative. Alles in der Ausstellung war sensationell, Spitzenklasse und extraordinär. Die Größe der Abteilungen stand in paradoxem Kontrast zu den prahlerischen Namen, die der Alte ihnen verliehen hatte. Ob in der Galerie der Giganten, dem Tempel der Titanen oder dem Olymp der Heroen, sämtliche Räume waren willkürlich mit zweitrangigen, mehr oder weniger authentischen Devotionalien vollgestopft.

Für die Echtheit der Stücke, die gleich hinter der Kasse in einem illuminierten Schaukasten ins Auge sprangen, konnte ich mich verbürgen. Der Frack, der Zylinder, die weißen Handschuhe, die rote Seidenfliege und der Flanierstock mit dem Knauf aus Sterling-Silber mit den eingravierten Initialen AB waren jene Insignien, die den Privatmenschen Alberto Bellmonti in den gestandenen Herrn Direktor verwandelten. An guten Tagen erblühte er zum souveränen Charmeur, an schlechten plusterte er sich auf zu einem manierierten Schwadroneur, der die Grenze zum Schmierenkomödianten nicht nur streifte, sondern überschritt.

In der Arena der Gladiatoren stolperte ich über verbogene Straßenbahnschienen, die der Kraftathlet Emil Bahr in den dreißiger Jahren eigenhändig gekrümmt hatte. Unter dem Künstlernamen Milo Barus war er als »der stärkste Mann der Welt« zu Ehren gekommen. Zu sehen waren Hanteln aus Eisenbahnrädern, die er einhändig gestemmt, Bahnschwellen, die er auf dem Zeigefinger balanciert, und halbierte Telefonbücher, die er in Stapeln zerrissen hatte. Die Wände waren tapeziert mit Plakaten seiner Tourneen: New York, São Paulo, Kairo, Kapstadt, Kalkutta und weiß der Himmel wo. Eine Fotografie, aufgenommen im kolumbianischen Cartagena bewies tatsächlich: Mit einer Drehung aus dem Handgelenk konnte Milo Baros ein Pferd an den Ohren zu Fall bringen, eine Fähigkeit, die der Literaturnobelpreisträger Gabriel Garcia Márquez übrigens in seinem Roman *Hundert Jahre Einsamkeit* seinem Helden José Arcadio Buendía zuschreiben sollte.

Ich betrat den Titanentempel. Sofort erkannte ich das demolierte Motorrad wieder. Glaubte man der Texttafel, dann zeugte es von einem schlimmen Unfall ukrainischer Stuntmänner in der gefürchteten Todeskugel. Tatsächlich hatte Bellmonti 1990 verwegene Kaskadeure engagiert, die sich Truppe Melnikow nannten und in einem runden Stahlkäfig ihre halsbrecherischen

Runden drehten. Die zweite Generation hatte es sich nicht nehmen lassen, bei der gestrigen Beisetzung Bellmontis den Elefanten mit der Asche zu eskortieren. Sie waren dem Alten auf ewig dankbar. Er hatte ihnen mit seinem Riecher für Sensationen den Namen Devils of the Doom verpasst und ihnen in der postkommunistischen Wendezeit die Türen zu lukrativen Tourneen im Westen geöffnet. Nur hatte dieser Schrotthaufen von Motorrad in Bellmontis Museum nichts mit den ukrainischen Teufelskerlen zu tun. Das Krad war eine sowjetische Maschine aus billig verhökerten Armeebeständen, eine Ural M 63, Baujahr 1969, die Albinas Vater, Anatol Shirman, wieder flottgemacht hatte. Einmal hatte er Jakub, dem Trompeter der Zirkuskapelle, das Motorrad ausgeliehen. Der Tscheche, von allen nur Kuba gerufen, wollte unbedingt nach einer Abendshow in Amsterdam noch einen Abstecher in das Stadtzentrum zur Oude Kerk machen. »Oh-oh«, hatte Szymbo gestichelt, »der Bläser will blasen lassen.« Nur der unbedarfte Anatol glaubte allen Ernstes, Jakub wolle in einer alten Kirche eine Kerze anzünden und beten. Kuba trieb es in das umliegende Rotlichtviertel, wo er in der Nacht seine ganze Monatsgage vervögelte. Auf dem Rückweg war er mit der Ural, bis an den Hals mit Genever abgefüllt und bis in die Haarspitzen bekifft, gegen einen Brückenpfeiler geknallt. Nur weil er kopfüber in eine Gracht flog, war er ohne einen Kratzer heil aus der Geschichte herausgekommen – was man von dem Motorrad nicht behaupten konnte.

Offenbar steckte hinter Alberto Bellmontis allzu lockerem Umgang mit Fakten und Fiktionen ein System, mit dem er sich seine eigenen Wahrheiten geschaffen hatte. An einem Bügel hing eine Jacke mit rot-gelbem Karomuster. Der Besucher erfuhr, Oleg Popov habe sie bei einem Jubiläumsauftritt im Zirkus Bellmonti getragen, nur wusste ich definitiv, dass die Clownslegende trotz ungezählter Anfragen des Alten an das Moskauer Management des Russischen Staatszirkus nie ein Gastspiel bei uns gegeben hatte. Auch zweifelte ich an der Echtheit einiger sonderbarer Utensilien: ein Paar Handschellen, eine Zwangsjacke sowie eine schwere Eisenkette mit Vorhängeschloss. Wie zu lesen war, wurde der sagenhafte Entfesselungskünstler Harry Houdini damit »gebunden, geschnürt und gezurrt« am 1. Januar 1905 in New York bei zwanzig Grad minus aus fünfunddreißig Metern Höhe von der Queensboro Bridge in den East River geworfen, aus dem der Illusionist befreit von allen Ketten unversehrt entstieg, um sich hernach an seinem weltweiten Ruhm zu wärmen.

Über eine Stiege, dem roten Pfeil zur Galerie der Giganten folgend, landete ich in einer Dachkammer. An den Wänden klebten Hunderte von Fotografien, mit denen Alberto Bellmonti geradezu obszön der Eitelkeit und der Ruhmsucht huldigte. So schien es mir. Zweifellos war Bellmonti eine Berühmtheit gewesen, die sich neben anderen Berühmtheiten ins Licht zu stellen verstand. In London scherzend mit Diana, der Princess of Wales, im Hintergrund William und Harry, um Zuckerwatte zankend. In Los Angeles feixend mit Arnold Schwarzenegger, in Terminatorpose. In Rom mit Johannes Paul II, bei einer Audienz im Petersdom, kniend, den Siegelring des Papstes küssend. Und mit Romy Schneider. Auf diversen Fotos waren die Schauspielerin und Bellmonti gemeinsam abgelichtet. In München bei *Stars in der Manege* im Circus Krone, Romy einen dressierten Seelöwen busselnd. Beim Galadinner in Paris, lachend und Austern schlürfend. Oder tanzend bei einem Benefizball zugunsten von wem auch immer. Ich erinnerte nur, dass der Alte bei einem gemeinsamen Spaziergang in Grunewald einmal behauptet hatte, in dem schmucken Domizil schräg gegenüber seiner Villa habe Romy einst die glücklichsten Jahre ihres Lebens verbracht.

Soweit ich es überschaute, war eine Aufnahme mit dem französischen Staatpräsidenten François Mitterrand und Mickey

Mouse zur Eröffnung von Disneyland Paris Anfang der neunziger Jahre das jüngste Foto in der Dachgalerie. Alberto Bellmonti war darauf trotz seiner stattlichen Statur kaum präsent. Er hatte merklich an Ausstrahlung eingebüßt. Seine Augen leuchteten nicht mehr, sein Blick war nach innen gekehrt, wo er sich in einem Meer der Melancholie verlor. Was mich nicht wunderte. In den Wendejahren nach dem Fall des Eisernen Vorhangs hatte der Zirkus Bellmonti mit wachsenden finanziellen, aber auch personellen Schwierigkeiten zu kämpfen, die immer erdrückender wurden. Wir hielten uns noch einige Jahre über Wasser, 1995 jedoch war der Konkurs unabwendbar. Der Zirkus wurde aufgelöst. Danach war es um den Alten stiller geworden, Tag um Tag ein wenig mehr.

Ich verließ die Galerie der Giganten, mit einem letzten Blick zurück über die Schulter; wie jemand, der stutzt, in der Annahme, etwas verpasst oder ein Detail übersehen zu haben. Die Treppenstufen aus dem Sinn, trat ich ins Leere, taumelte und fiel. Noch in der Schrecksekunde, in der ich hinabstürzte, zum Glück ohne nennenswerte Blessur, blitzte eine Vermutung auf. Sie wurde zur irritierenden Gewissheit. Verwundert registrierte ich: Ein Bild fehlte.

Das Bild! Die einzige Fotografie, die für Alberto Bellmonti von Wert war. Ausgerechnet jenes schwarz-weiße Foto, in dem sich alle Erinnerung verdichtete, in ihrer janusköpfigen Zwiespältigkeit, wo der Gipfel und der Nullpunkt eines Menschenlebens in eins zusammenfielen, zeitverzögert nur um einen Fingerschnipp. Aus diesem Foto leuchtete das Glück eines wahr gewordenen Traumes, ohne dass ein Freudenfunke hätte überspringen können. Wer Alberto Bellmonti kannte, wusste beim Betrachten des Bildes, dass dieses Glück nur von kurzer Dauer gewesen war und dass Unglück, Albtraum und Tod schon hinter der nächsten Ecke gelauert hatten. Früher hatte dieses Foto einen Ehrenplatz in Bellmontis Wohnwagen, in dem es den

Alten durch halb Europa begleitete. Zuletzt hatte ich das Bild vor knapp zwei Jahren gesehen, hinter Glas auf einer Kommode in einer großzügig bemessenen, doch schmucklos unbelebten Villa im Berliner Stadtviertel Grunewald.

Die Aufnahme stammte aus dem Jahr 1975, als Alberto Bellmonti noch Albert Bellmann hieß. Rechts stand Rainier von Monaco, links die Fürstengattin Gracia Patricia, die bürgerliche Grace Kelly. In der Mitte das Trio Bellmann. Der athletische Albert, nicht in jüngsten, doch in besten Jahren, zwischen seiner grazilen Frau Irene und ihrer einzigen Tochter, der 17-jährigen Dalia, deren natürliche Schönheit und offenes Naturell die Menschen um sie herum nicht in den Schatten stellte, sondern mit ihrem Strahlen erhellte. Aus der Hand des Schauspielers Cary Grant nahm die Artistenfamilie einen Preis entgegen. Die Auszeichnung für Akrobaten schlechthin, den Goldenen Clown, verliehen anlässlich des Internationalen Zirkusfestivals in Monte Carlo. Mit der Ehrung ernteten die Bellmanns den Lohn für die Jahre der Knochenarbeit, der Askese und Disziplin. Und der Überwindung der Angst. Bei ihrer atemberaubenden Nummer am Trapez, von der die Juroren in Monaco gemutmaßt hatten, dafür sei der Mensch nicht geschaffen.

Das Unglück passierte zwei Wochen nach Monte Carlo, lange vor meiner Zeit im Zirkus, während der Spätvorstellung zur Tourneepremiere in Kopenhagen. Als Höhepunkt ihrer spektakulären Darbietung standen sich Albert und Irene auf zwei schmalen Trittbrettern links und rechts hoch oben unter der Zeltkuppel gegenüber, als sich Dalia mit der Trapezschaukel zu ihrem Vater aufschwang. Aus scheinbar leeren Händen zauberte Albert ein schwarzes Tuch hervor. Der junge, aber hochtalentierte polnische Kapellmeister ließ den Taktstock sinken, in dem Wissen, dass in diesem dramatischen Moment jeder Ton ein Ton zu viel war. Dem Publikum stockte der Atem. Nur ein einsames Räuspern war zu vernehmen, als Albert seiner Tochter die Augen verband. Dann ließen sich Irene und Dalia an ihren Trapezen hinab in die Tiefe fallen und schaukelten sich hoch, gegenläufig, mit maximaler Beschleunigung, höher und höher.

Dalia ließ los. Blind, wie Tausende Male über sicherem Netz geprobt, um nach einem dreieinhalbfachen Salto mortale von ihrer Mutter an den Fußgelenken aufgefangen zu werden. Just als Irene nach ihrer Tochter langte, platzte mit dumpfem Knall ein überhitzter Scheinwerfer an einer Lichttraverse und löste eine fatale Kettenreaktion aus. Ein Kurzschluss schaltete die Sicherungen aus. Die komplette Stromversorgung im Chapiteau brach zusammen und verdunkelte die Zirkuskuppel. Irene erschrak, den Bruchteil eines Augenblicks nur, und griff in die tiefschwarze Nacht. Als Sekunden später die Notbeleuchtung ansprang, applaudierten einige Zuschauer, in dem Glauben, der Verdunkelungseffekt sei ein Teil der angekündigten akrobatischen Sensation. Bis das Publikum realisierte, dass Dalia reglos und mit gebrochenem Genick auf dem Manegenrand lag.

Noch in derselben Nacht lief Irene fort. Sie rannte, rannte und rannte, weg von sich und von ihrem entleerten Leben. Bis sie die Hafenmauer am Öresund erreichte. Sie schaute sich um, suchte irgendein brauchbares Utensil, bis sie schließlich ein scharfkantiges Glas fand. Roh und unbarmherzig hackte sie sich die Scherbe in ihr Handgelenk, riss sich die Pulsadern auf und sah zu, wie das Blut aus ihr herausschoss. Dann wartete sie auf jenen euphorischen Moment, der eintritt, wenn das Bewusstsein erlischt und die Seele den Körper verlässt, und sprang. Am Morgen fand man Irene Bellmann in der Ostsee.

Albert Bellmann, der als Fahrender keinen Ort wusste, um die geliebte Frau und die noch mehr geliebte Tochter zu bestatten, fiel nichts anderes ein, als die Asche der beiden in die See zu streuen, eine Entscheidung, die er Jahre später bereute. Die Weite des Meeres bot ihm keinen Ort, wo er hingehen und sich festhalten konnte, um zu trauern.

Albert Bellmann beendete seine Karriere als Artist, doch er widerstand der Versuchung, sich gehen zu lassen und in Gram zu verkümmern. Statt in Lethargie zu erstarren, halste er sich im Zirkus Berge an Arbeit auf, verzichtete auf Schlaf und Erholung und hetzte wie ein Besessener durch ein Labyrinth stets wechselnder Aufgaben. Bis er irgendwann seine neue Berufung fand. Als ich 1983 um eine Anstellung nachfragte, war Albert Bellmann längst zum Direktor eines renommierten Zirkus avanciert, in dem er nicht nur ein Programm von Weltniveau präsentierte. Als »Magier der Manege« verblüffte er sein Publikum mit einem fabelhaften Illusionstheater: als Alberto Bellmonti.

Ich hatte genug gesehen und war enttäuscht. Nichts, aber auch gar nichts in dem Museum zeigte den wahren Bellmann. Damit verlor das Vermächtnis des Alten für mich jeden Wert. Das Museum feierte allein die Kunstfigur Bellmonti. Ich musste weg, hinaus ins Freie. Dann entdeckte ich am Ende des Rundgangs linker Hand den offenen Zutritt zum Kabinett der Täuschungen.

Ich dachte, ich fantasiere. Aber da stand sie. Die Maschine! Tatsächlich. Meine Maschine, die ich bedient hatte! Mehr als ein Jahrzehnt. Bei jeder Vorstellung nachmittags und abends. Streng genommen war es keine richtige Maschine. Wir nannten sie nur so. Sie verfügte weder über ein Getriebe noch über einen Motor und musste mit der Hand gekurbelt werden. Bellmonti hatte sie vor der Verschrottung bewahrt, und nun war sie im Museum gelandet. Ein Fossil, nicht gerade ein Meisterwerk filigraner Mechanik, schwarz, eine halbe Tonne schwer, bodenständig, robust und funktionstüchtig wahrscheinlich bis in die Ewigkeit. Anatol, der russische Mechaniker, hatte die Apparatur konstruiert. Mit ihr brachte ich einst die Jungfrau zum Schweben. In unserer Illusionsschau. Ich darf das Wort *unserer* mit Recht benutzen. Ich stand zwar nicht als Magier im Manegenrund, aber ich war unverzichtbar. Ich machte die perfekte Täuschung erst möglich. Ich war der Adlatus, der im Verborgenen wirkte, der Handlanger, der unsichtbare Mann hinter dem Vorhang. Ich war im Zirkus Bellmonti der Kurbler, der dafür sorgte, dass die schwebende Jungfrau sich senkte und hob, langsam, sanft und ohne zu ruckeln. Ich trieb die Zuschauer an die Grenze ihres Verstandes. Der Zuschauer sieht nicht. Und er versteht nicht. Er glaubt, es existiere keine Verbindung zwischen der schwebenden Dame und dem Boden, den Wänden oder der Decke. Aber es gibt diese Verbindung, den Kontakt mit dem festen Grund unter den Füßen, den wir brauchen, um uns nicht zu verlieren. Es ist nur so, dass der Zuschauer von seinem Ort des Zuschauens diese Verbindung nicht sieht. Weil er sie nicht sehen kann. Sofern man das Spiel von Licht und Schatten beherrschte.

Weil auch ich hinter dem schwarzen Vorhang nicht mitbekam, was im Rampenlicht passierte, wartete ich auf ein musikalisches Zeichen der Zirkuskapelle. Das helle »Ping« der Triangel. Unüberhörbar. Ich habe das Ping nie verpasst. Nun gut. Ein Mal. Aber nicht aus eigener Schuld. Ich war wirklich ein guter Kurbler, der beste, jedenfalls viel besser als mein Vorgänger, der Russe Wolodja, ein entfernter Verwandter von Anatol. Wolodja fehlte beim Kurbeln das Feingefühl. Das meinte die Frau, die es schließlich wissen musste, Anatols Tochter Albina. Als Bellmontis Assistentin stahl sie dem Alten in der Manege fast immer die Schau. Hübsch war sie. Albina bewegte sich wie eine Diva, nein, eher wie eine Fee, federleicht und beschwingt. Anmutig, würde ich sagen, und entrückt. Das Einzige, worüber sie manchmal stolperte, war ihr Stolz. Die volle Wucht ihrer Hochnäsigkeit traf jeden, der ihr billige Komplimente machte und sich erlaubte, sich ihr mit Schmeicheleien anzubiedern. Andererseits besaß Albina ein untrügliches Gespür dafür, dass Lob und Ehre dem zukamen, dem sie gebührten.

»Albina, du schwebst einfach wunderbar«, hatte Szymbo gesagt. »So und nicht anders hat man sich die Himmelfahrt der seligen Jungfrau Maria vorzustellen.« Albina hatte gelächelt und stumm mit dem Finger auf mich gezeigt. Alle haben es gesehen. Sie meinte mich. Seitdem weiß ich, dass es nicht leicht zu ertragen ist, wirklich gemeint zu sein, ohne sich gleich schamhaft zu verstecken oder in die Falle der Eitelkeit zu tappen.

Das mechanische Prinzip, mit dem ich Albina augenscheinlich von der Schwerkraft entband, war technisch gesehen Steinzeit. Aber effektiv. Bellmonti mit Frack und roter Fliege fuchtelte theatralisch mit den Händen in der Luft und tat, als würde er Albina in Trance versetzen, obgleich er vom Hypnotisieren keinen Plan hatte. Wenn er mit den Fingern schnalzte, sank sie in ihrem weißen Brautkleid unter seinen Händen wie willenlos auf einen roten Diwan nieder. In der Liege verbarg sich ein stabiles Eisengestänge, das wiederum über einen Stahlstab mit dem Kurbelmechanismus hinter dem Vorhang verbunden war. Der Trick bestand darin, die Szenerie so auszuleuchten, dass die schwarzen Eisenstangen vor dem schwarzen Hintergrund unsichtbar wurden. Ein Kinderspiel, wenn man wusste wie. Bei Tageslicht, mit einer Farbtemperatur von 5600 Kelvin mit hohem Rotanteil, sah selbst ein Blinder das Gestänge. Deshalb benutzten wir 3200-Kelvin-Spotstrahler mit bläulichem Kunstlicht, die wir aus dem *Stardust* in Las Vegas übernommen hatten. Die Lichtführung machte die Maschine praktisch unsichtbar. Das Problem beim Rauf- und Runterkurbeln war daher nicht optischer, sondern akustischer Natur. Der Hebemechanismus lief über die Kette, die der findige Anatol aus der kaputten Ural ausgebaut hatte, mit der Kuba durch das Amsterdamer Puffviertel kutschiert war. In dem Schwebeapparat lief die Kette über ein Zahnradgetriebe, das manchmal klemmte. Nicht immer. Aber wenn, dann quietschte es fürchterlich, und das Publikum wurde unruhig. Deshalb hatte ich als Kurbler immer ein Kännchen Öl und eine Blechbüchse mit Schmierfett dabei, was mir mächtigen Ärger mit Albina einbrachte, als sie sich vor einer Schau einmal ihr weißes Kleid damit eingesaut hatte.

Wobei die Bezeichnung Ärger die Sache nur unzureichend trifft. Ich sah sie wieder vor mir. Zutiefst verzweifelt wegen des verschmutzten Kleides starrte sie mich an, mich, den Urheber ihres Unglücks. In ihrem Blick las ich keine Wut, nur eine stumme und maßlose Verachtung. Ich besaß nichts, was ich ihm hätte entgegenstellen können, nichts, was mir erlaubte, ihn abzuwehren. Ich vermochte diese Geringschätzung nur auszuhalten, indem ich sie zu meiner eigenen machte. Ich sah mich an mit den Augen Albinas und verschwand in Unscheinbarkeit. So wie damals ging es mir jetzt. Auf keiner Fotografie in Bellmontis Museum hatte ich mich selbst entdeckt. Nicht nur Irene und Dalia fehlten. Auch ich! Zwölf Jahre meines Lebens war mir der Zirkus ein Zuhause gewesen. Und nichts von mir hatte die Zeit überdauert. Kein Lebenszeichen, keine Spur, kein Erinnerungsrest. Ich fühlte mich gekränkt und verletzt und musste mir meine fehlende Präsenz doch selbst zuschreiben. Ich hatte mich nicht gezeigt und mein Licht unter den Scheffel gestellt. Wie sollte ich da gesehen werden?

Gestern noch hatte ich mit Albina Kurkova Bellmontis Asche zu Grabe getragen. Stunden waren wir gegangen, nebeneinander, ohne dass einer in das Leben des anderen getreten wäre. Mit jedem Schritt war die Distanz zwischen uns gewachsen, wie auch die ohnmächtige Sprachlosigkeit, von der ich im Stillen ersehnt hatte, Albina würde mich von ihr erlösen. Und als wir schließlich nach *When the saints* doch noch ein paar freundliche Worte der Annäherung gefunden hatten, trennten sich unsere Wege gleich wieder. Moskau und Los Angeles fanden nicht zusammen. Nun stand ich in einem Kabinett der Täuschungen vor meiner schwarzen Maschine, die nicht mehr meine Maschine war, und vor Albinas Diwan, der nicht mehr Albinas Diwan war. Darauf gebettet lag eine geschminkte Schaufensterpuppe in violettem Abendkleid. Scherzbolde, vermutlich die pubertären Schüler vom Vormittag, hatten ihr eine angerauchte Zigarette zwischen die Lippen gesteckt, das Kleid über die Schenkel geschoben und ihr eine leere Colaflasche in den Schritt geklemmt. Nichts war geblieben. Einst war mir die schwebende Jungfrau ein Sinnbild gewesen, für den Unterschied zwischen Sichtbarem und Unsichtbarem, Wirklichkeit und Illusion und vielleicht sogar zwischen Lüge und Wahrheit. Die Wahrheit des Schwebens lag hinter dem Vorhang. In dem Schattenreich des Kurblers. Nur verhüllt war diese Wahrheit von Wert, enthüllt war sie nackt und banal. Ich sehnte mich zurück in den Zirkus, zurück zu Anatol, Szymbo, Kuba, Vladi und Dagmar, zu den Lakatos-Brüdern, den Varadis und all den anderen. Und zu dem Alten.

Er hätte mir ein Vater sein können. Er hatte mir sein Erbe angetragen. Aber ich hatte das Angebot nicht angenommen. Ich war gegangen und besuchte ihn nur alle Jahre für einige Stunden. Mitunter dachte ich an die Geschichte aus dem Neuen Testament, die vom verlorenen Sohn, der zum Vater zurückfindet. In einer meiner ersten Religionsstunden nach meinem Schulwechsel von Leipzig zum Jesuitenkolleg in Heidelberg hatte Pater Leonhard mit uns Schülern über das Gleichnis gesprochen. Wie alle Schüler hatte Leonhard auch mich nach meiner Meinung gefragt, und ich hatte geantwortet, das Märchen sei sehr schön, nur sei es nicht für alle Menschen relevant. Nur für solche, die ein Zuhause haben, das ihnen offen steht, wenn sie sich in der Fremde verirrt haben. Ich selbst jedoch hatte nie einen Ort gefunden, von dem aus ich hätte verloren gehen können.

Alberto Bellmonti hatte mich gelehrt, zwischen Sein und Schein zu unterscheiden. Schon an dem Tag meiner Bewerbung, als er mich zu einem Gespräch in seinen Wohnwagen bat und ich das Foto des strahlenden Trio Bellmann zwischen dem Fürsten und der Fürstin von Monaco bestaunte, ein Bild wie ein wahr gewordener Traum aus einem Märchenbuch.

»Der Zirkus öffnet dir die Tür zu einem neuen Leben«, hatte Bellmonti gesagt. »Die Manege verändert die Menschen. Sie macht sie größer, heller und bedeutsamer, als sie sind. So ein Leben erscheint nicht bloß wunderbar. Es ist wunderbar. Nimm es an, Maik. Nur eines vergiss nie. Es ist ein Spiel. Ernst wird es, wenn du dich mit dem verwechselst, als der du erscheinst.«

Ehrlich gesagt, Bellmontis Rat war mir bereits entfallen, als er meine Anstellung mit Handschlag besiegelte und sagte, ich solle dem Gedudel des Saxofons folgen und mich an Herrn Kapellmeister Pjotr Szymborski wenden. Der Maestro werfe zwar einen verschrobenen Blick auf die Welt und neige zu schwülstiger Rede, sei ansonsten aber ein verträglicher und kluger Mensch. Zudem biete sein Wohnwagen Platz für zwei Personen.

Die leere Flasche zwischen den Schenkeln der Plastikpuppe störte mich. Als ich sie entfernen wollte, tauchte die Dicke vom Entrée hinter mir auf und keuchte: »Nicht ans Objekt fassen! In fünf Minuten wird geschlossen!«

Ich ging. Mit der Gewissheit: Dieses Museum war nicht errichtet worden, um etwas zu zeigen, sondern um zu verhüllen.

»Verwechsele dich nie mit dem, als der du erscheinst.«

Albert Bellmann hatte sich mit niemandem verwechselt. Der Mann, der in einer Schicksalsnacht in Kopenhagen alles verloren hatte, was je für ihn von Wert war, wollte verwechselt werden! Er verbarg sich hinter der Kunstfigur Alberto Bellmonti. Mit seinem Museum hatte sich der Alte inthronisiert auf einem Podest der Selbstgefälligkeit. Aber er war ein Magier, ein Trickser, ein Meister der Illusion, der das Wechselspiel um

Sein und Schein perfekt beherrschte, zu weise, um seine letzten Lebensjahre mit der Befriedigung seiner Eitelkeit zu vergeuden.

Doch was, wenn dieses Museum eine Chimäre war? Was, wenn Albert Bellmann ein Spiel spielte? Eine Inszenierung, in der er mir selbst eine undurchschaute Rolle zugewiesen hatte? Schließlich hatte er mich für fähig und wohl auch für würdig befunden, sein Nachfolger zu werden. Und weshalb hatte er mir jedes Jahr zum Geburtstag ein Ehrenticket geschenkt? Ich mochte nicht glauben, dass er mich mit beharrlichem Starrsinn in seinen Tempel der Selbstgefälligkeit eingeladen hatte, bloß um mir meine konturlose Unscheinbarkeit zu spiegeln.

Eine Vermutung drängte sich an, zuerst vage, dann immer machtvoller. Der Alte hatte mir mit seinem Museum eine Botschaft hinterlassen. Ein Rätsel. Womöglich war sogar die gestrige Beerdigung Teil eines größeren Plans, ein raffinierter Schachzug in einer durchkalkulierten Strategie. Was bezweckte ein Mensch, der sich in einer Galerie der Giganten im Licht der Reichen, Schönen und Mächtigen sonnte, seine Asche aber zwischen den Urnen von sozialistischen Funktionären beisetzen ließ? Welches Rätsel Albert Bellmann auch hinterlassen hatte, fest stand, allein würde ich es nicht lösen.

6

FEINDESLAND

Heidelberg; Samstag, 6. Januar 1979

Ich wusste alles über den Westen. Und ich war entschlossen, mich nicht blenden zu lassen. Trotz Mister Hit von Telefunken, trotz Toblerone und den begehrten Levi's Original. Acht Jahre Schulunterricht in der Deutschen Demokratischen Republik hatten mich gelehrt, das Gute vom Schlechten und das Wahre vom Falschen zu unterscheiden. Anders als die Abtrünnigen, die Staatsfeinde, denen der Schein einer trügerischen Freiheit den Kopf verdrehte und die Sinne trübte. Anders als diese Überläufer, vor denen uns Artur Kretschmer immer warnte, diese Republikflüchtlinge, die den Sport missbrauchten und ihre Kameraden feige im Stich ließen; sogenannte Genossen, die für Opel und Volkswagen und den Stern von Mercedes die Ideale des Sozialismus verrieten. Weil sie nicht mit aufbauen wollten, weil sie nicht bereit waren, über sieben Brücken zu gehen.

Am Morgen gegen neun bog unser Magirus von der Autobahn ab. Wie auf ein geheimes Zeichen hin sprangen die Passagiere von ihren Sitzen auf. Sie jubelten, fielen sich in die Arme und beglückwünschten einander. Offenbar hatten sie draußen ein Schild gesehen, das den Weg zu unserem Ziel wies, ein Lager irgendwo nördlich von Frankfurt am Main. »Mein Junge, vergiss alles, was du über Lager in Deutschland weißt«, sagte der Alte, der mir seine Wertcoupons für den

Magdeburger Intershop geschenkt hatte. »Dieses Lager sperrt niemanden ein. Es ist die Tür zu unserem Kanaan, zu unserem Gelobten Land. Das Tor zur Freiheit.« Dann weinte er vor Freude, wie fast alle in dem Bus, blind für die falschen Glücksversprechen des Kapitalismus, über den jedes Schulkind im sozialistischen Deutschland aufgeklärter war als alle Freigekauften zusammen.

In Leipzig hatte Herr Frank davon gesprochen, unweit von Frankfurt betreibe die BRD ein Notaufnahmelager für gescheiterte Existenzen, mit denen in der DDR kein Staat zu machen sei. Tante Vera würde mich dort in Empfang nehmen. »In Empfang nehmen!« Das hörte sich an, als sei ich ein Paket. Auch das Wort »Notaufnahmelager« klang verräterisch. Es taugte nicht, um Vertrauen in ein Land zu wecken, von dem wir in der Oberschule gelernt hatten, es sei in der Fortschrittsgeschichte des Menschen in der Vergangenheit stehen geblieben. Herr Winterschwenk, unser Lehrer in Staatsbürgerkunde, hatte uns gelehrt, in der sogenannten Bundesrepublik würden sich die vier Apokalyptischen Reiter Albrecht Dürers ausnehmen wie himmlische Friedensboten.

In der achten Klasse der Polytechnischen hatten wir vor den Winterferien das Schulbuch gelesen *Wo Gestern Heute ist.* Ein Augenzeuge und Kenner der Westzone berichtete darin über die Zustände in dem Unrechtsstaat BRD, dass einem vor Gruseln schauderte. Was war das für ein Land, in dem Industrielle wie Friedrich Flick über 60 000 Mark verdienten? Pro Stunde! Was war das für eine Gesellschaft, in der Aristokraten wie Fürst von Bismarck einen Wald von der Fläche Berlins einzäunen ließen, um unbehelligt vom gemeinen Volk darin spazieren zu gehen? Was war das für eine Freiheit, in der ein Fabrikant wie Carl Underberg nach Gutsherrenmanier Wanderer, die seinen Privatweg nutzten, ungestraft mit einer Reitgerte peitschen durfte? In dem Land, wo das Gestern Heute ist, so lernten wir, herrschte eine Handvoll Millionäre über das Leben von sechzig Millionen Bundesbürgern. Und das von der Wiege bis zur Bahre.

Hingegen mache der Kommunismus nach sowjetischem Vorbild radikal ernst mit der Französischen Revolution und ihren von der Bourgeoisie verratenen Ideen von Freiheit, Gleichheit und Brüderlichkeit. Die würden zwar auch im Reich des Freien Marktes gelten, meinte Lehrer Winterschwenk, aber nur für die oberen Zehntausend. Die Herrschenden ließen die Demokratie verkommen zu einem Saustall, in dem ein Schwein das andere vom Futtertrog wegbiss. Sie ließen den Gemeinsinn im Wohlstandsmüll verrotten und vergifteten die Solidarität in einer Schlangengrube egoistischen Natterngezüchts. Die Bundesrepublik sei eine Brutstätte für Faschisten, Nationalisten und Revanchisten, für Militaristen und Kriegstreiber, für Monopolisten, Imperialisten, Oligarchisten, Rassisten und Volksverhetzer, für Ausbeuter, Wucherer, Halsabschneider, Blutsauger, Raffer, Schinder und Schmarotzer. Oh ja, die BRD sei sehr wohl ein Paradies, pflegte Herr Winterschwenk zu höhnen: für Aktionäre und Makler, für Spekulanten und Geldmagnaten mitsamt ihren Heerscharen an Nutznießern. Korrupte Politiker, käufliche Juristen und bestechliche Staatsbeamte, die ideologischen Flankenschutz erhielten von reaktionären Klerikern, scheinheiligen Popen, elitären Professoren, profilsüchtigen Wissenschaftlern, rückständigen Lehrern, verblödeten Schülern, verlogenen Journalisten, verderbten Literaten und dekadenten Künstlern.

»Dekadent« war das Attribut, das die Niedertracht des Kapitalismus auf den Begriff brachte. Dekadent war ein System, das die Erde mit seiner Raffsucht verwüstete; das in der Geschichte nur Blutspuren von Krieg, Mord und Folter hinterließ; das hungernde Völker knechtete wie Leibeigene und die wertschöpfenden Arbeiter auspresste wie Zitronen, um sie ausgelaugt als faules Fallobst zu entsorgen. Dekadent waren die imperialistischen Aggressoren, die mit ihrem Milliarden fressenden Rüstungswahn nach der Weltherrschaft griffen, um den Sozialismus als Bollwerk gegen den Atomkrieg und als Garant des Friedens in den wirtschaftlichen Ruin zu treiben. Dekadent waren Gesellschaften, in denen Jahresernten an Getreide verrotteten, in denen Berge an Brot verschimmelten und Millionen Tonnen Weizen verbrannt wurden, allein um die Preise auf dem Weltmarkt künstlich zu verteuern. Dekadent war eine Jugend, die im Überfluss schwamm, die ohne Ideale aufwuchs und moralisch verwahrloste, von Selbstsucht zerfressen, bis zum Überdruss satt und notorisch gelangweilt. Während der wahre Sozialist kontinuierlich an der Veredelung des Menschen laboriere, so Lehrer Winterschwenk, habe der Kapitalismus nur parasitäre Gestalten hervorgebracht. Hippies und Gammler, Hascher und Drogensüchtige. Und Spieljungen. Gemeint waren sogenannte Playboys wie ein gewisser Arndt von Bohlen und Wasweißich, der Erbe jedenfalls einer Dynastie von Waffenfabrikanten, der jeden Monat so viel Geld für Kaviar und französischen Schaumwein verprasste wie das Bruttosozialprodukt von Bangladesch und Haiti zusammen. Herr Winterschwenk wusste unzählige solcher Beispiele anzuführen, eines dekadenter als das andere. Keiner seiner Schüler zweifelte: Der Westen stand mit beiden Beinen in dem Grab, das er sich selbst schaufelte. Doch selbst der Tod bot der Profitgier nicht Einhalt. In *Der Sozialismus – Deine Welt* wurde neben dem Bild meines Vaters mit Reagenzglas und Impfserum eine Ungeheuerlichkeit beschrieben. Der medizinische Fortschritt bei der Transplantation menschlicher Organe hatte im Westen zu einem schwunghaften Handel mit Körperteilen von Toten geführt. Vor allem mit Nieren. Während mittellose Patienten in der Klassenmedizin elendig dahinschieden, legten die Reichen für eine Niere 10 000 Mark oder das Doppelte auf den

Tisch. Der Kapitalist, so hatte ich gelesen, schreckte nicht davor zurück, selbst Leichen zu verschachern.

»Neun Uhr zwanzig. Zwei Grad plus«, sagte der Busfahrer, als er seinen Magirus auf das Gelände des Lagers lenkte. Ich stieg als Letzter aus und betrat ein Land, von dem ich zu wissen glaubte, es sieche dahin in den letzten Zügen und tanze um das goldene Kalb des Mammons, dem Abgrund entgegen. Aber spielte der Untergang des Kapitalismus noch eine Rolle? Für einen Jungen, für den Vergangenheit, Gegenwart und Zukunft sich in einem schwarzen Loch der Empfindungslosigkeit verloren? Dessen Welt längst untergegangen war? In Leipzig in der Bleibtreustraße 44.

Freya! Hier im Westen! Im Flüchtlingslager! Wie war das möglich? Meine Mutter war frei. Alles war wieder gut. Sie schritt auf mich zu, lächelte, winkte. Ich stand da, sprachlos, reglos, in der Rechten meinen braunen Koffer, in der Linken die Plastiktüte mit dem Plattenspieler Telefunken Mister Hit.

Mein Erschrecken hielt länger an als die zwei, drei Augenblicke, in denen ich glaubte, Mutter sei auferstanden aus der Waldenburger Nervenklinik; sie sei entlassen worden von Anstaltsdirektor Doktor Helmut Wippel, wegen erwiesener Unschuld; auf verschlungenen Wegen sei sie mir in die Bundesrepublik gefolgt, um mich zurückzuholen in den besseren Teil Deutschlands, zurück zu Ronny und Kessy, weil ein schlechter Traum endlich ein gutes Ende fand. Weil alles ein fürchterliches Versehen war. Und weil die Geschwister nach mir riefen. Weil sie hungrig waren und nach meinen Blinden Fischen verlangten, weil meine Blinden Fische die leckersten waren. Und meine Pfannkuchen auch, im Gegensatz zu Freyas, die immer anbrannten, weil sie zwar am Herd stand, aber mit ihren Gedanken ständig woanders war und nie bei der Sache.

»Freya?«, hauchte ich.

Tante Vera hatte meine Verwirrung bemerkt. »Guten Tag, Maik. Sehe ich meiner Schwester wirklich so ähnlich?«

Ich konnte nicht einmal nicken.

Als meine Tante vor mir stand, fürchtete ich, sie werde mich gleich in ihre Arme schließen, an sich drücken oder herzen. Oder gar abküssen, was ich um jeden Preis vermeiden wollte. Aber sie schaute mich nur an. Lange blickte sie mich an, mit hellen Augen, freundlich, aber auch seltsam verzückt. Wie aus einer weiten Ferne. Sie hatte tatsächlich eine verblüffende Ähnlichkeit mit ihrer Zwillingsschwester. Vera streifte ihre Handschuhe ab und reichte mir die Hand. Etwas linkisch, unsicher irgendwie. Sie zitterte. Weniger vor der winterlichen Kälte, so schien mir, als vor Aufregung.

»Ich … Ich bin deine Tante Veronika. Maik, ich freue mich, dich zu sehen. Ich freue mich sehr. Sei mir willkommen, herzlich willkommen.«

Ich stellte den Koffer ab, aus Höflichkeit, um den Gruß zu erwidern, als mir ein Ausspruch von Lehrer Winterschwenk in den Sinn kam, der hinter der Maskerade schönen Scheins stets die Fratze der Verlogenheit witterte.

»Am Herzlichsten gibt sich der Herzlose.« Der Satz drängte sich an, ohne mein Zutun. Er war einfach da. Er schwirrte umher in einem kalten Vakuum von Raum und Zeit, wie ein Echo aus einer Vergangenheit, von der mir nichts geblieben war als der Inhalt eines Koffers aus Kunstleder. Auch ich reichte meiner Tante die Hand, besser gesagt, ich hielt ihr meinen Arm hin wie den toten Ast eines Baumes, wie ein lebloses Teil meines Körpers, das nicht zu mir gehörte. Ich spürte den warmen Händedruck meiner Tante, doch mir war, als gelte er nicht mir. Noch immer starrte sie mich an, mit ungläubiger Verwunderung. Zaghaft strich sie mir mit dem Handrücken über die Wange und kniff mich sanft in den Arm, ganz kurz nur.

Sie nickte, als sei sie nun davon überzeugt, dass ihr Neffe kein Gespenst war, sondern ein Junge aus Fleisch und Blut. Als sie meinen Koffer griff und wir zu ihrem Auto gingen, war ich mir nicht mehr sicher, ob Herrn Winterschwenks Ausspruch über die Herzlosigkeit nicht von jenem Ungeist infiziert war, den er so schonungslos sezierte.

Vielleicht aber hatte ich mich bereits angesteckt mit den Erregern des Misstrauens, mit dem Zweifel am bevorstehenden Triumph des Sozialismus, ein Zweifel, den die Imperialisten säten, um die Massen zu verunsichern. Schon mit meinen ersten Schritten auf dem Boden der Bundesrepublik keimte die Vermutung, mit den Lehren von Herrn Winterschwenk und mit dem Wissen aus *Sozialismus – Deine Welt* nur unzureichend für den Überlebenskampf im Land des Klassenfeindes gerüstet zu sein. War ich doch in eine Welt katapultiert worden, voll überstürzender Eindrücke, voll fremder Gesten, überbordend an Bildern und Zeichen, die ich zwar lesen, aber nicht deuten konnte.

Im ersten Moment hätte ich gewettet, die Schwester meiner Mutter sei eine Millionärin, eine der obersten Zehntausend. Sie war mit einem eigenen PKW von Heidelberg gekommen, wobei ich meine Vorstellung von einem Personenkraftwagen revidieren musste. Nicht jeder konnte sich in der DDR ein Auto leisten. Bestenfalls fuhren die Leute einen Wartburg oder Trabant, manche einen Lada. Seltener einen Skoda oder Dacia, häufiger den Polski Fiat, der mit kochendem Kühlwasser vor jedem Hügel den Geist aufgab und so gemächlich durch die Gegend kroch, dass man als trainierter Sportler mühelos nebenher laufen konnte. Die höchste Form des Automobilbaus hatte ich in Leipzig gesehen, als sowjetische Funktionäre während einer Industriemesse durch die Stadt kutschierten, in sechs schwarzen Wolga GAZ-24, Fahrzeuge ungeschlacht wie Panzerkreuzer und derart gefräßig, dass für sie alle naselang eine

Benzinstation parat stehen musste. Entkoppelt vom Streben nach Status und Prestige erschöpfte sich der Zweck eines Autos im Sozialismus gemeinhin in der Funktion, jemanden von Ort A zu Ort B zu bringen. So wie unser alter Lada 1500, der ramponiert, aber unverwüstlich war. Freya hatte ihn nach Vaters Tod übernommen. Bis zum Sommer achtundsiebzig. Sie hatte den Wagen damals für eine Stange Geld verkauft, nachdem sie, angewärmt von ein paar Likörchen, am Steuer erwischt und ihr der Führerschein entzogen worden war.

Tante Vera hingegen fuhr kein ordinäres Auto, bei dem das Armaturenbrett rappelte, die Radkappen fehlten und die Stoßdämpfer den Namen nicht verdienten. Sie chauffierte eine dunkelblaue Limousine, deren Markenzeichen an die Olympischen Ringe erinnerte. Ein ausladendes Fabrikat mit automatischer Getriebeschaltung und Schallpegeldämpfung. Der Innenraum glich weniger einer Fahrzeugkabine als einem rollenden Wohnzimmer, klimatisiert, mit Ledersitzen und Sicherheitsgurten sowie Stereoradio mitsamt Abspielgerät für Musikkassetten. Nie hätte ich geglaubt, in solch einem luxuriösen Automobil von einem Notaufnahmelager für freigekaufte politische Häftlinge vorbei an den Bankentürmen von Frankfurt am Main in eine Stadt zu fahren, von der ich lediglich den Namen kannte: Heidelberg. Was hieß fahren? Nahezu lautlos glitten wir über Autobahnen, die ob des Umstands, dass der Kapitalismus marode daniederlag, verdammt gut gewartet waren. Anders als im Osten waren die zwei-, gar dreispurigen Schnellstraßen mit eigenem Standstreifen und Leitplanken versehen und frei von Spurrillen und Schlaglöchern. Mühelos beschleunigte meine Tante ihren Audi auf einhundertsechzig, einhundertsiebzig, selbst auf einhundertachtzig Stundenkilometer, ohne dass ich an den Jeans meine feuchten Hände hätte abwischen müssen. Am meisten wunderte mich: In dem Land, in dem das Gestern Heute war, wimmelte es offenkundig von Millionären. Anfangs hatte ich sie noch gezählt, die Mercedes, die BMWs, hin und wieder sogar einen Porsche Carrera, deren Fahrer meine Tante blinkend und mit Lichtsignalen von der linken Spur weghupten. Überhaupt waren auf bundesdeutschen Straßen lauter starke, schnelle und schmucke Automobile unterwegs, die überall in Europa und rund um den Globus produziert wurden, ausgerechnet in Ländern, in denen die Ausbeutung noch nicht abgeschafft war. In Frankreich, Italien und England, in Skandinavien, in Amerika und Asien. Auf dem Seitenstreifen entdeckte ich einen verreckten jugoslawischen Zastava. Ansonsten sah ich während der Fahrt nach Heidelberg kein Auto, das von sozialistischen Ingenieuren und kommunistischen Monteuren konstruiert und zusammengebaut worden war. Natürlich tummelten sich auf der Autobahn auch Gurken und Rostlauben, die ihre besten Tage hinter sich hatten. Aber um nicht zu lügen: Obwohl ich vom Triumph der Bandiera rossa überzeugt war, so hätte ich selbst die letzte westliche Schrottkarosse nicht gegen einen nagelneuen Trabant eingetauscht.

Ich saß auf dem Beifahrersitz und vermied, meine Tante von der Seite anzustarren. Erst allmählich dämmerte mir, wie wenig ich von ihr wusste. Nur dass sie in dem berühmten Heidelberger Schloss in einem Museum arbeitete, in dem alte Apotheken ausgestellt waren. Aber weshalb sie nicht mehr in der DDR lebte, wie und warum sie in den Westen geraten war, das hatte ich mich nie gefragt.

Vage erinnerte ich, dass Freya angedeutet hatte, ihre Schwester sei eine hochtalentierte Pharmazeutin gewesen, die ihr Studium mit herausragenden Noten abgeschlossen, ihr akademisches Talent allerdings nie entfaltet habe. Ihr scharfer analytischer Verstand sei zusehends von verquasten esoterischen Ansichten getrübt worden, zudem habe sie sich mit ihrem Hang zur Besserwisserei keine Freunde geschaffen. Als ein Störfaktor im Wissenschaftsbetrieb sei man an der Universität froh gewesen, sie los zu sein. Nebulös blieb, ob Tante Vera sich etwas hatte zuschulden kommen lassen oder ob man an ihr schuldig geworden war. Jedenfalls war ich vier oder fünf, als sie, freiwillig oder gezwungen, vom deutschen Osten in den deutschen Westen übersiedelte. Dieses Los teilten wir. Trotzdem war Tante Vera für mich ein Wesen von einem fremden Stern.

Wenn ich aus den Augenwinkeln zu ihr herüberlugte, bestätigte sich mein erster Eindruck. Vera war eine schöne Frau. Noch schöner als Freya. Beide hatten blonde Locken, volle Lippen, lange Wimpern und blaue Augen. Auch die feinen Hände, mit denen Tante Vera das Lenkrad umgriff, waren mir vertraut. Doch anders als Freya, die ihre Nägel knallig rot lackierte und an deren Fingern üppige Ringe mit Klunkersteinen ins Auge sprangen, trug meine Tante keinen auffälligen Schmuck. Nur eine zierliche silberne Uhr am Handgelenk und ein Halskettchen mit Anhänger, einem apfelgrünen Edelstein. Auch schminkten sich die Schwestern unterschiedlich. Während meine Mutter ungeniert in ihre Farbtöpfe langte, trug Vera ihre Kosmetik zurückhaltender auf. Dezenter, anmutiger, fraulicher irgendwie. Als wolle Freya mit ihrem Hang zum Grellen etwas übertünchen und überblenden, während Vera, wie soll ich sagen, das Geheimnis ihrer Weiblichkeit nicht auf dem Präsentierteller vor sich hertrug. So kam sie mir vor. Auch fehlten ihr die Schärfe in der Stimme und die Anflüge von Missmut, die Freyas Mundwinkel in den letzten Jahren immer häufiger umzuckt hatten. Es war zum Verzweifeln. Umso mehr mich die Schönheit meiner Tante verwirrte, desto stärker empfand ich Mitleid mit Freya, wie sie in ihrem engen Anstaltskittel in der Waldenburger Nervenklinik verkümmerte, in den Händen von Doktor Helmut Wippel, der sie mit Medikamenten ruhigstellte. Ich brannte darauf, endlich ungestört den Brief lesen zu können, den meine Mutter mir heimlich zugesteckt hatte und der noch immer in dem gefalteten Hemd in meinem Koffer lag. Ich musste unbedingt wissen, was in der frostigen Silvesternacht in der Leipziger Bleibtreustraße 44 geschehen war.

Um zwölf Uhr schaltete Tante Vera den Hörfunk mit den Mittagsnachrichten an, die sich noch immer um die Schneekatastrophe und den Jahrhundertwinter drehten. Offenbar waren die Hilfskräfte und Rettungsbrigaden im Norden der Bundesrepublik schlecht organisiert. Die Aufräumarbeiten gingen nur schleppend voran. Unmut über das Krisenmanagement wurde laut, und empörte Bürger forderten nach mehr als einem Dutzend Todesopfern den Rücktritt eines überforderten Ministers. Aus der DDR wurde berichtet, dass die Stromversorgung wieder funktioniere und sowjetische Militärs und Soldaten der Nationalen Volksarmee die Bevölkerung auf Rügen mit Lebensmitteln versorgten. Ich war verdutzt. Die antikommunistische Propaganda der Westmedien hatte ich mir anders vorgestellt.

»Schrecklich! Diese armen Menschen im Norden können einem leidtun. Gott sei Dank sind wir in Heidelberg von Eis und Schnee verschont geblieben«, sagte Vera, und mit einem Schlag war mir klar, was die Zwillingsschwestern unterschied. Ein »Gott sei Dank« wäre Freya nie herausgerutscht. Für meine Mutter war Gott eine Erfindung, mit der die Kaste der Kleriker ihre Existenz rechtfertigte und das Privileg, von produktiver Arbeit entbunden zu sein. Freya meinte, für die Erkenntnis, dass die Religion als Opiat das Volk bedusele, brauche es wahrlich nicht den Scharfsinn eines Karl Marx. Jesus selber sei mit dem letzten Atemzug am Kreuz in einem Moment der Einsicht noch Atheist geworden. »Vater, mein Vater«, habe er geseufzt, »warum hast du mich verlassen?« Da die Bibel zu dieser Frage schweige, sei der Alte seinem unehelichen Sohn die Antwort wohl schuldig geblieben. Eine Antwort im Übrigen, auf die zu warten nicht lohne.

Tante Vera hingegen glaubte. Dafür sprach schon ihr musikalischer Geschmack. Auf der Ablage vor der Windschutzscheibe lagen Kassetten mit einer Musik, wie sie Leute hörten, die sonntags in Kirchen gingen und beteten. Zugleich verrieten sie, dass meine Tante noch immer an ihrer alten Heimat im Osten hing. Karat und die sieben Brücken waren zwar nicht dabei, dafür aber die *Meisterwerke des Barock* von Johann Sebastian Bach, eingespielt auf einer Silbermann-Orgel in Dresden. Und die Leidenspassion eines evangelischen Matthäus, gesungen vom Chor der Thomaner aus Leipzig. Keiner meiner Sportkumpel von Dynamo hatte je ein Konzert der Chorknaben in der Thomaskirche besucht. Fußball und frommer Gesang, das war wie Rolling Stones und Frank Schöbel. Aber als ich auf einer Kassettenhülle das Foto der Thomaner in ihren Matrosenuniformen mit den riesigen Kragen sah, viele von ihnen in meinem Alter, und als ich den Namen meiner Geburtsstadt las, überkam mich das Heimweh. Kein Verlangen, das sich wegschieben ließ. Eher, als würde ich einen Verlust bemerken, von etwas, was ich nie besessen hatte. Als reiße mir jemand ein Herz heraus, das gar nicht schlägt. Die Sehnsucht nach zu Hause war so schlimm, dass ich wünschte, ich wäre nie geboren. Meine Tante fragte mich, ob sie das Radio anstellen solle. Ich schüttelte den Kopf und schaute aus dem Fenster. Ich zählte die Automarken und studierte die Zahlen und Buchstaben auf den Nummernschildern mit der Absicht, sie Städten zuzuordnen, deren Namen ich irgendwann aufgeschnappt hatte.

Tante Vera lebte allein. Sie bewohnte ein Haus an den Hängen des Königstuhls. Jetzt im Januar blickte man von ihrem Wohnzimmer durch die kahlen Äste eines Buchenwäldchens über die Dächer der Heidelberger Altstadt hinweg auf den Neckar. »Im Frühling wird es hier wunderschön«, sagte sie. »Wenn im Garten alles grünt, sieht man zwar den Fluss nicht mehr, aber in den Bäumen zwitschern die Vögel. Man kann herrliche Spaziergänge unternehmen. Auch abseits der ausgetretenen Wege, wo einem nicht ständig amerikanische und japanische Touristen mit ihren Fotoapparaten über die Füße stolpern.«

Ich erwischte mich dabei, dass ich meine Tante erneut mit meiner Mutter verglich. Einen Sinn für die Schönheit der Natur hatte ich bei Freya nie bemerkt. Meine Kameraden hatten immer genörgelt, mit den Eltern öde Wanderungen machen zu müssen, während ich an den Sonntagen gern etwas unternommen hätte. Aber wir gingen nie raus. Freya hasste die Natur. Ihr Leben war die Kultur. Theater, Opern, Konzerte, Galerien, Museen; Orte, an denen Kinder störten. Andauernd war Freya auf Achse in Sachen Kunst. Ausstellungseröffnungen hier, Einweihungen da, Lesungen dort, ständig Vernissagen und Finissagen, Matineen, Soireen und sonstige Performanzen. Mutter musste unter Leute. Die Ruhe war ihr suspekt, Besinnliches ein Gräuel. Ein Spaziergang im Wald wäre für sie eine Strafe gewesen. Für was auch immer.

Veras Heim war kleiner als unser ausgebranntes Haus in Connewitz. Obschon sie jede Ecke vollgestellt hatte und jeden Winkel nutzte, wirkte die Einrichtung nicht beengt und überfrachtet. Aufgeräumt, aber nicht penibel und spießig. Mit Sicherheit war meine Tante keine Millionärin, aber arm war sie auch nicht. Von einer bequemen Chaiselongue aus schaute man auf einen Fernseher mit beachtlicher fünfundneunziger Bildröhre. In Farbe und mit Fernbedienung zum An- und Ausschalten und zur Wahl von Programm und Lautstärke. Von einem Lesesessel aus ließ sich eine Musikanlage mit quadrofonischen Lautsprecherboxen regeln, gegen die mein Mister Hit sich wie ein Spielzeug ausnahm. Auf dem Schallplattenteller lag das Kölner Konzert eines Musikers namens Keith Jarrett, ein Name, der mir nichts sagte. Ein Kirchenorganist vermutlich, jedenfalls irgendwas Sakrales, so wie alle frommen Schallplatten in Veras Sammlung meinen Musikgeschmack definitiv nicht trafen.

Tante Vera reiste viel, was ich aus den Souvenirs schloss, die sie überall höchst dekorativ platziert hatte. In einer Leuchtvitrine waren Steine und Mineralien ausgestellt, mit handgeschriebenen Täfelchen, die Auskunft über die Herkunft gaben. Wie Schätze in einem Museum. Ein makelloser Bergkristall ragte auf zwischen geschliffenen persischen Achaten, polierten Opalen aus Äthiopien, Türkisen vom Sinai, Bernsteinen aus dem Baltikum und der Figur einer Schildkröte aus grüner mexikanischer Jade. Aus Tansania stammten die schimmernden Mondsteine, aus Brasilien das metallisch glänzende Katzengold, von der Insel Mauritius der vollendet geformte Nautilus. Dazwischen ein Faustkeil, Pfeilspitzen aus Feuerstein und prähistorische Fossilien: Ammoniten, Trilobiten, versteinerte Haifischzähne, Flugsaurierkrallen und eine täuschend echte Replik des Urvogels Archäopteryx auf Solnhofener Plattenkalk. Vor einem präparierten Piranha aus dem Amazonas, der mit seinen Rasiermesserzähnen selbst getrocknet noch bedrohlich ausschaute, lagen etwas deplatziert drei Tasten, die möglicherweise früher in einem Klavier ihre Funktion gehabt hatten. Eine lange weiße aus Elfenbein und zwei kürzere schwarze aus Ebenholz, zu denen die kleine Schrifttafel den Hinweis gab: Leipzig 1968.

Neben ihren Reisemitbringseln umgab sich Vera offensichtlich gern mit frischen Blumen. Während bei Freya künstliche Trockensträuße vor sich hin staubten, hatte ihre Schwester überall in der Wohnung langstielige weiße und rote Rosen in hohen Vasen arrangiert. Selbst im Flur, im Bad und in einem eigens für Gäste gedachten Klosett. Auf einer Kommode im Wohnzimmer standen Lilien, die nicht zu ignorieren waren. Nie zuvor hatte ich Blüten gerochen, deren Duft derart betörte.

Ich hatte erwartet, dass meine Tante mich mit Fragen löchern würde. Aber sie hielt sich zurück. Ich war froh, dass sie mich in

Ruhe ließ und nicht in meinem Leben herumbohrte, dass sie nicht fragte, ob ich traurig sei, wie ich klarkomme mit allem, mit dem Verlust der Geschwister, der Mutter, der Lehrer, der Schulkameraden und der Freunde. Und wie es weitergehe, wie ich mir die Zukunft vorstelle, in einer neuen Schule, mit neuen Lehrern und neuen Mitschülern und dass alles hier fremd sei und überhaupt. Tante Vera sagte, sie wolle mir Zeit geben und mir Luft zum Atmen lassen.

Nur über die Silvesternacht wollte sie alles wissen, obschon ich die Ereignisse nur vom Hörensagen kannte. Weshalb das Feuer ausgebrochen war, wie das Unglück mit Kessryn und Ronny hatte passieren können, ob Freya selbst die Feuerwehr gerufen habe, ob sie die Tragödie nicht habe verhindern können und wie es ihr jetzt gehe, in der Klinik. Ich erzählte ihr das, was Herr Frank mir erzählt hatte. Dass ein Kurzschluss in der Stromversorgung die Brandursache gewesen sein könne. Oder ein kaputtes Elektrogerät oder ein trockener Weihnachtsbaum. Oder dass meine Geschwister vielleicht gekokelt und mit Zündhölzern und Kerzen gespielt hatten. Oder mit Silvesterknallern. Dass es Freya einigermaßen gut gehe, dass sie untersucht werde und starke Medikamente erhalte gegen den Schock. Und dass alles sehr viel Zeit brauche.

Vera hörte mir aufmerksam zu. Zwischendurch nickte sie. Dann zündete sie eine Kerze an, bekreuzigte sich und faltete die Hände. Erst dachte ich, sie führe Selbstgespräche, bis mir klar wurde, dass meine Tante betete. Nicht laut, eher murmelnd, beschwörend sprach sie vom gütigen Vater im Himmel, von Kessryn und Ronny und den reinen Seelen der Kinder, von der Auferstehung und vom ewigen Leben, darin am Ende der Zeiten alles Leid und aller Tod ein Ende habe, wenn die Posaune erschalle im Neuen Jerusalem und das Böse vernichtet werde und alle Schuld vergeben sei. Mir wurde bei den Worten meiner Tante merkwürdig komisch. Meine Hände schwitzten. Ich fühlte mich unwohl und mochte sie weder anschauen noch ihr zuhören, weil ihre Worte mir fremd waren und ihr Aussehen mich erschreckte. Binnen Augenblicken verhärteten sich die Konturen ihres Gesichtes zu einer Grimasse. Sie schaute nicht mehr jung aus, wie Mitte dreißig, sondern wie eine verknöcherte Alte, die im Irrgarten einer wirren Bilderwelt die Orientierung verloren hatte.

Verlegen schaute ich aus dem Fenster über die Dächer der Heidelberger Altstadt und auf den brauntrüben Neckar. Ohne mein Zutun kamen mir Ronnys Dreirad und Kessys Hula-Hoop-Reifen in den Sinn, die noch in der Bleibtreustraße in unserem Gartenschuppen lagen, um den sich nun niemand mehr kümmerte. Herr Frank fiel mir ein, der sich als Junge mit Zigarettenkippen abgehärtet und mir geraten hatte, mich gegen den Schmerz zu immunisieren. Aber der Ratschlag gab mir die Schwester und den Bruder nicht zurück.

»Mit Kessy und Ronny, das war nicht meine Schuld.« Ich hatte den Satz vor mich hin gesagt. Einfach so. Er war mir herausgerutscht, ohne jede Absicht, doch er eröffnete Tante Vera offenbar eine Tür heraus aus ihrem Labyrinth.

»Was willst du damit sagen?« Sie starrte mich an. Hellwach. »Was heißt, nicht deine Schuld?«

»Es war die Kälte. Der Jahrhundertwinter war schuld. Nicht ich, weil ich an Silvester nicht da war und nicht aufgepasst habe. Sie hätten Kessryn und Ronny gerettet, wäre die Nacht nicht so eisig kalt gewesen.«

»Was meinst du? Wer ist *sie*?«

»Die Feuerwehr. Aber die Männer waren machtlos. Kessy und Ronny würden noch leben, wenn das Löschwasser nicht gefroren gewesen wäre.«

»Stimmt das? Dein Bruder und deine Schwester starben, weil die Feuerwehr nicht löschen konnte?«

»Ja.«

Tante Vera schlug wieder ihre Kreuzzeichen. Aber anders als gerade noch. Eher aus Erleichterung. Sie seufzte. Als hole sie diese profane Erklärung zurück ins klare Denken.

Wir war der launische Stimmungswechsel meiner Tante nicht geheuer. Eigentlich hatte ich vorgehabt, ihr zu erzählen, was Kessryns Freundin Tanja und die Connewitzer Nachbarn nachts gesehen hatten. Wie Freya nackt und schreiend durch den Schnee gelaufen war, mit einem Kanister Benzin und selbst das Feuer für den Brand gelegt hatte, der ihr Leben verzehren sollte. Plötzlich schien mir dieses Wissen ungeheuer kostbar. Wie ein Geheimnis, über das ich nicht sprechen mochte, obwohl es mir Angst machte. Ich wollte es nicht teilen, mit meiner Tante nicht und mit niemandem, nicht bevor ich den Brief meiner Mutter kannte, dessen Botschaft ich nun endlich lesen musste.

Gerade als Tante Vera sich bekreuzigte, klingelte es an der Haustür. Vera bedeutete mir zu öffnen, und ich glaubte, in einem Film gelandet zu sein. Vor der Tür stand eine Schar kostümierter Kinder. Wie auf Kommando sangen sie los, wobei ein Junge einen goldenen Stern an einem Holzstab drehte. Sie hatten sich kostümiert, mit Gewändern, Turbanen und bemalten Gesichtern. So wie die Gestalten in den Büchern von Karl May, wie Mohren, Rothäute und Bleichgesichter, nur mit einem Einschlag mehr ins Orientalische. Sie sangen vom Morgenland, stellten sich vor als Kaspar, Melchior und Balthasar und wünschten ein glückseliges neues Jahr, obwohl mir nach Glück und nach Seligkeit absolut nicht zumute war. Als sie ihre Strophen heruntergenudelt hatten, reckten sie Vera ihre Sammeldose entgegen.

Ich dachte, ich sehe nicht richtig. Meine Tante strahlte wieder. Zuvorkommend, ja übertrieben freundlich, steckte sie einen grünen Zwanzig-D-Mark-Schein in die Blechbüchse und bot den Kindern an, ihnen zum Aufwärmen heißen Kakao zu kochen. Sie lehnten ab, weil sie noch woanders singen mussten.

Vera stopfte ihnen noch original gefüllte Prinzenkekse in eine Tragetasche, eine Tüte mit Fruchtgummi und drei Tafeln Milka-Schokolade obendrauf, obwohl die Kostümierten Süßkram mit sich umherschleppten, der mit Sicherheit für ein halbes Jahr Bauchschmerzen reichte. Zum Dank legten sie noch eine Strophe nach, kritzelten mit Kreide die Jahreszahl 1979 an die Hauswand und zogen weiter.

»War das so etwas wie Fasching?«, fragte ich verwundert.

»Fasching! Wie kommst du denn auf die Idee? Das waren die Heiligen Drei Könige. Heute ist der sechste Januar, für Katholiken das Fest der Erscheinung des Herrn. Dann ziehen die Sternsinger von Tür zu Tür und segnen die Häuser und ihre Bewohner. Das solltest du aber wissen, Maik. Du bist doch getauft und katholisch.«

Tante Vera leierte mir die halbe Bibel herunter. Dass mit Jesus von Nazareth im Heiligen Land der wahre König zur Welt gekommen sei, von der jungfräulichen Maria geboren, nicht in einem prachtvollen Palast, sondern in einem Viehstall, den drei jüdische Schriftgelehrte nur deshalb entdeckten, weil sie als Astrologen die Zeichen am Himmel zu deuten verstanden und einem Stern folgten, einem Kometen möglicherweise, einem kosmischen Ereignis, das sie an die Krippe von Bethlehem führte, wo sie niederknieten und dem göttlichen Knaben Gold, Weihrauch und Myrrhe dargeboten, als Zeichen der Anerkennung seiner königlichen Macht, die sich getreu der Apokalypse des heiligen Johannes am Ende der Zeiten den Lebenden und den Toten offenbaren würde.

Ich fragte mich, was Freya ihrer Schwester ob dieser Märchengeschichte entgegnet hätte. Aber mir fiel nichts ein. Und Tante Vera zu stecken, dass ihre Bastelkrippe aus dem Weihnachtspaket vom Vorjahr in der Mülltonne gelandet war, das durfte ich nicht machen. »In Leipzig jedenfalls betteln keine verkleideten Könige an Haustüren um Geld.«

Vera überhörte meinen Trotz und fuhr unbeirrt fort: »Weißt du, weshalb die drei Weisen in Jesus den König erkannten?«

»Keine Ahnung.«

»Weil sie selber Könige waren und weil nur Könige untereinander den wahren Herrn erkennen. Wir haben vergessen, dass wir alle Könige sind. Dass wir Pilger sind auf dem Weg zum Ziel. So wie du, Maik. Finde deinen Stern und folge ihm!«

Ich schwieg. Nicht aus Bockigkeit. Mir fiel wirklich nichts ein, was ich hätte sagen können.

»Du solltest noch wissen«, sagte Vera nach einer Weile, »dass ich dich am Jesuitenkolleg Sankt Ignatius angemeldet habe. Es genießt einen hervorragenden Ruf. Die Zahl der Bewerbungen liegt weit über der Zahl der Schüler, die angenommen werden. Doch ich kenne Pater Rupert und Pater Leonard persönlich. Sie werden dich in die Untertertia übernehmen, das entspricht der achten Klasse. Am Montag treffen wir uns zu einem Gespräch. Pater Leonard unterrichtet übrigens katholische Religionslehre und Philosophie. Er ist ein beeindruckend kluger Mann.«

»Ich will aber nicht in Religion unterrichtet werden!«

»Darüber kannst du sicher mit Pater Leonard reden. Du darfst selber entscheiden. Mit vierzehn Jahren kannst du dich von der Religionslehre freistellen lassen.«

»Ich werde bald vierzehn.«

»Ich weiß. Am 4. Februar. Aber bis dahin ist es noch etwas hin. Vielleicht sollten wir zwischenzeitlich etwas essen. Du muss doch fürchterlich hungrig sein.«

Das war das Stichwort! Wie ein Reflex knurrte mein Magen, jäh wurde mir flau vor Hunger. Ich zählte. Mittwoch, Donnerstag, Freitag, Samstag. Vor fünf Tagen hatte ich zuletzt richtig gegessen, in der Tatra, am Dienstagmorgen, beim Frühstück, bevor Artur Kretschmer mich zu sich rief. Als ich mich noch auf ein polnisches Mädchen freute, mit dem ich in einem früheren Leben zum Skifahren verabredet war.

Tante Vera entschuldigte sich, in der Küche nichts vorbereitet zu haben und zudem eine miserable Köchin zu sein, eine Eigenart, nebenbei erwähnt, die sie mit ihrer Schwester teilte. Vera schlug vor, in einem der Heidelberger Lokale zu Abend zu essen. Auswahl gebe es mehr als genug.

»Auf was hast du Appetit?«

»Auf alles«, sagte ich. ›Gastmahl des Meeres‹ wäre nicht schlecht.«

»Tut mir leid, aber das kennt man im Westen nicht. Was hältst du von Italienisch? Spaghetti und Pizza mögen doch alle jungen Leute.«

Mir war bekannt, dass die Italiener für Pizza alles liegen und stehen ließen, eine Art Pfannkuchen, ungezuckert, aber belegt mit allem möglichen Kram, der vor Ablauf der Haltbarkeit weg musste. Wie konnte man für so etwas freiwillig in einem Restaurant bezahlen? Auch in den Ferienlagern der Pioniere hatten wir italienisch gegessen, jeden zweiten Tag, allerdings immer nur Makkaroni mit Tomatensoße, wobei die Nudeln meistens zu einer klebrigen Teigmasse verklumpt waren. Zwar wurden die Töpfe immer leer gekratzt, aber nur weil wir Kohldampf hatten, nicht weil aus der Schöpfkelle Raffinessen der italienischen Küche auf den Teller schwappten.

»Italienisch essen«, sagte ich. »Warum nicht? Mit mir jederzeit.«

Tante Vera wohnte wirklich in günstiger Lage. Über wenige Treppen und Stiegen abwärts waren wir im Nu in den Gassen der Altstadt. Ich hatte von dem Stadtzentrum nichts erwartet. Aber ich behaupte: Wenn ich etwas erwartet hätte, so wären alle Erwartungen turmhoch übertroffen worden. Das historische Heidelberg war der Prototyp einer Stadt, in der das Gestern Heute war. Nur anders als Lehrer Winterschwenk das verstanden wissen wollte. Als wir durch ein Labyrinth mittelalterlicher

Fassaden schlenderten, wähnte ich mich in einem Schmuckkasten, der überquoll von Schätzen, bewahrt vor dem Verfall und für die Gegenwart gerettet. Was für eine Stadt! Im Vergleich zu Heidelberg hatte Leipzig nicht einmal das Attribut hässlich verdient.

In Gasthöfen und Brauhäusern, zwischen Weinkellern, Studentenkneipen und Musikcafés, in Heidelberg waren Europa und die Welt zu Hause. Griechische Tavernen und spanische Bodegas, französische Bistros und amerikanische Steakhäuser stellten einen vor die Qual der Wahl. Nicht zu reden von den Lokalen aus China, Korea, Thailand und Japan. Es gab sogar eine russische Teestube »Samowar Moskwa« und einen karibischen Club »Cuba Libre«, die nicht ausschauten, als sei in Heidelberg der Sozialismus auf dem Vormarsch. An jeder Ecke luden Gaststuben den Feinschmecker ein. Auf Stelltafeln vor dem Eingang lockten lokale Spezialitäten, Erlesenes und Deftiges aus dem Badischen, aus Bayern und der Pfalz. Es versetzte mir einen Stich, dass unser »Gastmahl des Meeres« in Leipzig-Connewitz, für mich bislang der Inbegriff gepflegter Gastronomie, neben dem feinen französischen Restaurant »Chez Jacques« verblasste wie ein heruntergewirtschafteter Imbiss. Die handgeschriebene Speisekarte in einem illuminierten Glaskasten erlaubte mir zwar keinen Rückschluss auf die Mahlzeiten, die hier serviert wurden, dafür aber fiel mir ein Wort zu den Preisen ein: astronomisch. Für ein Menü beim Jacob hätten wir in Zakopane zwei Wochen lang jeden Abend Silvester feiern können. Wen wunderte da, dass der dekadente Playboy Arndt von Soundso sein ererbtes Vermögen mit Meeresgetier und Champagner durchbrachte. Wie auch immer, mich plagte ein solcher Hunger, dass ich die halbe Heidelberger Altstadt hätte wegputzen können.

Vera führte uns in ein unscheinbares Restaurant in einer Seitengasse unweit der Jesuitenkirche, in eine Trattoria-Pizzeria, irgendwas mit »Da Peppone Napoli« oder so ähnlich. Jedenfalls war der Laden heimelig, mit freundlichen und zuvorkommenden Kellnern, die Freya in Leipzig so sehr vermisste. Der Inhaber eilte meiner Tante mit offenen Armen entgegen, busselte seine »liebste und teuerste Veronika« mit Wangenküsschen ab und half ihr galant aus dem Mantel. Auch mich begrüßte er per Handschlag und meinte augenzwinkernd, ich solle gut auf die schöne Signora an meiner Seite achtgeben. Er führte uns an einen lauschigen Tisch, brannte eine Kerze an und brachte Vera ungefragt eine Viertelkaraffe Rotwein, den er nicht stocksteif mit einer Hand hinter dem Rücken einschenkte, wie in den Ostlokalen gehobener Kategorie, sondern den er aus luftiger Höhe in das Glas meiner Tante plätschern ließ. Die Namen der Gerichte auf der Speisekarte waren für mich so wohlklingend wie nichtssagend. Vera erläuterte mir die verschiedensten Menüs und schwärmte nebenbei von der Lebensart und Mentalität der Neapolitaner, die es hinkriegten, sich selbst mit den widrigsten Kalamitäten zu arrangieren, ausgekocht und schlitzohrig gewiss, doch einander wohlgesonnen. So wie der Restaurantbesitzer, der Peppino hieß und mich spielerisch vornehm fragte, was der Herr zu trinken wünsche.

»Eine große Coca-Cola! Wenn möglich, bitte die echte. Haben Sie die?«

«Junger Mann«, Peppino setzte eine strenge Miene auf, »für den Begleiter von meine Freundin Signora Veronika habe ich so viele Cola, bis es dir wieder herauskommt aus Nase und Ohren. Erstes Cola geht auf Kosten des Hauses.« Dann schnippte er mit den Fingern und gab einem Kellner einen Wink. Eine Minute später stand vor mir ein halber Liter amerikanische Coke. Zwei Minuten später schämte ich mich vor mir selbst, als ich mich bei dem Schwur erwischte, niemals mehr im Leben an einer Club-Cola auch nur zu nippen.

»Bestell, was immer du möchtest. Und so viel du möchtest«, forderte Vera mich auf. »Ohne falsche Scham.«

»Wirklich?«

»Ja! Wirklich!«

Ich orderte eine zweite Cola und eine Pizza, gebacken über einem duftenden Buchenholzfeuer in einem Steinofen. Um das Risiko einer geschmacklichen Enttäuschung zu minimieren, wählte ich als Belag die mir vertraute Salami. Nach drei Bissen wusste ich, Pizza mit Cola war das Göttlichste seit der Erfindung von Messer und Gabel. Obwohl das Teil den Umfang eines Wagenrades hatte, bestellte ich eine zweite Pizza nach; diesmal, weil mutiger geworden, eine *Quattro stagioni* mit Tomaten, Käse, Zwiebeln, Champignons, Paprika und Schinken. Ich begriff zwar nicht, wieso meine Tante die Beläge mit den vier Jahreszeiten in Verbindung brachte, aber egal. Weil Vera ihr Gericht zu mächtig war, verdrückte ich mit weiteren Colas auch noch die Reste ihres Salates und die Hälfte der Fleischlasagne, mit der sich Italien ebenfalls küchenmäßig nicht verstecken musste.

»Übrigens.« Meine Tante nahm einen Schluck Rotwein. »Ich heiße nicht Vera. Mein Name ist Veronika. Veronika Blech. So wie der Mädchenname von Freya. Vor ihrer Heirat.«

»Entschuldige. Aber Vera klingt viel flotter. Nicht so altmodisch. Doch was soll's. Veronika oder Vera, Freya sagte immer, Namen sind Schall und Rauch.«

»Nein! Freya sollte wissen: Nomen est omen. Aber das missachten wir. Wir verstümmeln die Namen. Aus Thomas wird Tom. Aus Alexander wird Alex, aus Maximilian Max. Und aus Michael wird ein Maik.«

»Na und! Was soll daran schlimm sein?«

»Nichts«, lenkte Vera ein. »Wir vergessen nur, dass jeder Name eine Bedeutung hat und nicht beliebig ist. Deshalb werden wir mit unserem Namen auch nicht mehr eins.«

Ich hatte keine Idee, was meine Tante mir sagen wollte. »Möchtest du, dass ich dich lieber Veronika nenne?«

»Nein. Wenn *du* mich Vera nennst, ist das in Ordnung. Aber nur, weil du es bist.« Meine Tante beugte sich zu mir herüber und hauchte mir einen Kuss auf die Stirn.

»Ah, ich muss aufpassen auf die junge Kavalier«, spaßte Peppino und kredenzte abschließend noch eine »kleine süßes Creme, ganz leicht, passt immer in die Magen«. Das Zeug schmeckte so himmlisch, dass ich noch eine zweite Portion schaffte. Bei der dritten musste ich jedoch wegen Vollgefressenheit kapitulieren.

»Ich denke, wir sollten deine Esskultur in der nächsten Zeit verfeinern«, schmunzelte Vera und verlangte nach der Rechnung. Sie trank mit Don Peppino noch einen süßen Schnaps, der den Duft von Marzipan verströmte, und obwohl der Hausherr auch mich zu einem »winziges Gläschen« einlud, mochte ich nicht mal an dem Zeug riechen. Für den Sonntag verordnete Vera mir einen Spaziergang gegen das Laster der Völlerei. Im Apothekenmuseum des Heidelberger Schlosses würden wir uns eine Ausstellung anschauen, die sie selbst kuratiert habe, was auch immer das hieß. Vorher allerdings würden wir, als natürliche Medizin gegen allzu viel Pizza und Brause, über eine historische Treppe durch den Odenwald hoch zum Königstuhl laufen. »Aber du bist ja sportlich, Maik. Nur meine Schwester Freya, so wie ich sie kenne, würde sich weigern, diesen Weg hinaufzusteigen.«

»Warum?«

»Erstens wegen der eintausendzweihundert Stufen. Und zweitens heißt die Treppe ›die Himmelsleiter‹, und damit hatte es meine andere Hälfte ja nun weiß Gott nicht.«

Tante Vera lächelte wieder. Ich versuchte hinter der Maske dieses Lächelns das wahre Gesicht einer verborgenen Veronika zu entlarven. Ich suchte nach dem Indiz einer Falschheit, doch ich fand nichts. Vera war anders als meine Mutter Freya. Meine Tante gab sich selbstsicher, ohne Dünkel. Sie war liebenswürdig, wohl auch klug. Und sie lachte gern und oft, anders als ihre Schwester nicht enthemmt, nach außen schallend, vielmehr wie ein Mensch, der mit seinem Lachen allein blieb. Vielleicht, weil ihr ein Gegenüber fehlte, ein Mann, den sie mit ihrer Heiterkeit hätte anstecken können. Dennoch verspürte ich ein Unbehagen. Weil ich hinter der frommen Herzlichkeit etwas vermutete, vor dem ich glaubte, mich schützen zu müssen. Zugleich regte sich mein schlechtes Gewissen, schien mir mein Argwohn doch grundlos und hatte Vera mein Misstrauen gewiss nicht verdient.

Von der häuslichen Achtsamkeit meiner Tante ausgenommen war ihr Arbeitszimmer im Dachgeschoss, wo ich ein vorübergehendes Quartier beziehen sollte. Die Dachstube war bis unter die Decke vollgestopft mit Büchern und Aktenordnern, die sich in bedrohlicher Schräglage zu fragilen Säulen türmten. Der Schreibtisch erstickte unter der Last von Dokumenten, Akten und Korrespondenzen. Überall lagen Zeitungsschnipsel herum, ausgerissene und ausgeschnittene Texte, manche archiviert in durchsichtigen Folien, die meisten gelagert in Pappkartons und überquellenden Archivablagen. Fachblätter und Illustrierten stapelten sich Schicht auf Schicht, flächendeckend verteilt, sodass ich kaum ein Bein auf den Teppich bekam. Inmitten des Durcheinanders hatte Vera notdürftig Platz geschaffen und mir ein provisorisches Bett gerichtet.

Sie entschuldigte sich tausendfach, sie habe für mich nur ein Klappbett organisieren können, aber die Entscheidung, mich zu sich zu holen, sei äußerst kurzfristig gefallen. Um ehrlich zu sein, sei ihr der Schreck in die Glieder gefahren, als das Telefon klingelte und der Leiter der Jugendhilfe aus Leipzig am Apparat war. Ein Herr Frank oder Franke. Der Mann sei nicht unfreundlich gewesen, habe viel geredet, sich mit detaillierten

Informationen aber zurückgehalten. Er habe lediglich von dem nächtlichen Feuer gesprochen, von dem tragischen Unglück der Geschwister Kessryn und Ronny. Er hatte Vera mitgeteilt, dass ihre Zwillingsschwester wegen des Todes ihrer beiden jüngsten Kinder nervlich schwer erkrankt sei, ohne Aussicht auf baldige Besserung, und dass man sich um meine Zukunft sorge. Vera sagte, sie habe sofort angeboten, mich, ihren Neffen bei sich aufzunehmen. Alle behördlichen Formalitäten seien dann zügig und überraschend unbürokratisch abgewickelt worden. Für nächste Woche habe sie die Handwerker bestellt, um die Dachmansarde auszubauen, um mir mein eigenes kleines Königreich in meinem neuen Leben bieten zu können.

Ich war müde. Vera brachte mir noch Handtücher für das Bad, wünschte mir eine Gute Nacht und begab sich in ihre Schlafstube. Ich schlüpfte in meinen Schlafanzug und zog das Hemd hervor, in dem der Brief meiner Mutter steckte. Ich fingerte das Papier hervor und legte mich auf mein Klappbett. Behutsam faltete ich den Brief auseinander und las.

Maik, mein Lieber,

BITTE!!! Glaube mir! Ich war Silvester daheim bei den Kindern. Wir waren alle nicht gut zurecht. Kessy hatte Grippe und war schon die Woche nicht zum Ballett. Ronny hatte leichte Temperatur, aber er hatte sich in den Kopf gesetzt, unbedingt bis zwölfe aufzubleiben und das Feuerwerk zu sehen. Auch ich fühlte mich nicht wohl. Ich war erkältet mit Gliederschmerzen, und die Tabletten halfen nicht. Wir haben ferngeschaut und Schwarzer Peter gespielt. Kessy ging schon um zehn zu Bett. Nur Ronny quengelte. Er wollte immer noch mehr Runden, erst Autoquartett, dann Mau-Mau. Du weißt ja, wie er ist. Ich habe mich mit einer Kanne Kaffee wach gehalten, aber um elf war Ronny geschafft. Ich habe ihn noch in sein Bett getragen, in Anziehsachen, und gemerkt, dass er mir allmählich zu schwer wird. Obwohl mir nicht danach war und ich niemanden zum Anstoßen hatte, habe ich dann doch die gute Flasche Krimsekt geöffnet, die mir der VEB wieder zu Weihnachten geschickt hatte. Weil schließlich Silvester war und weil ich das alte Jahr verabschieden wollte. Ich trank, ein kleines Glas. Auf jeden Fall vor Mitternacht. Der Sekt war von bester Qualität, wie immer, aber er bekam mir nicht. Mir wurde übel. Am zweiten Glas habe ich nur genippt und es dann ausgeschüttet. Ich hatte einen komischen Geschmack im Mund. Vielleicht war der Sekt verdorben. Vielleicht war es auch wegen der Grippetabletten? Aber kann das sein? Ich bin ins Bad, mich übergeben. Kurzzeitig ging es mir besser, aber dann, Kopfschmerzen! Ich hatte Kopfschmerzen, die sich kein Mensch vorstellen kann. Ich wurde wahnsinnig. Wirklich, im wahrsten Sinne wahnsinnig. Und das Schlimmste, ich bekam klar und deutlich mit, wie ich verrückt wurde. Stimmen!!! Tausend Stimmen in meinem Kopf. Und Fratzen, so hässlich und widerlich. Sie waren plötzlich da. Ich bin doch eine vernünftige Frau, aber ich wusste nicht, wie mir geschah. Ein Durcheinander in meinem Kopf! Es war grauenhaft. Und so laut. Ich wehrte mich. Und heiß wurde mir, heißer als jedes Fieber. Ich weiß noch, dass ich mir die Kleider herunterriss und durch die Haustür raus und den Kopf rein in den Schnee. Aber die Stimmen wurden lauter, immer lauter, und mir wurde nicht kühler, ich war wie von Sinnen. Es war entsetzlich.

Maik, jetzt da ich schreibe, bin ich wieder in Ordnung. Nur müde von den Medikamenten. Doktor Wippel besteht darauf, dass ich sie nehme. Das wird hier streng kontrolliert. Sonst stecken sie dich in den Bunker. Hier kann niemand gesund werden. Hier wird man irre. Trotzdem: Glaub mir, was ich an Silvester gesehen habe, war das Schlimmste, was es gibt. Ich sah den Teufel. Es war wirklich so. Ich GLAUBE nicht nur, dass ich ihn sah, ich SAH den Teufel wirklich. Ich bin NICHT verrückt! Aber ich weiß nicht mehr, was ich getan habe. Als ich wach wurde, waren die Stimmen weg, nichts war geblieben, nur ein leichter Kater. Und mein Urin war ganz braun. Dann begriff ich, wo ich gelandet war. Ich weiß nicht aus noch ein. Hier ist es unheimlich. Wenn ich schreie vor Wut, drohen mir die Pfleger mit dem Isolator. Ohne Fenster, nur eine schmierige Matratze, ein Nachttopf und flackerndes Licht. Sonst nichts. Es ist so erniedrigend. Alle sind stumm, keiner spricht mit mir. Mit der Kindsmörderin!

Lieber Maik, ich war euch keine gute Mutter. Dir nicht und Kessy und Ronny auch nicht. Verzeih mir. Aber ich töte doch meine eigenen Kinder nicht. Ich verbrenne doch nicht mein eigen Fleisch und Blut. Ich habe euch doch lieb. Ich war nicht ich selbst. Etwas ist über mich hereingebrochen, was ich nicht verstehe. Es ist die Hölle, die nackte Hölle. Lieber soll mich der Wippel in den Bunker stecken, als noch einmal den Teufel sehen. Aber ich musste ihn doch töten, um deine Geschwister zu beschützen. Ich musste den Teufel doch vernichten. Was hätte ich tun sollen? Ich musste ihn verbrennen, weil er doch in der Nacht die Treppe hochkroch und in die Schlafzimmer der Kinder wollte.

Nur du, geh weg von hier, Maik, geh weit weg. Geh zu meiner Schwester. Und sag Vera, dass mir alles so leidtut. Und bitte, bete für mich!

Deine Mutti

7
GEZÄHLTE TAGE
Berlin; Freitag, 17. August 2007

Pjotr Szymborski hatte seine Reisetasche auf seinem Bett in unserem Mietzimmer in Pankow abgestellt. Dort stand sie noch immer, ungeöffnet, Szymbos Abwesenheit demonstrierend. Ich hatte auf ihn gewartet, aber er war die Nacht über fortgeblieben. Nach meinem Abstecher zum Museum für Artistik und Illusionskunst hatte ich vergeblich versucht, ihn zu erreichen. Ich musste mit ihm reden, unbedingt, hatte mich Alberto Bellmontis selbstgefällige Inszenierung seiner Eitelkeit doch verwirrt und verstört. Szymbos Mobiltelefon war zwar angeschaltet, aber er nahm meine Anrufe nicht an. Er weigerte sich, mit mir zu sprechen. Weshalb auch immer.

Dann tauchte er auf, vormittags gegen elf, übernächtigt und infolge alkoholischen Exzesses spürbar gereizt. War Pjotrs Stimmung bei unserer Ankunft in Berlin schon nicht die beste gewesen, so war sie nun von Groll vergiftet. Grußlos warf er mir die aktuelle *Neue Republik* zu.

»Diese Schmierfinken! Die Mistschreiber! Diese Heuchler auf dem Olymp der Scheinheiligkeit!«

»Was ist los? Du versprühst vielleicht eine Laune.«

»Lies selbst. Wenn dich als politischer Analphabist überhaupt noch interessiert, was hierzulande vor sich geht, du Amerikaner in spe!«

Ich überging den Vorwurf, der verriet, dass Albina nach ihrer Fahrt vom Friedhof der Sozialisten zum Kempinski noch mit Szymbo gesprochen haben musste.

Das Aufmacherfoto des Feuilletons verwirrte mit seiner bizarren Szenerie. Es zeigte den Beerdigungselefanten mit den Bluesbläsern aus Louisiana und den kostümierten Maharadscha, der in der Pose eines Triumphators vor der Kulisse des Brandenburger Tores die Urne mit Bellmontis Asche präsentierte. Die *Neue Republik* stellte bereits mit der Schlagzeile klar, dass hier kein neutraler journalistischer Beobachter über ein exzentrisches Ereignis berichtete. Die Beisetzung des Alten lieferte vielmehr den Stoff zu einem vernichtenden Kommentar.

Spektakel statt Pietät – Dekadenz statt Gedenken

Ein Gespenst ging um in Berlin. Das Gespenst des Spektakels. Es spukte ein paar Stunden, rief Kopfschütteln hervor und verschwand wieder. Das Gespenst formierte sich am Brandenburger Tor, passierte den Alexanderplatz und zog weiter in östlicher Richtung zum Zentralfriedhof nach Lichtenberg. Ein wahrhaft trister Trauermarsch! Man würde die illustre Beerdigungskarawane gründlich missverstehen, in ihr nur eine geschmacklose Entgleisung von einigen Nostalgikern zu sehen. Hinter einem Zirkuselefanten schreitend entblößte die hedonistische Bourgeoisie nichts anderes als ihren dekadenten Wesenskern. Selten wurde die Kultur des Gedenkens auf absurdere Weise verhöhnt als bei der Beerdigung des ehemaligen Zirkusdirektors Alberto Bellmonti, der letzte Woche nach einem Herzinfarkt tot in seiner Grunewalder Villa aufgefunden wurde.

Zur Auffrischung des historischen Gedächtnisses: Als 1881 vom Magistrat ein Gemeindefriedhof in Friedrichsfelde eröffnet wurde, lag die Begräbnisstätte noch außerhalb Berlins, neben der städtischen Irrenanstalt, wo, nebenbei bemerkt, der ein oder andere von Bellmontis Trauergästen durchaus seinen Platz hätte finden können. Einst fanden die Mittellosen in Friedrichsfelde eine würdige Stätte für ihre Verstorbenen. Einen Friedhof für die Armen, die Ausgebeuteten und die Vergessenen; Menschen, die im Schatten der Geschichte verkümmerten, die keinen Ort hatten. Zu Lebzeiten nicht, und erst recht nicht im Tode. Zum Sozialistenfriedhof wurde das Begräbnisfeld im Jahr 1900. Am 7. August starb Wilhelm Liebknecht, der Gründervater der Sozialdemokratie, der geistige Erbe von Karl Marx. Hunderttausende gaben Liebknecht das letzte Geleit, in Solidarität mit einem Genossen, der für seine Vision der Sozialistischen Internationale Schmähungen und Anklagen ebenso wenig scheute wie die Wilhelminische Kerkerhaft. Ausgerechnet auf dem langen Weg von Charlottenburg nach Lichtenberg, an dem einst die trauernden Massen für Wilhelm Liebknecht Spalier standen, ließ sich Alberto Bellmonti zu Grabe tragen. Welch billige Kopie!

Doch sind wir nicht ungnädig. Niemand leugnet, dass der bürgerliche Albert Bellmann mit dem Verlust seiner Frau Irene und seiner Tochter Dalia durch einen tragischen Absturz vom Hochtrapez ein schweres persönliches Los zu tragen hatte. Niemand bestreitet die Verdienste der Kunstfigur Alberto Bellmonti für die Zirkuswelt im vermeintlich freien Westen. Aber vergessen wir nicht: Gerade den Sozialisten war die Manege sakrosankt, der Zirkus ein Heiligtum. Es wurde geschändet von den Gesetzen des Freien Marktes. Die ehrwürdigen Volksunternehmen Busch, Berolina und Aeros scheiterten nicht am mangelnden Weltniveau ihrer Akrobaten, Artisten und Raubtierbändiger. Kapitalistische Raffgier und der Mangel an staatlicher Sorgepflicht trieben sie in den Bankrott. Der Zirkus im Osten wurde begraben von einer demokratisch legitimierten Politik, die eine elitäre Prestigekultur subventioniert und der Kultur des Volkes das Wasser abgräbt. Dass die Herren der neuen Freiheit nach der Wende auf die Menschen keine Rücksicht nahmen, erstaunte niemanden. Doch dass ihre mitleidslose Kaltherzigkeit auch die Tiere traf, wer hatte damit gerechnet? Welch ein Schock, als der Zirkus Busch annoncierte, mangels Futtergeld müssten die dressierten Löwen mit der Spritze eingeschläfert werden.

Zu erinnern ist: Es war Alberto Bellmonti, der die fähigsten Artisten – Ukrainer, Russen, Kasachen, Tschechen, Slowaken und Ungarn – in den Westen lockte, mit Dollar und D-Mark und mit der Aussicht auf flüchtigen Ruhm. Wohlgemerkt, niemand missgönnt einer schillernden Figur aus der Scheinwelt der Stars und Sternchen die letzte Ruhe. Aber was hat ein Zirkusdirektor, ein Bankrotteur zudem, auf dem ehrwürdigen Friedhof der Sozialisten verloren? Wer Bellmontis Museum für Illusionskunst in Pankewitz besucht hat, diesen grotesken Tempel des Größenwahns, der weiß: Die Wege eines Bellmonti und die eines Liebknecht führen nicht zum selben Ziel.

Ob jemand seinen Sarg von einer Pferdedroschke ziehen lässt, ob seine Asche in einem Leichenwagen chauffiert wird, auf dem Rücken eines Elefanten oder in dem Beutel eines Kängurus, das hat uns nicht zu kümmern. Freie Gesellschaften gestatten alberne Narreteien. Aber warum diese Tollheit in Lichtenberg? Warum haben die Behörden so ein pietätloses Spektakel auf einem denkmalgeschützten Friedhof erlaubt, auf dem seit eineinhalb Jahrzehnten niemand mehr bestattet werden durfte? Als Ausnahme erwähnt sei Generaloberst Markus Wolf, der ehemalige Leiter der Hauptverwaltung Aufklärung im Ministerium für Staatssicherheit der Deutschen Demokratischen Republik. Als Bruder des 1982 gestorbenen Filmregisseurs Konrad Wolf hatte Markus Wolf das Recht, im Grab des engsten Verwandten beigesetzt zu werden. Aber was hat ein Alberto Bellmonti zu suchen zwischen den Lichtgestalten der Arbeiterklasse, die als Träger der Bandiera rossa von der Reaktion liquidiert wurden? Was hat Bellmonti verloren neben Wilhelm Liebknechts Sohn Karl und der unsterblichen Kampfgenossin Rosa Luxemburg?

Einen egozentrischen Lebemann zwischen selbstlosen Spartakisten zu bestatten, ist nicht bloß respektlos. In Berlin wurde eine Grabstatt entweiht, die jenen letzte Heimat war, die für Frieden und Freiheit ihr Blut zollten. Im Dritten Reich ließen die Nationalsozialisten den Friedhof der Kommunisten schleifen. Doch die Faschisten zerstörten nur Steine. Die Erinnerung zerstörten sie nicht. An Rudolf Breitscheid, Franz Künstler, Ernst Thälmann und all die anderen. 1951 wurde die Gedenkstätte der Sozialisten wieder eingeweiht. Seitdem lesen wir auf einer Stele die Inschrift: »Die Toten mahnen uns«.

Ja, die Toten mahnen. Und deshalb pilgern alljährlich noch immer Zehntausende zu den Gräbern von Friedrichsfelde. Aus Treue zu den Mahnern von einst. Doch was mahnt ein toter Alberto Bellmonti an? Was klagt er ein? Von uns, heute, und von künftigen Generationen morgen und übermorgen?

Ein Gespenst ging um in Berlin. Es tauchte auf und verschwand wieder. Nichts wird bleiben, der Spuk wird keine Spur hinterlassen. Und hätten tausend Elefanten Alberto Bellmonti nach Lichtenberg getragen, das Gedenken an ihn wird verschwinden, wie ein Gesicht im Sand am Meeresstrand. Das unterscheidet ihn von Wilhelm und Ernst, von Rosa und Karl.

»Ich bin mir nicht sicher, ob der Artikel gehässig ist, rückwärtsgewandt, ahnungslos oder schlichtweg nur dumm.«

Szymbo griff nach seiner Reisetasche. »Du darfst dir sicher sein, er ist alles zugleich. Aber was spielt das noch für eine Rolle. Für dich, Mister Maik Kleine. Deine Tage in good old Europe sind schließlich gezählt, wie man aus informierten Kreisen hört. Aber du redest ja nicht mit deinem Freund Szymborski über die banalen Entscheidungen deines Lebens. Du brichst hier deine Zelte ab und schweigst. Unsere Freundschaft ist beendet. Oder wie es dein künftiger Bandboss so trefflich formuliert hat: It's all over now.«

Szymbos ironische, bisweilen sarkastische Ader war mir zu vertraut, als dass ich sie für bare Münze genommen hätte. Er flüchtete in den Zynismus, wenn er sich beleidigt fühlte. Was des Öfteren passierte. Nun jedoch wurde er still. Er setzte sich auf sein Bett. Wie er schon an Bellmontis Grab das Thälmannlied gesungen hatte, stimmte Pjotr erneut an. Vom Alkohol womöglich sentimentalisiert sang er ein Lied von Bob Dylan, jenes Lied, das ich in Jugendjahren auf meinem Mister Hit abgespielt hatte, bis der Lautsprecher rauschte.

»You must leave now, take what you need, you think will last
But whatever you wish to keep, you better grab it fast
Yonder stands your orphan with his gun
Crying like a fire in the sun
Look out the saints are coming through
And it's all over now, Baby Blue.«

Wieder wehte diese Schwermut heran, gegen die ich wehrlos war, wie schon auf dem Zentralfriedhof, als Albina mutterseelenallein an Bellmontis Grab stand und die Urne in das Erdloch warf.

»Crying like a fire in the sun.«

Ein Waisenkind mit einem Gewehr, weinend, wie ein Feuer in der Sonne. Ohne die rätselhaften Metaphern begriffen zu haben, trieb mich ihre Macht an den Rand der Selbstauflösung. Ich hatte mir in meinem Leben genügend Disziplin antrainiert, den Blick in diesen klaffenden Abgrund zu meiden. Meistens gelang es mir, den Schmerz unter die Kontrolle meines Willens zu zwingen. Nur noch selten stiegen die Bilder auf, von Kessy und Ronny und dem Feuer. Weil ich in der Brandnacht nicht bei meinen Geschwistern gewesen war, hatte meine Fantasie sich die Bilder ausgemalt. Anfangs waren sie so grässlich ausgefallen, dass ich sie unentwegt anstarren musste. Doch allmählich hatte ich gelernt, mein inneres Auge vor ihnen zu verschließen. Nur ein winziger Spalt blieb offen, ein Schlupfloch, durch das in manchen Momenten ein flackerndes Licht einfiel, das jedoch auf nichts traf, was es hätte beleuchten können.

Ich wurde sehr müde. Pjotr ließ mich in Frieden, und ich schlief bis zum späten Nachmittag.

»Gott sei Dank! Ich dachte, du wachst nie mehr auf. Da wüten aber mächtige Dämonen in dir, so wie du dich herumgewälzt hast.« Szymbo saß an meiner Seite.

»Ja, das war ein böser Traum. Aber müsstest du nicht längst auf dem Weg zurück nach Kattowitz sein?«

»So ist es. Im Hotel Angelo erwartet das Management, dass ich die Restaurantgäste heute Abend mit Easy Listening zum gesteigerten Rotweinkonsum animiere.«

»Was du nicht tun wirst.«

»Was ich nicht tun werde.«

»Danke, dass du hiergeblieben bist.«

»Bitte. Und dass ich dir die Freundschaft gekündigt habe, vergiss es. Aber wie du weißt, lasse ich mich manchmal zu unklugen Sätzen hinreißen, anstatt mir auf die Zunge zu beißen.«

»Es wird mir schwerfallen, künftig auf deine unklugen Sätze zu verzichten.«

»Maik, geh nach Amerika. Vielleicht ist dort ja dein Ort. Wer weiß. Maybe yes, maybe no, maybe maybe, sagt der Ami. Do it your way. Wärest du ein gläubiger Katholik, dürftest du dich in der Gewissheit wähnen, dass die Wege, die der Herr für uns vorsieht, unergründlich sind. Aber bei dir sind sie nicht einmal das. Was deine Prognose angeht, da ist selbst der allmächtige Strippenzieher überfordert, wenn du als Ungläubiger kapierst, was ich meine.«

»So halbwegs.«

»Siehst du, noch ist Hoffnung. Noch weht der Geist. Du musst nur herausfinden wo und dich im richtigen Moment in den Wind stellen. Nicht frontal, dann fegt er dich hinweg. Besser ein wenig versetzt. Ich sag dir als Saxofonist, geh nicht auf, geh neben der Linie. Aber das ist für euch Deutsche nicht leicht. Marschieren könnt ihr, als Erfinder der Blasmusik. Immer im Schritt, immer im Takt. Aber nie im Groove. Hör dir Miles Davis an. Er ist ein Genius, weil er seine Trompete nie in der Spur bläst, immer scharf daneben. Immer hält er den Beat auf der Eins, und dann diese minimale Verzögerung, diese Off-Beat-Phrasierung, die den eigenen Atem anhält, damit der Geist frei flottieren kann. Die Bläser aus New Orleans sehen das übrigen genauso. Sie werden mich einladen. Nächstes Jahr, wenn …«

»Pjotr, ich wollte dir von meinen Amerikaplänen erzählen. Die ganze Zeit schon. Nun ist mir anscheinend jemand zuvorgekommen.«

»Yes. Albina! Wenn irgendwo was läutet, klebt ihr Ohr an der Glocke. Aber was erzähle ich dir, du weißt ja, wie sie ist. Von irgendwem hat sie das Gerücht aufgeschnappt, dass du künftig mit Dylan auf Tour gehst. Selbstverständlich in aller Verschwiegenheit. Aber du siehst, die Welt ist klein. Willst du, dass Gerüchte sich verbreiten, verpasse ihnen das Siegel des Geheimnisses und vertrau sie falschen Freunden an.«

»Ich wollte gestern Abend mit dir reden. Aber du warst nicht da. Ich habe sogar Bier besorgt.«

»Du hast Bier besorgt?«

»Ja. Und kalt gestellt. Der Kühlschrank draußen auf dem Flur ist voll.«

»Heineken?«

»Du hältst mich wohl für vollkommen lernunfähig.«

»Es ist gleich fünf. Sollten wir bis zum Abend auf unser erstes Bierchen warten?«

Als ich verneinte, ging Szymbo zum Kühlschrank und kam mit einem Sechserpack zurück.

»Budweiser! Das echte, das tschechische! Mensch, Maik, du machst Fortschritte.« Er knackte zwei Dosen, reichte mir eine und war wieder ganz der Alte. »Prost! Na zdrowie! Mein Glückwunsch. Du hast es geschafft, nun bist du Oberbeleuchter. Wie sagt man in Amerika, Chief Executive Lighting Manager. Aber du hast den Job verdient. Auf dein Wohl.«

»Operator heißt es. Manager heißen die Truckfahrer und Kabelschlepper.«

»Du wirst also künftig dafür sorgen, dass die amerikanische Musikerlegende im Licht auch wie eine Legende ausschaut. Wie heißt der Lampenladen, für den du nun die Scheinwerfer anknipst?«

»Sunrise & Moonshine Lighting Systems Incorporated, Los Angeles.«

»Fiat lux, so sprach der Lichtmagier Maik Kleine! Und er trennte die Nacht von dem Tag«, stichelte Pjotr. «Jedenfalls wird dein Traum wahr. In den USA! Mit Bob Dylan unterwegs! Maik, was willst du mehr. Ich meine, wenn du das Gitarrengeschrammel und das Genöhle an den Ohren haben kannst. Wie ich las, war Dylan bei der Europatour im Frühjahr stimmlich einigermaßen disponiert. Aber er soll ziemlich viel auf einem elektrischen Keyboard herumgeklimpert haben. Und dabei herumgehüpft sein. Wie dieses Trickfilmmännchen mit dem riesigen Schnurrbart und der Springfeder. Wie hieß das noch?«

»Zebulon!«

»Genau. Und ziemlich zerknautscht aussehen soll Dylan mittlerweile auch. Ich meine, wenn man der Musikkritik in der *Gazeta wyborcza* glauben darf.«

Ich trank mein Bier aus. »Glaub, was du willst. Neben dir als verkanntem Maestro der Tonkunst verblasst Dylan natürlich im Grau der Mittelmäßigkeit. Nur dass er im Gegensatz zum

Herrn Kapellmeister Pjotr Szymborski aus Kattowitz weltweit sämtliche Hallen füllt.«

Szymbo lachte. »Du wirst es nicht glauben, Maik. Ich verehre Bob Dylan. Ich liebe ihn. Ich habe mir dieses Jahr sogar Martin Scorseses *No Direction Home* angeschaut. Zweimal sogar. Außerdem hatte ich ein Ticket für das Konzert in Warschau. Weil ich wusste, dass du auch dort bist.«

»Und warum hast du mich nicht angerufen? Wir hätten uns doch treffen können.«

Pjotr zog die Brieftasche aus seinem Jackett. »Hier! Die Karte für Warschau, noch jungfräulich. Mit Datum vom 22. April 2007. Sala Kongresowa. Parkett, Reihe drei, Platz siebzehn. Ich wollte dich anrufen. Ehrenwort. Ich wollte dich überraschen. Ich schwöre, obwohl das Wort eines Katholiken prinzipiell keines Schwures bedarf.«

»Und warum hast du mich nicht überrascht?«

»Beklag dich nicht bei mir, Maik. Beschwer dich bei den Polypen. Mein Automobil war schuld. Sofern man bei einem dreiundneunziger Niva Kombi überhaupt noch von Mobilität sprechen kann. Ich war auf dem Weg. Kurz nach Mittag bin ich in Kattowitz los, um zwei machte mir der Motor Kummer. Er lief nicht rund. Ukrainisches Schmuggelbenzin, dachte ich. Der Wagen ruckelte und bockte und pestete schwarzen Qualm. Fehlzündungen. Zuerst pianissimo, dann forte fortissimo. Und zwar crescendo. Dann fiel der Auspuff ab. Ich sag dir, die Kiste knatterte und knallte, als würde ich in den Krieg ziehen. Plötzlich die rote Kelle. Rechts ranfahren! Unsere uniformierten Freunde haben mich aus dem Verkehr gezogen. Und rate mal wo? Ausgerechnet in Częstochowa, in dieser Stadt mit der wundermächtigen schwarzen Madonna. Vergiss es! Da ist man einmal im Leben auf den marianischen Schutzmantel gegen die Exekutivorgane der Staatsmacht angewiesen und was passiert? Zweihundertfünfzig Złoty haben mir die Bullen abgeknöpft.

Der Preis für ein Dylan-Ticket plus zwei, drei Bier. Aber was erzähl ich dir, du glaubst ja eh nicht an den Beistand himmlischer Mächte. Aber berichte. Wie war das Konzert?«

»Eröffnet hat Dylan mit *Absolutly sweet Marie.* Ziemlich rockig, gradlinig und schnörkellos. Dann folgte, soweit ich erinnere, *Not dark yet* und *Watching the river flow.* Bob spielte E-Gitarre, eine feine sechsundfünfziger Fender. Mit einem traumhaften Ton. Wenn sie in die richtigen Hände gerät. Aber in Warschau war nicht sein Tag. Die Tonmixer haben die Dynamik runtergeregelt, damit Denny Freeman, der erste Gitarrist, über die Holprigkeiten seines Chefs hinwegspielen und die schiefsten Töne glätten konnte.«

»Schlimm, schlimm. Ich meine dieses Glattgebügele, dieses Harmonisieren. Ist etwas krumm, biegen wir es gerade. Ist etwas rau, polieren wir es blank.« Szymbo knackte zwei neue Budweiser. »Das ist das wahre Bier, Maik. Das echte Budvar! Das Beste. Aber du willst ja unbedingt in das Land, wo sie diese wässrige Kopie trinken, dieses scheußliche Bud, diese amerikanische Pinkelplörre. Warum willst du dir das antun? Ich verspreche dir, Maik, du wirst dich nach Europa zurücksehnen. Ich prophezeie dir, du wirst mich irgendwann anflehen: Pjotr, mein Freund, hol mich heim. Aber dann könnte es zu spät sein. Doch sag mal, stimmt das mit den grauen Anzügen? Sündhaft teuer, schlecht sitzend und entworfen von Versace. Ich las in der *Gazeta,* dass alle Musiker in Dylans Combo Grau tragen. Mit schwarzen Hüten. Wie Sargträger auf einer Beerdigung bei der Mafia. Nur der Meister in Schwarz. Mit weißem Hut. Wie ein Wanderprediger mit seiner Jüngerschar, unterwegs auf immerwährender Mission.«

»Das mit den grauen Anzügen stimmt.«

»Nicht schlecht. Endlich mal ein Hauch von Esprit. Aber warum engagiert Dylan ausgerechnet dich als Mann fürs Licht? Klar, du bist gut, keine Frage, aber weshalb lässt er einen

Deutschen in die Staaten kommen, wo drüben doch unzählige Lichtoperatoren in der Lage sein dürften, eine Bühne mit Musikern in grauen Klamotten zu illuminieren. Mit optischen Stimmungsaufhellern für deprimierte Gemüter. Damit sich die Konzertbesucher beim Heimweg nicht die Kugel geben. Ich frag mich, weshalb fiel Dylans Wahl auf dich? Bunte Glühbirnen anschalten und ausschalten kann schließlich jeder.«

»Dylan hat eine Mission. Auf keinen Fall sollen Farbkaskaden, Blitzgewitter und Laserkanonen seine Botschaft überblenden. *Never push a running train*, pflegt er zu sagen. Er will seine Show puristisch. Nüchtern, aber nicht unterkühlt. Dezent, aber eindringlich. Eine reizvolle Aufgabe, knifflig und lohnend zugleich. Die Schlichtheit zu inszenieren, das Grau ins Licht zu setzen, um eine Idee zum Leuchten zu bringen, das ist eine echte Herausforderung. Dylan braucht keinen Magier des Lichts, sondern einen Meister des Schattens.«

»Genial! Das Grau als Waffe gegen die Diktatur der Farbe, das Grau als Widerstand gegen die kolorierte Despotie, gegen die knallbunten Wüsten der Geistlosigkeit. Und die Botschaft? Was hat Dylan zu verkünden auf seiner Mission?«

»Frag mich was Leichteres. Ich schätze, die Rastlosigkeit, das stete Unterwegssein, die Frage nach dem Woher und Wohin, irgendwie was Existenzielles. In diese Richtung wird es gehen. Aber ich weiß es nicht. Ich mache meinen Job, und er macht seinen. »

»Wann wirst du fliegen?«

»Ende August beginnen die Proben. Das Auftaktkonzert ist in knapp einem Monat. In Austin. Nach Texas tourt Dylan quer durch die Staaten. Ein halbes Jahr lang, jeden zweiten Tag eine andere Stadt.«

»Jedenfalls kannst du dir nach der Tournee die Mühen künftiger Jobsuchen sparen. Man wird nach dir rufen. Du wirst ein gefragter Mann sein. Wirst du zurückkommen?«

»Ich weiß es nicht.«

»Du kommst nicht zurück. Das spüre ich. Und ich täusche mich selten.«

»Wo warst du eigentlich vergangene Nacht? Ich wollte dir von meinem Besuch in Pankewitz erzählen. Ich war im Museum des Alten.«

»Ich war im Kempinski. Ich habe die Nacht mit Albina verbracht. Sie residiert ja ganz nett in ihrer Junior-Suite.«

»Schön für dich. Ich hoffe, ihr habt es genossen.«

»Was hast du nur für schmutzige Gedanken! Was meinst du mit *es* und *genossen*.«

»Du weißt genau, was ich meine.«

»Du hast nicht den Hauch eines Schimmers. Was denkst du von mir! Wir haben geredet. Albina und ich haben uns unterhalten. Und damit du verstehst, was das bedeutet: Eine Unterhaltung ist ein wechselseitiger kommunikativer Prozess, basierend auf dem dialogischen Prinzip, bei dem mal der eine, mal der andere etwas sagt. Aber du behältst ja deine Gedanken für dich. Von sinnlichen Regungen, von Anwandlungen eines Gefühls erst gar nicht zu sprechen. Leidenschaft existiert für dich nicht einmal als Begriff in deinem Vokabular. Kein Wunder, dass du dich aus dem Staub machen willst. Im Land der unbegrenzten Möglichkeiten finden auch die Unscheinbaren ihren Platz. Bei Lichte besehen bist du zwischen den grauen Anzügen bei Robert Zimmermann bestens aufgehoben. Albina und ich jedenfalls haben die ganze Nacht über in ihrem Superior-Kingsize-Bett nicht gevögelt, sondern geredet.«

»Und worüber?«

»Über alles. Über den Alten, über sein Erbe und das Ende des Zirkus Bellmonti. Über sterbende Träume haben wir gesprochen, über die Einsamkeit, die Dummheit, die Liebe, den Verrat, den Blues, die Zukunft und über dich.«

»Über mich? Da gibt es nichts zu reden.«

»Oh wie wahr! Welch ein erbärmliches Wort der Einsicht. Nur ein Idiot wie du bildet sich auf seine Immunität gegen die Fülle des Lebens auch noch etwas ein. Abgesehen davon hält es Albina für einen Fehler, wenn du in die Staaten gehst. Einen großen Fehler. Sie meint, du seist gar nicht in der Lage, fortzugehen.«

»Quatsch. Natürlich bin ich das. Ich garantiere dir, das Flugticket in meiner Brieftasche bleibt nicht so keusch und unberührt wie deine Warschauer Dylan-Karte.«

»Albina sagt, du könntest keine Vergangenheit hinter dir lassen, weil du gar keine Geschichte hast.«

»Na und? Ich gehe schließlich nicht, weil ich hier keine Vergangenheit habe. Ich habe hier keine Zukunft.«

»Albina meinte zudem, bevor du in den USA ein neues und ungeschriebenes Kapitel deines Lebens aufschlägst, solltest du zuerst das alte zu Ende bringen.«

»Albina! Albina! Ich höre immer nur Albina. Albina sagt, Albina meint. Und du? Du versteckst dich hinter deinen Sprüchen. Du oberschlauer Freund. Sag einfach, was du selber denkst.«

»Albina hat recht. Wo auch immer du hingehst, wo auch immer du bist, Albina sagt, du bist nie wirklich da.«

»Warum spricht sie so über mich! Sie kennt mich nicht. Sie weiß nichts. Nie habe ich mir ihr gegenüber etwas zuschulden kommen lassen. Im Gegenteil. Ich habe alles für sie getan. Und ich würde auch weiterhin alles für sie tun.«

»Das genau, mein Freund, ist das Problem.« Szymbo knackte zwei neue Budweiser. Ich winkte ab.

»Apropos Schulden …« Pjotr kräuselte die Stirn. »Du könntest tatsächlich etwas für unsere Freundin tun.«

»Was sollte das sein?«

»Albina ist in dem Glauben, nachdem sie schon den Flug aus Moskau bezahlt hat, hätten wir sie ins Kempinski eingeladen.«

»Haben *wir* das? Nicht dass ich wüsste. *Du* hast diese Suite für sie gebucht.«

»Ja, aber ich hatte doch keine Ahnung. Vergiss nicht, ich stamme aus Kattowitz. Ich wähnte, so eine Junior-Suite werde die Welt nicht kosten. Ich dachte, das sei eine Art preiswertes Jugendzimmer. Woher sollte ich wissen, dass Albinas Domizil fürstliche achtzig Quadratmeter misst.«

»Was? Wozu braucht Albina zum Nächtigen einen Palast?«

»Deine Frage entbehrt nicht einer gewissen Berechtigung. Ich frage mich das auch. Sicher, sie degoutierte schon immer jedwede Enge. Nicht zufällig schwebte sie einst als Jungfrau. Ihr Naturell verlangt nach Ausdehnung. Allein das Badezimmer im Kempinski ist doppelt so groß wie unsere Herberge. Für das Gourmetfrühstück mit einem Fläschchen Dom Pérignon und ein paar Klecksen Kaviar, durchaus essbar übrigens, kriegst du in Polen ein gebrauchtes Auto. Für den Preis würden wir beide hier in Pankow zwei Monate logieren.«

»Es sei Albina gegönnt. Wenn die Gute sich den Luxus leisten kann.«

»Maik, du verstehst nicht. Albina ist arm wie eine Kirchenmaus. Sie bedankte sich bei mir überschwänglich für unsere Großzügigkeit. Sie meint wirklich, wir würden ihren Aufenthalt finanzieren.«

»Ich jedenfalls habe keine Juniorensuite angemietet. Das warst du!«

»So ist es, mein Freund. Aber leider bedarf deine Feststellung einer minimalen Korrektur. Ich war, wie soll ich sagen, nur das ausführende Organ.«

»Was willst du damit sagen?«

»Schau, Maik, wenn man in einem Grandhotel mit fünf oder mehr Sternen anruft, um für eine ehedem berühmte Artistin namens Albina Kurkova eine Suite zu buchen, was glaubst du, was dann passiert?«

»Die Buchung wird bestätigt.«

»Genau so ist es. Die Frage ist nur, *wem* die Buchung bestätigt wird. Das scharfsinnige Fräulein an der Rezeption hat natürlich stimmlich realisiert, dass Frau Albina Kurkova nicht selber am Apparat war. Also fragte sie mich nach meinen persönlichen Daten, weil ich mich als Albinas Management ausgegeben hatte. Ausgeben musste, wohlgemerkt. Um einen anständigen Rabatt auszuhandeln. Aber ich sage dir, die Firma Kempinski kungelt nicht.«

»Und wo ist das Problem?«

»Maik, bist du so schwer von Begriff. Sollte ich etwa am Telefon sagen, ich bin der Saxofonist, Pianist und Kapellmeister Pjotr Stanislav Szymborski. Die Dame wäre doch schon beim Buchstabieren rotationsmäßig ins Schleudern geraten. Hätte ich etwa sagen sollen, ich wohne in Katowice, der schmutzigsten Stadt in Śląsk, dem oberschlesischen Kohlenrevier, in einem Land, das nicht einmal eine schwarzgeldtaugliche Währung hat. Glaubst du wirklich, die nehmen im Kempinski Złotys an? Kurz: Um das Prozedere zu simplifizieren habe ich als Frau Kurkovas Manager einen schlichteren Namen gewählt.«

»Und welchen?

»Maik Kleine.«

8

MEISTER DER TÄUSCHUNG

Heidelberg; Sonntag, 7. Januar 1979

Zu meinem dreizehnten Geburtstag hatte mir meine Mutter einen elektronischen Taschenrechner geschenkt. Der brandneue MR 311 war eigentlich für den Mathematikunterricht gedacht, doch war das Präsent für Freya auch mit einem gewissen Eigennutz verbunden. Weil der Rechner ihr erlaubte, länger zu schlafen. Er besaß eine nervtötende Weckfunktion, die mich an den Werktagen aus dem Bett trieb, damit ich pünktlich zur Schule kam. Da ich samstags meistens vergaß, den Alarm auszuschalten, wurde ich an den Sonntagen viel zu früh wach, ohne wieder in den Schlaf zu finden. Auch an meinem ersten Sonntagmorgen in Heidelberg, keine vierundzwanzig Stunden nach meiner Ankunft im Westen, weckte mich etwas um sechs in der Früh. Allerdings handelte es sich nicht um einen piependen MR 311, sondern um läutende Glocken. Wobei die Rede von Wecken nicht ganz treffend war, denn nachdem ich den verzweifelten Brief meiner Mutter gelesen hatte, dämmerte ich in einer gefühlsstarren Halbwachheit, in der die Nacht nicht endete und der Tag nicht begann. Im Dunkeln fehlte mir die Orientierung, doch war ich mir sicher, das Geläut erschallte im Turm der Jesuitenkirche, von wo aus es sich über die Dachfirste der Altstadt legte, sich ausbreitete, bis an die Hänge des Königstuhls und in Tante Veras Dachstube, wo der schwere, metallische Klang der Bronze eine Weile im Raum stand, schließlich verhallte und erstarb.

Der kirchliche Brauch des Angelusläutens war mir fremd, und er sollte mir fremd bleiben, später, als ich in der Religionslehre erfuhr, die Gebetsglocken würden morgens, mittags und abends von einem Engel des Herrn künden, der Maria aus Nazareth gleichsam vorgewarnt hatte, als er ihr die Botschaft überbrachte, sie werde empfangen vom Heiligen Geist und ein Kind gebären, einen Königssohn in einer Futterkrippe in einem Ochsenstall. Ich hatte nie Schwierigkeiten, den Satz des Pythagoras zu verstehen oder die binomischen Formeln, die Maxwellschen Prinzipien des Elektromagnetismus oder die Gesetze der Lichtbrechung im Prismenspektrometer. Zur Unzeit hätte man mich aus dem Schlaf holen können, und ich hätte die Mechanismen der fotosynthetischen Umwandlung von Kohlendioxid in Sauerstoff mittels Lichtenergie referiert. Aber ein Engelsgebet, das einen Bogen schlug von einer jungfräulichen Magd über die Fleischwerdung des Wortes und die Menschwerdung eines Gottes, der zulässt, dass sein eigener Sohn an ein Kreuz gehämmert wird, um ihn aus einer Gruft verschwinden und zu sich in den Himmel auffahren zu lassen, solch eine Nachricht zu hören und sie auch noch zu glauben, das entsprach wirklich nicht meinem Naturell.

Dennoch nahm ich einen Unterschied wahr. Es war nicht dasselbe, von einem digitalen Piepen aus dem Schlaf gerissen oder von Glocken in den Tag gerufen zu werden. Das Gequäke zerriss die Träume, zerrte einen hinein in den Alltag, abrupt und gnadenlos. Beim Tönen der Glocken schwang die Botschaft mit, dass es eine Welt gab da draußen; eine Welt, die erwachte, jenseits und unabhängig von der eigenen Befindlichkeit. Eine unergründliche Macht lud die Menschen ins Leben ein, Gläubige und Ungläubige gleichermaßen; eine Kraft aus einer geheimnisvollen Quelle, für die ich keinen Namen hatte und deren Sprache ich nicht verstand. Ob mit dem Geläut der Jesuitenkirche eine Botschaft heranwehte, deren Sinn mir verschlossen blieb, oder ob der Glockenklang selbst die Botschaft war, ich wusste es nicht. Und ich fragte auch nicht danach.

Tante Vera hatte ein üppiges Frühstück bereitet. Auf dem Tisch mit gestärkter Damastdecke und zweiarmigem Kerzenleuchter standen Wurstaufschnitt, Schinken und Salami neben Glasschälchen mit Himbeerkonfitüre, Orangengelee und Früchtejoghurt, frische Butter, Streich- und Scheiblettenkäse sowie ein Korb mit Graubrot, Schwarzbrot und warmem Toast. Und eine gläserne Karaffe mit Apfelsinensaft. In silbernen Bechern, Miniaturpokalen gleich, steckten frisch gekochte Eier, für die es eigene Löffel gab, aus echtem Perlmutt. In einer gurgelnden Kaffeemaschine brühte die edle Krönung, während meine Tante für mich, da ich bitteren Bohnenkaffee nicht mochte, heiße Milch mit echtem Kakao und Zucker aufschäumte. Das Tafelservice aus Porzellan zierte ein Rosendekor, wobei Teller, Tassen, Kaffeekanne, Sahnekännchen, Zuckertopf, Salz- und Pfefferstreuer sowie Serviettenringe perfekt miteinander harmonierten. Rechts neben den Desserttellern türmten sich Stoffservietten auf, kunstvoll zu Fächern drapiert wie das Federnrad eines Pfaus. Niemals hätte ich mir mit solch feinem Tuch den Mund abgewischt.

Ich schloss die Augen und saß bei uns zu Hause am Küchentisch mit der Wachstuchdecke, zusammen mit Kessryn, Ronny und Freya. Auf der Spüle stand noch das Geschirr vom Vorabend, und im Radio auf DDR2 lief ein Hörspieldrama, bei dem ein streitendes Ehepaar reichlich Porzellan zerdepperte. Kessy nörgelte, die Eier seien zu weich gekocht und noch glibberig. Ronny beschmierte sich mit Nudossi-Nougatcreme und verplemperte seine Milch. Und meine Mutter trank aus ihrem blauen Kaffeepott mit den weißen Punkten, bei dem sie schon zigmal den Henkel angeklebt hatte. Ich verspürte keinen Appetit. Nur Durst. Als Tante Vera sich entschuldigte, am Sonntagmorgen keine frisch gebackenen Brötchen auftischen zu können, zuckte ich zusammen und schlug die Augen auf. Ich nippte an meinem heißen Kakao, bat um ein Glas Kranwasser und Freya und meine Geschwister verschwanden wieder.

Vera reichte mir den Brotkorb. »Ich hoffe, du hattest eine gute Nacht. Greif zu. Und keine Sorge. So picobello sieht der Esstisch nicht immer aus. Die Woche über nehme ich nur einen Kaffee zwischen Tür und Angel, aber sonntags mag ich es gemütlich. Dann decke ich ein, ganz akkurat. Wie es sich für eine Kuratorin gehört.«

»Wieso?«

Curare, dozierte meine Tante, leite sich aus dem Lateinischen ab und bedeute so viel wie sich sorgen, sich kümmern, heilen, kurieren eben. Als Kuratorin des Heidelberger Apothekenmuseums sei sie verantwortlich für die Pflege der Sammlung und die Konzeption von Ausstellungen.

»Curare? Ist das nicht das Gift, das die Indianer im Regenwald auf ihre Pfeilspitzen streichen? Das wird doch von bunten Fröschen abgekratzt, die man nicht anfassen darf? Kuriert jedenfalls wird man davon nicht.«

»Hochinteressant, Maik!« Tante Vera war in ihrem Element. Sie blühte auf wie die Lilien auf der Kommode.

»Es ist ein erstaunlicher Zufall! Sprachlich sind der lateinische Begriff für das Heilen und der indianische Name für das Gift nicht miteinander verwandt. Von seiner tödlichen Wirkung wissen wir seit den Expeditionen von Christoph Kolumbus. Spanische Soldaten, die sich mit Kanus ins Landesinnere vorgewagt hatten, wurden aus dem Hinterhalt mit Pfeilen aus Blasrohren beschossen. Wer getroffen wurde, starb schnell und qualvoll. Für mich als studierte Pharmazeutin ist die biochemische Wirkung der alkaloiden Pfeilgifte auf das Nervensystem in höchstem Maß aufregend. Weil ihre heilende und ihre tötende Wirkung dicht beieinanderliegen. Oft trennen Leben und Sterben nur Tausendstel Gramm. Das Pfeilgift Toxiferin etwa ist ein Relaxans, das die Muskulatur lähmt. Bei minimaler Dosierung lindert der Wirkstoff spasmatische Verkrampfungen, aber bei nur leicht erhöhter Dosis im Blut setzt die Atemmuskulatur aus.«

Tante Vera schenkte sich Kaffee nach.

»Gewonnen wird Curare übrigens aus dem Strychnos ignatii, eine tropische Pflanze, die ihren Namen dem spanischen Begründer des Jesuitenordens und, noch so ein Zufall, dem Namensgeber deiner künftigen Schule verdankt, dem heiligen Ignatius von Loyola, dem Schutzpatron der Schwangeren, der Kinder und der Soldaten. Ignatiusbohne heißt der Same des Strychnos. Er ist hart wie ein Kieselstein, bekannt auch unter der Bezeichnung Bittere Fiebernuss, wegen des Anteils an hochtoxischem Strychnin. Wenige Milligramm und man halluziniert, windet sich in Muskelkrämpfen und erstickt. In Kriminalromanen englischer Autorinnen wird das Strychnin immer in Speisen und Getränke gemischt, um missliebige Zeitgenossen aus dem Weg zu schaffen.«

Eine grausige Befürchtung stieg mir zu Kopf. Mutters Brief. Die Silvesternacht. Der Sekt! *Er bekam mir nicht*, hatte Freya geschrieben. Übel sei ihr geworden und sie habe im Mund einen komischen Geschmack gehabt. Sie hatte vermutet, der Sekt sei verdorben gewesen. Doch wenn er nicht verdorben war, sondern vergiftet?

»Tante Vera, wenn man halluziniert, sieht man doch grässliche Sachen. In der Schule wurden wir aufgeklärt, die Jugend im Westen würde sich mit Drogen betäuben und mit Horrortrips in den Irrsinn stürzen.«

»Manchmal schon. Der Drogenrausch ist eine mehr oder weniger gesteuerte organische Vergiftung, die leicht außer Kontrolle gerät und uns willenlos einer Flut von Bildern ausliefert, schönen, aber auch schrecklichen. Manche Toxide rauben uns die Fähigkeit, zwischen der imaginären und der realen Welt zu unterscheiden.«

»Und man kann jemanden in einen Horrorwahn treiben, wenn man ihm Strychnin in sein Getränk mischt? In Limonade oder Coca-Cola? Oder Sekt?«

»Selbstverständlich. Aber du darfst dir das nicht so einfach vorstellen. Das Gift darf keine Farbe, keinen Geruch und keinen Geschmack haben. Es muss praktisch unbemerkbar sein, damit das Opfer nicht misstrauisch wird. Was die meisten nicht wissen, Strychnin ist denkbar ungeeignet, um jemanden, salopp gesagt, ins Jenseits zu befördern. Egal ob in den Himmel oder in die Hölle. Das Alkaloid ist selbst in extremer Verdünnung derart bitter, dass man es sofort ausspucken würde.«

»Und wenn man das Curare trotzdem schluckt? Gibt es dann ein Gegengift?«

»Heute schon, damals nicht. Deshalb bedeutet der Name bei den Indianern in Amazonien wörtlich übersetzt: Auf wen es kommt, der fällt.«

Ich nippte an meinem Kakao und biss in einen Toast mit Konfitüre. Meinen mangelnden Appetit erklärte ich Vera mit der Sättigung durch Peppinos Pizzen am Vorabend. Was mir jedoch wie ein Felsbrocken im Magen lag, war der Brief meiner Mutter. Man hatte etwas mit Freya gemacht. Etwas Dunkles, etwas Böses. In Leipzig in der Bleibtreustraße 44 war sie in einen Albtraum getaumelt. Nein, sie war in den Wahn gestoßen worden. Ohne ersichtlichen Grund. Gelandet war sie in einer Anstalt, in einem hochgesicherten Kerker für kranke Schwerverbrecher. Sie verkümmerte unter Verrückten, ohne selbst verrückt zu sein.

Sag Vera, dass mir alles so leidtut. Und bitte, bete für mich!, hatte Freya mich beschworen. Nur wie sollte ich meiner Mutter diese Bitte erfüllen, so wie ich war? Bodenlos, hilflos und heillos.

Wir verzichteten auf die tausend Treppenstufen der historischen Himmelsleiter hinauf zum Königstuhl und spazierten stattdessen direkt zum Heidelberger Schloss. Die Bewegung in der frischen Luft tat mir gut. Die schönste Ruine der Welt hatte mir meine Tante versprochen. Sie behielt recht, obwohl mir zum Vergleich jeder Maßstab fehlte. Die Besichtigung von Schlössern und Burgen zählte absolut nicht zu den Beschäftigungen, die ich freiwillig unternommen hätte, aber das imponierende Bauwerk, das die Heidelberger Altstadt überragte, überwältigte mich und verdrängte eine Weile meine verzehrenden Gedanken. Diese Burg zwang mich ins Staunen und nötigte mir eine Ehrfurcht ab, gegen die der Respekt vor der Skisprungschanze in Zakopane nichts war. Beim Anblick des Heidelberger Schlosses verstand ich, was eine Ruine ist. Nicht diese maroden Trümmerreste, die aus Achtlosigkeit verrotteten und verfielen. Und auch nicht die monumentalen, letztlich belanglosen Relikte der Vergangenheit, die an nichts mehr erinnerten und nur darauf warteten, vom Zahn der Zeit entsorgt zu werden. Eine echte Ruine war etwas Erhabenes, etwas Ehrwürdiges, das der Zeit trotzte, das Fürsten, Könige und Kaiser, Geschlechter und Dynastien überdauert hatte, und künftige Generationen überdauern würde, egal ob feudalistisch, kapitalistisch oder sozialistisch, weil eine echte Ruine stark war und stolz und die Ewigkeit streifte. Doch fand das Majestätische der Heidelberger Schlossruine nicht in der Demonstration von Wehrhaftigkeit und Unverwundbarkeit seinen Grund. Sie verdankte ihre Würde ihrer Verletzbarkeit. Nirgends offenbarte sie sich schonungsloser als in den sieben Türmen, stämmige Bollwerke, Bastionen der Verteidigung und seit alters machtvolle Symbole der Entschlossenheit, den Attacken der Feinde zu widerstehen. Ohne Frage, der Gefängnisturm, der Uhrenturm und der Glockenturm beeindruckten mich schwer. Kriege wurden um sie geführt, Schlachten um sie geschlagen, Blitze krachten hinein, Feuersbrünste tobten sich in ihnen aus. Stürme und Regen, Frost und Schnee ließen sie verwittern. Übel mitgespielt wurde dem »Dicken«, wie Tante Vera ihn nannte, ein Wehrturm, von Kurfürst Ludwig errichtet, vierzig Meter hoch, mit Mauern satte sieben Meter stark, einst ein respektabler, ein furchteinflößender Wächter oberhalb der Stadt, vor dreihundert Jahren mit Sprengstoff halbiert. Keiner Feste jedoch wurde mit solcher Gewalt zu Leibe gerückt wie dem Pulverturm im Südosten der Burg. Vera erzählte mir, im Jahr 1693 nach irgendeinem Pfälzischen Erbfolgekrieg hätten siegreiche französische Soldaten den Auftrag gehabt, die Turmkammern prallvoll mit Schießpulver in die Luft zu jagen. Der Turm widerstand. Er zerbarst nicht zu Schutt und Asche, nur ein riesiger Mauerbruch rutschte von ihm ab und brachte ihm eine klaffende Wunde bei. So sah ich den Pulverturm, lädiert und geschändet, doch unbändig stark. Es ist mir fast unangenehm zu sagen: Ich mochte diese Ruine. Ich hätte sie stundenlang anschauen mögen. Sie war schön, in all ihrer Versehrtheit. Weder Mensch noch Natur konnten ihr die Schönheit nehmen.

So glaubte ich, selbst als Tante Vera einschränkte: »Im Sommer verliert dieser Ort seine Kraft und seinen Zauber. Dann strömen die Massen hier durch. Von einem klugen Mann stammt der Satz: Der Barbar zerstört nur, der Tourist aber entweiht. Deshalb nehme ich im Juli und August immer Urlaub und ergreife die Flucht.«

Das museale Reich, das meine Tante als Kuratorin regierte, lag in den Trakten des Schlosses, die die Stürme der Zeit halbwegs unversehrt überstanden hatten. Die Gemäuer des Apothekerturms bargen eine originale Alchemistenküche, ein Laboratorium mit Feuerstellen und Blasebälgen, Dampfdestillatoren, kupfernen Dehydrationskesseln und ausgeklügelten Filtrierapparaturen zum Trennen der Stoffe. Das geheimnisumwitterte Labor hätte mich mit Sicherheit vor einer Woche noch brennend interessiert. Nun erschienen mir die Exponate belanglos. Wertvoll, ohne Frage, doch ohne Wert für mich. Zudem erschlug mich die Fülle der Objekte. Das Museum barg wahre Schätze, darunter ein halbes Dutzend historische Apotheken, in denen Heilkundige vor Jahrhunderten ihre Tinkturen, Salben und Pülverchen zusammenrührten. Schrankregale mit ganzen Batterien kostbarer Majoliken, Fayencen und Porzellangefäße, handbemalt und handbeschriftet, dienten der Aufbewahrung all der Ingredienzien für Rezepturen, die in lateinischer Sprache auf vergilbten Pergamenten hinter Glas ausgestellt waren. Auf Dispensiertischen in den Offizinen, den Werkstätten der Apotheker, standen filigrane Waagen und Gewichtsätze, Reibschalen mit Spateln und Messingmörser mit Pistillen. Technische Gläser, Destillierkolben, Retorten, Reagenzröhrchen und Florentiner Flaschen zum Abscheiden ätherischer Öle zeugten davon, wie die frühen Pharmazeuten den Rohstoffen der Natur wirkmächtige Substanzen entzogen, bei denen Heil und Unheil oft dicht beieinanderlagen.

An den Wänden informierten Schautafeln und detailtreue Kupferstiche über toxische Pflanzen aus der heimischen Flora. Gewarnt wurde vor dem Schierling, ein mannshohes Doldengewächs, dessen Sud der griechische Philosoph Sokrates trank, bevor er röchelnd bei klarem Verstand erstickte. Höchste Vorsicht geboten war vor dem Roten Fingerhut, von dem zwei Blätter reichen, um die Atmung stillzustellen, oder vor dem Knollenblätterpilz, dessen tückisches Gift die Leber zerfrisst. Nicht zu vergessen die Tollkirsche, das Bilsenkraut und den Blauen Eisenhut, vom dem ganze sechs Milligramm ausreichen, um den Herzschlag eines erwachsenen Menschen auszuschalten. Nicht minder bösartige Gifte hatte die Evolution der Fauna hervorgebracht. In den Museumsvitrinen flößten fiese Kreaturen dem Besucher selbst ausgestopft und in Spiritus gelegt noch Respekt ein. Nattern, Ottern, Vipern, Brillenkobras und Klapperschlangen und eine züngelnde Schwarze Mamba ebenso wie der Skorpion mit seinem aufgerichteten Stachel und der zu einem Ballon aufgeplusterte Kugelfisch, der aus toten Knopfaugen etwas dümmlich dreinschaute und dem man seine Gefährlichkeit wahrhaftig nicht ansah.

»Komm mit, ich will dir etwas zeigen! Schau her! Man übersieht oft die spannendsten Exponate.«

Sie stand vor einem Schaukasten mit Schälchen voll getrockneter Früchte, Blüten, Blätter und Pflanzensamen, an denen ich achtlos vorbeigelaufen war, und zeigte auf ein paar schwarzgraue Steine, die ausschauten wie eine Kreuzung aus Flusskieseln und fleckigen Vogeleiern.

»Die sehen harmlos aus, nicht? Aber sie sind es nicht. Das sind die gefürchteten Samen, benannt nach Ignatius von Loyola, dem Gründervater des Jesuitenordens. Du fragst dich sicher, weshalb ich diese Ignatiusbohnen in einer Sammlung Glauben, Hoffen, Heilen exponiere, nicht wahr?«

»Ja, genau.«

»Reduziert man das starke Nervengift des Strychnos auf eine verträgliche Dosis, dann hilft Strychnin auch in seelischen Nöten. Es kann Wege weisen aus den Talsohlen des Lebens. Bei Liebesleid. Bei der Trauer über den Verlust eines Menschen. Oder wenn man meint, vor Heimweh zu sterben.«

»Und diese Ignatzbohnen, die machen einen immun gegen den Schmerz?«

»So einfach ist das nicht, Maik. Kein Medikament und keine Droge bringt zurück, was man verloren hat. Allein die Zeit heilt Wunden. Aber dazu bedarf es eines eisernen Charakters, der Geduld und Disziplin erfordert. Man muss ausharren und warten können. Und sich nicht gehen lassen. Die Macht der Zeit sollte man nicht gering schätzen. Genauso wenig wie die kleinen Helfer, die uns die Natur zur Verfügung stellt, um uns auf unserem beschwerlichen Weg zu unterstützen. Niemand wusste das besser als Hildegard von Bingen. Hast du den Namen schon einmal gehört?«

»Nein.«

»Ohne sie würde ich meine Halskette nicht tragen. Der grüne Anhänger ist ein Chrysopras, ein Edelstein, dessen energetische und schutzmagische Kraft die heilige Hildegard erkannte.«

»Ist die Kette wertvoll?«

»Wertvoll ja, teuer nein.«

»Und diese Magie. Glaubst du in echt, die funktioniert?«

»Natürlich. Der Glaube versetzt Berge. Aber Hildegard war keine Zauberin. Sie war eine Klosterfrau, eine weise Äbtissin, eine Heilerin. Ihr Wissen erhellte nicht bloß das Mittelalter, es leuchtet noch heute. In ihren Visionen erkannte Hildegard den diabolischen Ursprung des Bösen. Sie malte den apokalyptischen Endkampf zwischen Engeln und Teufeln und den Sieg des Guten über das Böse in all seinen abscheulichen wie wundervollen Schattierungen aus. Sicher war sie auch ein Kind ihrer Zeit und schaute die Welt an durch die Brille der Gottesfurcht, Höllenangst und dem Schrecken vor ewiger Verdammnis.«

»Stimmt das? Hat diese Hildegard den Teufel gesehen?«

»Ja. Und sie ertrug seinen Anblick, weil sie wusste, dem Satan zu widerstehen.«

»Und wie? Durch Beten?«

»Auch. Und durch geistliche Übungen. Und durch die Kraft der Edelsteine. Wenn es dich interessiert, kann ich dir Hildegards Schriften ausleihen. Darin kannst du nachlesen, welche Steine hilfreich sind, den Teufel fernzuhalten und um gegen ihn gewappnet zu sein.

»Wie sieht der Teufel aus?«

»Jedem zeigt er sich anders. Doch wir wollen sein Gesicht nicht mehr sehen. Wir verharmlosen ihn zu einer Worthülse, zu einem leeren Lautbild für etwas, das wir vage das Böse nennen. Für Hildegard war der Teufel noch der Leibhaftige. Sie schreibt, er verführe die Menschen dazu, etwas für wahr zu halten, was er ihnen lediglich vortäuscht. Das heißt, der Teufel schafft Illusionen. Trugbilder, die unser Vermögen zerstören, zwischen wahr und falsch zu unterscheiden. Er lauert überall. Das Perfide ist, er lässt uns in dem Glauben, wir könnten ihn besiegen. Glaub mir, Maik, der Satan wiegt uns in trügerischer Sicherheit.«

Mit einem Schlag wurde mir schwindelig und übel. Kotzübel. Mein Magen stülpte sich um, und sein ätzend saurer Inhalt kroch mir die Speiseröhre hoch. Ich presste die Hände vor den Mund, stürzte nach draußen in den Schlosshof und übergab mich.

Etwas ist über mich hereingebrochen, was ich nicht verstehe, hatte Mutter mir geschrieben. *Es ist die Hölle, die nackte Hölle. Lieber soll mich der Wippel in den Bunker stecken, als noch einmal den Teufel sehen. Aber ich musste ihn doch töten, ich musste ihn verbrennen.*

Als Tante Vera mich besorgt in den Arm nahm, zitterte ich vor Schrecken und fieberte zugleich vor erregter Neugier.

»Ist dir nicht wohl, Maik? Lass uns nach Hause gehen.«

Meine Erklärung, die *Quatro stagioni* würde mir schwer im Magen liegen, quittierte Vera mit einem verständigen Nicken.

»Kein Wunder, dass dir schlecht ist. Das war schon beeindruckend, was du gestern Abend in dich hineingeschaufelt hast. Und bedenke, du bist gerade einmal vierundzwanzig Stunden im Westen. Wie kannst du den Weltenwechsel nur verkraften, mein Junge? Du bist tapfer. Aber du brauchst auch Zeit.«

Tante Vera bettete mich auf die Chaiselongue in ihrem Wohnzimmer unter einer wärmenden Wolldecke und setzte einen Kamillentee an. Sie bestand darauf, mir ein Stück ionisiertes Kupfer gegen Brechreiz und Bauchschmerz auf die Stirn zu legen, obwohl beides längst verflogen war. Während mein Schädel vor Fragen fast platzte, klärte mich Vera auf über Pflanzen,

Metalle und Heilsteine und ihre kurative Kraft für Körper und Geist. Schon der heiligen Hildegard sei bekannt gewesen, dass etwa der Bernstein nicht nur asthmatische Allergien lindere, sondern auch die Dämonen der Angst vertreibe. Der schwach radioaktive Hyazinth, auch Zirkon genannt, helfe bei Hauterkrankungen ebenso wie bei drohendem Wahnsinn als Folge schwarzmagischer Hexerei, dieweil bei schmerzenden Ohren ein Jaspis angeraten sei, der zudem vor Albträumen schütze und die Harmonie des Ehelebens beflügele.

Vera reichte mir den Tee, in den sie reichlich Honig gerührt hatte.

»Trink ihn heiß, dann hilft er am besten.«

»Darf ich dich etwas fragen, Tante Vera?«

»Frag, was du möchtest.«

»Du kennst dich ja bestens aus mit diesen Arzneien und Medikamenten und all diesen Giften. Mein Vater, der war doch früher auch Pharmazeut, so wie du. Und bevor du nach Heidelberg gegangen bist, habt ihr euch doch gekannt. Ich kann mich nicht mehr genau erinnern, aber wenn die Post ein Paket von dir brachte, erzählte Freya immer, du wärst bei uns früher ein- und ausgegangen.«

»Ja, so war das. Ich gehörte in eurer Familie zum Inventar.«

»Meinen Vater, wie gut kanntest du ihn?«

»Sehr gut. Als Schwager, als Freund und als Kollege. Wir haben einige Jahre gemeinsam an der Technischen Universität in Leipzig studiert. Gerhard wechselte dann zum VEB Chemopharm, während ich im akademischen Betrieb blieb. Mir lag die Lehre, dein Vater aber war Forscher. Er kannte keine Stechuhr, er schlief im Labor, wenn es darauf ankam. Sonnenklar, dass er in die Entwicklungsabteilung bei der Chemopharm berufen wurde. Ich glaube, in seinem Studienjahrgang hat kein Kommilitone eine solch herausragende Doktorarbeit abgeliefert wie dein Vater, und erst recht nicht so schnell. Ihm wurde dafür sogar unbürokratisch ein Studienaufenthalt in Israel finanziert. Das war ungewöhnlich. Nach Palästina zu reisen war für verlässliche Genossen kein Problem, nach Israel schon. Wie auch immer, du hast allen Grund, deinen Vater in stolzer Erinnerung zu bewahren.«

»Und was hat er in Israel gemacht?«

»Darüber hat er geschwiegen.«

»Und hatte Vater in seinem Leipziger Labor auch mit diesen Giften zu tun?«

»Ja, das hatte er.«

»Und waren die tatsächlich so gefährlich? Ich meine, wenn diese Ignatzbohnen in deinem Museum so tödlich sind, warum liegen sie dann ungesichert hinter einer dünnen Glasscheibe? Jeder, der scharf auf die Dinger ist, könnte sie mitgehen lassen.«

»Ja. Aber ein Dieb muss zwei Dinge wissen. Erstens, wie man die Toxide extrahiert, und zweitens, wie man dabei das eigene Leben nicht gefährdet. Deshalb waren die Schutzbestimmungen bei der Chemopharm auch außerordentlich hoch. Gerhard arbeitete in der HSZ, in der Hochsicherheitszone, unter strengsten Auflagen. Staubdichte Schutzanzüge und ständige Dekontaminationsmaßnahmen waren Pflicht. Besonders im Umgang mit Rizin, eine der giftigsten Substanzen, die es auf der Welt gibt.«

»Rizin? Wozu soll das gut sein?«

»Zum Töten! Dein Vater arbeitete mit einer Substanz, die fünfundzwanzigtausendmal toxischer ist als Curare.«

»Nein!« Ich schnellte hoch. Das Kupferstück auf meiner Stirn flog durch die Wohnstube.

»Kein Sorge, Maik. Dein Vater war kein Mörder, und er war auch kein Helfershelfer von Mördern. Umgekehrt. Er wollte Morde verhindern, so wie diese heimtückische Geschichte, die vor wenigen Monaten durch die Nachrichten lief, über das Regenschirmattentat in London.«

»Davon weiß ich nichts. Freya hat sich aus der Volkszeitung immer die Kriminalfälle aus dem Westen herausgepickt, aber von einem Mord mit einem Schirm hat sie nichts gesagt.«

»Das wundert mich nicht. Die sozialistische Einheitspresse hat den Fall bestimmt unter den Tisch gekehrt. Stimmen wie die von Georgi Markow werden totgeschwiegen. Er war Bulgare, ein Schriftsteller, der in England im Exil lebte, wo er als Fernsehjournalist das stalinistische Unrecht in seiner alten Heimat anklagte. Markow wurde exekutiert, getötet mit einem Schirm. Die Stockspitze verbarg einen Mechanismus, mit dem es möglich war, sogenannten Mikroschrot zu verschießen. Am 7. September stand Markow auf der Waterloo-Brücke und wartete auf einen Bus, als ein Passant ihn anrempelte. Markow will einen kurzen, stechenden Schmerz im Bein verspürt haben, wie bei einem Wespenstich. Stunden später bekam er hohes Fieber und sein Blutdruck sank auf ein lebensbedrohliches Niveau. Er starb im Hospital, drei Tage später. Bei der Obduktion der Leiche entdeckten die Ärzte in Markows Bein ein Kügelchen aus Platin mit einem Durchmesser von gerade einmal eineinhalb Millimetern und mit zwei winzigen Hohlkammern. Britische Chemiker wiesen darin Spuren von Rizin nach. Die Hohlräume waren mit einer Zuckerlösung versiegelt worden, kalkulierend, dass sich Zucker bei einer Temperatur von 37 Grad später im Körper auflöst und den tödlichen Wirkstoff freisetzt.«

»Das gibt's doch nicht. Das ist filmreif. Aber was hat Vater damit zu tun? Er ist doch fast zehn Jahre tot. Oder ist diese Schirmgeschichte eine raffinierte Form der Westpropaganda? Ist Rizinus wirklich so giftig? Bei meinem ersten Zeltlager der FDJ haben die Älteren uns jungen Pionieren das Zeug mal in die Tomatensoße gerührt. Keiner hat was gemerkt, nur hinterher kamen wir nicht mehr vom Donnerbalken runter.«

»Immer der Reihe nach. Du sprichst von Rizinusöl, bekannt als Abführmittel. Es wird aus dem Samen eines

Zierstrauches gepresst, Wunderbaum oder Christuspalme genannt. Das Rizin ist ein Abfallprodukt dieses Prozesses, das mit komplexen Verfahren abgeschieden werden muss. Gelangt es wie bei Georgi Markow in den Organismus, so hat das verheerende Folgen. Die lebenswichtige Eiweißsynthese wird blockiert. Die Darmschleimhaut und die roten Blutkörperchen sterben ab. Leber und Nieren zersetzen sich. Nach inneren Blutungen und Durchfällen trocknet der Betroffene schlicht aus, eine Kettenreaktion, die man bis heute durch nichts aufzuhalten weiß. Um diesen tödlichen Prozess in Gang zu setzen, braucht es bei einem Erwachsenen lediglich ein halbes Milligramm. So viel wiegt der Flügel einer Mücke. Nicht auszudenken, wenn in heißen Kriegen Rizin als Waffe versprüht würde. Der Fall Markow dokumentiert, dass schon im Kalten Krieg bei der Liquidation von Gegnern jeder Skrupel schwindet. Der Regenschirmmord war jedenfalls keine propagandistische Erfindung, sondern ein hinterhältiges Attentat. Wahrscheinlich gab der bulgarische Staatschef Todor Schiwkow den Auftrag, weil Markow den Despoten immer wieder heftig attackiert hatte. Doch wer beweist das? Vielleicht bringt die Zukunft die Wahrheit ans Licht. Ob wir den Tag erleben, ich fürchte nicht. Ich weiß nur, dein Vater hat als Biochemiker zwar mit Giften experimentiert, doch einzig in der Absicht, neutralisierende Gegengifte zu entwickeln. Um die Bevölkerung der DDR nicht wehrlos Angriffen mit chemischen Kampfstoffen auszuliefern. Gegen das Rizin ist im Übrigen bis heute kein Antitoxin bekannt. Das macht es so gefährlich. Ich denke, Gerhard stand kurz vor der Entdeckung eines Antidots. Aber dann starb er.«

»Du meinst, dieses Rizin brachte Vater um?«

»Das wäre wirklich eine Ironie des Schicksals, wenn ausgerechnet jene Substanz ihn tötete, die er beherrschen wollte. Unter uns Pharmazeuten kursierten Hypothesen in diese

Richtung, hinter vorgehaltener Hand natürlich. Wer wollte sich schon in die Schusslinie stellen, mit Spekulationen, die sich womöglich als falsch erwiesen? Auffällig jedoch war, dass die Leitung der Chemopharm und die Kader der Partei sich bedeckt hielten. Ob sie aktiv jede Auskunft blockierten, weiß ich nicht, auf alle Fälle wurden die auslösenden Umstände des Unglücks nie publik. So pflegt man nicht zu verfahren, wenn jemand an seinem Arbeitsplatz von einer Leiter fällt und sich das Genick bricht. Da war ein biochemischer Prozess außer Kontrolle geraten. Und Informationen darüber durften das Labor nicht verlassen. Die hätten die Bevölkerung beunruhigt und wären vom Klassenfeind politisch ausgeschlachtet worden. Also hielt man den Deckel auf dem Topf. Klug war das nicht, zumal die Gerüchte um den Verbleib der Leiche hochkochten. Freya, du und Kessryn habt euren Vater und Ehemann schließlich nie beerdigen dürfen. Ich hielt und halte das für einen Fehler. Aber die Demokratische Republik erklärte ja ständig unkontrollierte Vorfälle zu staatsgefährdenden Geheimnissen auf höchster Alarmstufe.«

»Wie hast du Vater kennengelernt? Über Freya?«

»Anders herum. Freya lernte Gerhard über mich kennen. Wir waren ja Zwillinge und haben die ganze Kindheit und Jugend gemeinsam verbracht. Wir hatten keine anderen Geschwister und wohnten mit unseren Eltern in einer angenehmen Gegend, im Leipziger Märchenviertel im Aschenbrödelweg. Unser Vater Heinrich, dein Großvater, den du nicht mehr gekannt hast, war ein hohes Tier in der Verwaltung; ein angesehener Mann, umgänglich und gesellig zudem. Freya und ich brauchten uns als Kinder nie zu beklagen. Die Eltern waren geschätzte Gastgeber. Zahllose Hausfreunde brachten uns immer Süßes und Aufmerksamkeiten mit, weil wir als Zwillinge schon etwas Besonderes waren. Die Leute haben uns dauernd verwechselt. Wir sahen uns verblüffend ähnlich, obwohl wir charakterlich völlig unterschiedlich waren. Daher trennten sich unsere Wege dann später auch. Freya zog es in den sechziger Jahren nach Berlin, angezogen vom Milieu der Künstler und Kulturschaffenden; ich blieb in Leipzig und schrieb mich an der Universität für Pharmazie ein. Dein Vater Gerhard wurde meiner Gruppe Erstsemester als Tutor zugeteilt. Er sah gut aus, war klug, ehrgeizig, humorvoll und charmant. Ein herausragender Student, der sicher promovieren würde und eine steile Karriere vor sich hatte. Als Wissenschaftler, aber auch in der Partei, zumal Gerhard in politischen Debatten viel eloquenter war als diese Betonköpfe. Er war eine sehr gute Partie, würde ich sagen.«

»Auch für dich?«

»Ich will dich nicht anlügen. Schon bei meiner ersten Begegnung mit Gerhard hatte ich mich ein wenig in ihn verguckt. Auch auf seiner Seite keimte aus anfänglicher Sympathie eine Freundschaft, aus der mehr zu erwachsen schien. Bis zum 1. Mai 1964. Als er Freya kennenlernte. Den Tag erinnere ich genau, weil wir mit Gerhard und dem Tutorium zum Internationalen Kampf- und Feiertag der Werktätigen nach Berlin gefahren waren, wo der jährliche Marsch für Frieden und Sozialismus stattfand. Freya ging selbstverständlich auch mit. Weniger weil ihr der kommunistische Fortschritt am Herzen lag, sondern weil sie den Rummel liebte. Nach der zentralen Kundgebung holten wir unser Marschiergeld ab und stärkten uns mit Thüringer Bratwürsten. Ich fuhr anschließend mit meinen Studienfreundinnen Erika und Renate zum Friedhof nach Friedrichsfelde, um Rosa Luxemburg die Ehre zu erweisen, die wir als Studentinnen sehr verehrten. Gerhard und meine Schwester hatten sich abgesetzt, weil Freya eine Rarität besaß. Eine Schallplatte mit Liedern der Beatles, die gerade in England als der letzte Schrei galten. Meinen musikalischen Geschmack traf diese Musik nicht, aber Gerhard und Freya müssen sich dabei nahe gekommen sein. Sehr nahe. In Freyas Zimmer, wie ich später erfuhr. Ich hatte auch von einer eigenen Familie geträumt. Und mit deinem Vater, Maik, das hätte etwas werden können. Aber meine Schwester war halt schneller. Nun ja, ich war enttäuscht, aber herausgekommen bist du. Du bist, wenn du so willst, ein Kind des 1. Mai.«

»Das wusste ich nicht! Auch nicht, dass du in meinen Vater verliebt warst.«

»Na ja, verliebt trifft die Sache nicht ganz. Ich habe ihn angehimmelt, wie alle Studentinnen. Ich war ein Backfisch, ein wenig wie das Dornröschen, das darauf wartete, von ihrem Prinzen wachgeküsst zu werden. Freya war in Liebesdingen weiter, offener und direkter, nicht so schüchtern wie ich. Oder um im grimmschen Märchen zu bleiben, sie war wie Rapunzel, die ihr Haar herunterließ, an dem ihre Geliebten zu ihr in den Turm kletterten. Aber wie gesagt, die Zeit heilt Wunden. Es ist wie bei den Giften. Du musst nur das treffende Gegenmittel finden. In meinem Fall die Arbeit als Kuratorin, die mir alle Erfüllung der Welt beschert.«

»Tante Vera, kennst du das Foto von Vater mit den Studentinnen und dem Reagenzglas?«

»Das Bild aus *Sozialismus – Deine Welt*? Wer kennt das nicht? Es entstand im Frühling 1968. Aber das Foto war gestellt. Dein Vater hatte damals schon seinen Posten bei der Chemopharm. Für das Foto hat er eigens die Pharmakologie in der Leipziger Universität aufgesucht, um einen Dozenten zu mimen. Einige der Assistentinnen sind auch nicht echt. Die sehen alle so gut aus, weil man die hübschesten Uni-Sekretärinnen in weiße Kittel gesteckt hat.«

»Und weswegen musste ausgerechnet Vater für das Bild posieren?«

»Weil die Partei für ihre Propaganda junge Akademiker brauchte, die rundum sympathisch wirkten. Immerhin wurde das Buch millionenfach zur Jugendweihe verschenkt. Und Herr Doktor Gerhard Kleine war unstrittig um Klassen ansehnlicher als die anderen Professoren.«

»Woher weißt du das alles?«

»Weil ich dabei war. Ich hatte das Vergnügen zu dem Kreis der adretten Studentinnen zu gehören.«

»Das kann nicht sein! Einen Moment!«

Ich sprang die Treppe zur Dachkammer hinauf, wo in meinem Koffer in Veras Arbeitszimmer mein neues Exemplar des Geschenkbuches lag, das mir der Direktor der Nervenklinik in Waldenburg geschenkt hatte.

Als ich zurückkam, nestelte meine Tante an ihrer Halskette und dem grünen Chrysopras. Sie machte einen fahrigen Eindruck. Aufgebracht gar.

»Warum hast du dieses Buch mit in die Freiheit genommen? Hast du in der Republik bereits der Partei die Treue geschworen? Hattest du etwa schon dieses Gelöbnis, diese atheistische Weihe?«

Vera beruhigte sich, als ich ihr von meinem verbrannten Zimmer erzählte und ihr die Widmung vorn in dem Buch zeigte: *Für den tapferen Maik. Mit den besten Wünschen für Deine Zukunft. Dr. Helmut Wippel. Waldenburg im Januar 1979.* Ich schlug die Seite 297 auf. »Hier! Schau dir die Assistentinnen an. Da bist du nicht mit auf dem Bild, Tante Vera.«

»›Der Biochemiker Doktor Gerhard Kleine erklärt einen Impfstoff.‹ Dass ich nicht lache. Erstens, in dem Reagenzglas war kein Serum, sondern ordinäres H_2O aus der Wasserleitung. Und zweitens war ich sehr wohl dabei.«

»Aber wie kann das sein? Das verstehe ich nicht.«

»Du verstehst so einiges nicht.« Tante Veras Stimme wurde plötzlich spröde und frostig. »Es gibt einen triftigen Grund, weshalb ich auf diesem Bild nicht zu sehen bin.«

»Weil du nicht dabei warst.«

»Du denkst nicht logisch.« Vera lächelte wieder, weniger herzlich als gekünstelt und distanziert. Überlegen irgendwie. »Ich habe den Auslöser der Kamera gedrückt. Ich habe dieses Foto geknipst.«

Ich errötete und verstummte. Eine Stimmung lag in der Luft, eine unangenehme Stille, die mir peinlich war. Vera musste es ähnlich ergangen sein. Nach einer Weile löste sie die Spannung auf, entschuldigte sich für ihre schroffe Art und lenkte ein: »Du fragst dich doch sicher, wieso deine Tante heute in Heidelberg lebt? Was sie in den Westen verschlagen hat?«

Ich nickte.

Vera stand auf und öffnete die gläserne Vitrine mit ihren Reiseerinnerungen aus aller Welt. Sie griff nach den drei lädierten und zerkratzten Klaviertasten, über die der grimmige Piranha aus dem Amazonas wachte. Sie legte die Tasten vor mir auf den Couchtisch, eine weiße und zwei schwarze.

»In diesen Orgeltasten steckt der Schlüssel zu meinen Leben. Sie haben damit zu tun, dass mein altes Leben im Osten endete und mein neues Leben im Westen begann. Diese Tasten sind wahre Kleinode. Über sie glitten einst die begnadeten Finger von Johann Sebastian Bach, wenn er in der Leipziger Paulinerkirche seine Tedeum-Kantaten intonierte.«

»Und warum sind die Tasten kaputt?«

»Weil am 30. Mai 1968 die Barbarei triumphierte. Mit dem Donnerschlag von einer Tonne Dynamit sprengte der Ungeist in Sekunden das Werk von Jahrhunderten. Welch ein Wahn! Seitdem steht die Sankt-Pauli-Kirche nicht mehr. Sie war vollkommen intakt, eine historische Grabstätte für fünfhundert Menschen und mit siebenhundert Jahren die älteste Universitätskirche in Deutschland. Doch sie musste aus Leipzigs Stadtbild verschwinden, weil sie einen großen Fehler hatte …«

Vera gab mir Zeit, nachzufragen, doch da ich schwieg, fuhr sie fort: »Das Haus Gottes stand dem Sieg des Sozialismus im Weg. Die Kirche war ein Symbol des Geistes in Zeiten der Geistlosigkeit. Katholiken und Protestanten bot die Paulinerkirche eine gemeinsame Heimat, sie war das kulturelle und spirituelle Herz der Stadt. Martin Luther predigte hier. Und Goethes verzweifelten Doktor Faustus, trübsinnig geworden über die Frage nach dem inneren Zusammenhalt der Welt, riefen ihre Glocken am österlichen Auferstehungstag ins Leben zurück, just als er die Schale mit dem tödlichen Gift an seine Lippen führte.

Die Volkspolizei und die Staatssicherheit hatten damals um die Kirche eine weiträumige Sperrzone eingerichtet. Ich harrte aus am Johannisplatz, gemeinsam mit dreitausend Entsetzten, bis zum letzten Moment ungläubig, dass die Partei zu solcher Niedertracht und Blasphemie fähig sein würde. Es war totenstill, als der Dachreiter kippte. Sein ächzendes Stöhnen erreichte uns nur zeitversetzt. Der Dachstuhl sank ein, sterbend neigte sich der Turm zur Seite, und mit der gotischen Giebelrosette an der Frontseite zerfiel und erblindete das Auge, mit dem uns einst der Heilige Geist anschaute. Was blieb, waren eine Wolke aus Staub und ein dumpfes Grollen, das ich noch heute, gerade in diesem Moment, deutlich vernehme.«

»Das ist schlimm, Tante Vera. Das tut mir leid.« Ich sagte das nicht nur, ich fühlte auch so, obgleich mir der kulturgeschichtliche Wert von Kirchen egal war und ich mich nicht erinnerte, wann ich zuletzt ein Gotteshaus von innen gesehen hatte. »Aber ich verstehe nicht, was die gesprengte Kirche mit deinem neuen Leben hier in Heidelberg zu tun hat.«

»Wir waren eine Handvoll junge Leute, empört, wütend und fest entschlossen, nicht vor der Staatsmacht zu kapitulieren. Einige Physikstudenten waren sehr mutig und tüftelten den Plan zu einer Protestaktion aus, wie sie die Deutsche Demokratische Republik bis dato nicht gesehen hatte. Auf den Tag vier Wochen nach der Kirchensprengung wurden in der Leipziger Kongresshalle die herausragendsten Musiker des Internationalen Bach-Wettbewerbes ausgezeichnet. Alles, was in der Kulturpolitik Rang und Namen hatte, war bei dem Abschlusskonzert anwesend, zweitausend Gäste, Minister, Funktionäre, Ordensträger, die europäische Presse und das internationale Fernsehen, sie boten die ideale Bühne für eine öffentlichkeitswirksame Demonstration. Die Studenten hatten einen Mechanismus konstruiert, mit dessen Hilfe man ein riesiges aufgewickeltes Protestplakat entrollen konnte. Unter großer Gefahr hatten sie die Gerätschaft tags zuvor mit einer Zeitschaltuhr versehen und in der Dekoration des Bühnendachs versteckt. Auf dem Höhepunkt der Laudatio für die Preisträger enthüllte das Transparent seine Botschaft. Es zeigte die stilisierte Paulinerkirche mit dem Spruch: *Wir fordern den Wiederaufbau*. Das Publikum klatschte begeistert. Die Staatsorgane und die Sekurität waren weltweit bloßgestellt und leiteten eine der aufwendigsten Fahndungsaktionen in der Geschichte der DDR ein. Zwei Jahre später waren alle Initiatoren des Protestes gefasst. Der Hauptverantwortliche wurde inhaftiert und in eine psychiatrische Klinik eingewiesen. Die anderen kamen nach einer Amnestie wieder frei.«

»Aber, Vera, was hattest du mit der Sache zu tun?«

»Ich war die Erste, die geschnappt wurde.«

»Aber was hast du dir zuschulden kommen lassen?«

»Ich habe das Plakat gemalt.«

»Und das war wirklich so schlimm?«

»Ja. Für einen Staat, der Sozialismus und Freiheit lediglich simulierte, war das eine schwere Niederlage. Und eine Staatssicherheit, die alles und jeden kontrolliert und jedes zarte Pflänzchen des Protestes bereits im Keim zertritt, verzeiht dir nie, wenn du sie bis auf die Knochen blamierst.«

»Aber weshalb wurdest du erwischt?«

»Weil ich verraten wurde.«

»Und wer war das? Wer wusste von eurem Plan?«

»Die Kommilitonen, die später inhaftiert wurden. Und Freya und dein Vater Gerhard.«

»Was! Meine Eltern haben dich verraten!«

»Das will ich nicht gesagt haben. Ich sage nur, dass sie von meiner geheimen Aktion wussten. Nicht mehr und nicht weniger. Dreizehn Monate saß ich in Hohenschönhausen. Ich habe geschworen, niemals über diese Zeit zu sprechen, um die Geister der Vergangenheit nicht wieder zu wecken.«

»Und wie bist du in den Westen gekommen?«

«So wie deine Mitreisenden, die der Omnibus vorgestern in das Notaufnahmelager nach Frankfurt gebracht hat. Auch ich wurde von der deutschen Bundesregierung freigekauft.«

»Ein Herr Frank von der Jugendhilfe hatte mich vor meiner Ausreise in Leipzig gewarnt, in das Lager würden Leute gebracht, mit denen in der Demokratischen Republik kein Staat zu machen sei.«

Vera lachte höhnisch. »Die Staatssicherheit war immer schon der Meisterschüler im Lügen, Tricksen und Täuschen. Höchst effizient. Mit dem Freikauf politischer Häftlinge fuhr die DDR eine doppelte Strategie. Sie wurde ihre unbequemsten Bürger los und kassierte gleichzeitig harte Devisen. Verkauft haben sie diesen Menschenhandel als humanitäre Maßnahme, finanziert jedoch wird damit ein teuflisches System.«

Ich kaute auf meiner Unterlippe. Ich überlegte, zögerte, ob ich meiner Tante vertrauen und mit ihr das Wertvollste teilen durfte, was ich besaß. Den Brief meiner Mutter. Ich bereute meine Worte schon, als es aus mir heraussprudelte:

»Freya behauptet, sie habe den Teufel gesehen. Was hat das zu bedeuten?«

»Wann hat sie das gesagt?«

»Sie hat das gar nicht sagt, sondern geschrieben. Sie hat mir in der Nervenanstalt beim Abschied heimlich einen Brief zugesteckt.«

»Hast du diesen Brief noch?«

»Ja.«

»Ich will, ich muss diesen Brief lesen!«

Tante Veras herrischer Ton erschreckte mich. Er schüchterte mich ein, sodass ich nicht wagte, mich ihrem Wunsch zu widersetzen. Nichts war übrig von ihrer einnehmenden Sanftmut. Ich wusste nur, ich machte einen Fehler, der unverzeihlich und nicht wiedergutzumachen war. Ich verriet meine Mutter, als ich nach oben stieg und ihren Brief holte.

Vera las. Ich sah ihr dabei zu, und eine Heidenangst stieg in mir hoch. Das Gesicht meiner Tante veränderte sich. Ihre Schönheit starb. Ich sah, wie sie verblasste, wie sie verblühte, bis nichts blieb als eine vertrocknete Greisin, ein verwelktes, lebensmüdes Bündel Mensch. Ich wünschte, gleich würde sie sagen: »Oh mein Gott«, »Ach du lieber Heiland« oder »Um Gottes willen« oder etwas Ähnliches, aber das sagte sie nicht. Auch bekreuzigte sie sich nicht. Sie faltete den Brief wieder zusammen, drückte ihn kurz an ihre Brust und reichte ihn mir zurück.

»Weißt du«, sprach sie leise, »was den Teufel so böse macht? Er ist der wahre Meister der Täuschung. Viel zu spät erst merken wir, dass wir nicht gegen ihn gekämpft haben, sondern mit ihm. Dass er uns zu seinem Werkzeug gemacht hat. Michael, vergiss das nie!«

Vera zog sich kurz in ihr Schlafzimmer zurück, warf schließlich an der Flurgarderobe ihren Mantel über und griff zu ihren Autoschlüsseln. Sie habe noch einen Besuch zu tätigen, sagte sie, ich solle nicht auf sie warten. Die Uhr zeigte kurz vor vier, der Winterabend dämmerte, und in der Heidelberger Altstadt flackerten die ersten Lichter auf. Als sie sich verabschiedete und mir versicherte, ihr Haus sei nun mein Haus, sah ich in ihren toten Augen, der Faden, an dem Tante Veronikas Leben hing, war im Grunde schon zerrissen.

Ich schlief den späten Nachmittag, den Abend und die Nacht durch. Ich glaube, es war der Zeitungsausträger, der mich am Montag, den 8. Januar weckte, als er den *Neckarboten* durch den Briefkastenschlitz in der Haustür steckte. Ich stieg aus meinem Klappbett und schlich wie ein Dieb in fremden Räumen die Treppe nach unten. Vorsichtig klopfte ich an die Schlafzimmertür meiner Tante, ohne eine Antwort zu erwarten. Ich trat ein. Sie war in der Nacht nicht zurückgekommen. Federbett und Kopfkissen waren glatt gestrichen und unbenutzt. Auf dem Nachtschränkchen neben dem Bett stand ein zierlicher silberner Bilderrahmen, umringt von zwölf bunten Edelsteinen, drapiert wie die Ziffern einer Uhr. Mir wurde unheimlich. Der Rahmen war leer.

Ich holte die Zeitung, nahm mir aus dem Kühlschrank einen Orangensaft und setzte mich in die Küche. Auf der ersten Seite überflog ich die letzten Meldungen über den Jahrhundertwinter, der seinen frostigen Höhepunkt endlich überschritten hatte. Dann schlug ich den Lokalteil auf. Und merkwürdig. Ich erschrak zwar, war aber nicht wirklich überrascht, als ich das Foto erblickte. Das ausgebrannte Autowrack, in grelles Blitzlicht getaucht und versunken in einem Meer aus Löschschaum, war kaum mehr als ein Audi zu identifizieren.

Tote nach schwerem Unfall auf der A5

Heidelberg. Am Sonntagabend gegen 19.30 Uhr ereignete sich auf der Autobahn A5 zwischen dem Heidelberger Kreuz und der Auffahrt Dossenheim ein schwerer Verkehrsunfall. Aus ungeklärter Ursache fuhr eine 34-jährige Heidelbergerin mit überhöhter

Geschwindigkeit in eine gut gesicherte Baustelle. Trotz Warnhinweisen überfuhr die Fahrerin die Markierungsposten, bis ihr PKW ungebremst auf ein Baufahrzeug prallte. Der Wagen ging sofort in Flammen auf. Durch Bremsmanöver auf der Gegenfahrbahn lösten Schaulustige schwere Auffahrunfälle aus. Wegen der umfangreichen Räumarbeiten gab die Polizei eine Vollsperrung der A5 in beide Fahrtrichtungen bekannt, voraussichtlich bis Montagmorgen. Die Unfallursache ist noch ungeklärt. Die Ermittler halten einen technischen Defekt für möglich, schließen eine suizidale Absicht aber nicht aus. Es entstand ein Sachschaden in sechsstelliger Höhe.

9
FÜNF STERNE
Berlin; Samstag, 18. August 2007, vormittags

Ursprünglich hatte Albina geplant, am Tag nach der Beisetzung Alberto Bellmontis zurück nach Moskau zu fliegen. Einer weiblichen Laune folgend hatte sie ihren Besuch in der deutschen Hauptstadt jedoch ausgedehnt und bereits die dritte Nacht in ihrer Junior-Suite im Kempinski verbracht. Ihr Flug, das hatte mir Szymbo gesteckt, war umgebucht worden auf den Samstagmorgen. Da die Aeroflot täglich um neun Uhr fünfzig von Berlin-Schönefeld nach Moskau-Sheremetjewo flog, würde Albina spätestens um acht Uhr dreißig das Hotel am Pariser Platz mit dem Taxi verlassen.

Ich musste sie vorher noch sehen. Ein letztes Mal.

Albinas anmaßende Behauptungen über meine Person wurmten mich. Bevor ich in Amerika ein neues Leben begänne, solle ich zuerst mein altes zu Ende bringen. So hatte sie Pjotr gegenüber gelästert, scharfzüngig und sezierend wie eh. Ganz gleich, ob sich hinter der Spitze ein wohlmeinender Ratschlag verbarg oder ein gehässiger Vorwurf, Albina hatte mich gekränkt. Es drängte mich, einen Schlussstrich unter die Vergangenheit zu ziehen und reinen Tisch zu machen. Ich musste mich endgültig von der Frau verabschieden, die ich einst mit einer schwarzen Apparatur zum Schweben gebracht hatte.

Ich hatte Pjotr gebeten, mich in das Kempinski zu begleiten. Nicht weil ich beim Abschied von Albina seine Assistenz benötigte, sondern um die Kosten ihres Aufenthalts zu klären, von denen ich befürchtete, sie würden hoch sein. Ohne eine Vorstellung jedoch, wie hoch. Szymbo musste eine Ahnung gehabt haben. Halsstarrig weigerte er sich, den »fünfsternigen Götzentempel aus Prunk und Protz« zu betreten, wobei er Himmel und Hölle anrief und sich auf ein fadenscheiniges Gelübde berief, nach dem er dreifach, als Pole, Katholik und Musiker, sowohl der Genügsamkeit und der Demut als auch dem Blues der Kattowitzer Kohlenhauer verpflichtet sei.

Gegen Viertel nach sieben trat ich unter den Baldachin vor dem Hotelentree. Obschon meine Kleidung die Grenze zur Nachlässigkeit überschritt, wünschte mir ein Portier im Stresemann mit Zylinder einen »beautiful day« und öffnete mir den Zutritt in die Empfangshalle, wo ich mich mühte, die überbordende Eleganz unbeeindruckt an mir abperlen zu lassen. Ich schritt auf die Rezeption zu und bat eine ausgesprochen ansehnliche Concierge, mich bei Frau Albina Kurkova zu melden.

»Selbstverständlich. Frau Kurkova ist über Ihren Besuch gewiss informiert«, lächelte die Rezeptionistin, so charmant wie bestimmt. »Ich darf annehmen, Sie werden erwartet?«

»Frau Kurkova wird das Haus gleich verlassen. Bevor sie zurück nach Moskau fliegt, möchte ich sie noch mit einem kurzen Besuch überraschen.«

»Ich verstehe.« Die Empfangsdame blickte auf einen Monitor, wobei ihre Finger über eine Computertastatur flitzten. »Ja, für Frau Kurkova wurde für acht Uhr zwanzig der Airport-Shuttle-Service geordert. Ihr Wake-up-Coffee wurde bereits serviert, und sie nimmt ihr Frühstück in ihrer Suite ein. Wen bitte darf ich Frau Kurkova avisieren?«

»Maik Kleine, ihren Manager.«

»Herr Kleine! Wie ich sehe, haben Sie die Buchung für Frau Kurkova persönlich telefonisch vorgenommen. Für eine Nacht. Die Junior-Suite. Eine hervorragende Wahl. Ihr Vertrauen in unser Haus freut uns. Und Frau Kurkova scheint sich als Gast ja ausgesprochen wohlzufühlen. Sie hat uns mit ihrer Anwesenheit an zwei zusätzlichen Special-Offer-Days beehrt. Und unsere Wellness-Facilities haben auch ihren Geschmack getroffen. Die Rechnung, vermute ich, geht zulasten des Managements? Sie zahlen dann sicher mit Ihrer Karte. Wie war gleich der Name Ihrer Agentur?«

Ich schluckte, nickte und vergaß alles, was ich mir vorgenommen hatte, als mir herausrutschte: »Sunrise & Moonshine, Los Angeles.«

»Natürlich akzeptieren wir gern auch Ihre American-Express-Card.« Die Concierge griff zum Haustelefon. Ein knapper Anruf genügte. »Herr Kleine, Frau Kurkova erwartet Sie. Dürfen wir auch Ihnen einen Kaffee mit einem Morgenimbiss servieren? Als kleine Aufmerksamkeit für gute Freunde des Hauses.«

Obwohl ich nicht gefrühstückt hatte und mir flau war vor Hunger, entfuhr mir ein launiges: »Nein danke. Und was die Rechnung angeht, lassen Sie die bitte vor dem Auschecken zu mir in Frau Kurkovas Suite bringen.«

»Natürlich. Wie Sie wünschen, Herr Kleine.«

Eine Minute später schwebte ich mit dem Lift in die dritte Etage, unzureichend darauf vorbereitet, gleich eine Bleibe zu betreten, die meine Vorstellung von einem geräumigen Hotelzimmer auf den Kopf stellen würde.

Noch bevor mein Verstand begriff, wo ich gelandet war, registrierte meine Nase sofort, dass ich die Schwelle zu einem anderen Universum überschritt. Zuerst roch, dann sah ich das prächtige Blumengebinde aus weißen Alba- und tiefroten

Baccara-Rosen. Ihr berauschender Duft erfüllte keinen ordinären Raum. Er schwängerte ein königliches Gemach, in dem ich mich verlor und in dem mir alle Sinne signalisierten, dass ich dieses Reich nicht zu füllen vermochte.

»Was verschafft mir das Vergnügen, dass mir mein selbst ernannter Manager eine Stunde vor meiner Abreise noch höchstpersönlich seine Aufwartung macht?«

Albina sagte das nicht schnippisch. Eher mit dem Unterton sanfter Spöttelei, wie früher, in raren Momenten von Ausgeglichenheit. Sie hatte bereits gefrühstückt und bat mich, auf einer Chaiselongue Patz zu nehmen. Mein Lebtag hatte ich noch nicht so komfortabel gesessen. Auf einem Wandbild-Fernseher in Edelholz gerahmt lief eine Dokumentation über reizvolle touristische Ziele im brandenburgischen Havelland, wo die Bauern gerade die Apfelernte einfuhren. Albina stellte den Ton leiser und wies auf eine opulente Obstschale. »Bitte, bedien dich. Wir haben eine halbe Stunde.«

Sie ließ sich nonchalant in einen ausladenden Lehnsessel gleiten und ließ vergessen, dass sie nicht die Hausherrin war, sondern ein Gast. Mir gegenüber saß nicht mehr die verzickte Artistin, einst umhüllt von der Aura spröder Unberührbarkeit. Die demonstrativ distanzierte Albina, die während unseres Beerdigungsmarsches blässlich und verhärmt gewirkt hatte, hatte sich entfaltet zu rosiger Blüte. Wenige Tage hatten gereicht, um aus ihr eine andere Frau zu machen. In ihrem bezaubernden Sommerkleid mit einem Muster aus leuchtenden Sonnenblumen, das ihr auf den Leib geschneidert schien, strahlte sie eine schlichte Anmut aus, als habe sie sich im gediegenen Ambiente der fünf Sterne zurückgebunden an die elementaren Kräfte der Natur. Mit deutlichen Worten hatte ich mich von ihr verabschieden wollen, nun brachte sie mich aus dem Konzept. Anlass war ihr Blick, in dem ich das ganze Spektrum meiner Fantasien zu erkennen glaubte. Selbstsicherheit mit dem Hauch kühler Unnahbarkeit ebenso wie Sehnsucht nach glühender Hingabe. Feminine Raffinesse und das kokette Spiel mit der Scheu genauso wie eine enthemmte Lust am Leben. Und vielleicht auch an der Liebe, mit einer Spur melancholischer Verlorenheit. Die Jungfrau von einst schwebte nicht mehr. Albina war auf der Erde gelandet. Aus der Zirkusprinzessin war eine Königin geworden, sinnlich und schön. Und für mich an diesem Samstagmorgen in der Junior-Suite des Hotel Kempinski bis an die Schmerzgrenze reizend und betörend.

Ich begehrte diese Frau, hier, jetzt und auf der Stelle, auf ihrem Superior-Kingsize-Bett, auf ihrem eleganten Fauteuil, auf dem Mahagonitisch mit den Baccaras, auf dem kühlen Marmor des Bades, auf dem Teppich, an der Fensterfront mit Blick auf die Quadriga vom Brandenburger Tor. Oder in einer Pension in einem Pankower Hinterhof. Egal, ich wollte Albina, wo auch immer, wie ein herrischer König, der nicht erst um Erlaubnis bittet, sondern sich greift, wonach ihn gelüstet.

Aber ich war kein König.

Ich war ein Junge, den eine Tante in Heidelberg belehrt hatte, wahre Könige würden nicht in Palästen zur Welt kommen und auf ihre Macht verzichten. Fast dreißig Jahre waren vergangen, seit Tante Vera gesagt hatte, ein wahrer König finde seinen Stern als Pilger auf dem Weg zu seinem Ziel, bevor sie in einem Furor der Selbstzerstörung gegen einen Brückenpfeiler raste. Noch an diesem Morgen beim Aufwachen hatte ich zu wissen gemeint, der Stern meiner Zukunft leuchte über Amerika. Ihm wollte ich folgen, die Vergangenheit hinter mir lassen. Abschied wollte ich nehmen von Albina. Und nun? Ohne zu zaudern, hätte ich meinen Stern verglühen lassen. Für jenen Moment, in dem die Königin in dem Blumenkleid ihrem König alles gewährt. In dem Augenblick, als er es sich nimmt.

Es klopfte. Ein Hotelassistent brachte die *Morgenpost*. Neben der Zeitung lag auf einem Tablett ein Umschlag. Es war ein großes, weißes, prallvolles Kuvert, dessen Inhalt Albinas schlechtes Gewissen weckte, ihr die Röte der Scham ins Gesicht trieb und sie in den Alltag zurückkatapultierte. Als vergeblichen Versuch aus ihrer peinlichen Befindlichkeit zu flüchten, stellte sie den Fernseher lauter, in dem gerade eine Reisereporterin einen Bootsausflug auf der Spree genoss. Als ich den Briefbogen öffnete und die Papiere mit den Rechnungsposten überflog, war meine Begierde bereits unter den Nullpunkt gesunken. Albina Kurkova mutierte von einer Königin zurück zu einem kleinen Mädchen, dessen erschrockener Blick verriet, dass es gerade gewahrte, eine riesengroße Dummheit begangen zu haben. Dem Motto des Kempinski »Das Leben ist ein Fest. Feiern Sie es jeden Tag« folgend, war es ihr gelungen, in drei Tagen und drei Nächten die stattliche Summe von 7945 Euro durchzubringen.

Trotz eines Special-Offer-Angebotes schlugen die drei Übernachtungen inklusive Frühstücksbuffet in der Achtzig-Quadratmeter-Junior-Suite mit 3870 Euro zu Buche. Hinzu addierte sich das Gourmetfrühstück für zwei Personen zu 680 Euro, mit dem Albina und Szymbo sich nach einer vorgeblich kommunikativ durchquatschten Nacht gestärkt hatten. Durfte man den umfangreichen Restaurantquittungen trauen, dann war Albina mit einem abenteuerlich gesunden Appetit gesegnet. Anders gesagt: Wie ein Scheunendrescher hatte sie sich quer durch die Menüs gefuttert und eine Unmenge kulinarischer Gaumenfreuden in sich hineingeschaufelt. Bretonische Austern, atlantische Seezunge, schottischer Silberlachs, mediterraner Goldbutt, Hummer aus Maine, Wachteln aus der Provence, Spareribs vom Rind von den Weiden Nebraskas. Auch lokale – den Preisen nach zu urteilen von Spitzenköchen zubereitete – Deftigkeiten hatte sie nicht verschmäht. Wiener Schnitzel, Bratkartoffeln mit Kotelett, Eisbein mit Sauerkraut und Erbspüree und ein halbes Dutzend Berliner Buletten. Offenbar hatte Albina auch zur Schlafenszeit der Heißhunger überfallen, den sie bekämpfte, indem sie beim Nachtservice Currywürste und Pommes frites orderte. Nicht zu vergessen diverse Desserts. Crème brûlée mit marinierten Himbeeren, karamellisierte Apfel-Tarte und Berge an schokoladiertem Kokoseissorbet. Schlussendlich noch die obligatorischen Käsepetitessen, verfeinert vom Maître Fromager Affineur.

»Aber keinen Champagner«, meinte Albina so schuldbewusst wie unvermittelt. »Wie du siehst, habe ich nur stilles Wasser getrunken. Ohne Sprudelbläschen. Dieser Moët & Chandon ist zwar unwiderstehlich lecker, aber er hätte die Rechnung unverschämt nach oben getrieben. Exorbitant nach oben, Maik, das darfst du mir glauben.«

Den Kommentar, für den Preis eines ordinären Tafelwassers hätte ich mit Szymbo einen ganzen Eimer echtes Budweiser schlucken können, verkniff ich mir, nicht aber eine Bemerkung zu Albinas getrübter Wahrnehmung ihres Trinkverhaltens.

»Nur stilles Wasser? Und was ist das? Fünf, sechs, sieben, nein, acht Mal Wodka-Martini allein im Spa & Wellness Center!«

»Herr Maik Kleine, wie du allmählich mitbekommen haben solltest, bin ich eine Frau und eine Russin. Wodka zählt in meiner Heimat als Wasser. Und das Spritzerchen Martini, willst du mir das wirklich missgönnen? Und als Frau, soll ich da etwa nicht auf mein Wohlbefinden achten, nur weil Männern wie dir die Antennen für die weiblichen Bedürfnisse fehlen?«

Ich war sprachlos. Zugleich kam ich mir schäbig vor, wie ein Kontrolleur, wie ein Schnüffler, der registrierte, dass sich das Hotel die Fürsorge um Albinas Fraulichkeit überaus anständig hatte entlohnen lassen. Maniküre und Pediküre, Haarstyling samt Schonwäsche, das Zupfen der Augenbrauen und ein Revitalisierungs-Make-up waren mit gut 400 Euro verbucht. Zu einer ebensolchen Summe addierten sich Behandlungen zur Gesichtshautstraffung, eine tiefenwirkende Aromamassage mit

Klangschalenentspannung in der Kosmetik-Wellness sowie die Nutzung von Pool, Dampfbad und Solarium. Und Albinas betörendes Sonnenblumenkleid aus der hauseigenen Boutique hatte mich zwar an den Rand des Kontrollverlusts getrieben, war aber noch nicht bezahlt. Fast schon erleichtert stellte ich fest, dass ich im Falle sexueller Hemmungslosigkeit ein Vermögen zerfetzt hätte.

Ich legte die Rechnung zurück auf das Silbertablett.

»Wie du weißt, Albina, gehe ich nach Amerika. In zwei Wochen bin ich weg. Ich bin hier, um dir Bye-bye zu sagen.«

»Ich weiß«, sagte sie. »Und ich weiß auch, dass ich eine schrecklich blöde, dumme Kuh bin.«

Sie schaute mich an mit weiten Kinderaugen, aus denen ein paar Tränen kullerten, die mich einen Atemzug lang verwirrten, da ich nicht einzuschätzen wusste, ob sie echt waren.

»Ich freue mich für dich, Maik. Ich freue mich, dass du nach Amerika gehst. Endlich hast du deinen Ort gefunden, aber …« Albina schluchzte und sah plötzlich genauso unbehütet und verloren aus wie an Bellmontis Grab auf dem Friedhof der Sozialisten. »Aber ich, ich bin neidisch. Ich wüsste auch gern, wohin ich gehöre.«

Dann brachen alle Dämme. Albina weinte bitterlich. Sie heulte Rotz und Wasser, Bäche an Tränen aus einer Quelle des Kummers, wie sie nur ein Mensch vergießen konnte, der bis in den letzten Seelenzipfel unglücklich war.

»Ich will nicht zurück. Ich will hierbleiben. Hier ist alles schön.«

»Und in Russland, daheim in Moskau? Ist es dort etwa nicht schön? Du hast doch früher immer von deiner Heimat geschwärmt. Egal wo wir mit Bellmonti gastierten, über jeden Ort hast du die Nase gerümpft. Neben deinem Moskau verblichen selbst Paris und London, da erstickten doch alle Städte in provinziellem Mief.«

»Hör auf! Moskau ist nicht mehr meine Stadt. Moskau ist roh, grausam und herzlos. Und widerwärtig obszön. Ich hasse diese Stadt. Sie wird von despotischen Barbaren regiert, die glauben, sich alles kaufen zu können. Mit ihren Dollar, ihren Rubel und Euro entwerten sie alles. Sie entweihen das Recht, das Gesetz, das Leben, die Lust und die Liebe. Die Reichen beschmutzen alles, sie verderben alles. Aus ihren Arschlöchern scheißen sie Geld auf alles, was schön ist. Die Reichen fressen und saufen und ficken sich um ihren Verstand, um ihr Herz und um ihre Seele. Sie ficken Politiker und Popen, Tänzer, Sänger, Schauspieler und Artisten, Frauen, Mädchen, Kinder, überall stecken sie ihr Ding rein. Und wenn sie sich vollgefressen und auf das Buffet gepinkelt, wenn sie sich leer gefickt und dich ausgesaugt haben, dann reißen sie die Türen ihrer protzigen Limousinen auf und kotzen dich auf den Asphalt.«

Ich fuhr zusammen. Die Frau, die so sprach, war mir fremd. Mit solch unflätiger Offenheit hatte ich die zartbesaitete Albina nie zuvor reden hören.

»Ich war mir sicher, dass es dir gut geht in Moskau. Blendend sogar. Ich dachte, du hättest dich damals auf die Sonnenseite geschlagen.«

»Nur war ich vor lauter Sonne blind für den Schatten. Albina Kurkova! Die Schwebende! Einst geliebt, von allen gefeiert, von allen begehrt und nie berührt! Heute eine Exjungfrau, eine Exartistin, Exgattin und zigfach-Exgeliebte. Einst residierend an der piekfeinen Rubljowka, zwei Autominuten entfernt von der Villa des Staatspräsidenten. Heute gemeldet in Kapotnya II, im Schatten der Ölraffinerie in der Shosse Kotelniki Nummer 185. Appartement 47. Titanic haben die Bewohner die Kommunalka getauft. Weißt du, was das heißt? Neun Quadratmeter. Badewanne und Kochnische für fünf Parteien und für alle ein Klo auf dem Flur, ohne Licht. Weißt du, was da los ist? Suff am Morgen, Suff am Mittag, Suff am Abend. Und in der Nacht wird kopuliert, mit Gekeife und Gestöhne, mit Prügel und Geschrei, dass du dir Wachs in die Ohren stopfst und in dein Kissen beißt.«

»Tut mir leid, das wusste ich nicht.«

»Schon gut. Vielleicht verstehst du nun, warum ich mich an diese Suite hier gewöhnen will. Aber du musst gehen. In einer Viertelstunde kommt mein Taxi.«

»Und diese Rechnung, wie kriegen wir diese horrende …«

»Nein! Was ist das? Das gibt's doch nicht!« Albina schnitt mir das Wort ab. »Schau dir das an! Da, zwischen all den Gräbern, da haben wir vor ein paar Tagen noch getanzt!«

Gebannt stierte ich auf den Wandbildschirm. Eindeutig. Das waren Filmaufnahmen von dem Friedhof in Friedrichsfelde. Ein Berliner Fernsehsender strahlte den Beitrag in den Acht-Uhr-Nachrichten aus. Albina stellte den Ton lauter. »Vandalen« war das erste Wort, das ich vernahm.

»Mensch, Maik! Den Mann, den kennen wir doch!« Albina vergaß sich vor lauter Aufregung. »Der hat uns doch mit der Urne zur Grabstelle geführt.«

Die Kamera war auf einen der Friedhofswärter gerichtet, der sich bei der Beisetzung Bellmontis so heftig über den kostümierten Dompteur und unsere dekadente Künstlerclique ereifert hatte. Der Mann erklärte, gestern Morgen bei Dienstbeginn seien alle Gräber noch unversehrt gewesen. Dafür lege er die Hand ins Feuer. Erst bei seinem letzten Rundgang nachmittags gegen fünf habe er diese »Sauerei« entdeckt und sofort nach den Ordnungskräften und der Polizei gerufen.

Die Kamera schwenkte zu einem halben Dutzend Grabsteinen und Gedenktafeln, die mit blutroter Farbe beschmiert und besudelt waren. In Nahaufnahme zoomte der Kameramann auf zerschlagene Grableuchten, zertrümmerte Vasen und zertretene Blumen. Die Namen der Toten, an deren Gräbern sich die Täter vergangen hatten, sagten mir nichts, bis auf den berühmten Spion Markus Wolf. Auch Albina zuckte mit den Schultern, signalisierend, dass sie einen Ernst Wollweber, Bruno Beater wie auch eine Greta oder Grete Koch nirgends hinzustecken wusste. Dann nannte der Nachrichtensprecher einen Namen, der uns zur Schockstarre elektrisierte.

Bellmann!

»*Die unbekannten Täter verwüsteten neben der Grabstätte des Generaloberst Markus Wolf, des ehemaligen Chefs für Auslandsspionage in der DDR, auch das frische Urnengrab des einstigen Zirkusdirektors Albert Bellmann. Der Zweiundsiebzigjährige wurde am vergangenen Mittwoch aufgrund einer Ausnahmegenehmigung in Friedrichsfelde bestattet. Bellmann, der als der Illusionskünstler Alberto Bellmonti weltweit zu den Besten seines Fachs zählte, soll nach bislang unbestätigten Informationen auf Gehaltslisten des 1990 aufgelösten Ministeriums für Staatssicherheit gestanden haben. Das geht aus umfangreichen Geheimdokumenten hervor, die unlängst aus Archiven des amerikanischen CIA zur Veröffentlichung freigegeben wurden. Sollten sich die Mutmaßungen bewahrheiten, dann hat Bellmann als Inoffizieller Mitarbeiter des DDR-Überwachungsapparates unter dem Decknamen Houdini von den siebziger Jahren bis in die Wendezeit Kollegen und Zirkusmitarbeiter bespitzelt und detaillierte Dossiers für die Stasi verfasst. Gegen die Grabschänder hat die Berliner Staatsanwaltschaft wegen Störung der Totenruhe und Vandalismus die Ermittlungen aufgenommen.*«

»Nie, nie, niemals!«, stieß Albina hervor. »Nie im Leben hätte Alberto einen von uns ausgehorcht und an die Sekurität verraten. Da verwette ich mein Leben. Aber was sollen wir tun? Wir dürfen diese Schande doch nicht auf ihm sitzen lassen. Wer auch immer diesen Kübel Schmutz ausgekippt hat, wir müssen unseren Direktor reinwaschen!«

»Da sind wir ausnahmsweise einer Meinung. Nur sollten wir den letzten Schritt nicht vor dem ersten tun. Pack deine Sachen!

Und zwar schnell. Keinen Koffer. Nur die Handtasche. In zehn Minuten wartet auf dich das Taxi zum Flughafen.«

»Aber ich will nicht zurück nach Moskau!«

»Dann tu genau das, was ich dir sage. Verstanden!«

»Ja.«

»Wenn gleich das Telefon läutet, heb nicht ab. Das ist der Empfang, der mitteilen will, dass dein Chauffeur bereitsteht. Verlass mit dem ersten Klingelton die Suite und häng das *Do not disturb*-Schild außen an die Tür. Das wird den Gepäckträger verwirren, aber eine Weile davon abhalten, nach dem Rechten zu schauen. Geh die drei Stockwerke zu Fuß. Benutze die Treppen, auf keinen Fall den Fahrstuhl mit den Liftboys. In der Empfangshalle nimmst du den direkten Weg zum Ausgang, zielstrebig und ohne Hast. Sag den Türstehern was Nettes, mach ihnen schöne Augen, aber schau nicht zur Rezeption. Ich werde dort ein wenig Wirbel machen und ein bisschen für Aufregung sorgen. Schau dich draußen vor dem Entree hilfesuchend um, bis einer der Fahrer dich mit ›Frau Kurkova‹ anspricht. Setz dich auf die Rückbank und bitte den Chauffeur, dein Fenster ein wenig zu öffnen. Ich sehe sonst durch die getönten Scheiben nicht, in welchem Taxi du sitzt. Sag dem Fahrer, er solle noch auf deinen Begleiter warten. Wenn ich auftauche, haben wir etwa zwei Minuten, um zu verschwinden. Wenn der Trick funktioniert, wirst du hier keinen Cent bezahlen. So weit alles klar?«

»Ja.«

»Und lass dein scharfes Blumenkleid hier. Zieh dir was Unscheinbares an. Sonst glotzt im Foyer jeder hinter dir her. Das muss nicht sein, wenn man eine Rechnung über achttausend Euro nicht begleichen kann und die Zeche prellt.«

Als Albina nickte, nahm ich den Umschlag mit den Abrechnungen an mich und fuhr mit dem Lift nach unten.

Um acht Uhr fünfundzwanzig saß ich im geräumigen Fond eines Mercedes. Albina trug eine beige Bluse und den sittsamen blauen Rock, den sie auch zur Beerdigung des Alten getragen hatte.

»Zum Flughafen, die Dame und der Herr?«, sagte der Fahrer. »Schönefeld, war doch richtig?«

»Bitte fahren Sie los!«

»Und das Gepäck? Wo bleibt der Concierge?«

»Fahren Sie einfach Richtung Osten!«

»Wenn ich die Herrschaften darauf aufmerksam machen darf, Schönefeld liegt im Süden.«

»Unser Ziel hat sich geändert. Bringen Sie uns nach Friedrichsfelde. Zum Zentralfriedhof.«

»Gemach, gemach. Mein Auftrag lautet: Eine weibliche Person, Frau Albina Kurkova, acht Uhr zwanzig Abfahrt, Kempinski-Airport-Service zum Flughafen Schönefeld. Zwanzig Kilometer, achtzig Euro. Von einer Herrenbegleitung war nicht die Rede.«

»Bitte fahren Sie«, flehte Albina. »Nach Friedrichsfelde.«

»Ihr Wunsch, die Dame, ist mir Befehl. Aber Friedrichsfelde ist nur halb so weit wie Schönefeld. Die achtzig Euro werden trotzdem fällig.«

»Sie kriegen das Doppelte«, sagte ich. »Wenn Sie am Friedhof auf uns warten und uns anschließend nach Pankow bringen. Zweihundert Euro, wenn Sie mit dem Hotel die Fahrt zum Flughafen abrechnen.«

Der Chauffeur grinste und gab Gas.

Ich hatte erwartet, an den Gräbern auf empörte Bürger oder zumindest neugierige Gaffer zu treffen, aber vielleicht war der Tag noch zu jung. Außer Albina und mir hatte sich nur ein Pressefotograf eingefunden, vor dessen Brust eine imposante Anzahl Kameras baumelte, mit denen er pietätlos über den

Friedhof stiefelte. Zielstrebig steuerten wir Bellmontis frische Grabstatt an, wo wir die morgendlichen Nachrichten bestätigt fanden. Soweit sich die niederträchtige Tat rekonstruieren ließ, hatten Unbekannte die bronzene Grabplatte mit der Inschrift »*Alberto Bellmonti 1935–2007*« mit roter Farbe übergossen und dann mit einem Stein zerschmettert. Die Schänder hatten die Messingurne aus dem Grabloch entwendet, sie an Ort und Stelle aufgebrochen und die Asche zerstreut. Stumm betrachtete Albina das zertrümmerte Gefäß in ihren Händen. Da sie nah am Wasser gebaut war, erwartete ich, dass sie gleich weinen würde. Ich stellte mich an ihre Seite, aber sie schwand zu einer körperlosen Flüchtigkeit, die mir nicht erlaubte, sie in den Arm zu nehmen. Aber es floss keine Träne. Albina setzte zu einem Kreuzzeichen an, schien aber zu schwach, das Ritual zu Ende zu führen.

»Moskau«, hörte ich sie sagen, »Moskau ist überall.«

Die Grabanlage in Friedrichsfelde hielt die Erinnerung an mutige Widerständler gegen das Dritte Reich wach. Zudem waren dort linientreue Genossinnen und Genossen beigesetzt worden, die das Zentralkomitee der Sozialistischen Einheitspartei für gedenkwürdig befand. Nun hatten die Grabfrevler dem Ort den Frieden geraubt. Aber warum? Ein später Akt der Rache? Aber wofür? Der Hass hatte die Toten überlebt. Aber weshalb er jetzt einen Ernst Wollweber, einen Bruno Beater und eine Greta Koch traf, blieb mir schleierhaft. Ihre Namen waren grellrot überpinselt, die Grablampen kaputt geschlagen und die Blumen zertrampelt worden.

Dennoch hatten die Täter nicht willkürlich operiert. Augenscheinlich waren sie einem Plan gefolgt. Das Doppelgrab der Brüder Wolf, des Filmregisseurs Konrad und des Stasi-Generals Markus, verfügte über einen gemeinsamen Grabstein. Doch nur der Name von Markus Wolf war überstrichen. Den jüngeren, bereits 1982 verstorbenen Konrad hatten die Schänder verschont.

Vielleicht war um seinetwillen auch das von Efeu umrankte Blumenbeet unversehrt geblieben. Auch an der Vase mit den angewelkten roten Rosen und den weißen Lilien hatten sich die Frevler nicht vergriffen. Die Blumen rochen nur noch schwach, und doch rief ihr Duft in mir eine beklemmende Erinnerung wach. Mit weißen Lilien und roten Rosen hatte meine Tante Vera einst ihr Haus am Heidelberger Königstuhl dekoriert.

Wir zählten fünf entehrte Gräber. Um die Verstorbenen Wollweber, Beater und Koch einzuordnen, fehlten mir die Geschichtskenntnisse. Den schillernden Markus Wolf kannte sogar Albina. Was jedoch Bellmonti mit diesen Genossen verband, war mir ein Rätsel. Aber es musste eine Verbindung geben. So wie beim Zirkus der Illusionen ein Mechanismus die schwebende Jungfrau am Boden verankerte, der dank der Technik und der ausgeklügelten Lichtführung aber unsichtbar blieb.

Noch immer scharwenzelte der Fotograf umher. Er kam näher und musterte uns, wobei er mit dreister Unverfrorenheit auf Albinas Brüste stierte.

»Seid ihr Touristen? Oder Bullen in Zivil?«

»Westler, die das Grab von Rosa Luxemburg suchen.«

»Den Wessi nehme ich euch ab.«

»Weswegen?«

»Die fette Daimlertaxe.«

»Sagen Sie, was sind das für Leute, deren Gräber diese Barbaren verwüstet haben. Waren das Sozialisten wie Luxemburg und Liebknecht? Die sollen doch auch hier irgendwo liegen?«

»Tun sie. Aber wer mit der Fünfhunderter-S-Klasse vorfährt, interessiert sich im Allgemeinen nicht für tote Spartakisten.«

»Aber für Geheimagenten«, mischte sich Albina ein. »Markus Wolf war ein faszinierender Mann. Und sehr attraktiv. Da wurde sicher manche Frau schwach. Wer sein Grab geschändet hat, das müssen erbärmliche Typen sein. Ich hoffe, man schnappt die Burschen.«

»Nur die Toten in den anderen Gräbern sagen uns nichts«, warf ich ein. »Wissen Sie, wer das war?«

»Klar, die kennt hier jedes Schulkind. Stasi-Leute. Durch die Bank. Die waren alle mit dem Mielke dicke. Erich Mielke, der Name sagt dir doch auch als Wessi was?«

»Der gute Mensch aus der Normannenstraße, dem arg spät einfiel, dass er alle Menschen liebt.«

»Genau der. Wollweber war sein Vorgänger. Und Beater war Mielkes Stellvertreter. Um die Koch kreisen Gerüchte. Sie soll an Honecker und Mielke vorbei allein dem Wolf unterstanden haben. Als Agentin im Chanel-Kostüm in horizontaler Mission. Ein scharfes Vögelchen für die Bosse. Lockte bei euch drüben potente Klassenfeinde in die Kiste, vorzugsweise Ehemänner und dann …«, der Kerl klopfte auf seine Fotoapparate, »klack-klack und die Beweise waren im Kasten. Danach fraßen die Typen Markus Wolf aus der Hand. Wie gesagt, Gerüchte. Jedenfalls hatte die Koch ihre Finger dick drin in Sachen Informations- und Devisenbeschaffung.«

»Und dieser Bellmonti. War der nicht früher Direktor beim Zirkus?«

»Ja, der war im Westen eine fette Nummer. Sieht aus, als habe er ein Doppelleben geführt. Krass. Als Bellmonti sahnte er den Applaus ab. Als Houdini machte er Kasse bei der Firma Horch & Guck. Meterweise Akten, alles Spitzelberichte. Das schreibt die *Morgenpost*. Wird schon was dran sein. Jedenfalls soll sich das Duo Bellmonti-Houdini an der Stasi so richtig die Schnüffelnase vergoldet haben.«

»Und Mielke? Der wurde doch auch hier bestattet. Hat man sein Grab auch geschändet?«

»Wie denn? Der Mielke war schlau. Als er noch halbwegs bei Verstand war, hat er seine Leute angewiesen, ihn ohne Namen und Gedenkstein unter die Erde zu bringen. Die Genossen haben ein ziemliches Theater gemacht und voll die Presse verarscht. Geheime Beerdigung. Falscher Ort, falsches Datum, falsche Uhrzeit. Alles klandestin. Erich ruht im Frieden seliger Anonymität.«

»Und warum?«

»Fragst du das im Ernst? Damit die Braunen seine Asche nicht klauen. Für die Rechten wäre Mielkes Urne die fetteste Trophäe überhaupt. Was meint ihr, wer hinter dieser ganzen Sauerei hier steckt? Ihr glaubt doch nicht etwa, ein Kommunist würde über die Gräber seiner Helden einen Eimer rote Farbe kippen.«

»Logisch wäre das nicht.«

»Sag ich doch. Der Mielke liegt übrigens da drüben. Irgendwo zwischen den Namenlosen. Gleich um die Ecke.«

»Lass uns gehen«, raunte mir Albina zu. »Dieser Tittenglotzer ist mir zuwider.«

Wie zu erwarten, gab es in dem Gräberfeld für die anonymen Bestattungen nicht viel zu entdecken. Bis auf die Verse auf einer Steinstele. Ihre zarte Poesie vermochte sich gegen den Sog des Vergessens zwar nicht behaupten, doch versuchten sie wenigstens, die schwarzen Löcher der Erinnerung mit etwas lyrischem Trost zu füllen.

»Was vergangen, kehrt nicht wieder,
aber ging es leuchtend nieder,
leuchtet's lange noch zurück.«

Ich schloss die Augen. Ich stellte mir vor, unter den Namenlosen hätte auch mein Vater seinen letzten Ort gefunden. Ich suchte in meinem Inneren nach seinem Bild, aber ich fand dort nur die verblasste Fotografie eines Doktor Gerhard Kleine, hinter dem schon lange nicht mehr der Mann aufschien, der mich an einem 1. Mai zeugte, während die Zwillingsschwester meiner Mutter Freya hier auf dem Friedrichsfelder Friedhof Rosa Luxemburg ihre Aufwartung machte.

»›Aber ging es leuchtend nieder, leuchtet's lange noch zurück‹? Maik, was bedeutet das?« Albina zog mich aus dem Sumpf meiner Geschichte. »Du bist immerhin der Experte für das Licht. Heißt das, dass der Schein von etwas Schönem, das verging, zurück in die Vergangenheit leuchtet. Das wäre wunderbar, aber dann wären wir zu spät dran. Oder strahlt das Licht so hell, das sein Schein die Zukunft erleuchtet. Dann jedoch wären wir zu früh.«

»Albina, ich weiß es nicht.«

»Aber dann erklär mir wenigstens den Trick von heute Morgen. Wie hast du das angestellt, dass wir, ohne zu bezahlen, aus dem Hotel verschwinden konnten?«

»Ich habe nach einem Arzt rufen lassen.«

»Bist du verrückt! Nach einem Doktor? Für wen?«

»Für dich. Ein Notruf. Aber allmählich dürfte die Rezeption realisiert haben, dass du nicht ohnmächtig im Marmorbad deiner Suite liegst.«

»Aber ich lag dort nie!«

»Doch, da lagst du. Allerdings nur in meiner Fantasie und in der Imagination der Hotelleitung. Demnach erlitt Frau Albina Kurkova, vernachlässigte Ehefrau eines Moskauer Magnaten, einen Totalzusammenbruch. Vergiftet womöglich mit Tabletten, Drogen, Alkohol, zu viel Wodka, was weiß ich, eventuell ein versuchter Suizid. Man kennt das ja bei den verwöhnten, aber seelenmüden Gattinnen dieser Neureichen. Das Personal an der Rezeption blieb übrigens trotz höchst besorgter Erregung meinerseits professionell gelassen. In vier, höchstens fünf Minuten, versprach man mir, sei der Notarzt da.«

»Unglaublich! Woher wusstet du, wie ich mich gefühlt habe?«

»Keine Ahnung.«

»Aber ich habe nichts gesehen und gehört, kein Blaulicht, keine Sirene. Vor dem Hotel war alles ruhig.«

»In Hotels mit fünf Sternen werden Fälle von bewusstlosen russischen Oligarchenfrauen in Bädern gemeinhin diskret behandelt.«

Wir strebten dem Ausgang des Friedhofs zu. Albina hakte sich ein.

»Wir sind Betrüger«, sagte sie.

»Ja, das sind wir.«

»Man wird nach uns fahnden. Man wird uns jagen. Wie Bonnie und Clyde in Amerika.«

»Dich werden sie suchen. Ich bin niemandem etwas schuldig geblieben.«

»Ich weiß. Es war meine Schuld. Aber es macht keine Freude zu betrügen. Ich mache das nie wieder.«

Unser Taxi stand noch auf dem Friedhofsparkplatz. Der Fahrer schlief, aber als wir uns dem Daimler näherten, war er auf den Punkt hellwach. Er stieg aus und hielt Albina galant die Tür auf.

»Danke schön, dass Sie auf uns gewartet haben.«

»Bitte sehr, die Dame. Das Warten honorieren die Fahrgäste unsereinem nur selten. Und damit Sie informiert sind: Es ist Viertel vor zehn. In fünf Minuten hebt Ihr Flugzeug nach Moskau ab.«

»Und ich habe einen schönen Fensterplatz und schaue vom Himmel herab auf Berlin«, flötete Albina. »Wie Sie sicher bemerkt haben, sind wir Gäste der speziellen Art.«

»Sehr wahr. Glauben Sie mir, ich habe schon manche betuchte Herrschaft durch Berlin kutschiert und mir, verzeihen Sie meinen Ausdruck, den Arsch abgewartet. Vor exquisiten Gourmetlokalen, vor den sündhaftesten Etablissements und in den Hinterhöfen der schmierigsten Puffs, nur zum Club der toten Schnüffler nach Friedrichsfelde habe ich noch keinen Gast chauffiert. Aber schauen wir nach vorn. Wohin die Fahrt? Pankow erwähnte der Herr eben. Pankow ist groß.«

»Zum Ernst-Thälmann-Park«, sagte ich, da die gemeinsame Bleibe mit Szymbo so trist war, dass sie weder Straßennamen noch Hausnummer besaß.

Der Fahrer schüttelte den Kopf.

»Wohin? Thälmann-Park! Erst zum Sozialistenfriedhof und nun zu diesem hässlichen Denkmalklotz in der Hochburg der Kommunisten! Die brechen mir den Stern vom Benz. Sagen Sie, planen Sie den Umsturz, drehen Sie an der Weltrevolution? Wollen Sie das Kempinski kollektivieren? Fünf Sterne für alle! Dann sagen Sie mir Bescheid. Ich bin dabei. Und für zweihundert Euro am Vormittag, bar auf die Hand, wäre ich ihr *personal driver*. Spesen, Benzin und neue Sterne für den Daimler nebst Diskretionspauschale natürlich extra.«

Nachdem ich den Chauffeur mit meiner letzten Barschaft entlohnt hatte, stiegen wir an der Danziger Straße aus, von wo aus wir den Thälmann-Park durchquerten. Die Büste des Arbeiterführers war immer noch von klobiger Monumentalität, doch fiel mein ästhetisches Urteil an der Seite Albinas spürbar milder aus. Verunglimpft durch die Krakeleien stümperhafter Graffitisprayer tat mir der in Buchenwald ermordete Kommunist sogar leid.

»Wohin gehen wir eigentlich?«, fragte sie.

»In mein Ein-Sterne-Superior-Grandhotel-Doppelzimmer, das ich mir mit Herrn Pjotr Szymborski teile. Ich hoffe, er ist noch nicht unterwegs nach Kattowitz. Ich bin gespannt, was er von dieser ominösen Spitzelgeschichte hält. Der Alte als Houdini im Sumpf der Stasi. Lächerlich!«

»Vollkommen absurd. Ridikül! Übrigens erzählte mir Pjotr, euer Quartier sei spottbillig. Das sei allerdings auch der einzige Vorzug.«

»Das sieht er richtig. Du wirst dich heute Nacht umgewöhnen müssen. Als Kontrastprogramm zur Junior-Suite. Irgendwo kriegen wir dich schon unter. Und was zum Essen organisieren wir auch.«

«Ich werde es überleben. Schlimmer als in Moskau auf der Titanic wird es nicht. Da kochen die Leute Küchenschaben mit Rote Beete und verkaufen die Brühe den Obdachlosen als Fischsuppe. Hat dir Pjotr übrigens das Päckchen gegeben?«

»Welches Päckchen?«

»Na, das ich ihm gestern bei unserem Frühstück überreicht habe. Für dich.«

»Davon weiß ich nichts. Was soll das für ein Päckchen sein?«

»Ein älterer Mann hat es mir gegeben. Am Abend nach Albertos Begräbnis sprach er mich im Kempinski an, als ich mich an der Bar von dem Beerdigungsmarathon erholte. Der Mann kannte meinen Namen. Und deinen auch. Er war ausgesprochen höflich und lud mich gleich zu einem Drink ein. Er bat mich, dir ein Päckchen auszuhändigen. Zuerst habe ich ihm die Gefälligkeit abgeschlagen, weil ich doch am nächsten Morgen wieder nach Moskau fliegen wollte. Ich hätte dich vorher gar nicht mehr getroffen.«

»Wer war der Mann?«

»Er war, wie gesagt, schon älter. Mitte sechzig vielleicht, leicht angegraut, aber noch recht gut beieinander. Weltgewandt auch. Zuerst war ich misstrauisch. Wie eine Frau es sein sollte, die an einer Bar angesprochen wird. Dann fanden wir heraus, dass auch er misstrauisch war, gegenüber einer Frau, die sich an einem Bartresen drei, vier Kelchlein Wodka-Martini gönnt. Aber er war eine gepflegte Erscheinung, obwohl er rauchte. Wir haben geredet, über Gott und die Welt. Aber wir hatten getrunken und mir drohte die Grenze zu verschwimmen. Mich störte, dass er mir näher kam, als mir lieb war. Er hat sich dann aber korrekt verabschiedet, hat sogar meine Getränke übernommen, und ich bin ins Bett.«

»Und seinen Namen hat er nicht genannt?«

»Nein, den mochte er nicht verraten, obwohl ich ihn gefragt habe, aber er versprach mir, er käme als Freund.«

»Als Freund hätte er sich vorgestellt.«

»Maik, wann lernst du endlich, umgekehrt zu denken. Wäre er ein Feind gewesen, hätte er seinen richtigen Namen nicht verschwiegen, sondern einen falschen Namen genannt. Nein, warum sollte ich diesem Herrn misstrauen. Nenn mir einen Grund. Eine erfahrene Frau spürt das.«

»In Moskau hat dir dein erfahrenes Gespür allerdings die Sonnenseite verhagelt.«

»Du bist gemein.«

»Entschuldige, ich wollte dich nicht verletzen.«

»Natürlich wolltest du das. Du hältst nur das schlechte Gewissen nicht aus, das halbwegs gutherzige Mitmenschen plagt, wenn sie anderen wehtun. Aber ich war auch gemein. Ein bisschen zumindest. Aber nur weil mir das Hotel so gut gefiel. Deshalb habe ich das Päckchen doch überhaupt nur angenommen. In kalkulatorischer Absicht. Um es dir oder Pjotr später zu übergeben. Das Päckchen machte mich zu einer wichtigen Person, zu einem Botenkurier in undurchsichtigem Auftrag. Es lieferte mir einen Grund, noch in Berlin zu verweilen. Ich bin dann zur Rezeption, um meinen Aufenthalt noch einen Tag zu verlängern. Als mir ein charmanter Concierge zwei Special-Offer-Days anbot, war es um mich geschehen. Ich war nicht in der Lage Nein zu sagen, zumal ich den Wodka wie Wasser getrunken hatte. Aber sie wirkten nicht wie Wasser. Wegen des Martini.«

»Und dieses Päckchen. Was war damit?«

»Es war größer als eine Zündholzschachtel, aber kleiner als eine Packung Zigaretten. Ich würde sagen, so in der Größe eines Schmuckkästchens, in dem aufmerksame Männer ihrer Liebsten einen Ring mit einem feinen Diamanten überreichen. Wenn du verstehst, wovon ich rede.«

»Ich frage mich, warum Szymbo es mir nicht übergeben hat. Er war sehr verärgert nach der Nacht, von der er behauptete, ihr beiden hättet euch die ganze Zeit über Gott und die Welt unterhalten. Er war wütend auf mich, enttäuscht auch, weil ich ihm bis dahin verschwiegen hatte, dass ich in die USA gehe.«

»Erstens, Pjotr sagt die Wahrheit. Wir haben die ganze Nacht auf meinem Königinnenbett gelegen und bis zum Morgen geredet. Zweitens machen lange Gespräche hungrig. Pjotr wollte zum Frühstück nur zwei halbe Käseschrippen ohne Butter mit Erdbeerkonfitüre, aber solch eine Bestellung überfordert den Roomservice. Mich überfiel plötzlich die Erinnerung an die durchgemachten Nächte in besten Moskauer Zeiten, und ich verspürte einen unbändigen Appetit auf echten russischen Kaviar. Ich orderte das Gourmet-Breakfast-Ensemble, weil ich meinte, dass müsse bei dem Zimmerpreis eigentlich inbegriffen sein. Drittens gab es zu dem Frühstück neben Kaffee und Orangensaft eine Flasche Dom Pérignon gratis. Aber die hat Pjotr allein ausgetrunken, weil ich mich wegen der Kostenbeschränkung schließlich nur an stilles Wasser hielt. Dann fiel mir viertens ein …«

»Mein Päckchen, Albina, was ist damit?«

»Das wollte ich ja gerade erklären. Ich habe es Pjotr übergeben, für dich, und er hat es in die Innentasche seines schwarzen Jacketts gesteckt. Vor meinen Augen. Mein Ehrenwort. Aber der fehlende Schlaf, die nächtlichen Heineckens und der morgendliche Champagner, Pjotr neigte zur Schlagseite und hatte Mühe, sich beim Gehen in vertikaler Haltung einzupendeln, weshalb ich fünftens vermute, dass er betrunken war und schlichtweg vergessen hat, dir das Päckchen zu übergeben.«

»Hat dieser Fremde gesagt, was darin ist?«

»Nein. Und ich habe ihn auch nicht gefragt. Vor zwei Tagen noch hatte mich der Inhalt schließlich nichts anzugehen. Aber würde der Mann hier und jetzt auftauchen, dann wäre ich bestimmt neugieriger.«

»Und was ist passiert, dass sich deine Sicht der Dinge geändert hat?«

Albina hauchte mir einen Kuss auf die Stirn.

»Du hast einen Arzt gerufen, als ich ohnmächtig im Bad meiner Suite lag.«

10

FREUNDESLAND

Jesuitenkolleg Heidelberg; 1979–1983

Die ersten Tage nach dem Freitod von Tante Vera taumelte ich durch ein kaltes All der Fühllosigkeit, in dem die Bilder meines Erlebens keinen Ankerpunkt fanden, an dem sie sich hätten festmachen können. Meine Erinnerung glich einem leeren Album, in das nie ein Foto eingeklebt wurde. Präsent hingegen war mir ein Irrtum, der meine erste Begegnung mit dem Ignatz prägte. Er machte sich fest an einer Inschrift in einer mir fremden Sprache, an vier Worten, deren Sinn ich missverstand. Als verwittertes Stuckrelief prangten diese Worte über einem Säulenportal, hoch über den Köpfen der Schüler, die seit Generationen in das Kollegium Sankt Ignatius eintraten, um die Weihen der Höheren Reife zu erlangen: Ad majorem Dei gloriam. Zuerst glaubte ich, Tante Vera hätte mich nicht in der besten Schule Heidelbergs angemeldet, sondern in einer Akademie für Kadetten, in einer Rekrutierungsanstalt für angehende Militärs, in der Offiziere und Majore ideologisch geschult und für den vermeintlichen Glanz-und-Gloria-Sieg des Imperialismus über den Sozialismus gedrillt wurden. Majorem gloriam! Das klang irgendwie heldenhaft. Soldatisch. Unwillkürlich kam mir Herr Frank in den Sinn. Er hatte behauptet, nur wer seine Empfindungen diszipliniere, wer seinen Willen ausbilde und sich abhärte gegen Schmerz und Sentimentalität, der unterwerfe sich nicht dem Schicksal, sondern übe die Kontrolle aus über sein Leben.

Obwohl die Winterferien noch eine Woche andauerten, hatte mich Pater Rupert Grimm, der Direktor des Gymnasiums, persönlich im Haus meiner Tante abgeholt. Auf dem Fußweg vom Königstuhl hinunter in die Stadt hatte er darauf bestanden, meinen braunen Reisekoffer zu tragen, während ich die Plastiktüte mit meinem Telefunken-Plattenspieler und den Greatest Hits von Bob Dylan aus meiner verlorenen Vergangenheit mit in meine Zukunft nahm.

Der Tag war grau und zu mild für den Januar. Ob die Wolken vom Odenwald heruntergekrochen waren oder der Nebel vom Neckar aufgestiegen war, ließ sich nicht unterscheiden. Das fahle Licht, das Sankt Ignatius in Trübnis hüllte, schien keine Quelle zu haben und warf keinen Schatten, weshalb die Sonnenuhr an der Fassade über den glorreichen Majoren keine Zeit anzeigte. Das Grau verwischte die Linie zwischen Himmel und Erde, ließ die Lehranstalt in Unschärfe verschwimmen und nahm der angrenzenden Jesuitenkirche die beklemmende Wucht. Ich schaute einer alten Frau zu, die in Wintermantel und rosa Plüschpantinen über den Asphalt des Schulhofs schlurfte. Als in den Gassen der nahen Altstadt dumpf ein verspäteter Silvesterböller detonierte, zuckte sie zusammen und hielt inne. Eine Weile schaute sie auf den welken Einkaufsbeutel an ihrem Handgelenk, dann ging sie weiter.

An das Portal an der Westseite des Gymnasiums schloss sich ein Park mit einer Kastanienallee an. Rechts davon lagen Turnhalle, Sportplatz und das schuleigene Schwimmbad, links das Kloster der Ordensbrüder der Gesellschaft Jesu. Am Ende der Promenade, wo sich die kahlen Äste im Dunst verloren, zeichnete sich die Balustrade einer Steintreppe ab. Über sie gelangte man in das Schulinternat, kurz Kasten genannt, dem Ignatz im engeren Sinn. Hier wohnten die Heimschüler, einhundertzwanzig Jungen im Alter von zehn bis neunzehn, laut Pater Rupert hellwache Burschen und verlässliche Kameraden, eine verschworene, aber auch weltoffene Gemeinschaft, verbunden im Geiste des Herrn Jesu Christi, was auch immer das heißen mochte. Später erfuhr ich, dass man mit dem Betrag, den die Eltern für Logis und Verpflegung ihrer Sprösslinge im Ignatz hinblättern mussten, daheim in Leipzig-Connewitz wahrscheinlich den Bau einer kompletten Schule hätte finanzieren können. Nicht verhehlen wollte Vater Rupert, dass sich in früheren Jahrgängen einige Klosterschüler, infiziert vom Dünkel betuchter Elternhäuser, zu einem überheblichen Habitus gegenüber Mitschülern aus einfachen Verhältnissen hätten hinreißen lassen. Dem Ruf des Kollegium Sankt Ignatius als elitärer Lehranstalt steuere man jedoch energisch entgegen, um jungen Männern aus allen Schichten der Bevölkerung den christlich-humanistischen Weg zum Abitur zu ebnen.

»Dass unsere Schüler die Nase nicht zu hoch halten und in die Gefilde des Hochmuts abheben«, feixte der Jesuit, »dafür sorgen wir im Ignatz mit unserem ganz alltäglichen Wahnsinn. Und der ist im Westen womöglich gar nicht so viel anders als im Osten.« Rupert Grimm erklärte, die Lehrer und Erzieher verstünden sich nicht als Pauker und Zuchtmeister, sondern als Begleiter und Freunde der Schüler. Mein künftiger Religions- und Philosophielehrer Pater Leonard werde als mein staatlich bestellter Vormund jederzeit für mich da sein, nicht nur in juristischen Dingen, bis zu meiner Volljährigkeit mit achtzehn, sondern auch als väterlicher Freund und Seelsorger, wobei mir der Unterschied nicht wirklich einleuchtete.

»Du wirst Zeit brauchen, Maik. Wenn du dich nicht verschließt, werden dich deine Kameraden mit offenen Armen empfangen. Vielleicht nicht heute und vielleicht auch nicht morgen, doch irgendwann wirst du das Ignatz mögen.«

Direktor Grimm, von allen Vater Rupert gerufen, sollte recht behalten. Das Ignatz wurde mein Zuhause, zeitweilig zumindest, und die Lehrer waren tatsächlich durch die Bank von der anständigen Sorte. Kein autoritärer Knochen ließ uns Schüler strammstehen, kein Zyniker putzte uns runter, kein Sarkast kippte seinen Hohn aus. Sicher gab es innerhalb des Lehrerkollegiums ein paar pädagogische Totalausfälle. Pater Blasius etwa, der im Kunstunterricht stundenlang über die Symbolik der Farbe Rot in der Darstellung apokalyptischer Schlachten dozierte, aber selber mit Bleistift und Pinsel keinen geraden Strich hinbekam. Oder der Mathematiker Pater Justus, der jedes arithmetische Problem mit der Frage einleitete: »Ja, wie erkläre ich euch das am besten?«

An meinem dritten oder vierten Tag im Kollegium Sankt Ignatius wurde ich vom Unterricht befreit. Tante Vera wurde beigesetzt. Acht Jahre hatte sie in der Bundesrepublik gelebt, viele Freundschaften hatte sie in dieser Zeit offenbar nicht geschlossen. Bei ihrer Beerdigung legten nur die Mitarbeiter und Kolleginnen des Apothekenmuseums und eine Delegation der Stadt auf dem Heidelberger Bergfriedhof ihre Kränze nieder. Ich war der einzige Verwandte der Toten und wunderte mich über ein Blumengebinde mit Trauerschleife, das jemand für mich bestellt haben musste, mit meinem Namen, falsch geschrieben: »In dankbarer Erinnerung. Dein Neffe Mike«. Mein Vormund Pater Leonard entschuldigte sich später tausendfach für das Missgeschick und erklärte mir, er habe den letzten Gruß an meine Tante für mich bei einem Floristen geordert und leider versäumt, auf die korrekte Schreibweise meines Namens hinzuweisen.

Niemand im Ignatz sprach aus, was mir eine Gewissheit war. Meine Tante, Frau Veronika Blech, geboren 1946 in Leipzig, hatte mit einem Autounfall ein Leben beendet, das für sie nicht mehr lebenswert gewesen war. Nur warum? Ihr Selbstmord musste etwas mit dem Brief zu tun haben, in dem meine Mutter von ihrer Begegnung mit dem Teufel schrieb. *Geh zu meiner Schwester. Und sag Vera, dass mir alles so leidtut. Und bitte, bete für mich!* So lauteten Freyas letzte Worte an mich. Die Bitte, für sie zu beten, obwohl ihr alles Religiöse zuwider war, ließ sich nicht anders deuten als ein Ausdruck allerletzter verzweifelter Hilflosigkeit.

Tante Vera hatte den Brief ihrer Zwillingsschwester unbedingt lesen wollen. Danach war sie zur Greisin verwelkt, lebensmüde, todessüchtig gar. Auch sie hatte vom Teufel gesprochen, als dem Meister der Täuschung, der uns zu seinem Werkzeug macht und uns glauben lässt, wir würden gegen ihn kämpfen statt mit ihm. Vielleicht war Tante Vera verrückt. So wie meine Mutter. Wer Teufel sieht, Häuser anzündet und Kinder verbrennt, der musste Herz und Verstand verloren haben. Würde eine gute Mutter so etwas tun? Selbst im Rausch, vergiftet von einer Droge? Vielleicht war Freya zu Recht in der Waldenburger Nervenklinik eingesperrt. Vielleicht aber auch nicht. Ich wusste nichts. Nur, dass ich mich vor all diesen Wahngedanken schützen musste, um nicht selbst verrückt zu werden. Doch mit wem hätte ich darüber reden können?

Am 4. Februar 1979 zum Beginn der Philosophiestunde brachten mir meine Klassenkameraden aus der Untertertia ein Ständchen zu meinem vierzehnten Geburtstag. Erst mit *For he's a jolly good fellow*, dann mit *Viel Glück und viel Segen*, wobei Pater Leonard etwas linkisch einen Kanon dirigierte, was beim Einsatz der vierten Stimme in einem polyfonen Absturz endete. Leonard war ein freundlicher Mittvierziger in braunem Cordsakko, mit offenem Gesicht und breitem Haarkranz unter einer zu knapp geratenen Franzosenmütze, die er vermutlich nur unter der Dusche ablegte. Von den Schülern wurde er wegen seines sanftmütigen Naturells Pater Leo gerufen, der Löwe, der nie brüllt.

Mit dem verschämten Hinweis, dass ich leider kein Geschenkpaket von meinen Eltern empfangen könne, überreichte er mir im Namen des Lehrerkollegiums ein Präsent. Die Verpackung ließ auf ein Buchpaket schließen. Ich hatte darin eine dickleibige Bibel vermutet. Oder etwas von Schiller, weil Pater Leonard ständig von diesem Genius schwärmte, der für ihn den Prototypen des Menschlichen verkörperte. Nach Jesus selbstverständlich. Stattdessen packte ich die drei *Winnetou*-Bände von Karl May aus. Nicht nur ich, die ganze Klasse war überrascht.

»Dieser Karl May«, lästerte der Klassenprimus Markus Grothe, «war das nicht ein Hochstapler? Saß der nicht im Gefängnis? Wegen Betruges?«

»Vollkommen richtig«, erwiderte Leonard. »Karl May war ein Angeber, ein Schwindler und Betrüger. Aber ein genialer. Er hat nie den amerikanischen Kontinent betreten und nie mit einem Indianer eine Friedenspfeife geraucht. Und in den Schluchten des Balkans hat er sich auch nie verirrt. Aber er besaß die Gabe der Vorstellungskraft. Die Fähigkeit der Imagination. Und die erlaubte ihm, sich durch fremde Welten zu navigieren. So ersparte er sich manch mühsame Reise. Deshalb Freunde, lest Karl May!«

»Um auf die abenteuerlichen Märchen eines Lügners hereinzufallen?«, legte Markus nach.

»Nein, um das logische Denken zu schulen. Den detektivischen Spürsinn. Wer Karl May liest, lernt die Spuren zu lesen und die Zeichen zu deuten, mit denen die Welt zu uns spricht. Wie Winnetou. Das ist übrigens nicht nur meine Meinung.«

»Und wer meint das noch?«

»Einer der großen Philosophen des 20. Jahrhunderts. Ernst Bloch. Ein Marxist zwar, aber trotzdem ein kluger Mensch.«

»Und was unterscheidet diesen klugen Marxisten Bloch von den dummen Marxisten?«, wagte ich zu fragen.

»Er kannte noch Fragen ohne Antwort.«

Mit dieser Antwort wiederum begann ich für meinen Religionslehrer Pater Leonard Sympathie zu entwickeln.

Für den Nachmittag des 4. Februar hatten Pater Leonard und Direktor Grimm mit mir einen Termin in der Stadt vereinbart. Zuerst luden sie mich zu Kakao und Schwarzwälder Torte in das beste Heidelberger Café ein, wo mir Vater Rupert die herzlichsten Wünsche für mein fünfzehntes Lebensjahr mit auf den Weg gab. Dann räusperte er sich, wurde förmlich und erklärte, ich hätte zwar auf tragische Weise meine Tante verloren, sei aber, wie sich herausgestellt habe, von ihr als Erbe eingesetzt worden. Um die juristischen Formalitäten zu besprechen, würden wir in der Notarkanzlei eines gewissen Doktor Hauenschild erwartet. Er selbst sei leider wegen einer Zeugniskonferenz verhindert, deswegen würde Bruder Leonard mich begleiten.

Herr Hauenschild war ein zuvorkommender graumelierter Herr, der mich mit Sie ansprach. Allerdings gewahrte er sofort, dass mir die Anrede peinlich war, woraufhin er höflich fragte, ob ich ihm das Du gestatte. Ich nickte. Doktor Hauenschild eröffnete mir, meine Tante Frau Blech, ledig und kinderlos, sei zwar nicht vermögend, aber im gesellschaftlichen Sinn gut situiert gewesen. Ihm liege eine testamentarische Verfügung vor, in der ich, Maik Kleine, geboren am 4. Februar 1965 in Leipzig, zu ihrem alleinigen Erben bestellt worden sei. Zu der Hinterlassenschaft zählten Geldwerte aus Kontoguthaben und Sparbüchern im fünfstelligen D-Mark-Bereich, vor allem aber der Immobilienbesitz, das Haus am Königstuhl, inklusive Sachwerte.

»Darf man fragen, in welchem Rahmen sich der Wert bemisst?« Pater Leonard schaute abwechselnd zu mir und dem Notar.

»Ich möchte mich da nicht festlegen. Aber eine Versteigerung der Immobilie dürfte wegen der exponierten Lage nicht weniger als 400 000 Deutsche Mark erbringen. Zu den Sachwerten müssten gegebenenfalls Expertisen erstellt werden. Ob sich aus dem ausgebrannten Unfallwagen, ein, soweit ich sehe, nahezu neuer Audi 100, noch versicherungsrechtliche Ansprüche ableiten lassen, wird zu prüfen sein. Zu klären wäre, wie mit dem Haus zu verfahren ist. Eine Veräußerung ist natürlich nur eine mögliche Option. Aber es kann ja sein, Maik, dass du das Haus behalten möchtest und später einmal …«

»Nein, nein! Ich will das Haus nicht.«

Doktor Hauenschild rieb sich das Kinn. »Ich verstehe. In Anbetracht deines Alters ist dieser Wunsch mehr als verständlich. Wir würden dann eine Versteigerung annoncieren und den Erlös treuhänderisch für dich verwalten. Bis zu deinem achtzehnten Geburtstag, das heißt, bis zu dem Tag heute in vier Jahren, wenn du die volle Geschäftsfähigkeit erlangst. Selbstverständlich steht es dir frei, Wertgegenstände oder persönliche Erinnerungsstücke aus dem Haus deiner Tante zu holen. Möbel, Bücher, Kunstobjekte oder Schmuck gehören nun dir. Wir werden noch veranlassen, alle potenziellen Sachwerte fotografisch zu erfassen und zu katalogisieren. Es hat sich in der Praxis als hilfreich erwiesen, bei Unstimmigkeiten über Wohnungsbestände auf eine lückenlose Dokumentation zurückgreifen zu können. Streitigkeiten bei vorgeblichen Verlusten sind häufiger, als man meinen möchte.«

400 000 Mark! Mindestens! Echte Deutsche Mark! Wenn ich das Geld in Ostmark umrechnete, dann war ich Millionär. Ich war reich. Ohne davon Nutzen zu haben. Dieser Reichtum gehörte nicht mir, sondern einem anderen, einem Fremden, nicht jenem Maik Kleine, der mich im Spiegel anschaute und den ich kneifen konnte. Ich verspürte keine Freude. Alles Geld der Welt hätte ich besitzen mögen, es war mir egal. Es hatte keinen Wert. Womit hatte ich das Erbe einer Frau verdient, die ich kaum kannte? Diese Erbschaft war mir eine Last. Den-

noch fragte ich mich, wie meine Tante als Museumskuratorin in nur wenigen Jahren einen derart großen Besitz hatte anhäufen können.

»Gestatten Sie mir noch eine Frage, Herr Doktor Hauenschild«, sagte Pater Leonard. »Aus rein persönlichem Interesse, wenn Sie erlauben?«

»Selbstverständlich.«

»Dieses Testament? Wann hat Frau Blech es verfasst?«

»Warten Sie, einen Moment bitte. Ja. Wir fanden die Verfügung in einem unfrankierten Umschlag in unserem Postkasten, am Montag, den 8. Januar diesen Jahres. Einen Tag nach dem tödlichen Unfall. Wir dürfen annehmen, dass Frau Blech den Brief am Sonntag persönlich eingeworfen hat. Das Testament datiert vom vergangenen Dezember. Am Zehnten, also zwei Wochen vor Weihnachten. Über die Umstände, die Frau Blech zu ihrem Testament motiviert haben, liegen mir keine Informationen vor. Ihr letzter Wille erging an unsere Kanzlei ohne persönliche Kontaktaufnahme. Ich kannte sie lediglich aus der Zeitung, da sie als Kuratorin des Apothekenmuseums eine Person des öffentlichen Lebens war. Darüber hinaus ist mir bis auf die Tatsache, dass sie Anfang der siebziger Jahre aus der DDR in die Bundesrepublik übersiedelte, nichts bekannt.«

»Tante Vera wurde damals freigekauft. Das hat sie mir selber erzählt.«

»Das halte ich für möglich. Solche innerdeutschen Austauschaktionen gab es und gibt es noch immer. Wobei die Gründe, wer wann wo und warum gegen staatliches Entgelt ausgelöst wurde, immer individuell sein dürften, von Fall zu Fall verschieden.«

»Aber wenn Tante Vera das Testament schon im letzten Dezember geschrieben hat, dann verstehe ich etwas nicht.«

»Bitte, Maik. Um zu fragen, bist du hier«, sagte Dr. Hauenschild. »Ich hoffe, ich kann helfen.«

»Im Dezember lebten meine Geschwister Kessy und Ronny noch. Warum werden sie in dem Testament nicht erwähnt? Weshalb sollten sie nichts von dem Geld abbekommen? Und unsere Mutter auch nicht. Obwohl Tante Vera an Ostern und zu Weihnachten immer ein Paket schickte.«

Dr. Hauenschild überlegte. »Das sind berechtigte Fragen. Nur ich fürchte, Maik, im Fall deiner Tante bleibt manches unverstanden. Ich denke, die Antwort auf deine Fragen dürfte in ihrer persönlichen Lebensgeschichte zu finden sein. Um die zu verstehen, sehe ich als Notar und Anwalt momentan wenige Möglichkeiten, ermittelnd aktiv zu werden. Zumal uns in deinem Geburtsland die Hände gebunden sind.«

Nach meinem Termin in der Kanzlei hatte mir Pater Leonard angeboten, mich zur Sichtung von Wertsachen in das Haus meiner Tante zu begleiten, sollte es mir allein dort unheimlich sein. Ich hatte sofort zugesagt und wollte die Angelegenheit schleunigst hinter mich bringen. Eigentlich hätte ich mir den Besuch sparen können, gab es doch nichts von Tante Veronika, was ich besitzen wollte. Nicht mal die Musikanlage mit der Fernbedienung und den quadrofonischen Lautsprechern, obwohl die besser waren als die von Henning Beltz. Bevor ich die Schwelle des Hauses überschritt, versuchte ich, mich in einen empfindungslosen Roboter zu verwandeln, dessen Kameraauge alles sah, den jedoch nichts berührte. Der Trick funktionierte. Bis ich die angetrunkene Flasche Orangensaft entdeckte, die seit dem Morgen nach Veronikas Unfall auf dem Küchentisch verschimmelte, neben dem Zeitungsfoto mit dem Autowrack in einem Meer von Löschschaum.

Pater Leonard begutachtete das Wandregal. Während er das ein oder andere Buch hervorzog, um etwas über die literarischen Vorlieben meiner Tante zu erfahren, betrachtete ich die Reisesouvenirs in der Glasvitrine, darunter die drei Orgeltasten.

Auf ihnen hatte Johann Sebastian Bach einst in der Paulinerkirche gespielt. Mein Heimweh nach Leipzig wurde übermächtig, und ich steckte die Tasten ein.

»Interessant, hochinteressant«, sagte Pater Leo, der längst in die Welt der Bücher abgetaucht war. Er las vor: »*Bald wird die kapitalistische Gesellschaft aufgehört haben zu existieren, weil wir die Monopolkapitalisten vertrieben haben. Dann werden alle Menschen glücklich im Sozialismus leben*. Die Sätze sind angestrichen. Mit Bleistift am Rand. War deine Tante eine Kommunistin?«

»Weiß ich nicht. So was steht in der DDR in jedem Schulbuch.«

»*Weltall Erde Mensch* heißt das Buch. In Leinen gebunden. Dritte Auflage 1958. Das ist eine Weile her. Das Vorwort stammt von Walter Ulbricht: *Dieses Buch ist das Buch der Wahrheit*, schreibt er. Auch mit Bleistift angestrichen. Ich frage mich nur, warum eine Akademikerin, die ihren Neffen auf einer katholischen Schule anmeldet, so eine Dummheit im Regal stehen hat. Ich bin kein Historiker, und ich will auch nicht anmaßend sein, aber Gesellschaften, in denen solche Bücher geschrieben und gedruckt werden, haben in der Regel recht kurze Verfallszeiten.«

»Das Buch steht im Osten in jedem Haushalt. *Weltall Erde Mensch* bekamen die Jungen und Mädchen mit vierzehn zur Jugendweihe geschenkt. Früher jedenfalls. Heute kriegt man *Der Sozialismus – Deine Welt*. Kann ich Ihnen übrigens mal ausleihen.«

»Oh ja. Das schaue ich mir gern an. Aber sieh! Hier vorn in dem Buch steht eine Widmung. Es gehörte anscheinend früher einem jungen Mann mit dem Namen Gerhard Kleine.«

»Das war mein Vater! Darf ich mal sehen?«

Tatsächlich. Die Widmung datierte vom Mai 1960. *Weltall Erde Mensch* war meinem Vater zur Jugendweihe in Leipzig überreicht worden. Er war kurz nach dem Krieg geboren und musste 1960 vierzehn gewesen sein, so wie ich jetzt.

»Kann es sein, dass dein Vater das Buch deiner Tante geschenkt hat und sie es mit in den Westen nahm?«

»Keine Ahnung. Aber ich will hier nicht länger bleiben.«

»Einen Moment noch.«

Leonard warf einen Blick in Veronikas Schlafzimmer. »Merkwürdig! Maik, der Sherlock Holmes in mir bricht durch. Darf ich das Zimmer deiner Tante betreten?«

»Von mir aus. Schauen Sie sich um. Aber was meinen Sie? Was ist merkwürdig?«

Pater Leo antwortete nicht. Er saß auf der Bettkante und studierte die Edelsteine, die noch immer auf Tante Veras Nachtschränkchen lagen. »Das verstehe ich nicht. Diese Steine. Im Kreis, wie die Zahlen einer Uhr. Um einen leeren Bilderrahmen. Sehr sonderbar.«

»Habe ich auch schon gesehen. Es sind genau zwölf. Ich weiß auch nicht, was das soll.«

»Und der nackte Rahmen? Da fehlt das Bild. Hatte deine Tante vielleicht einen Mann? Oder einen Geliebten?«

»Nicht dass ich wüsste.«

»Seltsam ist das. Überaus seltsam. Die Zwölf ist eine symbolische Zahl. Dieses Arrangement birgt eine Botschaft. Deine Tante teilt etwas mit. Nur was?«

»Wenn Sie die Steine und den Rahmen mögen, nehmen Sie mit, was Ihnen gefällt. Ich will nichts von hier.«

»Danke. Ich leihe mir die Steine aus. Versteh mich nicht falsch, Maik, ihr materieller Wert ist mir gleich. Aber sie machen mich wieder jung. Sie wecken meine Instinkte als Detektiv. Hast du übrigens schon die Zeit gefunden, in den Karl May hineinzuschauen?«

»Bis jetzt noch nicht. Aber ich hab's mir vorgenommen. Versprochen!«

»Schön. Vielleicht wirst du ja auch ein Spurenleser, und es gelingt dir, eines Tages Licht auf die blinden Flecke in der Biografie deiner Tante zu werfen. Sollte es solche Flecken denn geben und solltest du später an ihrer Aufhellung überhaupt noch interessiert sein. Komm erst einmal zur Ruhe und gewinne Abstand zu den Ereignissen der letzten Wochen. Bestimmt ist es hilfreich, wenn du dich in der nächsten Zeit auf die Schule konzentrierst.«

Mathematik, Chemie und Physik erledigte ich mit links. Da waren wir an der Polytechnischen in Leipzig weiter. Und in Biologie hatte ich die Eins so gut wie in der Tasche, weil ich die Präparatesammlung des Ignatz um ein seltenes Exponat bereicherte: Lehrer Flaske war begeistert über den kleinen Schaukasten, in dem hinter einer Glasscheibe ein Nachtfalter der Gattung *Olepa Micra* aufgepiekst war. Soweit ich wusste, hatte mein Vater Gerhard das Souvenir aus Israel mitgebracht. Für den Falter hatte ich genauso wenig eine Verwendung wie für meine Kenntnisse der russischen Sprache. Für das Abitur im Westen waren Englisch und Latein erforderlich. Doch dort hinkte ich dem Lehrplan hoffnungslos hinterher. In den sprachlichen Fächern begann ich bei null, doch dank vieler Nachhilfestunden, sturer Vokabelpaukerei und der Geduld meiner Lehrer gelang es mir, mich peu à peu an das Klassenniveau heranzubüffeln.

Als der beste Englischlehrer erwies sich mein Zimmernachbar Henning Beltz, der alle möglichen Songtexte notiert hatte. Wenn er mich in sein Zimmer im Kasten einlud, schämte ich mich für meine Herkunft. Henning war ein Fabrikantensohn und besaß alles. Nicht dass er als verzogener Sprössling im Überfluss schwelgte. Er besaß genau das, was für ihn einen Gebrauchswert hatte. Nicht mehr und nicht weniger. Eine Stereoanlage mit satten Dreiwege-Boxen und einem Hi-Fi-

Kopfhörer. Und eine Plattensammlung, drei Meter breit, alles auf Vinyl, was in der Rockmusik Rang und Namen hatte, von AC/DC und den Beatles bis Zappa und ZZ-Top. Seine amerikanischen Elektrogitarren und sein Equipment waren vom Allerfeinsten und im Osten unerschwinglich: eine Stratocaster und Telecaster von Fender mitsamt einem feinen VOX-Verstärker. Uwe Hauswald, der mir im Ferienlager in Zakopane auf seiner Wanderklampfe *Blowing in the wind* beigebracht hatte, hätte im Vergleich zu den gitarristischen Fähigkeiten von Henning sein Instrument gewiss zerdeppert. So wie Pete Townsend von den Who, nachdem er Jimi Hendrix gesehen hatte. Hennings Finger flitzten mit leichter Eleganz über das Griffbrett, ohne dass er eine Miene verzog. Henning hörte sich ein Lied an, sang mit und wusste, was er zu spielen hatte. Stoisch zupfte er Eric Clapton und B. B. King runter. Nur ein gewisser Mark Knopfler nötigte ihm gehörigen Respekt ab. Solange, bis Henning nach einigen Nächten intensiven Übens *Sultans of swing* im Zustand der totalen Übermüdung aus den Saiten zauberte. Dass seine Versetzung in die Unterprima gefährdet war, verstand sich von selbst. Dafür aber entlockte er einer wunderbar klingenden Gitarre mit einem Kolibri auf dem Schlagbrett Melodien von traumschöner Entrücktheit, und wenn er *Stairway to heaven* spielte, musste ich mir die Ohren zuhalten, um nicht zu heulen.

Trotzdem, mein Telefunken Mister Hit reichte für meine Zwecke. Im Gegensatz zu Henning Beltz besaß ich nur eine einzige Schallplatte, doch die erwies sich als Schatz. Bob Dylans Greatest Hits. Meine Englischkenntnisse verbesserten sich schlagartig, als Mister Andrew Adams, ein Austauschlehrer aus Liverpool, am Ignatz zu unterrichten begann. Er scherte sich nicht um den Lehrplan und übersetzte mit uns statt den Sonetten Shakespeares die Texte Dylans. *It's all over now, Baby Blue. Subterranean homesick blues* und *Highway 61 revisited*. Dylans

Poesie half mir zwar nicht, im Westen anzukommen, aber sie gab meiner Heimatlosigkeit eine Stimme.

Like a rolling stone! Wie oft habe ich dieses Lied gehört. Bis die Rillen der Schallplatte so ausgefräst waren, dass aus dem Lautsprecher meines Mister Hit nur ein Knistern rauschte. »How does it feel? To be on your own. With no direction home, like a complete unknown, like a rolling stone?« Ich wusste genau, wie es sich anfühlte, dass kein Weg zurück nach Hause führte. Doch sobald ich mein Empfinden in Worte fassen wollte, versagte mir die Sprache.

Nicht dass ich im Ignatz verstummt wäre. Oder vereinsamt. Ich lernte zu reden, wie alle redeten. Ich entsorgte meine Groß-raum-Nietenhosen, trug knallenge Jeans von Wrangler und Lee und glich mich im Lauf der Schuljahre meinen Mitschülern an. Zumindest äußerlich. Ich legte den sächsischen Dialekt ab, ließ mein Haar schulterlang sprießen und trug als Zeichen einer antibürgerlichen, pazifistisch-rebellischen Gesinnung einen grünen Armeeparka. Dennoch galt der berühmte Dylan-Song *The times they are a-changin'* nicht für mich. Anfangs liebte ich das Stück, aber da hatten wir mit Mister Andrew Adams die vierte Strophe noch nicht übersetzt.

»Come mothers and fathers throughout the land,
And don't criticize what you can't understand.
Your sons and your daughters are beyond your command
Your old road is rapidly agin'.«

Mütter und Väter überall, kritisiert nicht, was ihr nicht kapiert. Eure Söhne und Töchter unterstehen nicht mehr eurem Befehl. Dylan sang dieses Lied für eine ganze Generation. Aber er sang es nicht für mich. Ich wünschte mir einen Vater und eine Mutter, die mir einen alten, ausgetretenen Weg zuwiesen, von dem ich hätte abweichen können.

Ende Mai war der Kummer am Schlimmsten. Dann mussten wir durch Heidelberg laufen. Für die Kinder in unserer Partnerschule in Recife im Nordosten Brasiliens. Die Jesuiten betrieben dort in einem Armenviertel ein Schulprojekt, um in der berüchtigten Favela São Miguel Jungen und Mädchen vor Gewalt, Drogen, Prostitution und Bandenkriminalität zu bewahren. Dazu brauchten die Brasilianer Unterstützung. Und Geld. Solidaritätslauf für Recife nannte sich unsere Kampagne, bei der alle neunhundert Schüler des Ignaz sich Runde um Runde durch die Straßen der Stadt quälten. Zuvor hatten sie Eltern, Onkeln und Tanten ein Versprechen abgenommen. Für jeden gelaufenen Kilometer spendeten die Verwandten eine Deutsche Mark.

Ohne zu übertreiben: Ich machte die meisten Kilometer. Ich lief und lief, ohne jede Anstrengung, wie ein Hamster im Rad, wie ein rollender Stein, als habe mein Lauf kein Ende und kein Ziel. Aber als Ende Mai 1979 die Namensliste mit dem erlaufenen Spendengeld in der Pausenhalle ausgehängt wurde, stand unter Maik Kleine die Summe null.

Jedoch nur einen Tag lang. Dann fügte ein Unbekannter eine weitere Null hinzu und stellte eine Eins voran. Später fand ich heraus, dass es Pater Leonard gewesen war, der mit einem großzügigen Griff in seine Brieftasche dafür gesorgt hatte, dass ich mich nach dem Solidaritätslauf nicht zu schämen brauchte. Und auch in den nächsten Jahren sollte er mir mit unaufdringlicher Präsenz auf dem Weg in mein neues Leben zur Seite stehen.

Als Lehrer war Pater Leonard ein Idealist. Er hatte sich der pädagogischen Aufgabe verschrieben, in uns Schülern den Samen des Wahren, Guten und Schönen einzupflanzen, mit dem wir einst zu erhabener Persönlichkeit erblühen sollten. Frei von inneren Zwängen und äußeren Abhängigkeiten. Leonard träumte von Menschen, die nicht nur als Ebenbild Gottes geschaffen, sondern diesem Ebenbild wahrhaftig ähnlich waren. Wenn er vor der Klasse stand, mit ruhiger Stimme, mit behutsamen Gesten und mit leuchtenden Augen, dann zeugten Worte von großer Klarheit davon, dass die Macht des Geistes jederzeit in der Lage war, die entfesselten Triebe, die niederen Instinkte und egoistischen Begierden in die Schranken zu weisen. Freilich um den Preis, dass die meisten Schüler vor sich hindösten. Obwohl ich Pater Leonard nie vollends verstand, spürte ich die Ernsthaftigkeit, mit der er um die Veredelung des menschlichen Charakters rang. In seinem Kampf gegen die Tyrannei der Masse, die Entmündigung des Individuums und die Verdummung durch die Konsumindustrie berief er sich auf Jesus Christus, die asketischen Exerzitien des Ignatius von Loyola und auf die Briefe Friedrich Schillers *Über die ästhetische Erziehung des Menschen*.

»Schönheit«, schwärmte Pater Leo, »ist nicht der Glanz des Gefälligen, sondern das Leuchten der Wahrheit.« Und die strahle hell, unabhängig davon, ob der Mensch sie im Feudalismus, im Faschismus, im Kapitalismus oder im Kommunismus suche. Er warnte davor, jenen verkopften Verführern zu trauen, die die Idee der Wahrheit als unwahr denunzierten, als Lug und Trug und falschen Schein einer objektiven Verblendung, die zwar intellektuell zu durchschauen, aber nicht zu überwinden sei. Der Verzicht auf die Liebe zur Wahrheit öffne Tyrannei und Lüge Tür und Tor und bringe nichts als besserwissende Zyniker hervor. Pater Leonard warnte nicht als Eiferer. Anders als Herr Winterschwenk, mein Leipziger Lehrer für Staatsbürgerkunde, verzichtete Leo auf jede agitatorische Propaganda. Vielmehr ermunterte er uns, gegenteilige Meinungen einzuholen, abzuwägen und zu prüfen, um zu einem eigenen Urteil zu gelangen.

»Sapere aude«, war sein Leitspruch. Habt Mut! Wagt zu wissen. In der Folge durfte in Pater Leos Unterricht jeder Schüler alles sagen, alles kritisieren und alles infrage stellen. Der abstruseste Gedanke, die minoritärste Meinung schien Leonard diskussionswürdig. Lehrer Winterschwenk hatte behauptet, im Kapitalismus sei die freie Meinungsäußerung die perfekteste Form der Kontrolle. Aber ich war mir nicht mehr sicher, ob Herr Winterschwenk überhaupt irgendetwas verstanden hatte. Anders als das Misstrauen, das dieser Menschenfeind seinen Schülern einimpfte, betrachtete Pater Leonard die Welt prinzipiell durch eine Brille des Wohlwollens. Ich begann ihn zu mögen. Daher fasste ich mir ein Herz und stellte eine Frage, die mich umtrieb, jeden Morgen, wenn ich das Kollegium Sankt Ignatius betrat. Mein Fehler war, das ich die Frage unbedarft und vor der ganzen Klasse stellte, nachdem Pater Leo im Religionsunterricht ein Plädoyer für die Freiheit des Gewissens gehalten hatte und für junge Männer eine Lanze brach, die aus ehrenwerten Motiven den Wehrdienst mit der Waffe verweigerten.

»Aber warum wurde das Ignatz dann den Soldaten und dem Militär gewidmet? Den glorreichen Majoren?«

Die Klasse wurde still. Verdutzt glotzten die Mitschüler zu mir herüber. Ich errötete wie ein gerupfter Truthahn. Pater Leonard verließ sein Pult und schritt auf mich zu.

»Maik, kannst du deine Frage bitte für uns alle etwas präzisieren?«

»Ich verstehe die Inschrift über dem Portal des Ignatz nicht so richtig. Ich frage nur wegen der Majorem gloriam!«

Die Reaktion der Klasse setzte zeitverzögert ein. Erst als der Primus Markus Grothe zischte »Kleine, du Vollidiot«, brach ein schallendes Gelächter aus, nicht unter allen, doch unter den meisten Tertianern. Händeringend mahnte Pater Leo Ruhe an.

»Ihr seid gehässig!«, sagte er, woraufhin der Spott langsam abebbte. Ich hätte mich vor Scham am liebsten in das tiefste

Loch verkrochen, zumal Pater Leos Verteidigung alles nur noch schlimmer machte.

»Ihr wisst doch, dass euer neuer Klassenkamerad in der DDR aufgewachsen ist. Dort wird in den Schulen kein Latein unterrichtet, sondern Russisch gelehrt. Das kannst du uns doch bestätigen, nicht wahr, Maik? Du sprichst doch Russisch!«

Als Markus Grothe mich aufforderte, »Los, du Russki, rülps uns mal was vor«, erntete er nur noch wenige Lacher.

Pater Leonard wurde sachlich. Das lateinische *Omnia ad majorem Dei gloriam*, erklärte er, gehe auf Papst Gregor den Großen zurück, und die Ordensgemeinschaft der Jesuiten habe das Wort bei ihrer Gründung im Jahr 1534 als ihren Leitspruch gewählt. »Er besagt, dass alles Tun des Ordens zur höheren Ehre Gottes geschieht. Wir werden in der nächsten Stunde darüber reden, ob das Motiv nur für die Brüder der Societas Jesu gilt oder ob sich dahinter nicht ein Wissen verbirgt, das auch anderen Menschen dienlich sein mag.«

Die Glocke schrillte zur Pause. Für mich war der Tag gelaufen. So glaubte ich, bis mich Pater Leonard nach dem Mittagessen aufsuchte und einen Spaziergang vorschlug. Schweigend gingen wir zum Ufer des Neckars.

»Wir sollten uns ein wenig über die glorreichen Soldaten unterhalten«, meinte er verlegen, wohl um das Eis zu brechen. »Majore! Nicht schlecht, da muss man erst einmal drauf kommen. Aber im Ernst, ein Funken Wahrheit steckt darin. Denn das Militärische ist uns Jesuiten nicht fremd, schließlich war unser Ordensgründer Ignatius Soldat, bevor er sein Leben dem höheren Willen Gottes unterstellte.«

»Ich glaube nicht an Gott!«

»Aber Gott glaubt an dich!«

»Nein!«

Pater Leonard bemerkte, er hatte seine Antwort zu schnell ausgesprochen. Sie klang vorgestanzt, wie eine bewährte Kalenderweisheit, die er zweifelnden Schülern schon oft mit auf den Weg gegeben hatte.

»Maik«, lenkte er ein »ich will nur sagen. Die Wahrheit Gottes zeigt sich. Oder sie zeigt sich nicht. Manche Menschen vermögen sie zu sehen, andere nicht. Das musst du für dich selber herausfinden.«

»Das habe ich schon.«

»Und? Willst du darüber reden?«

»Gäbe es Gott, hätte er meinen Bruder Ronny und meine Schwester Kessy vor dem Feuer beschützt. Und meine Mutter Freya vor dem Teufel. Damit sie nicht verrückt wird.«

Pater Leonard blieb stehen. Mich wunderte, dass er schwieg und nicht nachfragte, was ich meinte. Er schaute in den Fluss. Er tat mir leid. Ich fühlte mich schlecht. Mir war, als hätte ich seine Idee vom Guten, Wahren und Schönen mit einem einzigen Schlag zertrümmert. Das hatte er nicht verdient.

Wir gingen zurück zum Ignatz.

»Sie wollten mir von diesem Ignatius erzählen«, sagte ich, weil ich das Schweigen nicht ertrug.

»Wie schon gesagt ... Ignatius war Soldat ...«

»... und er wurde fromm?«

»Ja. Aber das klingt seicht. Zu harmlos. Als habe sich Ignatius für ein bequemes Leben entschieden. Aber dem war nicht so. Er war ein Lernender. Er verstand sich als Pilger. Unterwegs zu sein und auf seinem Weg zu wachsen und sich einzuformen in den göttlichen Willen, das macht den jesuitischen Geist aus. Deshalb hat Ignatius auch sein System geistlicher Übungen entwickelt, die Exerzitien. Dabei geht es nicht um Frömmelei. Die Exerzitien sind Aufgaben zur Konzentrations- und Willensschulung. Um seinen Willen auszubilden, kam Ignatius die soldatische Disziplin natürlich entgegen.«

»Diese Übungen, kann man die irgendwo nachlesen?«

»Ja, es gibt ein paar Bücher. Die stehen in der Schulbibliothek.«

»Und diese Exerzieraufgaben? Wenn sich damit die Konzentration trainieren und der Wille stärken lässt, kann man sich dann auch immun machen, beispielsweise gegen Schmerzen?«

Pater Leonard überlegte. »Die Antwort ist gefährlich. Ja, man kann die geistlichen Übungen des Ignatius wie eine Technik benutzen, obwohl die drastischen Himmel-und-Hölle-Bilder heute befremden. Aber wenn man die Exerzitien von ihrem Sinn entkoppelt und sie nicht *ad majorem Dei gloriam* versteht, schaden sie der Seele mehr als sie nutzen.«

Die Warnung überhörte ich. Ich besorgte mir die Bücher, kapierte aber schnell, dass mir Bob Dylan näher war als das Weltbild des Mittelalters. Nach der fünften Übung brachte ich die Exerzitien in die Bücherei zurück. Mithilfe meiner Einbildungskraft die Länge, Breite und Tiefe der Hölle auszuloten und den Geruch von Rauch, Schwefel und Fäulnis real und sinnenhaft zu erleben, mochte noch angehen. Aber mir in unermesslichen Feuergluten die verlorenen Seelen vorzustellen und in ihren brennenden Körpern leibhaft vor Augen zu sehen, das war keine gute Übung für mich.

Dennoch konnte das ignatianische Prinzip der Einformung ein taugliches Instrument sein: um ein bestimmtes Ziel zu erreichen, um eine erstrebenswerte Haltung einzunehmen, um ein anderer zu sein. Oder wenigstens so zu tun als ob. Nicht durch Hochstapelei oder durch Betrug, sondern durch das Hineingleiten in einen imaginierten Charakter. So vermochte sich der Gierige einzuformen in die Zufriedenheit, der Lügner in die Wahrhaftigkeit. Der Aufrichtige konnte zum Trickser werden, zum listigen Täuscher, und der Feigling zum furchtlos tapferen Kämpfer.

In der Schule rutschte ich reibungslos durch bis in die Unterprima. Meine Noten waren in Ordnung. Unter den Mitschülern dümpelte ich in der Grauzone des Durchschnitts, lässig genug, um nicht als Streber geächtet zu werden, und kameradschaftlich genug, um nicht als Arsch verschrien zu sein. Ich versuchte nicht aufzufallen, was mir gelang, da ich über keine besonderen Fähigkeiten verfügte. Weder im Unterricht noch in der Freizeit. Hatte ich beim FC Dynamo früher jede Minute auf dem Sportplatz verbracht, war meine Begeisterung für elf Freunde und Ball erloschen. Musikalisch gelangte ich an der Gitarre nicht über *Blowing in the wind* hinaus. Da ich weder Geige oder Cello noch Trompete oder Saxofon spielte, war für mich im Schulorchester ebenso wenig Platz wie in der Ignatz-Bigband. Vom Schulchor gar nicht zu reden. Stimmlich wäre ich nicht gescheitert, wohl aber an meiner Scheu, bei öffentlichen Auftritten an exponierter Stelle auf einer Bühne zu stehen, wo alle Augen auf mich gerichtet waren.

In Nöte geriet ich zu Beginn des zweiten Schulhalbjahres 1982/83, als die Unterprima beschloss, ein Theaterstück einzustudieren. Jeder musste mitmachen und eine Rolle übernehmen. Die Wahl des Dramas, das vor den Eltern und Geschwistern zum Abschluss des Schuljahres in der Aula aufgeführt werden sollte, fiel auf Goethes *Faust*. Um die umfangreichen Sprechrollen zu bewältigen, mussten Mephisto, Faust und Gretchen wechselweise von verschiedenen Schülern gespielt werden. Die bloße Vorstellung brachte mich nachts um den Schlaf. Ich sah mich auf der Bühne, steif, stockend und stolpernd, mich im Text verhaspelnd. Alle sahen, wie ich anlief, puterrot vor Scham. Und alle blieben stumm. Niemand lachte, weil sich bei jungen Menschen ohne Vater und Mutter Spott und Schadenfreude nicht gehören.

Streng genommen hatte ich noch eine Mutter, aber Freya zählte nicht. Die ersten Wochen und Monate schrieb ich ihr regelmäßig. Freundliche und bunte Briefe, mit meinem Vierfarbkugelschreiber Welt-Pen-Favorit. Zum Schreiben benutzte ich das Papier mit dem Glückskäfer-Dekor, das mir Kessryns

Freundin Tanja aus der Nachbarschaft in der Bleibtreustraße geschenkt hatte. Später steckte ich die Briefe in neutrale Umschläge. Ich adressierte sie an die Nervenklinik in Waldenburg. An Frau Freya Kleine. Geschenkpakete verschickte ich auch. Mit Parfum im Zerstäuberflakon, Merci-Schokolade und Kopien meiner Zeugnisse. Einmal zweigte Pater Leonard aus dem Lehrerzimmer sogar zwei Pfund Bohnenkaffee ab. Zur Sicherheit nannte ich als Empfänger Frau Freya Kleine, geborene Blech. Aber auf keinen der Briefe und keines der Pakete erhielt ich eine Antwort. Anfangs quälte mich die Enttäuschung sehr. Herr Frank aus Leipzig hätte den Kummer bestimmt mit glühenden Zigaretten ausgemerzt. Aber auch ich hatte meine Methode gegen die Dünnhäutigkeit. Die Exerzitien des Ignatius. Mit ihnen vermochte ich einen Panzer anzulegen, den der Schmerz des Erinnerns kaum mehr durchdrang.

Die Inszenierung des *Faust* hatte der Direktor Rupert Grimm übernommen. Nach Rücksprache mit Pater Leonard, der um meine Bühnenangst wusste, hatte mich Vater Rupert für die Schlussszene eingeteilt, in der Faust Gretchen vor ihrer Hinrichtung im Gefängnis besucht. Ruperts Begründung, in dem dunklen Kellerverlies sei Faust für das Publikum schließlich kaum zu erkennen, brachte mich auf eine Idee. Ich fragte, wer bei den wechselnden Szenarien und den dramatischen Lichtverhältnissen für die Beleuchtung verantwortlich sei. Ob im Himmel, in Fausts Studierstube, in Auerbachs Keller, im Hexenlager oder in Gretchens Garten, schließlich hänge der Erfolg der ganzen Aufführung nicht unerheblich von der optimalen Ausleuchtung der Akteure ab.

»Ich sehe, du denkst mit!«, hatte Vater Rupert anerkennend genickt. »Traust du dir diese wichtige Aufgabe zu?«

Mit meiner Antwort: »Ja, das tue ich«, war ich raus aus der Nummer mit *Faust*. Ich war runter von der Bühne, aber mittendrin im Geschehen. Ich suchte sogar den Naturkundelehrer

Flaske auf, der meine Faszination für das Licht nachmittags auf eine feste physikalisch-theoretische Basis stellte.

Das Publikum war begeistert. Die Chronik des Schuljahres 1982/83 widmete der Inszenierung drei Doppelseiten mit Fotos und erwähnte neben den herausragenden schauspielerischen Leistungen eigens die exzellente Lichtregie. Nie zuvor habe der Mephisto diabolischer, der Faust einsamer und das Gretchen in ihrer Unschuld verzweifelter ausgesehen als unter der Lichtführung durch Mike Kleine. Dass mein Name wieder falsch geschrieben war, störte mich nicht. Viel wichtiger war mir, was mich das Theater gelehrt hatte. Nicht wer im Hellen stand, besaß die Macht über das Dunkel, vielmehr wer verfügte: Es werde Licht!

Nach dem Erfolg der *Faust*-Aufführung war für uns Primaner das Schuljahr gelaufen. Die Zensuren waren vergeben, die Zeugnisse geschrieben. Alle warteten auf den letzten Schultag, um die Sommerferien mit ihren Familien zu verbringen. Ich würde im Internat bleiben, zusammen mit einem halben Dutzend weiterer Schüler, deren Väter und Mütter verhindert, geschieden oder zerstritten waren.

Ich war im Kollegium Sankt Ignatius angekommen, war im Westen gelandet. Vor mir lag mein letztes Jahr in der Oberprima. Das Abitur würde ich bestehen. Nicht brillant, aber mit akzeptablem Notenschnitt. Daran zweifelte niemand. Nur in mir wuchs die Gewissheit, meine Zeit im Ignatz war vorbei. Das Zertifikat der Höheren Reife bedeutete mir nichts. Ich wusste zwar nicht, was ich suchte, wohl aber, dass ich es in dem Heidelberger Jesuitenkolleg nicht finden würde.

Möglich, dass ich meine Schulkameraden in einem falschen Licht sah. Sie liefen durch glatte Biografien, zukunftstauglich und gefestigt genug, um nicht aus der Bahn zu schlittern. Sie waren freie Menschen mit klaren Meinungen. Sie kritisierten ihr Land, ihre Geschichte, ihre Großväter, ihre Väter und ihre Politiker und warfen die Last ihres Erbes von sich. Sie demonstrierten gegen Raketen und Atom, verweigerten den Dienst an der Waffe und gelobten, nie wieder Krieg zu führen. Sie fühlten sich als die Guten. Vielleicht waren sie das auch. Und doch kam mir ihr Leben vor, als tummelten sie sich auf der Spielwiese einer Freiheit, die alles wohlfeil erlaubte, ohne einen Preis einzufordern.

Ich hatte im Ignatz redliche Lehrer gefunden. Die Heidelberger Jesuiten glaubten an Jesus Christus, an Friedrich Schiller und an Mahatma Gandhi, aber sie glaubten nicht mehr an ihren Ignatius. Aus den glühenden Glaubenskriegern waren sanfte Friedensverkünder geworden. Die Schlachten von Pater Leonard und der Societas Jesu fanden im Denken statt. Oder weit weg, in den Favelas von Rio und Recife. Aber sie selbst traten nicht an gegen den Feind. Sie hatten ihre Waffen niedergelegt. Pater Leo war ein integrer Mann, aber er war nicht gerüstet für den Kampf gegen das Böse, von dem ich nichts als eine lähmende Ahnung hatte, seit es in der Neujahrsnacht 1979 die Bleibtreustraße in Leipzig-Connewitz heimsuchte.

Ich musste weg vom Wahren, Guten und Schönen. Nicht dass mich das Falsche, das Böse und Hässliche angezogen hätte, aber um mich herum war zu viel Friede, zu viel Heimat, zu viel guter Geist. Ich sehnte mich nach guten Mächten, doch wenn sie heranwehten, ließ ich mich von ihnen nicht tragen. Ich hatte das Ignatz nicht verdient. Ohne Kessy und Ronny hatte ich ein Anrecht auf Heimat verwirkt. Zweifellos war es falsch, so zu denken und zu fühlen. Ich trug keine Schuld. Das wusste ich genau. Aber dieses Wissen erleichterte mich nicht.

In der zweiten Ferienwoche, nach einem sterbenslangweiligen Samstag, saß Pater Leo mit uns verbliebenen Internatsschülern am Abendbrottisch. Nach kurzem Dankgebet kündigte er eine

Überraschung an und zog ein paar Eintrittskarten aus seinem abgetragenen Cordsakko. Er formte sie zu einem Fächer und wedelte damit umher. »Freikarten! Für die Loge! Beste Plätze für die Vorstellung morgen Abend im Zirkus. Der große Bellmonti gastiert in Heidelberg!«

Um ein ödes Wochenende hinter sich zu bringen, gab es schlechtere Möglichkeiten. Freya hatte mit uns in Leipzig einmal den Zirkus Busch besucht, als wir noch Kinder waren. Danach wollte ich Artist werden. Der Wunsch war bald vergessen, doch als an jenem Sonntagabend im Juli 1983 im Zelt des Bellmonti die Scheinwerfer aufleuchteten, erinnerte ich, wovon ich als Junge geträumt hatte. Als die Lampen erloschen, wusste ich, dass meine Zirkusträume noch nicht gestorben waren.

Nachdem ein begnadet tollpatschiges Clownsduo den verdienten Applaus empfangen und das Gelächter sich gelegt hatte, trat, als krönender Schlussakkord der Vorstellung, Alberto Bellmonti auf: ein Magier, mit Frack, Zylinder, weißen Handschuhen und roter Fliege. Und mit großer Geste. In rasantem Tempo zauberte er ganze Populationen von Tauben und Kaninchen aus dem Hut, sodass mir das Vertrauen in die Wahrnehmungsfähigkeit meiner Augen nach wenigen Augenblicken abhandenkam. Unglaublich, wie unter Bellmontis magischen Händen eine weiße Taube zu einer Katze mutierte, die sogleich zu einer Maus schrumpfte. Fantastisch, wie er mit einem Fingerschnipp das Manegenrund in ein goldenes Ährenfeld verwandelte, das mit dem nächsten Schnippser als Blumengarten erblühte, aus dem heraus hübsche Artistinnen Kusshände und Rosen ins Publikum warfen.

Dann gingen die Lichter aus. Das Zelt versank im Dunkel und die Zeit schien sich zu dehnen. Just als das Publikum vor Anspannung unruhig wurde und Pater Leo einen Stromausfall vermutete, zerriss der klagende Schrei eines Käuzchens die Stille. Der dumpfe Klang der Totenglocke aus den Lautsprechern ließ nicht nur mich erschaudern. Das Geläut riss ab, mit einem Trommelwirbel und der Ankündigung:

»All-bih-nah Kur-ko-wah!«

Der Name hallte durch das Chapiteau, und wie auf den Punkt erstrahlte im Spotlicht eine Braut in Weiß. Einsam stand sie da, in den Händen einen Blumenstrauß, harrend auf ihren Bräutigam. Wir alle sahen, was der Verzweifelten entging. Sie würde vergeblich warten. Der Geliebte würde nicht kommen. Nicht kommen können. Ohne eigene Schuld: Wilde Hexenweiber, tanzende Furien in anzüglichen Lederkorsagen, hielten ihn gefangen. Gekettet, geknebelt, die Augen verbunden hockte der arme Jüngling in einem Käfig.

Die Ungeduld der Braut schlug um in Wut. Sie wähnte sich verschmäht und schleuderte die Blumen von sich, die sich über unseren Köpfen in einen Schwarm weißer Tauben verwandelten. Vom Kummer verzehrt ergriff sie eine Strickleiter und erklomm ein Podest unter dem Dach des Zeltbaus. Sie tastete sich vor auf ein Drahtseil, ungesichert. Flehend hob sie die Arme, ihr Los beklagend, zaudernd vor dem Sprung in die Tiefe. Dann stürzte sie in die schwarze Nacht. Mein Schrei des Entsetzens vermischte sich mit den Schreien aus zweitausend Kehlen, die sich auflösten in einem kollektiven Seufzer der Erleichterung. Aus dem Nichts tauchte die Rettung auf, hervorgezaubert von Bellmontis Zauberhand. All-bih-nah Kur-ko-wah landete wohlbehalten in einem Netz, gespannt von zwölf Akrobatinnen in weißen Gewändern mit silbernen Flügeln und goldenem Haar. Die Vorstellung war zu Ende. So glaubte ich.

Nur wollte die Braut, widerspenstig und des Lebens überdrüssig, gar nicht gerettet werden. Den Geliebten vermissend und den Freitod ersehnend bedurfte sie des Schutzes vor sich selbst, weshalb Bellmonti sie kurzerhand hypnotisierte. In Trance versetzt sank sie auf einem roten Kanapee nieder. Da lag sie eine Weile. Dann hob die Jungfrau langsam ab. Anfangs ein wenig ruckelnd, schließlich sanft gleitend, schwebte sie empor. Ich hätte meinen Kopf verwettet, nichts verband sie mehr mit der Erde. Sie schwebte, frei, den Gesetzen von Raum und Zeit entrückt, schwerelos, luftig und leicht. Und sehr, sehr schön. Als fahre sie auf in den Himmel. Sie ist erlöst, durchblitzte es mich. Aber meine Sinne betrogen mich. Ich hätte Stein und Bein schwören können, da schwebte meine Schwester Kessy. Dann plötzlich meinte ich, Tante Vera zu erkennen.

Der Moment meiner Verstörung indes währte nur kurz, weil ein gewaltiges Sturmgewitter losbrach, mit grollendem Donner und einem Stakkato aus zuckenden Blitzen. Ich drehte mich zur Seite, nach links und rechts, wo Pater Leo und die anderen aus dem Ignatz fasziniert das Spektakel in der Manege bestaunten und mich zurück in die Wirklichkeit holten, in der ich Zuschauer einer grandiosen Illusion war.

Entrückt in einer Zwischenwelt diesseits des Himmels und jenseits der Erde erreichte das Sehnen der liebeskranken Braut schließlich den eingesperrten Burschen. Um die Macht der Liebe über die Macht des Bösen siegen zu lassen, ermöglichte Alberto Bellmonti das Unmögliche. Wo gerade noch der Bräutigam hinter Gittern gehockt hatte, steckten nun hadernd die heulenden Hexen. Von unsichtbarer Kraft bewegt, hob der Käfig langsam vom Boden ab, höher und höher, um mit Bellmontis Fingerschnipp in einem Inferno aus Feuer, Rauch und einem kreischend schrägen Saxofon in einem Flammenball zu verglühen. Während die Asche der Hexen als silberner Flitter auf uns herabregnete, standen auf dem Seil unter der Zirkuskuppel Romeo und Julia, in inniger Umarmung vereint, wie ein leuchtender Stern am Nachthimmel. Von der Begeisterung des Publikums getragen ließen sich die beiden fallen, aufgefangen vom Netz der Illusion gemeinsamen Glücks.

Nach dem frenetischen Schlussapplaus setzten wir uns zusammen an einen der wackeligen Klapptische im Foyer des

Chapiteaus. Unser überschwänglicher Dank für die Einladung animierte Pater Leo, uns noch Cola mit Popcorn und Zuckerwatte zu spendieren. Einhellig waren wir der Meinung, dass hinter Bellmontis brillanter Illusionsshow kein magischer Zauber steckte, sondern eine geniale Tricktechnik, die unser Erklärungsvermögen überforderte. Während die anderen Internatler sich ereiferten, wie die Schwebenummer mechanisch funktioniere, schwärmte Pater Leonard von dem bezaubernd anmutigen Fräulein in Weiß, über das er den Popcornverkäufer ausgefragt hatte.

»Die schwebende Jungfrau heißt Albina Kurkova und stammt aus Moskau«, steckte er uns, als verrate er eine Vertraulichkeit. Sodann hob Pater Leo an, über den Zirkusmagier Bellmonti einen Bogen zu schlagen zur Differenz von Sein und Schein, von Wesen und Erscheinung. Wie im Unterricht, wenn er das Ungesagte sagen, das Unsichtbare zeigen und das Ungehörte hörbar machen wollte.

»Ich habe mich geirrt«, sagte er. »Ich glaubte, die Wahrheit erschließe sich im Licht. Aber dem ist nicht so. Ihr Geheimnis liegt im Dunkel, in der Nacht. Albina Kurkova schwebt, weil Alberto Bellmonti die Kunst beherrscht, das Offensichtliche in den Schatten zu stellen und unsichtbar zu machen. Die weiße Braut ist eine Chiffre.«

»Für was?« Oft hatte ich Pater Leonards philosophischen Exkursen nur mit halbem Ohr zugehört, nun war ich hellwach.

»Albina Kurkova ist eine Chiffre dafür, dass die Idee des Wahren und Schönen nicht im Akt des Offenbarens aufscheint, sondern im Akt des Verhüllens. Ich muss gestehen, das stellt mein theologisches Denken auf den Kopf.«

»Oder auf die Füße!«

»Wie darf ich das verstehen?«

»Frei nach Karl Marx, den wir in der DDR bis zum Erbrechen zitieren mussten. Die Philosophen haben das Schweben der

Jungfrau nur verschieden interpretiert, in Wahrheit kommt es darauf an, sie zum Schweben zu bringen.«

»Es wird Zeit für den Heimweg.« Mehr erwiderte Pater Leo nicht. Als wir Bellmontis Chapiteau verließen, entdeckte ich ein Pappschild. Hinter der Glasscheibe der Zirkuskasse. Seine Botschaft elektrisierte mich: »Junger Mann zum Mitreisen gesucht«.

Dieses Schild eröffnete meinem Leben ein Ziel. Und die Möglichkeit, es zu verwirklichen. Mit diesem Schild war meine Zeit im Ignatz zu Ende.

»Ich muss gehen, Pater Leonard.« Ich war mir sicher, sollte ich diese Worte aussprechen, würde der Jesuit in seine Schatztruhe kluger Aphorismen langen und einen passenden Spruch hervorziehen. Vielleicht würde er Nathan den Weisen zitieren: *Kein Mensch muss müssen* und sodann mit Schiller gegen Lessing kontern: *Der Mensch ist das Wesen, das will!*

Aber Pater Leonard sagte zum Abschied nichts dergleichen. Er sagte nur: »An dem Tag, als du hier ankamst, wusste ich, du bist ein Gast auf der Durchreise.«

In Leonards Augen spiegelte sich eine Heimatlosigkeit, die nicht nur die Projektion meiner eigenen war. Er umarmte mich, hölzern und ungelenk, als habe er seine Arme immer nur zum Schreiben an die Tafel, aber nie zu einer Geste der Zuneigung benutzt.

»Ich muss dir noch etwas zurückgeben.«

Leonard holte einen Stoffbeutel hervor.

»Die zwölf Edelsteine. Sie gehören dir. Vielleicht werden sie für dich zu einer Wegmarke auf deiner Pilgerstraße. Vielleicht sind sie auch nur eine Bürde. Ich kenne mich mit Steinen nicht aus. Aber ich habe sie deinem Biologielehrer Herrn Flaske gezeigt. Er hat mir aufgeschrieben, um welche Edelsteine es sich handelt.«

Leo las von einem Zettel ab.

»Amethyst, Beryll, Chalzedon, Chrysolit, Chrysopras, Hyazinth, Jaspis, Karneol, Saphir, Sardonyx, Smaragd und Topas. Ich hätte selbst darauf kommen müssen, aber als spekulativer Theologe bin ich nicht besonders bibelfest. Als ich die Namen der Steine dem Kunstlehrer Vater Blasius vorlas, wusste der sofort Bescheid. Die zwölf Steine tauchen im Neuen Testament auf. In der Offenbarung des Johannes. In seinen apokalyptischen Visionen spricht Johannes vom Endkampf zwischen Gut und Böse, zwischen Gott und Satan. Am Ende der Zeiten wird die neue Stadt Gottes erblühen, das Neue Jerusalem. Und die Grundfesten der Stadt bestehen aus eben jenen zwölf Edelsteinen. Deshalb heißt es in der Offenbarung in Kapitel 21, Vers 23: *Die Stadt braucht weder Sonne noch Mond, die ihr leuchten. Denn die Herrlichkeit Gottes erleuchtet sie.* Warum bei deiner Tante die Steine um einen leeren Bilderrahmen arrangiert waren, da war Bruder Blasius jedoch überfragt.«

Bevor ich Heidelberg mit dem Zirkus Bellmonti verließ, schlenderte ich ein letztes Mal durch die Altstadt. Bei Don Peppino aß ich eine *Quattro stagioni* und trank zwei große Cola. Dann ging ich zur Alten Brücke über den Neckar. Ich holte weit aus, um Veronikas Edelsteine in den Fluss zu schleudern. Warum sich in einem Augenblick des Zögerns meine Hand um den Beutel klammerte, ich weiß es nicht. Ich steckte die Steine ein, ohne jede Ahnung, welchen Wert sie noch haben sollten.

11

BÖSER WOLF

Berlin; August 2007

»Was? Unser seliger Alberto soll geschnüffelt haben? Für die Stasi? Der Alte ein Spitzel, getarnt als Houdini! Spinnt ihr. Wollt ihr mich verarschen!« Szymbo rieb sich verkatert die Augen. Neben seinem Bett lag eine Batterie leerer Budweiserdosen. »Aber ohne Scheiß. Wer hat sich denn diesen Irrsinn ausgedacht?«

»Wer den Tag verschläft, der kriegt natürlich nicht mit, wenn um ihn herum die Welt in Scherben fällt. Zieh dir was an, Pjotr. Und wasch dich. Du stinkst!« Albina riss die Fenster unserer Pankower Billigpension auf und fächelte sich Luft zu.

»Wie spät ist es? Heute ist Samstag, nicht wahr? Oh Gott, ich muss nach Budapest. Aber sag mal, Albina. Dein Flieger müsste doch längst in Moskau sein. Wieso bist du noch hier?«

»Wir sind auf der Flucht!«

»Wer ist auf der Flucht?«

»Maik, ich und du. Du hängst mit drin in der Malaise. Du hast schließlich im Kempinski angerufen und dieses teure Juniorenzimmer geordert. Kannst du mir verraten, womit ich das hätte bezahlen sollen? Maik war gezwungen, die Zeche zu prellen.«

»Aber du hat doch selber gesagt …«

Da das Gespräch zwischen Albina und Szymborski keine geordnete Bahn zu finden drohte, mischte ich mich ein.

»Szymbo, heute Morgen lief ein Bericht im Fernsehen. Demnach soll unser Bellmonti ein informeller Mitarbeiter der Staatssicherheit der DDR gewesen sein. Das geht angeblich aus einem Berg von Dokumenten hervor, die der amerikanische Geheimdienst freigegeben hat. Auch die Schändung der Gräber in Friedrichsfelde dürfte damit in Zusammenhang stehen.«

»Moment, Moment! Welche Gräber? Was redest du da?«

»Jetzt dusch endlich und putz dir die Zähne, damit du wieder denken kannst.« Albina war ungehalten.

Während Szymbo in das Bad auf dem Flur schlurfte, machte sie die Betten und räumte auf. Ich hob inzwischen etwas Bargeld von einer Bank ab und besorgte an einem Kiosk unweit des Thälmann-Platzes alle erhältlichen Tageszeitungen.

Wir lasen gemeinsam. Die überregionalen Blätter hatten die Vorfälle um Albert Bellmann und den Sozialistenfriedhof noch nicht aufgegriffen. In den Berliner Zeitungen waren sie das bestimmende Thema, wobei die Chefredakteure trotz unterschiedlicher politischer Ausrichtung die Einschätzung teilten, Bellmann sei ein Stasi-Informant und Verräter gewesen. Die *Morgenpost* titelte in Anspielung auf die Spionageaffäre um den ehemaligen Bundeskanzler Willy Brandt »Der Guillaume der Manege«. Der *Tagesanzeiger* witterte hinter dem »Fall Belloudini« und dem Friedhofsfrevel einen Racheakt rivalisierender alter Partei-Seilschaften, während die *Neue Republik,* die Bellmanns Beisetzung als pietätlosen Akt spätbürgerlicher Dekadenz verrissen hatte, den Grabfrevel im rechten Milieu verortete und scheinheilig fragte: »Bellmonti – ein verkannter Sozialist?«

Dass die Öffentlichkeit jenen Menschen, dem ich so viel verdankte, für einen Schnüffler und Denunzianten hielt, war mir unerträglich. Zumal sich keiner der medialen Meinungsbildner fragte, wen und was es im Zirkus Bellmonti eigentlich zu bespitzeln gab. Der Alte war kein Sozialist und Kommunist gewesen, aber er hatte auch nichts gegen Kommunisten und

Sozialisten gehabt. Er war ein Zirkusmensch, den das Politische nie interessiert hatte. Auch Albina und Szymbo schlossen aus, dass Bellmonti unser Vertrauen missbraucht hatte.

»Wir mögen zwar Betrüger und Zechpreller sein, aber in dieser prekären Situation kann ich unmöglich aus Berlin verschwinden«, deutete Albina die Lage. »Ich fliege erst nach Moskau zurück, wenn wir bewiesen haben, dass unser Alberto nicht dieser Houdini war. Außerdem müssen wir noch das Geld für die Suite auftreiben. Ich mag es nicht, jemandem etwas schuldig zu bleiben.«

»Du hast recht. Der Alte war kein Spitzel. Darauf wette ich mein Leben. Du doch auch, Szymbo?«

»Ich würde gern, aber ich bin Katholik. Denen ist das lügen, wetten und schwören untersagt. Außerdem muss ich nach Ungarn. Ich habe einen Termin, unaufschiebbar, in einem Tonstudio in Budapest. Für dringende Musikaufnahmen.«

»Wie schön für dich, dass du als Musiker doch noch Karriere machst.«

»Hör auf, Albina! Du hast keine Ahnung, mit was für einem Geklimper ich meine Brötchen verdiene. Euer Kapellmeister Pjotr Stanislav Szymborski produziert Dudelmusik für Kaufhäuser und Aufzüge. Schnell, billig und lizenzfrei. Langweiliges, ödes Easy Listening, so lullig, dass die Leute in den Kaufrausch flüchten. Tiefer kannst du als Künstler nicht fallen, außer du findest …«

»Sag mal«, unterbrach ich Szymbos aufkeimenden Sermon auf den Niedergang der okzidentalen Musikkultur, »wo ist eigentlich das kleine Päckchen, das Albina dir im Kempinski für mich übergeben hat.«

»Oh, tut mir leid. Aber Schampus fördert nicht gerade die Erinnerungsfähigkeit.« Pjotr griff in die Innentasche seines Jacketts. »Hier! Entschuldige, Maik. Aber ich finde momentan einfach nicht in die Spur.«

Das Päckchen, das ein Unbekannter Albina an der Hotelbar für mich ausgehändigt hatte, war tatsächlich nicht größer als eine Zigarettenschachtel. Ich riss das Papier ab und öffnete ein kleines Pappkästchen. Darin lagen ein Schlüssel und ein Zettel. Darauf standen zwei Worte, eine Zahl und ein Buchstabe:

»Winkler Straße 23A«.

»Albina! Szymbo! Packt eure Sachen. Wir ziehen um!«

Ohne Zweifel, der Schlüssel öffnete uns die Tür zu der Villa, die ein anonymer Gönner dem Alten vor Jahren überlassen hatte. Eine Viertelstunde später saßen wir in einem Taxi nach Grunewald.

Wir brauchten eine Strategie. Einen Schlachtplan, wie bei unserer Mission zur Ehrenrettung Alberto Bellmontis vorzugehen war. Pjotr hatte sich den Termin in Budapest abgeschminkt. Mir blieben zehn Tage. Ab und an musste ich mir das Flugticket nach Los Angeles in Erinnerung rufen. Das Gespür für meinen künftigen Job als Lighting Operator für Bob Dylan ging mir in der Villa des Alten verloren. Denn neben der Aura Bellmontis hing noch ein anderer Geist in den Räumen. Ein Geruch, nur schwach, aber Albina nahm ihn deutlich wahr. »Es stinkt. Es riecht nach dem Rauch von Zigaretten. Aber Alberto hasste Tabakqualm. Jeder vermied es, in seiner Nähe zu rauchen.«

»Jemand muss nach seinem Tod in diesem Haus gewesen sein, der von seiner Abneigung gegen Zigaretten nichts wusste. Jemand, der etwas gesucht und möglicherweise auch gefunden hat.« Szymbo wurde wieder klar im Kopf. »Wahrscheinlich dieselbe Person, die uns den Schlüssel zugespielt hat. Aber aus welchem Grund? Das ist alles sehr obskur.«

Bei einem ersten Gang durch die spärlich möblierten Zimmer gab es kein Indiz, das auf fremden Besuch schließen ließ. Aber auch nichts, was auf einen weißen Fleck im Leben des Alten hindeutete. Wir fanden nur Fotoalben aus den siebziger

Jahren, mit Bildern des frühen Trio Bellmann. Und einige Pappkartons voller Zeitungsberichte von den Europatourneen des Bellmonti, aus Frankreich, Spanien, Dänemark, Belgien und Italien, die alle aus der Zeit vor 1983 stammten, als ich zu dem Zirkus stieß. Zu unserer Überraschung aber entdeckten wir im Salon, abgedeckt durch ein weißes Tischtuch, einen Computer mit Drucker und Internetmodem. Szymbo fuhr den Rechner hoch, doch seine Freude schlug um in Frust, als er aufgefordert wurde, ein Passwort einzutippen.

Wir fassten zusammen: Unbekannte hatten Bellmanns Grab verwüstet, die Urne aufgebrochen und seine Asche zerstreut. Vier weitere Gräber waren geschändet worden. Von den Verstorbenen Wollweber, Beater und Koch hatte ein schmieriger Fotograf behauptet, sie seien einst fett mit Stasi-General Erich Mielke verbandelt gewesen. Über diese Leute brauchten wir alle verfügbaren Informationen. Ins Zentrum unserer Nachforschungen stellten wir den Chef der DDR-Auslandsspionage Generaloberst Markus Wolf. Zwischen ihm und Albert Bellmann musste es eine Beziehung geben, eine unsichtbare Verbindung, um die derjenige wusste, der die Toten nicht ruhen ließ.

Die Ermittlungen würden Zeit kosten. Das war uns klar. Als Erstes war unser Status als Bewohner der Villa zu klären. Zumal der Besitz eines Schlüssels uns keineswegs das Recht gab, in der Winkler Straße 23A Domizil zu beziehen. Vorerst war es müßig, darüber zu spekulieren, wer uns den Schlüssel hatte zukommen lassen, wichtiger war die Klärung der Besitzverhältnisse des Anwesens. Ich übernahm die Aufgabe, beim Katasteramt eine Auskunft über den Grundbucheintrag einzuholen. Zudem würde ich in den Archiven der öffentlichen Bibliotheken die wichtigsten Zeitungen und Magazine auf Artikel über unsere Zielpersonen durchforsten. Albina musste Lebensmittel einkaufen und für einen vollen Kühlschrank sorgen, wobei sie nach realistischer Einschätzung von Szymbos Bierkonsum auf einen Lieferservice bestand. Da sie als flüchtige Betrügerin fürchtete, das Kempinski ließe nach ihr fahnden, hoffte sie, im schriftstellerischen Werk des Geheimagenten Wolf Hinweise auf ein überlebenstaugliches Verhalten im Untergrund zu finden. Um sie in ihrer Bewunderung für »Mischa, den treuen Freund aller Russen« nicht zu enttäuschen, versprach ich Albina, ihr die Bücher von Markus Wolf zu kaufen. Szymbo würde in der Zeit versuchen, das Passwort zu knacken.

Wir verbuchten einige Rechercheerfolge, anfangs zumindest, ohne entscheidende Schritte voranzukommen. Fest stand, der Alte hatte mich belogen. Die Einsicht in die Grundbücher brachte ans Licht: Es existierte kein Privatier in Südamerika. Bellmonti hatte die Mär von einem betuchten Mäzen erfunden. Wieder erwies er sich als Trickser, als Meister des Spiels um die Verwechselung von Sein und Schein, das ich nicht durchschaute. Schon mit seinem Museum der Artistik und Illusionskunst hatte mir Bellmann alias Bellmonti ein diffiziles Rätsel aufgegeben. Sein Museum barg ein Geheimnis, gegen das die schwebende Jungfrau nur ein mäßiger Zaubertrick war. Albert Bellmann hatte die Immobilie in der Winkler Straße im Jahr 1997 erworben. Der Zeitpunkt überraschte. Der Zirkus Bellmonti war damals schon längst wegen Konkurses aufgelöst. Bellmann war bankrott gewesen. Wie konnte er da an Haus und Grund in einer der begehrtesten Wohngegenden Berlins gelangen? Wo lauter Prominente wohnten. Einen Steinwurf schräg gegenüber in der Winkler Straße 22, bestätigte mir der redselige Beamte im Katasteramt die einstige Auskunft Bellmontis, habe früher tatsächlich Romy Schneider gelebt, bevor sie in Frankreich unglücklich wurde. Ich hatte dem Mann den Tipp gegeben, sich in Bellmanns Pankewitzer Museum in der Galerie der Giganten Fotos von Romy Schneider aus freudigeren Zeiten anzuschauen.

Bei der Suche nach dem Passwort steckte Szymbo in einer Sackgasse. Trotzdem fiel seine Laune nicht in den Keller, da er beim erneuten Durchkämmen der Zimmer in einer Kommode einen Briefumschlag mit Geldscheinen gefunden hatte. Immerhin 4500 Euro, die uns vorerst vor finanziellen Problemen bewahrten. Außerdem verbarg sich im Salon in einer Schrankwand ein robuster Stahltresor, der eingemauert und mit einem Zahlenschloss gesichert war. Auch der fremde Eindringling musste den Safe entdeckt haben. Vor dem Schrank lag ein Rest Zigarettenasche. Ob er den Tresor geöffnet hatte, ließ sich nicht entscheiden. Wir jedenfalls waren ohne Kenntnis der Zahlenkombination dazu nicht in der Lage.

»Mir gehen die Ideen aus«, stöhnte Szymbo. »Ich habe versucht zu denken, wie der Alte dachte, um sein Passwort zu knacken. Alles falsch: Bellmann, Bellmonti, Houdini, Sarrasani, was weiß ich. Ich habe die Namen aller bekannten Artisten und Zirkusdynastien eingetippt. Nichts.«

Albina zeigte auf das schwarz-weiße Foto auf dem Vertiko: das Trio Bellmann zwischen Fürst Rainier und seiner Gattin Gracia Patricia bei der Verleihung des Goldenen Clowns 1975 in Monte Carlo. »Hast du auch die Namen seiner Liebsten ausprobiert?«

»Gleich als Erstes! Irenadalia, daliairena, mal mit Bindestrich, irena-dalia, mal mit Unterstrich dalia_irena. Keine Chance!«

»Bellmanns Frau hieß Irene, nicht Irena«, wandte ich ein. Szymbo saß sofort am Computer und tippte »irenedalia« in die Tasten.

Treffer!

Der Computerzugang erwies sich jedoch nur bedingt als hilfreich. Wie Szymbo vermutet hatte, war die Festplatte kürzlich leer gefegt worden. Daten waren auf dem Rechner nicht mehr gespeichert. Jedoch gelang es Pjotr, uns einen Zugang zum Internet zu verschaffen. Der Zugriff zum Datennetz vereinfachte unsere Recherchen, machte uns aber nicht wirklich klüger.

Markus Wolf hatte seine Karriere als Leiter der Hauptverwaltung Aufklärung bereits in den fünfziger Jahren unter Ernst Wollweber begonnen und seinen Einfluss unter Erich Mielke ausgebaut. Der Hardliner und sein Stellvertreter Bruno Beater setzten bei ihren staatssichernden Aktivitäten auf die Bekämpfung des Feindes im eigenen Land. Der Choleriker Mielke hatte jederzeit plädiert, mit Abtrünnigen im Arbeiter- und Bauernstaat kurzen Prozess zu machen und Klassenfeinde zu liquidieren. Markus Wolf war als Chef der Auslandsspionage für die Zersetzung des Feindes auf dessen eigenem Territorium zuständig. 1986 trat er in den Ruhestand, um fortan als Schriftsteller tätig zu sein. Dass die Ruhestatt seines Bruders Konrad von den Grabfrevlern verschont geblieben war, durften wir als Indiz werten, dass die Täter bewusst auf die oberste Riege in der Stasi-Hierarchie gezielt hatten.

Die Gerüchte, die der Fotograf auf dem Sozialistenfriedhof über die Spionin Koch verbreitet hatte, stimmten. Vor der Wende wurde sie in der Bundesrepublik in horizontalen Diensten zum Aushorchen und Erpressen auf Wirtschaftsbosse angesetzt. Nach der Wiedervereinigung spielte die mit allen Wassern der Raffinesse gewaschene »rote Greta« eine zentrale Rolle beim Verschieben des Vermögens der Sozialistischen Einheitspartei. Fünfhundert Millionen Deutsche Mark waren von der Elite der Genossen in den wirren Jahren nach dem Mauerfall zu verteilen. Gigantische Geldströme flossen aus dem Osten, wurden kurzfristig in London, Wien oder Zürich geparkt, um schlussendlich über verworrene Kanäle für die Finanzfahnder im Nirgendwo zu verschwinden. Das Wissen, an welche anonymen Abnehmer die Gratifikationen für die Treue zum sozialistischen Vaterland geschleust wurden, hatte die listige Koch 1996 mit in ihre Urne genommen. Doch war das der Grund, weshalb man ihren Namen rot überpinselt und ihre Grablampen zerschlagen hatte? Alles in allem, wir wurden nicht schlauer. Bei der Antwort auf die Frage, was das alles mit dem Alten zu tun hatte, traten wir auf der Stelle. Er war kein Schnüffler und kein Verräter. Nur: Wie sollten wir das beweisen?

Albina hatte eingekauft und sich bereit erklärt, die Küche zu übernehmen. Allerdings offenbarte sich am Herd, dass sie zwar einen Sensus für exquisite Delikatessen hatte, mit ihnen aber nichts anfangen konnte, solange sie ihr nicht schmackhaft zubereitet serviert wurden. Ihre Kochkünste waren eine derartige Katastrophe, dass Szymbo schon am dritten Abend einen Pizza-Dienst anrief. Die Laune sank in den Keller. Albina zickte herum, sie sei nicht unsere Dienstmagd, und klagte, sie habe nichts anzuziehen, weil ich bei unserer Flucht aus dem Kempinski den Koffer mit ihren Kleidern nicht mitgenommen hatte. Szymbo surfte ziellos durch das Netz, und an mir nagte die bevorstehende Reise in die USA, auf die ich mich allmählich innerlich einstimmen musste. Schließlich nahm Albina von dem gefundenen Geld und verkündete: »Ich gehe shoppen. Wenn du schon dein Versprechen nicht einhältst, mir die Bücher von dem Geheimagenten Markus Wolf zu schenken, dann kaufe ich sie mir eben selber.«

Nach sechs Stunden tauchte sie wieder auf, nicht müde, nicht abgespannt, ohne schmerzende Füße, dafür mit blendender Laune. Sie war sparsam gewesen. Was ihre Kleidung anging. In einem Klamottendiscount hatte sie sich mit dem Nötigsten eingedeckt. Dafür schleppte aber ein Taxichauffeur Berge an Lebensmitteln an, die Albina nie zuvor eingeholt hatte: Salzheringe, Fischköpfe, Markknochen, Rinderbrust, Zwiebeln, Essig, Eier, Sauerkraut, Salzgurken, Weißkohl, Möhren, Kartoffeln, Rettich, Gänseschmalz und und und. Nicht zu vergessen, ein Glas Kaviar vom Kaspischen Meer aus dem Kaufhaus des Westens und zwei Flaschen Moskovskaya, bei deren Anblick Szymbo den Monitor ausschaltete und versprach, Albina in der Küche zu helfen.

»Leider, leider ist er tot. Was war das doch für ein Mann, gebildet, weltgewandt und so zuvorkommend! Ein Charmeur.«

»Wir alle vermissen den Alten«, meinte Szymbo. »Albina, wo ist das Kartoffelmesser.«

»Ich rede von dem Geheimagenten. Der Markus Wolf wickelte sie alle um den Finger. Aber er war treu, sonst hätte er jede flachgelegt. In seiner weißen Paradeuniform mit der albernen Affenschaukel gefiel er mir nicht so. Darin wirkte er wie ein Garçon de piste im Zirkus. Aber in diesem Trenchcoat! Damit schaute er genauso aus, wie Spione und Detektive auszusehen haben.«

»Wie dieser amerikanische Inspektor Columbo?«

Albina entging Szymbos Ironie. »Doch nicht dieser zerknitterte Schussel! Nein, der Markus Wolf, der war schmuck. Das war noch ein echter, ein gestandener Mann.«

Albinas naives Gemüt ging mir auf die Nerven. »Und was macht einen Mann zu einem echten Mann?«

»Der Wolf hatte keine Angst, sich die Hände schmutzig zu machen. Weil er seine Feinde verriet. Aber nie seine Freunde. Er war mutig. Weil er in den Revolutionstagen hier in Berlin auf dem Rednerpodest an das Mikrofon trat und sich von vielen Hunderttausend Menschen auspfeifen und ausbuhen ließ. Er stellte sich auf den Richtplatz. Er ließ sich verprügeln, stellvertretend für die feigen, alten Säcke vom Zentralkomitee. Und als der Eiserne Vorhang zerriss und er merkte, dass das Volk ihn nicht mehr mochte, da hat er sich nicht beleidigt zurückgezogen. Da hat er Bücher geschrieben, sogar ein Buch mit Kochrezepten aus meiner Heimat. Habe ich nicht immer gesagt, Russland ist das schönste Land und Moskau die wunderbarste

Stadt. Markus Wolf kam als Junge zu uns ins Exil, weil sein jüdischer Vater damals vor den Nazis fliehen musste. Deshalb wurde er Kommunist und Chef der Spione. Verräter sind widerwärtige Gesellen, aber ein Agent, der besser aussieht als der 007 und der eine vorzügliche russische Soljanka kochen kann, das kann kein schlechter Mensch sein.«

Szymbo kam mir zuvor. »Albina, wach auf! Du hast zu viele Nächte allein verbracht. Und nach schlechten Filmen zu viel geträumt. Männer, die über Leichen gehen, schreiben keine Kochbücher.«

»Tun sie doch!« Albina legte zwei Bücher von Markus Wolf auf den Tisch: *Freunde sterben nicht* und *Geheimnisse der russischen Küche*. Ich hatte von den Büchern nie gehört. Unglaublich, aber allem Anschein nach hatte der Generaloberst tatsächlich das Metier gewechselt. »Kochkunst und Nachrichtendienst teilen ihr Alter mit dem des Menschengeschlechts.« So hieß der erste Satz.

»Da horch und guck mal einer«, frotzelte Szymbo mit unverhohlenem Sarkasmus. »Anstatt uns Einblicke in das Innenleben der staatlichen Sekurität zu gewähren, eröffnet der Meister der Tarnung uns Einsichten in den russischen Magen. Hoffentlich sind seine kulinarischen Ergüsse wenigstens genießbar.«

»Spottet nur«, meinte Albina. »Markus war kein böser Wolf. Auch kein Geißlein. Er war ein vielseitiger Mann. Hier Maik! Speziell für dich.« Albina hielt mir ein weiteres Buch unter die Nase. Wiederum von Wolf, doch der Titel hätte auch zu einer Biografie Albert Bellmanns gepasst: *Die Kunst der Verstellung*.

Endlich eine vage Spur! Ein dünnes Fädchen, dem zu folgen sich womöglich lohnte.

Für Markus Wolf waren Lug, Trug und Täuschung von alters her unverzichtbare Waffen zur Bekämpfung von Feinden, die gleichfalls logen und betrogen. »Aktive Maßnahmen« nannte Wolf die Attacken auf die Gegner im Westen. Die Absicht:

unliebsame Personen durch »die geschickte Kombination echter und manipulierter Information« zu schwächen oder zu kompromittieren. Zu diesem Zweck, so erfuhr ich in der *Kunst der Verstellung*, werde jedem Spion eine »Legende« geschaffen, eine erfundene, zugleich plausible Lebensgeschichte, die es ermöglichte, sich Zielpersonen zu nähern, ohne deren Argwohn zu wecken. Dazu bedurfte es intensiven Trainings, wenn man so will, mentaler Exerzitien, bei denen ein Agent in eine neue Identität schlüpfte.

Spitzel und Spione führten das Leben eines anderen. Sie pervertierten das ignatianische Prinzip der Einformung zu einer Strategie, um jene zu erledigen, die sie zu Feinden erklärt hatten. Nichts blieb dabei übrig vom Kampf des Soldaten Ignatius um die höhere Ehre Gottes. Wolf und der Alte waren Meister in der Kunst der Verstellung gewesen, ansonsten hatten sie nichts gemein. Sie waren wie Feuer und Wasser. Wolfs perfide Täuschungen waren eine Waffe, ein heimtückisches Gift, um Menschen zu zersetzen. Bellmontis Illusionen waren heilende Medizin. Sie ließen die Menschen staunen. Nicht im Sozialismus und im Tod, das hatte Szymbo in seiner Grabrede auf den Alten gesagt, im Staunen seien die Menschen gleich.

Dank des wolfschen Kochbuchs blühte Albina auf und entfaltete verborgene Talente. Mit den Händen knetete sie Mehl, Eigelb und Wasser für die sibirischen Pelmini, Nudelteigtaschen, die sie mit Pikanterien aus Schwein-, Rind- und Lammfleisch füllte. Szymbo schälte derweil Rote Bete für den Borschtsch und kochte Pellkartoffeln für einen Moskauer Salat. Unter strikter Befolgung der Rezepturen zauberte Albina Kohlrouladen, Fischsoljanka und russische Eier in Mayonnaise auf den Tisch. Zwischendurch nippte sie an ihrem Wodka, strahlte wie eine Königin und las uns aus Wolfs Küchengeheimnissen das Kapitel *Über weibliche Güte und Fisch in Aspik* vor.

»Übrigens hat er als Chefspion nicht nur geschrieben, er hat auch viel gelesen. Sein liebster Schriftsteller war Ernest Hemingway, dieser Stierkämpfer und Löwenjäger, der das Buch von dem alten Fischer geschrieben hat, dem die Stunde schlägt.«

»Und der sich nach zu viel Havanna-Rum mit der Jagdflinte das Gehirn weggepustet hat«, höhnte Szymbo. »Das hätte der Edelkommunist Wolf nie gebracht. Nach dem, was ich über ihn im Netz lese, war er stur und selbstgerecht, eitel und elitär. Apropos elitär. Maik, du warst doch in Bellmontis Museum in diesem Pankewitz. Das war die bevorzugte Wohngegend der Parteibonzen. Eben las ich einen alten Nachruf auf Wolf in der *Berliner Zeitung*. Demnach hat Erich Mielke ihm 1986 als Prämie für treue Dienste ein Stasi-Anwesen in Pankewitz vermacht. Als Wochenenddomizil, für einen Spottpreis. Heute soll darin ein Museum sein.«

»Das ist ja mal eine Information! Das kann nur Bellmontis Museum sein. Der Alte hat mir vor Jahren erzählt, dass er das Gebäude Ende der neunziger Jahre für einen symbolischen Preis hatte erwerben können. Jeden Geburtstag hat er mir ein Honoratiorenbillett zukommen lassen. Es sieht so aus, als hätte Bellmann und Wolf mehr verbunden als die geistige Verwandtschaft in der Kunst des Tricksens und Täuschens. Die beiden kannten sich. Aber so gut, dass man Immobilien verschenkt?«

»Es sei denn«, sagte Szymbo ernst, »wir wagen das Undenkbare zu denken. Dass unser alter Zirkusdirektor zu einer klandestinen Seilschaft gehörte, die sich seit der Wende Gefälligkeiten zuschustert. Das würde auch den Besitz unseres nicht ganz preiswerten Refugiums hier erklären.«

»Niemals!« Erbost nahm Albina einen doppelten Schluck Moskovskaya. »Auf so einen vergifteten Gedanken kann nur ein Pole kommen. Was seid ihr nur für gehässige Nachbarn!«

»Nun mal halblang, Albina«, beschwichtigte ich sie. »Das war doch nur ein Gedankenspiel …«

»… genau, Detektive kennen keine Denktabus …«

»… aber faktisch wissen wir nichts. Schon bei meinem Besuch in Bellmontis Museum lag etwas Mysteriöses in der Luft. Da ist ein Rätsel verborgen, das ich nicht verstehe. Wir müssen uns dieses Museum unbedingt einmal gemeinsam anschauen.«

»Aber vorher wird gegessen. Ich sorge mich doch nicht den ganzen Tag um euer leibliches und geistiges Wohl, um mich dann zu streiten. Der Deutsche und der Pole sind sich spinnefeind, aber wehe, es geht gegen uns Russen, dann …«

Mir reichte das Gemaule. »Jetzt halt deine Klappe!«

Mich verblüffte, Albina blieb still.

Den ganzen Abend aßen wir mehr oder weniger schweigend. Wir tranken Wodka und spülten den Moskovskaya mit Budweiser herunter. Schließlich reichten wir uns gegenseitig Teller, Schüsseln und Töpfe, spießten Köstlichkeiten auf Gabeln, um den anderen probieren zu lassen, empfahlen unbedingt noch diese oder jene Spezialität zu kosten, schwiegen wieder, tranken und prassten uns über die Grenze der Völlerei hinaus. Szymbo gab sich versöhnlich.

»Also dieser Stasi-Wolf, eines muss ich ihm lassen. Wenn der so spioniert hätte, wie seine vorzüglichen Gerichte munden, dann wäre die Deutsche Demokratische Republik nie den Bach runtergegangen. Dann hätte der Osten den Westen annektiert. Na zdrowie!«

Szymbo füllte unsere Gläser nach, und zu dritt stießen wir an.

»Wusstet ihr eigentlich«, fragte ich, »dass Markus Wolf über zwei Jahrzehnte als Mann ohne Gesicht galt? Die westlichen Geheimdienste hatten keine Idee, wie er aussah. 1979 erst, zufällig in dem Jahr, als ich nach Heidelberg gezogen bin, wurde Wolf enttarnt. Ein hoher Militär, ein Überläufer, der sich in den Westen abgesetzt hatte, erkannte ihn auf einem Foto, geknipst in Schweden, mitten in Stockholm. Beim Einkaufsbummel mit seiner Frau.«

»Mit mir wäre ihm das nicht passiert«, erwiderte Albina. »Ich sag ja immer, der Mann sollte der Frau die pekuniäre Basis schaffen, aber beim Shoppen sollte sie unter ihresgleichen bleiben.«

»Nichts in der Geschichte ändert sich wirklich«, sinnierte Szymbo und entkronte neue Budweiser. »Wo die Frau auftaucht, ist das Verhängnis nicht weit. Das steht schon im Alten Testament. Hätte diese dämliche Eva nicht in den Apfel gebissen, dann wären wir niemals aus dem Garten Eden rausgeflogen.«

Ich wandte mich an Albina. »Sag mal, wieso nannten seine Freunde Markus Wolf eigentlich Mischa?«

»Mischa ist der russische Kosename von Michail, dem deutschen Michael. Als Wolf nach dem Krieg aus Moskau nach Deutschland zurückkehrte, wurde er Kommentator für den Sowjet beim Rundfunk in Berlin. Er machte Propaganda für den Sozialismus der revolutionären Arbeiterklasse. Er forderte Kaviar und Champagner. Für alle! Getarnt natürlich. Er nannte sich *Michael Storm*. Mischa, der Stürmische. Ob er auf der Seite der Wahrheit stand, das weiß der Himmel. Aber er hatte den Mut zum Irrtum und hat nie einen Freund im Stich gelassen. Im Herzen war Wolf ein Russe.«

»Chapeau, meine Liebe, bravissimo!« Szymbo klatschte. »Michael, der Erzengel! Welch eine Gestalt! Furchtlos, mächtig und weise. Fiel er doch Abraham in den Arm, als er sein Messer senkte, um seinen Sohn Isaak zu opfern. Michael teilte das Rote Meer und wies dem Volk Israel den Weg aus der Knechtschaft in Ägypten hinein ins Gelobte Land. Am Ende der Zeiten wird er Satan und seine Teufel ewig und ultimativ zerschmettern. Und wenn wir antreten beim Jüngsten Gericht, wird seine Posaune die Toten aus ihren Gräbern erwecken und er wird ihre Seelen führen ins heilige Licht.«

Szymbo schenkte Wodka nach und stürzte sein Glas in einem Zug herunter. »Was ich sagen will, Michael ist ein Gotteskrieger. Ein Kämpfer, ein Soldat. Der stärkste aller Engel. Woran das amerikanische Mike schon lange nicht mehr erinnert. Dieses Kosewörtchen, diese verstümmelte Karikatur eines Namens. Insofern passt du als Maik Kleine ja gut in dieses kulturlose Land. Musst du als Lampenwart für Sunrise im Mondschein diesen Banausen wirklich das Licht bringen? Maik, ich flehe dich an. Was willst du beim Ami? Bob Dylan braucht dich nicht. Vergiss ihn! Hier ist dein Ort.«

»So sehe ich das auch«, sagte Albina. »Stell dir vor, Mischa hätte sein Kochbuch in Amerika schreiben müssen. Dann hätten wir heute Abend wieder Pizza bestellt.«

»Genau! Maik, denk an das Bier beim Ami. Dieses Miller-Gesöff, diese Plörre des Grauens, diese Plempe … Oh Scheiße, dieser Russenwodka haut einen voll aus den Socken … Mein Gott, ist mir schlecht.« Pjotr presste die Hand vor den Mund, sprang auf und stürzte ins Bad.

Am Morgen kamen Szymbo und ich erst spät aus den Betten. In meiner Erinnerung an den Abend klaffte ein Riss. Mein Kopf brummte. Doch es roch nach frischem Kaffee. Das Frühstück stand auf dem Tisch. Albina servierte uns Fisch in Aspik, Heringe in Essig und saure Gewürzgurken.

»Ihr wart betrunken. Und geschnarcht habt ihr, als würdet ihr den Ural absägen. Ich war die Nacht über wach, und wisst ihr, was ich gemacht habe? Ich habe die Kartons mit den Zeitungsausschnitten über den Zirkus Bellmonti durchgesehen. Die von ganz früher. Jedes Bild habe ich mir angeschaut. Und dann habe ich gefunden, was ihr nicht gesucht habt. Hier!«

Albina legte eine Ausgabe der französischen Illustrierten *Paris Match* aus dem Jahr 1975 auf den Tisch. Mit einem ausführlichen Bericht über das 2. Internationale Zirkusfestival in Monte Carlo. Die Fotos der Artisten mit den begehrten Clown-Trophäen, darunter das Trio Bellmann, konnte Albina nicht gemeint haben. Aber das Bild vom abendlichen Gala-Dinner. Das war es! Albert Bellmann kehrte dem Fotografen den Rücken zu und prostete seiner Frau mit Champagner zu. Rechts von Irene saß der Schauspieler Cary Grant, daneben Romy Schneider, die mit geschlossenen Augen und leicht geöffneten Lippen einen Mann im Smoking anschmachtete. Eindeutig: Das war Markus Wolf.

»Solche Bankette würden mir auch gefallen«, flötete Albina, »mit schönen Kleidern, Haute Cuisine und Krimsekt. Es muss ja nicht immer die rustikale Küche sein. An einen Hauch von Luxus könnte ich mich gewöhnen.«

»Wie wahr, meine Liebe«, meinte Szymbo, »das Gourmetfrühstück vor ein paar Tagen war nicht zu verachten. Im geheimsten Grund deiner Seele bist du die wahre Königin des Kempinski.«

Ich dachte, gleich knallt Albina die Tür zu und haut ab. Aber sie nickte.

»Ja, Pjotr, du begreifst, was ich meine. Wenn ich mich entscheiden dürfte zwischen fünf Sternen in Berlin und der Titanic in der Moskauer Shosse Kotelniki, ich müsste nicht lange nachdenken.«

»Lass uns überlegen, Albina. Mir spukt noch immer dieser Mann im Kempinski im Kopf herum, der dir das Päckchen mit dem Schlüssel übergeben hat. Ich denke, wir kommen weiter, wenn wir wissen, wer das war. Stell ihn dir noch einmal vor. Versuch in seine Haut zu schlüpfen, versuche zu denken und zu fühlen wie er.«

Albina nickte und schloss die Augen, wie Romy Schneider in *Paris Match*. Sofort schlug sie die Lider wieder auf.

»Ich will nicht so fühlen wie er! Er war redegewandt und zuvorkommend. Und scharf auf mich war er auch. Ich hatte schon ein paar kleine Martinis weg und war einem Abenteuer gegenüber nicht abgeneigt. Aber etwas an diesem Mann stieß mich ab. Er quasselte und quasselte und quasselte. Und er qualmte. Eine Zigarette nach der anderen. Er machte mir Komplimente wegen meines Kleides mit den Sonnenblumen. Irgendwann fasste er mir ans Knie. Gekonnt beiläufig und gewollt absichtslos. Ich mochte die Tätschelei nicht. Aber ich hatte schon mächtig einen in der Krone, und er bot mir an, er könne mir in meiner Suite gern aus den Blumen helfen. Um den Kerl loszuwerden, fiel mir als Ausrede nur ein, ich würde aus Liebeskummer trinken, weil mein Ehemann mich verlassen habe, und ich sei für ein Abenteuer noch nicht bereit. Er lachte. Für ein Stündchen Rumvögelei könne ich mich schließlich gegen meine Sentimentalität immunisieren. Ihm wurde wohl richtig heiß. Jedenfalls tupfte er sich den Schweiß von der Stirn, zog sein Jackett aus und schlug die Manschetten seines Hemdes hoch. Auf seinem Arm sah ich runde Narben. Wie bei den Gangstern in Moskau. Da war bei mir der Ofen völlig aus. Denn ich hatte bei der seligen Jungfrau ein Gelübde abgelegt, für diese Leute nie mehr die Beine breit zu machen.«

Ich war wieder dreizehn. Fast vierzehn. Ich war ein Junge, der im frostigen Winter aus einem Ferienheim in Zakopane abgeholt wurde, der vor einem ausgebrannten Haus gegen den Schmerz ankämpfte, der ein letztes Mal stumm seiner Mutter begegnete, bevor ihn der Leiter der Leipziger Jugendhilfe in einen Bus Richtung Westen setzte. Herr Johannes Frank! Der Mann, der pausenlos redete und rauchte. Von ihm stammte der Schlüssel für die Winkler Straße 23A. Ebenso die Zigarettenasche vor Albert Bellmanns Tresor. Nach drei Jahrzehnten hatte mich meine Vergangenheit noch immer im Griff. Noch immer irrte ich umher im Nebel meiner Geschichte. Mit meinem Abflug nach Amerika würde sich dieser Nebel nicht lichten. Erst musste ich Johannes Frank entgegentreten. Und zwar dieses Mal nicht als Junge, sondern als Mann.

12

SCHWEBENDE JUNGFRAU

Auf Tournee in Europa; 1983–1995

Ich hatte die rechte Wahl getroffen. Nach meinem Einstellungsgespräch im Caravan des Zirkusmagnaten Alberto Bellmonti sah ich mich bestätigt: Von allen Stätten, an denen ich kein Zuhause finden würde, war der Zirkus die erträglichste.

»Du bist also der junge Mann, der mit uns mitreisen will.«

Ich nickte.

»Und was versprichst du dir davon? Suchst du eine neue Heimat? Oder willst du die alte hinter dir lassen.«

»Ich will wissen, weshalb die Jungfrau schwebt.«

»So so, bist du dir sicher? Bedenke, sie schwebt nur in deiner Fantasie. Du erliegst einer Illusion. Einem Trick. Den kann ich dir auch so verraten. Im Vertrauen, wenn du ihn nicht ausplauderst.«

»Das ist nicht dasselbe.«

»Was ist nicht dasselbe?«

»Den Trick zu durchschauen, warum das Mädchen schwebt, und und …«

»… oder sie selber schweben zu lassen. Ist es das, was du möchtest?«

»Ja.«

»Bedaure, aber diese Aufgabe ist bereits vergeben.« Der Alte schmunzelte. »An den großen Magier der Manege Alberto Bellmonti. Möchtest du selber in der Manage stehen? Im Licht? Sei ehrlich, ohne Scheu! Aufrichtige Antworten nehme ich niemandem übel.«

»Ich will nicht im Licht stehen.«

»Und wo siehst du deinen Ort?«

»Im Schatten.«

»Ich verstehe, du willst also die Bibel auf den Kopf stellen. Dein Licht gehört demnach unter den Scheffel und nicht auf den Leuchter. Was willst du im Schatten? Dich verstecken?«

»Ja.«

»Was du zu verbergen hast, ist deine Sache. Das geht mich nichts an, wohl aber, was du im Schatten bewirken willst.«

»Ich würde ins Licht setzen, wer dort seinen Platz hat.«

»Jemanden wie Albina, das Mädchen in dem weißen Kleid?«

»Ja.«

»Gefällt sie dir?«

»Ich weiß nicht.«

»Das heißt, sie gefällt dir sehr?«

»Ja.«

»Dann darf ich dir einen Rat geben. Verwechsele einen Menschen nie mit dem Licht, in dem er erscheint und das ihn erleuchtet. Weder Albina noch dich und mich. Und auch sonst niemanden. Verstanden?«

»Ja. Wollen Sie damit sagen, ich bin eingestellt?«

Direktor Bellmonti erhob sich, holte eine Flasche und schenkte uns ein. Eine, wie ich später erfuhr, selten gewährte Geste des Einvernehmens. Er reichte mir einen Schwenker und ich trank den ersten Kognak meines Lebens.

»Willkommen im Zirkus. Willkommen in der Familie!«

Ich bedankte mich höflich, fürchtete aber, durch kleine Gesten, durch das Verschränken der Arme oder das Zwinkern meiner Augenlider, ausgelöst durch das Wort *Familie,* mein Unbehagen zu verraten.

Noch immer flackerte sie auf, die kaputte Leuchtstoffröhre an der Grenzstation Marienborn, wo ich in einer frostigen Winternacht in einem Omnibus kauerte und ein Guckloch in die vereiste Scheibe hauchte. Die Lampe erhellte kein Dunkel. Ihr Flackern zerhackte den Zeitstrom meiner Geschichte, in der das Band zwischen Gestern und Heute gerissen war. Das blasskranke Licht zuckte im Niemandsland der Heimatlosigkeit, in dem die Vergangenheit starb und die Gegenwart keine Zukunft mehr zeugte.

Bellmonti schaute mich an. Ohne Mitleid, ohne Bedauern, doch mit dem verstehenden Blick eines Wissenden. So hätte ich mir einen Vater vorgestellt, wenn ich mir erlaubt hätte, ihn zu vermissen.

»Wir werden sehr viel reisen und ständig unterwegs sein. Maik, dir wird keine Zeit bleiben, an einem Ort Wurzeln zu schlagen. Selbst wenn du den Zirkus zu deiner Heimat machst, wirst du Tage erleben, an denen dich nur das Heimweh begleitet.«

Gern hätte ich etwas erwidert, aber ich wusste nicht was.

Direktor Bellmonti trank seinen Kognak aus. »Das Heimweh verschwindet nie. Wohin wir auch gehen, es wartet überall. Aber manchmal haben wir Glück. Dann sind wir schon wieder weg, bevor es uns erwischt.«

Ich war achtzehn, galt als gescheiterter Gymnasiast und hatte nie Manegenluft geschnuppert; plausible Gründe, in der Hierarchie eines patriarchalen Zirkusunternehmens die niedersten Ränge zu bekleiden. Im Frühsommer 1983 verließen wir Heidelberg, schlugen das Chapiteau in Köln und Aachen auf und tourten anschließend durch die Niederlande. Ich tauschte Boots gegen Gummistiefel, Jeans gegen Blaumann, Schiller gegen Schubkarre und wurde Stallbursche. Ich gabelte den Pferdemist weg, fegte den Dung aus den Käfigen und karrte Unmengen Futter an. Heu, Stroh und Hafer für die Lipizzaner, Berge an frischem Gras und trockenen Broten für die Elefanten. Allein die acht sibirischen Tiger der Raubtiergruppe verfraßen täglich die Fleischtheke einer Metzgerei. Die Tiere waren zutraulich und gewöhnten sich schnell an mich. Ich striegelte die Pferde, schmückte die Elefanten und führte sie vor ihrer Dressurnummer zum Sattelgang hinter dem Entree für die Artisten. Am Ende der Vorstellungen wechselte ich zu den Putzern. Wenn spätabends der Abfall eingesammelt, die Ränge gereinigt, die Sitze gesäubert und die Toilettenwagen geschrubbt waren, fiel ich in mein Bett. Der Kapellmeister Pjotr Szymborski hatte mir einen Platz in seinem Wohnwagen freigeräumt. Eine provisorische Bleibe, für die nächsten zwölf Jahre. Ich war der ideale Untermieter. Wenn Szymbo bis spät in die Nacht auf seinem Saxofon die Tonleitern herunterdudelte, lag ich in tiefstem Schlaf.

Meine Arbeit erledigte ich mit leichter Hand, gründlich und ohne zu nörgeln. Das bloße Tun entband mich von zermürbenden Gedanken und befreite mich vom Ballast nutzloser Grübelei. Zudem gewann ich beim Auf- und Abbauen des achtmastigen Zirkuszeltes mit seinen zweitausend Sitzplätzen an Stärke und Kraft. Mit festem Hammerschlag trieb ich die Stahlanker des Chapiteaus in den Boden, brachte Seilwinden und Flaschenzüge zum Aufziehen der Dachplanen an, stabilisierte Stützstreben und Sturmstangen; eine harte Plackerei, die vom Zauber der Manege nichts übrig ließ als gequetschte Glieder, schmerzende Knochen und das beglückende Gefühl, am Ende schweißtreibender Tage mit dem Werk der eigenen Hände zufrieden zu sein.

Eines Abends, in Rotterdam, hing an einem Bügel in meinem Kleiderspind eine Uniform. Eine blaue Paillettenjoppe mit goldfransigen Schulterklappen, Streifenhose, Pagenmütze und passenden schwarzen Lackschuhen. Fortan firmierte ich als Kartenabreißer und Platzanweiser. In den Vorstellungspausen bediente ich im Zirkuskiosk und verkaufte Limonade, Popcorn, Eiscreme, Zuckerwatte und rote kandierte Äpfel. Weil ich pünktlich und verlässlich war, empfahlen mich die Artisten für höhere Aufgaben. Für die Flying Varadis und die Lakatos-Brüder überprüfte ich Hochseile, Trapezschaukeln, Strickleitern, Schleuderbretter und Sicherungsnetze. Für Vladimir Tarchenkov polierte ich die Hanteln, Eisenketten und Stahlkugeln, damit sie bei seiner Kraftakrobatik silbrig glänzten wie überdimensioniertes Schmuckwerk. Vladi war Russe und trat auf als Samson Ramones, der stärkste Mann der westlichen Hemisphäre, unbezwungen und unbesiegt. Durch Vladi wurde mir der Unterschied zwischen Sein und Schein bewusst, nicht begrifflich abstrakt, sondern sinnenhaft greifbar.

Der Alte hatte Vladimir als legitimen Nachfolger von Emil Bahr aufgebaut, der als Milo Barus Pferde stemmte und Bahnschienen verbog. War der Muskelmann Barus tatsächlich stark wie ein Bär, so hatte Vladimir Tarchenkov lediglich die Kunst perfektioniert, stark zu wirken. Auf die Schliche kam ich ihm beim Tragen seiner Gerätschaften. Die riesige Stahlkugel war aus hohlem Aluminium, schwerelos wie der Sputnik im All. Wenn Samson Ramones die Kugel, einem pantomimischen Prometheus gleich, auf seine Schultern wuchtete und mit seinen hohlen Eisenbällen jonglierte, avancierte er zum Herrscher über Lasten, über die jeder gestandene Mann sich schlapp gelacht hätte.

Vladi war mit der deutschen Kunstreiterin Dagmar Heise verheiratet, die mit einer halsbrecherischen Parforcerittnummer auf weißen Lipizzanern die Vorstellungen eröffnete. Nach einem Kinobesuch in einem *Mad Max*-Movie hatte sie ihrem Mann aus einem abgewetzten Ledersattel, den Kettengliedern einer Motorsäge und einem verbeulten Motorradschutzblech das Fantasiekostüm eines neuzeitlichen Gladiators geschneidert. Samson bewegte sich darin absichtsvoll schwerfällig, um seine

Schlitzohrigkeit zu verbergen. Morgens und abends rasierte er seine Bartstoppeln und übte auf Anraten seiner Frau vor einem mannshohen Spiegel grimmige Visagen ein. Sein Haar hatte er zu einer Glatze geschoren, die er mit einer Speckschwarte einrieb. Vladi schwor auf Schweinespeck als die effizienteste Methode, im Scheinwerferlicht zu glänzen, seinem Publikum Respekt einzuflößen und seine Gegner einzuschüchtern.

Als kalkulierter Überraschungseffekt während Vladimirs Kraftakten trat der befrackte Alberto Bellmonti in die Manege und wedelte mit einem blauen Geldschein. Jedem, der stärker sein sollte als Samson Ramones, versprach er 100 Deutsche Mark bar auf die Hand. Außer unseren eigenen Leuten, die wir im Publikum positionierten, hat sich nur einmal jemand das Geld verdient. Zwar wollten sich genügend kräftige Kerle beweisen, aber die ungestümen, meist etwas beschränkten Burschen ahnten Vladis Tricks nicht. Da sie nicht um die Wirkung elektrischer Magneten im Manegenboden wussten, mühten sie sich vergeblich ab, hohle Blechklötze zu heben. Meine Aufgabe war es, aus dem Schatten der Lichtbühne oberhalb des Zuschauereingangs die Szenerie zu beobachten. An dem Beleuchterpult fand sich ein Kippschalter, um den Magneten zu aktivieren. Wenn das Publikum über die Herausforderer lachte, bebten einige vor Ärger, riefen Betrug und forderten ihr Eintrittsgeld zurück. Da sich die Zuschauer nie auf ihre Seite schlugen, kühlten die Querulanten schnell wieder ab. Lediglich Anfang der Neunziger in Konstanta am Schwarzen Meer mussten wir eine halbe Plastiktüte voll rumänischer Lei rausrücken, weil ein paar fixe Zigeuner beim Anschalten des Magneten in der zentralen Energieversorgung den Strom lahmlegten.

Peu à peu diente ich mich im Bellmonti zum Manager des Alltäglichen hoch. Die Manege jedoch blieb mir fremd, suspekt gar. Sobald die Scheinwerfer das Chapiteau erhellten, wenn der Kapellmeister Szymborski den Taktstock hob und die Akrobatin Dagmar bei der wilden Ungarischen Post auf dem Rücken ihrer Hengste den Salto schlug, war die Manege nicht mehr mein Ort. Ich verzog mich in den Kiosk, wo ich eine Riesentüte Popcorn wegputzte, die Augen schloss und Pjotr Szymborski lauschte, der sein Ensemble mal mit traumschönen Harmonien, mal mit entfesselter Dynamik durch das Programm jagte.

Was Albina angeht, so muss ich gestehen, dass ich sie in den ersten Tagen beim Zirkus gar nicht erkannte. Ohne weißes Kleid, ungeschminkt und ohne die Aura schwebender Jungfräulichkeit vermochte ich sie unter den jungen Artistinnen, Tänzerinnen und Revuemädchen nicht auszumachen. In Bluejeans und T-Shirt und in ihren Sportanzügen aus Ballonseide sahen sie alle gleich aus: zierlich und hübsch, mit Pferdeschwanz, ständig tuschelnd und für mich unendlich weit weg. Um einfach nach Albina Kurkova zu fragen, fehlte mir der Mut.

Bewusst begegnete ich ihr zum ersten Mal, als sie nach einer Abendshow an Szymbos Wohnwagen klopfte, ohne Aufforderung eintrat und unvermittelt loszeterte. Szymbos kakofonische Eskapaden seien mal wieder unerträglich gewesen und hätten während ihres Auftritts derart an ihren Nerven gesägt, dass sie am liebsten aus dem Chapiteau gestürmt wäre. Allein Tschaikowsky harmoniere mit ihrer Darbietung, während dieses amerikanische Gejaule sie aus dem Takt bringe. Die Katzenmusik des Maestros, so schimpfte sie, würde ihr allmählich den Verstand rauben. Pjotr hatte ihr ein kühles Bier angeboten und auch mich eingeladen. In aller Ruhe entgegnete er Albina, der Raub ihres Verstandes sei eine ernste Angelegenheit, für den Zirkus Bellmonti jedoch verlustfrei verkraftbar. Als Zeichen des guten Willens, der Reue und der Buße werde er für sie schöne, melodische und herzergreifende Volksweisen aus Russland im Fünfvierteltakt komponieren. Albina entging der Sarkasmus. Sie schmollte noch ein wenig, ohne wirklich beleidigt zu sein, dann lächelte sie mich an und fragte mich nach meiner Herkunft und meinem Namen.

»Maik Kleine, aus Heidelberg.«

»Aus Heidelberg! Da war ich Sightseeing! An einem freien Tag habe ich mir das kaputte Schloss angesehen. Das kennst du doch bestimmt?«

»Ja.«

»Heidelberg ist schön.«

»Ja.«

»Du redest wohl nicht viel. Dafür quatscht dein polnischer Kamerad hier umso mehr. Kein Wunder, dass du mir nicht aufgefallen bist.«

Albina reichte mir die Hand und wünschte eine Gute Nacht. Aber die war für mich nach ihrer letzten Bemerkung gelaufen.

Bei den Vorstellungen trat Albina immer zum Ende des Programms auf, gemeinsam mit Bellmonti. Der furiose Höhepunkt des zirzensischen Theaters endete in einem Feuerwerk der Illusionen, mit der weißen Jungfrau als Heldin in einer dramatischen Liebesgeschichte, kitschig und rührselig und wie alle Romanzen im Zirkus mit triumphal gutem Ende. Verblüffende Schwebetricks waren im Illusionstheater immer eine sichere Bank, das Publikum in den Bann zu ziehen. Außer an jenem Abend im niederländischen Den Haag, als das finale Spektakel gründlich danebenging. Wegen Wolodja. Er hatte alle Pings verpasst und war an der Kurbel eingenickt. Von dem Alten zur Rede gestellt, gab er zu, dass in der Kanne, die er zum Wachbleiben brauchte, mehr Wodka war als Tee. Damit war Wolodja sein Amt als Kurbler los. Albina war weniger wütend als erleichtert. Auf Bellmontis Frage, wen sie sich als neuen Mann an der Maschine wünsche, sagte sie:

»Den Maik aus Heidelberg.«

Das Schöne kette den Menschen an die sinnliche Welt, das Erhabene befreie ihn davon, hatte mich Pater Leonard im Heidelberger Jesuitenkolleg zu lehren versucht. Leo hatte sich auf Friedrich Schiller berufen: *Nur als Sinnenwesen sind wir abhängig, als Vernunftwesen sind wir frei*. Aber ich mochte nicht frei sein. Ich sehnte mich nach Abhängigkeit, nach einem Seil, das mich hielt, nach einem Netz, das mich auffing, nach einem festen Arm. Nicht im Denken, sondern real. Eine schwebende Jungfrau umhüllt vom Schein der Unnahbarkeit war dazu ungeeignet.

Bereits in meinem zweiten Tourneejahr in Frankreich galt ich als die rechte Hand des Magiers der Manege, ohne dass der Alte mich formell zu seinem Assistenten ernannt hätte. Um den reibungslosen Ablauf der Illusionen zu gewährleisten, überprüfte ich die Funktion von Falltüren, falschen Wänden und doppelten Böden, kontrollierte unsichtbare Fäden und Geheimkammern, Spiegel und Magneten und steckte ganze Populationen an Tauben und Kaninchen in verborgene Hohlräume. Die meiste Mühe verwendete ich auf die Wartung der schwarzen Maschine. Obwohl ich Albinas Kurbler war, kam ich ihr nicht näher. Ganz im Gegenteil bewirkte meine Arbeit hinter dem Vorhang, dass ich ihre gefeierten Auftritte nicht einmal mehr sehen konnte.

Greifbarer für mich war ihr Vater, der Mechaniker Anatol Shirman, ein Meister der improvisierten Klempnerei. In jeder freien Minute suchte ich ihn auf, getrieben von dem Wunsch, seine Tochter in das wunderbarste Licht zu stellen, das die technischen Mittel der Bühnenbeleuchtung hergaben. Auslöser war Albinas Brautkleid, ein Erbstück ihrer toten Mutter, das im Lauf der Jahre unübersehbar gelitten hatte. Selbstverständlich hätte sie der Alte jederzeit neu eingekleidet, aber sie bestand darauf, nur dieses Kleid zu tragen. Verblichen, schmuddelig und mehrfach geflickt, bot es bei Tageslicht ein Bild des Jammers, über das die 2000-Watt-Scheinwerfer in der Manege jedoch gnädig hinwegleuchteten.

»Vergiss die Lampen«, sagte Anatol. »Vergiss das eitle Licht. Das Geheimnis des Leuchtens verbirgt sich in der Selbstlosigkeit. In der dienenden Farbe schlechthin. Im Schwarz. Erst das Schwarz erlaubt dem Zirkus, hell, farbig und bunt zu erscheinen.«

In Anatols Gegenwart wurde mir klar, dass alles, was ich bislang als Schwarz bezeichnet hatte, nur ein mehr oder weniger dunkles Grau war. Der Russe träumte nicht nur vom absoluten Schwarz, er arbeitete auch an dessen Erzeugung, wohlwissend, dass er es als Grenzwert im Unendlichen nie würde schauen können. Dieses Schwarz wäre vollkommen. Anatol nannte es die »Mutter der Nacht«. Sie würde alles Licht schlucken und keinen einzigen Strahl zurückwerfen.

Wir experimentierten mit verschiedenen Stoffen und Chemikalien, um für den Zirkus einen Vorhang mit ultimativem Verdunkelungsgrad zu entwickeln. Samt, Velours, Molton und aufgeraute Baumwolle, was weiß ich. Wir kochten das Zeug in Lösungen aus Silberoxid, Brom und Höllenstein und dampften Essenzen aus Nickelsulfat und Phosphor auf ungezählte Stoffproben auf. Die Ergebnisse waren erstaunlich, entsprachen aber nicht Anatols Ansprüchen. Ein Durchbruch gelang, als der Alte für uns über DDR-Kanäle eine Lastwagenladung mit dickem Trevirastoff aus sowjetischen Armeevorräten organisierte. Das mattierte und lichtdichte Material war ideal für unsere Zwecke. Wir setzten es sowohl basischen als auch sauren chemischen Reaktionen aus und verbrauchten dabei einen Zentnersack Eisenoxid und literweise Essigsäure zur Pigmentstabilisierung. Die Leute im Zirkus beschwerten sich über den Gestank und klagten zu Recht, in der Nähe der Stoffplanen würden ihnen die Augen tränen. Wir besaßen ein transportables Schwimmbassin aus der Zeit, als Bellmonti noch eine

Seelöwennummer im Programm hatte. Darin spülten wir den Stoff aus. Der ätzende Geruch verlor sich, das Schwarz blieb und entfaltete beim Trocknen eine abgründige Tiefe, neben der pechschwarze Schuhcreme wie helles Grau wirkte. In den Kreisen von Illusionisten, Theater- und Varietéleuten rief unser Vorhang Begeisterung hervor. Vor seinem Hintergrund erstrahlte das triste Brautkleid Albinas in einer Blütenreinheit, die das Auge blendete und die Sinne betörte. Nie mutete eine Jungfrau ätherischer an, nie schwebte sie leichter.

Szymbo brachte uns auf die Idee, unsere Erfindung an die Militärs zu verkaufen. Da unser Schwarz nur ein Minimum an Strahlung reflektierte, meinte Pjotr, dränge es sich als Tarnfarbe für Bombenflieger und Düsenjäger regelrecht auf. Als wir ein Patent anmeldeten, sprachen tatsächlich Vertreter der US-Armee vor, und wir witterten schon das große Geschäft. Bei einem Test stellte sich jedoch heraus, dass unser Schwarz nur mit Trevira-Kunstfasern zusammenwirkte, auf metallischen Flächen von Flugzeugen aber abblätterte. Verkauft wurde unser Patent Ende der achtziger Jahre schließlich doch noch, an das Schwarze Theater *Laterna Magica* in Prag, doch Geld floss aus der sozialistischen Tschechoslowakei nicht auf unser Konto. Später erfuhren wir, dass unser Vorhang nie in die Serienproduktion gegangen war, weil Anatol für die Mutter der Nacht die letzten Reste des Armee-Treviras verbraucht hatte.

Dann kam die Wende und mit ihr die Finanznot. Ich nahm zwar nie tiefere Einblicke in die pekuniäre Situation des Bellmonti, hatte aber jederzeit den Eindruck, dass der Alte gut und verantwortlich zu haushalten verstand. Jedenfalls mangelte es nie an Geld, selbst in den späten Achtzigern, als manches Zirkusunternehmen in ernste Turbulenzen geriet. Ich selbst hatte mir um Geld nie Gedanken gemacht. Zwar war mein Gehalt bescheiden, aber ich lebte genügsam und brauchte kaum Barschaft, außer ich ging an freien Abenden ins Kino oder zog mit Anatol, Szymbo sowie dem Trompeter Jakub und dem Schlagzeuger Krysztof auf ein paar Biere in fremden Städten durch die Kneipen. Außerdem war ich nicht unvermögend, um das Wort *reich* zu vermeiden.

Im Februar 1983, wohnhaft noch im Kollegium Ignatius, hatte ich zu meinem 18. Geburtstag ein Einschreiben der Heidelberger Kanzlei Hauenschild erhalten. Der Erlös aus dem Verkauf des Hauses und Besitzes meiner Tante Veronika stand mir mit meiner Volljährigkeit zur freien Verfügung. Eine astronomisch hohe Summe. Abzüglich der Notarkosten 470 000 Deutsche Mark! Da mir so viel Geld kein Segen, sondern eine Last schien, von der ich keine Ahnung hatte, wie sie zu tragen war, erteilte ich Doktor Hauenschild auch weiterhin die Vollmacht, mein Vermögen treuhänderisch zu verwalten. Dass ich meinen Reichtum nie erwähnte, nicht einmal gegenüber Szymbo, entsprang keinem Misstrauen, sondern dem Umstand, dass ich nur selten daran dachte.

Das Zusammenleben mit Szymbo gestaltete sich konfliktfrei, obwohl er mit seinem polnischen Katholizismus bisweilen nervte. Bibelkundig wie er war, wähnte er sich als der mittlere der drei Knechte im Neuen Testament, denen ein Gutsherr sein Kapital anvertraut hatte, ihren Fähigkeiten entsprechend fünf, drei und ein Talent. Als getreuer Diener seines Herrn sah es Szymbo als seine Christenpflicht an, seine vom Schöpfer empfangenen Talente mindestens zu verdoppeln, weshalb er mit seiner musikalischen Potenz genauso wucherte wie mit den Gewinnmöglichkeiten, die sich im Zirkus boten. Szymbo war richtig gut darin, den Leuten das Geld aus der Tasche zu ziehen. Nicht aus Eigennutz oder persönlicher Gier. Eher aus Spaß, belustigt darüber, für welchen Blödsinn manche Zeitgenossen ihr Geld rauswarfen. Nach der Devise, auch Kleinvieh mache Mist, heckte er mit dem Alten die Idee aus, die Dummen bereits im Entreebereich des Zirkusbaus um ihr Kleingeld zu erleichtern.

Für die Kinder hatten wir Automaten für Kaugummikugeln, Blechringe und Flummibälle aufgestellt, für die Männer einen Teste-deinen-Sexappeal-Apparat, bei dem man gegen einen Punchingball boxen musste, um zu erfahren, ob man ein Schlappschwanz, ein liebestoller Wüstling oder ein nimmersatter Casanova war. Außerdem hatten wir einen Glaskasten voller Teddybären, die man nach erfolgtem Münzeinwurf mit einer Art Kran aus dem Kasten angeln konnte. Nie gelang es jemandem, eines der Plüschviecher herauszufischen, da die Greifer aalglatt waren und die Bären an einem bestimmten Punkt immer wieder in die Kiste zurückfielen. Die Tumben steckten dann eine neue Münze in den Geldschlitz, während die Klugen von vornherein die Finger von dem Gerät ließen. Richtig Kasse machten wir mit einem Automaten, in den man Eine-D-Mark-Münzen einwarf, die unter rappelndem Getöse wellenförmig verbogen wieder ausgespuckt wurden, sofern man für die bescheuerte Kapitalvernichtungsaktion eine weitere Deutsche Mark bezahlte.

Obschon wir in Szymbos Caravan auf engsten Raum wohnten, kamen wir uns kaum in die Quere. Ich war dank meines unverwüstlichen DDR-MR 311 Taschenrechners mit Weckfunktion Frühaufsteher, Szymbo dagegen, wie auch Bellmonti, ein Mensch später Stunden, der morgens bis in die Puppen schlief. Nachts komponierte er und brütete über seinen Partituren. Wenn nicht, hockte er mit dem Alten zusammen, dem ein aufgescheuchtes Huhn von Klatschreporterin die Marotte in den Kopf gesetzt hatte, seine Lebensgeschichte mit all den prominenten Society-Bekanntschaften schreie geradezu nach einer Autobiografie. Nur war Bellmonti ein Mann des gesprochenen, nicht des geschriebenen Wortes. Um sich nicht zu verzetteln und in der Flut seiner Anekdoten zu ertrinken, hatte er

Pjotr gebeten, seine Geschichten in eine manuskripttaugliche Form zu bringen. Obwohl ich den Alten als wenig eitel erlebte, machten die beiden ein ziemliches Tamtam um das Buch, das Szymbo nur das *MdMdM-Projekt* nannte. Wenn ich mich nach dem Stand der Dinge erkundigte, reagiert er unwirsch, da er sich offenbar mehr Arbeit aufgehalst hatte, als ihm lieb war, und kaum noch dazu kam, sein Saxofon zu spielen. Einerseits malte er sich den Erfolg des Buches als Weltbestseller aus, andererseits fürchtete er, als gedungener Ghostwriter werde sein Talent als Literat unentdeckt bleiben. Aber das sei das Opfer, das er mit dem *MdMdM-Projekt* um einer höheren Sache willen zu bringen habe.

Dann fiel die Berliner Mauer, und der Eiserne Vorhang zerriss.

Spätestens gegen Ende der Tournee 1991/92 ließ sich nicht mehr verbergen, dass wir gerade noch die Kosten einspielten. Zwar gaben wir, abgesehen von einigen Wochen um die Jahreswende, ganzjährig unsere Vorstellungen, doch die schlechten Wintermonate standen noch bevor. Unser Chapiteau hatte die besten Tage hinter sich. Die tragende Stützkonstruktion war nur noch Stückwerk, zusammengehalten von Anatols Schweißtechnik. Durch die Risse der Zeltplane pfiff der Wind und tropfte der Regen, die Sessel in der Loge waren speckig, die Sperrsitze zerschlissen, von den maroden Rängen ganz zu schweigen. Ein neues beheizbares Großzelt wäre dringend vonnöten gewesen, doch an eine solch kostspielige Investition in die Zukunft war nicht zu denken.

Bis zur Wende 1989 hatte ich den Kapitalismus des Westens als Motor gesellschaftlicher Entwicklungen erlebt. Nun lernte ich seine Schattenseite kennen: die gnadenlose Konkurrenz. Zirzensische Attraktionen waren kein Kulturgut mehr, sondern eine Unterhaltungsware. Mit dem Ende der Deutschen Demokratischen Republik endeten auch die staatlichen Subventionen für die volkseigenen Zirkusse: Busch, Aeros und Berolina. Einst klingende Namen, Botschafter des Sozialismus. In meiner alten Heimat standen sie für Goldmedaillen, Planerfüllung und Volkskultur, erschwinglich für jedermann. Nun taumelten sie in den Bankrott. Aus der Perspektive der Mitte Europas gesehen überschwemmte sowohl der Westen als auch der Osten den Markt. Scharen herausragender Artisten vervielfachten das Angebot, ohne im gleichen Maß die Nachfrage zu steigern. Zwei, drei Dutzend Ensembles des Russischen Staatszirkus tourten gleichzeitig durch Europa, zudem die sensationellen Chinesen, deren Akrobaten die Belastbarkeit des menschlichen Körpers neu definierten, um den Preis freilich, dass schon Dreijährige gedrillt und verbogen wurden. Aus Kanada setzte der poetische Cirque du Soleil neue Maßstäbe, und die Giganten der Illusionskunst aus Las Vegas schraubten das Level des Staunens mit ihrem technischen Aufwand in bombastische Dimensionen. Der traditionelle Zirkus mit Pferden, Elefanten und Raubtieren geriet in die Krise, und die zahlreichen kleinen Familienbetriebe mussten mit ihren Sammeldosen in den Fußgängerzonen um Futtergeld betteln. Für Szymbo waren die Zwergzirkusse die biblischen Knechte mit nur einem Talent. Sie kamen arm und sie gingen arm, weil die Passanten in den Innenstädten ihnen nur Klimperknete in die Büchsen steckten. Nie Scheine.

Auch für den Zirkus Bellmonti wurde es eng. Die Zuschauer blieben aus. Wir benötigten unverbrauchte Sensationen und frische Strategien, um das Publikum wieder in unser Zelt zu locken. Er müsse sich ins Gespräch bringen und den Leuten etwas zum Tratschen anbieten, hatte die Illustriertenreporterin Bellmonti geraten. Schicksale, Gerüchte, Intrigen. Herz und Schmerz. Auch Tiere. Die würden immer gehen. Früher hätte der Alte die Klatschschnepfe schlichtweg vor die Tür gesetzt, doch aus Einsicht in den Ernst der Lage wies er Szymbo und mich an, uns zusammenzusetzen und Geschichten auszuhecken.

Wir wurden ein passables Team, wobei Szymbo zur Entfaltung seiner Fantasie ein gewisses Quantum Bier brauchte. Floss das Budweiser, flossen auch seine Ideen und mündeten in einem Meer aberwitziger Geschichten, die ich in der Presse lancierte. Von der gelähmten Akrobatin, die im französischen Lourdes geheilt wurde und sich erstmals wieder auf das Hochseil wagte. Von dem Missionar, der ein begnadeter Clown wurde, nachdem er den ugandischen Diktator Idi Amin nur deshalb überlebte, weil er den Menschenfresser zum Weinen brachte. Oder von dem Dompteur, den eine liebestolle Löwin um ein Haar zerfleischt hatte und der sich nach seiner Genesung wieder in den Raubtierkäfig traute.

Die Redaktionen nahmen derlei Geschichten dankbar an und druckten jede Absurdität, die ich ihnen unter dem Siegel der Exklusivität unterjubelte. Die Tratschtante hatte recht, am besten liefen Tierstorys. Die bloße Andeutung, Elefanten, Pferde, Tiger oder Seelöwen müssten womöglich aus Geldnot einschläfert werden, löste zuverlässig Wogen des Mitgefühls aus. Ich selbst machte im Umgang mit den Medienleuten eine doppelte Erfahrung. Erstens: Je haarsträubender das Märchen, desto eher wurde es geglaubt. Zweitens: Meine Schuljahre im Ignatz waren nicht umsonst. Die ignatianische Technik der Einformung erlaubte mir, dreiste Lügen als plausible Wahrheiten anzubieten und sie erfolgreich zu verkaufen. Offenbar vermochte ich bei anderen Gefühle zu wecken, die ich selbst nicht empfand.

Je bedrohlicher die Krise wurde, desto häufiger mischten Leute mit, die mit teuren Autos vorfuhren und sich Consulter nannten. Sie stellten alles auf den Prüfstand und verhießen eine schmerzhafte Umorientierung, um das Zirkusunternehmen neu auf dem Markt zu positionieren. Sie wollten uns abspecken und gesundschrumpfen, wollten rote Zahlen in schwarze Nullen verwandeln und Ratings und Rentabilitäten optimieren. Sie anglisierten den Namen unseres Programms, um das Zielpublikum auf den Eventcharakter zu fokussieren. Fortan hießen wir nicht mehr Zirkus Alberto Bellmonti, sondern Bellmontis Sensational Senses. In ihren Gutachten empfahlen die Berater, den familiären Stallgeruch der Artistentruppen durch marktkompatible Identitäten auszutauschen. So wurden aus den ungarischen Lakatos-Brüdern die L. A. Escalitos, und die ukrainischen Motorradkaskadeure der Truppe Melnikov jagten nun als Devils of the Doom durch die Todeskugel. Nur Vladimir Tarchenkov beharrte auf seinem Samson Ramones und weigerte sich, die Manege als »Dominator« zu betreten.

Der Alte nahm die neuen Herausforderungen wahr, ohne sich ihnen noch zu stellen. Hatte er früher vor Tatkraft gesprüht, so zog er sich jetzt mehr und mehr zurück und verfiel in depressive Antriebslosigkeit. Nicht einmal die Aussicht, sich mit seiner Biografie in die Geschichte zeitgenössischer Persönlichkeiten einzuschreiben, munterte ihn noch auf. Daher fielen auch die nächtlichen Schreibstunden mit Szymbo aus, der mir nun endlich verriet, was es mit dem *MdMdM-Projekt* auf sich hatte.

»Nichts Ominöses«, sagte er. »*MdMdM* heißt einfach nur *Memoiren des Magiers der Manege.*« Sie sollten übrigens nie den Weg zwischen zwei Buchdeckel finden.

Der Untergang des Zirkus Bellmonti war nicht abzuwenden. Der Alte wusste das. Und ich wusste es auch, seit dem Abend, als er mich in seinem Wagen zum Kognak einlud.

»Ich werde ohne den Zirkus leben müssen«, sagte er.

Ich fürchtete, er werde nun anfügen, solch ein Leben sei nicht lebenswert. Aber er deutete auf das schwarz-weiße Foto an der Wand. Das Trio Bellmann mit Frau Irene und Tochter Dalia.

»Ob mit oder ohne Zirkus, nichts wird sich für mich ändern, Maik. Alles, was ich zu verlieren hatte, habe ich längst verloren. Man kann mir nichts mehr nehmen. Ich weiß, dir geht es genauso. Du bist noch keine dreißig. Und du hast Angst. Vor dem Trapez, vor dem Drahtseil, vor dem Licht. Ich sage dir, die Furcht ist die größte Illusion. Und ich verspreche dir, du wirst sie von dir werfen in dem Moment, wenn du springst, anstatt immer nur ins Bodenlose zu starren.«

Pjotr Szymborski war der Erste, der uns verließ, im Herbst 1994, ein halbes Jahr vor der Auflösung des Zirkus. Szymbo ging schweren Herzens. Um seiner Entlassung zuvorzukommen. Und aus Selbstachtung, weil er nicht bereit war, auch nur eines seiner Talente auf dem Altar des Zeitgeistes zu opfern. Wenig später verabschiedete Albert Bellmann das ganze Ensemble, dem ohne Kapellmeister der Zusammenhalt fehlte. Wo Szymbo früher den Takt vorgegeben hatte, wurde nun Musik vom Band eingespielt, ein monotones Gehämmer mit zweihundert Beats pro Minute. Einst blies Szymbos gequältes Saxofon die Verzweiflung der einsamen Braut hinaus in die Nacht. Nun dröhnte vor Albinas Sprung in die Tiefe eine pathetische Hardrockhymne aus den Boxen des Chapiteaus von Bellmontis Sensational Senses. Eddie van Halens *Jump*.

13
POST AUS HEIDELBERG
Berlin; Ende August 2007

»Hast du je einen Gedanken daran verschwendet, wie viele Johann, Johannes oder J. Frank es in Deutschland gibt? Fast so viele wie Peter Meier. Oder Sabine Sauer. Ihr Deutschen neigt zur Konformität. Sagte ich nicht immer, Blaskapellen, Gleichschritt und Techno-Beats sind die Sargnägel von Kunst und Individualität!« Pjotr Stanislav Szymborski war online und fixierte den Monitor, wo er Namen, Adressen und Telefonnummern recherchierte.

»Und wenn du die Suche auf Leipzig und Umgebung begrenzt?«

»Ein knappes Dutzend. Bei der Hälfte fehlen Straße und Hausnummer. Außerdem ist es fast dreißig Jahre her, dass du diesem Tabakquarzer von der Jugendhilfe begegnet bist. Woher sollen wir wissen, ob Frank noch in Leipzig wohnt? Oder jemals dort gewohnt hat. Vielleicht ist er längst tot. Oder er hat den Namen seiner Frau angenommen. Was weiß ich. Wie alt war er 1979, als er dich aus den Ferien in Zakopane abgeholt hat?«

»Ende dreißig, höchstens. Mag sein, dass er jünger wirkte, als er war. Er war sportlich, hatte sich gut gehalten, obwohl er qualmte wie dein Lada.«

»Könnte passen«, sagte Albina. »Den Mann an der Kempinski-Bar würde ich auf Mitte sechzig schätzen. Drahtig und durchtrainiert. Oben wie unten, ich meine, Körper und Kopf. Hätte ich mehr Martinis getrunken und mich gegen meine Aversionen immunisiert, der hätte nicht auf halber Stecke schon vor dem Gourmetfrühstück schlapp gemacht.«

»Und du bist sicher, Maik, dass der Johannes Frank aus deiner Jugend und der Mann mit dem Schlüssel für unser Domizil ein und dieselbe Person ist.«

»Zu neunundneunzig Prozent. Nur wie finden wir heraus, wo er sich aufhält?«

«Mein Lieber! Du solltest dich besser fragen, was du eigentlich von diesem Schenkeltatscher willst. Wäre es nicht an der Zeit, deinen polnischen Freund und deine russische Zechprellerbraut in deine Pläne einzuweihen? Sofern du nicht längst in Gedanken deinen Bob Dylan illuminierst. Oder siehst du dich als Clyde, der mit seiner amerikanischen Bonnie durchbrennt, während du deine Moskauer Fluchtgefährtin allein in diesem grässlichen Berlin zurücklässt, nachdem du dich satt gefressen hast an ihren kulinarischen Üppigkeiten nach den originalen Rezepturen unseres Freundes Mischa, dessen Grab diese Mistkerle …«

»Al-bih-na! Es reicht!« Szymbo haute auf die Tastatur. »Du bist nicht ausgelastet. Immer nur Küche ist definitiv zu wenig. Aber im Ernst, Maik, wann geht dein Flug nach Los Angeles?«

»In einer Woche.«

»Dann überleg dir reiflich, ob du vorher mit diesem Johannes Frank noch das Fass deiner Vergangenheit aufmachen willst.«

»Sag ich ja!«, zischte Albina. »Unser netter, sanfter, unschuldiger und vollkommen harmloser Maik Kleine lässt den Deckel auf dem Topf. Das Leben immer schön köcheln lassen, auf mickrigem Flämmchen, damit die Suppe nicht überschäumt. Würde unser Michael ein stürmisches Feuer entfachen, könnte er sich ja die Finger verbrennen. Da flüchtet er lieber zu seinen Bonnies. Geh nur! Geh zu diesen Ami-Schlampen.«

»Leck mich am Arsch! Und du! Hau ab zu deinen Moskauer Geldscheißern! Albina, du hast einen Knall!«

Ich musste raus aus der Winkler Straße, raus aus Berlin und nach Hamburg, wenigstens für ein, zwei Tage. Um durchzuatmen, um mich einzustimmen auf meine Reise in die USA. Die Formalitäten waren erledigt. Mein Mietvertrag war gekündigt, die Mansarde geräumt. Das Mobiliar samt Kochnische, Bett, Hi-Fi-Anlage und ein paar vollen CD-Regalen hatte ich einem Studentenpärchen überlassen, das mir überglücklich versprach, mich am Abend vor meinem Abflug zu Rotwein und Spaghetti einzuladen. In einem Depot in Altona lagerte noch ein Karton mit persönlichen Dingen, von denen ich einige mit in die Staaten nehmen wollte. Bankunterlagen, Briefe, Papiere des Notariats Hauenschild und meinen Steinzeittaschenrechner MR 311. Mein Handkoffer war bereits gepackt. Ein Reisenecessaire mit Zahnbürste und Rasierzeug, zwei Garnituren Unterwäsche, ein paar Jeans, ein T-Shirt und ein Wechselhemd würden bei der Landung in den USA reichen. Kalifornien war warm, und in L. A. konnte ich mich einkleiden.

Als ich die Kiste durchschaute, fielen mir die Honoratiorenbilletts des Internationalen Museums für zirzensische Artistik und Illusionskunst in die Hände. Insgesamt neun Tickets, die mir der Alte über die Jahre zugeschickt hatte. Wie Freikarten für Kinder, aber ich steckte sie ein, zur Erinnerung an meinen väterlichen Freund. Zugleich nagte der Streit mit Albina an mir. Die letzten Tage hatten wir uns in Bellmanns Grunewalder Villa häufig angegiftet. Neben dem Bedürfnis nach Versöhnung ahnte ich allmählich, wie schwer mir der Abschied von Albina und von Szymbo fallen würde. Ich wollte ihnen etwas von mir zurücklassen. In der Kiste wurde ich fündig. Die zwölf Edelsteine meiner Tante Veronika würde ich Albina schenken, riskierend, dass sie mir die Steine vor die Füße warf. Bei Szymbo zweifelte ich nicht.

Die drei Tasten der Orgel aus der Leipziger Paulinerkirche wären für ihn als Katholik zweifelsohne echte Reliquien.

Ich nahm einen späten Nachmittagszug von Hamburg nach Berlin und schellte gegen 20.15 Uhr wieder an der Tür der Winkler Straße 23A. Am Sonntag, den 26. August 2007. In fünf Tagen würde ich am Schalter der United Airlines am Frankfurter Flughafen einchecken.

Albina öffnete. Ich hatte mich auf schmollenden Groll vorbereitet, doch sie trat mir bekümmert und fürsorglich gegenüber.

»Ich habe auf dich gewartet. Der Tisch ist gedeckt. Kalte Platte, russisch. Weil ich nicht wusste, wann du zurückkommst. Pjotr hat Hunger. Er kann sich kaum halten.«

»Schau dir das Festmahl an«, forderte mich Szymbo auf. »Orgiastisch! Proletarische Opulenz. Nicht wie diese aufgeschäumten Gourmand-Petitessen, die nur den hohlen Zahn füllen. Eines Tages erfinden sie für unsere Albina noch den Michelin-Mond für kulinarische Üppigkeit. Wegen dir, Maik! Glaub nicht, dass sie einen Polacken so verköstigen würde. Setz dich! Aber zuvor das Päckchen! Dieses Mal nicht von mir vergessen. Du hast nämlich Post. Heute Morgen kam der Briefträger.«

»Wie kann das sein, Maik?« Albina hielt ihre Neugierde nicht zurück. »Das Paket ist an dich adressiert. Es war ein paar Tage unterwegs, weil der Absender die Winkler Straße mit der Winkelstraße verwechselt hat. Aber die gibt es in Berlin gar nicht. Deshalb hat der Briefträger hier geklingelt und nach dir gefragt. Pjotr hat behauptet, du seist unser neuer Vermieter. Seit Alberto verstorben ist. Der Postbote sagte, er habe von der Beerdigung mit dem Elefanten gelesen, und hat uns das Päckchen ausgehändigt. Nun rate, wo es abgestempelt wurde. Stell dir vor, in Heidelberg! Von einem gewissen *L Punkt Baumgärtner SJ*. Woher hat der deine Adresse? Oder ist es eine Frau und das L mit Punkt steht für Lola oder Lolita?«

»Was! Das kann nur Pater Leonard sein. Mein alter Philosophielehrer. Ein Geistlicher. Ein Ordensmann. SJ steht für Societas Jesu.«

Wir nahmen Platz. Auf dem Tisch türmten sich deftige Delikatessen. Albina musste Stunden mit Mischas Kochbuch in der Küche verbracht haben. Doch ich verspürte keinen Appetit. Von Unruhe getrieben öffnete ich das Paket. Darin lagen ein Brief, ein abgegriffener Reisepass der Bundesrepublik Deutschland sowie ein mir vertrautes Schaukästchen, das auf sonderbare Weise zu mir zurückfand. 1979 nach meinem Schulwechsel von Leipzig nach Heidelberg hatte ich es der biologischen Sammlung des Ignatz überlassen, weil ich mit dem Nachtfalter *Olepa Micra* nichts anfangen konnte.

»Der ist aber nicht schön«, kommentierte Albina. »Warum verschickt jemand so einen fetten Mottenschmetterling? Aber lies doch endlich den Brief vor.«

Mein lieber Freund Maik,

ich hoffe inständig, dass Sie mir nach so vielen Jahren diese Anrede gestatten und mir ein bescheidenes Kämmerchen des Erinnerns in Ihrem Herzen bewahrt haben. Wir glauben immer, es seien die Lehrer, die den Schüler prägen, aber in Ihrem und meinem Fall ist es wohl umgekehrt. Obschon ich nur wenige Jahre Ihr geistiger und in geringem Maß auch geistlicher Begleiter sein durfte, waren Sie von ungezählten Schülern der Einzige, der mich berührt, bewegt und gefordert hat, ohne freilich, dass dies Ihre Absicht gewesen wäre. Sie führten mich an eine Grenze, in der meine Gewissheiten schwanden und mein Leben nur noch als Frage vor mir stand. Das mag Sie überraschen, doch es ist so. Ich danke den Mächten des Himmels, dass Sie meinen Weg vor langer Zeit gekreuzt haben. Ob ich indes Ihnen ein guter Lehrer war, ich weiß es nicht. Sehen Sie mir nach, wenn mein Wunsch vielleicht größer war als mein Vermögen.

Das Präparat des Nachtfalters aus der Familie der Bärenspinner habe ich vor Jahren während der Renovierung des Kollegiums (Sie werden Ihr altes Ignatz kaum wiedererkennen) vor der Vernichtung bewahrt. Im Zuge der Modernisierungen hatte ein Referendar, frisch von der Universität, die verstaubte biologische Sammlung systematisiert und vermeintlich wertlose Exponate ausgesondert. Dabei ging der Kollege recht forsch zu Werke, doch über Ihren Olepa *hielt der himmlische Zufall seine Hand und bewahrte ihn vor der Mülltonne. Der biblische Prophet Jona übrigens machte mit dem* Olepa *keine gute Erfahrung. Das mögen Sie nachlesen in seinem Buch im Alten Testament in Kapitel 4. Sie sollten noch wissen, dass Sie mit diesem Insektenpräparat etwas besitzen, dessen Wert die Forschung und leider Gottes auch das Militär erst jetzt zu begreifen beginnt. In den einschlägigen Internet-Lexiken werden Sie unter dem Stichwort* Olepa Schleini *fündig. Ich denke, die Person, die Ihren Bärenspinner einst im Heiligen Land verortet hat, war ihrer Zeit voraus, aber so ist das im Leben wie in der Wissenschaft. Manche treten nicht aus dem Schatten heraus, erblühen nie und verkümmern unerkannt.*

Gestehen muss ich Ihnen eine Missetat oder, um das treffende Wort zu benutzen, einen Diebstahl. Ich beging ihn an einem Nachmittag im Februar 1979, wenige Tage nach Ihrem vierzehnten Geburtstag, im Haus Ihrer Tante Vera. Sie erlaubten mir, die zwölf Edelsteine, Symbole der endzeitlichen Vision des Neuen Jerusalems, an mich zu nehmen, die ich im Schlafzimmer Ihrer Tante fand. Ich gab Ihnen die Steine bei unserem Abschied zurück. Hoffentlich waren sie Ihnen dienlich und haben Sie nicht mit der Last Ihrer Familiengeschichte bedrückt. Doch ich entdeckte noch etwas, im Schubfach des Nachtschränkchens, und zwar den Reisepass Ihrer Tante. Ich nahm das Dokument an mich, fraglos unbefugt, und bestahl damit den rechtmäßigen Besitzer, die Bundesrepublik Deutschland. Man mag mir diese

Sünde verzeihen, entsprang mein Tun doch einer detektivischen Neugier und einer nicht immer mutig bekannten Liebe zu dem Spurenleser Karl May.

An Ihrem vierzehnten Geburtstag hoffte ich, Ihnen mit den drei Winnetou-*Bänden eine Freude zu machen. Nun sind Sie zweiundvierzig. Vielleicht haben Sie ja Ihre Ader als Fährtenforscher entdeckt. Vielleicht mögen Sie den Zeichen und Spuren folgen, die ich Ihnen mit meinem Päckchen zukommen lasse. Vielleicht aber haben Sie mit der Ihren und der Geschichte Ihrer Familie auch längst Ihren Frieden gefunden. Was auch immer Sie tun mögen, ich erbitte für Sie Gottes Segen.*

In herzlicher Verbundenheit mit Grüßen aus Heidelberg
Ihr Pater Leo

PS: Vom Tod Ihres Albert Bellmann habe ich aus der Zeitung erfahren. Dazu noch mein verspätetes Beileid. Bellmann war, das mögen wir zu den Zufälligkeiten des Lebens rechnen, wie ich vom Jahrgang 1935. Doch während Gott einen der Besten zu sich ruft, darf ich mich mit 72 Jahren noch guter Gesundheit erfreuen.

PPS: Beinahe hätte ich das Wichtigste vergessen. Das Alter ist eben doch nicht zu leugnen! Sollten Sie den Wunsch verspüren, meine Hilfe in Anspruch zu nehmen, es wäre mir eine Freude, Ihnen ein Freund zu sein.

»So einen Lehrer hätte ich auch gern gehabt«, sagte Albina. »Aber was dein Pater über Winnetou, das Militär und dieses Mottenviech schreibt, das verstehe, wer will. Ich nicht!«

»Kryptisch das Ganze«, bekräftigte Szymbo. »Verrückt, zumindest für Uneingeweihte. Pater Leo mag ein honoriger Lehrer und bescheidener Mensch sein, Maik, aber er weiß mehr, als er schreibt. Vor allem weiß er mehr über dich, als du uns je erzählt hast. Du bist mir und Albina und niemandem etwas schuldig, aber ich wünschte, unter Freunden könnten wir einander vertrauen.«

»Das hast du schön gesagt, Pjotr. Der Leonard ist ein feiner Herr. Das weht aus dem Brief heraus. Er und Alberto wären bestimmt ein Herz und eine Seele gewesen. Aber du, Maik, ich weiß nicht, wie ich mich ausdrücken soll. Du bist auch ein Herz und eine Seele. Nur, man sieht es nicht. Du bist nicht da, so richtig jedenfalls, meine ich.«

»Sehe ich auch so«, sagte Szymbo. «Du bist nicht du selbst, aber du bist auch kein anderer. Du hängst irgendwie dazwischen. Du bist auf halbem Weg … Maik, was ist los?«

Albina und Szymbo hielten inne. Sie sahen mir die Verzweiflung an. Dieser verstaubte Nachtfalter, dieses obskure Insekt hatte mich zurückgeschleudert. Weit zurück, nach Leipzig-Connewitz in die Bleibtreustraße, wo ich als Jungpionier Käfer und Schmetterlinge auf Nadeln spießte und der *Olepa* aus Israel meine Sammlung krönte. Schon meine Mutter Freya hatte den Schaukasten entsorgen wollen. Weil sie Insekten widerlich fand und weil das Teil sie an ihren Exmann erinnerte.

Pater Leonards Brief hatte mich nicht bloß verwirrt. Er stieß mich an jene Grenze, an die ich unbewusst auch den Jesuiten getrieben hatte und an der vom Leben nichts blieb als eine ungelöste Frage. Dass ich nach Amerika flog, um vor dieser Frage zu flüchten, war mir als mulmige Ahnung präsent. Wo auch immer ich hingehen würde, ich nahm das Rätsel meines Lebens mit. Vielleicht war ich ein Spurensucher. Nur hatte ich eine Spur gefunden, verließ mich der Mut, ihr zu folgen. Stillschweigend wünschte ich, Pater Leonard hätte mich vergessen und sein Päckchen niemals abgeschickt.

»Ich weiß nicht mehr, was ich will und was ich soll, was richtig ist und was falsch. Das Freundschaftsangebot von Pater Leo müsste mich freuen, aber ich verstehe ihn ebenso wenig wie ihr. Ich begreife seinen Brief nicht. Den Zeitpunkt nicht, den Inhalt nicht und den Zweck erst recht nicht. Ein Vierteljahrhundert habe ich nichts von ihm gehört. Und er nichts von mir.«

»Warum hast du ihn nie besucht?« Albina ergriff meine Hand. »Ich wäre mit dir nach Heidelberg gefahren. Und dein Lehrer hätte dir alles erklärt, anstatt schöne Briefe zu schreiben, die … Wie hattest du noch so trefflich formuliert, Pjotr?«

»… kryptisch sind! Und mirakulös!«

»Genau! Man sollte den Menschen nicht vor Rätsel stellen, die er nicht lösen kann.« Albina langte nach dem grünen Reisepass. »Aber warum schickt dir Leo diesen Ausweis nach Berlin? Woher hat er überhaupt unsere Adresse? Warum hat er den Pass nicht deiner Tante zurückgegeben?«

»Meine Tante ist tot!«

»Oh!« Albina bekreuzigte sich. »Hätte ich das wissen sollen? Dann täte es mir leid.«

»Es muss dir nicht leidtun. Sie starb 1979.«

»Ach so. Aber vorher ist sie viel gereist. Ihr Pass ist voller Stempel. Sieh selbst. Da ist kaum noch Platz.«

»Meine Tante war häufig unterwegs. Sie war als Kuratorin in Heidelberg beschäftigt. In dem Apothekenmuseum neben der Schlossruine, wo du 1983 Sightseeing warst, als Bellmonti einen jungen Mann zum Mitreisen suchte. Tante Veronika wohnte am Schlossberg, sehr idyllisch, in einem Haus voller Reiseandenken, hauptsächlich Mineralien und Edelsteine aus Südamerika und Afrika. Sie war überall. Äthiopien, Brasilien, Kolumbien, Mauritius. Sie hatte sogar einen getrockneten Piranha aus dem Amazonas in ihrer Vitrine.«

»Piranhas! In Amerika wimmelt es davon. Wenn du dort baden gehst, nagen dich die Viecher runter bis auf die Knochen. Ich sag ja, bleib lieber hier.«

Albina blätterte in dem Reisepass. »Etwas stimmt nicht. Von reichen Moskauern, die rund um die Welt Bissniss machen, weiß ich: Je ärmer die Länder, desto prächtiger die Stempel. Aber bei deiner Tante sind alle Stempel gleich öde.«

»Zeig her!«

Der Pass war abgegriffen und speckig und zeugte von einem umtriebigen Leben. Als ich das Passfoto erblickte, schreckte ich auf. Ich sah Freya, meine Mutter, der ich einst aus dem Ignatz Briefe und Pakete geschickt hatte, ohne je eine Antwort zu erhalten. Nach dem Mauerfall 1989 hatte ich ein Gesuch an die Waldenburger Nervenklinik und die Leipziger Meldebehörden geschickt, um etwas über den Verbleib meiner Mutter zu erfahren. Aus der Anstalt hörte ich nie etwas, aus Leipzig kam nach sechs Wochen die Antwort, man bedauere, mir keine positiven Nachrichten übermitteln zu können. Eine Frau Freya Kleine, geborene Blech, sei zwar immer noch in der Leipziger Bleibtreustraße 44 gemeldet, aber das Haus sei 1979 bei einem Brand vernichtet und nicht wieder aufgebaut worden. Seit dieser Zeit sei der Verbleib von Frau Kleine ungeklärt. Mein Impuls, mich auf die Suche zu machen, verpuffte schnell. Zum einen löste der bloße Gedanke an den Osten in mir Beklemmungen aus, zum anderen war ich verbittert. Ich war in Hamburg gemeldet und stand mit Namen und Adresse im Telefonbuch. Es wäre meiner Mutter ein Leichtes gewesen, mich über die Auskunft ausfindig zu machen. Aber kein einziges Mal hatte eine Nachricht von Freya auf dem Anrufbeantworter und oder ein Brief von ihr im Postkasten auf mich gewartet, wenn ich von den Tourneen mit dem Zirkus in meine Hamburger Mietwohnung zurückkehrte. Sie hatte mich nie gesucht.

Das Passbild zeigte Vera im Halbprofil, jung und attraktiv. Sie war ein Kind der frühen Nachkriegszeit, wie ihre Zwillingsschwester Freya in Leipzig geboren, am 5. März 1946. Größe: 168 cm. Augenfarbe: blau. Besondere Kennzeichen: keine. Ich blätterte vor zu den Stempeln. Ein flüchtiger Blick nur, wie ein

Fausthieb in die Magengrube. Mir blieb die Luft weg. Bestürzt registrierte ich: Vera war viel gereist, atemringend zählte ich, grob überschlagen, weit über einhundert Stempel. Aber immer in dasselbe Land: in die Deutsche Demokratische Republik.

Der Reisepass war am 18. April 1971 in Heidelberg ausgestellt worden. In den acht Jahren in der Bundesrepublik war sie über fünfzig Mal in die DDR ein- und ausgereist. Immer mit dem PKW. Selten länger als ein, zwei Tage. Oft fielen die Ein- und Ausreise auf dasselbe Datum, bei ständig wechselnden Routen. Sie hatte die frequentierten Transitstationen bei Helmstedt-Marienborn und Herleshausen-Wartha benutzt, häufig auch kleinere Grenzübergänge. Statt um den halben Globus zu fliegen, war Vera über Duderstadt, Rudolphstein und Rottenbach in den Osten gefahren.

Aber warum? Wenn sie als Staatsfeindin aus einem DDR-Gefängnis freigekauft worden war, wieso kehrte sie dann immer wieder hinter die Mauer zurück, in die Republik, die ihr die Freiheit geraubt hatte? Weshalb hatte sie zu Ostern und Weihnachten Westpakete an uns geschickt, in denen sie Ronny, Kessy und mich mit Süßkram und Jeans bedachte, wo sie doch dauernd in ihrer alten Heimat weilte? Sie hätte uns jederzeit besuchen können. Szymbos Scharfsinn riss mich aus meinen Gedanken, als er anmerkte, etwas mit dem Namen meiner Tante komme ihm spanisch vor.

»Sag mal, wie hieß sie nun wirklich? Mal nennst du sie Veronika, dann sprichst du von Vera.«

»Das bleibt sich gleich. Ich schätze, Vera ist eine Kurzform, so wie Hilde für Hildegard. Oder Maik für Michael.«

»In ihrem Pass steht Vera«, widersprach Szymbo. »Abgekürzt hat sie ihren Namen nicht. Mit Veronika hat sie zwei zusätzliche Silben eingeschoben und ihren Rufnamen verlängert. Normal ist das nicht.«

Albina mischte sich ein.

»Wenn ihr schon mein russisches Buffet nach Rezepturen von Mischa Wolf nicht würdigt, so darf ich euch wenigstens über die russischen Namen aufklären. Vera ist slawisch. Jedes vierte Mädchen wird in Russland so getauft. Wir haben mehr Veras als der Amerikaner Mikes und die Polen Marias und Josefs. Selbst atheistische, ungetaufte und gottlose Russen nennen ihre erstgeborene Tochter Vera. Vera bedeutet nämlich Glaube, Hoffnung und Vertrauen. Wenn dich deine Eltern Vera nennen, darfst du heiter und zuversichtlich deine Zukunft planen. Aber als Albina, lateinisch, die Weiße, die Unbefleckte? Vergesst es!«

»Pech gehabt, meine Liebe«, sagte Szymbo. »Vergessen wir aber nicht, dass die Lateiner auch den Namen Vera kannten. Den Römern war Vera die Wahrhaftige.«

»Ich fürchte, meiner Tante hat ihr Name nichts genützt. Sie hat sich mit ihrem Auto suizidiert.«

»Wie schrecklich!« Albina erbleichte. »Und das erzählst du deinen Freunden erst jetzt. Deine Tante war schön. Sogar auf ihrem Passfoto. Weshalb hat sie sich umgebracht und geglaubt, sie müsse ihre falsche Wahrheit in den Tod retten?«

»Ich weiß es nicht.«

»Gehen wir logisch vor.« Szymbo setzte sich an den Bildschirm und rief eine Suchmaschine auf. »Es muss einen Grund geben, weshalb Vera lieber den Namen Veronika tragen wollte. Den Namen jener Frau, die Jesus auf seinem letzten Weg zur Kreuzigung den Angstschweiß aus dem Gesicht wischte. Wisst ihr, was Veronika bedeutet?«

Albina und ich verneinten.

»Veronika ist nicht slawischen, sondern griechischen Ursprungs und heißt die Siegbringende. Maik, kann es sein, dass deine Tante eine Verwandlung durchlaufen hat? Von einer Frau, gläubig, vertrauend und der Wahrheit verpflichtet, zu einer Frau, die siegen, die gewinnen will, gegen wen und was auch immer? Und die am Ende verliert und den Schlussstrich zieht. Etwas muss passiert sein. Etwas Einschneidendes. Ein Schicksalsschlag. Eine Enttäuschung womöglich. Sodass aus Vera eine Veronika wurde, als eine Art Metamorphose. Nur rückwärts. Wie ein Schmetterling, der sich zurückverpuppt.«

»Ausschließen will ich nichts, doch gehört habe ich von solch einer Enttäuschung nie. Vera und meine Mutter Freya waren eineiige Zwillinge, aber vom Wesen her sehr unterschiedlich. Freya war der Glaube suspekt, Vera hingegen war religiös, übertrieben für meinen Geschmack. In der kurzen Zeit, als ich bei ihr wohnte, wusste ich nie, war sie fromm, esoterisch verblendet oder lebensklug. Ich schätze, alles zugleich. Sie war hochintelligent, zugleich schwärmte sie von den drei Weisen, die einem Stern folgten, um in einem Ochsenstall einem neugeborenen König zu huldigen. Dieser Jesusknabe war ihr Ein und Alles. Wahrscheinlich weil sie keine eigenen Kinder hatte. Sie war überzeugt, der Heilige Geist steige vom Himmel herab und zeuge uneheliche Könige. Sie war naiv. Als Studentin fing sie sich mächtigen Ärger mit der Staatssicherheit ein. Sie hatte 1968 gegen die Sprengung der Leipziger Paulinerkirche protestiert, die der Partei beim Aufbau des Sozialismus im Weg stand. Vera wurde inhaftiert und Anfang der siebziger Jahre in die Bundesrepublik abgeschoben. Wenn überhaupt, so vollzog sich die Verwandlung von Vera zu Veronika in Heidelberg. Was sie enttäuscht hat, sollte dem so sein, da kann ich nur spekulieren. Die Zeit in der Stasi-Haft, das Ende ihrer Universitätskarriere, der geplatzte Traum vom Sozialismus? Vermutungen, die alle einen Haken haben. Sie passen nicht zusammen mit den Stempeln in ihrem Pass.«

»Was deine Tante enttäuscht hat«, warf Albina ein, »war niemals etwas Politisches. Der Sozialismus war ein Desaster, eine Plage, eine Heimsuchung, aber daran verzweifeln Frauen nicht. Frauen verzweifeln an Männern. Das Einzige, was eine

Frau enttäuscht, ist die Einsicht, dem Falschen das Bett warm und den Schoß feucht gehalten zu haben.«

Da ich Albina weder zustimmen noch widersprechen, aber auch nicht betreten schweigen mochte, kramte ich die Abschiedsgeschenke hervor. Ich überreichte Szymbo mein Präsent mit dem weihevollen Hinweis, nachdem Barbaren die Paulinerkirche in Leipzig in die Luft gejagt hatten, habe Tante Vera in dem Trümmerhaufen des Ungeistes drei lädierte Kleinode des kulturellen Welterbes entdeckt und der Nachwelt erhalten.

»Das, mein lieber Szymbo«, hörte ich mich mit alberner Ergriffenheit sprechen, »sind nicht bloß Orgeltasten. Es sind Reliquien.«

Szymbo glotzte mich an, erst fassungslos, dann derart entgeistert, dass mir die Worte schwanden und ich auf den Satz von Vera zurückgreifen musste, mit dem sie mich in ihrem Haus am Königstuhl einst schwer beeindruckt hatte. »Über diese Tasten glitten die begnadeten Finger von Johann Sebastian Bach, wenn er sein Tedeum intonierte.«

»Wow!«, entfuhr es Albina.

»Ich brauche ein Bier«, sagte Szymbo. »Und einen doppelten Wodka. Besser dreifach.« Während er sein Budweiser hinunterspülte, prustete er plötzlich los, lachte schallend und enthemmt, dass ich dastand wie ein Schulbub, der sich mit hochrotem Kopf in der Ecke des Klassenzimmers schämt.

»Maik, du bist ein Vollidiot! Du glaubst jeden Schwachsinn, den man dir aufbindet. Orgeltasten, Tedeum, Bach, Paulinerkirche! Herrlich! Jeder Musikstudent im ersten Semester erkennt, dass deine Reliquien niemals zur Ehre Gottes eine Orgelpfeife zum Tönen gebracht haben. Bei der Orgel sind die Tasten für die ganzen Töne schwarz und für die Halbtöne weiß, genau umgekehrt wie bei Klavier und Flügel. Die Dinger hier sind ordinäre Klaviertasten, kunststoffbeschichtet, Plaste und Elaste aus Zschopau, massenhaft gebaut, um 1960, plus/minus fünf

Jahre. Und jetzt erzähl mir bloß noch, deine Tante Veronika hat dir dieses haarsträubende Märchen aufgetischt.«

»Scheiße«, war das einzige Wort, das mir über die Lippen kam.

»Darf ich die Herren jetzt endlich zu Tisch bitten? Das Essen wird kalt, äh, ich meine, die kalte Platte wird warm. Angerichtet im Übrigen nach Rezepten, die ein Geheimagent als Dank für ein Schäferstündchen für mich auf ein Partiturenblatt des bachschen Tedeums kritzelte.«

Gemeinsam platzten wir los, befreit von einer unterschwelligen Anspannung. Als wir uns vor Lachen endlich einkriegten, küsste mich Albina auf die Wange.

»Geh nicht nach Amerika!«

»Sonst frisst dich der Piranha«, spöttelte Szymbo. »Hast du noch mehr amüsante Geschenke? Was ist denn in dem Stoffbeutel?«

»Edelsteine.«

»Auch ein Erbstück von deiner weltenbummelnden Tante?«

»Sie lagen auf Veras Nachtschränkchen. Aber die Steine sind echt, garantiert. Bestätigt von Heidelberger Jesuiten. Es sollen die zwölf edlen Mineralien sein, aus denen nach der Apokalypse des Neuen Testamentes das himmlische Jerusalem gebaut sein wird.«

»Was! Die zwölf Steine aus der Offenbarung des Johannes? Von denen dieser Leonard in seinem Brief spricht? Zeig her!« Albina schnappte sich den Beutel und schüttete den Inhalt vorsichtig auf einer Tuchserviette aus.

»Nimm sie! Sie gehören dir«, sagte ich.

Sie schreckte zurück und starrte die Steine an, ohne sie zu berühren.

»Nein, Maik. Die will ich nicht. Steck sie weg. An den Steinen klebt das Unheil. Sie bringen kein Glück.«

Ich bereute, die Steine bei meinem Abschied aus Heidelberg nicht in den Neckar geworfen zu haben.

Szymbo entkronte ein Bier.

»Deine Tante ist ein echtes Mysterium. Sie kann im Schutt der Leipziger Pauluskirche niemals diese Klaviertasten gefunden haben. Und sie ist auch nicht um die Welt gejettet. Stattdessen pendelte sie zwischen den zwei Deutschlands hin und her. Ihr Leben scheint mir ein ziemlicher Schwindel. Was ist an dieser Frau eigentlich nicht gefaked?«

Vera war eine Lügnerin. Und alles sprach dafür, dass sie nicht nur mich belogen hatte. In mir keimte ein Argwohn, der sich zu einem Verdacht auswuchs. Ihre Geschichte war eine gezielte Inszenierung, eine kalkulierte Täuschung. Das wenige, das ich über meine Erbtante zu wissen meinte, brach zusammen wie der morsche Stammbaum einer fiktiven Biografie, als Szymbo ausrief: »Wolf, dieser Fuchs! Den Schlüssel zum Geheimnis der Veronika Blech liefert Markus Wolf!«

»Was willst du damit sagen?«

»Deine Tante Vera war Agentin! Sie spionierte für die Staatssicherheit der DDR!«

»Oh mein Gott, ist das aufregend. Wir brauchen Bier zur Beruhigung.« Albina öffnete drei Flaschen.

»Sprich weiter«, forderte ich Szymbo auf.

»In seinem Buch über die Kunst der Verstellung erzählt Wolf, dass die Stasi-Mitarbeiter im Westen mit Legenden ausgestattet wurden, frei erfundene, doch glaubwürdig anmutende Lebensgeschichten. Vera bot ideale Voraussetzungen, um Dichtung und Wahrheit zu kombinieren. Sie war der perfekte Typ für eine imaginäre Identität. Studierte Biochemikerin, Pharmakologin, jung, hübsch, da lag es nahe, aus ihr auch eine Idealistin zu machen, die sich um einer alten Kirche willen mit der Staatsmacht anlegt. Vom Osten inhaftiert, vom Westen freigekauft. Die optimale Agentenvita.«

»Stimmt. So einem Menschen vertraut man blind. Wie man sich einformt in andere Personen hat schon Ignatius von Loyola beschrieben. Durch die raffinierte Kombination von echten und falschen biografischen Bausteinen schlüpfte die Leipzigerin Vera in die Rolle der Heidelbergerin Veronika.«

»Nicht schlecht, Maik. Der Karl May bricht durch.« Szymbo nickte. »Ich denke, wir liegen richtig. Für unsere Theorie sprechen die Stempel in dem Reisepass. Die Klimpertasten und die Souvenirs vom Amazonas dienten vermutlich der Legendenbildung. Sie dürften aus der Requisitenkammer der Stasi stammen, wobei der Ausstatter ein dämlicher Stümper war, der keinen Schimmer vom Aufbau einer Orgel hatte.«

»Ihr Männer seid immer zu schnell. Im Bett und bei euren Konklusionen. Maik, deine Tante war doch die Direktorin dieses Apothekenmuseums. Meine Fantasie ist lebhaft, aber ich weiß beim besten Willen nicht, was es zwischen Arzneiflaschen, alten Mörsern und dem ganzen Retortenkrempel zu spionieren gab. Du hast selber behauptet, Agenten würden angesetzt auf ahnungslose Zielobjekte, die sie bespitzeln und zersetzen müssen. Wer soll das bitte schön bei Vera gewesen sein? Ich jedenfalls sehe die Stempel in ihrem Pass mit den Augen einer Frau.«

»Und was sieht dein femininer Blick?«

»Sie hatte einen Liebhaber. Einen Mann im Osten, mit dem sie nicht oft genug zusammen sein konnte. Manchmal trafen sie sich für ein, zwei Tage, manchmal nur für ein paar Stunden. Immer heimlich. Ab ins Hotel, zack, zack und dann wieder retour ins Museum. So stelle ich mir die Geschichte vor. Außerdem, glaubt ihr Männer ernsthaft, eine raffinierte, mit allen Wassern der Verstellkunst gewaschene Geheimagentin sammele auf dem Bettschränkchen Edelsteine für das Neue Jerusalem.«

»Selbstverständlich!«, antwortete Szymbo. »Nicht obwohl, sondern weil sie so ausgekocht ist. Um zu verwirren. Um sich zu tarnen. Um falsche Spuren zu legen.«

»Nein«, widersprach Albina. »So denkst *du*! Aber so denkt keine Frau. Vera hat geträumt.«

»Und wovon?« Ich stand unter Spannung. Der Detektiv war geweckt.

»Sie hat geträumt vom Ende der Nacht.«

Albina stand auf. Aus dem spärlich bestückten Wandregal in Bellmontis Salon zog sie ein Buch hervor. Eine Bibel. Sie blätterte kurz und las:

»Offenbarung des Johannes Kapitel 21, ab Vers 23: *Die neue Stadt braucht weder Sonne noch Mond, die ihr leuchten. Denn die Herrlichkeit Gottes erleuchtet sie. Die Völker werden in diesem Licht wandeln, und die Könige der Erde ihre Pracht in die Stadt bringen. Ihre Tore werden den ganzen Tag nicht geschlossen – Nacht wird es dort nicht mehr geben.*«

Schon nach dem ersten Halbsatz war ich Albina nicht mehr gefolgt. Als sie vorlas, die Stadt bedürfe nicht der Sonne und des Mondes, entglitt mir die Kontrolle über meine Vorstellungen. Ich driftete ab nach Los Angeles, zu Sunrise & Moonshine Lighting Systems. Jählings verspürte ich einen Stich, einen Unwillen, ja Widerwillen, mir vorzustellen, Bob Dylan und seine Band in ihren grauen Anzügen auszuleuchten, weder als Magier des Lichts noch als Meister des Schattens.

»Du erstaunst mich, Albina.« Szymbo war überrascht. »Woher kennst du die Endzeitvisionen des heiligen Johannes?«

»Ich möchte euch etwas erzählen.« Albina streckte Brust und Kinn vor und räusperte sich, als wolle sie ihre Verschämtheit überspielen. »Etwas über mich. Und über das Licht. Und über die Eitelkeit, von der wir in Russland sagen, sie sei die geblendete Stiefschwester des Lichts.

Meine Eltern trennten sich schon vor meiner Geburt. Nicht dass sie miteinander stritten, aber als sie mich zeugten, hatten sich die Falschen getroffen. Für sich genommen war jeder verträglich, nur zusammen nicht. Ihr wisst ja, dass mein Vater Anatol ein Fantast war, ein Tüftler, der glücklich war, wenn er sich Stunde um Stunde mit Kleinigkeiten beschäftigen konnte. Als Mechaniker war der Zirkus für ihn der rechte Ort, weil ständig irgendwas zu reparieren war. Mutter dagegen träumte von der Stadt und von einem Mann, der es in ihren Augen im Leben zu etwas gebracht hatte. Als sie mit mir schwanger ging, zog sie zurück nach Moskau. Tagsüber putzte sie die Häuser von Funktionären, abends machte sie sich fein zum Ausgehen, zuversichtlich, den Richtigen zu finden. Nur fand der Richtige sie nicht. In manchen Nächten kam Mutter erst spät heim, aber manchmal kam der Besuch auch zu uns. Ich störte dann und musste immer früh ins Bett. Aber ich war nie müde. Mama machte das Licht aus. Ich sah nichts in der Dunkelheit, aber ich hörte alles. Ich konnte und ich wollte nicht einschlafen, weil Mutti immer stöhnte und quiekte, und ich dachte, der Besuch tut ihr weh und sticht in sie rein mit einem Messer und macht sie tot. Ich wollte aufstehen, das Licht anschalten und Mama helfen, doch ich zitterte und hatte schreckliche Angst.

Ich bräuchte keine Angst zu haben, sagte Mutti morgens. Manchmal ließ sie mich zu sich ins Bett kriechen, aber im Schlafzimmer stank die Luft und die Kissen rochen nach Rauch und Aschenbecher. Eines Morgens an einem kalten Sonntag im Winter wartete ich, dass sie mich zu sich rief. Es wurde immer später, aber sie rief nicht. Mutter hatte sich die Adern aufgeschlitzt. Ihr Gesicht war grau wie altes Mehl und das Federbett war rot vom Blut. Mein Vater Anatol nahm mich zu sich, und fortan durfte ich im Zirkus mitreisen. Als ich alt genug war, mit vierzehn, wurde ich die schwebende Braut. Ich war stolz. Weil jeder die Jungfrau anschaut, niemand sie berührt und weil sie im Licht so schön ist. Das Licht mache den Menschen eitel und einsam, hatten Papa und Alberto mich gewarnt, aber ich habe nicht auf sie gehört. Ich wollte schweben, leicht sein wie eine Feder, wie flirrender Flitter im Licht. Wenn ich die Braut war, schloss ich die Augen. Ich flog fort und wollte nie wieder landen und wach werden. Doch wenn der Grobian Wolodja an der Schwebemaschine kurbelte, ruckelte sie. Dann war es aus mit den Träumen, und ich hätte Wolodja vor Wut am liebsten das Gesicht zerkratzt. Bei dir, Maik, lief die Maschine wirklich wie geschmiert, trotzdem wurde ich immer unglücklicher. Wie ein Dornröschen, das in alle Ewigkeit schlafen muss, weil kein Prinz die Dornenhecke durchdringt, um es wachzuküssen.

Aufgeweckt wurde ich an dem Neujahrstag in Wien. Nach dem Unfall von Dagmar bei ihrem missglückten Saltosprung auf das Pferd. Als der Krankenwagen sie abholte, ahnten alle, dass Dagmar gelähmt bleiben würde. Ich habe mich damals fürchterlich vor mir selbst geschämt, weil ich kaum Mitleid empfand, sondern enttäuscht war. Weil die Vorstellung abgebrochen wurde und ich als Braut nicht schweben konnte. Dagmar hat ihr Los nie beklagt. Sie glaubte sogar noch an ihren Schutzengel, nachdem er nicht aufgepasst hatte. Ich hätte tot sein können, sagte sie. Eitel war sie auch nicht. Sicher, das Licht der Manege bedeutete ihr viel. Aber nicht alles. Dagmar wusste aus der Bibel, dass man dem Licht keine Macht über sich geben darf. Auch mich hat die Heilige Schrift wachgerüttelt. Nicht die ganze Bibel, nur der Schluss. Die Offenbarung des Johannes. Die reicht aus, um sich zu bekehren, wenn man nur um sich selbst kreist. Darf ich noch weitererzählen oder langweile ich euch?«

Da jeder Ansatz zu einer Antwort überflüssig war, fuhr Albina fort.

»Bei demjenigen, der das Licht bringt, weiß man nie, ob er ein Engel ist oder ein Teufel. So wie Luzifer, der als Engel von Gott abfiel und zum Teufel wurde, zum Dämon des Hochmutes und der Eitelkeit. Aber er wurde besiegt, von einem, der stark und mutig war.«

Szymbo nickte bedeutungsschwer. »Nach der Überlieferung des Johannes nahm der Teufel die Gestalt eines Drachen an, doch der Erzengel Michael stürzte ihn hinab vom Himmel.«

»Genau so trug es sich zu.« Albina las erneut.

»Kapitel zwölf, Vers sieben. *Da entbrannte im Himmel ein Kampf; Michael und seine Engel erhoben sich, um mit dem Drachen zu ringen. Auch der Drache und seine Engel kämpften, aber sie konnten sich nicht halten, und sie verloren ihren Platz im Himmel. Er wurde gestürzt, der große Drache, die alte Schlange, die Teufel oder Satan heißt und die ganze Welt verführt; der Drache wurde auf die Erde gestürzt, und mit ihm wurden seine Engel hinabgeworfen.* So steht es geschrieben in der Heiligen Schrift, in der Frohen Botschaft, die allerdings unfrohe Tücken hat.«

Albina klappte die Bibel zu. »Der Satan ist zwar besiegt, aber leider nur im Himmel. Nicht auf der Erde. Die Drachen herrschen noch immer in ihren Höhlen und senden ihre Teufel aus. Manche Menschen sind tapfer und klug genug, um sich mit ihm zu messen. Viele verlieren den Kampf, wenige gewinnen ihn, die meisten treten erst gar nicht an. Der Erzengel Michael tötete einen Drachen, auch Siegfried und der heilige Georg. Aber du, Maik, du wirst deinem Namenspatron Michael nicht gerecht. Du traust dich nicht in die Höhle des Drachen. Das unterscheidet dich von Mischa Wolf. Er war bereit, sich die Hände zu beschmutzen und seine Feinde zu bekämpfen. Aber du bleibst sauber. Das macht mich wütend. Aber die Wut ist nur eine Laune, die kommt und geht. Schlimmer ist, dass du mich traurig machst. Du bist nicht verletzbar. Du spürst keinen Schmerz. Als wärest du in das Blut eines Drachen getaucht. Wie Siegfried. Bei ihm fiel ein Blatt zwischen die Schulterblätter und hinterließ eine Stelle, an der er verwundbar war. Du tust, als gäbe es eine solche Stelle bei dir nicht. Aber sie ist da. Das spürt eine Frau. Nur zeigst du sie niemandem. Vor deinen Feinden musst du sie verstecken. Aber du verbirgst sie auch vor deinen Freunden. Deshalb kann kein Engel dich schützen, wenn du auf deinen Drachen triffst und er dich mit seinem Feuer verbrennt.«

Lange war es nicht mehr aufgestiegen, das Bild des abgründigen Dylan-Liedes. Nun brauste es wieder heran, wie ein Orkan, dessen Vorboten ich gelernt hatte zu ignorieren: Das Waisenkind, *crying like a fire in the sun. Look out,* hatte Dylan gedichtet, *the saints are coming through, and it's all over now, Baby Blue.*

Kessy und Ronny, ich war nicht bei ihnen gewesen, als sie mich brauchten. Da war kein Schutzengel. Die Heiligen waren nicht durchgedrungen. Nicht in das Leben meiner Geschwister, nicht in das unserer Mutter und auch nicht in mein Leben. Die Heiligen hatten sich nicht gezeigt. Und ich hatte nie mehr nach ihnen Ausschau gehalten. Nun zahlte ich den Preis der Immunität gegen den Schmerz.

Forget the dead you've left, they will not follow you. Bob Dylan hatte geirrt. Die Toten, die ich in Leipzig zurückließ, sie folgten mir, wohin auch immer ich ging.

»Maik! Ma-haik! Wo bist du mit deinen Gedanken!« Pjotr kräuselte die Stirn und sah sehr nachdenklich aus. »Tut mir leid, aber ich fürchte, ich habe eine beunruhigende Entdeckung gemacht. Wir haben uns geirrt. Wir meinten, dein Pater Leonard habe dir Post geschickt, um Licht in das Leben deiner Tante Vera zu bringen. Aber es geht nicht um sie. Es geht um dich. Du bist gemeint. Du und deine Geschichte. Wenn ich mich recht erinnere, ist dein Geburtstag am vierten Februar.«

»Ja. Wieso?«

»Google zeigt mir gerade an, wer am vierten Februar Namenstag feiert.«

»Und wer hat an meinem Geburtstag seinen Namenstag?«

»Die heilige Veronika!«

14
SPURENSUCHE
Deutschland; August 2007

Der Kalender zeigte Montag, den 27. August an. Wach wurde ich um die Mittagszeit, halbwegs erholt. Ich hatte zwölf Stunden geschlafen, nachdem ich ausgelaugt und gerädert ins Bett gefallen war. Vage erinnerte ich, nächtens noch Veras Edelsteine in den Kehricht geworfen zu haben, doch Albina hatte den Beutel wieder aus dem Müll geklaubt. Ihre Begründung verblüffte mich. Für mich war das Übel, das sie den Preziosen andichtete, ein Grund, die Steine zu entsorgen. Albina dachte umgekehrt. Es sei klug, sie zu behalten, ohne sie besitzen zu wollen. Erstens seien die Steine kostbar und zweitens beim Kampf gegen den Drachen unter Umständen nützlich. Sie müssten nur in die richtigen Hände gelangen, um ihr unheilbringendes Potenzial zu entfalten.

Ich goss starken Prüttkaffee auf und teilte Albina und Szymbo meine Entscheidung mit, prinzipiell an meinen Reiseplänen in die USA festzuhalten, jedoch den Abflug um einige Tage zu verschieben. Um Sunrise & Moonshine per Mail zu informieren, suchte ich nach einer einleuchtenden, weltweit akzeptierten Entschuldigung für meine Verspätung.

»Schreib ihnen *My mother died. I have to cry*«, empfahl Szymbo sarkastisch. «Dann machen die hellen Köpfe von deiner Lampentruppe in LA keinen Ärger!«

Ich hüstelte verlegen. So wie Albina, als sie tags zuvor vom Tod ihrer Mutter sprach.

»Ich möchte euch eine Geschichte erzählen. Von einem Ereignis aus meinem Leben, über das ich noch nie gesprochen habe und das ich selbst nicht verstehe. Doch bevor ich beginne, möchte ich euch etwas fragen. Und ich bitte um eine aufrichtige Antwort. Glaubt ihr, dass es den Teufel gibt?«

»Das glaube ich nicht, das weiß ich«, sagte Albina. »Was denkst du, weshalb ich nicht zurück nach Moskau will.«

»Eine verzwickte Frage.« Szymbo wog den Kopf hin und her. »Schwer zu beantworten, gerade für einen Katholiken. Schließlich müssen wir an den Teufel glauben, um über ihn triumphieren zu können. Aber das Diabolische ist keine Erfindung. Das Böse existiert. Und es ist mächtig, ohne Zweifel. Aber um der Wahrheit die Ehre zu geben, leibhaftig habe ich den Teufel nie gesehen. Und ich rechne auch nicht damit. Was freilich für seine Existenz spricht. Wenn es den Satan gibt, dann ist er verschlagen genug, nur mittelbar zu agitieren. Er verhüllt sich und verschleiert zugleich seine Verhüllung, wenn ihr begreift, was ich sagen will.«

»Meine Mutter Freya hat den Teufel gesehen. Es muss entsetzlich gewesen sein. Ich möchte euch einen Brief vorlesen. Einen Brief, den ich nicht vergessen kann, obwohl ich es seit meiner Jugend versuche. Seit nunmehr achtundzwanzig Jahren. Meine Mutter hat mir den Brief zugesteckt, heimlich, nachdem sie in eine Anstalt für geisteskranke Verbrecher eingewiesen wurde. Freya hat meine Geschwister getötet. Sie hat unser Haus angesteckt. Dabei starben mein Bruder Ronny und meine Schwester Kessryn.«

»Lies!«

Ich holte das Papier aus meinem Handkoffer, faltete es vorsichtig auseinander und begann mit den Worten:

Maik, mein Lieber, BITTE!!! Glaube mir! Ich war Silvester daheim bei den Kindern. Wir waren alle nicht gut zurecht.

Ich las bedächtig und mit ruhiger Stimme. *Maik, ich war euch keine gute Mutter. Dir nicht und Kessy und Ronny auch nicht. Verzeih mir. Aber ich töte doch meine eigenen Kinder nicht. Ich verbrenne doch nicht mein eigen Fleisch und Blut.*

Die quälenden Bilder hinter den Worten meiner Mutter bestürmten mich, doch zu meiner Verwunderung hielt ich ihnen stand. Ich trug eine Wunde, die niemals heilen würde. Aber sie würde mich auch nicht töten. Ich konnte mit ihr leben. Mehr noch. Eine vitale Sehnsucht erwuchs in mir, je weniger ich mich gegen die Verwundung wehrte und sie annahm als beschädigten Teil meiner selbst. Ich kam zum Schluss des Briefes, der mit Freyas Wunsch endete: *Geh zu meiner Schwester. Und sag Vera, dass mir alles so leidtut. Und bitte, bete für mich! Deine Mutti.*

Albina weinte. Pjotr wehrte sich gegen die Tränen und gab seinen Widerstand schließlich auf. Irgendwann nahm mich Albina in den Arm und drückte mich fest an sich, bis Szymbos nüchterner Verstand uns aus der Starre erlöste. »Auch wenn es schwerfällt, lasst uns versuchen, genau zu rekonstruieren, was in der Neujahrsnacht 1979 in Leipzig geschah.« Wir signalisierten unsere Zustimmung, und Szymbo fasste die Geschehnisse zusammen.

»Deine Mutter, Maik, war an Silvester neunundsiebzig daheim bei deinen Geschwistern. In diesem ungewöhnlich harten Winter waren alle erkältet und gesundheitlich angeschlagen. Freya nahm Tabletten, ohne jedoch Besserung zu verspüren. Zu dritt spielten sie Karten und schauten fern. Die Kinder schliefen bereits, bevor um zwölf das nächtliche Feuerwerk begann. Freya war müde und hielt sich mit Kaffee wach. So weit alles korrekt?«

»Exakt!«

»Dann, vor dem Beginn des neuen Jahres öffnet sie eine Flasche Krimsekt. Sie trinkt ein Glas. Am zweiten Glas nippt sie nur. Der Geschmack kommt ihr seltsam vor. Ihr wird schlecht. Freya vermutet, der Sekt sei verdorben. Sie übergibt sich und wird von bösen Kopfschmerzen geplagt. Trotzdem bleibt sie bei vollem Bewusstsein. Sie sieht sich selber zu, wie sie in einen Wahn abrutscht. Sie hört Stimmen und sieht widerliche Fratzen. Noch registriert sie diese Wahrnehmungen als abnorm. Ein hitziger Fieberschub überkommt sie. Sie reißt ihre Kleider herunter, läuft nach draußen, um sich Kühlung im Schnee zu verschaffen. Ohne Erfolg. Die Stimmen in ihrem Kopf werden lauter. Freya, ein Vernunftmensch, ist sich absolut sicher, den Teufel zu sehen. Sie wähnt sich in der Hölle. Dann reißt der Film. Wir wissen nur, sie zündet euer Haus an, in der irrigen Annahme, sie könne Kessryn und Ronny vor dem Teufel schützen, indem sie ihn verbrennt. Am Morgen wird sie wach, in einer Nervenanstalt, verkatert, der Urin braun verfärbt, ohne jede Erinnerung. Als du sie Tage später besuchst, Maik, rät sie dir, weit weg zu gehen. In den Westen zu ihrer Schwester. Deine Mutter trägt dir noch auf, Vera zu sagen, dass ihr alles leidtue, und bittet dich, für sie zu beten. Seht ihr die Geschichte genauso?«

»Ja, so ist der Brief zu verstehen.«

»Womit uns deine Mutter ein paar verdammt harte Nüsse zu knacken gibt.«

»Und?« Albina fragte unvermittelt: »Hast du für deine Mutter gebetet.«

»Ich habe ihr Briefe und Pakete geschickt, aber sie hat nie geantwortet.«

»Das heißt, du hast kein Gebet für sie gesprochen. Dann solltest du damit allmählich beginnen, damit der Teufel die Macht über ihre und deine Seele verliert.«

»Meine Liebe«, entgegnete Szymbo. »Den Teufel lassen wir mal schön aus dem Spiel. Für mich klingt das Ganze nach einer Wahnvorstellung, die ihre Ursache nicht in Freyas Seelenleben hat. Die Hölle kommt von außen. Das hört sich an wie ein übler Drogenrausch, ein Horrortrip, ausgelöst durch halluzinogene Substanzen.«

Ich stimmte zu. »Das ist die einzig plausible Erklärung für Freyas Albtraum. Natürlich drängt sich der Verdacht auf, dass mit dem Sekt etwas nicht in Ordnung war. Ich vermute, er wurde präpariert. Aber von wem? Wer tut so was? Wer hatte ein Interesse daran, unsere Mutter in einen Fieberwahn zu stürzen? Ich kann nachdenken so viel ich will, ich finde keinen Grund. Und konnten der Täter oder die Täterin ahnen, dass Freya in ihrem irren Rausch die Kinder verbrennt? Solch eine fatale Reaktion ist nicht voraussehbar. Und schon gar nicht planbar. Oft denke ich, alles war ein tragischer Unfall, ein katastrophaler Irrtum.«

»Weißt du, von wem der Schampanskoje stammte?«

»Der volkseigene Betrieb Chemopharm hat Mutter zu Weihnachten immer eine Flasche geschenkt. Jedes Jahr. Unser Vater war dort in der Forschung beschäftigt, ein promovierter Biochemiker und schon mit jungen Jahren Professor. In dem Buch *Der Sozialismus – Deine Welt* war sogar ein Foto von ihm abgedruckt, in der Hand ein Reagenzglas mit einem Serum. Tante Vera war an der Universität eine Kollegin meines Vaters. Sie erzählte mir, sie selbst habe das Foto geknipst, und behauptete, die Laborszene sei gestellt gewesen. Mit hübschen Universitätsangestellten. Statt Impfstoff sei in dem Glas ordinäres Wasser gewesen. Mich ärgert, dass ich das Buch nicht mehr besitze, aber in meiner Heidelberger Zeit wollte ich wenig an den Osten erinnert werden. Das Buch wäre im Müll gelandet, hätte Pater Leo mich nicht gebeten, es ihm zu überlassen. Er wollte studieren, wie die deutschen Landsleute hinter der Mauer dachten. Doch zurück zum Albtraum meiner Mutter. Offen gestanden, ich hatte Tante Vera im Verdacht. Weil sie sich als Pharmazeutin mit Giften und Drogen auskannte. Und als Kuratorin des Apothekenmuseums hatte sie Zugang zu äußerst effizienten toxischen Substanzen. Sie erzählte mir freimütig, dass Agenten solche Gifte einsetzen. Oft reichen Milligramm, um einen Menschen zu töten. Mit Rizin zum Beispiel.«

«Ja, wie bei diesem Regenschirmmord in London.«

»Genau. Verrückt ist, dass mein Vater dieses Rizin erforschte und bei einem Laborunfall starb. Vera hat mir davon erzählt. Als Biochemiker habe er mit hochgefährlichen Giften hantiert, um neutralisierende Gegengifte zu entwickeln. Auch gegen dieses Rizin, für das es offenbar bis heute kein taugliches Antitoxin gibt. Meine Tante wertete es als tragische Ironie, dass Vater möglicherweise durch jene Substanz umkam, die er zum Wohl der Allgemeinheit beherrschen wollte.«

»Sag, Maik«, schaltete sich Albina ein. »Vera und dein Vater, was hatten sie für ein Verhältnis?«

»Das habe ich mich natürlich auch gefragt. Vera hat in Heidelberg unbefangen darüber gesprochen. Aber allmählich werde ich misstrauisch. Ich blicke bei ihr nicht durch, was Fakten sind, wo sie lügt und wo sie die Wahrheit streift. Tatsache ist, beide haben Mitte der sechziger Jahre gemeinsam studiert, Medizin, Pharmakologie und Biochemie, diese Richtung. Aber da war noch etwas zwischen den beiden, etwas, das über ein akademisch kollegiales Verhältnis hinausging. Vera steckte mir, sie sei ein wenig in meinen Vater verliebt gewesen. Was aber nur bedingt auf Gegenseitigkeit beruhte. Über eine rein berufliche, bestenfalls freundschaftliche Beziehung hinaus hatte Vater wohl kein Interesse an ihr.«

»Das verstehe ich nicht. Deine Tante war wunderschön und intelligent. So eine Frau schnappt sich ein gebildeter Doktor doch, wenn er gescheit ist.«

»Soweit ich weiß, kam der 1. Mai 1964 dazwischen. Auf dem internationalen Kampf- und Feiertag der Partei in Berlin lernte Vater Veras Zwillingsschwester kennen. Freya war nicht minder anziehend. Und zudem in sexuellen Dingen recht flott bei der Sache. An diesem Maifeiertag machte Herr Dr. Gerhard Kleine Frau Freya Blech zur Mutter. Ihr Sohn Maik erblickte am vierten Februar 1965 in Leipzig das Licht der Welt. Am Namenstag der Veronika. Dass Tante Vera in Heidelberg diesen Namen annahm, muss mit meiner Geburt zu tun haben. Nur verstehe ich nicht warum?«

»Vera muss doch schrecklich enttäuscht und eifersüchtig gewesen sein, dass nicht sie, sondern ihre Schwester sich den Mann angelte, den sie sich ausgeschaut hatte.«

»Glaube ich nicht. Vera war nicht richtig verliebt. Sie hat für Vater geschwärmt. Wie ein Backfisch, so sagte sie selber. Sie meinte, sie habe ihn lediglich angehimmelt, wie andere Studentinnen und Assistentinnen an der Uni auch. Auf mich wirkte sie jedenfalls nicht, als würde sie leiden.«

»Maik, was bist du für ein Kindskopf! Gut, du warst damals vierzehn, da verstehen Knaben nicht viel von Herzensangelegenheiten. Vera hat deinen Vater geliebt! Und deine Mutter Freya hat ihr den Mann weggenommen. Den Mann ihres Lebens! Weiß du, was das heißt! Hat Vera danach jemand anderen geheiratet? Oder war sie wenigstens liiert?«

»Ich glaube nicht. In ihrem Leben gab es nichts, was auf einen Mann schließen ließ. Trotzdem. Sie erweckte nicht den Eindruck, nachtragend zu sein. Sie hat uns doch immer Pakete geschickt, Ostern und Weihnachten, adressiert an Frau Freya Blech.«

»Hatte deine Mutter denn nicht den Namen ihres Mannes angenommen und hieß Freya Kleine?«

»Ja, aber Vera schrieb grundsätzlich immer an Frau Blech.«

»Und du hast keinen Schimmer, warum sie an Freyas Mädchennamen festhielt?«

»Nein. Ich meine, ja. Keine Ahnung.«

»Weil Vera deine Mutter nie als Frau jenes Mannes akzeptiert hat, der in ihren Augen allein für sie bestimmt war.«

»Respekt!« Szymbo nickte anerkennend. »Die Antennen der Weiblichkeit empfangen Signale, von denen ein Mann nicht ahnt, dass sie überhaupt umherschwirren. Albinas Einsichten erklären auch den Schluss des Briefes. *Sag Vera, dass mir alles so leidtut.* Wenn ich den Satz richtig lese, wusste Freya sehr wohl, dass sie ihre Zwillingsschwester gekränkt und verletzt hatte.«

»Wollt ihr behaupten, Vera alias Veronika habe an Freya Rache geübt?«

»Genau das behaupte ich!«, ereiferte sich Albina. »Freya hat Veras Leben zerstört. Das hat Veronika ihr nie vergessen. Dem richtigen Mann verzeiht eine Frau alles, einer Nebenbuhlerin jedoch nichts und der eigenen Schwester absolut nichts. Zumal Veronika, die Siegbringende, Niederlagen nicht ertragen kann.«

»Aber Albina, überleg doch. Vaters Unfall passierte 1970. Vera wurde 1971, sollte dieser Teil ihrer Biografie ausnahmsweise stimmen, von der Bundesrepublik aus der Haft ausgelöst. Warum sollte sie sich rächen? Acht Jahre später! Vor allem, *wie* sollte sie das anstellen. Mit Drogen im Krimsekt? Das macht keinen Sinn! Zudem schien mir Vera in Heidelberg eine zufriedene Frau. Beruflich erfolgreich, rotem Wein und gutem italienischem Essen zugetan. Sie war zuvorkommend. Und nett. Sie war glücklich darüber, mir ein neues Zuhause zu bieten.«

»Maik, wach auf!«, funkte Szymbo dazwischen. »Deine Tante hat sich mit einhundertachtzig Stundenkilometern vom Diesseits ins Jenseits verabschiedet. So etwas machen glückliche Menschen nicht.«

»Ich weiß. Vera war zu Tode erschüttert. Aber ich rede von der Zeit, bevor ich ihr den Brief gezeigt habe. Ich bin sicher, nicht die mangelnde Zuneigung meines Vaters hat sie in den Tod getrieben. Und auch nicht Freya. Dass ich ihr Mutters Brief zu lesen gab, war ein Fehler. Vera wusste somit, dass Kessryn und Ronny verbrannten, weil ihre Schwester grauenvolle Wahnvorstellungen nicht von der Wirklichkeit unterscheiden konnte. Der Brief muss Vera die Augen geöffnet haben. Was sie sah, war womöglich fürchterlicher als Freyas halluzinierte Teufel. Nach der Lektüre war Vera wie ausgetauscht. Eine Fremde. Mir graute vor ihr, weil sie zu einer unansehnlichen Greisin verwelkte und vertrocknete. Etwas war eingetreten, was Vera nicht gewusst oder nicht gewollt hatte. Mit diesem Wissen weiterzuleben, war ihr unmöglich. Dennoch: Wann und wie sollte sie den Sekt vergiftet haben? Angenommen, sie war dazu logistisch in der Lage, warum hat sie Freya die Erniedrigung nicht schon Jahre früher heimgezahlt? Hinter der Sache steckt etwas anderes. Eine verborgene Wahrheit diesseits aller Spekulationen, die womöglich derart simpel ist, dass wir sie übersehen!«

Während Pjotr aufmerksam zuhörte, blätterte er in Veras Reisepass und überprüfte die Stempel. »Zur Weihnacht 1978 ließ die Chemopharm Freya den Sekt zukommen. Als Präsent, wie die Jahre zuvor. Vera war 1978 mehrfach in der DDR. Letztmalig allerdings am 29. September. Sie benutzte den Transitübergang Duderstadt-Worbis und fuhr laut Stempel noch am selben Tag zurück. Was auch immer sie im Osten erledigte, es ist nicht einleuchtend, dass sie in der knappen Zeit eine psychogene Substanz in eine Schaumweinpulle spritzte, oder wie auch immer solch böse Geister in die Flasche gelangen, damit ihre Zwillingsschwester drei Monate später in den Irrsinn taumelt. Das ist absurd.«

»Aber keineswegs absurd ist, dass jemand anderes dies tat. Und dass meine Tante davon wusste.«

Albina und Szymbo quittierten meine Worte als vorläufiges Fazit. Leonards Päckchen und persönliche Überlegungen hatten uns wichtige, aber keine entscheidenden Schritte vorangebracht. Wir folgten einer breiten Spur, die jedoch in einer engen Sackgasse zu enden drohte. Ohne zusätzliche Informationen und tiefere Recherchen würde unsere Troika, wie wir uns mittlerweile nannten, auf der Stelle treten. Damit uns der Wust der Fragen nicht über den Kopf wuchs, legten wir ein strategisches System an und ordneten verschiedene Problemfelder den Kategorien A, B und C zu. In Kategorie C packten wir jene Fragen, die prinzipiell, aber mit unserem derzeitigen Kenntnisstand nicht lösbar waren. Fragen der Kategorie B erforderten aufwendige, eventuell nicht ungefährliche Ermittlungen. Erkenntnisse innerhalb des Komplexes A hingegen ließen sich am Computer, per Telefon oder in Berliner Bibliotheken und Archiven gewinnen. Albina pochte zudem auf eine Kategorie D für Fragen, die sich kategorialen Bestimmungen und dem Zugriff der männlichen Logik verweigerten.

Einstweilen auf Eis legen mussten wir unsere Mission zur Ehrenrettung Albert Bellmanns. Wer seine und die anderen Grabstätten auf dem Sozialistenfriedhof geschändet hatte, blieb vorerst dubios, ebenso wie der infame Vorwurf, Alberto Bellmonti sei als Stasi-Spitzel der Guillaume der Manege gewesen. Nebulös blieb auch, wie der Alte unseren derzeitigen Wohnsitz, die Villa in der Winkler Straße, finanziert hatte. Daher packten wir das kniffelige Rätsel rund um Albert Bellmann in die Kategorie C.

Kategorie B türmte sich auf zu einem monströsen Gebirge, um das kein Weg herumführte und durch das sich auch kein Tunnel bohren ließ. Den Gipfel zu bezwingen, war meine Aufgabe, wobei Albina und Szymbo mir beim Tragen der Last zur Seite standen. Um meine Familiengeschichte aufzuhellen, mussten wir alles zugängliche Wissen über Freya Kleine und Vera Blech zusammentragen. Die Schicksalsfäden der Zwillingsschwestern waren zu einem wirren Flickenteppich verwoben, an dem auch mein Vater mitgeknüpft hatte und in den mein eigenes Leben eingeflochten war, ohne dass ich ahnte, welchen Platz ich einnahm. Um die Vita meiner Tante verdichtete sich ein Verdacht. Vera war in eine mysteriöse Legende versponnen, die signifikante Merkmale einer DDR-Agentin auswies. Doch war nicht im Geringsten klar, in welchem operativen Auftrag sie agierte. Albinas Theorie, die Pendelei zwischen West und Ost mit einem Liebhaber zu erklären, ließ sich kaum halten. Um Affären zu verschleiern, bedurfte es nicht des hohen Aufwands mit fingierten Reisesouvenirs. Vera hatte gelogen und bei der Konstruktion ihres Lügengebäudes schlechte Berater gehabt. Das offenbarte die abstruse Anekdote um die bachschen Orgeltasten. Dass sie in den Widerstand gegen die Sprengung der Paulinerkirche involviert gewesen sein wollte, war mittlerweile unglaubwürdig. Aber das ließ sich recherchieren.

Freya! Ich musste an jenen Punkt zurückkehren, an dem sich die Lebenslinie meiner Mutter für mich verlor. Schon bei den Jesuiten im Kollegium Ignatius hatte ich die Trauer über ihren Verlust von mir abgeschnitten und mich in einen Jungen eingeformt, der niemanden vermisst. Nur halbherzig hatte ich nach dürren Spuren gesucht, die jeder Mensch vor seinem Verschwinden hinterlässt. Ich war spät dran mit der Suche nach meiner Mutter, wohl zu spät. Dennoch musste ich wieder nach Leipzig. Vielleicht wussten alte Nachbarn etwas über ihren Verbleib. Oder über ihr Ableben. Auch wenn Freyas Einweisung in die Waldenburger Nervenklinik beinahe dreißig Jahre zurücklag, so existierten vermutlich Krankenakten, die Auskunft gaben, ob und wann sie entlassen worden war. Und wenn der damalige Anstaltsdirektor Dr. Helmut Wippel, der mir mein verbranntes Exemplar von *Sozialismus – Deine Welt* ersetzt hatte, als Pensionär noch lebte, dann erinnerte er sich bestimmt an die Patientin Freya Kleine.

Und da war noch jemand. Undurchsichtig, beklemmend und über allem schwebend, die Schlüsselfigur, die im Verborgenen die Strippen zog. Wir lokalisierten sie übergreifend in den Kategorien A, B und C. Wenn ich nicht irrte, war sie der Widersacher, mein Gegner, auf den ich stoßen würde, sollte ich mich in die

Höhle des Drachen wagen: Johannes Frank. Wenn er der Mann im Kempinski war, der Albina den Schlüssel zu Bellmanns Villa übergab, dann war höchste Vorsicht geraten. Albina hatte den Rauch seiner Zigaretten im Salon wahrgenommen. Frank hatte vor Bellmanns Tresor gestanden. Was er dort gesucht hatte, ob er die Zahlenkombination kannte und den Safe geöffnet hatte, wussten wir nicht. Unsere Troika tappte im Dunkeln, was ihn anging. Unstrittig war nur: Er hatte einen Plan.

Ich hatte die Unschuld des naiven Blicks abgelegt und sah Johannes Frank mit wachsam beunruhigtem Argwohn. War es wirklich pure Menschlichkeit gewesen, dass er mich als Leiter der Jugendhilfe Leipzig persönlich aus den Ferien in Zakopane abholte? Wieso hatte er sie Veronika genannt, wo wir in Leipzig immer nur von Tante Vera sprachen? Woher kannte er ihren zweiten Namen? Und warum tauchte er ausgerechnet jetzt wieder auf, eineinhalb Jahrzehnte nach der Wiedervereinigung Deutschlands?

Szymbo hatte übertrieben. So viele Johannes Franks, wie behauptet, gab es nicht. Lebte der Gesuchte in Leipzig oder Berlin, so kamen fünf Personen infrage, von denen wir nach kurzer Online-Recherche drei wegen ihres Alters oder Berufes ausschließen durften. Ein aktiver Fußballer spielte im Kader der Amateure des VFL Leipzig, ein Dr. J. Frank war Physiotherapeut in einer Kreuzberger Gemeinschaftspraxis, und wer wie der Bariton Johann Frank seit fünfzig Jahren im Kirchenchor der Leipziger Trinitatisgemeinde sang, der begrapschte nächtens keine Frauen an Hotelbars. Zwei Johannes Franks blieben übrig, beide wohnhaft in Berlin, in der Turmstraße in Moabit im Westen und in der Cecilienstraße im östlichen in Marzahn. Unter fadenscheinigem Vorwand die angegebenen Rufnummern anzuwählen verbot sich von selbst. Da unser Johannes Frank Albina aus dem Kempinski kannte und auch mich höchstwahrscheinlich identifiziert hätte, fuhr Szymbo in die Bezirke, um in den Straßen unauffällige Erkundigungen einzuziehen. Albina, versessen darauf, das Foto meines Vaters im Pulk der attraktiven Assistentinnen zu begutachten, quengelte, bis Pjotr versprach, in einem antiquarischen Buchladen *Der Sozialismus – Deine Welt* zu besorgen.

Beim Jugendamt der Stadt Leipzig, der Nachfolgebehörde der DDR-Jugendhilfe, schätzten wir das Risiko einer telefonischen Nachfrage als unbedenklich ein. Frank stand dort garantiert seit Jahren, wenn nicht Jahrzehnten nicht mehr im Dienst, doch gewiss wusste jemand, was aus dem einstigen Leiter geworden war.

Während Szymbo per Taxe nach Moabit und Marzahn fuhr, ersann Albina die Geschichte eines imaginären Klassentreffens ehemaliger DDR-Erzieherinnen, zu dem die Damen auch den Referatsleiter der alten Jugendhilfe einzuladen gedachten. Albina spielte ihre Rolle brillant, wie sie sich mit höflicher Verbindlichkeit als Frau Dagmar Heise ausgab und nach Herrn Johannes Franks Adresse fragte. Nach endlosen Warteschleifen und Weiterleitungen von einem Büro in das nächste versprach eine Angestellte schließlich einen Rückruf. Nach einer guten Stunde meldete sie sich und ließ uns ratlos mit der Auskunft zurück, ein Herr Johannes Frank sei den Mitarbeiterinnen und Mitarbeitern im Hause unbekannt.

Entmutigt und geknickt verkroch sich Albina mit der Bibel in ihr Zimmer, um sich, wie sie bekundete, energetisch wieder aufzuladen, da der Mensch nicht allein von Bier, Brot und kalter Platte lebe.

Szymbo kehrte am späten Nachmittag zurück. Ohne Begründung erklärte er, hinter den Herren Johannes Frank in der Turm- und in der Cecilienstraße stecke definitiv nicht unser Mann. Fündig geworden hingegen war er in einem Antiquariat. Einen Euro zwanzig, sagte er, habe er im Bücherramsch für das einstige Jugendweihe-Präsent bezahlen müssen.

»Der Deine-Welt-Sozialismus liegt da in Stapeln rum. So was liest kein Mensch mehr. Leider, leider! Restlos ausverkauft müsste das Buch sein. Als Pflichtlektüre im Geschichtsunterricht sollte man es einsetzen. Fünf Minuten darin schmökern ersetzen ein ganzes Schuljahr. Einen erhellenderen Einblick in die simulierte Simulation von Fortschritt, Frieden, Völkerfreundschaft findet man nirgends sonst.«

Albina platzte in den Salon.

»Den nehmt euch gefälligst mal zum Vorbild! Diesen Lehrer Leonard! Was für ein kluger Mann! Ich habe nämlich gerade im Alten Testament das Buch gelesen, das der alte Pater empfohlen hat, wegen diesem garstigen Mottenschmetterling. Das solltet ihr auch lesen, im Buch des Propheten Jona, Kapitel 4. Da erfahrt ihr nebenbei auch noch, was dieser launische Männergott für ein Tyrann war. Der hat den Seher nämlich in das verlotterte Ninive geschickt, eine Art orientalisches Moskau, um der Stadt den Untergang zu prophezeien. Aber weil die Sünder bußfertig in Sack und Asche gehen, überlegt der Allmächtige es sich anders und verschont die dekadenten Städter mit seinen Plagen. Jonas der Mahner steht wie der Dumme da und flüchtet in die Wüste, wo kein Baum ihm Schatten spendet. Zum Schutz vor der Gluthitze der Sonne lässt Gott ihm einen schönen Rizinusstrauch wachsen. Und dann, was macht er? Schickt diese gefräßigen Wurmraupen, die den Rizinus kahl fressen. Und der arme Jonas verbrennt sich. Habt ihr Männer nicht heute Morgen noch forsch behauptet, gegen dieses tödliche Rizin gebe es kein Gegengift? Und wie kann dann eine Raupe über Nacht ganze Büsche wegputzen, ohne zu sterben? Das erklärt mir mal bitte.«

»Ich ahne etwas.« Szymbo fuhr den Rechner hoch und gab das Stichwort *Olepa* ein. »Ich werd verrückt! Das gibt es nicht! Unfassbar! Maik, dein Vater: Er war genial. Der *Olepa* ist ein nachtaktiver Schmetterling der Familie der Bärenspinner. Er wurde erst spät, im Jahr 2005, von einem israelischen Botaniker entdeckt, der den Falter nach seinem Doktorvater Yosef Schlein benannte, also *Olepa Schleini*. So steht hier zu lesen. Schaut euch das an! Fotos von dem *Olepa* mitsamt seinen Raupen. Der *Olepa Schleini* sieht exakt so aus wie der *Olepa Micra* in dem Glasschaukasten aus der Hinterlassenschaft deines Vaters. *Olepa Micra*, weißt du, was das bedeutet?«

»Das ist griechisch. Übersetzt: der kleine Olepa.«

»Richtig! Und wann war dein Vater in Israel?«

»Der Unfall passierte im Herbst 1970. Da ging Freya gerade mit Ronny schwanger und Kessryn war noch klein. Vater ließ sich damals nur selten zu Hause blicken, weil er rund um die Uhr im Labor arbeitete. Ich meine, er müsste 1969 in Israel gewesen sein, aber genau kann ich das nicht sagen. Ich habe an ihn nur vage Erinnerungen.«

»Es kommt nicht auf ein Jahr an. Ausschlaggebend ist, dass dein Vater den Nachtfalter fünfundzwanzig Jahre vor dem Naturforscher aus Israel entdeckt hat. Wahrscheinlich stimmt es, was deine Tante dir erzählte, und dein Vater hat tatsächlich an einem Serum oder einem Mittel gegen das Rizin laboriert. Der Biochemiker Gerhard Kleine wollte das Gegengift jenen Insekten abgewinnen, die sich vom Rizinusbaum ernähren. Das ist genial, weil es so einfach ist. Jetzt verstehen wir auch Leonards Brief. Logisch, dass Militär und Forschung an dem *Olepa* ein massives Interesse haben. Pater Leo schrieb, die Person, die deinen Bärenspinner einst im Heiligen Land entdeckte, sei ihrer Zeit voraus gewesen. Aber auch unerkannt verkümmert. Leonard meinte deinen Vater, der seine Entdeckung mit dem Leben bezahlte! Das biblische Buch Jona muss Gerhard auf die Idee gebracht haben, nach jenem Wurm zu suchen, der den Rizinus frisst. Die Genehmigung einer Reise nach Israel war während des Kalten Krieges nahezu ausgeschlossen. Egal ob in der DDR, in der Sowjetunion oder in Polen, man erhielt unter Umständen ein Visum für Palästina. Niemals für das Heilige Land. Doch die Partei, die Volksarmee und die staatliche Sicherheit müssen an der Arbeit deines Vaters brennend interessiert gewesen sein. Dein *Olepa Micra* birgt den Schlüssel zum Leben deines Vaters. Er war ein Genius.«

»Seid ihr fertig? Dann möchte ich nun endlich das Bild des genialischen Herrn Doktor inmitten seiner weiblichen Bewunderer anschauen.«

Ich reichte Albina *Der Sozialismus – Deine Welt*, erstaunt darüber, dass der Text zu dem Foto noch immer von der Festplatte meines Gedächtnisses abrufbar war. »Seite zweihundertsiebenundneunzig: *Wissenschaft dient Menschen, nicht Kapital, Gier und Profit: Der Biochemiker und Mediziner Professor Dr. Gerhard Kleine erklärt seinen Pharmaziestudentinnen den Entwicklungsstand eines neuen Impfstoffs.*«

Albina schlug das Buch auf. »Welche Seite noch mal?«

»Zweihundertsiebenundneunzig!«

»Da ist aber nichts. Ich will sagen, da ist schon etwas. Aber ein anderes Bild. Eine Ärztin, jedenfalls eine Frau in einem weißen Kittel, die einen Patienten unter ein Röntgengerät oder einen medizinischen Apparat legt. Darunter steht: *Moderne Technik im Dienst der Gesundheit.*«

»Das kann nicht sein. Lass sehen!«

Albina hatte das Foto treffend beschrieben. Mit Befremden stellte ich fest, dass der Begleittext über die Leistungsfähigkeit des Gesundheitswesens in der DDR unverändert war. Auch die Fotografien auf den Seiten vorher und nachher waren dieselben wie zu meiner Jugendzeit. Offensichtlich hatte man das Bild meines Vaters entfernt, um die Erinnerung an ihn zu löschen.

Mir war bekannt, dass die Bücher, die der Zentrale Ausschuss für die Jugendweihe in der Deutschen Demokratischen

Republik herausgab, in hohen und immer wieder neuen Auflagen gedruckt wurden. Das Impressum des Verlages *Neues Leben* lieferte den Hinweis: 5. überarbeitete Auflage 1980. Da lebte ich längst in Heidelberg. Folglich hatte mir Doktor Wippel in Waldenburg eine ältere Auflage geschenkt.

»Warum die Herausgeber deinen Vater optisch eliminiert haben, dürfte zu klären sein«, sagte Szymbo. »Wir müssen einen der leitenden Redakteure ausfindig machen. Vielleicht erinnert sich jemand, weshalb die Bilder ausgewechselt wurden. Oder wer den Austausch veranlasst hat.«

Wiederum erwies sich die Weite des Internets als Informationsquelle, die uns Mühen und Zeit ersparte. Das dutzendköpfige Redaktionskollegium hatte dereinst seine Zentrale in Leipzig. Szymbo schlug vor, die Namen durch Suchmaschinen laufen zu lassen, um potenziell ansprechbare Zeitgenossen herauszufiltern. Auf Anhieb landete er einen Treffer. Zwei junge Redakteurinnen, die 1980 für die Gestaltung und die Bildauswahl des *Deine Welt*-Buches mitverantwortlich zeichneten, hatten offensichtlich den altbacken normierten Einheitsblick abgelegt und betrieben in Leipzig das Grafik- und Design-Studio *Factoria Fantasia*. Ein Anruf reichte. Albina hatte sich unter ihrem korrekten Namen vorgestellt und eine Frau Sonja Grundig zu sprechen gewünscht. Sie wurde durchgestellt. Die überraschte Geschäftsinhaberin fragte, ob sie mit der Artistin Albina Kurkova spreche. Als Albina bejahte, reagierte Sonja Grundig geradezu verzückt. Sie habe Anfang der neunziger Jahre eine Vorstellung des Zirkus Bellmonti in Hamburg besucht. Die schwebende Jungfrau und der Sturz der Braut aus der Zirkuskuppel habe sie tief beeindruckt und berührt. Albina könne, solle, ja müsse auf einen Kaffee oder Tee vorbeischauen. Jederzeit. Albina strahlte. Es sei an der Zeit, verkündete sie, die Flucht zu beenden und sich nach dieser Zechprell-Lappalie wieder ohne Scheu und Scham in der Öffentlichkeit zu zeigen.

Die Häscher des indiskutabel überteuerten Kempinski könnten sie allesamt vorn und hinten mal gernhaben.

Bevor wir die Villa verließen, befestigte Albina ein dünnes Fädchen zwischen Blatt und Zarge der Haustür. Um den heimlichen Besuch unerwünschter Einbrecher nachweisen zu können. In ihrer Kommunalka in Moskaus Bezirk Kapotnya II in der Shosse Kotelniki würden die Bewohner solche Tricks anwenden, um zu überprüfen, ob ihnen jemand die Eier aus dem Kühlschrank klaue.

Von den 4500 Euro, die Szymbo in Bellmanns Haus in einem Briefumschlag in einer Kommode gefunden hatte, waren erst 500 Euro für Lebensmittel, Bücher und Bier verbraucht. Wir beschlossen daher, für die Fahrt von Berlin nach Leipzig ein Nachttaxi zu nehmen. Im Marriott hatte Szymbo für zwei Nächte ein Business-Studio zu einem »veritablen Inklusivdiskont« ausgehandelt. Gebucht hatte er, so zwinkerte er mir zu, im Namen des amerikanischen Unternehmens Sunrise & Moonshine für Mister Maik Kleine.

Nach einem ausgedehnten Frühstück nahmen wir unsere Aufgaben in Angriff. Mit Szymbo würde ich nach Connewitz in die Bleibtreustraße fahren und anschließend Dr. Helmut Wippel aufsuchen. Allein und unangemeldet. Das Märchenviertel im Süden Leipzigs war bequem zu Fuß zu erreichen, und ich war zuversichtlich, den pensionierten Neurologen in dem Haus am Rapunzelweg 7 anzutreffen. Währenddessen würde Albina die *Factoria Fantasia* unweit des Messegeländes aufsuchen und sich mit Sonja Grundig beim Kaffeeplausch über das verschwundene Foto meines Vaters unterhalten.

Meine Befürchtung, die Bleibtreustraße mit weichen Knien und flauem Magen zu betreten, bewahrheitete sich nicht. Statt von den Erinnerungen an den Winter neunundsiebzig überwältigt zu werden, empfand ich eine zeitliche Distanz, die sich keineswegs unterkühlt anfühlte. Eher beruhigend. Die Straße hatte sich verändert. Manche der alten Nachbarhäuser erkannte ich kaum wieder. Die Bewohner hatten nach der Wende viel Geld, Zeit und Mühe in die Renovierung ihrer Häuser gesteckt. Sie hatten die Fassaden verputzt und geweißelt, Türen und Fenster erneuert und die Dächer gedeckt. Die Gartenzwerge aus den Vorgärten waren verschwunden, und wo früher die Wartburgs und Trabants am Straßenrand standen, parkten in Carports Autos von Opel, Audi und Volkswagen. An diesem lauwarmen Mittag im Spätsommer verströmte die Straße meiner Kindheit eine angenehm stille Freundlichkeit. Die Kinder hockten um die Zeit in der Schule, ihre Väter arbeiteten, und die Mütter kauften ein oder bereiteten den Mittagstisch. Unerkannt spazierten wir durch die Straße, ohne dass sich hinter einem Fenster eine Gardine bewegte. Nur ein paar Rentner grüßten, und Szymbo und ich grüßten zurück.

Wo einst in der Bleibtreustraße 44 unser Haus gestanden hatte, lag eine unbebaute Wiese. Das Gras hatte in den trockenen Septembertagen gelitten, war verdorrt und staubbraun verfärbt. Ich schaute mich um, suchte den Boden ab, um Reste der Brandruine zu entdecken, das Bröckchen eines Ziegelsteins, die Scherbe einer Dachpfanne, ein Stück vom Fundament, aber ich fand nichts. Wo Freya damals in einem Gartenhäuschen ihr Gerümpel aufbewahrt hatte, summte es leise aus einem grünen Transformatorenkasten mit einen Blitz-Warnschild. Szymbo hatte mich schweigend und mit einem gewissen Abstand begleitet. Als ich mich zu ihm umdrehte, bemerkte ich, dass er betete.

Das Haus gegenüber der Brache schaute noch immer aus wie damals, als mir Tanja Dessau, die Schulkameradin von Kessy, zum Abschied ihr Briefpapier mit Glücksmarienkäfern schenkte. Wir traten an die Haustür. Just als ich den Klingelknopf drücken wollte, hörte ich drinnen die schrille Stimme der alten Dessau: »Wie oft soll ich dir noch sagen, lass deine

Sachen nicht überall herumliegen!« Was ihr Ehemann nörgelnd erwiderte, war nicht zu verstehen.

»Lass uns abhauen«, meinte Szymbo.

Ich begleitete Pjotr zu einer der Haltestellen, von wo aus eine Buslinie in die Innenstadt fuhr. Szymbo wollte sich die Thomanerkirche anschauen. Anschließend gedachte er, sich vom Geist des Doktor Faustus inspirieren zu lassen und sich in der Mädlerpassage im historischen Auerbachkeller ein paar Biere zu genehmigen.

Eine Putzfrau öffnete. Sie stellte den Staubsauger ab. Sie werde dem Herrn Doktor Bescheid geben und nachfragen, ob er sich kräftig genug fühle, Besuch zu empfangen, sagte sie. Ich setzte auf die Karte der Aufrichtigkeit.

»Sagen Sie dem Herrn Doktor bitte, an der Tür stehe der Sohn von Frau Freya Kleine.«

Nach einigen Minuten kam die Haushaltshilfe zurück und teilte mir mit, der Herr Doktor kleide sich an und werde mich in zehn Minuten in der Bibliothek empfangen. Ich möge mich doch bitte zuvor in der Essstube mit einem Kaffee stärken. Ich benutzte die Fußmatte und trat ein in das Haus in der Rapunzelstraße 7, in dem es nach Büchern und Bohnerwachs roch und eine resolute alte Dame mir mit einer Mischung aus Erstaunen und Verwunderung attestierte, ich müsse ein besonderer Gast sein, denn der Herr Doktor habe schon vor Jahren aufgehört, Besuch zu empfangen, und dann auch keinen mehr bekommen. Auf meine Frage, wie lange Doktor Wippel der Anstalt in Waldenburg schon nicht mehr als Direktor vorstehe, schaute mich die Hilfe verständnislos an.

»Aber die Klinik wurde doch nach der Wende abgerissen. Mit dem Geld von drüben haben sie doch ein neues Nervensanatorium gebaut und die Leitung einem Westmediziner übertragen. Den Herrn Doktor haben sie in den Ruhestand geschickt. 1990 war das. Übel wurde ihm mitgespielt. Erinnern Sie mich nicht daran, wegen der Stasi und diesen unseligen Verstrickungen. Niedergeschrieben hat ihn die Presse, diese Besserwisser, die ihn überhaupt nicht kannten. Daran, das sage ich Ihnen, ist der Herr Doktor zerbrochen. Aber das wird er Ihnen sicher alles selber erzählen. Kommen Sie jetzt. Ich denke er ist nun bereit.«

Dr. Helmut Wippel saß in einem Ledersessel auf einen Stock gestützt vor einer imposanten Bücherwand. Ich hatte einen greisen, verbitterten, grauhaarigen Mann erwartet. Nur die Haare entsprachen meiner Vorstellung. Er begrüßte mich mit kräftigem Händedruck und schaute mich eindringlich an.

»Jawohl, Sie sind es. Verzeihen Sie mein Misstrauen, aber hier haben sich schon diverse Subjekte eingeschlichen, um mir später das Wort im Munde umzudrehen. Bitte setzen Sie sich, Herr Kleine. Oder gestatten Sie mir, Sie mit Maik anzureden?«

»Gern.«

»Gut! Trinken Sie immer noch Cola? Ich meine natürlich nicht dieses klebrige Club-Gebräu.«

»Ja«, lachte ich, »Sie haben ein gutes Gedächtnis.«

»Sie überschätzen mich. Doch was Ihre Mutter, Sie und Ihre beiden Geschwister angeht, wie könnte ein Arzt so einen erschütternden Fall je vergessen.«

»Ich sage Ihnen offen, weshalb ich zu Ihnen komme. Seit meinem Besuch bei Ihnen 1979 in der Nervenklinik habe ich nie wieder von meiner Mutter gehört. Jetzt versuche ich, ihre Spur zu finden und ihr Schicksal aufzuklären.«

»Sie kommen sehr spät, Maik. Leider weiß ich nicht, welche Wege Ihre Mutter nach ihrer Entlassung eingeschlagen hat. Darüber vermag ich nichts zu sagen.«

»Sie wurde entlassen?«

»Selbstverständlich. Sie war doch im Prinzip gesund. Sicher, die Untersuchungen haben lange gedauert, eineinhalb Jahre, vielleicht sogar länger, obwohl ich damals recht zügig diagnostiziert hatte, dass wir in Waldenburg aus medizinischer Sicht nichts für sie tun konnten. Aber manche Kräfte im Land sahen das anders. Und mich gegen sie zu stemmen, fehlte mir die Macht und, wie ich gestehe, vielleicht auch der Mut.«

»Ich habe von Heidelberg aus den Kontakt mit meiner Mutter halten wollen. Postkarten, Briefe und Pakete habe ich verschickt, aber sie hat mir nie geantwortet.«

»Seien Sie versichert. Ihre Post erreichte uns in Waldenburg nie. Das muss Sie nicht wundern. Es ist kein Geheimnis, dass die Staatssicherheit den Postverkehr aus dem Westen kontrollierte. Im Normalfall wurden Päckchen und Briefe durchleuchtet, geöffnet und durchsucht. Wenn die Stasi nichts Verdächtiges fand, wurden die Pakete wieder zugeklebt und den Empfängern ausgehändigt.«

»Das hätte man bei meiner Mutter doch genauso handhaben können. Meine Päckchen waren harmlos. Seidenstrümpfe, Bohnenkaffee, Parfum. In den Briefen stand nichts Staatsgefährdendes. Neuigkeiten aus Schule und Internat, Zeugniskopien. Und Genesungswünsche natürlich. Als ich nie Antwort erhielt, gingen mir irgendwann die Worte aus.«

»Sie müssen verstehen, Ihre Mutter stand unter strenger Isolation und Sicherungsverwahrung. Vergessen Sie nicht, die Ermittlungen wegen schwerer Brandstiftung und einem doppelten Tötungsdelikt liefen auf höchster Dringlichkeitsstufe. Die Forensik unterstand dem Innenminister. Was denken Sie, was Friedrich Dickel persönlich für einen Druck machte. Dabei stand ich als Direktor unmittelbar in der Verantwortung. Aber ich war kein Kriminologe, sondern als Neurologe für die Begutachtung und Therapiemaßnahmen straffälliger Patienten zuständig. Ich sagte bereits, wäre die Entscheidung an mir gewesen, hätte Ihre Mutter schon früher die Einrichtung verlassen.«

Wippel nahm einen Schluck Wasser.

»Entschuldigen Sie, Ihre Cola. Klara! Kla-ha-ra! Sind Sie so gut und holen für den Herrn im Laden eine große Coca-Cola ein? Und bringen Sie auch Gebäck mit!«

»Das ist doch nicht nötig!«

»Wo stünden wir, würden wir stets nur das Nötigste tun?«

»Und wer hat dafür gesorgt, dass Freya nicht entlassen wurde?«

»Ich teile Ihnen nichts Neues mit, wenn ich verrate, dass in der forensischen Psychiatrie der DDR die Staatssicherheit omnipräsent war. Natürlich ging die Stasi bei uns ein und aus, woraus man mir später den Strick drehte. Aber die Sicherheit kam nicht, um unbequeme Zeitgenossen zu schikanieren oder gar Patienten zu foltern, wie in der Westpresse kolportiert wurde. Das hätte ich unter meiner Leitung niemals zugelassen.«

»Was wollte die Stasi dann?«

»Kontrolle! Erstens über die Straftäter. Waldenburg war schließlich kein Kurhaus, sondern eine geschlossene Psychiatrie, in der kranke, aber eben auch extrem gefährliche Menschen einsaßen. Triebtäter, Päderasten, Vergewaltiger, Mörder und Sexualstraftäter, vor denen die Gesellschaft geschützt werden musste. Kontrolle zweitens auch über die Informationen, die über die Insassen nach draußen drangen. Die kriminelle Energie, die Niedertracht, die Boshaftigkeit, die Gier und der Hass, all die missratenen Biografien, die wir dem Klassenfeind zuschrieben, waren bei uns schließlich nicht existent. Nach offizieller Staatsdoktrin. Das Böse blühte bei den anderen. Der Sozialismus ließ es gar nicht erst aufkeimen. Deshalb durfte aus Waldenburg nichts nach außen dringen. Um die Volkssolidarität nicht zu beunruhigen und das System nicht zu destabilisieren, was wiederum dem kapitalistischen Klassenfeind in die Karten gespielt hätte. Verstehen Sie jetzt, warum die höchste Ebene der Sicherheit in den Fall Ihrer Mutter involviert war.

Eine psychisch gestörte Frau, die im Wahn ihre Kinder verbrennt, wäre für die Bevölkerung überaus beunruhigend. Um wie viel mehr dann, wenn es sich um eine Bürgerin handelte, die als ideologisch gefestigte Genossin und bekennende Atheistin galt. Mit dem Tod der Kinder war etwas geschehen, was in der DDR nicht geschehen durfte.«

»Sie sagten, Freya wäre gesund und unschuldig gewesen. Aber Ihre Ansicht hat sich nicht durchgesetzt.«

»Ja. So paradox das klingt. Weil Freya keine Schuld traf, war die Stasi so vehement an der Aufklärung der Geschehnisse an Silvester gelegen. Da war ein Feind am Werk, der außerhalb jeder Kontrolle agierte.«

»Aber Sie meinen mit diesem Feind nicht etwa den Teufel?«

»Sie spielen auf den Brief an, den Ihre Mutter Ihnen damals in dem Besuchszimmer zusteckte. Nein, den Glauben an den Satan überlasse wir lieber den ...«

»Was! Sie kannten das Schreiben meiner Mutter an mich!«

»Maik, als wir uns damals trafen, waren Sie ein verstörter Junge, durch den Tod der Geschwister zutiefst traumatisiert. Aber heute, unter uns, als erwachsene Männer. Glauben Sie ernsthaft, Ihre Mutter hätte damals aus der DDR auch nur eine persönliche Notiz auf einer Briefmarke herausschmuggeln können? Die totale Überwachung war in Waldenburg perfektioniert. Kein Schritt, keine Geste, kein Wort blieb unbemerkt. Aus therapeutischer Sicht war der Kontrollwahn unnötig, sogar kontraindiziert. Er war dem aufgeblasenen Selbstbewusstsein eines Staates geschuldet, der nicht in den Spiegel schauen durfte, wo er den Komplex seiner armseligen Minderwertigkeit erblickt hätte.«

»Und Sie, Herr Doktor Wippel, waren Handlanger dieses Staates!«

»Maik, Sie sehen die Welt durch die Brille des freien Westens. Ich war Mediziner im Osten, Nervenarzt unter den Bedingungen eines totalitären Systems. Selbstredend besaß die Stasi eine Kopie des Briefes Ihrer Mutter. Ich war es, der seinen Wahrheitsgehalt vor der Kriminalpolizei und der Staatssicherheit verteidigte. Die Staatsanwaltschaft war geneigt, Ihre Mutter für immer wegzusperren. Nicht weil sie schuldig war, sondern weil eine Frau, als Kindstöterin verrufen, allerorts das soziale Klima verdirbt. Stellen Sie sich die Reaktionen der Nachbarn vor! Ihre Mutter hätte keinen Ort mehr gehabt. Dabei beschreibt ihr Brief absolut glaubwürdig die klassischen Symptome einer exogenen Psychose, laienhaft gesprochen: Der Wahn wurde von außen herbeigeführt. Das bestätigten auch die Untersuchungen von Blut, Speichel, Haarproben und Urin.«

»Und was haben Sie nachweisen können?«

»Ich persönlich gar nichts. Deshalb haben die Analysen auch so viel Zeit in Anspruch genommen. Wir hatten es mit einer Substanz zu tun, die in Europa bis dato nicht aufgetaucht war. Selbst russische Toxikologen, Spezialisten auf dem Gebiet der Psychogifte, an die wir ein Hilfsgesuch geschickt hatten, waren überfragt. Deshalb hat sich auch die Untersuchungshaft Ihrer Mutter hingezogen. Bis mich unerwartet noch eine Nachricht aus Moskau ereilte. Einem Kollegen, Vater dreier Kinder, war die Geschichte zu Herzen gegangen, und er hatte die Urinproben einem befreundeten Pharmazeuten an der Medizinischen Fakultät der Universidad Nacional in Havanna zukommen lassen. Auf Kuba wusste man das Toxin zu katalogisieren. Auf Spanisch heißt die Ursprungspflanze *hierba de la virgen*, übersetzt: Kraut der Jungfrau. Es handelt sich um eine in Mittelamerika und der Karibik auftretende Salbei-Art mit der lateinischen Bezeichnung *Salvia divinorum*, kurz Göttersalbei. Die Pflanze enthält die psychoaktive Substanz Salvinorin A, das wohl stärkste in der Natur vorkommende Halluzinogen. Extrem giftig und in minimaler Dosierung geeignet, psychotische Zustände zu evozieren, in denen verdrängte archaische

Ängste visualisiert werden, etwa die Furcht vor der Fratze des Teufels.«

»Aber wenn meine Mutter das Opfer einer hinterhältigen Vergiftung wurde, wer kommt dann als Täter infrage?«

»Das ist der Kern des Problems. Und der ist nicht medizinischer Natur. Die Kriminalisten und die Toxikologen des Innenministeriums, sprich der Staatssicherheit, schlossen definitiv aus, dass der Täter oder die Täterin vom Staatsgebiet der DDR aus operierte. In Kenntnis des Briefes deiner Mutter lag der Verdacht nahe, der Göttersalbei könne in die Flasche mit dem Sekt injiziert worden sein. Nur ist die Glasflasche in der Glut des Feuers geschmolzen, und der Spurennachweis führte zu keinem Ergebnis. Die Kriminalpolizei war schon geneigt, den Fall zu den Akten zu legen. Aber nicht die Stasi. Den anonymen Feind zu identifizieren, zu lokalisieren und unschädlich zu machen, hatte für sie höchste Priorität. Genau genommen war es ein Oberst, der sich in die Geschichte verbissen hatte und alle Ermittlungen dominierte. Dieser Mann zweifelte nicht, wer allein als Täter, oder besser gesagt als Täterin, infrage kam.«

»Ich darf raten. Der Mann hieß Johannes Frank.«

»Das sagen *Sie*.«

»Und die Tatverdächtige war die Schwester meiner Mutter, Frau Vera Blech.«

»Auch das sagen *Sie*. Ich vermutete eben noch, Sie seien in Ihrer Nachforschung weit fortgeschritten. Aber, Maik, Sie stehen noch am Anfang.«

»Immerhin ist klar, dass dieser Herr Frank niemals für die Jugendhilfe der Stadt Leipzig tätig war.«

»Das ist richtig, bringt Sie aber nicht weiter. Sie wissen, dass Ihr Herr Johannes Frank einst eigens aus Berlin anreiste?«

»Das war mir nicht bekannt.«

Die Haushälterin Klara klopfte an und stellte ein Tablett mit

Schokoladenkeksen und Cola ab. Ich schenkte mir ein Glas ein. Wippel winkte ab und deutete auf sein Wasser.

»Sie wissen nicht viel über den sogenannten Herrn Frank?«

»Außer dass er viel redet und noch mehr raucht so gut wie nichts.«

»Dann werde ich Ihnen helfen. Denn es geht nun um *Ihr* Leben, Maik. Ihr Herr Frank war der Stellvertreter von Oberst Karrenholz, dem Chef der Abteilung Zehn der Hauptverwaltung Aufklärung. Karrenholz unterstand unmittelbar Markus Wolf und war mit seinen Leuten für aktive Maßnahmen zur Destabilisierung der BRD und West-Berlin zuständig. Agitiert wurden prominente Bundesbürger, Meinungsmacher, Presseleute, Kulturschaffende. Sie dürfen sich zu Recht fragen, warum jemand, dessen geheimdienstliches Terrain im Westen lag, sich in Leipzig an die Fersen Ihrer Mutter heftete. Bevor Karrenholz ihn nach Berlin zur Stasi holte, war Ihr Herr Frank Kriminalkommissar. Hier in Leipzig. Er war ein hocheffizienter Ermittler, gnadenlos und eiskalt, was er hinter blumiger Geschwätzigkeit zu verbergen verstand. Die Insassen in Waldenburg fürchteten ihn. Ich hörte, er habe eine Ausbildung bei der rumänischen Securitate absolviert und bringe mit seinen raffinierten Verhörmethoden jeden Verdächtigen zum Reden. Er wurde nie laut oder ausfällig. Aber weil man niemals wusste, woran man bei ihm war, machte er seine Gegner nicht nur nervös. Er trieb sie in eine existenzielle Verunsicherung. Danach fraßen sie ihm aus der Hand.

1970 war er mit der Untersuchung eines Unfalls betraut. Sie ahnen schon, Maik, es war der Laborunfall Ihres Vaters. Ich weiß das, weil ich das toxikologische Gutachten erstellte. Demnach starb Gerhard Kleine an einer Zersetzung der Leber infolge einer organischen Vergiftung. Frank allerdings glaubte nicht an einen Unfall. Für ihn war es Mord. Er verdächtigte Ihre Tante Vera. Nur nachweisen konnte er ihr meines Wissens nichts. Wie sie schließlich in die Bundesrepublik gelangte, dazu kann ich nichts sagen. Aber Sie vermuten richtig, Frank verdächtigte Vera außerdem, die Brandkatastrophe in der Bleibtreustraße ausgelöst zu haben.«

Ich musste durchatmen. »Aber Sie sagten, es ginge um *mein* Leben?«

»Ja. Aber ich gewinne immer mehr den Eindruck, dass Sie bis heute nicht begriffen haben, in welche Mühle Sie geraten sind.«

»Sagen Sie es mir!«

»Als Ihr Herr Johannes Frank Sie in dem Jahrhundertwinter neunundsiebzig in den Omnibus in das Aufnahmelager der BRD in Frankfurt setzte, müsste Ihnen aufgefallen sein, dass kein Fahrgast so jung war wie Sie. Um als minderjähriger Staatsbürger der Deutschen Demokratischen Republik in jener Zeit in die BRD umzusiedeln, bedurfte es der Erlaubnis des Innenministers. Normalerweise wärst du, wie andere Waisen, in ein Fürsorgeheim eingewiesen worden. Im Sonnenland in Bad Bockenau hast du ja kurz übernachtet. Pardon, ich wollte Sie keinesfalls duzen. Verzeihen Sie die Respektlosigkeit. Haben Sie sich je gefragt, warum Sie Ihre Jugend nicht in einer sozialistischen Erziehungseinrichtung verbrachten, sondern weshalb man Sie nach Heidelberg gehen ließ?«

»Weil sich meine Verwandte um mich kümmern wollte.«

»Sie überbewerten den Einfluss Ihrer Tante. Man ließ Sie aus einem anderen Grund in den Westen. Die Stasi machte Sie zu ihrem Spielball. Frank setzte dich auf deine Tante, Entschuldigung, Sie auf Ihre Tante Vera an. Maik, Sie waren, ohne dies zu ahnen, Franks Spion. Sagen wir treffender, Sie waren sein potenzielles Medium. Durch Sie wollte Frank mehr über Vera erfahren. Nicht sofort. Er war penetrant und geduldig. Wenn Vera den Giftanschlag initiiert hatte, dann würde er das nachweisen. Dazu war ihm jedes Mittel recht. Frank operierte langfristig. Und er hätte sicher Wege gefunden, Sie zu kontaktieren. Doch mit dem Suizid Ihrer Tante hatte sich das erledigt.«

Ich stimmte Wippel zu. Frank hatte mir vor meiner Ausreise einen Zettel mit Kontaktdaten der DDR-Vertretung mitgegeben und versprochen, sich nach mir zu erkundigen. Mit Veras Tod war sein Interesse an mir erloschen.

»Aber was wäre geschehen, hätte ich tatsächlich entdeckt, dass Vera die Taten begangen hat, derer Frank sie verdächtigte?«

»Gegen Ihre Verwandte wäre eine aktive Maßnahme eingeleitet worden.«

»Von Frank persönlich?«

»Der Befehl ja, die Durchführung nein. Die nassen Geschäfte überließ die Garde ganz oben ihren Schergen ganz unten.«

»Und das heißt?«

»Das fragen Sie ernsthaft! Glauben Sie etwa, bei Frau Vera Blech wäre ein höflicher Herr vorstellig geworden und hätte ihr geraten, einen Priester aufzusuchen, zu bereuen und zu beichten?«

»Danke für die Belehrung. Das heißt, seit Veras Suizid kümmert der Tod meiner Geschwister niemanden mehr. Wie auch der Unfall meines Vaters im Dunkeln bleibt und meine unschuldige Mutter nie Gerechtigkeit erfahren wird.«

»Maik, Sie haben rein gar nichts verstanden. Zu keinem Zeitpunkt ging es um Gerechtigkeit für Ihre Familie. Nicht für Ihren Vater, nicht für Ihre Mutter und auch nicht für Ihre Geschwister. Deren Schicksal, wenn ich das salopp sagen darf, juckte Ihren Herrn Frank nicht im Geringsten. Er war kein Streiter für das Recht, kein aufrechter Sozialist. Er hätte in jedem System, in jeder Diktatur Karriere gemacht. Er war ein Spieler. Er suchte sich nie schwache Gegner aus, um sie zu vernichten. Er dockte sich an Feinde an, die ihm vermeintlich überlegen waren. Er ertrug nicht, dass jemand abgebrühter war als er selbst. Diesen Feind sah er in Ihrer Tante. Ihn interessierte nicht, *was* sie getan hatte. Ihn interessierte das *Wie*. Er wollte Vera nicht erledigen. Er wollte sie abschöpfen. Ihr pharmazeutisches Wissen, wie man Menschen tötet, ohne dass der Verdacht entsteht, jemand sei exekutiert worden. Womöglich wie bei dem Unfall deines Vaters.«

Ich schwieg.

No direction home. So hieß eine Dokumentation über Bob Dylan. Nie war ich seinem Lebensgefühl näher. Seine *Never Ending Tour* würde am 15. September im texanischen Austin in einer Endlosschleife fortgesetzt. Nie war mir der Gedanke ferner, dabei für das Licht verantwortlich zu sein, als in diesem Moment im Leipziger Märchenviertel in der Rapunzelstraße bei Herrn Dr. Helmut Wippel. Ich ließ die Cola stehen und erhob mich zum Abschied.

»Maik, ein Letztes. Ihre Mutter verließ Waldenburg als gebrochene Frau. Leider. Ich empfinde Bedauern, keine Schuld. Sie weigerte sich strikt, an ihren traumatischen Erlebnissen zu arbeiten. Sie war nicht kooperativ. Ich führe dies auf die Verhöre des Herrn Frank zurück, auf die ich persönlich keinen Einfluss hatte. Was er von ihr wollte, entzog sich meiner Zuständigkeit. Das Politische war nie mein Feld. Ich war Arzt. Auch gläubig im religiösen Sinn war ich nie. Und ich werde es auch nicht mehr. Die Wahrheit ist eine Chimäre. Der Mensch ist, wie er ist. Welche eine Hybris, zu glauben, er könne sich ändern. Aber wenn es eine letzte Instanz gäbe, die am Ende der Zeiten die Wahrheit ans Licht bringt, ich hätte nichts dagegen. Ich habe nichts zu verbergen.«

»Damit Ihr Kummer über Ihre unerwiderte Liebe zur Wahrheit sich in Grenzen hält: Wie hieß Herr Johannes Frank wirklich?«

»Informieren Sie sich über den Oberst a. D. Rudolf Ranke. In seinem Fall hatte die Journalistenmeute ausnahmsweise recht. Stöbern Sie in den Archiven! Lesen Sie, was die Presse in den Wendejahren über Ranke geschrieben hat. Alles richtig, alles wahr. Trotzdem hat dieser Spieler keinen Prozess verloren. Nichts war ihm nachzuweisen. Ich hätte als Zeuge aussagen können. Aber ich habe es nicht getan.«

»Und warum nicht? Aus Furcht?«

»Mir sind Menschen bekannt, die Ihrem Herrn Frank die Stirn geboten haben. Gegen ihn gewonnen hat niemand. Ihre Tante Vera war meines Wissens die Einzige, die wenigstens nicht verloren hat.«

15
UNVERHOFFTES WIEDERSEHEN
Leipzig; Budapest; August 2007

Szymbo pumpte mich um einhundert Euro an, um an der Hotelbar des Marriott seine Lampe zum Leuchten zu bringen. Dass er beim Trinken allein sein wollte, ließ auf gehörige Frustrationen schließen. Aus doppeltem Grund. Er hatte in seiner Schulzeit Goethes *Faust* gelesen und den legendären Auerbachs Keller in der Annahme betreten, dort ein zünftiges Gelage vorzufinden, bei dem er die Bierkannen stemmen konnte. Statt einer Saufkneipe hatte er ein gediegenes Restaurant mit gestärkten Tischdecken, Serviettenringen und Kristallgläsern für erlesene Tropfen vorgefunden. Was zu akzeptieren gewesen wäre, hätte in einer Ecke nicht ein Klavier gestanden. Als Szymbo beteuerte, der Pianist habe Schumanns *Nachtstücke* geklimpert wie Bob Dylan in die Mundharmonika puste, legte ich noch einen Fünfziger zu, voraussehend, dass der Abend für ihn gelaufen war.

Gegen neunzehn Uhr schneite Albina in unser Hotelstudio, blendender Laune und nicht allein. Die Frau in ihrem Schlepptau, eine fidele Mittfünfzigerin, musste die Grafikerin Sonja Grundig sein. Die beiden verstanden sich himmlisch und versicherten, eine interstellare Fügung habe sie endlich zusammengeführt. Allem Anschein nach waren sie bei ihrem nachmittäglichen Treffen recht zügig von Tee und Kaffee zu Prosecco und Likörchen übergegangen. Sie schwärmten von kosmischen Konstellationen, von männlicher Ignoranzkultur und schwesterlicher Seelenverwandtschaft, herzten einander und versprachen sich turtelnd ewige Freundschaft. Dann plünderten sie die Minibar. Erstaunlicherweise gelang es ihnen, ohne Umschweife vom Modus der Überdrehtheit in einen Zustand relativer Ernsthaftigkeit umzuschalten. Was vor allem Sonja Grundig zu verdanken war.

Sie bestätigte, dass in einer erneuerten Auflage von *Der Sozialismus – Deine Welt* aus dem Jahr 1980 das Foto meines Vaters durch die Aufnahme einer Medizinisch-Technischen Assistentin in einem modernen Röntgenlabor ersetzt worden war. Meine These, Kräften in der DDR sei daran gelegen gewesen, die Erinnerung an meinen Vater zu löschen, quittierte Sonja Grundig mit einem kernigen Lachen und dem Kommentar, der Mann an sich sei im Hinblick auf die permanente Überschätzung seiner Wichtigkeit schlichtweg unschlagbar, woraufhin Albina beim Roomservice noch ein paar von »diesen schnuckeligen Wodka-Fläschchen« bestellte. Mir gegenüber bemerkte sie, da sie als Zechprellerin ihren Ruf eh ruiniert habe, käme es auf ihrer Flucht auf ein paar Euro mehr oder weniger jetzt auch nicht mehr an.

Sonja erzählte, der Austausch des Fotos von Professor Gerhard Kleine sei einstimmig von den Frauen des Redaktionskollegiums beschlossen worden. Allerdings seien zwölf der vierzehn Schriftleiter Männer gewesen. Sie alle hätten plädiert, Doktor Kleine auf Seite 297 zu lassen, als Held des Volkes, der als Wissenschaftler sein Leben für Frieden und Sozialismus hingegeben habe. Die Herren Redakteure hätten sogar Rückendeckung vom Zentralrat der Freien Deutschen Jugend erhalten. Dass der Bildertausch dennoch erfolgte, wertete Sonja als »kleinen, aber feinen Triumph der Frauenbewegung«, denn in der »ach so fortschrittlichen DDR« hätte die verknöcherte Altherrengarde des Politkomitees der Frau auf dem Weg zur weltweiten Emanzipation nicht gerade Blumen auf den Weg gestreut.

»Nur Dornen, ohne Rosen dran. Wir wurden sauer, aber so was von Hallo. Erst einzelne Beschwerden. Dann ließen wir Proteste gegen das Foto hageln. Maik, auch wenn dein Vater verdammt knackig war, aber so ein Bild in den Achtzigern, das ging gar nicht mehr. Affiges Gepose, Macho-Gehabe! Sieben, acht Studentinnen himmeln ihren Dozenten an. Dämliche Tussen, schmachtend und devot. Und erst die Frisuren. Alle mit diesen Sechziger-Jahre-Pagenköpfen. Wie sollten wir damit jungen Menschen die ideologische Vormacht des Sozialismus verklickern. Das Bild degradiere die Frau zum Anhängsel des heteronomen imperialistischen Patriarchats, solche klugen Sätze kriegten wir damals voll auf die Reihe. Haben wir alles dem Erich geschrieben. Und die Antwort vom Honecker? Was schätzt du Albina?«

»Null!«

»Bingo! Prösterchen! Nur der Egon Krenz, der hat die Schritte der Frauen begrüßt und ihnen den Rücken gestärkt. Das muss man schon sagen. Der Hahn im Korb, er krähte noch, aber wir Hühner, wir gackerten lauter. Das hat der Krenz kapiert und mitgegackert, und dann kam die Anweisung von Oben: Mann mit Reagenzglas raus, Frau im Laborkittel rein in *Sozialismus – Deine Welt*. Und jetzt mal im Ernst. Doktor Kleine lebte ja schon lange nicht mehr, als ich für die FDJ das Jugendweihebuch redigiert habe. Und ihm hing der Ruf an, ein eitler Fatzke und flotter Stecher gewesen zu sein. Als Vorbild der Jugend jedenfalls war der Lack ab.«

»Geschah ihm recht, diesem Herzensbrecher«, stimmte Albina ihrer neuen Freundin zu.

»Aber wissenschaftlich war Kleine, was frau so hörte, eine Koryphäe auf seinem Gebiet. Impfstoffe und so. Trotzdem musste er in der Partei Neider gehabt haben. Mielke persönlich soll seine dauernden Affären missbilligt und mit der Faust auf den Tisch gehämmert haben. Und da wird die Chose ernst. Maik, ich weiß aus erster Hand, dass dein Vater mit drei der Studentinnen auf dem Foto was hatte. Sexuell meine ich. Eine der Frauen wurde von ihm schwanger. Welche weiß ich nicht. Wenn es wichtig ist, kann ich das über meine alten Kontakte herausfinden.«

»Danke, Sonja. Aber das ist nicht nötig.«

»Ja, irgendwann hat man keine Lust mehr, in der Mottenkiste der Vergangenheit zu kramen. Das Leben geht weiter.«

»Froh und heiter, immer weiter«, reimte Albina, die allmählich reichlich angepichelt war. Die beiden schlossen sich im Bad ein, machten sich frisch und zogen den Lippenstift nach. Dann hakten sie einander unter, zwitschernd und bereit für einen Zug durch die Gemeinde, um wie Albina flötete, »die negative Energiebilanz verlorener Jahre auszugleichen«.

Ich blieb zurück im Hotelzimmer, zappte mich durch die Fernsehprogramme und spielte mit dem Gedanken, mich im Pay-TV mit einem Blue Movie abzulenken. Ich gönnte Albina und Szymbo ihre Ausschweifungen. Allein zu sein jedoch fiel mir schwer. Ich sehnte mich nach Bodenständigem, nach einem Fundament, in dem ich mich verankern konnte. Ich sehnte mich nach dem Leipzig meiner Kindheit, wusste jedoch nicht, was davon noch geblieben und wo es zu finden war. Ich überlegte, mich nach all den Jahren bei vergessenen Freunden, Schulkameraden oder einem der Jungs vom Fußballclub Dynamo zu melden. Bei Rudi Schottmann, dem begnadeten Ballzauberer. Oder bei Uwe Hauswald, der mir in Zakopane auf der Gitarre *Blowing in the wind* beigebracht hatte.

Ich bemerkte, wie ich vor mich hin summte. Ein altes Lied, nicht von Dylan. Von Karat. *Über sieben Brücken musst du gehen!* Die Abende, an denen wir im Ferienlager das Lied eher schmetterten als sangen, schienen mir die glücklichsten meines Lebens. Mir war, als hauche mich in diesem Augenblick der Duft eines Mädchens an, dessen Name mir vor langer Zeit entfallen war. Nun blitzte er wieder auf. Agnieszka! Bei *A whiter shade of pale* hatte ihr Kopf an meiner Schulter gelehnt. Ihr Haar hatte nach Zimtsternen gerochen, und sie hatte versprochen, für mich zu beten.

Ich erinnerte den Mann, dem ich die unbeschwerten Tage meiner Jugend verdankte, der mich mitgenommen hatte in die Winterferien in den Bergen, der mich für die Sache der Arbeiterklasse begeistern wollte, weil er in der Tiefe seiner Sozialistenseele überzeugt war, am Ende werde die Bandiera rossa triumphieren. Jugendbetreuer Artur Kretschmer, kurz: Kretsche. Er wohnte damals in der Nähe des Clara-Zetkin-Kulturparks. Sollte ihn der Nordhäuser Doppelkorn, entgegen seiner Küchenphilosophie, Unkraut vergehe nicht, zwischenzeitlich nicht doch hinweggerafft haben, so wohnte er dort noch immer.

Tatsächlich. Auf dem Namensschild neben der Klingel stand A. Kretschmer. Drinnen tönte der Fernseher. Ich schellte. Ein Mal, zwei Mal, ein halbes Dutzend Mal. Dann rief jemand:

»Moment, Moment! Euer Opa ist kein D-Zug.«

Artur Kretschmer öffnete, in der Erwartung seine Enkelkinder zu sehen. Er nestelte eine Brille aus der Hemdtasche, setzte sie auf und stierte mich an. Dann zog er ein Schnupftuch hervor und wischte sich eine Träne aus dem Augenwinkel.

»Da macht aber jemand den Genossen Kretsche auf seine alten Tage noch glücklich. Maik, mein Junge! Ich werd verrückt! Ich kann's nicht fassen. Komm rein!«

Zuerst glaubte ich, die Wohnstube sei eine Insel der Nostalgie im Meer von Wandel und Unbeständigkeit. Bis ich verstand, Artur Kretschmer schwelgte nicht in der Vergangenheit, er hatte die Zeit angehalten. Er hatte das Gestern konserviert und sich in einer Bastion verschanzt, in der er verteidigte, was ihm wert und teuer war. Wohin ich auch schaute, Auszeichnungen über Auszeichnungen. Doch nicht die Eitelkeit trieb ihn dazu, seine ungezählten Ehrungen auszustellen. Aus den Wimpeln, Urkunden, Abzeichen, Anstecknadeln, Medaillen, Pokalen, Wandtellern, Orden mit Band und mit Stern, gerahmt, hinter Glas in Schatullen und Vitrinen sprach nicht aufgeblasener Stolz. Die Insignien der Verdienste im proletarischen Klassenkampf dienten der Selbstvergewisserung, für die gute Sache gelebt zu haben. Als einziges Zugeständnis an die Jetztzeit hing ein Flachbild-TV an der Wand, auf den Kretsche verlegen deutete, als sei ihm der Apparat unangenehm. »Von den Kindern«, sagte er, »zum Fünfundsiebzigsten.«

Auf die Schnelle bereitete Ehefrau Martha einen Kartoffelsalat, den sie mit einem Tablett voll Eberswalder Heißwürstchen und Original Bautzener Senf auftischte. Ich trank River-Cola, Kretsche stilles Wasser. Die Ärzte, sagte er, hätten ihn auf Diät gesetzt.

»Der Blutdruck bis zum Dach, die Leberwerte im Keller und die Pumpe ächzt und stöhnt, hör mir auf, Maik, ich erzähl dir lieber, was noch heil ist an mir, sonst sitzen wir hier noch morgen früh. Oben im Stübchen, da tickt es noch einigermaßen, nur mit dem Gedächtnis, Junge, ich sag dir, wenn du auf die achtzig zumarschierst, da fällt schon Einiges durchs Gitter. Aber erzähl du doch. Du hast doch sicher viel erlebt.«

Ich sprach von der Zeit im Westen, von Heidelberg, vom Ignatz und den aufrechten Jesuiten, von den Wanderjahren im Zirkus und den Tourneen durch Europa. Kretsche hörte zu, ohne ganz bei der Sache zu sein. Erst bei der Geschichte über den russischen Kraftathleten Vladimir Tarchenkov, der als Samson Ramones mit Magneten und hohlen Eisenkugeln das Publikum austrickste, wurde er hellwach. Und als ich ihm erzählte, dass ich mit Anatol aus dem Trevirastoff des sowjetischen Armeearsenals das beste Tarnschwarz aller Zeiten fabriziert hatte, leuchteten Kretsches Augen.

»Ja, der Sowjet, der war uns ein guter Freund. Seite an Seite wollten wir den Kommunismus aufbauen, getragen von der internationalen Solidarität. Aber das Kapital war zu mächtig und der Mensch zu schwach. Glaub mir, Maik, das Geld verdirbt ihn. Zu wenig Geld raubt ihm die Würde. Und zu viel …, du siehst ja, was aus den neureichen Russen geworden ist. Diese Ölmagnaten sind schlimmer als der Ami. Aber sind wir besser als diese Speckmaden? Als die Mauer fiel und der Eiserne Vorhang zerriss, öffneten wir der Gier Tür und Tor. Die Kader ganz oben verrieten die Ideale des Sozialismus schneller als du einen Doppelten kippst. Die Wende brachte ans Licht, wer ein Genosse war und wer sich nur Genosse nannte. Und bevor diese Herren die Arbeiterklasse für ein Butterbrot verscherbelten, schoben sie sich gegenseitig noch die Parteimillionen in den Hintern. Und die Stasi-Bonzen, diese Totengräber des menschlichen Anstands, schnappten sich beim Verteilen des Kuchens die dicksten Stücke.«

»Artur, glaubst du, mein früherer Chef, der Zirkusdirektor Alberto Bellmonti, hatte etwas mit der Staatssicherheit zu tun?«

»Ich habe davon in der Zeitung gelesen. Auch von diesen niederträchtigen Grabschändungen in Berlin. Zu meiner Zeit ließ man die Toten ruhen. Aber Bellmann, ein Informant der Stasi? Ein Witz. Nur keiner zum Lachen. Meine Nase wittert da was. Eine Konspiration, eine Schlammschlacht. Der Angriff auf Bellmann riecht nach einem Täuschungsmanöver, nach einem operativen Vorgang, mit dem jemand seine Absichten tarnt. Das stinkt. Nach einer Seilschaft, die falsche Spuren legt. Die Wendehälse agieren noch immer. Im Klandestinen und weniger plump. Sie haben ihre kapitalistischen Lektionen gelernt. Früher zersetzten sie den Klassenfeind. Heute zersetzen sie jeden, der ihrer Gier nach Macht und Geld im Weg steht.«

»Meinst du Leute wie diesen Rudolf Ranke? Anfang der neunziger Jahre soll die Presse einen ziemlichen Wirbel um ihn gemacht haben. Ich war mit Bellmonti zu der Zeit im Ausland und habe davon nichts mitbekommen.«

»Oberst Ranke? Lebt der überhaupt noch? Eine Intelligenzbestie, glatt wie ein Aal. War damals Stellvertreter von Karrenholz, Abteilung Zehn der HVA. Soll Klumpen von Dreck am Stecken haben. Liquidationen im Westen. Aktive Maßnahmen gegen Verräter aus dem eigenen Lager. Beweise allerdings, vergiss es. Alles geschreddert. Als diese Freiheitsspinner skandierten *Die Mauer muss weg*, jagte die Stasi nachts Waggonladungen an Akten durch die Reißwölfe. Um es unmissverständlich zu sagen: Ich war immer gegen diese sogenannten Republikflüchtlinge. Fußballer, Athleten, Schwimmer, Eiskunstläufer, die in den Westen abhauten. Sportler, die ihr Land im Stich ließen und sich dem Kapital andienten. Diese Überläufer gehörten an den Pranger. Aber sie eliminieren? Genossen sind keine Mörder. Ranke haben die Prozesse ein Vermögen gekostet. Die besten Anwälte haben ihn rausgehauen und ihn fürs Sauberwaschen so richtig geschröpft. Woher der Zaster stammte, da hätte die Westjournaille mal hinter die Kulissen gucken sollen, aber da kriegten sie alle kalte Füße. Klaro, wer will schon mit Beton an den Hacken ab in die Ostsee. Doch was erzähle ich. Nimm noch von der Bockwurst. Lang zu. Ich krieg die Dinger nicht mehr runter. Der Magen, halb weg. Aber was soll's. Ich war Kommunist, ich bin Kommunist und ich werde einer bleiben, bis der kleine Trompeter mich ruft. Kretsche, ab in die Urne! Geschlagen ziehen wir nach Haus, die Enkel fechten's besser aus. Die rote Fahne, mein Junge, am Ende der Zeiten wird sie uns wehen.«

»Daran, lieber Genosse Artur, ist nicht zu zweifeln.«

»Danke, Maik, für deine Standhaftigkeit. Du warst ein guter Junge, immer schon. Doch mir brennt noch eine Sache unter den Nägeln. Ich will nicht verhehlen, was mir Kummer macht. Die ganze Zeit schon, da wir hier sitzen, juckt mich eine Frage.«

»Aber dann frag doch?«

»Warum nur, warum hast du dich von deiner guten Mutter losgesagt? Freya ist doch ein feiner Mensch.«

»Waaas!« Ich sprang auf und stieß gegen das Tablett. Die Eberswalder wirbelten umher und landeten zwischen den Pokalen. »Das, das stimmt doch gar nicht! Artur, wann und wo hat Freya dir das gesagt? Hast du Kontakt zu ihr? Warum sollte ich mich von meiner Mutter lossagen. Ich habe sie doch geliebt!«

»Sie glaubt, du hast ihr nie verziehen, dass sie Ronny und Kessryn auf dem Gewissen hat.«

»Aber das ist nicht wahr! So habe ich niemals gedacht, so habe ich nie empfunden! Ich habe Freya Karten, Briefe und Pakete geschickt. *Sie* hat mir nie geantwortet. Heute weiß ich, dass meine Post sie nie erreichte. Und überhaupt! Was weißt du über sie? Lebt sie noch?«

»Natürlich lebt sie. Weswegen sollte sie das nicht tun?«

»Aber wo! Wie geht es ihr?«

»Langsam, langsam. Alles der Reihe nach. Im Sommer neunzehnachtzig kehrte Freya aus Waldenburg zurück. Das Jahr erinnere ich gut, weil wir damals wegen herausragender Betriebsergebnisse bei der Chemopharm erstmals das Ferienlager der Jugend in Ungarn durchführten. Am Balaton. Zelten am Plattensee. In Siófok. Grandios, sag ich dir. Überwältigend. Auf den Magyaren, da lasse ich nichts kommen. Was ich sagen will, deine Mutter fuhr auch mit.«

»Das kann ich mir nicht vorstellen.«

»Weil dir der Westen den graden Blick verbogen hat. Nach ihrer Entlassung stand Freya da. Mittellos. Nackt. Keine Wohnung, keine Möbel, kein Hausrat, keine Kleider, nichts. Alles verbrannt! Vom Betrieb haben wir ihr unter die Arme gegriffen. Ehrensache für den VEB. Kooperativ mit dem Rat der Stadt hatten wir ein wenig getrickst und sie oben auf die Warteliste für die Neubauwohnungen geschummelt, in Stötteritz, nicht weit von eurem alten Zuhause. Aber ihre Etage hatte feuchte Wände. Wasserschaden. Da floss die Suppe. Pfusch der Klempnerbrigade. Was also tun? Weil ein Sozialist niemanden auf der Straße lässt, nahmen wir deine Mutter mit. Drei Wochen. Übergangsweise, bis die Wohnung bezugsfertig war. Freya schlich doch neben der Spur, schlapp und antriebslos, ich meine, sie war alltagsuntauglich. Sie brauchte Erholung. Da kamen die Ferien am Plattensee gerade zupass. Den Betriebskadern jubelten wir unter, Frau Kleine würde uns als Küchenhilfe begleiten. Die Aktion hätte uns Kopf und Kragen kosten können. Nur zwei Genossen im Lager wussten Bescheid, was Frau Freya Kleine getan hatte. Don Brillo und meine Wenigkeit. Wir waren von Freyas Unschuld überzeugt. Zum Glück stand über das tragische Brandunglück in der Bleibtreu nur wenig in der *Leipziger.* Nur dass die Feuerwehr wegen des Jahrhundertwinters spät ausgerückt war und dass es in der BRD weitaus mehr Tote gab. Mal dir aus, Maik, die Eltern der Ferienkinder hätten gewusst, dass Freya das Haus angezündet hatte. Das hätte einen Aufstand gegeben. Mit so einer Verrückten schickt man seine Sprösslinge doch nicht nach Ungarn.«

»Ja, aber wo ist Mutter jetzt?«

»Sachte, immer sachte. Wer Freya damals sah, der zweifelte nicht, die ist perdu. Ständig müde. Fünf Minuten brauchte sie beim Spülen, um einen Teller abzutrocknen. Beim Schälen fielen ihr die Kartoffeln aus der Hand, weil sie einnickte. Nachwirkungen der Medikamente, meinte sie. Abends kroch sie in den Schlafsack, wenn wir mit dem Betreuerkollektiv und den älteren Jugendlichen auf die Piste gingen. In die Piroska Csarda. Der Laden war fest in unserer Hand. Essen und Trinken! Fleischspieße! Einen halben Meter lang. Und Pörkölt. Paprikagulasch, kesselweise! Alles üppigst und die Kanne Kadarka für ein paar

Alugroschen. Der Ungar wusste die Ostmark noch zu schätzen. Im Piroska spielten Zigeuner auf. Echte Cigány! Trio Balogh hieß die Combo. Geige, Czymbel und als Basstrommel eine Milchkanne. Menschenskind, wenn die loslegten, dann vergaßt du das Schalmeiengetröte in Reih und Glied. Da glühte das Feuer, da schmolzen die Herzen. Don Brillo hatte sich eine Zigeunerweise abgekupfert, ein melodischer Ohrenschmaus, aber auch abgrundtief traurig. Er übte auf seinem Akkordeon und traf jeden Ton, aber der Funke sprang nicht über. Nur Freya horchte auf. Sie fragte Gerhard, was für eine Musik er da spiele. Als er ihr von den Zigeunern erzählte, versprach sie, uns noch am selben Abend zu begleiten.«

»Und dann?«

»Dann trat das Unglaubliche ein. Freya wünschte sich von den Zigeunern immer wieder das Lied *Szomorú vasárnap*, das Lied vom traurigen Sonntag. Die Melodie ist so schwermütig, dass unglückliche Liebespaare früher zu Dutzenden in die Donau sprangen. Gluck, gluck und Feierabend. Schlimm, vergeudet, so viel junges Leben. Deswegen wurde das Lied in den dreißiger Jahren in Ungarn verboten. Wenn János Balogh, der fesche Primasch, die Melodie der Todessüchtigen fiedelte, dann wurde den Männern das Schörr schal. So heißt beim Ungarn das Bier. Und die Frauen im Piroska flennten um die Wette und mussten ihre Taschentücher auswringen. Nur deine Mutter nicht. Ob du es glaubst oder nicht, das Lied vom traurigen Sonntag holte sie zurück ins Leben. Sie nippte an ihrem Tokajer, summte die Melodie mit und lächelte verzückt. Und wenn János zu fortgeschrittener Stunde mit stampfendem Stiefel den Rhythmus zum Csárdás vorgab, sprang Freya auf und tanzte. Allein. Ungeniert, aber nicht peinlich. Nicht so wie die überdrehten Emanzenhippen aus dem Westen. Freya tanzte und tanzte, bis aller Kummer von ihr abfiel und die Musik sie davontrug, unbeschwert und federleicht wie eine Pusteblume.

Du hättest mal sehen sollen, wie diese aufgebrezelten BRD-Schicksen im Piroska nach den Zigeunern lechzten. Diese Weiber waren schärfer als das schärfste Paprika. Uns guckten sie mit dem Arsch nicht an, aber János, der hätte sie alle pfeffern können. Doch er strich die Geige nur für deine Mutter. Sie würde in Ungarn bleiben. Das war klar wie Kloßbrühe. Wie Freya und János im Liebesgebalze turtelten, das hätte selbst die rührseligste Schmonzette nicht hingekriegt. Was sollte Freya auch noch in Leipzig? Wir fürchteten, die Behörden würden sie wegen illegaler Ausreise verfolgen, obwohl in ihrem Fall der Tatbestand der Republikflucht nicht vorlag. Freya siedelte um in ein sozialistisches Bruderland. Zur Absicherung hatten wir uns die Ausrede zurechtgelegt, die blonde Genossin Kleine sei von schwarzen Zigeunern entführt worden. Aber die Geschichte brauchte nie erzählt zu werden, da niemand Freya vermisste und nach ihr fragte. Als die Touristensaison am Balaton vorüber war, zog sie zu János und seiner Sippe nach Budapest. Und dort leben sie noch heute, im Zigeunerviertel der Josefstadt am Matthias-Platz.«

»Woher weißt du das?«

»Weil wir hin und wieder telefonieren und deine Mutter letzten Sommer noch besucht haben. Bei unserer schönen Donau-Tour. Die war doch schön, nicht wahr, Martha?«

Kretsches Ehefrau, die den Abend über geschwiegen hatte, stimmte zu. »Erst dachte ich, für kein Geld der Welt laufe ich durch diese Josefstadt. Keine zehn Pferde kriegen mich dahin. Weil der Reiseleiter warnte, man solle auf Geldbörse, Schmuck und Fotoapparat aufpassen. Und im Dunkeln lieber eine Taxe nehmen. Aber diese Zigeuner, ich muss sagen, das sind patente Leute. Das sagst du doch auch immer, Artur, nicht wahr?«

»Jawohl. Sehr patent. Aber mit Neigung zum Müßiggang. Als Genossen im proletarischen Klassenkampf nur bedingt brauchbar.«

Artur Kretschmer langte nach einem schwarzen Bakelittelefon, nahm den Hörer ab und drehte an der Wählscheibe. Als ich das Freizeichen hörte und realisierte, dass Kretsche mitten in der Nacht in Budapest anrief, drückte ich die Gabel.

»Junge, ich will doch nur deiner Mutter die Freude machen und ihr mitteilen, dass du wieder aufgetaucht bist.«

»Das sage ich ihr lieber selber.«

»Und wann?«

Der Keramikteller mit Ziffernblatt, auf dem Dynamo Leipzig dem Sportwart Artur Kretschmer für »25 Jahre vorbildliche Treue« dankte, stand auf zehn Minuten nach Mitternacht.

»Heute«, sagte ich. »Artur, noch heute mache ich mich auf den Weg.«

»Budapest. Achter Bezirk. Mátyás Tér Nummer 16. Du musst das Tor zum Haupthaus durchqueren, über den Innenhof und dich rechts halten.«

Der Nachtservice an der Rezeption des Marriott benötigte zwei Minuten, um die erstbeste Zugverbindung zwischen Leipzig und Budapest herauszufinden. Um 5.03 Uhr nach Dresden. Weiterfahrt nach Prag. Dort umsteigen. Ankunft am Bahnhof Budapest-Keleti um 16.35 Uhr. Bis zur Abfahrt blieben drei Stunden.

Ich warf noch einen Blick in die Hotelbar, wo Szymbo sich hatte abfüllen wollen. Die Tresenhocker waren verwaist, die Beleuchtung heruntergedimmt. Wahrscheinlich würde Szymbo wodkaselig in den Federn liegen. Ein Irrtum. Ich dachte, ich sehe nicht recht. Pjotr Szymborski fläzte sich auf der Chaiselongue unseres Business-Studios, wirkte nüchtern und schäkerte mit Albinas kichernder Seelenverwandtschaft Sonja Grundig, die sich halbherzig bemühte, ihre Bluse zuzuknöpfen und ihren Rock glatt zu streichen. Albina hatte es gerade noch geschafft, ihre Schuhe auszuziehen. Bekleidet schnarchte sie auf ihrem

Bett, den Mund geöffnet und die Arme von sich gestreckt wie ein abgeschossener Engel.

Ich informierte Szymbo über meine kurzfristigen Reisepläne und stellte in Aussicht, spätestens in drei Tagen wieder in der Winkler Straße in Grunewald zu sein. Szymbo würde zwischenzeitlich alle verfügbaren Daten über Oberst Ranke zusammentragen und mit Albina Bellmontis Museum in Pankewitz aufsuchen. Geld hatten wir noch genug, aber um unnötige Kosten zu vermeiden, erklärte ich Szymbo, dass er in meiner Dokumentenmappe in Bellmanns Villa einen Umschlag mit Honoratiorenbilletts des Alten finden würde, die einen freien Eintritt in das Internationale Museum der Artistik und Illusionskunst erlaubten. Pjotr nickte zwar, doch da er mit Stielaugen ständig auf Sonjas Schenkel stierte, fühlte ich mich als Störfaktor. Ich packte meine Tasche, verabschiedete mich und stieg in ein Taxi zum Hauptbahnhof.

In Budapest nahm ich die Straßenbahn in den verrufenen VIII. Bezirk. An der Haltestelle Józsefváros stieg ich aus. Ich hatte mir das Zigeunerviertel als verwahrlosten Slum vorgestellt, als Ghetto aus Armut, Gewalt und Kriminalität. Einige Häuser hatten tatsächlich seit Jahrzehnten weder Mörtel noch Wandfarbe gesehen und an manch maroder Fassade klafften noch die Einschusslöcher der Maschinengewehrsalven vom Ungarnaufstand 1956. Nichts desto weniger machte die Jozsef Utca einen aufgeräumten und friedlichen Eindruck. Ich ging zu Fuß, erst zügig, dann langsamer, schließlich verzagt. Die Vorfreude, womöglich meiner Mutter zu begegnen, wich der Furcht, sie habe sich innerlich längst von ihrem Sohn verabschiedet. Achtundzwanzig Jahre waren eine lange Zeit.

Der Mátyás Tér verströmte weniger urbanen als provinziellen Charme. Ein kleiner Park mit Kinderspielplatz. Laut, bunt und quicklebendig. Die Jüngsten buddelten im Sandkasten, wippten, rutschten und zankten sich plärrend um die Schaukeln. Junge Mütter schoben Kinderwagen und stillten Säuglinge. Auf den Bänken palaverten die Alten. Halbwüchsige mit Bonanza-Rädern in Muskel-Shirts und Spiegelbrillen übertrumpften einander mit ihrem Gangsta-Rap-Gehabe. Ich trat an eine Clique gelangweilter Mädchen heran, die rauchten und Blasen aus Kaugummi platzen ließen. Als ich radebrechend auf Englisch nach dem Geiger János Balogh und seiner weißen Frau fragte, verstummten sie, schielten mich von der Seite an und tuschelten. Dann, wie auf Kommando, kreischten sie los, als hätten sie mich erkannt, lachten und umschwärmten mich wie ein Schwarm wilder Bienen. Sie rupften an meinem Jackett und zogen mich über den Mátyás Tér, in den Hof des Hauses Nummer 16.

Der mehrstöckige Altbau mit ausladendem Atrium hatte in vorsozialistischen Dekaden ein gehobenes Bürgertum beherbergt. Obschon der Putz abblätterte, strahlte das Gebäude mit seinen schmiedeeisernen Balkonen und verfliesten Korridoren noch das morbide Flair verlorener Pracht aus. Im Innenhof hatten die Bewohner Tische und Holzbänke aufgestellt und einen Schankpavillon sowie einen riesigen Grillrost aufgebaut. An den Wäscheleinen zwischen den Wänden flatterten Girlanden aus buntem Flitter, die mich an ferne Kindergeburtstage erinnerten. Offenbar war entweder vor Kurzem gefeiert worden oder ein Fest stand an. Meine Begleiterinnen klatschten in die Hände und riefen Worte in einer Sprache, die ich nie zuvor gehört hatte. Fenster und Balkontüren öffneten sich. Ich spürte die musternden Blicke. Sie schienen weniger bedrohlichem Misstrauen als angespannter Neugier entsprungen. Eine der Kaugummigören zupfte mich am Ärmel und deutete zum anderen Ende des Hofes.

Ein Paar schritt auf mich zu. Er ein Rom, Mitte sechzig, mit dunklen, wachen Augen, ganz in noblem Schwarz, das ergraute Haar zu einem Pferdeschwanz gebunden, umhüllt von der Aura lässiger Noblesse. Seine blonde Begleiterin, eingehakt an seiner Seite, musste Freya sein. Doch ich war mir nicht sicher. Eine verhärmte Frau hatte ich erwartet, hager und grau, exzentrisch womöglich und klunkerbehangen; eine Frau, die alle Spuren ihres Alters grell überschminkte. Aber die Frau neben János Balogh war eine Dame von graziöser Anmut. Freya war kleiner geworden, aber keineswegs unscheinbarer. Sie trug ein schlichtes tiefblaues Kleid, goldene Armreifen und eine weiße Perlenkette und verströmte eine natürliche Eleganz. Die Falten um ihre Augen verrieten melancholischen Weltschmerz, verliehen ihr aber auch einen Hauch warmherziger, milder Versöhntheit. Sie lächelte. In diesem Moment hätte ich schwören mögen, nicht meine Mutter zu sehen, sondern meine erwachsene Schwester Kessryn. Freya schaute zu János hoch und nickte ihm zu, als wolle sie bestätigen: Das ist mein Sohn. Dann eilte sie mir entgegen, fiel mir um den Hals und küsste mich ab, dass mir beinahe die Luft wegblieb.

Ein Sturm der Begeisterung brach unter den Zigeunern los. Von überall traten Menschen hervor, Männer, Frauen und Scharen von Kindern, die lärmten, juchzten und jubelten. Manche pfiffen auf den Fingern oder schlugen mit Löffeln auf Blechtöpfe. Binnen Augenblicken füllte sich der Hof, und ich sah mich umringt von einer tosenden und applaudierenden Menge. Als die Zigeuner im Chor skandierten »Mihály, Mihály, Mihály!«, realisierte ich: Sie meinten mich.

»Herzlich willkommen, Mihály, mein verlorener Stiefsohn.« János lachte und reichte mir die Hand.

»De-de-danke«, stotterte ich. »Aber woher wusstet ihr von meiner Ankunft?«

»Wir Zigeuner«, sagte János mit todernster Miene, »wir sehen mit dem dritten Auge.«

Mit gespielter Empörung stieß Freya ihm den Ellenbogen in die Seite. »Erzähl keine Märchen. Maik, diese Nacht klingelte das Telefon. Stell dir vor, um halbe eins. Der gute Artur Kretschmer musste unbedingt der Erste sein, mir die frohe Botschaft von der Auferstehung meines Sohnes zu überbringen.«

János schnippte mit den Fingern, was als Auftaktsignal zu einem Bacchanal verstanden wurde, das alles in den Schatten stellte, wofür ich bislang die schnöde Bezeichnung »Fest« parat gehabt hatte. Als Virtuosen der Improvisation verzauberten die Roma den Hinterhof am Mátyás Tér 16 in einen Paradiesgarten der Lebensfreude, freigebig, verschwenderisch und berauschend. In Windeseile bogen sich die nackten Holztische vor kulinarischen Üppigkeiten. Schüsseln mit Letscho aus geschmorten Zwiebeln und Tomaten, Pörkölt vom Rind und Hammel, feuriges Paprikahuhn, Sauerkraut mit Schweinebauch, Budapester Salami, Debrecziner Räucherwurst und Terrinen mit Gänseleber, salzige Pogatschen aus Schmalzgrieben in Kartoffelteig, Topfenknödel mit Sauerrahm, ölgebackene Teigfladen, frittierter Blumenkohl und marinierter Knoblauch. Die Kinder schlugen sich mit Quarkstrudel und Palatschinken mit Schokosauce den Bauch voll, tranken Cola aus Zwei-Liter-Flaschen und spielten Wettrülpsen. Die Männer ließen den Kohlengrill glühen, die Schweinskoteletts brutzeln und sorgten dafür, dass das Kesselgulasch kochte, der Kadarka floss und das Bier nicht warm wurde. Die Frauen schlürften Marillenlikör und süßen Tokajer. Und wenn der Magen gegen die lukullischen Gewaltakte rebellierte, spülten wir Anflüge von Übelkeit mit halb vollen Wassergläsern Zwack Unicum herunter.

Als es dämmerte, packten die besten Roma-Musiker der Josefstadt ihre Instrumente aus und sollten sie für lange Zeit nicht mehr aus der Hand legen. Nachts griff auch János Balogh zur Geige. Als er die ersten Töne spielte, verstand ich, weshalb meine Mutter diesem Mann folgen musste. Nicht weil er ihr Glück versprach, sondern weil er für ihr Unglück eine Sprache fand. Ich vermisste Albina und Szymbo. Gern hätte ich diese

Augenblicke mit meinen Freunden geteilt. Bevor János spielte, hatte ich in ihm einen Bohemien gesehen, einen Künstler, so wie Maestro Pjotr Szymborski, in schwarzem Anzug und weißem Hemd. Doch anders als Szymbo, den die versagte Anerkennung bisweilen in launischen Zynismus trieb, hatte János sich nie darüber beklagt, dass sein musikalisches Potenzial in den Devisenlokalen der ungarischen Volksrepublik vergeudet wurde. Während Szymbos musikalische Karriere mit dem Fall des Eisernen Vorhangs einknickte, erwarb sich der Violinist János Balogh nach der Wende ein internationales Renommee. Nicht allein seine Virtuosität erhob ihn zum Musiker von Weltrang, auch seine emotionale Kraft. Wenn er den Geigenbogen strich, durchmaß er die Höhen und Talsohlen der menschlichen Existenz. Erhabene Gipfel und die Nullpunkte der Sehnsuchtslosigkeit. Abseits der Bühne war János Balogh ein weltläufiger Mann, uneitel und zuvorkommend. Wo immer er sich bewegte, löste seine Freundlichkeit eine Woge guter Laune aus. An seiner Seite war Freya aufgeblüht.

Das Fest dauerte über das Morgengrauen hinaus bis zum Mittag und fand nach einer kurzen Phase der Erholung seine Fortsetzung bis weit hinein in die Nacht. Es endete, nachdem jeder mir zum hundertsten Mal zu meiner Wiedergeburt gratuliert und mir erklärt hatte, der Herr Jesuschrist sei ein anständiger Kerl gewesen, habe aber beim Schreiben der Geschichte vom verlorenen Sohn leider nicht an die Zigeuner gedacht. In der Bibel kehre der Verlorene reuig zurück ins Haus seines Vaters. Bei den Cigány jedoch finde der wahre Sohn zurück zum Herzen der Mutter.

Am dritten Tag kehrte Ruhe ein. Freya und ihr Mann lebten in einer geräumigen Bürgerwohnung mit stuckverzierten Decken, inspirierend unaufgeräumt und vollgestopft mit antiquarischem Mobiliar, Nippes, Tand und Trödel. Überall Bücher,

Illustrierten, Modezeitschriften, Schallplatten und Musik-CDs, dazwischen Skulpturen, Figuren und Plastiken. An den Wänden opulente Ölschinken, Landschaften, Porträts und Stillleben, wahllos neben wüsten Farbkompositionen und minimalistischem Gestrichel. Kurzum, Freya umgab ein Ambiente, in dem die Trennlinie zwischen Kitsch und Kunst aufgehoben war. Im krassen Kontrast repräsentierte die edle Hochglanzküche ein Refugium der Klarheit, hypermodern mit einer ans Sterile grenzenden Kühle. Mit einem italienischen Hightech-Kaffeeautomaten schäumte Freya heißen Cappuccino auf. János hatte sich in einem Kaffeehaus in der Váci Utca verabredet und würde die nächsten Stunden unterwegs sein. Wir konnten reden. Ungestört und in aller Offenheit.

»Frag, was du zu fragen hast«, sagte Freya. »Und ich bitte dich, frag ohne Scheu.«

»Danke. Beginnen wir mit meinem Vater. Und mit deiner Schwester Vera. Hat sie ihn getötet?«

»Ich bin mir sicher, ja, weiß es aber nicht mit letzter Gewissheit. Du bist der Erste, dem ich das erzähle. Selbst János glaubt, dass Gerhard beim unvorsichtigen Hantieren mit Gift starb.«

»Aber weswegen? Warum hat Vera Vater umgebracht?«

»Fragen nach dem Warum sind nicht leicht zu beantworten. Vera hatte zuvor des Öfteren durchblicken lassen, ein schöner Laborunfall sei für die unerträgliche Selbstsucht des Doktor Gerhard Kleine ein angemessener Preis.«

»Siehst du das auch so?«

»Dein Vater war ein charakterloser Mann, der seine Niedertracht hinter seiner Attraktivität verbarg. Ich habe lange in ihm etwas wie einen guten Kern gesucht. Aber ich fand ihn nicht. Im Laufe der Jahre wurde Gerhard mir gleichgültig. Er lebte sein Leben, ich lebte meines, gemeinsam mit euch Kindern. Bei Vera jedoch saß die Verletzung tiefer.«

»Hast du ihn ihr ausgespannt, am Kampftag der Werktätigen? Am 1. Mai 1964 in Berlin?«

Freya schaute verdutzt. »Hat dir Vera in Heidelberg von diesem Tag erzählt?«

»Sie sagte, sie sei mit Gerhard und einigen Kommilitoninnen zum Marsch für Frieden und Sozialismus gefahren. Dabei habe Gerhard dich kennengelernt.«

»Das stimmt. Ich blieb auf dem Alexanderplatz bis zur Schlusskundgebung, obwohl mich die Hudeleien der Partei auf Fortschritt, Freundschaft und Solidarität langweilten. Gerhards genervter Miene entnahm ich, dass er ähnlich empfand. Wir aßen zusammen noch ein paar Thüringer, dann teilten wir uns auf. Vera war zum ersten Mal in Berlin. Ich hatte mit ihr einen Streifzug durch die Bohemekneipen und Literaturcafés von Prenzlauer Berg vor, aber sie wollte mit ihren Begleiterinnen zum Grab von Rosa Luxemburg. Mich schmerzten die Füße. Um auszuruhen, nahm ich Gerhard mit in das Wohnheim in der Sewanstraße in Lichtenberg. Absichtslos, ohne jeden Hintergedanken. Es sei denn, um die Beatles zu hören. Über meine Kanäle hatte ich mir ihre brandneue Langspielplatte im Intershop besorgt. *Please please me.* Wir tranken Erlauer Stierblut und witzelten über die Knallköpfe der SED. Bei dem Lied *Do you want to know a secret* rückte Gerhard mir ziemlich auf die Pelle und bei *A taste of honey* ging er mir an die Wäsche. Er fackelte nicht lange. Gewehrt habe ich mich nicht. Nun ja, mir gefiel die Rummacherei. Außerdem sah Gerhard verflixt gut aus. Hätte ich gewusst, dass er was mit meiner Schwester hatte, ich hätte ihn niemals rangelassen. Ich wünschte damals, ich hätte Vera zum Sozialistenfriedhof begleitet. Aber was dann? Du säßest heute nicht hier. Du wärst gar nicht gezeugt worden. Doch konnte ich ahnen, dass auch Vera von ihm schwanger war?«

»Was! Vera erwartete auch ein Kind von Gerhard?«

»Ja. Hat sie dir das in Heidelberg denn nicht erzählt? Dein Vater hatte mit Vera und mit mir eine Affäre, ohne dass wir voneinander wussten. Vera war an dem 1. Mai schon im dritten Monat. Sie war sich sicher. Als angehende Pharmazeutin hatte sie einen Hormontest durchgeführt. Vera wirkte keineswegs verzweifelt und wollte Gerhard mit der Nachricht überraschen. Sie hatte spekuliert, er würde die Verantwortung als Vater übernehmen und sie zur Frau nehmen.«

»Spekuliert? Oder gehofft? Gerhard war der Mann ihres Lebens. Ich denke, sie hat ihn geliebt.«

»Der Mann ihres Lebens? Da wäre ich mir nicht so sicher. Wir waren zwar Zwillinge, aber vom Wesen verschieden. Sie war strebsam, ich ließ mich treiben. Wo ich mich im Kreis drehte, schritt sie voran. Wenn ich meinen Launen nachgab, folgte sie ihrem Ziel. Versteh mich nicht falsch, wir ergänzten uns fabelhaft, aber ich lebte für Kunst und Kultur, sie lebte für ihre Karriere als Wissenschaftlerin. Sie schaute zu Gerhard auf, sie bewunderte ihn, anfangs jedenfalls, aber ich glaube nicht, dass sie ihn liebte. Sicher hätte sie ihm ohne Zögern das Jawort gegeben, eine bessere Partie als Doktor Kleine konnte sie nicht machen. Er war vorzeigbar und zukunftsfähig. Nur erschöpfte sich Gerhards Interesse an ihr im Akademisch-Beruflichen, auch wenn er sie nicht von der Bettkante gestoßen hatte.«

»Wann hat Vera ihm von ihrer Schwangerschaft erzählt? Wie hat er reagiert?«

»Sie blieb nach der Maiparade noch ein, zwei Tage bei mir in Berlin. Sie war stolz und sich sicher, es würde ein Junge, weil sie plötzlich einen Heißhunger auf Gurken und Heringe verspürte. Ich fühlte mich schrecklich. Ich durfte doch meiner Zwillingsschwester unmöglich sagen, dass ihr künftiger Kindsvater es auch mit mir getrieben hatte. Aber hatte ich mich wirklich schuldig gemacht? Ich wusste doch nichts von Gerhard und ihr. Nie hätte ich ihr den Mann weggeschnappt. Sie tat mir unendlich leid, weil sie sich ausrechnete, Gerhard durch ein Kind an sich zu binden. Aber die Kalkulation ging nicht auf. Er ließ sie eiskalt abblitzen.«

»Und das Kind?«

»Als talentierte Studentin der Pharmazie, meinte Gerhard, kenne sie doch sicher Mittel und Wege, das Problem zu beseitigen.«

»Eine Abtreibung?«

»Ja. Nur waren Schwangerschaftsabbrüche in den sechziger Jahren in der DDR streng verboten. Wer einen Abort vornahm, wanderte ins Gefängnis.«

»Aber Vera wurde nie Mutter. Sie hat ihr Kind nicht ausgetragen und geboren.«

»Ja. Als sie erfuhr, dass auch ich ein Kind von Gerhard erwartete, hätte sie mich fast erwürgt. Geschrien hat sie, wie eine Furie. In der Hand ein Fleischmesser. Den Bauch wollte sie mir aufschlitzen. Angst und bange wurde mir, weil sie so hysterisch kreischte. Allerdings beruhigte sie sich erstaunlich schnell wieder. Sollte sie mütterliche Gefühle gehabt haben, so starben sie ab. In nur wenigen Tagen. In ihr wuchs etwas heran, was sie nicht mehr wollte. Und sie fand einen Weg, den Fötus wegzumachen. Danach konzentrierte sie sich wieder auf ihr Studium. An der Universität begegnete sie Gerhard, als sei nie etwas gewesen.«

»Und du! Du hast Gerhard Kleine geheiratet!«

»Maik, wir reden von 1964. Zu der Zeit schimpfte man eine junge Mutter ohne Ehemann ein gefallenes Mädchen. Wenn die Leute höflich waren. Ansonsten warst du für sie eine Flitsche, ein Fickflittchen, verachtet für immer, egal ob im Sozialismus oder Kapitalismus. Ich war neunzehn, als ich dich zur Welt brachte. Was sollte ich denn machen? Wenigstens materiell waren wir versorgt. Mein Vater Heinrich kannte einflussreiche Kader in der Partei. Er besorgte uns das Haus in der Bleibtreustraße. Zudem knöpfte er sich Gerhard vor und machte ihm deutlich, sollte er sich vor seinen väterlichen Verpflichtungen drücken, wäre seine universitäre Laufbahn beendet und er dürfe im Institut die Flure fegen. Außerdem waren die ersten Jahre unserer Ehe so unerträglich nicht. Hätte es im Bett nicht gefunkt, wären Kessryn und Ronny nie …« Freya schluchzte und langte nach einem Taschentuch. »Entschuldige, Maik. Gib mir die Zeit für einen Kaffee. Dann geht es wieder.«

»Ich verstehe dich. Aber ich verstehe deine Schwester nicht. Sollte sie tatsächlich den Laborunfall arrangiert haben, warum erst 1970? Fünf Jahre nach meiner Geburt?«

»Der Zeitpunkt ist in der Tat merkwürdig. Im April neunzehnsiebzig kehrte Gerhard von einer Forschungsreise aus Israel zurück. Ein halbes Jahr hatten wir uns nicht gesehen, ohne dass ich ihn eine Sekunde vermisst hätte. Aber es kam, wie es kam. Die Reise hatte ihn euphorisiert. Er behauptete, etwas Bahnbrechendes entdeckt zu haben, und beschwor einen neuen Anfang. Für euch Kinder hatte er vom Freizoll Schoko-Smarties mitgebracht, für mich eine Flasche Champagner. Ich war angesäuselt, vergaß die festen Vorsätze, und wir landeten im Bett. Das war ein Fehler, ich weiß. Doch heraus kam Ronny. Ich sagte bereits, dein Vater war ein Schwein. Er hatte verschwiegen, dass er nicht allein in Israel war. Vera steckte mir, dass ihn eine Assistentin begleitet hatte. Kennst du noch das Foto von ihm aus *Sozialismus – Deine Welt*? Mit all den lachhaften Schönheiten? Für eines der Pagenköpfchen ließ er mich mit euch sitzen. Ich war froh, als er aus meinem Leben verschwand. Nur Vera tobte. Der Herr Doktor Kleine würde die Frauen aussaugen. Ex und hopp. Sie schäumte vor Wut und lästerte, Gerhard sei als Wissenschaftler überschätzt. Ein Blender, zweitklassig bestenfalls, aber er verkaufe sich glänzend. Er bediene sich schamlos am Wissen anderer und mime den Romeo, um die Mitarbeiterinnen auszuspionieren.«

»Auf ihre Linientreue zum Staat?«

»Nein. Zu seinem persönlichen Vorteil. Für Vera war Gerhard ein kaltschnäuziger Karrierist. Sie behauptete, er benutze seinen Charme, um bei angehenden Chemikerinnen und Pharmazeutinnen die Forschungsergebnisse abzuschöpfen, und bringe unbedarfte Kolleginnen um die Früchte ihrer Arbeit. Diesen Missbrauch, schwor sie, werde sie ein für alle Mal beenden.«

»Rache durch einen fingierten Unfall? Sprich, durch einen Mord?«

»Dieses Wort hätte Vera nie benutzt. Sie sprach in Andeutungen, bildhaft und verschlüsselt. Aber sie sah sich nie als Rächerin. Eher als Heilerin, dazu berufen, die Gerechtigkeit wiederherzustellen. Sie war gläubig und neigte zur Frömmelei. Während ich Biermann hörte und *Der geteilte Himmel* von Christa Wolf verschlang, las Vera das Alte Testament. Sie kündigte an, bald werde für Doktor Kleine die himmlische Posaune erschallen. Ich nahm ihr Geraune nicht ernst, doch als die Chemopharm mir Tage später die Nachricht von dem tödlichen Unfall überbrachte, zweifelte ich keinen Augenblick, dass meine Schwester dahintersteckte.«

»Und wie hat sie das angestellt?«

»Ich schwöre, Maik, ich weiß es nicht. Aber das hat mir dieser verbissene Ermittler von der Kriminalpolizei schon damals nicht geglaubt.«

»Hieß der Mann Johannes Frank oder Rudolf Ranke.«

»Wie der Erste. Frank. Der Unfall im Labor der Chemopharm war ihm suspekt. Anfangs verdächtigte er mich, meinen Mann beseitigt zu haben. Immer wieder hat er mich vernommen. Wenn ich an seine Verhöre denke, schaudert es mich noch heute. Frank wusste, dass ich nicht um Gerhard getrauert hatte. Er fand sogar heraus, dass ich euch Kinder am Todestag eures Vaters allein ließ. Er zählte mir jedes Lokal auf, in dem ich nachts getrunken, getanzt und rumpoussiert hatte. Zugegeben, ich war kein Tugendmäuschen, aber meine Schwester verraten? Niemals! Dann fiel Franks Verdacht auf uns Zwillinge. Er glaubte, gemeinsam hätten wir Gerhard vergiftet. Ich denke, er war schließlich überzeugt, dass allein Vera mit ihrem pharmazeutischen Wissen die Täterin sein konnte. Eine Zeit lang saß sie in Untersuchungshaft. Aber sie sprach nie darüber. Bis sie von der Bundesrepublik freigekauft wurde. Diesen Herrn Frank hatte ich längst vergessen, bis er plötzlich in Waldenburg auftauchte. Nach dem entsetzlichen Feuer zum Neujahrstag 1979. Ich stand unter Schock und war nicht ansprechbar. Ich erinnere nur, dass er sich sehr verständnisvoll gab und anbot, dich persönlich aus den Ferien in Polen abzuholen.«

»Du weißt, dass du an Silvester vergiftet wurdest? Mit einer Psychodroge.«

»Ja. Aber ich musste ewig warten, bis die Ergebnisse der Untersuchungen vorlagen. Doktor Wippel teilte mir mit, man habe in meinem Blut eine seltene Substanz nachgewiesen. Göttersalbei oder auch Kraut der Jungfrau, ein Gift, das heftige Psychosen und Halluzinationen auslöst. Wippel mutmaßte, ein paar Milligramm von dem bösartigen Zeug seien mir mit dem Sekt verabreicht worden. Das entlastete mich als Brandstifterin und Kindstöterin, aber was spielte das für eine Rolle? Ohne Kessy und Ronny war das Leben ohne Wert.«

»Und du hast keine Idee, wer dir das Gift verabreicht hat?«

»Nein. Deshalb hat mich doch dieser Herr Frank erneut verhört und ausgehorcht. Über Wochen. Immer dieselben Fragen. Über mein Leben. Jedes intime Detail musste ich entblößen, weil er sich Hinweise versprach, wer mich in den Wahn gestürzt hatte. Ich hatte nie den Eindruck, dass er meinen Schmerz über Kessy und Ronny teilte. Er suchte nur den Täter, der den Sekt präpariert hatte. Oder die Täterin. Wieder geriet Vera in sein Visier, als Verdächtige, obwohl oder besser weil sie seit Jahren im Westen lebte. Dass eine Mutter ein Haus anzündet und ihre Kinder verbrennt, war so ungeheuerlich, dass die Ursache auf keinen Fall in der DDR liegen durfte. Deshalb wollte Frank alles über mich und Vera erfahren. Er ließ nicht locker und drehte mich durch die Mangel. Er wusste alles. Selbst von Veras abgebrochener Schwangerschaft fast fünfzehn Jahre zuvor wusste er. Zumeist gab er sich jovial, die Freundlichkeit in Person, mitunter aber saß er mit mir in der Verhörzelle und schwieg. Über Stunden hinweg sprach er kein Wort. Wenn ich einnickte, riss er mich aus dem Schlaf. Ich war ihm ausgeliefert. Ich fühlte mich als Opfer von etwas Bösem, ohne jede Ahnung wieso und weshalb. Er behandelte mich wie die Mutter allen Übels. Wenn ich vor Verzweiflung schrie und tobte, ließ mich Doktor Wippel in den Bunker stecken. Darin brannte eine grelle Lampe, die sich nicht ausschalten ließ. Ich flehte Wippel an, das Licht zu löschen, aber er verwies auf Anordnungen, die er nicht zu verantworten habe. Er war nicht der Herr im eigenen Haus. Vor den Insassen trat er auf wie ein Halbgott, vor dem Frank kuschte er wie ein Köter. Wippel hatte kein Rückgrat.«

»Entschuldige, aber wieso schließt du aus, dass deine Schwester dir Böses wollte? Kann es nicht doch sein, dass sie Gerhard liebte und eifersüchtig auf dich war?«

»Maik, ich bin nicht blauäugig. Ich habe Vera durchaus manch teuflische Gemeinheit zugetraut. Aber hätte ich sie gekränkt, verletzt oder neidisch gemacht, weil ich den Mann ihres Lebens heiratete, dann hatte sie viel Zeit, mir das heimzuzahlen. Vierzehn Jahre, seit deiner Geburt. Weswegen sollte sie bis zur Neujahrsnacht 1979 warten? Maik, du kennst Vera nicht. Sie wollte nicht rächen, sie wollte heilen.«

»Aber wer sonst kann dir den Sekt geschickt haben?«

»Ich bin sicher, die Flasche war für jemand anderes bestimmt. Sie wurde bei der Chemopharm verwechselt. Ein Versehen. Der Betrieb verschickte an Weihnachten Hunderte Flaschen

Krimsekt an mehr oder weniger verdiente Bürger. Ich schätze, irgendjemand wollte irgendjemandem einen Denkzettel verpassen. Die Genossen in den volkseigenen Betrieben, vor allem die Führungskader, hielten nur am 1. Mai die Fahne der Solidarität hoch. In der Zeit davor und danach fuhren sie die Ellenbogen aus, rücksichtsloser als jeder Kapitalist. Nur war der Empfänger der Flasche mit dem bösen Geist kein Kaderkonkurrent, sondern eine Mutter mit drei Kindern. Und hätte Artur Kretschmer dich nicht mit in die Ferien genommen, dann weiß ich nicht, was geschehen wäre. Du hättest sicher auch ein Gläschen von dem Sekt probieren wollen. Und wie ich mich kenne, hätte ich nicht Nein gesagt. Möchtest du noch einen Kaffee?«

Ich schüttelte den Kopf. Freya brühte mit ihrem Automaten einen doppelten Mokka auf.

»Ich muss dir noch von Waldenburg erzählen. Das Wichtigste. In der geschlossenen Abteilung geriet ich mit den Wochentagen durcheinander. Eines Morgens legte mir Frank eine Zeitung vor. Aus dem Westen, aus Heidelberg und schon ein paar Tage alt. Den *Neckarboten* vom Montag, den 8. Januar 1979. Der Herr Frank …«

»Nebenbei bemerkt, der Mann heißt Rudolf Ranke und war Oberst im Ministerium für Staatssicherheit.«

»Das wundert mich nicht. Also, dieser Ranke zeigte mir das Zeitungsfoto eines ausgebrannten Autos. Ich las, eine Frau aus Heidelberg in meinem Alter sei mit hohem Tempo in eine Baustelle gerast. Wohl mit Absicht. Ranke sprach mir sein vergiftetes Beileid aus und meinte, er bedauere Veras Ableben. Zumal sie ihr Wissen über den Tod von Doktor Gerhard Kleine für sich behalten habe. Allerdings wolle er den Mord an meinem Ehemann nun endgültig aufklären und zu den Akten legen. Mit meiner Hilfe. Er sicherte mir Diskretion und Straffreiheit zu. Ich solle auf seine Frage lediglich mit Ja oder Nein antworten.«

»Und die lautete?«

»Hat Frau Vera Blech Doktor Gerhard Kleine ermordet?«

»Und was hast du geantwortet?«

»Nein, habe ich gesagt. Zu einem Mord wäre Vera nicht fähig gewesen.«

»Wie hat Ranke reagiert?«

»Er sagte, ein Wort von ihm genüge, und ich würde den Rest meiner Tage in Waldenburg verkümmern. Das Einzige, was mir noch helfen könne, seien Gebete. Viele Gebete. Dann sprach er von dir, Maik, und mir wurde klar, dass er den Brief kannte, den ich dir in der Anstalt zugesteckt hatte. Das Beten für mich würden dir die Jesuiten in Heidelberg schon beibringen, sagte er. Aber ich solle auch lernen, für dich zu beten. Dann räumte er mir eine allerletzte Chance ein. Ich solle mir die Antwort reiflich überlegen, sonst werde mein verbliebener Sohn vielleicht enden wie mein Ehemann und meine Schwester. *Hat Vera Blech Gerhard Kleine getötet?* Maik, in diesem Moment hätte meine ganze Sorge dir gelten müssen. Aber ich steckte in Waldenburg so tief in der Nacht, dass ich nicht einmal Angst um dich hatte. Die kroch erst später hoch.«

»Du hast Vera nicht verraten?«

»Nein. Das wollte und durfte ich nicht.«

»Weswegen?«

»Ich war ihr etwas schuldig.«

»In dem Brief, den du mir in Waldenburg übergeben hast, schreibst du: *Geh zu meiner Schwester. Und sag Vera, dass mir alles so leidtut.* Wie soll ich das verstehen?«

Freya schwieg.

»Was, Mutti, was tut dir leid?«

Sie sah mir in die Augen. »So hast du mich seit dem Tod deines Vaters nicht mehr genannt.«

Dann brach der Damm. Nie hatte ich Freya weinen sehen. Nun sah ich meine Mutter, ungeschützt und nackt, eine Frau, die nichts mehr besaß als ihren Schmerz. Und die Stimme, davon zu erzählen.

»Im Sommer 1964 besuchte mich Vera in Berlin. Sie war schon im fünften Monat und ganz verzweifelt. Weil sie das Kind von Gerhard nicht mehr wollte. Alles Mögliche hatte sie ausprobiert. Sie hatte Petersilie und Eibenrinde gekaut, um durch Kontraktionen der Gebärmutter eine Frühgeburt auszulösen, hatte den Sud aus Falscher Kamille getrunken, um die Plazenta abzulösen. Auch Aufgüsse aus Alraune zum Anregen der Wehen und zum Austreiben des toten Fötus, aber das Kind in ihr war weiter gewachsen. Vera wollte, dass ich ihr helfe. Sie hatte gynäkologische Geräte mitgebracht und eine lange Spritze. Damit sollte ich bei ihr unten was einführen. Sie erklärte mir, wie ich in der Gebärmutter in die Fruchtblase reinstechen musste. Damit das Fruchtwasser ausläuft und der Fötus abgestoßen wird. Aber, Maik, ich konnte das nicht. Ich hatte die Spritze in der Hand, ich zitterte am ganzen Leib, ich konnte Vera doch nicht wehtun. Weil sie doch meine Schwester war. Und schon gar nicht auf dem Bett, wo ich mit Gerhard geschlafen hatte. Und erst recht nicht, da ich meine Fingernägel abgekaut hatte, weil seit Wochen meine Regel ausblieb.«

Mutter ergriff und umklammerte meine Hände.

»Vera wurde wütend auf mich. Sie zog sich wieder an. Ich würde sie im Stich lassen, warf sie mir vor. Dann fuhr sie zurück nach Leipzig und hat es selber gemacht. Unsere Eltern fanden sie in einer Blutlache. Die Rettungsambulanz brachte sie zur Landesanstalt nach Dösen. In der chirurgischen Notaufnahme sagten die Ärzte, eine Stunde später, und Vera wäre verblutet. Sie blieb anschließend einige Wochen in der psychiatrischen Abteilung. Als sie wieder gesund war, musste sie sich vor Gericht verantworten. Wegen illegaler Unterbrechung der Schwangerschaft wurde sie mit sechs Monaten bestraft, aber wegen mildernder Umstände wurde die Strafe zur Bewährung ausgesetzt. Äußerlich schien es, als hätte sie keinen Schaden davongetragen. Aber das stimmte nicht. Wir waren damals neunzehn. Und nichts zwischen uns Zwillingen war mehr wie vorher. Ich brachte dich zur Welt, Maik, während Vera wusste, dass sie in ihrem Leben nie mehr ein Kind gebären konnte. Seitdem weiß ich nicht, was die Wahrheit ist. Manchmal denke ich, Vera wollte ihr Kind nicht, weil Gerhard sie nicht wollte. Damit kann ich leben. Schwer fällt mir ein anderer Gedanke. Dass meine Schwester ihr Mutterglück hat opfern müssen, damit ich dich behalten durfte.«

»Ich denke nicht, dass Vera eine Frau war, die sich opferte oder opfern musste.«

»Vielleicht hast du recht. Vielleicht quälte sie wegen der Abtreibung das schlechte Gewissen. Jedenfalls verspann sie sich ins Religiöse. Ich dagegen hörte auf, an einen gütigen und gerechten Gott zu glauben.«

»Aber sie engagierte sich auch als bekennende Christin im studentischen Widerstand. Bei der Sprengung der Paulinerkirche.«

»Quatsch! Wer hat dir denn den Bären aufgebunden?«

»In Heidelberg erzählte mir Vera, während des Internationalen Bach-Wettbewerbs wäre ein riesiges Protestplakat entrollt worden, mit einem Bild der Pauluskirche und dem Spruch: *Wir fordern den Wiederaufbau.* Vera sagte, sie habe das Plakat gemalt. Dafür sei sie später inhaftiert worden. Sie sagte auch, du und Gerhard hättet von ihrer subversiven Aktion gewusst.«

»Jetzt schlägt's aber mehr als zwölfe! Das ist mir neu.«

»Dreizehn Monate will Vera wegen ihres Glaubens in Hohenschönhausen gesessen haben und dann von der Bundesrepublik freigekauft worden sein.«

Mutter schüttelte den Kopf. »Die DDR hat viele abenteuerliche Geschichten geschrieben, aber die ist schlichtweg bescheuert. Vera im Widerstand? Niemals! Im Ernst, Veras Glaube war nie politisch, eher religiös verschwurbelt. Während ich in der alten Universitätskirche ein unschätzbares Kulturgut sah, begrüßte Vera sogar die Sprengung. Sie meinte, die wahre Nachfolge Jesu fände nicht in Kirchen aus Stein statt, sondern pilgernd auf dem Königsweg der unsterblichen Seele. Kein Wunder, dass Vera mit solchen Gedanken an der Universität massive Probleme bekam. Sie verbrachte doch mehr Zeit mit dem Studium der Bibel als im Labor. Soweit ich weiß, legte man ihr die Übersiedlung in den Westen sogar nahe, weil sie für eine wissenschaftliche Karriere in der DDR untauglich war. Meine Schwester hatte sich ein eigenwilliges Ideengebäude errichtet und sich in ihrer Weltsicht immer in einem esoterischen Märchenschloss versponnen. Du hättest ihre Briefe lesen sollen, die sie ihren Paketen an mich beilegte. Aber die sind in der Bleibtreu verbrannt.«

Ich musste zurück. Vorher rief ich die internationale Telefonauskunft an, um mich mit einer Nummer in Heidelberg verbinden zu lassen. Im Konvent der Jesuiten meldete sich ein Pater Albert. Es dauerte Stunden, bis er endlich seinen Mitbruder Leonard in der Bibliothek ausfindig gemacht hatte.

»Ich verspüre den Wunsch, die Hilfe eines Freundes in Anspruch zu nehmen«, sagte ich.

»Meine Tasche ist gepackt.«

»In die Winkler Straße 23A. Nicht Winkelstraße. Die gibt es in Berlin nicht«

»Danke für den Hinweis.«

Als ich am 31. August in Budapest Ferihegy in den Flieger nach Berlin stieg, entdeckte ich in meiner Brieftasche ein abgelaufenes Flugticket. Da ich versäumt hatte, umzubuchen, war mein Flug von Frankfurt am Main nach Los Angeles an diesem Tag verfallen.

16

STRIPPENZIEHER

Berlin; 1. September 2007

»Na, lässt sich der Herr Spurenschnüffler auch mal wieder blicken!« Albina war angefressen. »Erstens schickst du mich auf eine detektivische Expedition, zweitens lässt du mich in Leipzig im Marriott sitzen, wo unser Kapellmeister Pjotr sich ungeniert mit meiner neuen Freundin Sonja vergnügt, während du mich, drittens, kürzlich noch im Kempinski hast verkümmern lassen. Viertens amüsierst du dich tagelang unter fiedelnden Zigeunern, und außerdem habe ich jetzt auch noch vergessen, was ich sagen wollte, und gerate beim Zählen durcheinander …«

»… fünftens ist deine Pizza kalt. Seit gestern schon«, ergänzte Szymbo. »Und sechstens ist es unhöflich, Gäste einzuladen und selber nicht zu Hause zu sein, du Lichtbringer.«

»Bitte etwas gnädiger, die Herrschaften. Maik, wie ich höre, bereiten Sie Ihren Freunden beträchtlichen Kummer.«

»Tut er«, sagte Albina. »Morgens, mittags und nachts. Am besten frau erwartet nichts. Und so einer will Ihr Schüler gewesen sein.«

Die Stimme Pater Leonards war dieselbe geblieben, doch der Mann, der in der Villa des Alten im Salon saß, hatte sich verändert. Vor einem Vierteljahrhundert hatte ich mich von ihm verabschiedet und ihn mir nunmehr als schlohweißen und zerstreuten Philosophen vorgestellt. Ich musste zweimal hinschauen. Mein alter Lehrer hatte seine Markenzeichen abgelegt, das braune Cordsakko und die mit seinem Kopf verwachsene Franzosenmütze. Sein Haupthaar hatte er verloren, an Größe indes schien er gewonnen zu haben. Leonard wirkte gestandener. Sein ehedem verzagter Händedruck war fest, und als wir einander umarmten, verspürte ich statt ungelenker Hölzernheit eine entspannte Herzlichkeit. Sein offenes Gesicht und sein feines Lächeln verliehen dem Jesuiten die Souveränität eines wissenden Menschen, der das Leben verstand, der wach und neugierig geblieben war. Kurzum, ich war beeindruckt und erfreut.

Ich hob an, Leonard einen Überblick über den Stand unserer Ermittlungen zu liefern, realisierte aber schon beim Anlauf, dass mein kategoriales Zuordnungssystem von Problemkomplexen nach meiner Reise in die Budapester Josefstadt reichlich närrisch war. Deutsch irgendwie.

»Wie wäre es, wenn ihr über das redet, worüber ihr nach euren Erlebnissen der letzten Tage sowieso reden würdet. Und ich mache mir meinen Reim darauf. Und wenn ich an die Grenze meines Verstehens stoße, dann frage ich nach?«

Leos Vorschlag wurde von mir als vernünftig, von Szymbo als klug und von Albina als wunderbar weise akzeptiert.

»Er war wieder im Haus«, sagte Szymbo. »Wenn du richtig liegst, Maik, dann war Johannes Frank hier. Oder wie wir heute wissen, Oberst a.D. Rudolf Ranke.«

»Das Fädchen an der Haustür war abgefallen.« Albina tippte mit dem Zeigefinger gegen ihre Nase. »Und nach Zigaretten stank es auch. Den Tresor des Alten hat der Kerl anscheinend auch nicht aufgekriegt. Der Geldschrank, gib Gott, dass es wirklich einer ist, sieht ungeöffnet aus. Aber Pjotr, erzähl doch von unserem Besuch in dem schönen Museum!«

»Begnadet! Schlichtweg genial! Was der Alte sich in seiner zirzensischen Sammlung alles zusammenfantasiert hat, ist die schrägste Nummer seit der Erfindung der Unterhaltungskunst.« Szymbo legte ein Vorhängeschloss auf den Tisch.

»Geklaut«, sagte er.

»Von mir«, ergänzte Albina stolz. »Aus dem Olymp der Heroen.« Sie senkte ihre Stimme zu einem dunklen Männerbass und imitierte einen Museumsführer:

»Sehr verehrte Damen und Herren, hier sehen Sie das Schloss, mit dem der sagenumwobene Entfesselungsmagier Harry Houdini in Eisen gekettet an Neujahr siebzehnhundertwasweißich aus einhundertfünfzig Metern Höhe von der Königinnenbrücke in New York in einen eisigen Fluss geworfen wurde. Applaus bitte!«

»Albina«, korrigierte Szymbo belustigt, »es sollen fünfunddreißig Meter gewesen sein, am 1. Januar 1905. Aber auch das hat sich unser guter Bellmonti aus den Fingern gesogen. Denn die Queensboro Bridge, die Manhattan mit Long Island verbindet, war damals noch gar nicht gebaut. Und das Kettenschloss auch nicht.«

Szymbo und Albina bogen sich vor Lachen. Als sie mir das Eisenschloss reichten, verstand ich das Wort Lenins, der gespottet hatte, deutsche Revolutionäre würden vor der Besetzung eines Bahnhofs erst eine Bahnsteigkarte kaufen. Ich hatte in dem Museum des Alten die Verbotstafeln beachtet, die den Besucher aufforderten: »Einzigartige Originale! Unikate nicht berühren!« Albina und Szymbo waren die Schilder nicht einmal aufgefallen, um sie missachten zu können. Ich langte nach dem Vorhängeschloss, das Houdini vor hundert Jahren unter Wasser geknackt haben sollte. In das Metall war eingraviert: »KEBA«.

»Szymbo, wie ich dich kenne, hast du im Netz recherchiert, was KEBA bedeutet.«

»Richtig! Und willst du es wissen?«

»Ja.«

»KEBA war in der DDR die Abkürzung für Volkseigener Betrieb Kettenfabrik Barchfeld. Sich mit so einem Schloss ein halbes Jahrhundert zurückzubeamen und in den East River zu springen, das schafft nur einer!«

»Euer guter alter Alberto«, lachte Pater Leo. »Der Magier der Manege!«

Wir waren uns einig, dass Bellmontis Internationales Museum für zirzensische Artistik und Illusionskunst ein inszeniertes Blendwerk war, gegründet auf mehr oder weniger offensichtlichen Täuschungen; ein aufwendiger Bluff, dessen Geschwätzigkeit den unkundigen Besucher leimte und hinter das Licht führte.

»Dieses Museum«, dozierte Szymbo, »ist ein Fake, schrill und großspurig. Aber von hohem Unterhaltungswert. Ich sage euch, das Kabinett der Täuschungen ist selber eine Täuschung. Eine einzige Illusion. Bellmontis Tempel der Eitelkeit ist ein grandioser falscher Schein. Um etwas zu verbergen. Ich weiß nur nicht was.«

»Nun Albina«, stichelte ich. »Was sagt die weibliche Intuition?«

»Das verrate ich dir gern. Würdest du selber denken, wäre dir aufgefallen, dass das Rätsel dieses Museums nicht in den Schätzen liegt, die dort zu bestaunen sind. Sein Geheimnis verbirgt sich in dem Schatz, den Alberto uns nicht zeigt. Er hat die Erinnerung an das Wertvollste, was er in seinem Leben besaß und verlor, vor fremden Blicken geschützt.«

Albina deutete auf das Foto auf dem Vertiko: Albert Bellmann mit Irene und Dalia bei der Verleihung des Goldenen Clowns in Monte Carlo.

»Aber noch etwas ist mir aufgefallen«, fuhr Albina fort. »Alle vom Zirkus Bellmonti sind auf den Fotos zu sehen. Die Artisten, die Dompteure und Clowns, die Musiker, Mechaniker, Tierwärter und Pistenjungen, alle. Nur eine Person habe ich vergeblich gesucht. Dich, Maik.«

»Albina hat recht«, sagte Szymbo. »Du fehlst. Als wärst du nie bei uns gewesen.«

»Ich weiß. Das habe ich auch bemerkt. Und ich verstehe es nicht. Ich gehörte doch dazu. Ich war doch einer von euch, und ich bin mir sicher, der Alte mochte mich.«

»Er mochte dich! Ist das dein Ernst?« Albina gab sich nicht fassungslos, sie war es. »Kapierst du denn gar nichts, Maik! Er mochte dich nicht, er liebte dich! Du warst sein Sohn. Deshalb spielst du in seinem Museum keine Rolle. Wie blind bist du eigentlich! Maik, es ist nicht leicht mit dir, vielleicht gehörst du wirklich nach Amerika, wo du …«

»Jetzt lass ihn in Ruhe.« Szymbo bewahrte mich vor Albinas Unmut. »Aber da ist etwas, über das ich mir den Kopf zermartere. Diese Billetts für Ehrengäste. Dir jedes Jahr zum Geburtstag eine Freikarte auf Lebenszeit zu schenken, ist logisch betrachtet absurd, wenn nicht schwachsinnig. Es sei denn, die Botschaft des Präsents ist eine verborgene. Komisch ist zudem, dass die Dicke an der Museumskasse die Freitickets nicht akzeptiert hat. Sie beharrte darauf, das seien plumpigste Fälschungen. Ihr solche Karten unterzujubeln, hätte sich in den zehn Jahren ihrer Kassenführung noch nie jemand getraut. Daraus leite ich ab, dass kein Mensch außer dir solche Karten erhalten hat. Der Alte hat sie eigens für dich anfertigen lassen, Maik. Er wollte unbedingt, dass du sein Museum besuchst. Jahr für Jahr. Nur warum?«

»Darf ich diese Billetts mal sehen?«, mischte sich Pater Leonard ein.

Szymbo zog die zwei Tickets für ihn und Albina hervor, während ich weitere Karten aus meiner Dokumentenmappe holte. Insgesamt neun, aus den Jahren 1999 bis 2007.

Leonard breitete die Eintrittskarten vor sich aus und setzte seine Brille auf.

»Sagt mal, die Adresse dieses Museums, wie lautet die?«

»Pankewitz«, antwortete ich, »ein Dorf im Norden Berlins.«

»Aber auf den Karten steht: 14193 Berlin, Winkelstraße, Entschuldigung, Winkler Straße 23A«, sagte Leonard.

»Aber das ist doch hier!«, wunderte ich mich. »Bellmanns Privathaus.«

»Lässt sich das als Hinweis deuten, Maik, dass Albert Bellmann seine Botschaft an Sie nicht in Pankewitz hinterlassen hat, sondern just an dem Ort, wo wir sitzen und miteinander sprechen?«

»Das lässt sich so deuten.«

Erneut studierte der Jesuit die Billetts, strich sich über das glatte Haupt und murmelte Zahlen.

»Die Karten sind nummeriert. Achtstellig! Wären sie zum freien Eintritt in Pankewitz bestimmt, dürfte man Albert Bellmann einen Hang zur Großmannssucht attestieren. Aber die Nummern unterscheiden sich nicht. Auf allen Karten sind die Ziffern gleich. Eins-sechs-drei-fünf-vier-zwei-sechs-fünf.«

Szymbo tippte 16354265 in den Computer und drückte die Enter-Taste. Er schüttelte den Kopf. »Kein Ergebnis. Aber wartet! Eins-sechs-drei-fünf. Am ersten Juni haben wir dem Alten immer zum Geburtstag ein Ständchen geboten. Geboren wurde er 1935! Das weiß ich, weil ich vor Urzeiten an den Memoiren des Magiers der Manege schrieb.«

»Dann vier-zwei-sechs-fünf! Das ist kein Zufall!«, rief ich perplex. »Am vierten Februar fünfundsechzig wurde ich geboren!«

»Anscheinend hat der Alte die Daten von seiner und deiner Geburt benutzt«, schätzte Pjotr. »Vielleicht verschlüsseln die Zahlen etwas. Ein Bankkonto. Oder es ist eine Geheimzahl.« Szymbo schlug sich gegen die Stirn, als durchfahre ihn ein Geistesblitz. Er verschloss die Lippen mit dem Zeigefinger und signalisierte uns per Handzeichen, ihm nach draußen auf die Terrasse zu folgen. Wir schlichen hinter ihm her, ebenso irritiert wie gespannt.

»Wenn meine Vermutung zutrifft«, flüsterte er, »müssen wir extrem vorsichtig sein. Dann sind die acht Ziffern der Code, der uns den Zugang zu Bellmanns Tresor verschafft. Wenn dieser Stasi-Oberst Ranke hinter dem Inhalt des Safes her ist, müssen wir damit rechnen, dass er uns überwacht und abhört und das Haus verwanzt hat.«

Wir nahmen Szymbos Warnung ernst und inszenierten ein Ablenkungsmanöver. Zwei Stunden sprachen wir über die Eigenarten der polnischen, russischen, deutschen und ungarischen Küche und inspizierten dabei akribisch jeden Winkel der Villa. Pjotr schraubte den Computer auseinander, schaute in Haushaltsgeräte und Küchenmaschinen und lud den aktuellsten Virenschutz herunter, um den Rechner auf Spionagetrojaner zu scannen. Schließlich durften wir sicher sein. Das Haus war sauber.

Szymbos Vermutung traf zu. Die acht Ziffern auf den Ehrenfreikarten waren die Kombination zu Bellmanns Safe. Szymbo drehte an dem Zahlenrad, und wir lauschten gebannt, wie sich die Mechanik zur Verriegelung des Tresors entsperrte. Langsam zog Pjotr die Stahltür auf. Albina bebte vor Anspannung, in der Erwartung von Geld, Gold und Schmuck.

»Aber da liegt ja gar nichts drin. Nur ein einziger Brief.« Sie zog eine Schnute wie ein vom elterlichen Geschenk enttäuschtes Geburtstagskind. »Und der Name auf dem Brief! Schon wieder für Herrn Maik Kleine. Weshalb bekommst immer nur du Post und ich nie?«

In dem Umschlag steckten ein handschriftliches Blatt Papier und der Ausriss aus einer Boulevardzeitung mit einem Fotobericht vom 30. September 1998: »*Attraktionen, Illusionen, Sensationen. Museumseröffnung in Pankewitz: Alberto Bellmonti präsentiert seine gesammelten Schätze.*«

Der Leser erfuhr, mit seinem einzigartigen Museum habe sich der ehemalige Zirkuspatriarch Albert Bellmann ein Denkmal gesetzt, um das Lebenswerk des Magiers der Manege vor dem Vergessen zu bewahren. Das Foto zeigte den Alten beim Handschlag mit einer Stellvertreterin des Berliner Oberbürgermeisters. Der Fotograf hatte die beiden im Tempel der Titanen vor dem demolierten Motorrad postiert, das die Devils of the Doom angeblich beim Höllenritt in ihrer Todeskugel geschrottet hatten. Zum Bedauern der Anwesenden, so stand geschrieben, hätten prominente Ehrengäste ihr Erscheinen in letzter Minute abgesagt. Aber auch ohne Siegfried und Roy, Prinzessin Stéphanie von Monaco und Kati Witt sei die Eröffnung als voller Erfolg von der Öffentlichkeit beklatscht worden.

Der mit Tintenfüller geschriebene Brief Bellmanns war ebenso formlos wie beiläufig verfasst. Ich las laut:

Mein lieber Maik,

solltest du zwischenzeitlich das Rätsel gelöst haben, das ich dir in Pankewitz hinterließ, so erübrigen sich diese Zeilen weitgehend.

Ich wünschte mir dich als Nachfolger, wider das Wissen, dass dein Weg, bei aller Liebe zum Zirkus, ein anderer sein würde. Dennoch habe ich mir erlaubt, dich als Erbe eines nicht unbeträchtlichen Vermögens einzusetzen. Sieh mir nach, dass ich dieses Kapital einst nicht in die Rettung unseres sterbenden Zirkus investierte. Ich sah mich dazu außerstande. Ich war zu müde. Nicht mehr Albert Bellmann sein zu können, sondern Alberto Bellmonti sein zu müssen, hatte meine Kräfte verzehrt.

Was mir blieb, war meine Lust, Illusionen zu schaffen, meine Liebe zum zweckfreien Spiel. Ich hoffe, meine Eitelkeit hat dir das Durchdringen des Pankewitzer Labyrinths nicht allzu sehr erschwert oder gar verunmöglicht. Ansonsten empfehle ich das Kabinett der Täuschungen deiner Aufmerksamkeit. Darin wirst du finden, was dir die Verwirklichung deiner Träume gestattet. Freilich nur solcher, die mit Geld zu bezahlen sind. Dabei schließe ich nicht aus, dass Geld auch nützlich sein kann, um Albträume zu beenden.

Fühle dich frei zu tun, was du für richtig hältst. Vielleicht findest du einen Weg zurück zu deinem Zirkus. Ansonsten würde es mich beruhigen, die Weggefährten von einst in pekuniärer Sorgenfreiheit zu wissen. Und noch eine Bitte. Schau nach meiner Assistentin, denn keiner ließ meine liebe Albina schweben wie du. Aber sie neigt zu störrischem Eigensinn, und ich fürchte, sie ist für die Landung auf dem harten Moskauer Pflaster nicht hinreichend gerüstet. Das Anwesen in der Winkler Straße sollte ihr, sofern sie möchte, jederzeit ein Zuhause sein.

Einst sagte ich dir, die Furcht sei die größte Illusion. Lege sie ab, die Furcht vor dem Trapez, vor dem Drahtseil, vor dem Licht. Dann wirst du jenes wunderbare Leben finden, das zu führen mir für kurze Zeit vergönnt war.

Dein Albert

Wir ließen Albina gewähren, die sich sprachlos und verwirrt in ihr Bett verkroch und sich das Kissen über den Kopf zog. Pater Leonard gab sich zuversichtlich, sie werde schon wieder aus der Nacht der Verstörung herausfinden. Dann fragte er mich nach dem Datum des Zeitungsberichts aus Pankewitz.

»Der 30. September 1998.«

»Sagt Ihnen das etwas, Maik?«

»Nein. Sollte es das?«

»Ja. Denn Ihr Freund Albert war ein Stratege, der nichts dem Zufall überließ. Wenn der Artikel am 30. in der Zeitung stand, fand die Eröffnung des Museums am Tag zuvor statt. Und der 29. September ist der Namenstag des heiligen Michael. Es ist Ihr Museum, mein lieber Maik.«

Ich klopfte an Albinas Tür und bat sie, uns zu begleiten. Sie nickte, und ich rief den Taxiservice an. Ich stellte dem Fahrer den doppelten Preis in Aussicht, sollte er uns vor achtzehn Uhr nach Pankewitz bringen. Wir kamen pünktlich, doch der

Chauffeur bestand auf dem regulären Tarif plus ein übliches Trinkgeld. Die Dicke an der Museumskasse maulte, in zwanzig Minuten werde das Haus geschlossen, trotzdem sei der volle Eintritt fällig und wir sollten uns bloß nicht einbilden, sie werde auch nur eine Minute warten.

»Meine Dame, ich verstehe Sie«, säuselte Leonard. »Sie haben sich Ihren Feierabend redlich verdient.« Dann schob er der Kassiererin vier Honoratiorenbilletts über den Tresen, mit dem Hinweis, die Karten seien Fälschungen, die osteuropäische Trickdiebe an unbedarfte Berlin-Touristen verschenken würden, um ihnen dann beim Einstecken der Tickets die Geldscheine aus der Brieftasche zu fischen.

»Ist Ihnen das echt passiert?«

Leonard nickte todernst. »Ja. Und den Herrschaften hier auch. Sie müssen wissen, wir sind fremd in Berlin.«

Die Dicke glotzte uns an. »Die kenne ich. Die waren vor ein paar Tagen schon mal hier. Aber der Herr aus Polen wollte mir partout nicht glauben, dass die Karten nicht echt sind.«

»Darum bitte ich gnädigst um Entschuldigung.« Szymbo verkniff sich ein Grinsen.

»Na gehen Sie schon. Aber nicht länger als bis sechse. Und die Klospülung links nicht betätigen!«

Wir ersparten uns den Rundgang und strebten schnurstracks zum Kabinett der Täuschungen, wo die obszöne Plastikpuppe auf der schwarzen Kurbelmaschine lag. Für die anderen Exponate hatte mir während meines ersten Besuchs jeder Sensus gefehlt. Jetzt nicht mehr. Irgendwo hier war etwas versteckt. Für fremde Augen unauffindbar, nicht aber für jemanden, der mit Bellmontis Zaubergerätschaften vertraut war. Szymbo hatte keinen Plan, wo er suchen sollte. Auch Pater Leonard bekannte schulterzuckend, kaum Hilfreiches beisteuern zu können.

Wegen meiner Zuverlässigkeit hatte mir Bellmonti einst die Wartung seiner magischen Utensilien anvertraut. Ich verantwortete den störungsfreien Ablauf seiner Illusionsschau, kümmerte mich, dass sich Falltüren öffneten, Scharniere nicht klemmten oder verborgene Kammern mit bunten Tüchern, Blumensträußen und Kaninchen bestückt waren. Ich ließ meinen Blick über das Kabinett gleiten. Nur kurz. Dann wusste ich, welch treffliches Versteck der Alte gewählt hatte. Ich blickte Albina an. Sie blickte mich an. Ein Nicken bestätigte: Wir waren uns einig.

Hinter einem Absperrseil und dem Verbotsschild »Anfassen untersagt!« stand in einer Glasvitrine eine hölzerne Schatztruhe. Auf dem geöffneten Deckel hockten drei ausgestopfte Hühner. Um zu demonstrieren, wo die Vögel bei der Vorstellung verborgen waren, stand eine Klappe auf und gab den Blick auf einen doppelten Boden frei. Es war ein beliebter Trick von Zauberkünstlern, ein kleines Geheimnis zu enttarnen, um ein größeres zu verhüllen. Der Doppelboden für die Hühner lenkte von einem zweiten Hohlraum ab, den kein Museumsbesucher erahnte. Darin verbarg ich einst eine weiße Taube, die Albina Kurkova als Braut in die vermeintliche Freiheit entließ. Von dem Inhalt dieses Hohlraums trennten uns ein Verbotsschild, eine missmutige Museumswärterin und eine Glasscheibe.

Ich schaute mich nach einem passenden Werkzeug um, als Albina mir die Kurbel ihrer schwarzen Schwebemaschine reichte. Ein kurzer Hieb. Klirrend barst das Glas. Albina langte in den Holzkasten, löste die Mechanik für das Geheimfach und zog etwas hervor: eine zusammengefaltete Einkaufstüte aus einem Supermarkt.

Ich hatte mit einer beachtlichen Summe Geld gerechnet. Nicht in bar, eher in der Form von Wertpapieren, Zertifikaten oder auch Zugangsdaten zu Nummernkonten in der Schweiz oder in Liechtenstein. Stattdessen steckten in der Plastiktüte, zusammengehalten von einem Gummiband, ordinäre Sparbücher. Als ich eines von ihnen aufklappte, katapultierte mich der Saldo in Dimensionen, die mich ernstlich ängstigten.

Jeden Augenblick musste die Dicke hereinwatscheln, um nach dem Rechten zu sehen. Doch es blieb ruhig. Am Ausgang bemerkten wir, dass sie hinter der Kasse eingenickt war. Szymbo weckte sie mit einer nervtötenden Tröte, mit der Oleg Popov angeblich das Publikum in Paris belustigt hatte. Ich erklärte der Dicken die zerbrochene Scheibe mit einer Ungeschicktheit meinerseits und steckte ihr einhundert Euro zu. Als sie stammelte, so viel koste der Glaser nicht, riet ihr Szymbo, den Rest für die Reparatur der linken Klospülung zu nutzen. Dann fuhren wir zurück.

Ich war wütend. Wütend auf den Alten. Mit der Erbschaft hatte er mir, ähnlich wie Vera damals, keinen Gefallen getan. Das Geld hing an mir wie ein Mühlstein. Albert Bellmann hatte mir eine Last aufgebürdet, die ich vielleicht tragen konnte, aber nicht tragen wollte. Auch Leonard, Szymbo, sogar Albina, die in Moskau Affären mit neureichen Geldscheißern hatte, erschraken. Sechs Sparbücher hatte mir der Alte hinterlassen, wobei die Höhe der Guthaben arg auseinanderklaffte. Ein Sparbuch mit fünfzigtausend Euro war regelrecht zu vernachlässigen in Anbetracht des Höchstbetrags von 5,2 Millionen. Insgesamt belief sich das Kapital der sechs Sparkonten auf gut achtzehn Millionen Euro, angelegt nicht etwa in einem exotischen Steuerparadies in der Karibik, sondern bei Sparkassen und Kreditinstituten in Berlin. Nur die Ersparnisse auf einem der Bücher über rund vier Millionen Euro waren bei der Austria Bank in Wien angelegt, anfangs noch in Schillingen, die später in Euro umgerechnet wurden. Auch die Ersteinzahlungen auf die Berliner Konten waren ursprünglich in Deutscher Mark erfolgt, allesamt in den Nachwendejahren zwischen 1992 und 1996.

Meine Wut auf Bellmonti und mein Entsetzen fanden ihre Ursache weniger in der Höhe der Beträge als in einer maßlosen Enttäuschung. Das Geld zerstörte mein Bild des Alten. Es zertrümmerte ein Denkmal. Nie im Leben konnte der Zirkusmonarch es auf redliche Weise erworben haben. Über Albert Bellmann schwebte noch immer der öffentliche Vorwurf, Kollegen bespitzelt und als Inoffizieller Mitarbeiter auf den Gehaltslisten des Ministeriums für Staatssicherheit gestanden zu haben. Ein unsympathischer Fotograf auf dem Sozialistenfriedhof hatte behauptet, Alberto Bellmonti hätte sich als IM Houdini mithilfe der Stasi die Schnüffelnase vergoldet. Vorstellbar war, dass ein Spitzel ein komfortables Leben führte, nicht aber, dass er damit vielfacher Millionär wurde.

»Geld macht nicht glücklich«, erklärte Szymbo. »Besonders dann nicht, wenn ein anderer es hat. Dieser Oberst Ranke will etwas von uns. Er ist scharf auf die Knete, die er in Bellmanns Tresor vermutet. Ich behaupte, Ranke ahnt, mutmaßt oder weiß, dass Bellmann vermögend war. Aber er weiß nicht, wo er dieses Vermögen finden und in seinen Besitz transferieren kann. Deshalb macht er uns zu seinem Werkzeug. Wir sollen das Rätsel für ihn lösen. Deshalb sucht er Albina im Kempinski auf. Er lässt Maik den Schlüssel zu dieser Villa zukommen, damit wir Bellmanns Tresor für ihn knacken. Er will diese Sparbücher. Wenn er weiß, dass wir die Bücher haben, dann bekommen wir es mit Kräften zu tun, die ein paar Nummern zu groß für uns sind. Ranke ist gefährlich. Womöglich kannte er den Alten. Wie sonst kann er an den Schlüssel zu diesem Haus gekommen sein. Alles selbstverständlich unter dem Vorbehalt, dass Oberst Ranke tatsächlich unser Mann ist.«

»Er ist euer Mann!«

Pater Leonard schleuderte den Satz in den Raum, mit einer Selbstsicherheit, die keinen Zweifel zuließ. »Wobei ich mich korrigieren möchte: Er ist unser Mann! Ich sollte vielleicht die Gelegenheit nutzen, meine Rolle in diesem Spiel zu präzisieren. Wenn ihr mir gestattet, eure Troika zum Quartett zu erweitern.«

»Das gestatten wir, Herr Leonard«, freute sich Albina.

»Dann sollten wir zum Du übergehen.« Leonard reichte allen die Hand. Wir schlugen ein. Dann erzählte er. Er erzählte seine Geschichte, von der ich mit fortschreitender Dauer begriff: Der Jesuit hatte hinter meinem Rücken an Strippen gezogen, die sich mit den Fäden meines Schicksals untrennbar versponnen hatten.

»Am Anfang war ein Zitat. Ein abgewandeltes Diktum von Karl Marx, das mir ein Schüler, wenn ich das pennälerhaft sagen darf, an den Kopf knallte und demgemäß die Welt nicht zu interpretieren, sondern zu ändern sei. Maik, unser Besuch der fabelhaften Vorstellung im Zirkus Bellmonti in den Sommerferien 1983 markiert einen Einschnitt in meinem Leben. Während ich dich, liebe Albina, zum Anlass nahm, über das Wahre und Schöne zu räsonieren, sah ich etwas, was mir als Lehrer und Ordensbruder nicht fremd war. Ich erkannte mich in dir, Maik. Dich hatte die Sehnsucht berührt. Mit der schwebenden Jungfrau. Nur anders als ich warst du bereit, dich von deiner Sehnsucht führen zu lassen. Mir entging nicht, was du entdeckt hattest. Das Schild an der Kasse. Junger Mann zum Mitreisen gesucht. Es zog dich in seinen Bann. Es war dein Wegweiser, dem du folgen musstest. Daher habe ich, wie ich gestehe, dem Herrgott ein wenig in die Karten gegriffen und eine nicht unerhebliche manipulative Intervention vorgenommen. Als ich nach der Vorstellung Cola und Popcorn holte, erkundigte ich mich, wo sich ein reisewilliger junger Mann gegebenenfalls melden könne. Man sagte mir, der Stallmeister habe sich aus dem Kreis der Bewerber just den kräftigsten Burschen ausgesucht und habe vergessen, das Schild zu entfernen. Dein Traum schien mir gestorben. Um ihn wieder zu wecken, sprach ich am nächsten Morgen bei Alberto Bellmonti vor. Ich traf auf einen gewogenen und honorigen Mann, den ich fortan wie keinen anderen schätzen sollte. Wir redeten den ganzen Tag und gingen auseinander als Freunde. Ein Kognak und ein Handschlag genügten, und ich durfte mich in der Gewissheit wähnen, meinen Schüler Maik Kleine unter der Obhut Albert Bellmanns zu wissen.

Maik, du warst gerade achtzehn Jahre alt geworden. Bis zu deiner Volljährigkeit war ich dein vom Jugendamt bestellter Vormund. Ich stand dir gegenüber in einer Fürsorgepflicht, freilich nicht nur im gesetzlichen, sondern auch im ideellen Sinn. Wobei das Wort Pflicht nicht treffend ist. Es war mir eine Freude, dir ein Begleiter zu sein. Oder mich zumindest darum zu bemühen. Dass wir ein Stück unseres Weges gemeinsam gingen, ist wiederum die Folge einer Begegnung mit deiner Tante Vera. Als Kuratorin war sie mir flüchtig bekannt. Bevor du aus Leipzig nach Heidelberg wechseltest, verwendete sie erhebliche Mühen darauf, dich sehr kurzfristig bei uns im Ignatius anzumelden. Ich will nicht leugnen, dass wir während laufender Schuljahre nur ungern neue Schüler aufnahmen und in deinem Fall auch die Finanzierung des Internatsaufenthaltes nicht geklärt war. Welch ein Glück, dass sich deine Tante mit ihrer zähen Hartnäckigkeit durchsetzte, obwohl sie wenige Tage später ein so dramatisches und tragisches Ende fand. Aber das ist eine andere Geschichte, für die wir uns gesondert Zeit nehmen sollten.«

»Ich verstehe nicht. Leonard, was weißt du über Vera?«

»Alles zu seiner Zeit, Maik. Nur so viel. Ich begegnete ihr nicht nur als Lehrperson am Kollegium, sondern auch …«

»… auch als Mann!« Albina entflammte vor Neugier.

»Nein, nein, meine Teure.« Leonard lachte. »Als Priester. In der Eigenschaft des Beichtvaters. Aber wie gesagt, jede Geschichte zu ihrer Zeit. Zurück zum Zirkus. Hatte ich mich

Maik gegenüber als geistlicher Pate verstanden, so wurde Alberto Bellmonti in gewisser Weise später mein säkulares Pendant. Wir pflegten über die Jahre sporadischen, aber vertraulichen Kontakt. Es bekümmerte ihn sehr, sich von dem Wunsch zu verabschieden, du, Maik, sein Ziehsohn, würdest den Zirkus Bellmonti fortführen. Ich wusste, dass seine väterliche Fürsorge mit seinem Tod nicht enden würde. Ich wusste, dass er beileibe kein armer Mann war, ohne mir jedoch über die Höhe seines Vermögens im Klaren zu sein. Maik, der Tod Albert Bellmanns macht dich zum Erben. Aber sein Tod macht dich auch angreifbar. Du bist ohne Schutz. Das ist der Grund, weshalb ich hier bin. Du bist in Gefahr. Pjotr sieht das sehr richtig. Du hast einen Feind, der überzeugt ist, das Erbe Bellmanns stehe nicht dir, sondern ihm zu. Nur anders als Bellmonti spielt dein Gegner nicht. Er ist ein Teufel. Wenn du ihn nicht besiegst, besiegt er dich.«

»Heißt dieser Mann Rudolf Ranke?«

»Ja. So heißt er.«

»Woher kennst du ihn?«

»Ich kenne ihn nicht persönlich, obwohl er mir vertraut ist. Aus einer sehr glaubwürdigen Erzählung.«

»Diese Erzählung, birgt sie den Schlüssel zum Leben meiner Tante Vera?«

»Sie birgt den Schlüssel zu *deinem* Leben, Maik. Aber ich bitte dich, habe Geduld.«

»Was Informationen zu Ranke angeht, da habe ich mich durch die Archive gewühlt«, sagte Szymbo, »während ein Viertel unseres Quartetts sich in Budapest bei Gulasch, Csárdás und Kadarka auf Amerika eingestimmt hat. Aber ernsthaft, Oberst Rudolf Ranke, geboren 1940 im böhmischen Teplitz, ist eine unheimliche Gestalt, glitschig wie ein Fisch und anpassungsschlau wie eine Ratte. Er lebt übrigens hier in Berlin, öffentlichkeitsscheu, nur drei Straßen weiter, zusammen mit einer ehemaligen Nachrichtensprecherin des DDR-Fernsehens.

Bis zur Wende war Ranke die rechte Hand von Rudi Karrenholz, Kopf einer Unterabteilung der Hauptabteilung Aufklärung. Die beiden empfingen ihre Order direkt von Markus Wolf und Erich Mielke. In jungen Jahren, vor dem Mauerbau, hatte sich Ranke bei einer verdeckten Aktion namens Heimatliebe profiliert. Dabei wurden Spione, aber auch unschuldige Zivilisten, mit Gift betäubt und vom Westen in den Osten verschleppt. Später war Ranke ein Kriminaler in Leipzig. Wegen seiner Aufklärungsquoten holte ihn Mielke zur Staatssicherheit nach Berlin. In geheimer und heikler Mission wurde Ranke auf die eigenen Leute im Westen angesetzt, auf übergelaufene Dissidenten und Leistungssportler, vor allem auf abtrünnige Agenten, die eigentlich die BRD infiltrieren und mit Zersetzungsmaßnahmen die kapitalistische Wirtschaft destabilisieren sollten, dann aber schwach wurden beim Lockruf des Kapitals.

Als 1979 der Stasi-Oberleutnant Werner Stiller in den Westen desertierte, jagte Ranke ihn persönlich. Stiller hatte seinen Exchef Markus Wolf auf einem Foto beim Shoppen mit seiner Alten in Stockholm erkannt, ihn enttarnt und mit seinem Verrat in der Bundesrepublik die halbe DDR-Spionage lahmgelegt. Danach wurde Stiller von einem Geheimgericht in der DDR zum Abschuss freigegeben. Eine Million Westmark waren auf ihn ausgesetzt. Monatelang trieb sich Ranke als Kopfgeldjäger in der BRD herum, ohne dass dies irgendwo dokumentiert ist. Kein Vermerk, kein Foto, keine Hotelquittung, nichts. Dem Schredder sei Dank.

Ranke soll über einen Katalog mit Mördern, Mietkillern und Menschenräubern verfügt haben. Nur sobald irgendein konkreter Mordfall ruchbar wurde, fehlten die Beweise. Deshalb hat Rudolf Ranke nach der Wiedervereinigung selbst aussichtslose Gerichtsprozesse gewonnen. Zeugen widerriefen ihre Aussagen oder litten unter Erinnerungslücken. Zudem waren nach dem Mauerfall in der Normannenstraße die Reißwölfe heiß gelaufen. Die womöglich größte Aktenvernichtung der Neuzeit! Und das Ergebnis: Wo auch immer Oberst Rudolf Ranke operierte, er hinterließ keinen Abdruck. Ein Mann ohne Spur. Die Posaune der Gerechtigkeit blieb stumm. Versteht ihr nun, warum ich als Kapellmeister und Katholik das Gericht am Ende der Zeiten ersehne?«

»Aber vorher sollte unser Quartett statt auf die himmlische Gerechtigkeit zu warten, der irdischen auf die Sprünge helfen und nicht Spuren lesen, sondern Spuren erzeugen.« Der Jesuit lächelte spitzbübisch.

»Ich liebe es, wenn unser Leonard so redet«, flötete Albina, »so weise und so kryptisch.«

»Danke für dein Lob, meine Liebe. Aber es gebührt nicht mir. Es kommt meinem Führungsoffizier zu, dem heiligen Ignatius von Loyola. Ich bin sein einfacher Soldat, der nur ein paar elementare Regeln der strategischen Kriegsführung beherzigt: Wo keine Spur ist, da lege sie. Wo kein Beweis sich findet, da schaffe einen.«

»Steht das bei dem Ignatius? Bei Markus Wolf? Oder in der Bibel?«

»Nein, Albina, das ist auf dem Mist eines Jesuiten gewachsen, dem seine Ignatianer nachsagten, er sei ein Löwe ohne Zähne. Aber mitunter faucht er zumindest. Zum Beispiel als er an Herrn Rudolf Ranke, wohnhaft im Menzelweg 19 in Berlin-Grunewald, ein Päckchen schickte. Ich weiß, die Maßnahme meinerseits bedarf eines erklärenden Wortes. Aber vorher wäre ein kühles Bier nicht zu verachten.«

»Budweiser«, sagte Szymbo, »das Beste. Schmiert die Sprechwerkzeuge wie feinstes Öl.« Er holte vier Flaschen aus dem Kühlschrank. Wir stießen an und prosteten uns zu.

»Nun gut. Albert Bellmann rief mich an, kurz vor seinem Tod. Er war sehr erregt und erbat meine Hilfe als Freund und

Seelsorger. Er hatte erfahren, dass die Medien hinter ihm her waren, wegen einer angeblich jahrzehntelangen Tätigkeit als Stasi-Informant unter dem Decknamen Houdini. Albert war ganz krank vor Sorge. Obwohl er nichts Unrechtes getan hatte, fürchtete er, man werde ihn fertigmachen. Zwei Tage später starb er an einem Herzinfarkt.

Jahre zuvor schon hatten wir eine Absprache getroffen. Albert hatte mich gebeten, dir im Fall seines Ablebens einen Schlüssel zu seiner Villa zukommen zu lassen. Ich hatte meinen Schlüssel bereits duplizieren lassen und eingepackt, bis sich die Befürchtung andrängte, dich damit unter Umständen in große Gefahr zu bringen. Womöglich würde ich dich der Bedrohung jenes Mannes aussetzen, der darauf beharrte, auf Bellmanns Erbe einen Anspruch zu besitzen. Oberst Ranke, wie wir wissen. Um den Grad seiner Gefährlichkeit einzuschätzen, musste ich eine kleine operative Maßnahme gegen ihn durchführen, eine Art ignatianischen Lackmustest. Ich gab mich Ranke gegenüber als anonymer Genosse von einst aus und schickte ihm das Päckchen, das eigentlich für dich bestimmt war. Freilich verlangte es mich meinerseits, dir einen Gruß zu senden und mit dem alten Reisepass deiner Tante Vera und dem Präparat des biblischen *Olepa*-Nachtfalters möglicherweise deinen durch Karl May geschulten Spürsinn für das Geheimnis deiner Lebensgeschichte wieder zu wecken.«

»Was dir gelungen ist. Aber was genau war in dem Päckchen an den Oberst?«

»Um es, Albina zuliebe, kryptisch zu formulieren: Darin lagen ein Schlüssel und die Idee eines Schlüssels.«

»Ich brauch noch ein Bud«, stöhnte Szymbo und erntete ein dreifaches »Ich auch«.

»Der erste Schlüssel ist inzwischen in eurem Besitz und passt in das Schloss unseres Domizils hier in der Winkler Straße. Wobei Ranke für seine heimlichen Stippvisiten gewiss eine Kopie hat fertigen lassen. Zweifelsfrei hat er das Anwesen unmittelbar nach Alberts Tod durchsucht und den Tresor entdeckt. Ohne ihn allerdings öffnen zu können. Und nun kommt der zweite, der imaginäre Schlüssel ins Spiel. In meinem Brief an Ranke setzte ich auf die Macht der Fantasie. Ich schürte in ihm den Verdacht, der Illusionist Bellmonti habe den Zugangscode zu seinem Safe mit in sein Grab genommen. Nicht symbolisch, sondern real. Im wahren Wortsinn. Eingraviert womöglich in einen Ring, ein Armband, eine Kette, verborgen inmitten seiner Asche. Ich spekulierte, der Gedanke an Bellmanns Urne würde Ranke die Ruhe rauben. Die Kalkulation ging auf. Als die Berliner Zeitungen von der Verwüstung des Grabes auf dem Sozialistenfriedhof berichteten, wusste ich, der Oberst ging für seine Ziele noch immer über Leichen. Dass er zur Verschleierung seiner Absichten noch ein paar Gräber hoher Stasi-Funktionäre schändete, werte ich als Indiz, dass er das Geschäft der gezielten Desinformation noch immer perfekt beherrscht. Der alte Freund im Himmel wird mir nachsehen, dass ich seine sterblichen Überreste zum Spielball meiner taktischen Kriegsführung missbrauchte. Aber genug der Worte. Sagen wir es mit Doktor Faustus, den du als Schüler einst so überragend ins Licht gesetzt hast: Am Anfang steht die Tat. Der Schlüssel zu Bellmanns Erbe, Maik, liegt nun in deiner Hand.«

»Ja, das tut er. Und wir sollten gemeinsam überlegen, wie wir ihn nutzen.«

Am Samstagabend des 1. September, dem Tag, als in Los Angeles die technischen Vorbereitungen zu Bob Dylans Amerika-Tournee anliefen, schmiedete ein verschworenes Quartett von Festentschlossenen den Plan, den Oberst a. D. Rudolf Ranke einer operativen Maßnahme zu unterziehen. Er hatte uns im Visier. Wir mussten ihm zuvorkommen und seine Waffe gegen ihn selbst richten. Für den nächsten Tag verordnete uns

Pater Leonard zur inneren Sammlung die sonntägliche Ruhe. Aber nur bis nach dem Mittagessen, denn am Montag würde unsere Aktion anlaufen, die wegen ein paar strategischer Raffinessen etwas Vorbereitung erforderte. Als nützlich erwiesen sich meine Erfahrungen, die ich beim Zirkus Bellmonti im Umgang mit Presse, Funk und Fernsehen gesammelt hatte, wo die Redaktionen mir jede noch so abstruse Geschichte abgenommen hatten. Je verrückter, desto gieriger. Dieses Mal hatte ich keine rührseligen Herz-Schmerz-Storys anzubieten, dafür einen handfest reißerischen Politkrimi. Pater Leonard würde zwecks Rückendeckung und gesetzlicher Absicherung unseres Vorhabens die Staatsanwaltschaft in Kenntnis setzen. Albina verdonnerten wir dazu, bei all der Aufregung ihre Nerven zu schonen. Szymbo schickten wir nach Heidelberg, wo in der Kanzlei des Notars Dr. Hauenschild Junior noch alte Unterlagen aus meiner Jugendzeit deponiert waren, die wir benötigten. Ich stellte Szymbo eine schriftliche Vollmacht aus, und er organisierte einen Mietwagen. Wenn die Kanzlei ihm die Dokumente am Wochenbeginn aushändigte, war er spätestens am Dienstag zurück in Berlin.

Da mein Flugschein nach Los Angeles abgelaufen war, ließ sich eine erneute Geldausgabe nicht vermeiden. Um meine Pläne nicht zu gefährden, musste ich in einem Berliner Reisebüro ein neues Ticket nach Amerika buchen, für den kommenden Mittwoch, spätestens Donnerstag. Albina davon zu erzählen hielt ich nicht für klug. Obwohl ich sie ans Herz drücken mochte, hielt ich mich zurück, als sie mir riet:

»Maik, deine Mutter Freya hat den Anblick des Teufels nicht ertragen. Auch du musst ihm jetzt ins Gesicht sehen. Hab keine Angst. Gib ihm das Gefühl, dich besiegt zu haben. Dann schläft er zufrieden ein, und du kannst ihm den Kopf abschlagen.«

»Sehr klug, meine Liebe. So hätte es der Soldat Ignatius auch gemacht.« Leonard blinzelte mir zu wie ein schlitzohriger

Schalk. »Ich kenne ein paar geistliche Übungen, Exerzitien, die nicht nur ad majorem Dei gloriam tauglich sind. In deinem Fall, Maik, ist es zur Ehre Gottes wahrlich gestattet, das Prinzip der Einformung für profane Zwecke zu nutzen. Im Kampf gegen Drachen bedarf es der List der biblischen Schlange und der Unverwundbarkeit eines Herzens aus Eis. Ignatius wird dich rüsten. Der heilige Michael wird dich schützen. Und das Gebet meines Namensvetters Papst Leo VIII wird dich begleiten.«

Dann hob der Priester an: »Sancte Michael Archangele, defende nos in proelio, … und stoße den Satan und alle bösen Geister, die umherschleichen und die Seelen verderben, durch Gottes Kraft in die Hölle.«

»Amen. So soll es geschehen. Im Himmel wie auf Erden«, sprach Szymbo, und mir dämmerte, was Bob Dylan gemeint haben könnte, als er sang:

Look out! The saints are coming through!

17

DRACHENTÖTER

Berlin; Dienstag, 4. September 2007

Menzelweg 19: Sein Name stand nicht an der Klingel. Überhaupt fehlte ein Türschild. Ich schellte zweimal kurz. Eine Blondine, die sich einen Rest einstiger Schönheit bewahrt und die Spuren des Alters dezent überschminkt hatte, öffnete, musterte mich und sagte: »Ja bitte! Sie wünschen?«

»Guten Tag. Herr Ranke? Wohnt hier Herr Rudolf Ranke?«

»Warten Sie!« Die Frau drehte sich um. »Rudolf! Ru-hudolf! Kommst du bitte. Jemand wünscht dich zu sprechen.«

»Moment!« Ich hörte die Toilettenspülung rauschen, ein Wasserhahn plätscherte, dann knallte eine Tür. Im Hausflur griff ein Schatten nach der Garderobe und zog ein Jackett über.

Der Mann, den ich als Johannes Frank erinnerte, schritt auf mich zu. Es brauchte ein, zwei Wimpernschläge, und ich erkannte in Oberst Ranke den Meister der Maskerade. Ein Anflug irritierter Erschrockenheit huschte über sein Gesicht und wich mit demselben Atemzug der Miene freudigen Erstaunens.

»Nein! Na-hein! Ich glaube es nicht! Da bereitet mir aber jemand auf meine alten Tage noch eine Überraschung! Maik! Maik Kleine! Ich werd verrückt! Was kann ich für dich tun? Ich hoffe, du wirst mir nach so vielen Jahren nicht das Du verweigern!«

»Wenn Sie mir nicht anbieten, Sie Johannes zu nennen.«

»Mensch, Maik, für dich bin ich natürlich Rudolf. Aber ich sehe schon, nachtragend bist du nicht.«

»Warum sollte ich?«

»Lass uns eine Runde spazieren. Rüber zum Dianasee. Da redet es sich angenehm. Was führt dich zu mir? Die Vergangenheit?«

»Eher die Gegenwart. Und die Zukunft.«

Ranke zog die Haustür zu, brannte sich eine Zigarette an und inhalierte tief.

»Schlimme Geschichte damals, dieses Feuer in der Bleibtreustraße. Kommt mir vor wie gestern.«

»Silvester neunundsiebzig. Aber wie sagt man, die Zeit heilt Wunden.«

»Für mich ein Schock. Unvergessen. Denn ich habe sie ja mit eigenen Augen gesehen, die Kinder, wie sie da lagen. Welch ein Glück, dass du in Zakopane in den Ferien warst. Aber deine armen Geschwister, dein Bruder und deine Schwester … Wie hießen sie noch mal?«

Ich verzögerte meine Antwort, als müsse ich ankämpfen gegen die Macht der Vergangenheit. »Ich habe an meine Geschwister kaum noch eine Erinnerung. Ich besitze nicht einmal ein Foto von Kessryn und Ronny. Alles verbrannt. Wäre die Feuerwehr früher ausgerückt … Aber dieser Winter war schlimm. Sogar das Löschwasser war gefroren.«

»Entsetzlich. Ich bin nur froh, dass du die Geschichte unbeschadet verarbeitet hast. Mir kommt diese Nacht wie heute vor. Dieser Anblick. Die beiden Kinder, aneinandergeklammert in Todesangst, verkohlt unter ihrer ausgebrannten Matratze.«

Ich begriff, wie Ranke operierte. Um Menschen unter seine Kontrolle zu bringen, kippte er sie aus ihrer Balance. Er weckte in ihnen düstere Bilder. Mit seinem zersetzenden Mitgefühl. Er umschleimte seine Opfer mit einer vergifteten Besorgnis, und wenn sie ihm vertrauten, stach er ihnen die Spritze in die Brust. Es sei denn, sie hatten sich immunisiert gegen die Verlogenheit seiner Fürsorge.

»Mir ist die Geschichte in Connewitz mächtig an die Nieren gegangen. Wir von der staatlichen Sicherheit waren schließlich keine empfindungslosen Maschinen. Wie dir bekannt sein dürfte, stand ich damals in Diensten von Mielkes Firma Horch und Greif. Dazu stehe ich. Damals wie heute. Dennoch muss ich mich bei dir entschuldigen.«

»Wofür?«

»Weil ich damals in Leipzig nicht ehrlich zu dir war.«

»Sie hätten sich mit Ihrem richtigen Namen vorstellen können.«

»Ich weiß. Aber du warst ein Junge. Noch keine vierzehn. Ich war ein verdeckter Ermittler und musste dein Vertrauen gewinnen. Du musst wissen, Mitarbeiter von Geheimdiensten, die IM im Osten oder die V-Leute im Westen, waren immer fantasielos bei der Wahl ihres Decknamens. IM *Mario*, IM *Martin*, IM *Sascha*, IM *Sekretär*, IM *Notar*! Wie bieder! Mein oberster Dienstherr Markus Wolf wählte einmal das Pseudonym Michael Storm. Das mag noch angehen. Weißt du, was der perfekte Name für einen Agenten ist? Ich sag es dir. Johannes. Hätten die Reißwölfe 1989 in der Normannenstraße nicht die Akten gefressen, du hättest darin keinen einzigen IM *Johannes* gefunden. Keiner dieser Freunde-und-Nachbarn-Beschnüffler nannte sich so. Dazu fehlte diesen Kleingeistern die kreative Fantasie, das Vermögen sich einzufühlen. Johannes! Der Name erweckt Vertrauen. Johannes ist biblisch, Johannes ist christlich. Da schwingt keine Bedrohung mit. Das ist Psychologie, Maik, Psy-cho-lo-gik! Ein Johannes ist harmlos. Ein Mann des Wortes, nicht der Tat. Wem öffnest du eher das Tor zu deinen intimsten Geheimnissen? Einem Rudolf Ranke oder einem Johannes Frank?«

Wir erreichten das Ufer des Dianasees. Eine Rentnerin, die Schwäne und Enten mit Brotkrumen gefüttert hatte, verließ ihre Parkbank. Wir nahmen Platz. Unweit dösten zwei Männer in Klappstühlen hinter ihren Angelruten.

»Herrlich, diese letzten Tage im Sommer.« Ranke schlug seine Hemdsärmel hoch. Seine Narben waren unübersehbar, und ich deutete ohne Scheu auf seinen linken Arm. »Von früher? Darf ich fragen, was passiert ist?«

Ranke war irritiert. Ich hörte förmlich, wie die Mühlen seines Gedächtnisses mahlten.

»Ein paar Fieslinge meinten, mir mit ihren Zigaretten ihre Stärke beweisen zu müssen. Seitdem kenne ich den Schmerz.«

»Verstehe«, sagte ich. Dem Mann neben mir auf der Parkbank waren im Gitternetz seiner Lügen die Koordinaten verrutscht. Er konnte nicht mehr unterscheiden, wer Rudolf Ranke war und welche Legenden sich Johannes Frank ersonnen hatte.

»Herr Ranke, ich mache Ihnen einen Vorschlag. Lassen Sie uns ein Spiel spielen.«

»Für Spiele bin ich immer zu haben.« Er steckte sich eine Zigarette zwischen die Lippen und schnippte an seinem Feuerzeug. »Nenn mir die Regeln!«

»Offene Karten. Kein Sieger, kein Verlierer. Und der Gewinn wird geteilt zu gleichen Teilen. Ein Drittel für mich, ein Drittel für meine Freunde, ein Drittel für Sie.«

»Du spielst wirklich offen. Ich halte mit. Aber deine Freunde möchte ich gern kennenlernen. Das Vergnügen, Frau Kurkova im Kempinski ein paar Wodka-Martini zu spendieren, hatte ich bereits. Der zweite ist Pole, Musiker und Saxofonist, wenn ich richtig informiert bin. Aber wer ist der Alte, der seit Kurzem mit euch in Bellmanns Villa wohnt?«

»Mein pensionierter Religionslehrer aus Heidelberg. Ein Geistlicher. Pater Leonard. Lebt im Kloster.«

»Und ihr habt den Code zu Bellmanns Safe geknackt?«

»Ja.«

»Respekt! In welchen Größenordnungen bewegen wir uns?«

»Achtzehn Millionen, verteilt auf sechs Sparbücher.«

»Die Summe deckt sich mit meinen Vermutungen. Aber der Einsatz ist hoch. Bis wann brauchst du meine Entscheidung?«

»Nehmen Sie sich Zeit. Aber nicht unbegrenzt. In zwei Tagen sitze ich im Flugzeug in die USA. Bis dahin sollte unser Spiel beendet sein.«

»Verstehe. Die Zeit sitzt dir im Nacken. Und welchen Einsatz habe ich auf den Tisch zu legen?«

»Ich will alles über meine Tante Veronika wissen.«

»Gut. Nur lehrt uns Lenin, Kontrolle ist besser als Vertrauen. Auf nichts fallen Menschen öfter herein als auf den Bluff mit dem großen Geld. Wer garantiert mir, dass du dich an dem Safe in der Winkler Straße erfolgreicher versucht hast als ich?«

Ich zog meine Brieftasche hervor, in der ein Sparbuch steckte. Ich klappte es auf und gab Ranke einen Einblick. Der Saldo belief sich auf 845 000 Euro. Ranke war nicht die geringste Regung anzusehen.

»Du sprachst davon, in die Vereinigten Staaten zu reisen. Was treibt dich über den Teich?«

»Der Job meines Lebens. Ich bin Bühnenbeleuchter für Bob Dylan bei seiner USA-Tournee. Und ich werde in den Staaten bleiben. Daher ist nur der Hinflug gebucht.«

Würde Ranke jetzt nach meinem Ticket fragen, hatte ich den Fisch am Haken.

»Darf ich den Flugschein sehen? Der alte Überwachungszwang, schwer abzulegen.«

»Bitte.« Ich zeigte ihm das Ticket von Berlin via London nach Los Angeles.

Ranke fingerte eine letzte Zigarette aus der Schachtel, zerknüllte das Papier und warf es in den Dianasee. »In Ordnung.

Unser Geschäft gilt. Ein Drittel für jeden. Wann und wo setzen wir unser Spiel fort?«

»Heute Abend um sieben, wenn es Ihnen recht ist. In der Winkler Straße 23A.«

»Ist mir recht. Aber besser um acht.«

Ich nahm das Sparbuch aus der Brieftasche und übergab es ihm. »Als Vertrauensbeweis.«

Rudolf Ranke reichte mir die Hand. Der Druck war fest, wie bei einem Mann, der signalisiert, alles unter Kontrolle zu haben. In diesem Glauben ließ ich ihn.

Albina, seit Tagen etwas mitgenommen, hatte sich frisch gemacht und Parfum, Rouge und Lippenstift aufgetragen. Pater Leonard trug einen altmodischen schwarzen Anzug und ein graues Hemd mit Kollar. Wir waren in Sorge, weil Szymbo noch nicht aus Heidelberg zurück war, aber Ranke schien auf seine Anwesenheit keinen Wert zu legen. Kurz nach acht hatte er vor der Tür gestanden und für Albina einen Strauß mit Rosen mitgebracht. Nicht üppig, aber auch nicht kleinlich. Ranke wusste, was sich schickte. Als Pater Leonard ihm schlaff die Rechte reichte, zuckte ein Zug von Verachtung um Rankes Mundwinkel. Der Jesuit spielte den zahnlosen Leo, den Löwen, der nicht brüllt. Wir nahmen am Esstisch Platz, ohne etwas anzubieten.

»Beginnen wir unser Tauschgeschäft.« Ranke kam sofort auf den Punkt. »Sechs Millionen gegen einen Einblick in deine Lebensgeschichte, Maik. Ich gestehe, meine Dienste wurden schon schlechter honoriert. Frag, was du meinst fragen zu müssen.«

»Woher stammen Bellmanns achtzehn Millionen?«

»Von der Sozialistischen Einheitspartei der Deutschen Demokratischen Republik. Als nach dem Mauerfall im November 1989 die Kapitalisierung des Ostens begann, schlug die Stunde der Wendehälse. Von der Parteielite wurden immense Vermögen verschoben. Eine halbe Milliarde Westmark musste im Zuge der Wiedervereinigung vor dem Zugriff der Treuhänder und Steuerfahnder verborgen werden, um den Seilschaften den optimalen Start ins postsozialistische Zeitalter zu erlauben. Ein Gutteil der Finanzen verschwand, unauffindbar für den Fiskus, in den Kanälen einer österreichischen Kommerzialrätin namens Rudolfine Steindling, eine ausgefuchste Kommunistin, die schon zu DDR-Zeiten harte Währung aus dem Westen in den devisenklammen Osten geschaufelt hatte. Ein sattes Stück vom Kuchen des Volkseigentums verteilte auch die Exagentin Greta Koch. Ein listiges Luder. Oberst Karrenholz und meine Wenigkeit hatten sie in der BRD auf die Bosse im Arbeitgeberverband angesetzt. Die ging ran, das sag ich dir. Nach der Wende avancierte die kontaktfreudige rote Greta zur Weichenstellerin der monetären Transaktionen. Millionensummen wurden in Tranchen gesplittet und wechselweise in London, Zürich, Wien oder Budapest zwischengeparkt, von Strohmännern umgetauscht und umgebucht, bis sich jede Spur verlor. Teile der Guthaben wurden bar abgehoben und in Koffern wieder zurücktransferiert. Das Geld landete auf Konten von Leuten, die sich gegenseitig über den Untergang des sozialistischen Vaterlands hinwegtrösteten.«

»Oder es landete auf Sparbüchern von Zirkusdirektoren wie Albert Bellmann.«

»Richtig.«

»Aber nicht bei Ihnen.«

»So ist es.«

»War Bellmann ein Inoffizieller Mitarbeiter und Informant der Staatssicherheit? War er Houdini?«

»Ohne Zweifel. Bellmontis beziehungsweise Houdinis Führungsoffizier war ein Major Kranz. Major Helmut Kranz. Lebt heute zurückgezogen und sorgenfrei bei Porto Cristo auf Mallorca.«

»Was war Houdinis Aufgabe bei der Stasi?«

»Kontrolle! Überwachung! Aber nicht nur für die DDR. Houdini lieferte auch Informationen an den sowjetischen KGB, den polnischen SB und die rumänische Securitate, praktisch an die Geheimdienste des gesamten Ostblocks. Bulgarien, Tschechoslowakei, Ungarn. Alles Staaten, in denen Artisten und Akrobaten ausgebildet wurden. Die Zirkusleute waren hochqualifiziert. Die weltweit tourenden Ensembles der sowjetischen Staatszirkusse brachten nicht nur Valuta in ihre Heimatländer, sie sorgten als kulturelle Botschafter und Sympathieträger vor allem für ein positives Image. Ein Oleg Popov hat mehr für die Sowjetunion getan als die komplette Altherrengarde der Ordenklimperer. Kopfschmerzen bereitete uns, dass uns die Besten von der Fahne gingen. Sie setzten sich ab in den Westen, wo der Zaster winkte. Erfolgreiche und beliebte Sportler, Zirkuskünstler, Kulturleute, Schauspieler und Musiker wurden als Dissidenten zum Problem, weil sie die Volksrepubliken destabilisierten, die Zeit und Geld in ihre Ausbildung gepumpt hatten. Der Sowjet fackelte nicht mit der Liquidation von Verrätern. Wir hingegen setzten auf Informationen. Offen gesagt, wir ließen die Artisten einander beschnüffeln, um im Falle mangelnder Staatstreue gezielte Gegenmaßnahmen zu lancieren.«

»Und Houdini lieferte solche Informationen?«

»Mehr als wir verarbeiten konnten. Major Kranz stöhnte ständig, weil seine Mitarbeiter unter der Aktenflut erstickten. Sie waren überfordert und verzettelten sich in Kleinkram, weil sie wenige wichtige aus einem trüben Teich an unwichtigen Informationen herausfischen mussten. Wäre es nach mir gegangen, ich hätte die Zusammenarbeit mit Bellmonti und Houdini beendet! Mangels Effizienz.«

»Und warum ging es nicht nach Ihnen?«

»Über Bellmann schwebte eine schützende Hand. Die gewährte ihm Narrenfreiheit. Und diese Hand gehörte nicht dem lieben Gott. Bellmann hatte einen weltlichen Schutzengel.«

»Und darf man erfahren, wer das war?«

»Das war Markus Wolf!«

»Was? Wolf und Bellmann kannten sich?«, heuchelte ich.

»Ja, beide kannten sich gut. Zum ersten Mal begegneten sie sich Mitte der siebziger Jahre bei dem Zirkusfestival in Monaco. Wolf hatte dort eine Freundin getroffen, und zusammen dinierten sie abends mit den Bellmanns bei der Gala.«

»Romy Schneider!«

»Du erstaunst mich, Maik. Du ermittelst nicht schlecht. In besseren Zeiten hätten wir hervorragend kooperiert. Dir ist bekannt, dass Romy Schneider, bevor sie nach Frankreich ging, hier in der Villenkolonie Grunewald lebte. Schräg gegenüber, in der Winkler Straße 22?«

»Ich weiß.«

»Und weißt du auch, wer Bellmann in den neunziger Jahren die Nachbarvilla in der Winkler Straße 23A schenkte?«

»Jetzt sagen Sie nicht, auch das war Markus Wolf.«

»Aber das sage ich. Wolf hatte das Haus unter dem Namen Michael Storm erworben, um in Romys Nähe zu sein. Er traf sie selten, aber wir von der Zehnten Abteilung hatten alle Mühe, die Begegnungen zu arrangieren. Das ging lange gut, weil Wolf sich frei bewegen konnte, da niemand wusste, wie er aussah. Bis dieser Judas Werner Stiller ihn auf einem Foto in Stockholm entdeckte und verriet.«

»War Romy Schneider Wolfs heimliche Geliebte?«

»Das kann ich weder bestätigen noch dementieren. Bettgeschichten anderer Leute interessieren mich nicht.« Ranke grinste Albina an. »Was nicht heißt, dass ich mit den eigenen ausgelastet bin.«

»Weshalb schenkte Markus Wolf Albert Bellmann ein Haus?«

»Nicht nur eines. Das Anwesen in Pankewitz, wo sich Bellmonti in seinem Klimbim-Museum selbst zelebriert, stammt ebenfalls von Wolf. Und das Geld auf den Sparbüchern mit Sicherheit auch.«

»Aber warum diese Großzügigkeit?«

»Wer einmal seine Gunst erlangte, den vergaß er nie, den versorgte er bis ans Ende seiner Tage. Und darüber hinaus.«

»Habe ich das nicht immer schon behauptet«, warf Albina ein. »Mischa dachte und fühlte wie ein Russe. So wie wir!«

»Ich würde eher sagen, eine Hand wäscht die andere«, widersprach Ranke. »Denn zuvor hatte sich Bellmann Wolf gegenüber mehr als loyal erwiesen. Es existierten Fotos, die Bellmann, Wolf und Schneider zusammen mit dem Schauspieler Cary Grant bei dem besagten Dinner in Monte Carlo zeigen. Bellmann hätte bei den westlichen Geheimdiensten so richtig einsacken können, wenn er den Generaloberst verraten hätte. Außerdem gierte die Meute der Klatschreporter nach Informationen über den gut aussehenden Mann im Smoking an Romy Schneiders Seite. Aber Bellmann schwieg. Als in Kopenhagen seine Tochter Dalia vom Trapez stürzte und seine Frau Irene sich die Pulsadern aufschnitt, ging es ihm lange schlecht. Bellmann lag am Boden. Wolf half ihm wieder auf die Beine. Als Großmeister der Camouflage weckte er in ihm den Sensus für Tricks und Täuschung, und aus Albert Bellmann wurde der Illusionist Alberto Bellmonti, der Magier der Manege. Als Jahre später Wolfs Identität durch den Deserteur Stiller aufflog, ruhte die Beziehung, weil Wolf nicht mehr inkognito reisen konnte. Nach der Wende blühte die Freundschaft wieder auf. In seinem Testament hatte Wolf sogar verfügt, dass Bellmann wie er auf dem Sozialistenfriedhof in Friedrichsfelde beerdigt wird. So unerbittlich Wolf gegen die Klassenfeinde agitierte, so treu stand er zu seinen Günstlingen.«

»Und Sie, Oberst Rudolf Ranke, einst stellvertretender Leiter der Abteilung Zehn der HVA des Ministeriums für Staatssicherheit, gehörten nicht dazu.«

»So ist es.«

»Und warum?«

»Man brauchte mich nicht mehr. Aber man benutzte mich noch.«

»Für was?«

»Um die Kohlen aus dem Feuer zu holen. Lies die Zeitungen von damals! Die Presse hatte sich auf mich eingeschossen. Ich gab die ideale Zielscheibe ab. Liquidationen, Giftmorde, fingierte Autounfälle, gezielte Hinrichtungen, man suchte einen Drahtzieher im Hintergrund und fand ihn in mir. Wer wirklich die Hebel der Entscheidungen bediente, machte auf Pilatus und wusch seine Hände in Unschuld. Wolf wurde von der Justiz nur pro forma verurteilt und blieb ein freier Mann. Die Medienmacher fassten ihn mit Samthandschuhen an und bezahlten ihm ein Interview nach dem anderen. Wie ich hörte, schrieb er sogar ein Kochbuch. Er genoss den Nimbus als smarter Agent, den alle heimlich bewunderten. Über mir wurde die Jauche ausgekübelt.«

»Aber auch Sie wuschen ihre Weste weiß.«

»Juristisch kam ich aus den Prozessen unbehelligt raus. Aber der Dreck blieb hängen. Ich war isoliert. So schnell ließ sich kein Schnaps kippen, wie die treuen Genossen von mir abrückten. Solidarität! Vorwärts und nicht vergessen! Friede, Fortschritt, Völkerfreundschaft! Verlogenes Gesülze. Ich habe nie an diese Aufbauparolen geglaubt. Anders als Wolf, Karrenholz und diese Koch, diese Fickerin fürs Vaterland.«

Pater Leonard räusperte sich. «Herr Ranke, ich darf Sie bitten.«

»Beten Sie in Ihrem Kloster, wenn Ihnen meine Wahrheiten nicht passen!«

»Maik, sag etwas. Muss ich mir das bieten lassen?« Leonard spielte die Rolle des unbedarft harmlosen Paters sehr überzeugend.

»Vater Leo, bitte lass Herrn Ranke weiterreden …«

»Ich meinte ja nur …«

»Zurück zu uns beiden. Maik, ich war und bin wie du. Ein Spieler. Du hattest deinen Zirkus, ich hatte meine Stasi. Sie war meine Spielwiese. Dort lebte ich meinen Jugendtraum. Ich war der Detektiv, der Kriminalist, der Spurenleser, der anderen auf die Schliche kam. Hat man dir in deiner Jugend nicht sogar Karl Mays *Winnetou* zum Geburtstag geschenkt? Bist du nie einer Fährte gefolgt? Hast du niemals falsche Fährten gelegt?«

»Gehört zu Ihrem Spiel auch das Schänden von Friedhöfen? Müssen Sie Ihre alten Genossen, die Ihnen vom Kuchen des sozialistischen Erbes nicht mal Krümel übrig ließen, auch noch um ihre letzte Ruhe bringen?«

»Ich räche mich nicht an Toten. Auch wenn sie mich zu Lebzeiten um meinen Anteil gebracht haben. Die Vergangenheit ist mir egal. Wie dich interessieren mich Gegenwart und Zukunft. Die Aktion auf dem Friedhof war notwendig. Wegen dir, Maik. Als Teil *meines* Spiels. Manipulieren, Destabilisieren, Desinformieren. Ein paar zerschlagene Grabplatten und ausgekippte rote Farbe lenkte ab von meinem Ziel. Verlagerung des Krieges auf Nebenschauplätze. Ich will das Erbe Bellmanns. Ich will dein Erbe, Maik. Kommen wir endlich zu unserer Abmachung. Du willst etwas über Frau Vera Blech wissen. Kannst du deine Tante nicht ruhen lassen, nach dreißig Jahren?«

»Ich will die Fragen von gestern nicht mit in die USA nehmen.«

»Dann komm zur Sache.«

»Hat meine Tante meinen Vater Gerhard getötet.«

»Ja. Davon bin ich überzeugt. Absolut. Nur jemand mit exzellentem Wissen über die Wirkung von Giften konnte die Tat begangen und als Unfall getarnt haben. Aber Vera hat den Mord nie gestanden. Und ich gebe zu, mir fehlte der Beweis. Und ein klares Motiv. Ich ermittelte in Richtung enttäuschte

Liebe. Aber Vera war nicht die Frau, die aus Eifersucht ihren Exliebhaber und Ehemann ihrer Zwillingsschwester getötet hätte. Doktor Kleine mag ein untreuer Gatte und Schürzenjäger gewesen sein. Aber Vera war emotional viel zu kontrolliert, zu sehr die kühle Wissenschaftlerin, um einen Weiberhelden zu vergiften. Dennoch tat sie es. Nur das Motiv muss ein anderes gewesen sein. Aber wie schon gesagt, ich fand es nie heraus. Mit Vera Blech verbinde ich meine größte – und einzige – Niederlage als Kriminalist.«

»Ich glaube Ihnen nicht, Herr Oberst außer Dienst. Sie waren bei der Staatssicherheit. Sie hätten Tante Vera jederzeit zum Zielobjekt einer aktiven Maßnahme machen können. Erzählen Sie mir nicht, Sie hätten keinen Weg gefunden, sie zum Reden zu bringen.«

»Zweifellos verfügten wir in der HVA über die Mittel, Veras Geständnisbereitschaft zu fördern. Sie war bereits wegen ungesetzlichen Abbruchs einer Schwangerschaft vorbestraft, und es wäre ein Leichtes gewesen, Doktor Wippel per Gerichtsbeschluss zu veranlassen, ihr mit einem Gutachten einen Kuraufenthalt zu verordnen. Mit neunzehn im eigenen Leib herumzustochern, ich sag dir, das hinterlässt Narben. Äußerlich und innerlich. Nach einem Vierteljahr psychiatrischer Behandlung wäre ihr Widerstand zerflossen wie warme Butter. Aber glaub mir, Vera tat mir leid. Ich mochte deine Tante. Vielleicht ging meine Zuneigung sogar über das Mögen hinaus.«

»Ich verstehe nicht. Muss ich Ihnen jetzt danken, dass Vera nicht in der Klapse gelandet ist?«

»Nein. Zu danken wäre meinem Vorgesetzten Oberst Karrenberg. Der wiederum unterstand dem Befehl von Markus Wolf. Und der Generaloberst hatte mit Frau Vera Blech andere Pläne.«

»Und welche?«

»Agitation auf dem Terrain des Klassenfeinds.«

»Als Geheimagentin?« Albinas Augen leuchteten.

»So ungefähr.«

»Aber Frau Blech war doch in Heidelberg die Kuratorin eines Museums«, mischte sich Leonard ein. »Eine respektable Person. Sie war doch keine Spionin. Was hätte sie denn in dem Apothekenmuseum ausspionieren sollen?«

Ranke bat um ein Glas Wasser und einen Aschenbecher. Albina reichte ihm Ersteres und erklärte, sie vertrage keinen Zigarettenrauch.

»Natürlich war Vera keine ordinäre Schnüfflerin! Das Ministerium für Staatssicherheit verschwendete doch nicht seine besten Talente. Was glaubt ihr, wie heftig das MfS Ende der sechziger Jahre unter öffentlichen Druck geriet? Da brannte die Hütte. Zu viele harte Maßnahmen im Westen drohten ans Licht zu kommen. Wir hatten ernste Sorgen, aufzufliegen. Mielke kochte und tobte, er werde jeden Versager eigenhändig an die Wand stellen. Der Fall Kubicki, 1966. Dilettantisch! In seinem Unfallauto entdeckten westdeutsche Spurensicherer einen durchgeschnittenen Bremsschlauch. Der Fall Ohnesorg, 1967. Fahrlässig! Hätte man den Schützen Kurras als Provokateur und unseren Mann enttarnt, das hätte einen Aufstand gegeben. Dann Gründonnerstag 1968, der Anschlag auf Dutschke auf dem Kurfürstendamm. Stümperhaft! ABCD-Agenten waren das: Amateure, Banausen, Chaoten, Dumpfbacken! Überall ließen sie Spuren zurück. Bei jeder Aktion. Autowracks, platte Reifen, Schusswunden, Stichwunden, Tatwerkzeuge, Projektile, Patronenhülsen. Klar experimentierten und operierten wir auch mit Gift. Wie alle Geheimdienste weltweit. Es gibt unzählige Mittel, den Atem zu lähmen, das Herz still zu stellen, die Leber zu zersetzen. Aber was nützt das, wenn das auslösende Gift nachgewiesen werden kann!

Deshalb brauchten sie deine Tante, Maik. Mielke, Wolf und Karrenholz. Wegen ihres einzigartigen pharmazeutischen

Wissens hatten sie für Vera Blech in der Bundesrepublik eine optimale Verwendung. Sie würde die nassen Geschäfte trocken erledigen. So wie bei Doktor Gerhard Kleine. Ein Mord ohne Spurennachweis. Mit ihren Kenntnissen über die Gifte war sie ideal für die Sicherheit. Hätten die bulgarischen Kollegen sie in London auf Georgi Markow angesetzt, sein Tod wäre noch heute ein ungelöstes Rätsel.«

»Herr Ranke, wenn ich Sie persönlich fragen darf, welche Rolle nahmen Sie im Leben der Frau Blech ein?« Leonard mimte den Besorgten. »Ich frage das nicht als Ankläger. Das steht mir nicht zu. Ich frage als katholischer Priester, in dem Glauben, dass der Mensch auch als Geschöpf Gottes nicht frei ist von Schuld. Daher werfe niemand den ersten Stein.«

»Ich war nicht Veras Führungsoffizier. Das war Karrenholz. Mein Einfluss, ihn zu bremsen, war zu gering. Er erpresste Vera. Er stellte sie vor die Alternative: entweder nach Waldenburg oder in den Westen. Letzteres dann allerdings unter dem vollen Schutz des MfS. Das hieß, Vera brauchte eine Legende. Und es oblag meiner Wenigkeit, sie ihr zu verschaffen. Um sie zu schützen, schlug ich ihr den Decknamen *Paula* vor und dichtete ihr eine glaubhafte Biografie gegen eine Enttarnung an. Demnach war sie als bekennende Christin in den Widerstand gegen die Sprengung der Leipziger Paulinerkirche involviert und hatte dafür in Hohenschönhausen gesessen. Eine perfekte Legende, und die DDR kassierte auch noch für ihren Freikauf. Zudem unterfütterte ich ihre Glaubwürdigkeit mit Utensilien aus den Asservatenkammern. Mehrmals im Jahr reiste sie in die DDR ein und holte sich von Karrenholz neue Instruktionen. Wir versorgten sie mit exotischen Souvenirs, damit in ihrem privaten Umfeld im Westen ihre Reisen in den Osten nicht auffielen.«

»Ich komme als Seelsorger dennoch nicht umhin, zu fragen, ob Frau Vera mit Gift anderen Menschen Schaden zugefügt hat.«

»Das könnten Ihnen Wolf und Karrenholz beantworten, würden sie noch unter uns weilen. Aber ich war noch nicht fertig. Später suchte mein Chef meinen Rat. Doch da steckte die Karre bereits voll im Dreck. Es begann damit, dass Vera den Decknamen *Paula* ablegte und *Veronika* genannt werden wollte. Karrenholz tat ihr den Gefallen. Aber er verstand nicht, dass Vera sich in einen religiösen Wahn versponnen hatte. Wir überwachten natürlich auch die Post, die sie zu Ostern und Weihnachten nach Leipzig schickte, die Pakete an Frau Freya Blech. Aber neben dem begehrten Westschnickschnack verschickte sie nun Heiligenbildchen mit Drachentötern und Weihnachtskrippen zum Basteln.«

»Danke, dass ihr Schnüffler die Toblerone nicht geklaut habt.« Ranke überging meinen sarkastischen Einwurf.

»Ich muss etwas gestehen. Während der Prozesse gegen mich habe ich stets geleugnet, jemals in der BRD gewesen zu sein. Doch ich war 1978 in Heidelberg. Vera war außer Kontrolle geraten. Sie behauptete, Veronika sei ihr eigentlicher Name, und redete wirr von einem Neuen Jerusalem, wo die Posaune des Erzengels Michael den Satan hinwegfege. Auch wenn Vera immer wieder klare Phasen hatte, war sie jetzt ein Sicherheitsrisiko, das es auszuschalten galt. Ich verwahrte mich dagegen, und sie erhielt einen Aufschub. Ich hatte gehofft, du würdest in Heidelberg einen heilsamen Effekt auf deine Tante ausüben. Nur kam es dazu nicht mehr. Weil sie dir mit einhundertachtzig gegen die Wand die Möglichkeit raubte, ihre wahre Geschichte kennenzulernen. Aber du solltest allmählich zu deiner letzten Frage kommen.«

»Wer hat meiner Mutter Freya, meiner Schwester Kessryn und meinem Bruder Ronny den Teufel geschickt?«

»Ich weiß es nicht.«

Leonard schaute Ranke an. »Würden Sie das beschwören, vor dem Richter beim Jüngsten Gericht, auch wenn Sie nicht an ihn glauben?«

»Ich schwöre. Von mir aus auch vor Gott. Ich weiß es nicht. Ich weiß nur, die Frage, wie das Gift in den Sekt kam, wird an mir nagen bis an das Ende meiner Tage.«

»Da sagen Sie wahr.« Pater Leonard erhob sich, knöpfte sein Jackett zu, um zu bekunden, die Zeit des Besuches sei abgelaufen. »Herr Ranke, wir danken für Ihre Offenheit. Sie sollten jetzt Ihr Geld nehmen und gehen. Nehmen Sie auch meinen Anteil. Ich will ihn nicht.«

Albina schüttelte den Kopf. »Ich auch nicht. Geld hat mir noch niemals Glück gebracht. Aber als Frau fühle ich, Rudolf, du hast Vera vor dem Bösen beschützt. Daher möchte ich dir zum Gedenken an sie etwas schenken, was ihr einst gehörte. Halte das Geschenk in Ehren.«

»Das werde ich. Versprochen.«

Albina reichte Ranke einen Beutel mit zwölf Edelsteinen.

»Da wir gerade beim Schenken sind, schließe ich mich an. Nehmen Sie die drei Tasten der Orgel zurück, die Johann Sebastian Bach einst berührte. Was soll ich damit in Amerika? Empfehlen darf ich Ihnen noch Bellmontis Museum der Illusionskunst. Es ist sehenswert. Hier, eine Karte. Für Honoratioren. Freier Eintritt auf Lebenszeit. Für Sie! Fällt Ihnen übrigens an der Nummer etwas auf?«

»Etwas dick aufgetragen. Achtstellig!«

»Kommen Sie mit.«

Ich stand auf und führte Ranke zu Bellmanns Tresor.

»Eins-sechs-drei-fünf. Drehen Sie am Rad der Zahlenkombination!« Ranke stellte die Ziffern ein. »Vier-zwei-sechs-fünf. Sie können den Safe öffnen.«

Ranke zog die schwere Tür auf. In dem Tresor lagen vier Sparbücher.

»Sie gehören Ihnen. Nehmen Sie Ihr Erbe. Es steht Ihnen zu.«

»Ich bedanke mich. Keine Sieger. Keine Verlierer. Unser Spiel ist beendet.«

Als die Tür hinter Rudolf Ranke ins Schloss fiel, brauchte ich einen großen Wodka.

»Doppelt«, sagte Albina.

»Dreifach«, sagte Pater Leonard. »Als Beichtvater habe ich manch einer reuigen Seele im Namen Christi das Sakrament der Sündenvergebung gespendet.« Leonard trank den Wodka in einem Zug aus und schüttelte sich. »Aber mit Verlaub, bei diesem verlogenen Arschloch würde ich mich weigern.«

Szymbo kam nicht. Er war am Montag losgefahren und hatte nachmittags in Heidelberg sein wollen. Mit den Unterlagen der Kanzlei Hauenschild hätte er längst zurück sein müssen. Unsere Besorgnis wuchs. Er hatte nicht angerufen, sein Mobiltelefon war ausgeschaltet. Wir wurden vor Sorge nervös und wechselten uns gegenseitig in dem Versuch ab, ihn telefonisch zu erreichen. Erleichtert atmeten wir auf, als kurz vor Mitternacht der Mietwagen über den Kies der Hofeinfahrt knirschte. Szymbo war übermüdet und schleppte sich durch die Haustür, unter den Arm geklemmt eine Dokumentenmappe, in den Händen zwei prallvolle Plastiktüten mit Altpapier.

»Mensch, wo warst du denn die ganze Zeit?«

»Erst in Heidelberg. Alles bestens erledigt. Aber dann. Auf der Rückfahrt. Mich plagte mein schlechtes katholisches Gewissen, und ich sah mich zur Wiederherstellung meines Seelenfriedens genötigt, noch einen Abstecher nach Kattowitz zu machen.«

»Sag mal, hast du einen Knall! Du gurkst mal eben quer durch Polen, ohne uns Bescheid zu geben. Was wolltest du denn in Kattowitz?«

»Alte Kopien holen. Authentische Beweismittel. Alles zur Entlastung des Alten. Aber nicht erst beim Jüngsten Gericht, sondern schon bald im Hier und Jetzt.«

»Kannst du dich etwas deutlicher erklären?«

»Kann ich, aber erst brauche ich eine Runde Schlaf und dann das Gespür für den richtigen Moment.«

»Pjotr, reiß dich zusammen«, herrschte ihn Albina an. »Wir sind auf klandestinster Mission und du willst pennen. Ich setze dir einen Mokka auf. Stark und schwarz wie die Kattowitzer Kohle.« Szymbo setzte sich, gähnte zum Gotterbarmen und bat Albina noch um einen Spritzer Moskovskaya in den Kaffee.

»Es mag dein Gespür für den rechten Augenblick schärfen, lieber Pjotr, wenn ich euch aus der Nacht der Unwissenheit herausführe«, sagte Pater Leonard. »Denn gegenwärtig tappt ihr alle noch im Dunkeln. Taub und blind, doch ohne euer Verschulden. Woher sollt ihr auch wissen, was am Sonntag, den 7. Januar 1979 in Heidelberg geschah. Die Heiligen Drei Könige hatten uns aufgesucht, und ich saß mit den Mitbrüdern im Konvent beim Nachmittagskaffee, als Frau Vera Blech nach mir verlangte. Und das eindringlich. Ich war unwillig, sie in meiner Sonntagsmuße zu empfangen, aber als eine zum Sterben entschlossene Frau mich anflehte, ich möge ihr die Beichte abnehmen, hatte ich alle Zeit der Welt.

Niemals darf ein Priester darüber reden, was ihm im Sakrament der Schuldvergebung anvertraut wurde, doch in diesem Fall gilt eine Ausnahme. Vera Blech entband mich von meiner Schweigepflicht. Ausdrücklich! Sie trug ein Geheimnis in sich, das sie nicht mit in ihr Grab nehmen wollte. Und ich versprach ihr, dieses Geheimnis zu enthüllen, sollte die Zeit gekommen sein. Sie ist nun gekommen. Um es ohne Umschweife zu sagen: Frau Vera Blech beging an Doktor Gerhard Kleine einen Mord aus kalter Berechnung.«

»Rudolf Ranke hat also die Wahrheit gesagt«, unterbrach ich Leonard.

»Ja! Der Oberst hat geahnt, dass Vera nicht aus verschmähter Liebe oder aus Eifersucht morden würde.«

»Aber was war dann ihr Motiv?«

»Gekränkter Ehrgeiz!«

»Nein! Niemals«, entrüstete sich Albina. »So denken nur Männer. Und auch du bist und bleibst einer, Leonard. Auch wenn du ein Mann Gottes bist.«

»Du wirst deinen Irrtum gleich einsehen, Albina, wenn du mich nicht wieder unterbrichst.«

»Da bin ich aber gespannt!«

»Ich muss mich präzisieren. Veras Mordmotiv war der gekränkte Ehrgeiz einer Wissenschaftlerin. Während Gerhard Kleine als Atheist die Bibel als Märchenbuch abtat, studierte Vera das Alte Testament. Im Buch des Propheten Jonas las sie von einem gefräßigen Wurm, der sich anscheinend von dem Rizinusbaum ernährte. Sollte solch ein Insekt, dessen Existenz kein Biologe bis dato nachgewiesen hatte, entdeckt werden, so ließe sich daraus womöglich ein Gegengift zu dem extrem gefährlichen Rizin gewinnen. Vera beging den Fehler, ihrem Schwager von ihrer Vermutung zu erzählen. Eine wissenschaftliche Sensation witternd bewilligten die Chemopharm und die Toxikologen der Staatssicherheit Gerhard Kleine eine Forschungsreise ins Heilige Land. Tatsächlich spürte er einen Falter der Gattung *Olepa* auf, der nachts die Rizinusbäume kahl fraß. Maik, als ich dir das Präparat deines Vaters schickte, schrieb ich, die Person, die den *Olepa Micra* entdeckte, sei ihrer Zeit voraus gewesen, aber unerkannt im Schatten verblüht.«

»Da werde ich wieder wach«, funkte Szymbo dazwischen. »Wir haben herausgefunden, dass der *Olepa Schleini*, der kürzlich von einem israelischen Botaniker entdeckt wurde, identisch ist mit dem *Olepa Micra*, den Doktor Kleine Jahre zuvor fand. Maiks Vater war ein Genius. *Olepa Micra*, griechisch, der kleine Olepa.«

»Richtig! Und trotzdem falsch! Der Name ist der Grund, weshalb Vera zur Mörderin wurde. Forscher widmen den Namen ihrer Entdeckung oft Menschen, die ihnen nahe stehen. Oder denen sie ihren Erfolg verdanken. Gerhard hatte Vera versprochen, sollte er ihre Theorie über den biblischen Rizinusfresser verifizieren, werde er den Wurm nach ihr benennen: *Olepa Vera*. Aber Doktor Kleine brach sein Wort. Er benannte den Falter nach sich selbst. *Olepa Micra* heißt nicht ›der kleine Olepa‹, sondern muss übersetzt werden mit *Olepa Kleine*. Vera sah sich um den Lohn ihrer Erkenntnisse betrogen und gestand in ihrer Beichte, sie habe die Posaunen von Jericho erschallen lassen, eine Metapher wohl für ein tödliches, nicht nachweisbares Gift. Der Familienname Kleine jedenfalls war ihr fortan so verhasst, dass sie ihn nicht einmal mehr ihrer Schwester zubilligte.«

»Ich dachte immer, meine Tante habe ihre Geschenkpakete aus absichtsloser Gewohnheit an Frau Freya Blech adressiert.«

»Maik, ich glaube, deine Tante handelte nur selten ohne Kalkül. Nach ihrem Freikauf gelang es ihr, in Heidelberg äußerlich ein normales Leben zu führen. Nur hatte sie ihre Vergangenheit aus Leipzig mitgenommen. Der unselige Mensch, der eben hier seinen Judaslohn kassiert hat, hatte sie über Jahre hinweg zu jenen aktiven Maßnahmen gezwungen, die er jetzt Markus Wolf und diesem Karrenholz anhängt.«

»Aber womit wurde meine Tante erpresst? Ranke hatte doch außer dem verjährten Schwangerschaftsabbruch und einem bloßen Mordverdacht nichts gegen sie in der Hand.«

»Doch, Maik. Das hatte er. Er hatte dich! Er drohte mit dir. Deine Mutter Freya hatte den Jungen geboren, den Vera sich wünschte. Ranke drohte, dir könne etwas zustoßen und du könntest enden wie dein Vater. Gegen die Angst um dich war Vera machtlos. Zudem hatte ihr früherer Abort zur Konsequenz, dass sie keine eigenen Kinder mehr bekommen konnte. Und hier, das muss ich als Theologe leider sagen, wurde der Glaube ihr zum Verhängnis. Aus Vera wurde Veronika. Nicht die Veronika, die Jesus bei seinem Kreuzweg in den Tod das Schweißtuch reicht, sie identifizierte sich vielmehr mit der Veronika in den Evangelien nach Markus und Matthäus, der unfruchtbaren Frau, die seit zwölf Jahren an Blutfluss leidet und durch die bloße Berührung der Quaste des Gewandes von Jesus von ihrer Unfruchtbarkeit geheilt wird.

Dann trat eine verhängnisvolle Koinzidenz ein. Ein seltener Zufall, den Vera fälschlicherweise als Fügung deutete, als göttlichen Fingerzeig. Als sie gewahrte, dass der Namenstag Veronikas und dein Geburtstag, Maik, auf dasselbe Datum fallen, begann ihr Wahn. Um zu verstehen, wie er endete, habe ich dir etwas mitgebracht.«

Leonard reichte mir ein ausgeblichenes Farbfoto. Es zeigte mich in meiner Fußballkluft, damals bei Dynamo, lachend, die Hände erhoben zum Victory-Zeichen. Auf der Rückseite stand: »Bitte Levi's, Größe 156, dein Maik.« Ich erinnerte mich sofort. Ich war zwölf und hatte Tante Vera in einem Brief gebeten, mir in ihrem Weihnachtspaket eine echte Jeans aus Amerika mitzuschicken.

»Leonard, wie bist du an dieses Foto gelangt?«

»Vera hat es mir nach ihrer Beichte überlassen, mit der Bitte, mich im Ignatz als Pate deiner anzunehmen. Dieses Bild steckte einst in dem Rahmen auf ihrem Nachtschrank und war umringt von zwölf Edelsteinen. Du, Maik, du warst für sie das Zentrum. Du warst ihre Erfüllung. Ihr leuchtender Stern. Du warst das Herz des Neuen Jerusalem.«

»Und deshalb holte sie mich nach Heidelberg?«

»Ja. Wobei sie in ihrem Wahn einer stringenten Logik folgte. Sie musste dich vor deinem vierzehnten Lebensjahr zu sich nehmen. Denn mit vierzehn Jahren würdest du die atheistische Jugendweihe erhalten. Für sie ein bedrohliches Gelübde. Du würdest dich damit zu jenem Staat bekennen, der ihr Leben zerstört hatte.«

»Das würde erklären, dass ich kurz vor meinem Geburtstag zu ihr kam. Doch ich ging nach Heidelberg, nicht weil ich bald vierzehn wurde, sondern weil ich in Leipzig mein Zuhause verloren hatte.«

»Nur sind beide Ereignisse miteinander verknüpft.«

»Wie soll ich das verstehen?«

»Du musst wissen, dass für deine Tante der Sozialismus ein Werk des Bösen war, aus dessen Einfluss sie dich befreien wollte. Sie glaubte, Gutes zu tun, wenn sie dich vor der Indoktrination durch die kommunistischen Ideologen bewahrte. Denk nur an *Weltall Erde Mensch*, das Walter Ulbricht das Buch der Wahrheit genannt hatte. Für Veronika war das einzig wahre Buch natürlich die Bibel. Vera sah dich als Werkzeug eines Gottes, der Gutes belohnt und Böses bestraft. Oberst Ranke schürte ihre Angst um dich, um sie zu erpressen. Aber Vera war auch schlau. Sie richtete Rankes Waffe gegen ihn selbst. Du, Maik, solltest ihr Michael sein, ihr Beschützer, ihr Drachentöter, der den Teufel besiegt. Bis sie den Brief las, den deine Mutter dir in der Nervenanstalt zugesteckt hatte. Danach wusste Vera, sie hatte jedes Recht auf dich verwirkt. Weil der Preis viel zu hoch gewesen war.«

»Welcher Preis?«

»Der Tod deines Bruders und deiner Schwester.«

»Heißt das, Vera hat unserer Mutter doch das Gift geschickt?«

»Ja.«

»Aber das kann nicht sein! Sie kann doch nicht Kessy und Ronny auf dem Gewissen haben und mich dann in aller Seelenruhe abends beim Italiener zu Cola und Pizza einladen. So kaltherzig und abgebrüht ist doch kein Mensch.«

»Vera war auch nicht herzlos. Sie war krank. Eine tragische Frau. Sie ahnte wohl, was sie mit ihrem Gift angerichtet hatte. Aber sie sah sich nicht als die verantwortliche Urheberin, eher als Glied in einer Kette von Umständen. Sie war sehr selektiv in ihrer Interpretation des Geschehens in der Silvesternacht. Sie verlagerte und relativierte ihre Schuld. Nicht etwa, weil sie Gift verschickt hatte, waren deine Geschwister verbrannt, sondern weil Freya keine gute Mutter gewesen war und weil die Feuerwehr wegen des Winters die Kinder nicht hatte retten können. Als Vera jedoch Freyas Brief las, brach das Konstrukt ihrer Selbsttäuschung zusammen. Da wusste sie, welche Katastrophe sie ausgelöst hatte.«

»Aber warum bloß hat sie ihre eigene Schwester vergiftet?«

»Vera glaubte, sie habe ihren ungeborenen Michael für Freyas Maik geopfert. Dieses Opfer wollte sie sich zurückholen. Sie musste dir die leibliche Mutter nehmen, um für dich die ideelle Mutter sein zu können. Vera war eine Giftmischerin. Doch sie hatte nicht die Absicht, ihre Schwester zu töten. Sie hatte ihre Tat zudem so arrangiert, dass auch den Kindern nichts zustößt. Sie wollte Ronny und Kessryn nicht schaden. Sie wollte allein Freya in den Irrsinn treiben, um als einzige verbliebene Verwandte das Sorgerecht für dich zu erhalten. Was ja auch gelang. Dass sie damit auch Kessryn und Ronny die Mutter nehmen würde, hatte sie ausgeblendet. Sie wollte nur dich.«

»Aber wäre ich an Silvester daheim gewesen, ich hätte doch auch von dem vergifteten Sekt trinken können.«

»Was meinst du? Ich verstehe dich nicht. Ich habe schon eben nicht begriffen, weshalb Ranke von Gift in einem Sekt redete.«

»Die Flasche von der Chemopharm. Mutter schrieb doch, dass ihr der Geschmack komisch vorkam.« Ich holte den Brief hervor, um Pater Leonard von seinem Irrtum zu überzeugen. *»Kessy ging schon um zehn zu Bett. Nur Ronny quengelte. Er wollte immer noch mehr Runden, erst Autoquartett, dann Mau-Mau. Du weißt ja, wie er ist. Ich habe mich mit einer Kanne Kaffee wach gehalten, aber um elf war Ronny geschafft. Ich habe …«*

»Aber da steht es doch!«, rief Leonard. »Der Kaffee! Vera beichtete, sie habe dem Krönungskaffee vom Kraut der Jungfrau beigemischt, Salvia divinorum, den halluzinogenen Göttersalbei. Weil doch Kinder keinen Kaffee mögen …«

18

BELLMANNS ERBE

Berlin; Mittwoch, 5. September 2007

Alles schien gesagt, am Morgen des 5. September 2007, als Pjotr Stanislav Szymborski, einst Saxofonist und exzentrischer Kapellmeister im Zirkus Bellmonti, nunmehr Komponist seichter Unterhaltungsmusik, seine drei Mitbewohner zum Frühstück rief. Szymbo hatte getan, was er noch nie getan hatte. Er hatte eingekauft, bei Bäcker, Fleischer und Floristen, hatte frisches Brot und warme Schrippen besorgt, Salami, Schinken, Eberswalder Heißwürste und Erdbeerkonfitüre. Eier hatte er gekocht und den Tisch gedeckt, sogar mit Servietten. Rankes Rosen hatte er in die Mülltonne geworfen, dafür schwängerte der Duft weißer Lilien die bellmannsche Villa. Auf dem Tisch zogen in einer Glaskanne Beutel mit aromatisiertem Schwarztee. Nur das vertraute Röcheln der Kaffeemaschine blieb aus. Wir schätzten Szymbos Versuch, den Gemeinschaftssinn zu stärken, verspürten aber keinen Appetit. Ich war geneigt, die gedrückte Stimmung Leonards Enthüllungen über meine Tante zuzuschreiben, doch es lag noch etwas anderes in der Luft.

»Es fällt mir schwer, hier zu sitzen«, brach Albina das Schweigen. »Nicht wegen euch, meine Freunde. Alberto bietet mir sein Heim als Zuhause an, was ich als großes Glück schätze, aber wenn Albert Bellmann Artisten bespitzelt hat, dann mag ich in diesem Haus nicht länger sein.«

»Du sagst es, Albina. Ich empfinde genauso. Wenn der Alte der IM Houdini war, will ich das Erbe Bellmanns nicht annehmen.«

»Albert war nicht Houdini!« Szymbo zog alle Aufmerksamkeit auf sich. »Als Katholik ist mir zu schwören verboten, aber ich bezeuge vor Gott dem Allmächtigen: Der Alte war nicht Houdini. Das ist die Wahrheit. Wahrer als die unfehlbare Wahrheit eines päpstlichen Dogmas.«

»Aber Szymbo, wie kannst du dir so sicher sein.«

»Bellmann war nicht Houdini, weil jemand anderes Houdini war. Nämlich ich!«

Albina fiel die Tasse aus der Hand, und ich verschluckte mich an meinem Tee.

»Albert Bellmann war der Erste, der in den siebziger Jahren Künstler aus den sozialistischen Volksrepubliken unter Vertrag nahm«, begann Szymbo bedächtig. » Herausragende Leute. Die Besten, brillant, berufen und bescheiden. Russen, Ukrainer, Ungarn und Polen. Leute wie mich. Wir hievten den Zirkus Bellmonti nicht nur auf international adäquates Niveau, wir waren auch für karge Gage zu haben. Die Sache hatte nur einen Haken, einen diabolischen Stachel, so wie der Hund in der Studierstube von Doktor Faust. Um im kapitalistischen Westen auftreten zu dürfen, benötigten Künstler aus dem Osten eine staatliche Reisegenehmigung. Ein Visum war jedoch nicht nur an das – selbstverständlich jederzeit und allerorts problemlos bekundbare – Bekenntnis zu den sozialistischen Idealen von Friede, Freiheit und Freundschaft gekoppelt, sondern auch an die Bereitschaft, abtrünnige Gesinnungen in Gedanken, Worten und Werken von Kollegen den Geheimdiensten zu rapportieren. Auch bei dem Alten stand mit schöner Regelmäßigkeit die Sicherheit auf der Matte. Um weiterhin Ostartisten engagieren zu können, sollte er seine Mitarbeiter bespitzeln und verraten, wer womöglich spekulierte, sich in den Westen abzusetzen. Aber der Alte hatte einen Riecher für schmierige Typen. Sobald sie auftauchten, verweigerte er ihnen den Handschlag und setzte sie vor die Tür.

Bis ein Geheimdienstler ganz anderen Kalibers sich die Ehre gab. Der Chefspion persönlich gab sich die Ehre. 1975, nach Kopenhagen. Mit Dalias Absturz vom Trapez und dem Freitod der unglücklichen Irene war auch Albert Bellmann abgestürzt. Und siehe da, justament als ihm die Kraft fehlte, sich gegen die Agitation zur Wehr zu setzen, tauchte dieser Edelagent im Trenchcoat auf, smart, selbstsicher und ohne die Ahnung, mit seinem Besuch den Beginn einer wunderbaren Freundschaft einzuleiten. Der Alte kannte den Mann. Über Romy Schneider. Bei einem Dinner in Monte Carlo hatte sie Bellmann ihren Begleiter in Smoking und mit Fliege als Michael Storm vorgestellt und um Diskretion gebeten.

Entgegen der missionarischen Absicht, Bellmann als Informanten für die Stasi zu gewinnen, infizierte Storm ihn mit einer Leidenschaft. Er weckte in ihm eine Begabung, die Schauspieler oder Zirkusmenschen mit Agenten teilen: die Fähigkeit, in Rollen zu schlüpfen, die Kunst, sich zu verstellen. Die beiden verstanden sich. Sie mochten einander. Wie Seelenverwandte. Beide waren von ihrem Naturell Spieler, bereit, hohes und höchstes Risiko zu gehen. Als Storm erkannte, dass Bellmann seine Leute weder für Rubel noch Dollar verraten würde, erging es ihm wie dem Saulus, der sich in Damaskus zum Paulus bekehrte. Er legte alle Karten offen und enttarnte sich als Markus Wolf, Chef der Auslandspionage der Deutschen Demokratischen Republik.«

»Quatsch!«, wollte ich entgegnen, aber Leonards zustimmendes Nicken signalisierte mir, dass Szymbo die Wahrheit sagte.

»Wolf sah in Bellmann nicht den Klassenfeind. Vielmehr den respektablen Kontrahenten, einen geschätzten Gegner und ebenbürtigen Mitspieler, wie er ihn in Mielkes Schnüffeltruppe niemals finden würde. Wolf und Bellmann beschlossen ein Spiel. Wer würde der Bessere von beiden sein? Wer wäre der wahre Meister in der Kunst der Camouflage? Bellmann behauptete, er sei in der Lage, die Staatssicherheit zum Narren zu halten, ohne enttarnt zu werden. Unter der Bedingung, dass Wolf ihn nicht verrate. Wolf hingegen versprach Bellmann einen Begräbnisplatz auf dem Sozialistenfriedhof in Friedrichsfelde. Unter der Bedingung, dass Bellmann ihn nicht verrate. Gemeinsam überlegten sie den perfekten Namen für Albert Bellmann als IM. Und weil die Genialität der beiden sich zu begnadeter Kongenialität potenzierte, offenbarte ihre Fantasie ihnen »Alberto Bellmonti«. Unschlagbar! Denn wo ein Deckname offen liegt, verfällt niemand auf den Gedanken, ihn als Tarnnamen zu enthüllen.

Ihr wisst, der Alte war kein Mann des geschriebenen Wortes. Deshalb rief er mich zu sich, zu verschwiegenem Konklave. Und wie das Gleichnis von dem Herrn und den drei Knechten es vorschreibt, entfaltete ich fortan neben dem Talent als Kapellmeister mein Talent als Ghostwriter und als IM Houdini.«

»Du, du bist kein Künstler wie der große Houdini! Du bist ein Verräter!«, flennte Albina. »Pjotr Szymborski, ich hasse dich. Du Pole! Du Judas! Nimm deine Lilien und geh!«

»Al-bih-na!«, beruhigte Leonard. »Gib Pjotr Zeit, zu bekennen und zu bereuen.«

»Danke, Pater. Damit Bellmann sein Spiel gegen Wolf gewinnen konnte, mussten wir alle Mitarbeiter im Zirkus täuschen. Mit dem *MdMdM-Projekt.* Wenn der Alte und ich uns die Nächte um die Ohren schlugen, schrieben wir nicht an den Memoiren des Magiers der Manage, sondern ersannen Geschichten für die Sicherheit. Ich brachte sie in eine poetische Form, während ihr den Schlaf der Gerechten schlieft und den Kapellmeister Pjotr Stanislav Szymborski über den Partituren seiner Kompositionen wähntet, die du, Albina Kurkova, eh nicht zu schätzen gewusst hättest.«

»Und du, Szymborski? Was hast du über mein Leben preisgegeben? Um einer dummen Männerwette willen. Was hast du über mich, über Albina Kurkova, an intimen Details verbreitet?«

»Oh, da gab es einiges zu verbreiten. Deshalb habe ich doch den Abstecher nach Kattowitz gemacht. Um mich und den Alten zu entlasten.« Szymbo stellte die zwei Plastiktüten voller Papier auf den Tisch.

»Kopien! Der Gedanke an die Reißwölfe in der Normannenstraße hatte mir Kopfschmerzen bereitet. Wegen der Sorge um mein literarisches Werk. Daher habe ich von den besten Texten Kopien gefertigt und aufbewahrt. Um mir die Aussicht auf schriftstellerischen Ruhm im postsozialistischen Zeitalter nicht zu verstellen.«

»Da bin ich aber neugierig, Szymbo. Was hast du denn der Stasi über Maik Kleine gesteckt?«

»Einen Moment! Hier zum Beispiel: *5. April 1985. Vorläufiges Gutachten über die Einschätzung der Erfolgsaussichten, das Zielobjekt Kleine Maik durch die IM Houdini und IM Bellmonti anzuwerben. M. Kleine ist einzuschätzen als verhinderter Seilakrobat (verkopft, Schulabbrecher!!) mit Neigung zu konspirativer Veranlagung (spielt auf Telefunken Mister Hit jugoslawische Schwarzpressungen von Elvis-Presley-Schallplatten, Suspicious minds!!!). Dennoch erledigt Kleine die ihm aufgetragenen Arbeiten im Zirkus gewissenhaft und zuverlässig, z. B. Aufhängen und Einsammeln der Zirkusplakate, Tierfütterung, Kartenabriss, Zuckerwattenverkauf etc. Aufgrund persönlicher Instabilitäten (Psyche! Empfehle Auskundschaftung der Ursachen als Desiderat!) ist derzeit von einer Anwerbung als IM durch die IM Houdini und IM Bellmonti abzuraten, weil der sozialistischen Sache nicht dienlich und im Prozess des Fortschreitens der revolutionären Idee nicht zielführend. Trotzdem sollte Kontakt gehalten und Überwachung gegebenenfalls intensiviert werden. Das MfS sollte prüfen, Kleine zur Destabilisierung der kapitalistischen Zirkuskultur eventuell passiv, besser jedoch aktiv, einzusetzen. Vorschlag von IM Houdini: M. Kleines gewinnendes Erscheinungsbild nach der Methode Wolf zum Romeo ausbilden (empfohlener Deckname* Kurbler*), ansetzbar auf weibliche Zielobjekte. So ließe sich Albina K. (Russin, Jungfrau) in weltanschaulicher Umpolung (Agitation) vom Kopf auf die Füße stellen (siehe Marx versus Hegel).*

»Szymbo, was du geschrieben hast, ist weder halb wahr noch voll falsch. Das ist komplett bescheuert!«

»Kryptik in Perfektion«, kommentierte Leonard.

»Sag ich doch! Aber die Stasi liebte meine analytische Kompetenz.«

»Ich will jetzt endlich wissen, was du über Albina Kurkova an Lügen in die Welt gesetzt hast!«

»Nun gut. Albina K.: *eitel, selbstgefällig, zickig, ideologisch haltlos, intellektuell defizitär und für Aufgaben zur Etablierung der sozialistischen Idee vollumfänglich ungeeignet. Sentimentalisiert. Sabotiert. Torpediert. Z. B. Maßnahmen von Maestro P. S. Szymborski zwecks Unterwanderung spätbürgerlich dekadenter Musikästhetik. Monotoner Vorwurf der Kurkova an KP (Kapellmeister) Szymborski: kakofonische Exzesse!!! Kurkova favorisiert russische Volksweisen aus vorrevolutionär zaristischer Zeit. Vorschlag Houdini: Albina K. operativer Romeo-Maßnahme aussetzen durch IM Kurbler.*«

»Ich dachte«, sagte Albina pikiert, »du hättest die Geschichten an die Stasi erfunden.«

»Habe ich auch. Die meisten jedenfalls. Was wollt ihr hören? Meine regelmäßigen Berichte über Alexa Alexandrow, die Hochseilakrobatin aus Sofia, ledig, als kulturelle Botschafterin der Volksrepublik Bulgarien erpressbar, weil nymphomanisch überaktiv? Oder meine ausführlichen Bulletins über die Affären von Laszlo Varadi, den frauenfixierten und hormongesteuerten Galan der Puszta, der die Idee der Völkerfreundschaft auf dem Schleuderbrett eher privat denn politisch verstand? Oder die Rapporte über den US-Stargast, Mary Kay aus Nashville, Messerwerferin, Antikommunistin, Hula-Hoop-Girl und Rodeo-Reiterin, heißblütig im Sattel, frigide im Bett?«

»Aber ich verstehe das nicht«, stammelte Albina. »Wir hatten bei Bellmonti keine Alexa. Laszlo war schwul, und den Namen der Amerikanerin habe ich noch nie gehört.«

»Aber begreif doch, Albina. Bellmann und ich, wir mussten Verwirrung stiften. Wolfs Stasi setzte auf stete Kontrolle, wir setzten auf permanente Konfusion. Wir fühlten uns in Tausende armer Kerle bei der HVA in den Unterabteilungen der Nebenabteilungen der Abteilungen ein. Sie waren wie der Knecht in der Bibel, der sein anvertrautes Talent vergeudet und vergräbt, anstatt es zu mehren. Und deshalb vom Herrn hinaus in die Finsternis geworfen wird, wo diese Jammergestalten heulen und mit den Zähnen knirschen. Wolfs Leute hatten kein eigenes Leben. Ihnen flatterten von der Schnüffelfront doch nur langweilige Aufsätze auf den Schreibtisch. Der Spannungsfaktor von Spitzelberichten wird im Allgemeinen völlig überschätzt. Deshalb lieferten wir Reporte mit Unterhaltungswert. Wir machten die Erfahrung, Sex-und-Schmuddel-Storys liefen beim MfS am besten. Man musste sie nur verkaufen als Beweis für die Überlegenheit des sozialistischen Systems und die Potenz des sozialistischen Subjekts. Jede Sexgeschichte verscherbelten wir als Indiz für den Niedergang des Kapitalismus, als fallenden Dominostein der maroden Moral der späten Bourgeoisie. Wenn in den Berichten der Begriff dekadent auftauchte, hatten wir die halbe Miete im Sack. Die Geheimdienste des ganzen Ostblocks gierten nach meinen Dossiers, sodass wir den Krempel zigfach verkauften und immer neue IM-Namen erfanden, um mit den Lieferungen nachzukommen. Mit der Schreibmaschine war das nicht mehr zu stemmen. Ende der achtziger Jahre legte ich mir mit dem Computer ein System von Textbausteinen an, die ich in die Berichte einbaute. Zielpersonen charakterisierte man am besten mit Phrasen wie westliches Dekadenzgebahren, weltanschauliche Labilität, Neigung zu Rüpelhaftigkeit, Rowdytum und alkoholischem Exzess, Hang zu zotigem Witz und schlüpfrigem Humor, Anlage zu liebestoller Maßlosigkeit; idealerweise in Verbindung mit Adjektiven wie anrüchig, schamlos, entfesselt, windig, süchtig, pervers und hemmungslos. Besonders gut kam an, den Frauen aus dem Westen eine libidinöse Frigidität zu attestieren. Damit schürten wir das Gefühl erotischer Dominanz im Wettbewerb der Systeme, und den Männern in der Normannenstraße schwoll der Kamm.

Die Menschen glauben, man könne der Dummheit mit Klugheit entgegnen und der Lüge mit Wahrheit. Nein, das Gebäude der Dummen stürzt nicht ein, wenn man es von innen her aushöhlt. Es platzt aus den Nähten, wenn man es mit noch mehr Dummheiten vollstopft. Der Eiserne Vorhang zerriss nicht, weil kluge Dissidenten kluge Pamphlete verfassten. Der reale Sozialismus starb, weil er sich in seinem Simulationswahn von Frieden, Freundschaft und Fortschreiten des Fortschritts überblähte. Der Kapitalismus siegte, weil im Kommunismus der Bohnenkaffee keine Kaffeebohne enthielt, weil er die Produktion von Raufasertapeten nicht hinkriegte und der Stasi irgendwann die Notizblöcke zum Mitschreiben ausgingen. Aber ich sage euch, wir waren auch starke Gegner. Wir waren gut. Bellmonti und Houdini waren verdammt gut. Wir bekämpften den Wahn, nicht indem wir den Ballon des Irrsinns weiter aufbliesen. Damit hatte Wolf nicht gerechnet. Deshalb hat er sein Spiel gegen Bellmann verloren. Doch Markus Wolf war ein guter und großzügiger Verlierer. Leider werden Bellmonti und Houdini in den Annalen der Historiker keine Erwähnung finden. Dennoch, wir waren die besten Oppositionellen, die der Sozialismus hatte.«

Die Ermittler der kriminalistischen Spurensicherung erschienen am frühen Nachmittag in der Winkler Straße 23A. Anschließend nahmen Vertreter der Bundesanwaltschaft, Experten für die Innere Sicherheit, unsere Aussagen zu Protokoll. Vertreter von Presse, Funk und Fernsehen belagerten Bellmontis Villa. Sie filmten das Anwesen von vorn und von hinten und nahmen, ohne um Erlaubnis zu bitten, den verwilderten Park in Beschlag. Wir ließen sie gewähren. Am Abend lief die Meldung bereits in den 20-Uhr-Nachrichten. Auf ein altes Foto von Oberst Rudolf Ranke in Uniform folgten Filmausschnitte aus den neunziger Jahren, die Ranke selbstbewusst, siegessicher und von Kameras umringt beim Verlassen eines Gerichtssaals zeigten. Der Nachrichtensprecher sagte: »*Berlin. Am heutigen Nachmittag wurde der ehemalige Oberst der* DDR-*Staatssicherheit Rudolf Ranke in Berlin Grunewald festgenommen, als er größere Geldsummen von Deutschland nach Spanien transferieren wollte. Im Besitz des 67-Jährigen fanden sich fünf Sparbücher mit einem Gesamtguthaben von fünfzehn Millionen Euro. Die Gelder werden veruntreutem Vermögen zugerechnet, das SED-Funktionäre nach der Wende ins Ausland verschoben hatten. Im Zuge neuer Ermittlungen werden voraussichtlich auch frühere Prozesse gegen Ranke wieder aufgerollt. Die Anklage, der Stasi-Oberst sei im Westen an Liquidationen von Dissidenten beteiligt gewesen, wurden 1996 aus Mangel an Beweisen fallen gelassen. Aufenthalte in der Bundesrepublik wurden Ranke nie nachgewiesen. Nun fanden die Ermittler in seinem privaten Besitz unter anderem wertvolle Edelsteine, die 1979 aus einem Haus in Heidelberg entwendet wurden. Anhand von Inventurfotos konnte ein Heidelberger Nachlassverwalter die Steine einer gebürtigen Leipzigerin zuord-*

nen, die von der Staatssicherheit als IM Paula geführt wurde. Bei der Frau handelt es sich um eine Biochemikerin und Spezialistin für Drogen und Gifte, die 1979 bei einem Suizid ums Leben kam, der höchstwahrscheinlich als Autounfall getarnt wurde.

Offensichtlich hatte Ranke in den vergangenen Wochen gezielt Gerüchte über den Zirkuspatriarchen Albert Bellmann gestreut und ihn als Informellen Mitarbeiter der Stasi diffamiert, der seine Angestellten systematisch bespitzelt haben soll. Spuren an Bellmanns Urnengrab, das zusammen mit den Grabstätten hochrangiger Stasi-Funktionäre unlängst auf dem Friedrichfelder Friedhof geschändet wurde, weisen die Ermittler eindeutig Rudolf Ranke zu. Zudem lieferte Ranke für den Besitz des Schlüssels zu Bellmanns Berliner Villa, in die mehrfach eingebrochen wurde, keine plausible Erklärung. Bellmanns Erbengemeinschaft, darunter ein Heidelberger Jesuitenpater, fand den Haustresor leer geräumt und vermutet, dass Albert Bellmann von Ranke erpresst wurde und aufgrund der Verleumdungen einem Herzinfarkt erlag. Sollten Rankes Fingerabdrücke mit den Spuren identisch sein, die von Kriminalisten auf Bellmanns Safe gesichert wurden, wird der Stasi-Oberst den Rest seiner Tage auf seine Spaziergänge um den Grunewalder Dianasee verzichten müssen. Wie nun publik wurde, gestand ein Musiker der ehemaligen Zirkuskapelle, nicht Albert Bellmann, sondern er habe als IM Houdini mit der Staatssicherheit paktiert.«

»Schön ist es hier im Grunewald«, sagte Albina. »In einer Straße, in der Romy Schneider die glücklichsten Tage ihres Lebens verbrachte. In einem Haus, das unser guter Albert auch mir als Heim anbietet, könnte ich leben. Aber, Maik, wenn du morgen nach Amerika fliegst, zu deinem Bob Dylan, dann hält auch mich nichts mehr in Berlin.«

»Obwohl du noch einen Koffer im Kempinski hast, den wir auf unserer Flucht zurücklassen mussten?«

»Hör auf, Maik, bitte, mir ist nicht nach Spaß zumute. Ruf mir ein Taxi. Ich möchte zum Flughafen. Ich nehme den nächsten Flieger nach Moskau.«

Szymbo trommelte mit den Fingern auf der Tischplatte. »Moment, teuerste Albina, die du mich eben noch Judas schimpftest und Verräter schmähtest. Ich hätte vorher noch eine Frage. An den unerkannt verborgenen Meister der Maskerade. Maik Kleine, wie erklärst du uns, dass man im Internet unter Sunrise & Moonshine einen Massageclub in Honolulu findet, aber kein Unternehmen Lighting Systems Incorporated in Los Angeles? Richtig ist, dass die Amerika-Tour von Bob Dylan am fünfzehnten September im Amphitheater von Austin beginnt. Nur teilte das Tournee-Management auf meine Nachfrage mit, für das Bühnenlicht sei die Firma Magic Colours in Chicago verantwortlich. Und dort ist ein Mister Mike from Germany unbekannt. Vielleicht schätzt du ob dieses mysteriösen Umstands deinen Freund Szymborski eines erklärenden Wortes für würdig. Und unsere Albina auch, der du gerade das Herz brichst, du Simulant, du Lampenwart, du Lügenbaron, du falscher Prophet!«

Ich nahm mein Flugticket Berlin–London–Los Angeles und hob es hoch wie der Dompteur auf dem Elefanten die Urne mit Bellmanns Asche. Dann zerriss ich den Flugschein mit aller gebotenen Theatralik. »Ich fliege nicht.«

»Aber, Maik! Was hast du uns erzählt?« Albina verstand die Welt nicht mehr. »Dein Flug nach Amerika war doch lange geplant. Du hast uns doch immer verstehen lassen, die USA seien wichtiger als wir. Gegen deinen Amerikaner Dylan hatte doch die Russin Kurkova nie eine Chance.«

»Doch! Hatte sie! Es verhält sich umgekehrt. Gegen deinen protzigen russischen Geldadel kam ein Maik Kleine nicht an. Albina, die Schwebende! Albina, die Shoppende! Albina, die Verwöhnte! Albina hier, Albina da. Albina überall. Auf Händen getragen, in den Himmel gelobt, residierend am Moskauer Prachtboulevard Rubljowka. Bei dieser Albina Kurkova hatte ich keine Chance. Daher fasste ich an meinem letzten Geburtstag einen Entschluss. Albert Bellmann hatte mir wieder ein Honoratiorenbillett geschickt. Ich mochte Museen nie, aber die Eintrittskarte weckte in mir ein Verlangen. Ich sehnte mich zurück nach jenem Tag, als ich im Zirkus Bellmonti das Schild las: *Junger Mann zum Mitreisen gesucht*. Ich wollte weg. Raus aus der Enge, raus aus Deutschland. Raus aus mir selbst. Ich wollte nach Amerika. Mich umschauen, herumreisen, sehen, was sich ergab im Land der Möglichkeiten. Ich kaufte mir ein Flugticket. Und ich wäre auch am 31. August nach Kalifornien geflogen. Ich hätte mit Sicherheit einen Job gefunden. In den Filmstudios von Hollywood sind Lichttechniker begehrt, am New Yorker Broadway und in Las Vegas werfen sie dir die Dollar nach.

Aber dann starb der Alte. Bei Alberts Beerdigung auf dem Weg zum Friedhof gingen wir nebeneinander, Albina. Doch nicht du begleitetest mich, sondern deine Verstocktheit, deine Missachtung und dein Hochmut. Wenigstens glaubte ich das, weil ich im Grunde nichts von dir wusste. Ich wollte in deinen und auch in meinen Augen nicht mehr der Kurbler mit der Ölkanne sein. Daher simulierte ich. Ich formte mich ein in meine größte Aufgabe. Ich würde das Idol meiner Jugend ins Licht setzen, Bob Dylan und seine Musiker in ihren grauen Anzügen. Je mehr ich in die Rolle des Lighting Operators schlüpfte, desto mehr fühlte ich mich als Meister des Lichtes. Je mehr ich blendete, desto heller erstrahlte ich. Nur verschwamm mir die Grenze von Sein und Schein. Dabei wollte ich niemanden täuschen, ich wollte doch nur heraus aus dem Schatten. Ich wollte siegen über das Grau.«

Albina langte nach meiner Hand und schaute mich mit blauen Riesenaugen an. »Du gehst wirklich nicht nach Amerika?«

»Nein, Albina, dort ist nicht mein Platz!«

»Wenn du mir erlaubst, bleibe ich bei dir. Ich gehe mit dir. Wohin auch immer du gehst.«

»Egal wohin?«

»Ja.«

»Auch in die Höhle des Drachen?«

»Ja. Mit dir, hier und jetzt und sofort auf der Stelle!«

»Gut, meine Liebe. Wir fahren ins Kempinski.«

»Maik! Nein! Da können wir uns nie mehr blicken lassen. Was sollen wir da?«

»Ich lade dich ein. Zu Champagner und diesen leckeren Frikadellen mit Kartoffelsalat.«

»Wenn du das wahrmachst, Maik, dann sind wir besser als Bonnie und Clyde.«

Ich rief in dem Haus am Pariser Platz an. Statt eines »Juniorenzimmers« mietete ich die Senior-Suite mit Blick auf das Brandenburger Tor und orderte Berliner Buletten für den Abend und das Gourmetfrühstück für den Morgen. Versehen mit Szymbos augenzwinkerndem Zuspruch und Pater Leonards priesterlichem Segen rief ich ein Taxi. Albina zitterte. Vor dem Entree hakte sie sich fest bei mir unter, fand Halt, und der freundliche Portier öffnete die Tür. Ich meldete uns an der Rezeption, während Albina versuchte, hinter einer riesigen Sonnenbrille inkognito zu bleiben. Ohne Gepäck nahmen wir die Treppe statt den Lift. Wir traten ein in unsere Suite und standen verlegen umher wie ein schüchterner Bursche und ein noch schüchterneres Mädel. Es klopfte an der Tür. Ein Hotelpage brachte Albinas zurückgelassenen Koffer.

»Ich dachte, in Hotels würde die Hinterlassenschaft von Zechprellern konfisziert.«

»Richtig, Albina, aber nur in Hotels mit weniger als fünf Sternen.«

»Du spinnst. Bei dir weiß ich nie, was ich dir glauben kann.«

In dem Koffer lag frisch gewaschen und sauber gefaltet ein sündhaft teures Sommerkleid, mit einem Muster aus leuchtenden Sonnenblumen.

»Maik, ich möchte das Kleid gern tragen. Für dich.«

»Es wäre mir ein Vergnügen, Albina.«

Als sie aus dem Bad zurückkam, stand eine Frau vor mir, betörend, sinnlich und schön, zweifellos. Aber auch verunsichert.

»Maik«, sagte sie. »Ich habe Angst.«

»Wovor?«

»Ich bin eine Betrügerin, eine Zechprellerin. Was ist, wenn die Polizei hereinstürmt und mich verhaftet?«

»Das wird sie nicht tun.«

»Woher willst du das wissen?«

»Am Morgen, als dein Flieger nach Moskau ging, weißt du, warum ich dich bat, auf dem Weg zum Taxi nicht zur Rezeption zu schauen?«

»Weil du diskret nach einem Notarzt für die ohnmächtige Albina Kurkova in der Juniorensuite gerufen hast.«

»Nein. Weil ich zum ersten Mal, seit ich ein Haus in Heidelberg erbte, meine Kreditkarte belastet habe. Mit 7945 Euro.«

»Was! Du hast mich hereingelegt! Wir waren gar nicht Bonnie und Clyde. Du Schuft!« Albina trommelte mit den Fäusten gegen meine Brust. »Du Lump, du Schurke, du Verbrecher! Du bist schlimmer als die Männer in Moskau! Du Russe!«

»Halt die Klappe!«

»Hey, was tust du da? Oh, mein Gott. Maik! Oooh!«

Ich warf Albina auf das Superior-Kingsize-Bett, riss ihr das Sonnenblumenkleid vom Leib und zerfetzte ein kleines Vermögen. Am nächsten Morgen lag sie in meinen Armen und nippte am Dom Pérignon.

»Ich liebe schöne Märchen«, sagte sie. »Weil schöne Märchen immer gut ausgehen.«

»So soll es sein.«

»Daher sollten wir dafür sorgen, dass in Albertos Museum auch ein Foto von dir und mir hängt. Und wenn wir schon beim Renovieren sind, könnten wir das Museum auch ein wenig umbauen. Ich meine komplett. Wir werfen erstens den alten Plunder weg und schaffen zweitens etwas Innovatorisches, ich denke an etwas, was es noch nicht gibt. Ein kleines, feines Zirkustheater, ein Varieté für Akrobaten, Künstler, Musiker, Magier, Zauberer und Illusionisten. Und drittens würdest du dich nicht mehr Maik Kleine nennen.«

»Und wieso?«

»Um dein Erbe anzutreten. Albert nannte sich schließlich auch Alberto.«

»Und welchen Namen schlägst du für mich vor?«

»Michel Petit! Du würdest in Frack und Zylinder im Rampenlicht stehen und als Monsieur le directeur durch das Programm führen. Pjotr als Kapellmeister würde viertens die Gäste mit wohligen Klängen zu Rotwein und Schampanskoje animieren, wobei ich ihm gestatten würde, an Ruhetagen seine Katzenkompositionen aufzuführen, und sagen wir, an jedem ersten Mittwoch im Monat aus seinem literarischen Œuvre die Memoiren des Magiers der Manege vorzulesen. Und damit das Publikum fünftens nach dem Applaus für die Künstler auch dinieren kann, machen wir auch Gastronomie.«

»Und was wäre deine Aufgabe?«

»Habe ich doch gesagt. Gastronomie! Ich werde mein kulinarisches Talent entfalten, von dem du in unserer schönen Villa in Grunewald, die sechstens auch dringend einer Generalüberholung bedarf, bereits üppig gekostet hast. In unserem Pankewitzer Zirkus werde ich höchstpersönlich für unsere Gäste am Herd stehen. Russische Küche nach Originalrezepturen von Mischa Wolf. Das lassen wir uns patentieren. Glaub mir, Liebster, wir werden ausgebucht sein. Über Wochen, Monate und Jahre, wenn nicht länger.«

»Albina, ich glaube dir. So machen wir das.«

Die Frau, die ich einst schweben ließ, lächelte. Dann säuselte sie mir verschämt einen kleinen Wunsch ins Ohr. So wie in der Nacht möge ich sie bitte nach der Methode von diesem Ignatius noch einmal einformen: in das Gefühl, die Quadriga fliege vom Brandenburger Tor.

MIX
Papier aus verantwortungsvollen Quellen
FSC® C014496

Verlagsgruppe Random House FSC® N001967
Das für dieses Buch verwendete FSC®-zertifizierte Papier
Munken Premium Cream liefert Arctic Paper Munkedals AB, Schweden.

1. Auflage

Typografie und Satz: DVA/Brigitte Müller
Gesetzt aus der Minion
Druck und Bindung: GGP Media GmbH, Pößneck
Printed in Germany
ISBN 978-3-421-04645-1

www.dva.de